Drei Frauen und ein Bräutigam

Aus dem Englischen von
Susanne Engelhardt

Für Terry,
für immer

Die Idee zu diesem Buch kam mir, weil ich eine Menge Leute kenne, deren Beziehungen man durchaus unkonventionell finden könnte. Manche von ihnen mussten außerdem gegen Vorurteile und unglückliche Umstände ankämpfen, um zusammenbleiben zu können. Obwohl alle Figuren in diesem Roman frei erfunden sind, könnte dieses Buch bei den folgenden Personen eine Saite zum Schwingen bringen. Dafür versichere ich sie meiner immer währenden Liebe und Dankbarkeit. Zu ihnen zählen meine Mutter Diane und ihre Lieben, Bill, Phil und Sarah sowie Gorgeous Gazza. Außerdem sollte ich wohl meinen Bruder James erwähnen, der erstaunt sein wird, dass er dieses Mal gar nicht vorkommt. Weiterhin danke ich Linda, Nuala, Brenda, Belinda, Doddy und ganz zaghaft auch Graham, Alex und Phil, die mir mit ihren Theorien über Männer und die Bedeutung der Liebe ganz schön Angst eingejagt haben. Ein herzliches Dankeschön auch an Luigi Bonomi, John Rush, Amelia Cummins und Amanda Preston von Sheil Land sowie Clare Foss, Frances Coward und alle anderen aus dem Team von Headline. Sie alle haben wirklich viel für mich getan.

Vor allem aber möchte ich Terry von Herzen danken und ihn meiner dauernden Liebe versichern. Er ist derjenige, der mich immer wieder ermutigt, anspornt und inspiriert.

Kapitel 1

Zum dritten Mal drücke ich auf die Hupe, dieses Mal für gute fünf Sekunden. Abgesehen von einem wütenden Gesicht am Fenster unter Tanyas Wohnung kommt keinerlei wie auch immer geartete Reaktion. Ich grolle wie eine zahnlose Oma, wühle in meiner Tasche nach dem Handy und tippe hastig ihre Nummer ein. Beim zwölften Klingeln hebt sie endlich ab. Mit vertrauter, erotisch-heiserer Stimme, die am Telefon noch atemloser klingt, gurrt sie Hallo, als wolle sie für einen Telefonsex-Job vorsprechen.

»Tanya!«, belle ich frustriert und gereizt. »Wo zum Teufel bleibst du? Ich warte seit zwanzig Minuten auf dich.«

»Ollie, Süße!« Trotz meines unterkühlten Tons begrüßt Tanya mich so begeistert und freundlich wie üblich. »Ich war gerade dabei, mir die Haare zu föhnen … Wie viel Uhr ist es denn?«

»Zwanzig vor neun.«

Ein kurzer Aufschrei und die Leitung ist tot. Zwei Minuten später wird die Haustür des barocken Wohnhauses im schicken Londoner Stadtteil Mayfair aufgerissen, in dem Tanya von ihrem stinkreichen Vater zu einem Spottpreis eine Wohnung gemietet hat. Sie schießt aus der Tür wie ein Windhund aus der Box.

Sobald sie im Auto sitzt, wird mir klar, dass sie sich nicht deshalb so beeilt, weil wir später dran sind als die Bahn, sondern weil sie praktisch nackt ist – sie trägt nichts außer lila Seidendessous von La Perla, flauschigen rosa Pantoffeln und einem ziemlich selbstgefälligen Grinsen im Gesicht.

»Sorry, Süße!«, verkündet sie strahlend. »Ich hatte den Klempner da. Hab gar nicht auf die Uhr gesehen.«

»Schon wieder!«, seufze ich und werfe ihr im Rückspiegel einen vorwurfsvollen Blick zu.

»Du weißt doch, dass ich Wert auf gut gepflegte Rohre lege.«

Für Tanyas Klempner gilt: Bei Anruf Poppen. Jedes Mal, wenn ihre »Rohre« aufgrund mangelnder Nutzung anfangen zu rosten, wählt sie sofort jene Hotline, die Abhilfe innerhalb einer Stunde verspricht. »Innerhalb einer Stunde« bezieht sich jedoch leider nur auf die Zeit, die der Klempner braucht, um zu ihr zu kommen, nicht aber darauf, wie lange er für den Job braucht. Deshalb ist sie nun schrecklich spät dran.

Ich drücke aufs Gas, während Tanya die Tiefen einer Tasche durchwühlt, die sie mitgeschleift hat. Sie zieht einen Beutel hervor, der mehr Schminkutensilien enthält als der Stand mit den Sonderangeboten bei Selfridge's. Dann beginnt sie seelenruhig, mit geschulten Gesten ihr Gesicht anzumalen, obwohl ich aufgrund unserer Bummelei um die Kurven heize wie Schumi in Monaco.

Als sie damit fertig ist, taucht ein kleines schwarzes Etwas vom letzten Schlussverkauf bei Moschino aus der Tasche auf. Während der Typ im Nachbarauto an der Ampel, an der ich gerade eine Vollbremsung hingelegt habe, Stielaugen kriegt und ungläubig grinst, schlängelt Tanya ihren knackigen Körper in diese hautenge Hülle.

»Wie viel Zeit haben wir noch?«, fragt sie, als ihr Kopf im Ausschnitt auftaucht.

»Minus dreißig Minuten, und der Zähler läuft weiter. Wir hätten um halb neun da sein sollen. Ich dachte, *ich* wäre spät dran, bis ich zu dir kam.«

»Mist! Sorry, Süße.« Als Nächstes taucht ein Paar entzückender Pantoletten mit flachen Absätzen aus der Zaubertüte auf, um die rosa Barbie-Latschen zu ersetzen.

»Ich weiß nicht, was mir mehr Angst macht: Den neuen Lover unserer besten Freundin zu treffen oder ohne Sicherheitsgurt auf der Rückbank deines Autos zu sitzen.« Tanya lacht und streift die Schuhe über ihre himmelwärts zeigenden Füße, als ich wie Starsky und Hutch im Einsatz rote Ampeln überfahre und um eine Linkskurve schlittere, woraufhin sie mit dem Kopf gegen die Tür kracht.

»Vor allem, wenn du dabei die Beine in der Luft hast.«

»Ach, das macht mir keine Angst«, kontert sie. »An diese Position bin ich gewöhnt. Und, wie ist er so?«

»Grace' Neuer?«

»Ja. Sie muss dich doch eingeweiht haben. Was macht er denn?«

»Grace sagt, er macht in Leder oder so was.«

»Hört sich an, als wäre er ganz mein Typ!«

Nachdem sie fertig angezogen ist, quetscht sich Tanya zwischen den Vordersitzen hindurch und plumpst neben mich. Ihr in Lycra gehüllter Po quietscht auf dem Ledersitz, und der Rock enthüllt beim Hochrutschen endlos lange Beine, die bei endlos langen Sitzungen im Fitnessstudio endlos braun geworden sind, während sie ihrem Privattrainer schöne Augen machte.

»Ich meine doch nicht, dass er Leder trägt, du Dummerchen. Er ist in der Lederindustrie oder so ähnlich.«

»Schade ... Was hat sie noch erzählt?«

»Also, er heißt Stuart, ist dreiunddreißig, eingefleischter Junggeselle, hat ein eigenes Unternehmen, noch alle Haare und Zähne, lebt auf dem Land irgendwo im Norden ...«

Tanya gähnt. Ihr Blick schweift aus dem Fenster zu einem ziemlich knackigen Verkehrspolizisten, der auf seinem Motorrad gerade neben uns auftaucht, woraufhin ich in dem jämmerlichen Versuch, die Geschwindigkeitsbegrenzung einzuhalten, in die Eisen steige. Glücklicherweise ist er viel zu sehr damit beschäftigt, durch das Fenster in Tanyas beeindruckendes Dekolleté zu gaffen, während sie mit den Augendeckeln klimpert. Meinen Mangel an Respekt gegenüber den Verkehrsregeln nimmt er gar nicht wahr.

»Und Grace sagt, er ist bestückt wie ein Esel«, schließe ich.

»Echt?« Sofort fährt ihr Kopf herum und sie starrt mich an.

»Keine Ahnung, aber ich musste irgendwie deine Aufmerksamkeit wiedererlangen. Wir sind gleich da. Wenn ich dich vorm Eingang absetze, kannst du schon mal reingehen und wegen deiner peinlichen Verspätung zu Kreuze kriechen. Ich versuche derweil, einen Parkplatz zu finden.«

Ich brauche natürlich noch mal eine Viertelstunde, um mein Auto in eine Lücke zu zwängen, die wirklich gerade so für einen Kleinwagen reicht. Dann trabe ich zu der Bar in Soho, in der wir vor annähernd einer Stunde mit Grace verabredet waren. Ich werfe einen Blick auf die Uhr. Zwanzig nach neun. Ich stehe in dem Ruf, immer und überall zu spät zu kommen, aber bei diesem Anlass hätte ich mein Versprechen, pünktlich zu sein, gerne gehalten.

Grace ist meine beste Freundin. Außerdem ist Grace serienmonogam. Eine wahre Romantikerin auf der Suche nach der, ja, Sie haben es erraten, der wahren romantischen Liebe. Sicher können Sie sich denken, dass sie auf ihrer Suche nach dem »Richtigen« einen ganzen Katalog von »Falschen« durchgemacht hat.

Ihr letzter Kerl, Arty, war einer dieser »Falschen«. Wir nannten ihn immer Schlawiner. Er hatte einen gewissen, undefinierbaren Charme, weshalb jeder, der ihn traf, sich sofort in ihn verliebte, nicht auf die lüsterne, sexuelle Tour – obwohl Grace dem nicht beistimmen würde, da sie den größten Teil ihrer Beziehung mit ihm im Bett verbracht hatte –, doch er gehörte zu der Art Mann, die sich jeder als besten Kumpel wünscht. Er war freundlich, lustig und umgänglich und kam mit absolut jedem aus.

Gleichzeitig war er aber auch die personifizierte Unzuverlässigkeit. Darum war er letztlich auch nicht mehr als ein kurzes Kapitel in Graces Leben und wurde nicht zu dem festen Inventar, von dem wir alle annahmen oder hofften, dass er es werden würde.

Das hat Grace aber nicht von ihrer Suche nach der großen Liebe abgeschreckt. Doch obwohl sie sich seit ihrer Trennung vor fünf Monaten kopfüber in diverse Affären gestürzt hatte, war keine davon so weit gediehen, dass sie den Aufwand einer Vorstellung uns gegenüber gerechtfertigt hätte.

Bis zu dieser. Und genau deshalb wollte ich auch nicht zu spät kommen. Denn diese Affäre scheint eine persönliche Vorstellung zu verdienen. Da sie ihn erst seit wenigen Wochen kennt, muss er etwas Außergewöhnliches sein, um solch eine Auszeichnung zu erhalten.

Ich drücke die schwere Glastür zu der Bar in der belebten Neal Street auf, einem beliebten Treffpunkt für Clubber vor dem Clubben, der gleichzeitig auch unser Lieblingstreff ist, wenn wir hier in der Gegend sind. Es ist erstaunlich voll für einen Dienstagabend, doch ich brauche nicht lange, um Tanya zu entdecken. Statt an der Theke zu lehnen und lautstark nach Alkohol zu verlangen, während sie die männliche Ware begutachtet, wartet sie zu meiner Überraschung direkt hinter der Tür auf mich. Ihr üblicher Schmollmund ist einem dünnen Strich gewichen, den ich mit der Erfahrung von sechs Jahren Tanya-Forschung als Besorgnis identifiziere.

»Was ist los? Sind sie da? Oder haben sie uns in den Wind geschrieben und sind heimgegangen?«

»Ich habe Grace gefunden. Zumindest glaube ich, dass sie es ist.«

Sie schnappt sich mein Handgelenk und zieht mich tiefer in den überfüllten Raum hinein. Mit dem Kopf deutet sie hinüber zur Theke, wo Grace, meine älteste und – abgesehen von

Tan – beste Freundin und Verbündete seit der Schulzeit, gerade bedient wird.

Ich fange an zu winken, doch Tanya hält mich zurück.

»Warte mal. Hier stimmt doch etwas nicht, oder?«

Angesichts von Tanyas verwirrtem Gesichtsausdruck lache ich nervös und schaue etwas genauer hin. Grace scheint es gut zu gehen. Sie steht an einer Theke, was ein durchaus üblicher Standort für sie ist. Dann bemerke ich die Flasche Pellegrino, die der Barmann ihr hinüberschiebt.

»Sie bestellt Mineralwasser statt Smirnoff.«

»Und?«

»Das soll vorkommen, obwohl ich zugeben muss, dass es ungewöhnlich ist. Aber vielleicht hat sie ja noch einen gewaltigen Kater, weil sie letzte Nacht bis zum Morgengrauen durchgefeiert hat oder so. Vielleicht war der Neue mit ihr clubben.«

»Vielleicht.« Tanya hört sich an, als würde diese Theorie sie nicht überzeugen. »Aber da ist doch noch etwas, oder?«

Die wogende Menge aus trinkenden, quatschenden Leuten teilt sich, und ich erhasche einen kurzen Blick auf ihren Körper.

»Trägt Gray etwa die Klamotten ihrer Mutter?« frage ich ungläubig. »Nein, vergiss es, das sind eher die ihrer Großmutter.«

»Ururgroßmutter«, stimmt Tanya zu. »Dieses Kleid stammt ja wohl noch aus der Ära viktorianischer Prüderie: Du sollst nicht scheißen, schimpfen, bumsen und kein Geld verdienen...«

Tanya angelt in ihrem Täschchen nach einer Marlboro, zündet sie an und inhaliert tief, als würde der Dunst ihr die Kraft verleihen, mit dem Anblick unserer normalerweise so extrovertierten Grace fertig zu werden, die wie eine Nonne an ihrem freien Tag gekleidet ist und an einem Glas Wasser nippt, statt Smirnoff runterzukippen.

»Wenn der Halsausschnitt noch ein bisschen höher wäre, würde sie ersticken«, äußere ich zustimmend.

Grace' kupferfarbene Haare, die normalerweise in ungebärdigen Locken über ihre schmalen Schultern fallen, sind ebenfalls ganz untypisch zu einem strengen Knoten hochgesteckt. Und statt der üblichen knallroten Lippen hat sie dem Begriff ungeschminkt eine neue Dimension verliehen. Sie hat nur einen Hauch von grauem Lidschatten aufgelegt, der zu ihren grauen Augen passt, und weniger als einen Hauch von Lipgloss.

Die Lippen, die diesen neuen Minimal-Look tragen, verziehen sich zu einem breiten Lächeln, als Gray mich entdeckt. Dabei starre ich sie an wie ein Kardinal, der soeben den Papst in einem Twinset von Marks und Spencer statt der üblichen weißen Robe erblickt hat.

»Ollie!« Trotz der zurückhaltenden Kleidung fällt die Gray'sche Begrüßung so überschäumend aus wie immer. Sie kreischt lauthals meinen Namen und drängelt sich dann, ein Glas Mineralwasser in jeder Hand, durch die Menge. Anschließend umarmt sie mich und drückt mir fast die Luft ab, als läge unser letztes Treffen länger als einen Monat zurück, und nicht nur drei Tage.

»Hast du vergessen, dir die Beine zu rasieren?«, frage ich, als sie mich aus der durch Hugo-for-Women verstärkten Knuddelei entlässt und nun übereifrig die immer noch verblüffte Tanny begrüßt.

»Was?« Gray lässt Tanya los und lächelt mich zerstreut an.

Ich trete einen Schritt zurück und mustere sie scharf. »Diese Nummer, dich vom Hals bis zu den Zehennägeln zuzuknöpfen. Nicht gerade dein Stil, hm?«

Grays zerstreutes Lächeln weitet sich zu einem breiten, strahlenden Grinsen. Ihre grauen Augen blitzen vor Lachen. »Das ist mein neues Ich«, erklärt sie kichernd. »Ehrbar mit einem großen E.«

Sie tritt zurück und wirbelt wie ein Model auf dem Laufsteg

um die eigene Achse. Dabei rammt sie dem Mann hinter sich ihren Ellbogen in die Seite, sodass er den großen Scotch on the Rocks, den er in der Hand hielt, über seinen Freund schüttet. Verärgert dreht er sich um, um sich bei einer völlig selbstvergessenen Grace zu beschweren, findet sich aber stattdessen Auge in Auge mit Tanya wieder.

»Ich mag dein altes Ich. Du weißt schon, E wie erotisch, E wie enthüllend«, entgegne ich und beobachte amüsiert, wie der wütende Geschäftsmann beim Anblick der reizenden Tanya dahinschmilzt.

»Tja«, Gray beugt sich grinsend vor und tuschelt verschwörerisch, »dabei trage ich heute sogar einen Schlüpfer! Obwohl ich das mehr in der Hoffnung tue, dass heute die Nacht kommt, in der er ihn mir langsam mit den Zähnen wieder auszieht!«

»Willst du damit sagen, ihr habt noch nicht? Du kennst diesen Kerl jetzt seit fast drei Wochen. Was ist los mit dir, meine Liebe? Normalerweise hättest du ihn inzwischen längst getestet.«

»Der hier ist anders.«

»Ich dachte immer, unsere Philosophie lautet, alle Männer sind gleich.«

»Er ist schüchtern.«

»Schüchtern! Du stehst aber nicht auf Schüchterne.«

»Und er ist sehr nett …«, fährt sie fort.

»Und vor allem nicht auf Nette!«, kreische ich besorgt.

Grinsend nimmt sie beide Gläser in eine Hand, greift mit der dadurch frei gewordenen nach meiner und beginnt, mich durch die Bar in Richtung Restaurantbereich zu ziehen. »Komm und sieh ihn dir an. Und sei nett. Wie ich schon sagte, er ist ein bisschen schüchtern.«

»Ich bin immer nett.«

»Das weiß ich doch, Schätzchen. Er aber nicht. Ich glaube,

es geht ihm etwas an die Substanz, der ganzen Bande vorgestellt zu werden.«

»Wer ist denn noch da?«

»Na ja, ich habe ihn mit Louis allein gelassen, der es im Gegensatz zu dir geschafft hat, pünktlich zu kommen.«

»Und hat sich unsere Dancing Queen etwas gemäßigt? Oder trägt er seine üblichen Hotpants aus Goldlamé?«

»Silber.«

»Was?«

»Louis Hotpants sind aus Silberlamé. Gold passt nicht zu seiner Hautfarbe.«

»Egal, sag mir nur, dass er seinen verschärften Körper nicht in etwas zu Ausgefallenes gesteckt hat. Sonst werden nämlich all deine Bemühungen, ehrbar auszusehen, durch deine Freunde zunichte gemacht. Unsere Miss Mathers hier trägt auch mal wieder ein kleines Nichts, dessen Ausschnitt groß genug ist, um dein Fahrrad darin abzustellen.«

Ich deute auf Tanya, der es irgendwie gelungen ist, den Typ, der seinen Drink verschüttet hat, zu überreden, nicht nur für den Ersatz selbst zu zahlen, sondern uns beiden im Austausch gegen ihre Telefonnummer je einen großen Gin Tonic zu spendieren. Jetzt tippelt sie auf ihren zierlichen Absätzen hinter uns her. Den Anblick von Gray in so viel Kleidung quittiert sie mit einem ungläubig aufgerissenen Mund.

»Jeans und T-Shirt«, verkündet Grace, womit sie auf Louis' Aufmachung Bezug nimmt. »Obwohl das T-Shirt von Morgan ist!«

Ich sehe zu der lauten Gruppe in der Ecke hinüber. Louis ist leicht wiederzuerkennen, obwohl er sein stacheliges schwarzes Haar kobaltblau gefärbt hat, sodass es zu seinen Augen passt.

Abgesehen von den Haaren hat Louis dem Anlass gemäß von seiner üblichen Extravaganz abgesehen. Tatsache ist, dass er geradezu brav wirkt in der Jeans, die mehr Löcher als Stoff hat, und einem schwarz-goldenen Morgan-Top mit einer Blume auf der Brust. Der einzige Hinweis auf Louis' normalen Dresscode ist die poppig blaue Wimperntusche, die seine strahlenden Augen einrahmt.

Außer Louis finden sich noch drei oder vier Leute in der kleinen Gruppe, in denen ich Arbeitskollegen von Grace wiederzuerkennen meine. Und noch ein Typ steht neben Louis. Den kenne ich nicht, weshalb man davon ausgehen muss, dass es sich bei ihm um Grays Neuen handelt.

Zumindest glaube ich, dass er es ist. Er sieht jedoch keineswegs so aus, als *dürfte* er es sein. Gray ist sehr wählerisch, wenn es um Männer geht. Jeder Einzelne war anders – und glauben Sie mir, es gab eine ganze Reihe –, doch sie alle hatten eines gemein: Selbstbewusstsein, manchmal sogar etwas zu viel davon, wie ich gestehen muss. Doch etwas zu viel ist weitaus besser als eimerweise zu wenig.

Dieser Kerl sieht so selbstbewusst aus wie ein Eunuch bei einem Wettbewerb für Männerslips! Er wirkt seltsam fehl am Platz und scheint sich auffällig unwohl zu fühlen. Seine Finger zupfen fast ununterbrochen am Kragen seines Polohemds, als würde eine Polyesterhand ihm den Adamsapfel einzwängen. Obwohl Louis, der reden kann wie ein Wasserfall, ihn eifrig zutextet, hört er offensichtlich nicht wirklich zu. Seine Augen durchforschen die Bar auf der Suche nach Grace, wie die eines verunglückten Bergsteigers, der nach dem Rettungshubschrauber Ausschau hält.

Er hat braune Spagettilocken, die nach einem Kochtopfschnitt aussehen, den man mit Pomade gestriegelt hat, so blitzsauber und schimmernd wirken sie. Und er hat eine beachtliche, leicht gerötete Nase. Die braunen Glubschaugen sehen hinter den Gläsern seiner Hornbrille noch größer aus. Sie rutscht ihm ständig auf die Nase hinunter, woraufhin er sie sofort wieder mit dem langen Zeigefinger seiner großen rechten

Hand nach oben schiebt. Er hat das ernste, gelehrte, zuverlässige und gesunde Aussehen eines Schulsprechers vom Land. Und es ist mehr als offensichtlich, dass lautstarke Bars nicht sein Ding sind. Er hat sich wie zum Schutz halb hinter eine Säule zurückgezogen und blickt auf die lärmenden, trunkenen Ausschweifungen wie ein Priester, der sich verirrt hat und auf einer wilden Party statt auf der Wohltätigkeitsveranstaltung der Landfrauen gelandet ist, zu der er eigentlich wollte. Wenn er einen Anorak dabei hätte, wäre er längst hineingeschlüpft und säße jetzt still in einer Ecke, um auf den Aufbruch zu warten.

Mit hochgezogenen Brauen drehe ich mich zu Tanya um. Sie hat ihn bereits entdeckt. Die Kinnlade fällt ihr herunter, wie jemandem, der gerade den wogenden Busen eines begeisterten weiblichen Fans erblickt, der nackt durch ein Stadion rast. Sie zieht mich am Handgelenk von Gray fort und zu sich hinüber. Dann zischelt sie mir ins Ohr: »Das kann er nicht sein.«

»Vielleicht ist er ein Bekannter von Louis?«, schlage ich zaghaft vor.

»Trägt er etwa Lycra, Pailletten und Make-up?«

»Wohl kaum, Lipgloss passt einfach nicht zu einem drei Jahre alten Armani-Sakko, verblichenen Cordhosen und einem Polohemd.«

»Tja, somit scheidet diese Möglichkeit wohl aus, oder?«

»Vielleicht hat Louis den Typ gewechselt?«

»Das kann ich mir nicht vorstellen; er muss es sein.«

»In diesem Fall hat *entschieden* Gray den Typ gewechselt«, entgegne ich ungläubig.

Der Verdacht, dass er in der Tat Grays Neuer ist, erhärtet sich, als wir die kleine Gruppe erreichen. Mit vor Freude strahlenden Augen schnappt sie seine Hand und zerrt ihn von dem immer noch plappernden Louis fort, um ihn uns vorzustellen.

»Das sind Ollie und Tan«, erklärt sie ihm. »Meine zwei besten Freundinnen auf der ganzen weiten Welt. Ollie, Tan.« Sie atmet tief durch und lächelt, als stünde sie kurz davor, den Gewinner einer Tombola bekannt zu geben. Sacht schiebt sie den verschüchterten Schulsprecher auf uns zu. »Das ist Stuart.«

Er hält uns die Hand hin. »Mit u und a, nicht mit e, w, a.«

»Wie bitte?«

»Stuart mit u«, wiederholt er zaghaft lächelnd und streckt mir die Hand noch näher hin.

»Ah, klar, verstehe«, antworte ich. Nur einer Seite meines Mundes gelingt es, sich zu dem Lächeln zu verziehen, das ich beabsichtigt hatte.

»Ich habe dir schon von Ollie erzählt. Sie hat das Restaurant in Battersea«, posaunt Grace stolz.

Stuart hat ziemlich schwitzige Hände. Nach einem Händeschütteln, das ein wenig zu fest ausfällt, um noch angenehm zu sein, entschlüpfe ich – im wahren Sinne des Wortes – seinem Griff. Ich kann gerade noch den Drang unterdrücken, die Hand an meiner Hose abzuwischen.

»Und das ist Tanya.«

Der Umstand, dass Stuart der erste Mann überhaupt ist, der Tanya vorgestellt wird, ohne dass seine Augen gleich von ihrem Gesicht zu ihrem Dekolleté wandern, bringt ihm ein paar Gummipunkte ein. Eine kleine Wiedergutmachung für die Tatsache, dass ein Händedruck mit ihm an einen Händedruck mit einem großen, schlüpfrigen Fisch erinnert.

»Tanya arbeitet als Immobilienmaklerin«, fährt Grace unbekümmert fort. »Aber wir mögen sie trotzdem.«

»Ich bin Gebäudemanagerin …«, verbessert Tanya sie.

»Macht das einen Unterschied?«

»Nur bei der Provision«, frotzle ich.

»Ooh, schaut mal, da kommt Cornelia.« Grace hat ihre Chefin aus der PR-Firma entdeckt, die zögernd hereinkommt.

Sie lässt Stuarts Hand los, die sie ein wenig zu fest umklammert hielt für eine Frau, die eigentlich nicht zur anhänglichen Sorte gehört. »Ich muss sie wissen lassen, wo wir sind. Sie hasst es, allein in diese Art Bar kommen zu müssen. Hab versprochen, ihr einen großen Gin Tonic zu spendieren, weil ich heute eine Stunde früher gehen durfte.« Sagt's und schlüpft an mir vorbei. »Ich habe die Zeit gebraucht, um mich in Schale zu werfen.«

»Wahrscheinlich hast du mindestens eine Stunde gebraucht, um dein Korsett zu schnüren«, ziehe ich sie auf.

Grace streckt mir die Zunge raus. »Brauche ich etwa ein Korsett?« Sie deutet auf ihre unglaublich schlanke Taille. »Aber denk nur mal an den Spaß, sich langsam aus einem schälen zu lassen ...«, sie zwinkert, »Häkchen für Häkchen ...«

»Jemanden drei Stunden warten zu lassen, während du dich aus deinen Hüllen blätterst, dürfte für das Vorspiel eher tödlich sein«, murmle ich trocken. »Besonders in der ersten Nacht.«

»Na, wie gut, dass ich nur ein appetitliches Höschen trage«, flüstert sie mir kichernd ins Ohr. Breit grinsend wendet sie sich wieder zu Stuart um. »Ich lass euch drei allein, damit ihr euch ein bisschen kennen lernt. Bin gleich wieder da.«

»In Schale geworfen?« echot Tanya tonlos und bestürzt, als Gray mit höchst unmodern wehenden Rockschößen davonstürmt. »Selbst Queen Victoria hatte fröhlichere Klamotten an, als sie um ihren Bertie trauerte.«

Ich drehe mich zu Stuart um. Hoffentlich hat er diesen Kommentar nicht gehört.

Er lächelt mich an. Also nicht.

Ich lächle zurück.

Er lächelt.

Tanya lächelt.

Er lächelt.

Ich lächle erneut.

Tanya sieht mich an und schneidet eine Grimasse, die sie

hastig wieder zu einem gezwungenen Lächeln verzieht, als Stuart sich ihr zuwendet und sie weiter verkrampft angrinst. Doch er sagt noch immer nichts.

Aus irgendeinem Grund scheint auch mir plötzlich jegliche Kommunikationsfähigkeit abhanden zu kommen. Das muss ansteckend sein. Ich durchforste mein Gedächtnis nach einer passenden Einleitung. »Und, Stuart, wohnst du hier in der Nähe?« ist alles, was mir einfällt. Ich weiß sehr wohl, dass dem nicht so ist, doch da wir anscheinend gerade alle auf der Leitung stehen …

»Nein, glücklicherweise nicht. Meine Familie hat zwar eine kleine Wohnung in Kensington, aber eigentlich lebe ich in Leicestershire.«

»Glücklicherweise? Dann bist du also nicht scharf auf London?«, hakt Tanya verschmitzt nach. Als echtes Großstadtkind findet Tanya, dass alles, was jenseits der Stadtautobahn liegt, gleichbedeutend mit der tiefsten Provinz ist.

»Ich bin nicht gern in London. Ich muss gestehen, ich komme nur, wenn es sich nicht vermeiden lässt.«

Tanya verdreht die Augen, als Stuart erneut nervös lächelt. Dann vergräbt er das Gesicht in seinem Glas. Es gelingt ihm, eine atemberaubend lange Zeit so auszuharren, bis Gray mit Cornelia ankommt – gerade rechtzeitig, um ihn daran zu hindern, in seinem Mineralwasser zu ertrinken.

Cornelia ist eine ziemlich sauertöpfische Rothaarige von der Sorte, die Haarreifen und bequeme Schuhe tragen. Ich habe sie bereits einige Male getroffen. Sie gehört zu den Leuten, die im Büro richtig aufdrehen, sonst aber ein totaler Reinfall sind. Unsere Grace dagegen ist das menschliche Gegenstück zum Tierheim in Battersea. Sie neigt dazu, Verirrte und Heimatlose aufzulesen und ihnen, wenn nicht ein neues Heim, so doch ein Privatleben zu geben.

Doch nicht jeder ist so gutherzig und großmütig wie Grace.

Denn kaum ist Cornelia angekommen, beschließen die anderen Mädels, die mit Grace arbeiten, dass es für sie an der Zeit ist aufzubrechen.

Tanya blickt ihnen wehmütig hinterher, als sie sich in Richtung des nächstbesten Nachtclubs auf den Weg machen. Nachdem sie bei dem Versuch gescheitert ist, mit Stuart über ihre drei Lieblingsthemen, Shoppen, Clubben und Sex, zu plaudern, hat sie aufgegeben und sich in den Schutz der Bar verkrümelt, um Nachschub zu holen.

Nachdem sie Cornelia Stuart vorgestellt hat, sprechen Grace und sie nun über die Arbeit. Also beschließe ich, dass nun ich an der Reihe bin mit dem Versuch, Stuart aus der Reserve zu locken – wenn schon nicht aus seinem Mineralwasser. Doch nachdem wir, wie es mir vorkommt, eine kleine Ewigkeit höflichen und reichlich gestelzten Smalltalk betrieben haben, verfällt er wieder in beharrliches Schweigen. Er taucht in seinem Glas ab wie ein U-Boot in feindlichem Gewässer, das beim kleinsten Anzeichen einer möglichen Gefahr auf Tauchgang geht.

Als er endlich wieder auftaucht, überlasse ich ihn Louis, unserer quirligen Quasselstrippe. Bei ihm muss man, wenn einem nicht wirklich nach Reden zumute ist, nur so tun, als würde man zuhören, und von Zeit zu Zeit »hm-hm« murmeln, um den Redeschwall am Leben zu erhalten. Ich dagegen ziehe mich mit Tanya zu einer Krisenbesprechung aufs Damenklo zurück.

»Und, was hältst du von ihm?« Ich quartiere mein Hinterteil auf den Rand des Waschbeckens und suche in meiner Handtasche nach dem Make-up. Aufgrund einer kleineren Küchenkrise im Restaurant hatte ich keine Zeit zum Schminken, bevor ich Tanya abholte.

»Er trägt Cord!« Ungläubig schüttelt Tanya den Kopf.

»Ich muss zugeben, dass er sehr ländlich-lässig gekleidet ist«, erwidere ich und grabe meinen Lieblingslippenstift aus. »Aber ich meinte eher, was du von seiner Persönlichkeit hältst.«

»Soll das heißen, du hast eine entdeckt?«

»Oje, geht's dir auch so... Vielleicht ist er wirklich nur schüchtern. Gray sagte, er sei schüchtern.«

»Vielleicht hat er aber auch einfach keine.«

»Keine was, Mädels? Zerreißt ihr euch etwa gerade das Maul über Grays neuen Rüden... obwohl man eher ein »P« davor setzen sollte! Dabei habe ich noch nie erlebt, dass Grace sich solche Mühe gibt, einen Mann zu beeindrucken. Diese förmliche Vorstellung ist ja wohl auch neu. Normalerweise lernen wir doch ihren neuesten Beau kennen, indem wir in irgendeinem Club über sie stolpern, während sie ihn gerade abknutscht.« Das kommt von Louis, der zur Tür hereintänzelt, seinen Allerwertesten neben Tanya auf den Rand eines Waschbeckens schiebt und ihr eine Zigarette anbietet.

»Du dürftest eigentlich nicht hier rein«, erkläre ich ihm und ziehe die Augen zusammen, als der Zigarettenrauch uns einhüllt.

»Aber eure Klos sind viel schöner.« Louis sieht mich entwaffnend aus seinen strahlend blauen Augen an. »Ich finde ja, dass stille Örtchen politisch unkorrekt sind.« Er dreht sich zu dem Spiegel hinter uns um und wischt mit dem kleinen Finger einen vereinzelten Spritzer Wimperntusche vom Augenlid. »Es sollte nicht nur welche für Jungs und Mädels geben, sondern für Jungs, Mädels und Schwule.«

»Ach? Mit kleinen rosa Fußmatten?«, ziehe ich ihn auf.

»Man sollte den ganzen Quatsch lassen und eins für alle haben«, knurrt Tanya, die Lungen voller Rothmans.

»Schrecklicher Gedanke.« Ich rümpfe die Nase. »Du willst doch nur in einer Reihe an der Pissrinne stehen und Pimmel angucken, stimmt's?«

»Zugegeben, das wäre ein Vorteil...«, stimmt Louis zu, während er in meiner Handtasche stöbert und einen Lippenstift in Shell-Pink zu Tage fördert.

»Also, was haltet ihr nun von unserem Loverboy?«, murmelt er, wirft den Lippenstift wieder hinein und schnappt sich einen anderen.

»Darüber haben wir gerade gesprochen.«

»Er ist nicht ihr Typ.«

»Gray hat keinen Typ, ihr Geschmack ist extrem breit gefächert. Deshalb kommt sie auch mit uns so gut aus.«

»Der Heiligen, der Hure und der Sexgöttin«, spinnt Louis den Faden weiter. »Wobei ich die Sexgöttin bin, versteht sich.«

»Ach ja, und wer bin dann ich?«, fragt Tanya ihn und wirft herausfordernd den Kopf zurück.

»Das fragst du noch?«, entgegne ich, nehme Louis den tiefroten Lippenstift wieder weg und drücke ihm stattdessen einen nicht ganz so knalligen in die Hand. »Ich bin schließlich diejenige, die seit Ewigkeiten keinen Sex mehr hatte.«

»Klar, du mit deiner gepanzerten Unterhose.«

»Um Sex zu haben, braucht man in der Regel einen Mann …«

»Das hängt ja wohl ganz davon ab, worauf du stehst, Baby!«, zwitschert Louis.

»Und so einen will ich im Moment eben nicht«, schließe ich, den Einwurf ignorierend. Stattdessen versuche ich, mit den Fingern wieder etwas Form in meine langen, dunkelbraunen Haare zu bringen.

»Ach nein?«, fragt Tanya skeptisch. »Auch nicht zum Zweck der Freizeitgestaltung? Man muss nämlich keine Beziehung haben, wenn man guten Sex will, weißt du.«

»Ich weiß, aber wenn es mir nur um einen gewissen Appendix ginge, würde ich mir eher einen Vibrator kaufen. Wie sind wir eigentlich von Stuart auf Sex gekommen?«

»Stimmt, da besteht nicht gerade eine direkte Verbindung«, stichelt Louis.

»Du hast ihn doch nicht einfach stehen lassen?«, frage ich

besorgt. »Ich glaube, er hat sich da draußen ein bisschen unwohl gefühlt.«

»Neiiin. Er unterhält sich mit Cornelia. Ich glaube, die beiden wetteifern darum, wer den anderen zuerst zu Tode langweilen kann.«

»Er ist nicht gerade besonders unterhaltsam, was?«

»Sicher nicht das, was ich erwartet habe«, stimme ich kopfschüttelnd zu.

»Vielleicht hat Grace ja Torschlusspanik.«

Louis überlegt. »Oder er ist gut im Bett.«

»Ehrlich gesagt glaube ich nicht, dass sie schon mit ihm geschlafen hat.«

»Nicht?«, hauchen beide verwundert.

»Na ja, ich habe noch keine der üblichen Zusammenfassungen bekommen, nein. Und vorhin hat sie angedeutet, dass sie ihn heute vielleicht endlich aus seinem Calvin-Klein-Slip kriegt.«

»Ein Typ wie der trägt doch nicht Calvin Klein«, spottet Louis, der linientreue Modepriester.

»Nicht?«

»Eher Boxershorts«, erklärt Tanya nachdrücklich. »Mit Schottenkaros, um genau zu sein.«

»Wie haben die beiden sich nur getroffen?«

»Ha, das kann ich euch sagen. Erinnert ihr euch noch, wie sie ihren Wagen in den Graben gesetzt hat, als sie von einem Besuch bei ihrer Granny in York zurückkam?«

Louis zündet sich schaudernd eine weitere Zigarette an. »Und ob«, murmelt er.

»Tja, und *er* ist derjenige, der sie fand. Dann hat er sie rausgezogen und in die Zivilisation zurückgebracht – zur nächsten Werkstatt, um genau zu sein. Ihr persönlicher Ritter im schimmernden Landrover.«

»Jetzt wissen wir wenigstens, dass er ein guter Kerl ist.«

»Ein sehr, sehr netter Mann.«

»Und nun soll er also unseren Segen erhalten – oder auch nicht.«

Betretenes Schweigen breitet sich aus.

Louis macht als Erster den Mund auf. »Ich will ja nicht gemein sein, aber hat Grace etwa einen Schlag auf den Kopf bekommen, als sie den Unfall hatte?«

»Stuart hat erst ihren Wagen und dann sie abgeschleppt«, erwidert Tanya. »Es könnte sich um das Helfersyndrom handeln.«

»Was ist das denn?«

»Du weißt schon, wenn jemand für dich sorgt, dich umhegt, dir die fiebrige Stirn abwischt und dein Bett macht. Dann fühlt man sich geliebt und beschützt. Die meisten Menschen brauchen mehr Zuneigung, als sie zugeben würden.«

»Er war also ihre Florence Nightingale im schimmernden Landrover?«

»So etwas in der Art, genau.«

»Ich bleibe trotzdem bei meiner Kopfschlagtheorie«, schmollt Louis.

»Vielleicht sollten wir dem Mann eine Chance geben«, wage ich schuldbewusst einzuwerfen. »Wir kennen ihn doch erst seit einer Stunde.«

Tan zuckt die Achseln. »Du hast ja Recht. Er ist nur absolut nicht Grays Typ.«

»Moment«, unterbreche ich. »Er ist nicht *unser* Typ. Das ist ein Unterschied. Gray zuliebe sollten wir freundlich zu ihm sein. Außerdem wissen wir doch alle, wie gut sie darin ist, ein verborgenes Potenzial zu entdecken.«

»Genau. Denkt nur mal an ihr Haus. Als sie es kaufte, war es eine Bruchbude.« In Louis' Antwort auf meine Schnäppchentheorie schwingt nur ein ganz klein wenig Sarkasmus mit.

Glücklicherweise verstummen wir im rechten Moment, denn

eine bis über beide Ohren mit Mineralwasser abgefüllte Grace beschließt, in diesem Moment zum Pinkeln hereinzukommen.

»Ich hätte mir denken können, dass ihr euch hier verschanzt habt«, ruft sie aus ihrer Kabine. »Und ich weiß auch genau, worüber ihr gesprochen habt, also tut nicht so.«

Die Spülung geht, und Grace kommt heraus. Sanft stupst sie Tanya vom Rand des Waschbeckens, um sich die Hände zu waschen. »Also, was denkt ihr?«, fragt sie breit grinsend und sieht uns alle im Spiegel an. Sie sprudelt vor Begeisterung und erwartet unser Urteil mit einem gespannten Lächeln. »Na los«, ermuntert sie uns, als niemand etwas sagt. »Wie lautet das Urteil?«

»Na ja, er ist sicher nicht das, was wir erwartet haben«, setze ich vorsichtig an und werfe der nicht ganz so diplomatischen Tanya einen warnenden Blick zu.

»Wir hätten euch zwei nie als Paar zusammengetan«, fügt Tanya hinzu, wobei sie ihre Worte sehr bedächtig wählt.

»Ich auch nicht«, sagt Grace grinsend. »Als ich ihn das erste Mal sah, fand ich ihn furchtbar! Ich meine, ich war wirklich dankbar dafür, dass er mir aus der Patsche half. Aber wenn man mir damals gesagt hätte, dass ich mit ihm was anfange, hätte ich laut gelacht.«

»Und woher dann der Sinneswandel?«

»Er ist mir ans Herz gewachsen.« Sie lächelt versonnen.

»Wie eine Klette?«, murmelt Louis. »Oder wie Schimmel«, fügt er die Augen verdrehend hinzu.

Grace packt Louis und verwuschelt ihm zärtlich die Haare. Er zuckt zurück und grinst verschämt. »Pass auf mein Styling auf!«, jammert er und fährt mit den Fingern durch die blaue Haarpracht, um sie wieder aufzustacheln.

»Und du sei nicht so gemein«, ermahnt ihn Grace. »Ich habe euch doch gesagt, dass er schüchtern ist. Aber er ist wirklich ganz süß.«

»Wenn du es sagst.« Louis hält die Hände unter kaltes Wasser und fährt mit den feuchten Fingern erneut durch sein platt gedrücktes Haar.

»Das tue ich, ja. Ihr werdet euch an ihn gewöhnen.« Sie sieht uns der Reihe nach flehend an. »Vertraut mir. Ihr werdet ihn bald genauso ins Herz geschlossen haben wie ich. Ehrlich gesagt ...« Das flehende Lächeln weicht dem frechen, durchtriebenen Grinsen, das ich bei ihr seit siebzehn Jahren kenne und liebe. »Ehrlich gesagt mache ich mir nur um eines Sorgen: Ob er sich auch an euch Schreckgespenster gewöhnen kann. Ich meine, ich habe *Jahre* gebraucht ...«

Stuart mit u und Gray besteigen um halb elf Händchen haltend ein Taxi.

»Sie ist vor der letzten Bestellung gegangen«, murmelt Tanya schockiert, schüttelt den Kopf und kippt ihren siebten Gin runter – der Tonic ist mit jedem Drink weniger geworden.

»Und ohne mich!«, heult Louis. »Ich dachte, dass wir uns ein Taxi zurück teilen!«

Louis und Grace leben beide im Stadtteil Islington. Grace in einem hübschen Reihenhäuschen, in dessen Renovierung sie in den letzten drei Jahren viel Zeit und Geld gesteckt hat, Louis in einem riesigen alten Mietshaus, das ihm und ungefähr acht seiner durchgeknallten Freunde ein Dach über dem Kopf bietet und deshalb Pink Party Palace getauft wurde.

»Keine Sorge, Sweetie.« Ich hake mich bei ihm unter. »Ich fahre dich.«

»Aber das ist doch ein Riesenumweg.«

»Ich weiß. Daran sieht man halt, was für eine gutmütige, liebenswerte und aufopfernde Freundin ich bin.«

»Du hast wohl ein schlechtes Gewissen, weil du ihn mies gemacht hast, was?«

»Was, Stuart mit u etwa?«, spottet Tanya.

»Genau«, antworte ich Louis und ignoriere dabei Tanyas verächtlich verzogenen Mund. »Und das kompensiere ich jetzt, indem ich überfreundlich zu dir bin. Du solltest es ausnutzen, solange es geht.«

Wir wandern die zwei Kilometer zu meinem Auto Arm in Arm zurück, wie kleine Mädchen, aber ohne »Und hoch das Bein« zu spielen. Okay, ich geb's zu, wir schmeißen die Beine doch regelmäßig in die Luft. Aber wenn man bedenkt, dass ich achtundzwanzig bin, Louis siebenundzwanzig und Tanya frisch gebackene dreiunddreißig, dann ist es ganz schön peinlich, das zu tun.

Louis, der leicht angeheitert ist, kriecht auf den Rücksitz. Er hält noch immer eine Flasche Budweiser in der Hand. »Stuart mit u!«, seufzt er bekümmert, setzt schwungvoll die Flasche an und nimmt einen Schluck. Ungläubig schüttelt er den Kopf. »Er hat den ganzen Abend Wasser getrunken.«

»Ich auch. Na ja, zumindest fast.«

»Schon, aber du musst auch fahren.«

»Man muss nicht trinken, um interessant zu sein.«

»Ich weiß, aber in diesem Fall wäre es hilfreich!«

»Ich glaube, es ist einfach die logische Reaktion auf ihre letzte Beziehung.« Tanya lässt sich auf den Beifahrersitz gleiten, klappt die Sonnenblende herunter und erneuert vor dem Spiegel ihren Lippenstift. »Arty war so unzuverlässig, dass sie jetzt auf Nummer sicher geht.«

»Auf Nummer langweilig«, lässt sich Louis knurrend aus den Tiefen des Rücksitzes vernehmen.

»Kommt schon«, rede ich auf sie ein. »Wir haben Gray versprochen, dass wir ihn erst ein bisschen besser kennen lernen, bevor wir unser abschließendes Urteil fällen.«

»Das weiß ich doch«, entgegnet Louis schuldbewusst. »Ich hab's ja versucht, Ollie, wirklich, aber das war, als wolle man einen Eisberg mit einem Fön zum Schmelzen bringen.«

»Wir haben es alle versucht«, sage ich seufzend. »Ich muss gestehen, er hat noch nicht mal über meinen Nonnenwitz gelacht.«

»Na klasse!«, höhnt Tanya. »Das zeigt wenigstens, dass er doch einen gewissen Stil hat.«

»Jeder lacht über meinen Nonnenwitz.«

»Nur, weil du ihn normalerweise erzählst, wenn wir alle so besoffen sind, dass wir auch über eine politische Debatte lachen würden.«

»Über die lachen wir doch normalerweise sowieso.«

»Ich mochte Arty«, wirft Louis traurig ein.

»Arty war ein Säufer.« Nachdem sie mit den Lippen fertig ist, entdeckt Tan Wimperntusche im Handschuhfach und fängt an, ihre Wimpern zu bearbeiten.

»Eben, ich mochte Arty. Er wusste, was eine Party ist. Party-Arty.«

»Vielleicht ist er ja *wirklich* schüchtern, wie Gray behauptet«, sinniere ich. »Wir können bei der ersten Dosis ganz schön schwer verdaulich sein.«

»Wie widerliche Medizin? Na, dann Prost…«, tadelt mich Tanya. »Ich dachte immer, ich hätte etwas von einem Glas Champagner – aus ganz eindeutigen Gründen: meine prickelnde Persönlichkeit, mein erlesener Geschmack…«

»Und am Morgen danach bist du total abgestanden, weil du mal wieder bei einer ausschweifenden Fete die Korken hast knallen lassen«, ergänze ich.

Louis schüttelt bedrückt den Kopf. »Ganz wie bei Marilyn und Arthur Miller.«

»Die Hure und der Sture«, zieht Tanya ihn zynisch auf, denn sie weiß genau, dass die entzückende Marilyn Monroe sein Idol ist.

»Keine Sorge«, beschwichtige ich ihn. »Ich kenne Grace. Ich habe so ein Gefühl, dass Stuart mit u nur ein Abstecher ist.

Sie will einmal etwas anderes als die Partylöwen ausprobieren, die sie normalerweise an Land zieht. In einigen Wochen wird sie zum Nächsten übergegangen sein.«

»Bleibt zu hoffen, dass der ein bisschen mehr Leben hat als ein alter Fußabtreter, auf dem sich jeder seine Latschen abgewischt hat.«

Wir setzen Louis vor seiner WG vier Straßen von Grace' Haus entfernt ab und brechen gerade zum zweiten Teil der Reise nach Mayfair auf, als Tanya eine Imbissbude entdeckt, die noch auf hat. Tanya gehört nämlich zu den beneidenswerten Menschen, die Großbritannien bei der Junk-Food-Olympiade vertreten und mit weniger Gewicht daraus hervorgehen könnten, als sie vor der Fressorgie hatten.

»Halt an, ich bin am Verhungern!«

»Du bist eine menschliche Mülltonne.«

»Ich bin ein menschlicher Dynamo.«

»Ich dachte, das wäre dein Klempner.«

»Nein, der ist eine menschliche Dynamitstange; dringt in Gegenden vor, die andere Klempner nicht erreichen können. Halt an, ich brauch 'nen Burger.«

»Wie kannst du nur so einen Müll essen?«, frage ich angeekelt.

»Indem ich einfach den Mund aufmache.«

»Ha, ha, Witz, komm raus! Warum kommst du nicht einfach mit ins Tate's und isst was Vernünftiges mit mir?«

»Und gehe das Risiko ein, mich von Claude antatschen zu lassen, deinem schamlosen Chefkoch? Nein danke. Sein Essen mag ja göttlich sein, aber er ist die Hölle. Besonders, wenn er besoffen ist, was«, sie wirft einen Blick auf ihre Gucci-Uhr, »er um diese Zeit sicher ist.«

»Wie jedes Genie«, erwidere ich, »ist er ein bisschen durchgeknallt.«

»Das ist eine sehr höfliche Umschreibung.«

»Er ist nett, wenn er nüchtern ist.«

»Was so häufig vorkommt wie das Auftauchen des Halley-schen Kometen. *There's a rat in the kitchen...*«, beginnt Tanya zu singen.

»Genau, und die heißt Claude der Koch«, entgegne ich trocken.

»Versucht er immer noch, deine Bedienungen flach zu legen?«

»Was glaubst du denn? Neulich hat er sogar Louis einen Klaps auf den Allerwertesten gegeben, als er mit einem Stapel dreckigem Geschirr rückwärts zur Tür hereinkam. Ich muss allerdings zugeben, das Louis eine verschärfte Jeans anhatte. Er dachte wahrscheinlich, dass es der Hintern meiner entzückenden Serviererin war, der da so verführerisch in sein Terrain eindringt.«

Tanya schaudert. »Er ist furchtbar. Ich verstehe einfach nicht, warum du ihn behältst.«

»Ganz einfach: Er ist ein Alptraum, aber sein Essen ist ein Traum... Außerdem kostet er mich auch kein Vermögen. Er wurde nämlich von so ziemlich jedem anderen Restaurant in London gefeuert, weil er sich so danebenbenimmt.«

»Ich dachte, es wird von allen Chefköchen geradezu *erwartet*, dass sie sich danebenbenehmen.«

»Eine große Zahl ist für ihr Temperament berühmt, ja«, antworte ich zurückhaltend.

»Was also ist an Claude schlimmer?«

»Na ja, hast du den Teil vom *Rosenkrieg* gesehen, wo... wo Michael Douglas sich, du weißt schon... äh... über Kathleen Turners Kochtopf erleichtert? Tja, im letzten Restaurant, wo er arbeitete, gab es einen ähnlichen Vorfall. Dabei hat wohl auch eine sehr teure Flasche Chablis eine Rolle gespielt.«

»Brrg!«, kreischt Tanya. »Und da willst du, dass ich in deinem Restaurant esse!«

»Keine Sorge, meine Liebe, sein letzter Chef hat eine Saite in ihm zum Schwingen gebracht, an die ich nie herankäme.«

»Wie denn das?«

»Er hat mit Claudes Frau geschlafen.«

»Ich würde trotzdem lieber eine leichte Salmonellenvergiftung riskieren.«

Ich gebe nach und halte am Straßenrand. Tanya springt aus dem Wagen und marschiert in die Burger-Bude. Wenige Minuten später sitzt sie wieder im Auto, im Arm eine Riesenportion Pommes, einen großen Hamburger und die Telefonnummer des öligen griechischen Adonis hinter der Theke.

»Da kriegt Fast-Food eine ganz neue Bedeutung«, erläutert sie grinsend und zwinkert dem Typ, der uns immer noch hinterhergafft, aufreizend zu. Als ich losfahre, bietet sie mir von ihren Fritten an.

»Du würdest auch in einem Kloster jemanden aufreißen.«

»Er hat einen Bruder, vielleicht könnten wir ein Doppel-Date arrangieren.«

»Nein, danke.«

»Warum nicht?«

»Nicht mein Typ.«

»Woher willst du das wissen? Du hast ihn noch nicht mal gesehen«, ruft Tanya verzweifelt. »Also wirklich, Ollie, manchmal denke ich, du hast überhaupt keinen Typ! Entweder das oder du bist eine verkappte Lesbe und hast es mir nur noch nicht erzählt.«

»Ich bin eine verkappte Lesbe«, entgegne ich trocken. »Ich habe es dir nur noch nicht erzählt.«

Nachdem ich Tanya abgesetzt habe, fahre ich über die Chelsea Bridge zurück und komme schließlich irgendwann nach Mitternacht in Battersea an – gerade rechtzeitig, um Melanie, meiner besten – und einzigen – Bedienung, dabei zu helfen, die

Industriespülmaschine einzuräumen. Der Abend ist anscheinend ziemlich ruhig verlaufen. Trotz Tanyas Bedenken und trotz der Tatsache, dass ich mich ganz gerne für unabkömmlich halte, sobald es um das Tate's geht, ist mein Chefkoch Claude nüchtern geblieben und scheint das Kind auch ohne mich ganz gut geschaukelt zu haben.

Nachdem Melanie fort ist, kehre ich in den Gastraum zurück und wandere umher, vorgeblich, um zu überprüfen, ob Türen und Fenster verschlossen und alle Kerzen gelöscht sind und keine Zigaretten in versteckten Ecken glimmen. Dieses Ritual führe ich jeden Abend nach Restaurantschluss durch. Das geschieht jedoch nicht nur aus Sorge um mein Wohlergehen und meine Sicherheit. Jetzt habe ich nämlich Zeit, in meinem geliebten Restaurant herumzuwerkeln und mich in dem schwer verdienten Genuss der Erkenntnis zu aalen, dass es mir tatsächlich gelungen ist, einen großen Traum in solide Realität zu verwandeln.

Vor knapp zwei Jahren habe ich einen gut bezahlten Marketingjob an den Nagel gehängt, um mich ganz der verrückten Idee zu widmen, mein eigenes Restaurant zu eröffnen. Bisher hat sich die verrückte Idee als durchaus annehmbare Wirklichkeit erwiesen. Es war eine harte Plackerei, aber ich glaube, dass ich allmählich die Kurve kriege. Wir gehören noch nicht zur Crème de la Crème, und wir sind auch noch nicht zwei Monate im Voraus ausgebucht, aber zu meiner großen Befriedigung muss man dieser Tage reservieren, um sicherzustellen, dass man einen Tisch bekommt. Das Tate's war ursprünglich eine altmodische Bäckerei, und diese rustikale Linie habe ich beibehalten. Das Restaurant hat in warmem Ocker gestrichene Wände, Steinfußböden, solide Holztische und eine bunte Mischung von Sitzgelegenheiten, die von alten Kirchenbänken bis zu schwarzen, verschnörkelten Eisenstühlen reicht. Sogar ein falscher Thron aus vergoldetem Holz befindet sich darunter, den Grace aus der letzten Opernproduktion ihrer Mutter stibitzt hat. Er nimmt den Ehrenplatz am Kopfende des größten Tisches ein.

Das eigentliche Restaurant besteht aus einem großen Raum, der ziemlich eigenwillig geschnitten ist. Ein bisschen wie ein großes, auf dem Kopf stehendes L mit Ausbuchtungen an jedem Ende, wodurch anheimelnde kleine Nischen entstanden sind, die ideal für Liebespärchen auf der Suche nach Geborgenheit sind. Es gibt zwei Feuerstellen, eine mitten im Raum, wo sich früher ein riesiger Ofen befand, von dem jetzt aber nur noch ein Steinbogen mit einem schwarzen Rost übrig ist, der nach beiden Seiten offen ist. Er teilt den Fuß des umgedrehten Ls. Die andere Feuerstelle ist groß genug, um ein Spanferkel darin zu rösten, und befindet sich an der Wand. Sie heizt das gesamte Haus und verwandelt mein Badezimmer, das sich direkt darüber befindet, zu jeder Jahreszeit in eine Sauna.

An den Wänden hängen alte Familienfotos in Schwarzweiß. Ich fand das angemessen, da das Etablissement meinen Familiennamen trägt. Ich wollte es zuerst »Die Bäckerei« nennen, eine näher liegende und weniger egoistische Wahl, aber weil es solch eine elende Schufterei war, alles aufzubauen, war mir wichtig, dass der ganzen Welt – und insbesondere meinem Sachbearbeiter bei der Bank und den halsabschneiderischen Bauunternehmern – bewusst wurde, dass ich es geschafft habe. Daher das ungewöhnlich große Schild über dem Eingang, auf dem »Olivia Tate – Inhaberin« steht.

Die Fotos sind lustig – na ja, zumindest für mich – und eine nicht zu verpassende Gelegenheit, gewisse Mitglieder meiner Familie in Verlegenheit zu bringen. Besonderen Anlass zu familiärem Kummer geben ein Bild meines Bruders Jack im Alter von zwei Jahren, auf dem er für eine Karnevalsfeier verkleidet ist, mit pampigem Gesicht und Zipfelmütze mit Glocke, die er in einem Anfall kindlichen Grolls auf den Boden gepfeffert hat – aufs Höchste peinlich für jemanden, der inzwischen ein angesehener Rechtsanwalt ist –, das passende Bild meiner großen Schwester Ella – sie war als Kind ziemlich pummelig und legt nicht unbedingt Wert darauf, dass halb Chelsea davon erfährt – und dann ein wundervolles Foto meiner Mutter mit ultraspitzen Schuhen, einer Hochfrisur, neben der der Millennium Dome winzig wirkt, und mehr schwarzem Kajal als Morticia Adams – jedenfalls aber genug, um sie felsenfest davon zu überzeugen, dass dieser Schnappschuss sicherlich nicht für die breite Öffentlichkeit bestimmt ist. Außerdem hängen da auch Bilder neueren Datums; viele von ihnen zeigen mich mit der Rasselbande, und meistens ist mindestens einer sturzbetrunken und tut gerade etwas höchst Peinliches.

Grace, Tanya, Louis und ich sind die vier Musketiere.

Grace und ich kennen uns, seit wir klein waren, und Tanya, Louis und ich haben uns getroffen, als wir alle etwa zur selben Zeit in der Marketingabteilung eines großen Unternehmens angefangen haben. Wir sind sehr verschieden, doch wir alle haben die gleiche Lebensfreude und den gleichen, total durchgeknallten Sinn für Humor. Uns verbindet eine unzertrennliche Freundschaft, die mir, abgesehen vom Tate's, mit am wichtigsten auf der Welt ist.

Ich weiß, dass jeder Einzelne von ihnen in einer Krise für mich da wäre. Ich darf mich sehr glücklich schätzen, so viele gute Freunde zu haben. Und ich darf mich noch viel glücklicher schätzen, drei besonders gute Freunde zu haben, die für mich durchs Feuer gehen würden, wenn sie müssten.

Louis findet, dass er künstlerisch eine »Eins« ist. Wie man sich unschwer vorstellen kann, findet Tanya, dass vielleicht ein Schuh daraus wird, wenn man von der »Eins« eins abzieht. Ich finde, das Problem mit Louis ist, dass er noch nicht wirklich herausgefunden hat, wo diese künstlerische Begabung liegt. Er hat schon so ziemlich alles ausprobiert. Gesang war seine erste Leidenschaft, und in den Pubs im Londoner East End schmettert er noch immer so manch überraschend guten Rocksong. Während der letzten vier Jahre hat er außerdem an einem Buch geschrieben, obwohl er, glaube ich, noch immer bei Kapitel drei ist und die Handlung öfter geändert hat als Madonna ihr Image. Seine neueste Leidenschaft gilt jedoch der Schauspielerei. Bisher hat er das auch ganz gut hinbekommen – man konnte ihn in so ziemlich jeder bekannten Seifenoper durchs Bild laufen sehen, und einmal durfte er sogar in einer Krimiserie als besoffener Clubber einem Polizisten auf die Stiefel kotzen.

Um genug Zeit zu haben, diese Träume zu verwirklichen, hat Louis ebenfalls seine viel versprechende Karriere im Marketing an den Nagel gehängt – er war der Letzte von uns, der aus dem bereits erwähnten großen Unternehmen entflohen ist. Jetzt verbringt er die ihm zwischen Castings, kleineren Auftritten und seinem getreuen Laptop verbleibende Zeit damit, in meinem Restaurant als Barkeeper und als Londons offiziell talentiertester Ober zu arbeiten.

Tanya: Tja, wir nennen sie die heilige Hure. Doch obwohl wir sie immer aufziehen und piesacken, ist sie in Wirklichkeit ein Ausbund an Tugend – SCHÖN WÄR's! Tanya ist ein Kerl mit dem Körper einer Frau. Ich will damit nicht sagen, dass sie auf Frauen steht, sondern nur, dass sie eine männliche Einstellung zum Sex hat. Der hat für sie nicht Gefühls-, sondern vorrangig Freizeitwert. Außerdem behauptet sie steif und fest, dass sie noch nie verliebt war, und glaubt nicht wirklich, dass es so etwas überhaupt gibt. Ihrer Theorie zufolge ist Liebe nichts anderes als verkehrte Lust. Das tut jedoch der Tatsache keinen Abbruch, dass sie die Aufmerksamkeit in Person ist, wenn es um ihre Freunde geht. Trotz des Designer-Lifestyles war sie eine der ersten, die sich einen Overall überwarfen und ranklotzten, als ich mich selbständig machte und das Tate's aufbaute. Und wann immer ich zu unchristlicher Stunde einen teilnahmsvollen Zuhörer brauche, wähle ich als Erstes ihre Nummer.

Dann ist da noch Grace: Intelligent, schön, lustig, liebenswürdig und, ihrer letzten Eroberung nach zu schließen, ein bisschen zu gutmütig! Bemuttert uns alle und hat doch einen kleinen Dachschaden.

Wir sind alle so verschieden und doch so ähnlich.

Stuart mit u tut mir doch etwas Leid, weil wir uns so nahe stehen. Seien wir doch mal ehrlich: Selbst Mel Gibson würde strengstens begutachtet, falls Gray ihn unserem Urteil aussetzen würde – natürlich erst, nachdem wir aufgehört hätten, zu geifern und um Autogramme zu betteln.

Doch noch etwas macht mir Sorgen.

So seltsam es sich auch anhören mag, Grace und ich haben einen solch unterschiedlichen Geschmack, dass mir ihre Freunde nie so richtig gefallen haben. Der hier aber ist der Erste, der mir wirklich *nicht* gefällt. Sie wissen schon, wie bei der Sorte, vor der man bei den Schmusereien auf dem Schulhof Reißaus genommen hat, weil allein der Gedanke, dass es zu einem Schmatzer kommen könnte, so unappetitlich war.

Aber lassen wir das. Jedem das seine. Wenn wir alle auf den gleichen Typ flögen, gäbe es eine Menge einsamer Menschen auf der Welt. Und auch ein paar total eingebildete. Aber ich schweife ab.

Ich überzeuge mich, dass alles in Ordnung ist, dass das Tate's wirklich und wahrhaftig existiert und ich nicht träume und noch an einen festen Bürojob gebunden bin, den ich hasse. Dann schließe ich ab und stapfe treppauf in die Wohnung über dem Restaurant, die ich seit zwei Jahren mein Heim nenne.

Meine Wohnung ist ganz im, wie ich ihn nenne, minimalistischen Stil gehalten. Mit anderen Worten: Sie ist viel zu klein für mich *und* meine Möbel. Sie besteht nämlich nur aus vier Zimmern, die alle von Tanya, einer wahren Pinselakrobatin, ocker gestrichen wurden. Die Farbe war noch vom Restaurant übrig. Das größte ist mein Schlafzimmer, mein sicherer Hafen, der Schutz vor der Außenwelt bietet. Und das in Form eines riesigen Bettes mit einer knallroten Decke in Übergröße als Farbtupfer. Darunter krieche ich immer, wenn mir mal wieder alles über den Kopf zu wachsen beginnt. Wenn man mich nicht an dem riesigen, blank gescheuerten Holztisch in der Restaurantküche antrifft, der mein liebster Platz auf der ganzen Welt ist – insbesondere, wenn ich flüssig genug bin, um über die besseren Jahrgänge meines Weinkellers herzufallen –, dann findet man mich aller Wahrscheinlichkeit nach in diesem Bett, vergraben unter meiner Decke, und der tragbare Fernseher läuft.

Das Bad ist mein zweitliebster Raum. Obwohl man sich darin kaum umdrehen kann, mag ich – natürlich abgesehen davon, am Küchentisch rumzuhängen oder im Bett rumzulümmeln – nichts lieber, als mit einem guten Buch und einem guten Tropfen in einem Schaumbad zu liegen, bis meine Haut einer verschrumpelten Rosine gleicht.

Göttlich.

Dann haben wir da das Wohnzimmer – hier hat man etwas mehr Kopffreiheit und stößt sich etwas seltener die Birne an, aber nicht viel seltener. Es gibt genug Platz für ein Sofa, eine ganze Reihe weiterer Familienfotos – ich bin eine begeisterte Hobbyfotografin – und einen Fernseher, der nur gegen zwei Uhr morgens eingeschaltet wird, wenn nichts anders als Trash-TV läuft, wie ich es nenne. Wegen meiner ungewöhnlichen Arbeitszeiten habe ich die wirklich schlechte Angewohnheit angenommen, bis spät nachts aufzubleiben, mir beschissene amerikanische Fernsehfilme reinzuziehen und stets immer dann einzupennen, bevor der dramatische Showdown und somit das Ende kommt. In der Regel wache ich dann am nächsten Morgen auf und bin völlig zerschlagen und frustriert darüber, dass ich nicht miterlebt habe, ob Sharon, Ende dreißig, erfolgreich, aber Single, es geschafft hat, Robert beizukommen, dem potenziellen Mann ihrer Träume, der sich aber als Axt schwingender Perverser herausgestellt hat, und das ohne die Hilfe des sexy Cops, groß, dunkel, gut aussehend und einzelgängerisch, der mehr als einen Schlagstock vorne in seiner Hose stecken hat, die meiner Meinung nach übrigens viel zu eng ist, als dass man darin Verbrecher jagen könnte.

Der letzte Raum schließlich ist die Küche. Die benutze ich nur ab und zu für eine Tasse Kaffee, da ich normalerweise unten im Restaurant esse.

Es hat Vor- und Nachteile, »über dem Geschäft« zu wohnen. Nie war es so leicht, mitternächtlichen Fressanfällen nachzugeben, weshalb sie auch nie so gefährlich waren. Manchmal denke ich ernsthaft darüber nach, ob ich nicht den Kühlschrank mit einem Vorhängeschloss sichern und den Schlüssel einem der Angestellten mit nach Hause geben sollte: Schokoladenkuchen war nie dazu gedacht, *so* leicht verfügbar zu sein.

Doch alles in allem scheine ich mein Leben allmählich unter Kontrolle zu kriegen, trotz meines Mangels an Selbstdisziplin. Ich habe meine Freunde und das Tate's. Beide können manchmal ganz schön anstrengend sein, machen mich aber unglaublich glücklich. Keinen Mann, aber im Gegensatz zu Tanya und Grace halte ich so etwas auch eher für einen Luxus als für eine Notwendigkeit.

Ich frage mich, zu welcher Kategorie Stuart wohl gehört – ist er ein Luxus oder eine Notwendigkeit?

Ich komme mir ein bisschen gemein vor, als mir als Alternative spontan das Wort »Kuriosität« durch den Kopf schießt. Tatsache ist, dass es wirklich seltsam ist, wenn jemand wie Grace sich mit einem Mann wie ihm einlässt.

Ach was! Wahrscheinlich sollte ich mir nicht zu sehr den

Kopf zerbrechen. Was sie nicht schon alles ausprobiert hat: Snobs und Spinner, Draufgänger, Drückeberger, Luftikusse und Lümmel. Ob sie also den Langweiler jetzt oder später abhakt, welchen Unterschied macht das schon?

Kapitel 2

Wie prophezeit, beginnen Grace' Rockschöße nach wenigen Tagen wieder kürzer zu werden, jedes Mal um vielleicht zwei, drei Zentimeter. Sie bewegen sich langsam aber stetig in die richtige Richtung. Doch nach zwei Wochen hat sie immer noch keine Vernunft angenommen und ihren Captain Sensible in die Wüste geschickt. Im Gegenteil: Entgegen unserer anfänglichen Prognose, dass er nur ein kleines Strohfeuer sei, scheint es zwischen den beiden ziemlich schnell ziemlich ernst zu werden.

Seit sie mit ihm zusammen ist, haben wir sie höchstens zwei Mal gesehen. Nicht, dass sie die ganze Zeit mit ihm verbringen würde. Glücklicherweise wohnt er zu weit weg, als dass die beiden das für frisch Verliebte typische Stadium erreichen könnten, in dem keiner ohne den anderen sein kann. Aber irgendwie kriegt man sie trotzdem *nie* zu fassen. Ihr Handy ist immer ausgeschaltet, und bei ihr zu Hause ist ständig besetzt, entweder, weil die beiden dreistündige Gespräche führen oder dauernd online sind und im Internet chatten.

Tanya, Louis und ich sitzen in der Küche des Tate's. Louis und ich haben gerade den sonntäglichen Mittagsrummel abgeschlossen und sind an dem riesigen Küchentisch zusammengebrochen, wo wir uns die letzten Stücke eines unverschämt schokoladigen Schokoladenkuchens reinziehen, der heute auf der Karte stand. Tanya dagegen trauert um eine weitere Samstagnacht ohne Grace als ihrer getreuen Club-Kameradin, die immer mit ihr bis zum Umfallen abgetanzt und auf Teufel komm raus geflirtet hat.

»Aber du hattest doch trotzdem Spaß, oder?«, frage ich.

Louis und ich mussten gestern Abend beide arbeiten und sind ein kleines bisschen eifersüchtig darauf, dass Tanya überhaupt ausgehen konnte, obwohl wir es ihr natürlich auch gönnen.

»Na klar hatte ich Spaß. Ich habe immer Spaß. Aber ohne Gray ist es einfach nicht das Gleiche. Wusstet ihr schon, dass die zwei sich im gleichen Chatroom eingetragen haben, damit sie sich die ganze Nacht zutexten können? Ich hätte nie gedacht, dass ich den Tag erlebe, an dem Gray es vorzieht, einen Samstag zu Hause vor ihrem Computer zu verbringen, statt mit mir auf die Piste zu gehen. Ich habe gleich geahnt, dass dieser Stuart ein langweiliger Computerheini ist«, stöhnt Tanya.

»Man braucht keinen Computer, um ein langweiliger Heini zu sein«, bemerkt Louis giftig.

»Vielleicht sollten wir ihm noch eine Chance geben«, werfe ich ein und komme mir richtig großmütig vor. »Ich meine, wir haben den Kerl doch erst einmal gesehen. Vielleicht ist er *wirklich* schüchtern. Sie sagte doch, er sei schüchtern«, wiederhole ich zum x-ten Mal. »Sollten wir nicht noch mal zusammen ausgehen? Um ihn besser kennen zu lernen und aus der Reserve zu locken?«

Die beiden sehen sich achselzuckend an.

»Wäre eigentlich fair«, sagt Louis.

»Grace zuliebe«, ergänzt Tanya.

»Wir wär's mit dem JoJo's?«, schlägt Louis vor.

»Als ich sagte, wir sollten ihn aus der Reserve locken, meinte ich nicht, dass er sich gleich outen soll!«

»O bitte, ich war seit Ewigkeiten nicht da und es ist so nett dort. Vorher könnten wir auch im Groucho oder im Max essen – die sind gleich um die Ecke.«

»Ich hatte eher an eine nette Kneipe gedacht, und anschließend gehen wir zu Abigails Party.«

Louis verzieht das Gesicht.

»Da sind jede Menge süße Typen.«

»Alle *straight*«, entgegnet er enttäuscht.

»Das bezweifle ich sehr.«

»Na ja, wenn da lauter Heteros rumlaufen, könnten wir vielleicht einen für Gray finden«, schlägt Tanya hoffnungsvoll vor.

»Ziel des Abends ist, Stuart kennen zu lernen, nicht, ihn loszuwerden …«, wende ich ein, als Louis mich bittend ansieht. »Außerdem scheint sie ziemlich glücklich mit ihm zu sein.«

»Der Himmel weiß, warum!«

»Wenn Gray ihn mag, dann muss er über gewisse Qualitäten verfügen.« Ich versuche, der Vernunft das Wort zu reden, doch das ist schwierig, da ich die Gefühle meiner Freunde teile.

»Klar«, Tanya wedelt mit ihrer Gabel, »aber du weißt doch, wie sie bei hoffnungslosen Fällen ist.«

»Stimmt, doch sie ist noch nie mit einem dieser Fälle gegangen«, fügt Louis hinzu, taucht seinen Löffel in die frische Sahne und schleckt ihn genüsslich ab.

»Eben deshalb finde ich, wir sollten uns die Mühe machen, ihn etwas näher kennen zu lernen. Und sei es auch nur Gray zuliebe. Vielleicht sieht sie etwas in ihm, das uns entgangen ist.«

»Vielleicht. Entweder das oder die Gray, die wir kennen und lieben, ist nicht die Gray, die wir kennen und lieben«, sinniert Louis.

»Was zum Teufel meinst du damit?« Tanya gibt ihm einen gutmütigen Klaps auf die Hand, als er versucht, ihr unberührtes Stück Torte zu mopsen.

»Du willst es doch gar nicht«, bettelt er und klimpert entwaffnend mit seinen langen Wimpern.

»Ach ja? Nur weil ich meins nicht runterschlinge, als hätte ich seit drei Tagen nichts gegessen … Also, was meinst du damit?«

»Na ja, so wie Grace sich in letzter Zeit verhält, könnte man meinen, sie sei in die Hände von Aliens gefallen. Ihr wisst schon, sie sieht aus wie Grace, ist aber in Wirklichkeit nur noch eine Hülle, in der ein Wesen vom Planeten Zarg steckt.« Louis Gabel pirscht sich jetzt an meinen Teller heran und kommt ungestraft mit dem Diebstahl meines Tortenstücks davon.

Ich schüttle den Kopf. Nicht über den Diebstahl meines Nachtisches, sondern über Louis letzte Bemerkung. Irgendwie hat er Recht: Es kommt mir vor, als hätte Grace sich plötzlich in einen ganz anderen Menschen verwandelt, wobei sie ihre Vorlieben und Abneigungen an die von Stuart angepasst hat. Wahrscheinlich machen wir das alle bis zu einem gewissen Grad bei einer neuen Beziehung. Aber Stuarts Vorlieben und Abneigungen sind so anders als Grace', dass die Veränderung bei ihr sehr extrem und radikal ausfällt.

Am nächsten Freitag sitzen wir abends in der von uns ausgesuchten Kneipe und warten nervös auf Grace und Stuart. Wir haben uns geschworen, besonders freundlich zu sein und uns wirklich Mühe mit Stuart zu geben. Nichts zu Offensichtliches, wir wollen nur, dass er sich wohl fühlt und vielleicht etwas aus sich rausgeht.

Grace erscheint in einem Rock, der bis zur Hälfte der Waden reicht. Eine echte Verbesserung gegenüber der viktorianischen Antiquität, doch immer noch Meilen entfernt von ihrem üblichen Stil. Außerdem hat sie sich stolz einen Seidenschal mit Blumenmuster um den Kopf geknotet. Es stellt sich heraus, dass er ein Geschenk von Stuart ist. Ich hätte mir denken können, dass er seine Hand im Spiel hatte. Wenn Grace sich so etwas selbst gekauft hätte, hätte sie es als freches Accessoire zu ihrem Boheme-Look eingesetzt; so aber gleicht sie eher einem braven Hausmütterchen.

Stuart dagegen sieht eher besser aus. Er hat sich das Haar etwas kürzer schneiden lassen, was ihm viel besser steht als der frühere Kochtopfschnitt. Er trägt noch immer dasselbe, drei Jahre alte Armani-Sakko, hat aber dieses Mal neue schwarze Cordhosen und ein frisches schwarzes Polohemd an. Louis ist entzückt, als er bei näherem Hinsehen ein Label von Paul Smith entdeckt.

Trotzdem finde ich ihn noch immer in etwa so anziehend wie die Aussicht, eine Nacktschnecke zu küssen.

Grace scheint dieses Problem offensichtlich nicht zu haben, da die beiden ihr Essen ignorieren und sich stattdessen gegenseitig verschlingen. Sie hängen ständig aneinander und schmusen, sobald sie denken, dass niemand hinsieht – sehr zu Louis' und Tanyas Missfallen.

»Also wirklich, Ollie«, zischelt Tanya mir zu, während sie ein Stück Kalbsleber bearbeitet, die Zungengymnastik der beiden beobachtet und ihn höflich anlächelt.

»Es überrascht mich, dass wir es geschafft haben, dich so schnell wieder nach London zu locken. Wo du doch die Stadt so verabscheust.« Das ist Tanyas Eröffnung an Stuart, nachdem er endlich einmal lange genug von Gray abgelassen hat, um sich daran zu erinnern, dass noch andere Leute anwesend sind. So viel zum Thema zweite Chance. Ich werfe ihr einen warnenden Blick zu, und sie streckt mir die Zunge heraus.

»Na ja, es hat ja jetzt auch eine zusätzliche Attraktion«, antwortet Stuart, lächelt Grace zu und drückt ihre Hand, die auf dem Tisch liegt.

Alle Achtung. Das war wirklich süß.

Dafür kriegt Stuart auch einen fetten Pluspunkt auf meiner Liste. Selbst Louis, der Gute, ringt sich ein schwaches Lächeln ab und rafft sich dann auf, Stuart zu seinen neuen Klamotten zu beglückwünschen. Leider verliert Stuart den Pluspunkt schon Minuten später wieder, indem er Louis offenbart, dass er das Paul-Smith-Shirt gar nicht selbst gekauft hat; es ist ein Geschenk von Grace. Und dann sagt er doch tatsächlich zu Tanya, dass er sich so gut wie nie neue Sachen kauft, weil er Shopping total HASST und VERABSCHEUT.

Das ist so, als würde man einer radikalen Feministin ins Gesicht sagen, man glaube nicht an die Gleichberechtigung der Frau. Tanya schickt daraufhin den Ober, der ihr die Dessertkarte reichen wollte, wieder fort und sieht Stuart von oben herab an, als würde er schlecht riechen. »Soso, Stuart«, sagt sie gedehnt und stützt dabei das Kinn in die Hand, ohne ihn aus den Augen zu lassen. »Du magst also London nicht, und du magst Shopping nicht. Gibt es überhaupt etwas, was du magst?« Die Schärfe in ihrer Stimme ist ein bisschen zu offensichtlich, um überhört werden zu können.

Verlegen blickt Stuart zur Seite. »Ich mag Gartenarbeit.«

»Er baut sein eigenes Gemüse an«, unterbricht Grace stolz. »Alles Bio. Ich sagte *Bio*, Tanya. Du solltest es in deinem Restaurant verwenden, Ollie, es schmeckt ja so viel besser als das Zeug aus dem Supermarkt.«

»Das wäre natürlich toll«, antworte ich überschwänglich. Ich bin entschlossen, meiner besten Freundin zuliebe alles zu geben. »Will noch jemand was trinken?«

»Ich nehm noch 'nen Gin«, knurrt Tanya. »Einen großen.«

»Louis?«

»Arsen, einen doppelten«, erwidert er.

Glücklicherweise hat Grace diese letzte Bemerkung nicht gehört. »Für uns nichts mehr«, erklärt sie mir. »Wir werden es bald packen.«

»Ihr geht schon?«, rufe ich enttäuscht. »Aber wir hatten vor, noch weiterzuziehen!«

»Ja, ich weiß, aber Nachtclubs sind nicht wirklich Stuarts Fall. Stimmt's, Liebling?«

Stuart schüttelt den Kopf.

Tja, das überrascht mich jetzt nicht.

»Seiner vielleicht nicht«, versuche ich sie zu überreden, als Stuart, der wahrscheinlich weitere Missbilligungen fürchtet, in Richtung Toiletten verschwindet. »Aber deiner. Jetzt komm schon, Gray, wir waren seit Ewigkeiten nicht zusammen tanzen.«

»Wenn Stuart nicht mit will, kannst du ihn dann nicht einfach in ein Taxi setzen und heimschicken?«, fügt Louis hinzu.

»Bis nach Leicester?« Grace schüttelt den Kopf. »Er bleibt heute Nacht bei mir, da kann ich ihn schlecht allein nach Hause schicken. Außerdem bin ich nicht wirklich in Stimmung. Ich bin ein bisschen müde, um ehrlich zu sein.« Das aus dem Mund der Frau, die bis vier Uhr früh abtanzen, am nächsten Tag um sechs aufstehen und dann immer noch frisch wie ein Frühlingsmorgen aussehen kann.

»Er baut gar kein Biogemüse in den Tiefen seines Gartens an. Stattdessen sind es seltsame Früchtchen, die er zu einem Liebestrank braut, mit dem er arme, ahnungslose Angehörige des anderen Geschlechts einlullt!«, murre ich säuerlich, als Grace und Stuart Hand in Hand enteilen.

»Glaubst du, er verkauft das Rezept?« Tanya grinst lüstern.

»Das brauchst du gar nicht. Du produzierst diesen Trank schon – anstelle von Schweiß.«

»Der ist wie Prinz Charles, nur ohne das Tamtam und die Beziehungen«, murmelt Louis und sieht zu, wie sie immer noch Händchen haltend ein Taxi besteigen.

Tja, dieser Abend hat nicht ganz meinen Erwartungen entsprochen. Ich liebe meine Freundin so sehr, dass ich auch gern mit dem Menschen auskommen würde, den sie liebt. Leider scheint sich gerade bestätigt zu haben, dass Stuart genauso kontaktfreudig ist wie feuchter Tesafilm.

Wenigstens aber meine ich, einen der Gründe gefunden zu haben, warum es uns so schwer fällt, mit ihm auszukommen. Er würde sicher mit Grace dasitzen und plaudern, doch das Gespräch mit anderen sucht er nicht. Und während Grace mit uns redet, sitzt er einfach nur da und sieht uns mit einem Gesichtsausdruck an, den ich nicht wirklich einordnen kann.

Tanya behauptet steif und fest, es sei Verachtung, aber das glaube ich nicht. Es könnte doch einfach sein, dass er nicht weiß, wie er uns nehmen soll: Die Sexbombe mit dem Megadekolleté, den unverschämt hübschen Schwulen mit dem großen Herzen und mich, die einzige halbwegs Normale in diesem Haufen. Im Vergleich zu den beiden anderen komme ich mir ziemlich langweilig vor. Wohl nicht gerade die Sorte Leute, mit denen Stuart mit u sonst so verkehrt. Plötzlich fühle ich mich ein bisschen entmutigt.

»Wisst ihr was, ich glaube, ich habe auch keine Lust mehr, tanzen zu gehen. Ihr zwei könnt ja losziehen, wenn ihr wollt. Ich trinke in Ruhe aus und nehme dann ein Taxi.«

»Was diesen Bio-Liebestrank betrifft, bin ich mir nicht sicher. Ich glaube eher, er braut ein Club-Killer-Aftershave«, giftet Tanya. »Mir ist nämlich auch nicht mehr nach Ausgehen zumute. Kann ich mit dir kommen?«

Tanya und ich teilen uns ein Taxi zu mir. Dancing-Queen Louis haben wir bei einer Gruppe Freunde zurückgelassen, über die er vor der Kneipe gestolpert ist. Jetzt tanzt er in einem Club in der Nähe die Nacht durch.

Nach einem unwesentlichen Umweg über den Kühlschrank, um Tanya verzweifeltes Verlangen nach dem Dessert zu stillen, das ihr in Soho entgangen ist, gehen wir nach oben in die Wohnung und ins Bett. Ich lasse mich so wie ich bin aufs Bett plumpsen. Abzüglich Klamotten, versteht sich.

Tan dagegen lässt sich an meinem Schminkspiegel nieder und nimmt den langen, mühseligen Prozess in Angriff, jede einzelne Spur von Make-up aus ihrem Gesicht zu entfernen. Wahrscheinlich gelingt es ihr deshalb, immer so gut auszusehen. Vielleicht sollte ich mich auch diesem strengen Ritual des Reinigens, Erfrischens und Befeuchtens unterwerfen, bevor meine kleinen Fältchen sich in große Furchen verwandeln.

»Was ist nur aus dem verrückten, schusseligen Spaßvogel geworden, den wir kennen und lieben«, seufze ich traurig, als Tanya aus ihrem Kleid und neben mir ins Bett schlüpft.

»Vielleicht ist er gerupft worden.« Sie drückt mich tröstend an sich. »Zerbrich dir nicht den Kopf, meine Liebe. Du weißt doch, wie das ist: Ein neuer Mann bedeutet harte Arbeit. Sie kommt drüber weg. Schon bald hat sie wieder ihre verschärften Minis an und flirtet mit sämtlichen Barmännern.«

»Und was, wenn nicht?«

Tanya schüttelt den Kopf. »Ich würde mir wirklich keinen Kopf machen, Babe. Glaubst du denn ernsthaft, das hält?«

Tanya könnte Recht haben. Grace ist intelligent, lebhaft und extrovertiert, eine echte Partylöwin mit Sinn für High-Tech-Wohnkultur, hippe Klamotten, Humor, hohe Rocksäume und tiefe Dekolletés. Wie Tanya, aber mit sozialem Gewissen und etwas zurückhaltenderem Sexdrive.

Stuart ist ruhig und introvertiert, hasst Clubbing, hasst Shopping und hasst London – drei von Grace' absoluten Lieblingsdingen.

»Es heißt zwar, Gegensätze ziehen sich an, aber in diesem Fall ist das lächerlich!«, fügt Tanya hinzu.

»Ich weiß nicht. Während wir finden, dass sie in etwa so viel gemein haben wie ein Staubwedel und ein String, scheint sie ganz begeistert zu sein.«

»Mir fallen da ein paar Dinge ein, zu denen man gleichzeitig einen Staubwedel und einen String braucht.« Tanya grinst.

Ich seufze schwer. »Vielleicht verliert Gray ja irgendwann von selbst den Geschmack«, äußere ich hoffnungsvoll.

»Er ist halt noch neu und aufregend«, stimmt Tan mir zu.

»Genau, sie war noch nie mit einem Anorak zusammen.«

»Und noch nie in einem Landrover auf Abwegen.«

»Und hat's noch nie in einem Wohnwagen getrieben.«

»Und noch nie Partnerlook getragen.«

»Also kann man sagen, dass er ihr ganz neue Horizonte eröffnet«, schließe ich sarkastisch.

Am nächsten Morgen wachen wir spät auf, weil wir den Wecker überhört haben. Mir bleibt gerade noch Zeit, Tanya auf dem Weg zum Großhändler zu Hause abzusetzen, bevor ich mich auf den Andrang des Samstagsmittags vorbereite.

Zwei Stunden später komme ich zurück, Kofferraum und Rücksitz meines Autos vollgestopft mit Vorräten: Gemüse, Fleisch, Blumen für die Tische. Ich arbeite einen Teil meiner schlechten Laune ab, indem ich Kisten ins Restaurant schleppe. Gerade fange ich an, mich etwas munterer zu fühlen, da kommt die Post. So, wie die Dinge im Moment zu laufen scheinen, hätte ich wissen müssen, dass meine fröhliche Stimmung äußerst kurzlebig sein würde.

»Das können sie doch nicht ernst meinen!«, kreische ich im Stil eines John McEnroe. Der Postbote, der noch in der Küche rumhängt und einen Kaffee schlürft, springt einen Meter in die Höhe, schnappt seine Tasche und stürzt nach draußen, um seine Runde zu beenden – weg von dem verrückten Weib mit einem Fleischermesser in der einen und einem von ihm überreichten Brief in der anderen Hand.

»Was ist denn los?« Louis eilt aus dem Restaurant herbei, wo er die Tische für das Mittagessen gedeckt hat.

»Ich glaube es einfach nicht.« Kopfschüttelnd lasse ich mich an den Tisch sinken. »Gerade jetzt, wo endlich alles läuft.«

»Was denn, Ollie, was ist los?«

Ich deute auf den Brief. »Das! Das da ist los.«

»Was steht denn drin?«

Ich atme tief durch, um die Fassung wiederzuerlangen.

»Was ist los?«, wiederholt Louis mit ängstlicher Verzweiflung. »Du bist weiß wie die Wand, Ollie. Sag mir, was nicht stimmt.«

»Du kennst doch den alten Forsythe, dem das Haus und die zwei nebenan gehören, oder?«

Louis nickt ungeduldig und setzt sich mir gegenüber.

»Er geht in Rente.«

»Ist das alles? Also wirklich, ich dachte, jemand wäre gestorben oder so was Ähnliches!«, seufzt Louis und stößt den Atem aus, den er angehalten hat. »Zugegeben, das ist schade, er ist ein netter Kerl. Aber davon geht doch die Welt nicht unter!«

»Doch, wenn er nämlich die Gebäude an einen Immobilienhai verhökert, Louis!«

»Du machst Witze!« Jetzt ist es an Louis, weiß zu werden.

Ich schüttle den Kopf. »Hier hast du's schwarz auf weiß«, rufe ich und poche energisch mit dem Finger auf den Brief in meiner Hand. »Slater Enterprises. Die haben vor achtzehn Monaten auch die alten Fabrikgebäude am Heliport aufgekauft, alle Mieter rausgeschmissen und sie in lächerlich überteuerte Apartments umgewandelt. Und als wäre das nicht schon schlimm genug, weißt du, was sie noch machen wollen? Nein? Ich sag's dir. Sie wollen die Miete um schlappe dreißig Prozent erhöhen!«

»Du machst Witze«, wiederholt Louis schockiert und sein Gesicht nimmt den gleichen einnehmenden Rotton an wie meines.

»Schön wär's. Ich weiß ja, dass ich Glück hatte und die Miete bis jetzt ziemlich niedrig war, aber das hier ist lächerlich! Außerdem kauft so ein Immobilienhai doch nur Immobilien, um sie Gewinn bringend weiterzuverscherbeln. Die Miete um dreißig Prozent zu erhöhen, ist ein wirkungsvoller, aber gemeiner Weg, mich rauszuekeln.«

»Kann er das denn so einfach? Hast du keine Klauseln oder so was in deinem Mietvertrag, die besagen, dass er die Miete nicht einfach raufsetzen kann, nur weil ihm danach ist?«

»Mein Vertrag läuft in drei Monaten aus, Louis. Danach können sie alle Bedingungen neu aushandeln.«

»Scheiße.«

»Genau. Scheiße. Und wir sitzen mittendrin.«

Louis steht auf und zieht seinen Stuhl neben meinen. »Keine Sorge, Kleines.« Beruhigend legt er den Arm um mich. »Es muss etwas geben, was wir tun können. Du schaffst das schon … *wir* schaffen das schon.«

»Hier steht eine Telefonnummer. Sie wollen, dass ich anrufe, falls ich irgendwelche Fragen habe.«

»Und, rufst du an?«

»Darauf kannst du Gift nehmen! Ich werde sogar gleich anrufen!«

»Meinst du, das ist eine gute Idee? Solltest du nicht lieber tief durchatmen oder tief ins Glas schauen, um dich zu beruhigen?«

»Man soll das Eisen schmieden, solange es heiß ist.« Ich lächle ihm zu, doch aus diesem Lächeln spricht kein Humor. »Oder sollte ich sagen, solange *ich* heiß bin?«

Sieben Minuten später bin ich zurück in der Küche. Louis, der Gute, hat Kaffee gekocht und wartet mit offenen Armen und offener Keksdose auf mich.

»Und?«, erkundigt er sich, drückt mir eine Tasse in die zitternde Hand und bietet mir einen doppelten Schokokeks an.

»Ich hatte Recht!« Ich ziehe einen Stuhl zu mir und lasse mich schwer darauf fallen. »Sie versuchen *wirklich*, uns rauszuekeln.«

»Warum? Woher weißt du das? Was haben sie gesagt?«

»Dass sie mehr als glücklich wären, mir ein Übernahmeangebot für die Restlaufzeit meines Pachtvertrages anzubieten, wenn ich mit der Erhöhung nicht fertig werde.«

»Echt? Und was hast du gesagt?«

»Dass sie mich mal können.«

»Echt?«

Ich nicke. »Yep. Und dass ich mit dem Zuständigen verbunden werden will. Na ja, genau genommen hab ich verlangt, mit dem Oberguru zu sprechen statt mit irgendeinem Wasserträger.«

»Wortwörtlich?«

»Wortwörtlich.« Ich nicke leicht beschämt. »Ich war so sauer, und die dumme Pute, die ich an der Strippe hatte, war so aalglatt. Unglaublich, wie grob ich werden kann, wenn mich jemand auf die Palme bringt…«

»Und was kam dann?«, fragt Louis mit aufgerissenen Augen. »Hat sie dich zum Oberguru durchgestellt?«

»Natürlich nicht. Sie schickte mich für mehrere Minuten in die Warteschleife, war dann wieder dran und sagte, dass Mr. Slater im Moment nicht zu sprechen sei, ›meine Position aber verstehe‹. Dann wiederholte sie das Angebot, ich könne ›zu sehr guten Konditionen‹ aus dem Pachtvertrag aussteigen.«

»Und was hast du daraufhin gesagt?«

»Ich sagte ihr, sie könne dem Schwein verklickern, dass er sich sein Angebot sonst wohin stecken kann.«

»Ooh, das hast du nicht, Ollie!« Louis lässt seinen dritten Keks in die Kaffeetasse fallen, wo er sich prompt in eine breiige Masse verwandelt und zu Boden sinkt.

Ich beiße mir auf die Unterlippe, um ein unangebrachtes Grinsen zu unterdrücken und nicke. »Ich weiß. Ich kann auch nicht fassen, dass ich das gesagt habe.«

»Da bin ich aber froh!«

»Also, wenn die glauben, sie kriegen mich hier so einfach raus, dann können sie sich auf was gefasst machen.«

»Ja! Gib's ihnen!« Louis streckt die geballte Faust zu einem symbolischen Kampfgruß in die Luft.

»Denen steht ein schwerer Kampf bevor«, verkünde ich entschlossen. »Ich habe zu hart für dieses Restaurant gearbeitet, als dass irgend so ein hergelaufener kleiner Scheißer von einem Immobilienhai meinen darf, er könne es mir einfach wegnehmen!«

Ich rufe Tanya in der Arbeit an.

»Daniel Slater«, murmelt sie. »Der Name sagt mir was.«

»Sollte er auch, du bist schließlich Immobilienmaklerin.«

»Gebäudemanagerin...«, verbessert sie mich.

»Und er ist ein Immobilienhai. Hast du ihn vielleicht schon mal getroffen?«

»Glaube ich nicht«, antwortet Tanya grübelnd. »Habe schon von ihm gehört, aber ihn nie persönlich kennen gelernt. Wie er wohl ist?«

»Ich weiß, wie er ist«, knurre ich.

»Du hast ihn getroffen?«

»Ich brauche ihn nicht zu treffen, um zu wissen, wie er ist. Er ist ein Schwein! Was soll ich nur machen, Tan?« Ich kann hören, wie Tanya mit dem Stift auf ihren Schreibtisch klopft, während sie nachdenkt.

»Ehrlich gesagt, glaube ich nicht, dass du im Moment viel tun kannst, außer still zu halten und auf seinen nächsten Zug zu warten.«

»Glaubst du, er will das Tate's in eine schicke Wohnanlage verwandeln?«

»Ich habe wirklich keinen Schimmer, meine Liebe, aber du bist in einem Viertel, das als trendy gilt. Dieser Teil von Battersea heißt nicht umsonst Little Chelsea. Dessen ungeachtet kannst du zur Zeit nur abwarten und Tee trinken. Ich vermute mal, dass du sowieso ziemlich bald wieder von ihm hören wirst.«

Ich beginne, die Ankunft der Post zu fürchten. Eigentlich habe ich mich immer auf diesen Teil des Tages gefreut; obwohl ich normalerweise nur Rechnungen und geradezu unheimliche Kontoauszüge kriege, besteht immer die Möglichkeit, dass man etwas Nettes oder sogar Aufregendes bekommt, einen Brief von einem Freund oder eine Partyeinladung zum Beispiel, oder, was mir im Moment noch lieber wäre, einen netten, fetten Scheck.

Als der nächste weiße Umschlag mit dem nun vertrauten Absender »Slater Enterprises« in fetten roten Buchstaben kommt, bin ich versucht, ihn einfach auf dem Tisch liegen zu lassen und ihn den ganzen Tag jedes Mal misstrauisch zu beäugen, wenn ich vorbeigehe. Louis ist jedoch nicht so geduldig, und nachdem er mich lange genug bearbeitet hat, sieht er zu, wie ich ihn schließlich aufreiße. Er lugt mir über die Schulter, in dem Versuch, ihn so schnell wie möglich zu überfliegen. Ich erbarme mich seiner und lese laut vor.

»*Sehr geehrter Herr.* Sehr geehrter Herr! Die kriegen noch nicht mal mein Geschlecht richtig hin, ganz zu schweigen von meinem Namen!«, rufe ich empört.

»*Bezug nehmend auf Ihren kürzlich erfolgten Anruf bitten wir Sie, dieses Schreiben als Bestätigung unseres Angebots zur Übernahme...*«

Weiter komme ich nicht. »Welchen Teil davon, sich ihre Angebote sonst wohin zu stecken, haben die denn nicht kapiert!«, schreie ich wütend und knalle den Brief auf den Tisch. »Ich geh hier nicht raus!«

Die gießen wirklich Öl ins Feuer!

Ich greife sofort wieder zum Telefon und habe auch umgehend wieder die Kampfemanze an der Strippe, mit der ich mich schon beim letzten Mal rumgestritten habe. »Ich fürchte, Mr. Slater ist im Moment nicht in seinem Büro«, erklärt sie mir gebieterisch.

Nicht in seinem Büro, dass ich nicht lache. Er will nur nicht mit mir reden. Ohne die üblichen Floskeln – also vielen Dank für nichts und auf Wiederhören, alte Schnalle – knalle ich den Hörer auf die Gabel, schnappe mir meine Jacke vom Haken an der Tür und meine Autoschlüssel vom Fensterbrett über dem Spülbecken.

»Was hast du vor, Ol?« Louis blickt mich besorgt an.

»Ich fahre hin.«

»Bist du sicher, dass das eine gute Idee ist?«

»Nein, aber ich fahre trotzdem.«

»Und was genau hast du vor, wenn du dort bist?«, fragt Louis sachlich.

»Jemanden umbringen…«, erwidere ich wild.

Slater Enterprises befindet sich in einem Penthouse; die Firma nimmt die ganze Breite der zwei letzten Stockwerke in einem imposanten Gebäude aus Glas und Stahl in der Euston Road ein. Im Schutz einer Traube von Angestellten, die aus der Mittagspause zurückkommen, schlüpfe ich am Empfang vorbei und in den Aufzug. Ich fahre an dem Firmenempfang im vorletzten Stock vorbei, hinauf in den letzten, denn ich vermute, dass ein Typ wie Daniel Slater dort sein Domizil aufgeschlagen hat.

Richtig. Die Türen des Aufzugs geben den Blick frei auf eine überaus plüschige Lobby mit dem weichsten aller blassblauen Teppichböden, der lächerlich teuer gewesen sein muss und wahrscheinlich höllisch schwer sauber zu halten ist, und mit schwerer, zweifelsohne genauso lächerlich teurer Einrichtung in Eiche rustikal. Aber jemand, der umgeht und unschuldige, kleine Unternehmen frisst wie ein Ein-Mann-Heuschreckenschwarm, kann sich so etwas bestimmt leisten.

Eine tadellos gekleidete Frau in den Vierzigern wacht an einem Schreibtisch, der im rechten Winkel zum Aufzug steht.

Ich würde ja versuchen, mich an ihr vorbeizustehlen, doch sie ist darauf gedrillt, Eindringlinge auszumachen, und geht zum Angriff über.

»Kann man Ihnen helfen?« Die Stimme ist höflich, aber eisig. Ich erkenne sofort die »Wasserträgerin« wieder, mit der ich vor zwei Tagen und kurz heute Morgen das Vergnügen hatte.

Ihr Gesicht zeigt eindeutige Ablehnung, als sie meine reichlich zerzauste Erscheinung unter die Lupe nimmt. Plötzlich merke ich, dass ich unter der Jacke noch die speckige Küchenschürze trage. Ich muss echt krass aussehen. Hastig fahre ich mir mit der Hand über den Kopf und reiße das Haarnetz herunter. Wahrscheinlich drückt sie sowieso gerade den Alarmknopf, um den Sicherheitsdienst zu rufen. Ich fahre mir überflüssigerweise mit der Hand durchs Haar, woraufhin es nur noch wirrer aussieht, atme tief durch und versuche, autoritär zu klingen: »Ich bin wegen des Tate's in Battersea hier. Ich will Daniel Slater sprechen.«

Sie zögert.

»Ich habe einen Termin«, behaupte ich großspurig, zufrieden damit, wie flüssig mir diese Lüge über die Lippen kommt.

Langsam breitet sich ein Lächeln auf dem perfekt geschminkten Gesicht aus. Ein sehr hochnäsiges Lächeln. »Ich fürchte, Sie können gar keinen Termin haben, da Mr. Slater im Moment gar nicht im Lande weilt«, trumpft sie mit ihrer schneidenden Stimme auf.

Es ist ihr gutes Recht, selbstgefällig auszusehen, nachdem sie mich bei dieser frechen Lüge ertappt hat. Dass sie es wirklich tut und es offensichtlich genießt, treibt meinen Blutdruck weiter nach oben. Ich sehe an ihr vorbei zu der imposanten Flügeltür, an der ein großes Messingschild prangt: »Daniel Slater – Geschäftsführer«.

Allein die Tatsache, dass sie so verdammt selbstgefällig reagiert, weil sie mich hat auflaufen lassen, sollte mir verraten, dass sie die Wahrheit sagt und Dan Slater wirklich gerade an einem anderen Ort der Welt Kleinunternehmern den Garaus macht, doch ich habe mich nicht so weit vorgekämpft, um dann mit eingekniffenem Schwanz wieder abzuziehen. Außerdem besteht noch immer die Möglichkeit, dass sie ihn doch deckt, schließlich wird sie dafür bezahlt – dieser menschliche Rottweiler. Entgegen ihrer Behauptung könnte er just in diesem Moment doch in seinem Büro hocken. Ich lasse Miss Selbstgefällig also links liegen und marschiere auf die Tür zu.

In Sekundenschnelle schießt sie von ihrem Stuhl hoch. »Entschuldigen Sie … *Entschuldigen* Sie! Sie können da nicht einfach rein.« Der beherrschte Ton wird etwas schriller.

Ich beachte sie nicht, drängle mich an ihrem Schreibtisch vorbei und platze durch die Tür in …

… ein völlig leeres Zimmer.

Verflucht. Wie es aussieht, hat sie die Wahrheit gesagt. Und wie verhalte ich mich jetzt? Ich habe mich bereits total lächerlich gemacht, und mir fällt nur ein Weg ein, die Situation wenigstens noch ein bisschen zu meinem Vorteil zu gestalten. Es ist vielleicht kindisch, aber ich kann Ihnen gar nicht sagen, wie sehr ich es genieße, den verdammten Brief aus der Tasche zu ziehen und in lauter kleine Schnipsel zu zerreißen. Dann streue ich sie wie Konfetti über Dan Slaters viel zu aufgeräumten Schreibtisch.

Ich drehe mich um, sehe Miss Selbstgefällig, die mit offenem Mund dasteht, von oben herab an und marschiere hoch erhobenen Hauptes zurück zum Aufzug. Mein majestätischer Abgang wird nur durch das dreckige Geschirrtuch verunglimpft, das aus der Potasche meiner Jeans hängt und in den zugleitenden Türen des Lifts stecken bleibt, als ich hineingehe. Das gibt dem einzigen, älteren Benutzer im Anzug die Möglichkeit, einen Blick auf meinen rosa Tanga zu werfen.

Als ich zum Tate's zurückkomme, hat Louis zugemacht und ist gegangen. Doch er hat mir einen Zettel hinterlassen, auf dem steht, dass er sich mit Freunden trifft, ich ihn aber auf dem Handy erreichen kann, falls ich ein offenes Ohr oder jemanden brauche, der die Kaution bezahlt, um mich aus dem Gefängnis zu holen. Obwohl es besser wäre, so fährt er fort, zu diesem Zweck Tanya anzurufen, da er gegenwärtig nur zwölf Pfund fünfzig, einen halben Riegel Mars und einen Dreierpack Kondome in der Tasche hat, bei dem eins fehlt.

Der Gute.

Das zaubert ein Lächeln auf mein Gesicht, das erste seit dem ziemlich durchgeknallten in Dan Slaters Büro. Auf dem Heimweg habe ich die ganze Zeit die Stirn gerunzelt wie ein kurzsichtiger Patient, der versucht, die Testreihen beim Optiker zu entziffern. Wahrscheinlich habe ich jetzt mehr Falten als ein Klingone.

Warum nur habe ich das getan?

Zugegeben, ich war verärgert, aber ich gehöre normalerweise nicht zu den Cholerikern. Insbesondere, wenn das Cholerische mit den Worten »dumme, überflüssige Handlung« einhergeht. Ich brauche in der Tat ein offenes Ohr, aber auch ein vernünftiges. Jemand, der nicht nur aus Liebe zu mir mein Handeln gutheißt und immer auf meiner Seite steht, selbst wenn ich dem Vatikan den Krieg erkläre. Jemand, der nicht davor zurückschreckt, es mir zu sagen, wenn ich mich falsch verhalten habe, und der bereit ist, mir dabei zu helfen, eine vernünftige Lösung für meine Probleme zu finden.

Ich rufe Grace an, muss mir aber sagen lassen, dass sie heute nicht in der Arbeit ist.

Ich versuche es bei ihr zu Hause, wo nur der Anrufbeantworter drangeht.

Ich versuche es auf ihrem Handy. Es ist ausgeschaltet.

Man braucht kein Genie zu sein, um zu ahnen, wo und bei

wem sie gerade ist. Grace ist noch tiefer in die Welt eines Stuart mit u abgetaucht. Jeder Satz, den sie dieser Tage von sich gibt, fängt mit den Worten »Stuart sagt« an. Das heißt, wenn wir sie überhaupt mal erwischen. Ich behaupte ja gar nicht, dass sie kein Recht auf ein eigenes Leben hat. Natürlich hat sie das. Vielleicht waren wir ein bisschen zu unzertrennlich, als wir noch beide Single waren, doch seit sie Stuart kennt, scheinen wir mit beängstigender Geschwindigkeit das andere Extrem erreicht zu haben.

Sie fehlt mir. Ich bin daran gewöhnt, dass Grace immer für mich da war, sobald ich sie brauchte. Das gilt natürlich für beide Seiten. Würde es zumindest, wenn sie mal da wäre.

Also rufe ich Tanya an. Sie ist zwar in der Arbeit, nimmt sich aber trotzdem eine halbe Stunde Zeit für mich. Ich beklage mich über den »Satan« Slater und über abhanden gekommene beste Freundinnen, ohne auch nur einmal Luft zu holen.

»Wir müssen einen draufmachen«, verkündet sie, als ich mich schließlich ausgekotzt habe. »Und wir müssen Grace überzeugen mitzukommen. Das wird euch beiden gut tun. Denk nicht mehr an deine Geschäftssorgen. Wir haben viel nachzuholen.«

Zu meiner Überraschung gelingt es uns tatsächlich, Grace für einen Abend von Stuart wegzulocken, indem wir einen gemütlichen Weiberabend im Tate's einberufen, nur für uns drei. Fast wie bei den Freimaurern. Mit Anwesenheitspflicht. Von Vorteil ist, dass an diesem Abend rein zufällig heiße Himbeeren mit Vanillesoße auf der Tageskarte stehen, Grays Lieblingsnachtisch.

Doch der Abend fängt nicht gerade gut an. Als Grace kommt, klebt sie an ihrem Handy und verbringt die ersten zwanzig Minuten zusammengerollt in einem Sessel neben dem Feuer. Sie hat Stuart an der Strippe, der, wenn man seinen Ohren trauen darf, umgetauft und mit einem grässlich rührseligen Kosenamen belegt wurde, der so ähnlich klingt wie Stuey-Pooey. Tanya, die so nah wie möglich sitzt, um zu lauschen, ohne bemerkt zu werden, tut so, als müsse sie sich in ihr Weinglas übergeben.

Nach weiteren unerträglichen fünf Minuten voller »Küsschen, Küsschen«, »Leg du auf« und »DU FEHLST MIR SO« legt Grace endlich auf. »Wisst ihr was, ich glaube, der könnte es sein«, verkündet sie, als sie sich endlich zu uns gesellt. Sie seufzt glücklich und blickt versonnen in die Tiefen ihres Glases Chardonnay.

Es gelingt mir gerade noch, die Hand auf Tanyas Mund zu legen, bevor sie schreit. »Aber du kennst ihn doch kaum zwei Monate«, murmle ich und lasse schnell Tanya los, als Grace' Blick aus dem Weinglas auftaucht und auf uns fällt.

»Wie viel Zeit braucht die Liebe?«, antwortet sie philosophisch.

»Du bist in ihn verliebt!«, entfährt es Tanya, die mich wütend anblickt, als meine Hand wieder in Richtung ihres Mundes zuckt.

»Tja, um ehrlich zu sein, ich bin mir nicht sicher, aber ich glaube schon.«

»Aufs Klo!« Tanya schnappt meine Hand und zerrt mich hoch. »Sofort!«

»Was ist los?« Gray hört auf, in ihr Glas zu grinsen, und starrt Tanya überrascht an. »Wo wollt ihr hin?«

»Äh … ich muss mal eben Ollie ausleihen, ich meine, äh … ich muss, äh, ich muss was ausleihen … auf dem Klo, muss ich mir, du weißt schon, was für die Frau … Tampons«, stottert Tanya ein bisschen zu laut, als ihrem Hirn endlich eine überzeugende Ausrede einfällt, um mich zu einem Kriegsrat unter vier Augen zu entführen. »Wir sind gleich wieder da!«

Gray sieht uns verwirrt hinterher, als Tanya mich quer durchs Restaurant in die Küche statt ins Klo schleift.

»Es ist schlimmer, als ich dachte«, japst sie, als die Tür hinter uns zufällt und Mel, die eine kurze Kaffeepause einlegt, uns erstaunt anblinzelt.

»Wovon redest du?«

»Ich habe das schon mal erlebt, nicht mit Gray, aber ich habe das schon erlebt.«

»Wovon redest du?«, wiederhole ich verzweifelt.

»Sie ist verliebt.«

»Sie ist nicht verliebt. Das glaubt sie nur. Sie hatte eine Gehirnwäsche.«

»Eher eine Gehirnamputation. Was findet sie nur an ihm? Als Nächstes heiraten sie womöglich und bekommen...«, Tanya schluckt, bevor sie das Wort aussprechen kann, »... Kinder! Kannst du dir eine Herde kleiner Stuart-Klone vorstellen, die in Minicordhosen und Minipolohemden rumlaufen! Brrg!«

»Jetzt übertreibst du aber, meine Liebe. Sie kennt ihn doch erst seit einigen Wochen, da wird wohl kaum schon von Heiraten die Rede sein.«

»Natürlich wird er ihr einen Antrag machen«, beharrt Tanya, »bevor sie wieder zu sich kommt und ihn in die Wüste schickt! Der kann sein Glück wahrscheinlich gar nicht fassen. Hält mal eben an, um einen Wagen aus dem Graben zu ziehen und hat anschließend eine Frau an der Angel, die sonst unerreichbar für ihn wäre. Außerdem ist er konservativer als irgendjemand, den ich kenne, und bei so einem wird geheiratet...«

»Meinst du?«

Tanya nickt nachdrücklich. »Darauf verwette ich den Betrag, den ich monatlich für Klamotten ausgebe«, fügt sie ernst hinzu.

Als wir zum Tisch zurückkommen, ist Grace Gott sei Dank zu scharf darauf, wieder auf ihren Stuart mit u zu sprechen zu kommen, um uns über unser plötzliches Verschwinden in der

Küche zu löchern. »Er kommt am Samstag zu einem Tete-à-tete zu mir«, erklärt sie uns als Erstes, »nur er, ich, gutes Essen und leise Musik.«

»Das willst du doch nicht wirklich machen!«, rufe ich, da mir Tanyas düstere Vorwarnungen bezüglich drohender Heiratsanträge sofort wieder einfallen.

»Aber warum denn nicht?«

»Weil ... äh ... weil ...«, stammle ich blödsinnig.

»Weil«, eilt Tanya mir zu Hilfe, »du den halben Abend in der Küche zubringen würdest, um sicherzugehen, dass nichts anbrennt. Und bevor ihr ins Bett geht, müsstest du den ganzen Abwasch machen; er nimmt sonst vielleicht an, du wärst total schlampig, weil du alles bis zum Morgen stehen lässt.«

»Ich habe einen Geschirrspüler, Tan.«

»Ja, schon, aber du musst ihn einräumen, und er ist vielleicht einer von denen, die es für den Gipfel der Schlampigkeit halten, wenn du deine Kochtöpfe nicht von Hand spülst.«

»Warum kommt ihr nicht einfach hierher?«, schlage ich vor. Eine Idee beginnt in meinem Kopf zu reifen. Tanya, die auf Zack ist, hält mir auf unserer Seite unter dem Tisch anerkennend den hochgestreckten Daumen hin, so dass nur ich es sehe. »So können wir dich im Auge behalten ... äh, ich meine, die Dinge. Du weißt schon, sicherstellen, dass alles glatt läuft. Du kannst die Schmuseecke haben.« Ich deute auf den Tisch in der Nische, an den wir immer die Liebespärchen setzen, weil er so diskret ist. Er geht auf den kleinen Hinterhof hinaus, der gerade groß genug ist, um einige Kletterpflanzen und einen Springbrunnen zu beherbergen. Darauf hat Louis beharrt; oben drauf steht ein kleiner Cupido auf Zehenspitzen, dessen Bogen genau auf die am Tisch Sitzenden deutet.

»Genau«, ermutigt Tanya sie, »dann musst du zu Hause nur noch den Champagner kaltstellen und die Bettdecke anwärmen.«

»Das würdest du für mich tun?« Ein seliges Lächeln breitet sich auf Grays Gesicht aus. Sie beugt sich über den Tisch und umarmt mich. »Das ist klasse.«

»Kein Problem, du bist meine beste Freundin. Ich würde alles tun, um dich glücklich zu machen.«

Ich unterdrücke das Schuldbewusstsein, das in mir aufsteigt, mit dem Gedanken, dass wir ja wirklich versuchen, sie glücklich zu machen. Wir versuchen, sie vor sich selbst zu beschützen. Grace würde umgekehrt das Gleiche für uns tun. Einmal hat sie mich sogar davor bewahrt, im Schlussverkauf ein Gucci-Kleid zu erstehen, von dem ich meinte, ich müsste es unbedingt haben. Ich hatte mich Hals über Kopf in dieses Kleid verliebt und war felsenfest davon überzeugt, mich sofort in Liz Hurley zu verwandeln, sobald ich es anzog. Doch Grace wusste, dass es mir nicht wirklich stand, wie sehr auch das Schaufenster unter meinem keuchenden Atem beschlagen mochte, und dass ich es mir nicht wirklich leisten konnte. Zugegeben, als sie mich schreiend und um mich schlagend wegzerrte, habe ich sie gehasst, doch mein Konto und mein Geschmackssinn waren ihr hinterher sehr dankbar.

Tanya hat sichtlich die gleichen Schuldgefühle. Sie bleibt noch, nachdem Grace nach Hause zurückgeeilt ist, um sich unter die Decke zu kuscheln und ungestört das übliche Gute-Nacht-Telefonat mit ihrem Stuart führen zu können. Zusammen leeren wir die zweite Flasche des Abends.

»Ich bin sicher, er ist ein anständiger Kerl, aber ich bin genauso sicher, dass er nicht der Richtige für Gray ist.« Betrübt schüttelt sie den Kopf. »Vielleicht sollten wir uns besser nicht einmischen, aber ich kann nicht mit ansehen, wie sie aus den falschen Gründen eine feste Beziehung eingeht.«

»Stimmt. Wenn sie mit dem Kerl eine Affäre haben muss, okay. Das ist ihr gutes Recht, und wir dürfen uns nicht einmischen. Und solange sie glücklich ist, würden wir das auch nicht. Aber das ist so, als würde man Madonna mit Steve Davies verkuppeln. Wir wissen ja, dass so was im Chaos endet, sobald es nicht mehr aufregend und neu ist, Mrs. Langweilig zu sein... »Meinst du, wir hätten uns besser aus der Gestaltung dieses ›Tete-à-tetes‹ rausgehalten?«

Tanya nimmt einen großen Schluck Wein und schüttelt nachdrücklich den Kopf. »Ganz sicher nicht. Wir behalten die Sache ja auch nur ganz vorsichtig im Auge, das ist alles. Es wäre schließlich nicht gut für die beiden, zu schnell zu intim zu werden, oder?«

»Vielleicht mischen wir uns besser nicht ein?«

»Wir mischen uns nicht wirklich ein, sondern stellen nur sicher, dass das Ganze nicht außer Kontrolle gerät. Wir handeln in Grays Interesse, sozusagen.«

»Wir können einfach im Hintergrund Posten beziehen und darauf achten, dass alles glatt läuft.«

»Wie ein Oberkellner bei einem wichtigen Bankett«, fügt Tanya hinzu. »Um sicherzustellen, dass alles seinen Gang geht und die Etikette nicht verletzt wird.«

»Aus geziemender Entfernung«, ergänze ich.

»Wir mischen uns doch nicht... *wir doch nicht!*« stimmt Tanya zu.

»Sie sind da!«, ruft Mel uns in bester Jack-Nicholson-Manier zu und kommt Teller balancierend herein. Tanya, Louis und ich stürzen zur Tür und stecken die Köpfe hindurch, einer über dem anderen, wie Indianergesichter am Totempfahl.

Stuart hält Grace die Tür auf. Er hat sich von seiner geliebten Cordhose getrennt, trägt aber immer noch das drei Jahre alte Armani-Sakko. Er scheint seinen Kleiderschrank nach der reichlich zerknitterten Hose durchwühlt zu haben, die wohl mal dazu gepasst hat, jetzt aber aufgrund mangelnden Gebrauchs einen Tick dunkler als das Sakko ist. Das Polohemd hat einem Hemd weichen müssen, und wenn mich nicht alles täuscht, trägt er sogar eine Krawatte!

Louis, Tanya und ich sehen uns mit hochgezogenen Brauen an. Auf unseren Gesichtern spiegelt sich ein und dieselbe Sorge: Stuart in Hemd und Krawatte kommt einer RIESIGEN Anstrengung gleich.

»Bist du sicher, dass du sie in die Schmuseecke setzen willst?«, fragt Tanya beunruhigt.

»Wir haben es Gray bereits versprochen.«

»Aber die ist *viel* zu romantisch.«

»Dann sollten wir sie besser schnell ent-romantisieren, was«, befindet Louis und schlüpft durch die Küchentür.

Mel geht ebenfalls wieder hinaus, um Grace und Stuart zu ihrem Tisch zu führen. Sie hält die beiden lange genug an der Bar fest, damit Louis hastig die Kerzen auspusten, die Deckenbeleuchtung einschalten und die Vase mit den roten und gelben Rosen verschwinden lassen kann, die den Tisch schmückte. Dann tauscht er »Diva« von Annie Lennox gegen eine entzückend schrille Scheibe von Motorhead aus, woraufhin meine anderen Gäste überrascht von ihren Tellern aufblicken.

Ich halte das für einen Overkill. Bevor alle das Restaurant verlassen, hole ich »The Ace of Spades« aus dem CD-Spieler und schiebe etwas weniger Hartes hinein, wenn auch nichts so Herzergreifendes wie »Diva«. Ich kann sehen, wie Mel kichernd zur Küche zurückkehrt, nachdem sie Grace und Stuart an ihren Tisch gebracht hat.

»Du wirst nicht glauben, was Louis gemacht hat.« Sie packt mich am Arm und zieht mich hinter sich her durch die Schwingtüren der Küche.

»Wollen wir wetten?«, entgegne ich. »Sag schon.«

»Als er Stuarts Jacke nahm, hat er sie neben die Heizung gehängt und einige unverpackte Pralinen in die Tasche geschmuggelt«, kichert sie. »Sobald er also hineinfasst …« Sie tut so, als würde sie in ihre Jackentasche greifen. Ihr Gesicht verzieht sich bei der Vorstellung von der klebrigen Masse, die Stuart vorfinden wird, sobald er sein Sakko wieder anzieht.

»O nein, das ist wirklich gemein!«, rufe ich, wobei ich mir ein bisschen mies vorkomme, aber nicht mies genug, um hinzugehen und sie wieder herauszuholen.

»Das ist noch nicht alles«, fährt Mel fort, den Blick auf die Tür gerichtet. »Er hat Stuart auf einem der alten Schulstühle Platz nehmen lassen – du weißt schon, die wir eigentlich nur für den Tisch ganz hinten nehmen können, weil sie für die anderen zu niedrig sind –, und jetzt sieht er aus wie ein Kind bei Tisch. Die Tischkante befindet sich in etwa auf Brusthöhe! Und du weißt doch, dass diese Stühle leichte Ausbuchtungen für den Po haben. Tja, da hat er ein bisschen Bleiche hineingegossen, auf beiden Seiten, sodass er beim Aufstehen ein paar richtig schöne Flecken auf dem Hosenboden haben wird ...«

»O nein!« Ich stöhne. »Das ist schrecklich ...«

»Wage es bloß nicht!«, warnt Tanya mich.

»Was denn?«, halte ich ihr unschuldig entgegen.

»Ich kenne dich, du bist immer viel zu gutmütig. Wage es nicht, rauszugehen und ihn zu retten. Das ist eine einmalige Gelegenheit für Grace zu erkennen, was für ein Schwachkopf dieser Stuart ist. Und wenn wir ihr bei dieser Erkenntnis auf die Sprünge helfen müssen, dann sei's drum. Ich lasse nicht zu, dass du Mitleid mit dem Kerl hast und unsere Pläne durchkreuzt.«

Louis kommt mit dem Bestellblock wedelnd herein. »Bestellung für die Schmuseecke! Stuey-Pooey will als Vorspeise die Suppe«, verkündet Louis mit dämonischem Grinsen und reibt sich voller Schadenfreude die Hände. »Eine bessere Wahl hätte er gar nicht treffen können. Ooh, was für Möglichkeiten sich uns da eröffnen!«

Während ich für Grace die heiße Makrele in frischem Ingwer zubereite, füllt Louis für Stuart eine Schale mit dampfender, hausgemachter Suppe, die über dem Wasserbad köchelt, und macht sich an die Arbeit. Eine alles andere als prisenhafte Prise Pfeffer und ein gar nicht so kleiner Spritzer Tabasco werden dem hinzugefügt, was eigentlich eine frische Tomatensuppe mit Basilikum sein sollte. Anschließend fügt er einen Zweig frischer Petersilie und einen Löffel Crème fraîche hinzu, damit das Ganze verführerisch und harmlos aussieht. Plötzlich fällt ihm noch etwas ein: Er kehrt zum Küchenschrank zurück, greift nach dem Glas mit dem Knoblauchpfeffer und mischt einen ganzen Teelöffel davon hinein.

Zwei Minuten, nachdem er sie bedient hat, platzt Louis wieder in die Küche. »Er hat sich gerade den Magen aus dem Leib gehustet, alles quer über den Tisch«, kreischt er entzückt. »Es war widerlich! Er hat einen großen Löffel voll gegessen, während er noch am Reden war, und dann Grace mit Suppenbröckchen bedeckt!«

Louis tanzt um den Küchentisch wie ein Indianer bei einem Kriegstanz. »Und das war erst ein Vorgeschmack auf den Hauptgang!« Er lacht durchtrieben.

Im Laufe der nächsten Stunde unterwirft Louis Stuart jeder denkbaren Gemeinheit, die ein Kellner einem Gast nur zufügen kann, abgesehen davon, ihm ins Essen zu spucken. Als sie beim Nachtisch angelangt sind, hat Stuart mehr Essen auf der Kleidung als im Magen.

»Ein Tuch bitte!«, jubelt Louis und platzt rückwärts durch die Schwingtüren, um dann in Windeseile zum Spülbecken zu stürzen.

»Was hast du jetzt wieder angestellt?«

Louis taucht aus dem Schränkchen unter dem Spülbecken auf, wo ich die Putzmittel aufbewahre, und grinst von einem Ohr zum anderen. »Sagen wir einfach, wenn er seinen Wein noch trinken will, dann muss er ihn wohl von seinem Hosenlatz saugen!«

»Louis!«, rufe ich. In meiner Stimme schwingen Bewunderung und Entrüstung mit. »Also wirklich!«

»Na ja, er griff in die Tasche, und ich dachte, er holt vielleicht ein Schächtelchen von Tiffany oder so was hervor.«

»Er hat nur sein Taschentuch rausgezogen, um die Soße wegzuwischen, die du ihm während des Hauptgangs über die Krawatte gegossen hast«, verkündet Melanie, die mit einem Stapel dreckigem Geschirr durch die Schwingtüren kommt.

»Tja, das ging wohl schief«, versucht Louis sich zu rechtfertigen, »jetzt schmusen sie auch noch!«

»Ich hab doch gesagt, dass du sie nicht in die Schmuseecke setzten sollst«, jault Tanya vorwurfsvoll, bevor sie zur Tür eilt, um ins Restaurant zu lugen. »Ooh, brrg!«, kreischt sie entsetzt, »jetzt tun sie's schon wieder, und auch noch mit den Zungen! So muss es sein, wenn man eine Schnecke kaut, die der Koch nicht gekocht hat!«

»In seiner Hose ist eine Ausbeulung!«, verkündet Louis.

»Da schaut man nicht hin, Louis!«

»Doch nicht *so* eine Ausbeulung, es sei denn, er hat eckige Eier.«

»Das bildest du dir ein. Wir werden schon alle paranoid und meinen, er könnte jeden Augenblick auf die Knie sinken und einen Riesendiamanten aus der rechten Tasche ziehen.«

»Paranoid hin oder her, ich sehe die Ausbeulung«, beharrt Louis.

»Es ist wohl an mir, die Situation zu retten«, lasse ich verlauten. Ich gehe zu einer der Küchenschubladen und wühle darin herum, bis meine Finger sich um Plan B schließen.

»Wie wär's mit ein bisschen abführender Schokolade auf seinem Nachtisch, anstelle der echten?« Ich winke mit einem kleinen Riegel Ex-lax, einem Abführmittel.

»Ollie, du wirst doch nicht!«, kreischt Tanya und schlägt voller Schadenfreude und Entsetzen die Hände vor den Mund.

»Wahrscheinlich ist das ein bisschen zu viel des Guten«, erwidere ich und lege den Riegel wieder auf den Tisch.

»Es wird ihn schon nicht umbringen!« Louis schlüpft an den Tisch, schnappt sich den Riegel und beginnt, ihn mit einer kleinen Reibe über Stuarts Schokoladenkaramellkuchen zu zerbröseln. »Es wird ihn nur für den Rest des Abends außer Gefecht setzen.«

Wir sehen Louis mit einer Mischung aus Begeisterung und Ekel hinterher, als er Stuarts Dessert hinausträgt. Niemand versucht, ihn aufzuhalten. Wir stecken sogar alle die Köpfe durch die Tür und beobachten, wie Stuart den letzten Bissen in den Mund schiebt. Und wir geben keinen Mucks von uns, um ihn daran zu hindern. Eilig pickt Stuart jeden Krümel vom Teller, wohl aus Angst davor, dass Louis jeden Moment herbeistürzen und auch diesen Gang noch in seinen Schoß kippen könnte. Wenigstens sieht er aus, als hätte es ihm geschmeckt!

Mit dem Kaffee lassen sie sich Zeit. Sie rühren ihn kaum an, sondern sitzen nur da und grinsen sich dümmlich in einer nervig-sentimentalen Weise an, dass man Lust bekommt, ihnen ein bisschen Hirn einzubläuen. Als »Ace of Spades« zum achten Mal läuft und schon seit langem meine anderen Gäste vertrieben hat, steckt Grace ihren Kopf zur Küchentür herein, um uns zu sagen, dass sie jetzt aufbrechen. Glücklich lächelnd bedankt sie sich bei jedem der dort Versammelten. Fast hätte sie dabei noch Tanya entdeckt, die sich schnell unter den Tisch verkrümelt hat.

»Wir fahren jetzt«, teilt sie uns strahlend mit. »Danke für alles, euch allen. Wir hatten einen zauberhaften Abend – außer Stuarts Hose, die den Abend nicht so gut überstanden hat! Aber das macht nichts, so habe ich wenigstens eine gute Ausrede, um sie ihm schleunigst auszuziehen!« Sie hält inne, und das Lächeln wird durchtrieben. »Und jetzt fahren wir zurück zu mir und verbringen eine zauberhafte Nacht.«

Sie blickt mich an. »Ich ruf dich morgen früh an. Dann erzähle ich dir alles brühwarm!«

»Bitte nicht! Nicht brühwarm.« Tanya taucht unter dem Tisch auf, kratzt sich einen kalten, gekochten Tortellino vom Knie ihrer Calvin-Klein-Jeans und verzieht das Gesicht, als Grace glücklich zurück ins Restaurant trippelt und sich bei Stuart unterhakt, der an der Tür wartet.

»Kannst du dir vorstellen, wie er nackt aussieht?«

»Könnte ich, will ich aber nicht«, entgegne ich schaudernd.

»Wie sah er aus?«, fragt Tanya Louis, der Stuart in das Sakko geholfen hat, bevor sie aufbrachen.

»Ich weiß nicht, ich habe ihn auch noch nicht nackt gesehen.«

»Als sie gingen, natürlich.« Tanya verdreht die Augen. »Also wirklich!«

»Na ja, genau genommen war er ein bisschen grün im Gesicht …«

»Das ist wahrscheinlich nur ein frommer Wunsch; es braucht etwas, bevor das Zeug wirkt.«

»Ihr Taxi ist gerade um die Ecke gebogen«, verkündet Mel, die Wache schiebt.

Das ist unser Stichwort. »Schnell! Zum Batmobil!«, kreischt Louis aufgeregt.

»Bei dir erhält das Wort Dramatik eine ganz neue Bedeutung«, seufzt Tanya und folgt ihm zur Hintertür.

Mel bleibt zurück, um abzuschließen, während wir zu Louis ramponiertem Union-Jack-Mini stürzen, uns in die Enge des mit Müll übersäten Inneren zwängen und nach Islington aufmachen, so schnell es der asthmatische alte Motor zulässt. Mit einer Hand steuernd, greift Louis mit der anderen unter meinen Sitz. Er fängt gefährlich an zu schlingern, als er nach einer Plastiktüte angelt, die auf dem Boden liegt.

»Sei so lieb, Ollie, und gib sie mir.«

Ich taste nach der blau gestreiften Einkaufstüte und leere auf Louis' Geheiß den Inhalt aus. Eines der weichen blauen Dinger gebe ich Tanya, die auf dem Rücksitz zusammengepfercht ist, eines behalte ich selbst, und das dritte reiche ich Louis. Er zieht es sich mit einer Hand über, während er mit der anderen schaltet und mit den Knien steuert.

»Kapuzenmützen!«, rufe ich, als Louis die Wolle über sein stacheliges blaues Haar stülpt.

»Willst du etwa, dass Gray uns sieht?«

»Lieber das, als mich von der Polizei wegen versuchten Einbruchs einbuchten zu lassen!«

»Marineblau?«, ruft Tanya enttäuscht von hinten. »Nicht wirklich meine Farbe. Hast du keine in Schwarz?«

»Also, ich zieh die nicht auf.«

»Aber ich habe sie extra dafür gekauft«, nuschelt Louis, den Mund voller blauer Wolle.

Seufzend ziehe ich mir das unförmige Teil über, um Louis nicht vor den Kopf zu stoßen, denn ich kann sehen, wie seine Unterlippe in dem Mundschlitz seiner juckenden, schrecklichen Kopfbedeckung zittert.

Dieses modische Accessoire hat nur einen Vorteil. Als wir geparkt haben und die Straßen zu Grace' Haus entlang laufen wie ein paar Möchtegern-Mitglieder einer Sondereinheit, verdeckt die Mütze wenigstens die Schamröte, die mir ins Gesicht schießt.

»Wir sind drei Engel für Charlie«, kichert Louis, der von Schatten zu Schatten schlüpft und die Hände vor sich verschränkt hat, als würde er eine Knarre halten.

»Eher drei Deppen für Charlie!«, grolle ich. »Was musstest du auch so weit weg parken?«

»Na ja, ich hab mir gedacht, dass Grace sich nicht über mein Auto wundert, wenn ich es vor meinem Haus abstelle. Hätte ich aber vor ihrem Haus geparkt...«

»Äh… Louis, ich kann mir nicht vorstellen, dass Grace um diese nachtschlafende Zeit durch die Straßen läuft und nach deinem Auto Ausschau hält.«

»Genau«, stöhnt Tanya, die in Miu-Miu, Gucci und einem Restposten der Army aus einem Ramschladen hinter uns hertrippelt. »Ich weiß ja, dass du die extra gekauft hast, Louis, aber ich muss meine jetzt abziehen.« Sie schiebt einen manikürten Fingernagel unter den Wollkragen ihrer Mütze und kratzt sich abwesend. »Es macht mich wahnsinnig, wie die juckt!«

Ich huste kläglich. »Sei froh, dass es nur juckt. Bei mir fühlt es sich an, als hätte ich einen Pelzball verschluckt.«

»Schon gut, schon gut, ihr könnt sie abnehmen«, lenkt Louis ungnädig ein. »Aber macht mir keinen Vorwurf, wenn ihr bei *Crimewatch* im Fernsehen auftaucht.«

Wir verschaffen uns mit dem Schlüssel, den Grace mir bei ihrem Einzug gegeben hat, Zugang zu ihrem abgeriegelten Garten. Grace' dreistöckiges Haus stammt aus der Viktorianischen Epoche; die Küche liegt im Souterrain und die Wohnebene im Hochparterre.

Nach einigem pantomimischen Hin und Her beschließen wir, dass Louis auf die metallene Mülltonne steigen und ins Wohnzimmer lugen wird, um uns zu berichten, was er sieht. Dummerweise schmiegt sich seine grüne Boot-Cut-Hose aus Schlangenlederimitat ein bisschen zu eng an seinen kleinen Knackarsch und er kann den nötigen großen Schritt nicht machen, um auf seinen Ausguck zu gelangen. Also steigt er schließlich auf einen der Griffe.

»Kannst du was sehen?«, fragt Tanya ungeduldig, während er gefährlich schwankt und das eine Bein nach hinten streckt wie eine Ballerina, um das Gleichgewicht zu halten.

»Pssst. Noch nicht.«

Dann kommt ein leiser, unterdrückter Aufschrei und ein lauter, eher ununterdrückter Aufprall, als Louis vom Rand der

Mülltonne fällt. Sekunden später taucht Grace' Gesicht am Fenster auf.

Ich höre, wie Tanya neben mir »Mist!« murmelt, als wir versuchen, uns lautlos in den Schatten eines großen Flieders zurückzuziehen. Als Louis anfängt, wie eine Katze zu maunzen, halte ich mir hastig die Hand vor den Mund, um ein Kichern zu unterdrücken.

»Miau, Miau«, heult er wenig überzeugend.

Auch Tanya fängt an zu kichern und bedeckt ihr Gesicht mit dem orangefarbenen Kragen ihrer Wildlederjacke von Harvey Nichols, um nicht gehört zu werden.

Nach ein paar Minuten zieht Louis ein Kohlblatt aus der Hosentasche und rappelt sich hoch. Er reibt sich das linke Knie und verzieht das Gesicht. »Ich glaub, ich hab mir den Knöchel verstaucht.«

»Du siehst ein bisschen blass aus.«

»Woher willst du das wissen, ich hab doch die Kapuzenmütze auf?«

»Dein Gesicht schimmert hindurch wie eine fluoreszierende Glühbirne.«

Da Louis so schlaff wie das weggeworfene Kohlblatt wirkt, beschließen wir, dass nun ich an der Reihe bin mit Klettern. Vorsichtig linse ich in Grace' Wohnzimmer. Glücklicherweise scheint Louis belämmertes Katzengeheul Grace überzeugt zu haben; andererseits hat sie heute Abend auch schon einiges getrunken. Sie ist zum Sofa zurückgekehrt, auf dessen Ecke Stuart kauert. Er sieht ein bisschen nervös aus, seine Cordhose ist hochgerutscht und gibt den Blick frei auf das Karomuster seiner Socken.

»Was siehst du?«, ruft Tanya zu mir hinauf.

»Sie schenkt Wein ein«, zische ich.

»Keinen Champagner?«

»Nein, sieht nach einer Flasche Rotwein aus.«

Ein kollektiver Seufzer der Erleichterung ist zu hören.

»Wo ist er?«

»Auf dem Sofa … und sie jetzt auch.«

»Und!«

»Sie stoßen an … sie trinken beide …«

»Und!«

»Er hat sein Glas auf den Tisch gestellt … er streckt die Hand nach ihr aus … jetzt hat er auch ihr Glas genommen und auf den Tisch gestellt.«

»Ollie!«

»Er beugt sich vor, um sie zu küssen!«

»Ooh, bitte nicht«, haucht Louis schaudernd und schlägt entsetzt die Hände vors Gesicht.

»Alles in Ordnung … er hat aufgehört.«

Louis nimmt die Hände vom Gesicht und blickt hoffnungsvoll auf.

»Mist, doch nicht, er greift in seine Tasche!«

»O Gott, bitte nicht!«, schreit Louis. »Ich hab euch doch gesagt, da ist etwas drin!«

»Moment … er hält inne … er hat die Hand vor den Mund gepresst … er ist aufgestanden …«

Wir atmen alle hörbar auf.

»Und weg ist er!«, kreische ich etwas zu laut.

Selbst die anderen können das Tapp, Tapp, Tapp von Stuarts Fußtritten hören, als er, immer zwei Stufen auf einmal nehmend, nach oben in Grace' Bad stürzt und die Tür hinter sich zuschlägt. Ich kann sehen, wie Grace' Kopf unentschlossen zwischen Fenster und Tür hin und her geht wie bei einem Zuschauer in Wimbledon. Sie fragt sich, ob sie Stuart folgen oder den seltsamen Geräuschen vor ihrem Fenster nachgehen soll. Als sie zur Tür geht und sich somit für die Stuart-Option entscheidet, beschließen wir, dass es an der Zeit ist, einen raschen und lautlosen Abgang zu machen.

Kapitel 3

Am nächsten Morgen stehe ich in der Küche und bin gerade dabei, Käse für ein Gratin mit Meeresfrüchten zu reiben, als das Telefon klingelt.

»Ich bin's, Ollie.« Grace. Sie hört sich erstaunlich fröhlich an.

»Alles in Ordnung?«, frage ich vorsichtig, lege die Reibe weg, bevor meine Finger mangels Konzentration geschnitzelt werden, und umklammere den Hörer mit meiner käseverschmierten Hand.

»Ja, danke.«

Anscheinend haben wir Stuart nicht ins Jenseits befördert, aber ist auch die Beziehung noch gesund und munter?

»Was machst du heute Abend?«, erkundigt sie sich beiläufig.

»Habe frei«, antworte ich nervös. »Wieso?«

»Weil wir ausgehen. Du, ich und Tan.«

»Ausgehen?«, echoe ich, schockiert darüber, dass Grace anscheinend doch noch weiß, was das ist. Soll das bedeuten, dass unser teuflischer Plan funktioniert hat? Es ist das erste Mal, dass Grace vorschlägt, etwas zu unternehmen, seit sie uns Stuart vorgestellt hat.

»Genau. Wir treffen uns um acht im Blake's. Ach, und Ollie, sei bitte pünktlich.«

Kaum habe ich aufgelegt, klingelt es erneut. Tanya. Sie hat die gleiche Vorladung erhalten.

»Glaubst du, das bedeutet, dass es geklappt hat?«, fragt sie voller Hoffnung. »Ein Abend ohne Stuart ist doch eindeutig ein Schritt in die richtige Richtung.«

»Keine Ahnung. Aber es ist viel versprechend. Kommt Louis auch?«

»Grace sagte, dass sie ihn gefragt hat, aber er muss arbeiten.«

»Ich dachte, dass ich ihm heute Abend frei gegeben hätte. Ich weiß doch, dass meine zwei studentischen Aushilfen kommen, um Mel beizustehen.«

»Hast du auch, er arbeitet heute Abend nicht für dich. Sie drehen eine Kampfszene für die Serie *EastEnders*, in der er eins mit einer Glasflasche über die Rübe kriegt. Es ist einer von Louis großen Träumen, einmal körperlich von einem Serienhelden angegriffen zu werden.«

Wir treffen Grace in der Kneipe in Soho, wo wir auch Stuey-Pooey vorgestellt worden sind. Sie hat einen Ecktisch in Beschlag genommen und wartet auf uns, während sie an einem großen Glas Weißwein nippt. Sie ist also wieder beim Alkohol.

Das muss ein gutes Zeichen sein. Hoffe ich.

Grace umarmt uns zur Begrüßung und schenkt dann jeder ein Glas aus der Flasche gekühlten Chardonnays ein, die mitten auf dem Tisch steht. Sie wirkt seltsam ruhig, als Tanya und ich Platz nehmen.

»Hallo, Babe!«

»Und, hattest du gestern eine schöne Nacht?«

Grace antwortet nicht. Sie sieht uns nur durch gesenkte Wimpern an. Ihr Blick wandert von Tanya zu mir und zurück. Sie hat einen wirklich befremdlichen Ausdruck im Gesicht. Als wolle sie jeden Moment in Tränen ausbrechen oder so etwas.

Wir tauschen einen hoffnungsvollen Blick und wollen gerade einen passenden mitleidsvollen Ausdruck aufsetzen, als Grace ihre Linke unter dem Tisch hervorzieht und sie unter unseren Nasen schwenkt. Sie platzt fast vor Stolz. Der Grund dafür ist sofort verständlich, wenn man den Fels in der Größe des Planeten Jupiter betrachtet, der fest auf dem weißgoldenen Ring an ihrem Ringfinger sitzt.

»O mein Gott!«, kreischt Tanya und schlägt die Hände vor den Mund.

»Ist das nicht fabelhaft?«, fragt Grace strahlend.

Es war nicht gerade das, was Tanyas Reaktion andeutete. Wir starren sie beide schweigend und mit offenem Mund an.

Grace' Lächeln verschwindet abrupt. »Was ist los? Ihr scheint nicht besonders glücklich zu sein.«

»Sprachlos«, murmelt Tanya und schnappt ihr Glas. Als sie feststellt, dass es leer ist, muss sie auf die gekühlte Flasche zurückgreifen, um sie gegen ihre heiße Stirn zu pressen.

»Sprachlos«, echoe ich und nicke betäubt.

»Champagner«, knurrt Tanya trocken.

»Champagner«, wiederhole ich wie ein Papagei.

Beruhigt darüber, dass wir anscheinend auf ihr Wohl anstoßen wollen, obwohl der Champagner eigentlich eine Schocktherapie ist, strahlt Grace uns an und lässt sich plappernd darüber aus, dass sie davon träumte, im Frühjahr zu heiraten, seit sie zum ersten Mal *Eine Braut für sieben Brüder* gesehen hat. Tanya dagegen wird weißer als das Tischtuch, auf das sie sich stützt.

»Also hattest du gestern einen schönen Abend?«, stammle ich schließlich, nachdem der Kellner uns allen ein stärkendes Glas Moët eingeschenkt hat.

»O Himmel, ja. Er war wundervoll, vielen Dank, Ollie.«

Stuart muss die Konstitution eines Ochsen haben. Louis hat mindestens einen halben Riegel Ex-lax über seinen Kuchen geraspelt, und wir alle haben ihn zum Bad sprinten sehen wie Kate und Leo zum letzten Rettungsboot. Er muss sich erstaunlich schnell erholt haben.

Tanya kann ihre Neugier nicht länger im Zaum halten. Gott sei Dank geht sie halbwegs subtil vor. »Und wie geht's Stuart?

Louis meinte, er hätte ein bisschen blass um die Nase ausgesehen, als ihr gegangen seid. Ein bisschen grün. Wir dachten, dass er so viel Wein vielleicht nicht gewohnt ist.«

»Wein? Nein! Er hat kaum etwas getrunken, dank Louis. Himmel, als Ober ist er wirklich eine Zumutung, Ollie. Ich finde, du solltest ihn hinter die Bar verbannen!«

»Oh, ich fand nur, dass er ein wenig angeschlagen aussah, das ist alles. Waren wohl die Nerven, du weißt schon, die Vorbereitung für den Kniefall.«

»Nein, du hast Recht, es ging ihm überhaupt nicht gut. Das lag aber sicher nicht am Alkohol. Er hat die Nacht auf dem Klo verbracht, weil er sich den Magen verdorben hatte. Heute Morgen war es ihm schrecklich peinlich.«

»O nein, wie furchtbar!« Ich trete Tanya unter dem Tisch, und das Grinsen, das sich auf ihre Lippen schleichen wollte, wird durch einen passenderen, wenn auch geheuchelten Ausdruck der Anteilnahme ersetzt.

»Woran es wohl lag?«

»Er meint, er hätte wohl ein verdorbenes Sandwich zu Mittag gegessen, mit Garnelen oder so was.«

»Also nichts, was ich euch vorgesetzt habe ...«

»Himmel, nein! Wir hatten doch beide so ziemlich das Gleiche. Es konnte also nicht an dir liegen, Ollie. Übrigens war es absolut köstlich.«

»Und trotzdem hat er es geschafft, für seinen Antrag einen Kniefall zu machen.«

»Na ja, da er sowieso schon am Boden war ...« Sie kichert.

»Und das hat dich auch nicht abgebracht, die Tatsache, dass er die ganze Nacht ...«

»Ganz und gar nicht!« Grace lacht. »Eher im Gegenteil. Es hat mir gezeigt, wie sehr ich ihn liebe.«

»Aber wie ...« Tanya und ich wechseln einen entsetzten Blick, den Grace in ihrer Ekstase glücklicherweise übersieht.

»Na ja, da mir immer noch etwas an ihm lag, nachdem er die ganze Nacht auf meinem Klo verbracht hatte … Wisst ihr, ich hatte so ein Gefühl, dass er mir vielleicht einen Antrag machen wollte, und um ehrlich zu sein, hat mir das etwas Kopfzerbrechen bereitet.«

»Kopfzerbrechen?«

»Ja. Wir kennen uns schließlich noch nicht sehr lange, und ich dachte, es wäre ein bisschen zu früh für etwas so … so … na ja, Dauerhaftes. Doch mir liegt wirklich viel an ihm, und es wäre sehr schwierig gewesen, es ihm schonend beizubringen und die Beziehung nicht zu gefährden.« Sie hält inne und seufzt glücklich. »Aber letzte Nacht ist mir klar geworden, dass ich ihn vielleicht doch genug liebe, um jetzt schon eine solche Verpflichtung einzugehen.«

Die schreckliche Erkenntnis trifft uns beide wie ein Schlag.

»Also war es unser …« setzt Tanya an, bevor sie gleichzeitig Mund und Augen zukneift.

»Mehr Champagner!«, blöke ich und winke dem Kellner. Er kommt in Erwartung eines üppigen Trinkgelds von Seiten dieser großzügigen Konsumenten herbeigeeilt, oder zumindest in der Hoffnung darauf, Tanyas Telefonnummer aus ihr herauszukitzeln, sobald sie eine Spur betrunkener ist.

Grace hält mich am Handgelenk fest, als ich dem wartenden Kellner ganz mechanisch einige Scheine reichen will. »Steck dein Geld wieder ein.« Sie greift nach ihrer Handtasche, die an der Stuhllehne hängt. »Das geht auf meine Kosten. Als Dankeschön für gestern Abend. Schließlich hast du eine entscheidende Rolle in einer der wichtigsten Nächte meines Lebens gespielt.«

»Hätte ich das gewusst«, murmle ich vor mich hin, nehme mein frisches Champagnerglas und kippe es runter wie Limonade. »Hätte ich das gewusst.«

Am nächsten Morgen finden Tanya und ich uns zu einer Krisenbesprechung und zu einem Katerfrühstück bei Lorna's ein, wo einen die Spiegeleier entweder umbringen oder aufbauen. Und heute brauchen wir beide etwas Aufbauendes. Vergangene Nacht haben wir genug Champagner getrunken, um ein ganzes Nonnenkloster voller Sorgen darin zu ertränken.

Ich unternehme den heroischen Versuch, mich durch drei Scheiben Speck, zwei Spiegeleier, einen Berg unglaublich fettiger Pilze, gebackene Bohnen und zwei kleine Bratwürstchen zu futtern, ohne mich über den Teller zu erbrechen.

Tanya, die grüner ist als ein Fußballfeld vor dem Anpfiff, stochert lustlos in einem Berg Rührei herum und brummelt vor sich hin, dass man besser mit dem anfangen soll, womit man aufgehört hat.

Was mich betrifft, so wird mir allein bei dem Gedanken an einen Tropfen Alkohol so übel, dass sich mein Innerstes nach Außen stülpen möchte. Wir haben uns in drei Stunden durch die gleiche Anzahl Flaschen Premier Cru gearbeitet, von denen Grace höchstens anderthalb Gläser schaffte, bevor sie zurück in die verlobte Glückseligkeit zu Stuart eilte. Das bedeutet, dass Tanya und ich weit mehr als zwei Flaschen geleert haben.

»Sich mit dem zu trösten, ist ein Schuss, der nach hinten losgeht«, verkündet Tanya. Sie türmt ihre Eier zu einem gelben Hügel auf, bevor sie sie übellaunig zu Brei zermanscht.

»Falls du von Gray redest, irrst du dich meiner Meinung nach. Sie hat sich schon vor Ewigkeiten von Arty getrennt.«

»Ich weiß, aber ich glaube, dass sie noch nicht wirklich über ihn hinweg ist.«

»Die Tatsache, dass sie gerade eingewilligt hat, einen anderen Mann zu heiraten, scheint das Gegenteil anzudeuten.«

»Das!« Tanya schnaubt verächtlich. »Das ist ein eindeutiges Zeichen. Sich Hals über Kopf an einen anderen zu ketten, einen, der *überhaupt* nicht passt! Das *darf* sie nicht!«

»Hat sie aber.«

»Aber warum? Ich bin dreiunddreißig, Kleines, und ich habe nie den Drang verspürt, jemandem die Ehe zu versprechen.«

»Eine Frage der Erziehung. Du weißt doch, wie ihre Eltern sind. Wenn sie nicht mit dreißig verheiratet ist, gilt sie als Versagerin.«

»Aber warum Stuart?«

»Weil er sie gefragt hat.«

»Aber er ist nicht gut für sie. Sieht sie das denn nicht?«

»Offensichtlich nicht. Ich glaube, sie ist von dem ganzen Drumherum geblendet. Ein Mann hat ihr das angeboten, was sie sich gewünscht hat, seit sie klein war. Da hält sie sich nicht damit auf, den Typen näher zu betrachten, von dem der Antrag kommt, sondern denkt nur noch an das Märchen, das Kleid, die Kirche, den Kuchen, die Geschenke und das ganze romantische Tralala.«

»Das ist ein wenig hart, Ollie. Ich dachte immer, das ganze romantische Tralala konzentriert sich auf den Typen an sich. Sicher kann das Drumherum ganz nett sein, aber würdest du wirklich ein Fratzengesicht heiraten, nur um dreiunddreißig Toaster und Flitterwochen auf Korfu zu bekommen?«

»Mag sein, dass ich ein bisschen melodramatisch werde, aber ich mache mir eben Sorgen um sie. Findest du nicht, dass es besser wäre, wenn Gray Stuart erst noch genauer kennen lernt? Ich habe manchmal *Monate* gebraucht, um zu erkennen, dass der Typ, mit dem ich mich da eingelassen habe, ein totaler Schwachkopf ist. Und sie kennt Stuart erst seit kurzem. Deshalb glaube ich, sie sollte nichts überstürzen, nur weil er ihr das ultimative Kompliment gemacht und einen richtigen Antrag vorgebracht hat.«

»Du hast Recht. Wir mögen Stuart vielleicht nicht besonders, aber wir würden es uns nicht träumen lassen, uns einzumischen, wenn wir der Überzeugung wären, sie handelt richtig.« Tanya setzt ein entschlossenes Gesicht auf. »Weißt du was? Wir als ihre besten Freunde haben die Pflicht, sie davor zu bewahren, solch einen Riesenfehler zu begehen.«

»Du stellst also Antrag auf Einspruch?«

Tanya erschaudert. »Bitte nimm dieses Wort nicht in den Mund! Es macht mir Angst.«

»Welches Wort?«

»Antrag...«, flüstert sie, als wäre es obszön, und erschaudert wieder.

»Sorry. Also, mit anderen Worten: Wie wollen wir Gray davon abhalten, ihr Leben zu ruinieren?«

»Na ja, ich hatte gehofft, du hättest eine Idee.«

»Stuart um die Ecke bringen?«, schlage ich mit einem teuflischen Lächeln vor.

»Nicht schlecht, aber leider unrealistisch.«

»Pro Jahr werden tausend Menschen vom Blitz getroffen«, entgegne ich hoffnungsvoll und kaue mürrisch an einem verkohlten Stück Speck.

»Wir könnten Gray in die Klapse einweisen lassen. Gründe dafür hätten wir.«

»Ich finde immer noch, wir sollten Stuart um die Ecke bringen.«

Tanya schüttelt den Kopf. »Ich verstehe einfach nicht, warum sie das tut.«

»Wie ich schon sagte, ein Mann, der um deine Hand anhält, ist das ultimative Kompliment. Denk doch mal nach: Im Grunde sagt er dir damit, dass du so wundervoll und traumhaft bist, dass er sich nicht vorstellen kann, den Rest seines Lebens ohne dich zu verbringen.«

»Trottel!«, knurrt Tanya. »Zugegeben, so was ist Balsam für die Seele, aber das bedeutet noch lange nicht, dass sie einwilligen muss. Ich habe auch schon einige Anträge erhalten«, verkündet sie selbstgefällig. »Und habe ich etwa ja gesagt?«

»Ich habe noch nie einen Heiratsantrag erhalten.« Plötzlich ärgert es mich ein bisschen, dass ich die Einzige unter uns bin, vor der noch kein Mann auf den Knien gelegen und darum gebettelt hat, Teil meines weiteren Lebens zu sein. »Nur unsittliche Anträge.«

»Du Glückliche.«

»Vielleicht hat sie kein erfülltes Leben.«

»Und wenn wir es füllen, kommt sie über ihn hinweg«, schlägt Tanya hoffnungsvoll vor.

»Gut möglich. Was also machen wir? Sie hat einen guten Job und ein schönes Zuhause.«

»Und einen furchtbaren Geschmack in Sachen Männer.«

»Na ja, er ist nicht gerade der Typ, auf den sie unserer Meinung nach steht ...«

»Sehr freundlich ausgedrückt, Ollie. Er ist ein Depp.«

»Meinst du, unser Urteil könnte durch Eifersucht getrübt sein?«

»Was, etwa, weil Gray diese altmodische Kniefallerfahrung samt Felsbrocken in der Tasche machen durfte? Das ist nicht gerade das, wovon alle Frauen träumen, weißt du.«

»Das meinte ich doch gar nicht«, lenke ich einen Tick zu hastig ein und schüttle den Kopf, um die plötzliche Vorstellung eines Richard Gere auf einem weißen Ross zu zerstreuen, der einen Klunker in der Größe des Millennium Dome am Ende seiner Lanze trägt und unter meinem Schlafzimmerfenster ausharrt. Wo um Himmels willen kam die her!

»Was dann? Eifersüchtig worauf?«

»Na ja, wir sind seit Ewigkeiten befreundet; du, ich, Gray und Louis. Die vier Musketiere. Und dann kommt Stuart, und schon ist alles anders.«

Tanya schürzt die Lippen. »Nein, das glaube ich nicht. Sie hatte vorher schon feste Beziehungen, und nie haben wir das Bedürfnis verspürt, sie aus denen loszueisen.«

»Aber keiner von denen hat ihr einen Antrag gemacht.«

»Ich glaube, Arty hat ihr mehrere gemacht.«

»Schon, aber nur, wenn er so besoffen war, dass er sich am nächsten Morgen an nichts mehr erinnern konnte. Sie hat ihn nie ernst genommen.«

Tanya schüttelt den Kopf. »Wir alle haben ein schlechtes Gefühl. Ich finde, wir sollten unserem Instinkt vertrauen. Stuart ist nicht der Richtige für Gray. Du, ich und Louis, wir alle denken so. Sagt dir das nichts?«

»Doch. Wir sind ALLE eifersüchtig«, witzle ich verzagt.

»Wohl kaum. Heiraten ist im Moment für keinen von uns ein Hauptanliegen. Du hast zu viel Angst davor, verletzt und alt zu werden. Ich kenne dich: Heiraten und Kinder kriegen ist für dich ein entscheidender Schritt in Richtung Mittelalter, und du willst noch nicht erwachsen werden, stimmt's? Louis' Lebenswandel bedeutet, dass er für was Konventionelles nicht in Frage kommt, und ich habe zu viel Angst davor, etwas zu verpassen, wenn ich mich binde. Ich kann mir also nicht vorstellen, dass wir eifersüchtig sind, weil sie heiratet.«

»So weit waren wir schon«, seufze ich gereizt.

»Außerdem …«, fährt Tanya mit Nachdruck fort, »lieben wir sie viel zu sehr, um ihr das große Glück zu missgönnen. Also trifft deine Eifersuchtstheorie über uns vier meiner Meinung nach genauso wenig zu. Fänden wir, dass Stuart Gray glücklich machen würde, wären wir alle für diese Hochzeit. Sind wir aber nicht, und deshalb finden wir es auch nicht, oder umgekehrt, je nachdem, wie man es sieht.«

»Was also sollen wir tun?«

»Ich glaube, ich habe eine Idee.«

»Na los, raus damit. Obwohl ich immer noch finde, wir sollten …«

»Ich weiß, ich weiß«, fällt Tanya mir genervt ins Wort. »Stuart um die Ecke bringen.«

»Du hast also eine bessere Idee?«

Tanya nickt. »Wir müssen einen anderen für sie finden.«

»Einfach so.«

»Ich behaupte nicht, dass es so einfach ist, aber einen Versuch ist es sicher wert. Wenn wir jemanden ganz Tolles für sie auftreiben, erkennt sie vielleicht, dass Stuart doch nicht so scharf ist.«

»Wie heißt es so schön: Die Kirschen in Nachbars Garten…«

»Wir müssen sie nur dazu bringen, einen Blick über den Gartenzaun zu werfen.«

»Verstehe.« Allmählich erwärme ich mich für die Idee. »Wir könnten sie mit Simon verkuppeln.«

»Mit meinem Bruder?«, entgegnet Tanya ungläubig.

»Na ja, sie hegte doch immer eine unerwiderte Zuneigung zu ihm.«

»Aber das war vor sechs Jahren. Und wie du ganz richtig sagtest, war sie unerwidert, was bedeutet, dass Simon sie nicht erwiderte.«

»Ich weiß, aber jetzt sind beide reifer.«

»Stimmt, und sie hatten reichlich Gelegenheit, zueinander zu finden, falls einem von ihnen danach zumute war.«

»Hast du nicht irgendeinen Ex, der ihr gefallen könnte…«

»Hunderte; aber mal ehrlich: Würde Gray die wollen, nachdem ich sie abgelegt habe?«, scherzt Tanya.

»Stimmt«, antworte ich leichthin.

Tanya tritt mich unter dem Tisch.

»Du hast es zuerst gesagt«, stöhne ich und reibe mein schmerzendes Schienbein.

»Ich weiß.« Tanya, der es anscheinend besser geht, spießt einen meiner Pilze auf und kaut gedankenverloren. »Wir gehen mit ihr ins Fitnessstudio.«

»Fitnessstudio?«

»Genau der richtige Ort, um anzufangen«, schwärmt Tanya. »Knallenges Lycra, schwitzende Körper, stramme Muskelberge.«

»Alles, wovon Frauen träumen«, stichle ich und reiche ihr eine Papierserviette. »Wisch dir den Mund ab, Schätzchen, du fängst schon an zu geifern.«

»Nein, ich meine es ernst. Ich nehme sie mit zu einer Stunde bei meinem Privattrainer. Er ist einfach süß, eine mächtige Masse männlich-markanter Muskeln.«

»Und du glaubst, das hilft?«

»Das wird es, wenn sie nur einen kurzen Vergleich zu Stuarts, wie soll ich sagen, *Schwabbel*hintern zieht.«

»Der ist gar nicht so verkehrt.«

»Hast du etwa darauf geachtet?«

»Na klar. Wer kauft schon gern die Katze im Sack …«

»Ach, und wo ein guter Sack ist, ist auch ein guter Hintern.«

»Genau. Ich dachte mir, der Rest ist so unattraktiv, dass er doch an anderer Stelle etwas in petto haben muss.«

»Tja, sein Hintern war es sicher nicht, ich hab nämlich auch drauf geachtet. Vielleicht ist er *doch* bestückt wie ein Esel.«

»Sollte mich nicht überraschen …«

»Nicht?«

»Sonst bleibt ja nichts, oder?«

»Die schillernde Persönlichkeit.«

»Hast du davon irgendwas bemerkt?« Niedergeschlagen schüttle ich den Kopf. »Er muss genial im Bett sein.«

»Oh, zugegeben, das wäre ein Grund.«

»Schon, aber keine Basis für eine lange und glückliche Ehe.«

»Hm, ich weiß nicht …«

»Kannst du mal für einen Moment an etwas anderes denken, Tanny? Es ist wichtig.«

»Aber wenn sie doch glücklich ist, sollten wir es nicht kaputtmachen.«

»Jetzt fall mir bloß nicht in den Rücken, nur, weil er vielleicht im Bett Spitze ist. Im Moment mag sie ja glauben, glücklich zu sein, aber wie lange bleibt das so? Verdammt noch mal, sie kennt ihn doch erst seit zwei Monaten.«

»Vielleicht muss sie ja heiraten?«

»Nein… dass hätte sie uns doch erzählt.«

»Tja, das Schlimmste steht uns noch bevor.«

»Ach ja? Und das wäre?«

»Wie sollen wir es Louis beibringen?«

»Meinst du, dass es ein Schlag für ihn wäre?«

»Er hat immer gesagt, dass er Gray heiraten würde, wenn er nicht schwul wäre.«

»Dann ist das vielleicht die Lösung.«

»Vergiss es. Sie würden sich nur darüber streiten, wer das Kleid tragen darf!«

»Nein, nein; nein, nein, nein, nein, nein; nein, nein, nein; nein…«

»Ich weiß ja, dass du gesagt hast, es wäre ein Schlag für ihn…«, ich sehe Tanya zerknirscht an, »aber wenn ich geahnt hätte, *was* für einer, hätte ich es ihm erst gesagt, wenn… nie.«

Tanya legt die Stirn in Falten und legt beruhigend eine Hand auf Louis gekrümmte Schultern, der gerade den Küchentisch im Tate's vollschluchzt. »Keine Sorge, mein Lieber, wir sind genauso dagegen wie du. Ollie und ich hatten ein langes Gespräch. Wir haben einen Plan.«

»Ja?« Louis hört auf, seinen Kopf verzweifelt gegen die Tischplatte zu rammen, und sieht voller Hoffnung auf.

»Einen *schlauään* Plan«, sage ich mit dümmlichem französischem Akzent, um ihn zum Lachen zu bringen. Es klappt nicht, und ich sitze leicht verlegen und ratlos da.

Ich mache »Pst«, weil Tanya kichert – nicht wegen meiner misslungenen Nachahmung von Inspektor Clouseau, sondern wegen Louis. Es ist ein ziemlich ungeeigneter Moment, um über Louis zu lachen, weil er ernstlich erschüttert ist. Und wenn ich die Tatsache ignorieren kann, dass eine zerdrückte Erbse vom Sonntagsmahl mitten auf seiner Stirn prangt wie bei einem Inder, dann kann es auch Tanya.

»Wir werden sie davon überzeugen, dass es völlig verrückt ist, Stuey-Pooeys Antrag anzunehmen, indem wir sie mit einer endlosen Reihe attraktiver, interessanter, solventer, erfolgreicher und knackiger Singles zusammenbringen«, erkläre ich ihm und entferne geschickt die Erbse, indem ich so tue, als würde ich ihm die Haare aus der Stirn streichen.

»Und wo sollen wir eurer Meinung nach diesen endlosen Vorrat an Vollkommenheit hernehmen?«, fragt Louis und sieht uns misstrauisch aus großen, tränenschimmernden blauen Augen an. »Denn falls ihr nicht eine Menge Leute kennt, die ich nicht kenne… Oder habt ihr zufällig von einem neuen Zauberladen gehört, wo man bis zum Umfallen umwerfend schnuckelige Schnuckiputzis kaufen kann? *Toy Boys R Us* vielleicht? Oder das kleine Paradies für große Mädchen?«

»Ach, das ist doch nur eine Formsache.« Tanya macht eine wegwerfende Handbewegung. »Es dürfte nicht schwer sein, jemanden aufzutreiben, der attraktiver als Stuart mit u ist.«

»Ein schlecht gelaunter, kannibalischer Pygmäe mit Glatze und einem Zwei-Zentimeter-Pimmel wäre attraktiver als Stuart mit u«, giftet Louis eifersüchtig.

»Ich denke, dass ist ein bisschen übertrieben, aber wie um Himmels willen hat ein Mann wie er es nur geschafft, dass unsere Gray die Hosen runterlässt?«

»Was für eine Frage«, Louis sieht uns verbittert an, »wo rohe Kräfte sinnlos walten, da kann kein Knopf die Hose halten!«

Vielleicht hat Tanya ja Recht. Meine Schwester Ella behauptet immer, der beste Weg, über einen Mann hinwegzukommen, sei der, sich einen anderen zu suchen.

Ich arbeite immer noch an dieser Theorie.

Nicht, dass es irgendwelche Männer gäbe, über die ich hinwegkommen müsste. Ich hatte einige lose Beziehungen, aber nicht mehr – für Männer habe ich sowieso keine Zeit. Das Tate's war in den vergangenen zwei Jahren mein Lebensinhalt. Doch ich behaupte auch nicht, ich wäre eine Nonne.

Ich halte schon Ausschau. Aber nicht zu sehr. Dafür bin ich viel zu argwöhnisch.

Männer versprechen einem das Blaue vom Himmel, und zum Schluss sitzt man in der Tinte. Sie halten uns für romantisch. Ich glaube, es ist unmöglich, dass unsere romantischen Ideale je von einem Mann erfüllt werden, denn soviel ich mitbekommen habe, wollen sie gar nicht dasselbe von einer Beziehung wie wir Frauen. Ein Bekannter von mir beharrt darauf, dass Männer sich nie wirklich verlieben, zumindest nicht so wie Frauen. Klar können sie vernarrt sein, manchmal sogar besessen, aber ist das dann Liebe, so wie Frauen sie erleben? Er behauptet steif und fest, das sei für Männer undenkbar. Und der Großteil der Männer, die heiraten, tut das aus ganz anderen Gründen als aus Liebe, die von Dummheit bis zu Bequemlichkeit reichen.

Natürlich bin ich dieser Theorie nachgegangen. Bei den Männern, die auf meine Befragung antworteten, ohne in schallendes Gelächter auszubrechen oder verängstigt den Rückzug anzutreten, steht es bisher sechzig zu vierzig; sechzig Prozent stimmen dieser eher unheimlichen Theorie zu, und vierzig Prozent behaupten, sie sei komplett falsch. Ich hoffe nur, dass die sechzig Prozent ihr einfach deshalb zustimmen, weil sie noch nie das zweifelhafte Vergnügen hatten, selbst einmal wirklich verliebt zu sein.

Sogar Claude habe ich nach seiner Meinung gefragt, doch seine Antwort bestand in der traurigen alten Leier davon, dass »die Liebe ein weites Feld« sei, wozu er viel sagend eine große italienische Salami schwenkte. An diesem Punkt habe ich aufgegeben, doch es war ein weiterer Nagel zum Sarg meines versteinerten Liebeslebens.

Unser erster Versuch, Gray von ihrer rosaroten Wolke zurück in die Realität zu holen, findet in Tanyas reichlich exklusivem Fitnessclub in den Docklands statt. Er gehört zu jener Sorte, wo ich es normalerweise nicht wagen würde, mich zu entblößen. Hier absolvieren schöne junge Frauen perfekt geschminkt ihr Workout, und das in Gymnastikanzügen aus Zahnseide und zwei kleinen Schmierkäseecken. Leeren natürlich, denn Käse wäre viel zu fetthaltig. Ich frage mich, ob ich damit durchkäme, ein knöchellanges Sweatshirt zu tragen. Mit einsdreiundsechzig und siebenundfünfzig Kilo bin ich sicherlich nicht fett, aber wenn ich neben einer fünfzig Kilo leichten, dafür aber zehn Zentimeter größeren Spargelstange stehe, fühle ich mich garantiert so.

Jetzt stehen wir im Warteraum.

Und warten.

Tanya hat für uns eine Stunde mit ihrem Privattrainer vereinbart, der netterweise Mr. Brawn heißt – was so viel wie Mr. Muckis bedeutet. Mr. Brawn hat bereits zehn Minuten Verspätung. Gray schnürt ihre Nikes zum fünften Mal, fingert an den Sportsocken herum und sieht wiederholt auf die Uhr. Zweifelsohne wünscht sie sich, sie könnte mit Stuey-Pooey auf dem Sofa kuscheln und eine Gartensendung anschauen, was sie allem vorzuziehen scheint, das dieser Club bisher bietet.

»Wo zum Teufel steckt er?«, zische ich Tanya zu. »Gray könnte jeden Moment auf die Idee kommen, sich zu entschuldigen und zu gehen.«

»Er wird jeden Augenblick hier sein«, beruhigt sie mich. »Bringt wahrscheinlich gerade seine Bizepse auf Hochglanz.«

»Glaubst du, sie gefällt ihm?«

»Muss sie gar nicht, er ist ein professioneller Flirter. Außerdem zwingen wir sie ja nicht, mit dem Kerl auszugehen, wir wollen nur, dass sie sieht, was die Welt sonst noch zu bieten hat.«

»Sie weiß bereits, was die Welt sonst noch zu bieten hat.«

»Und hat sich dennoch für Stuart entschieden?«

»Vielleicht verbirgt sich unter dem ganzen Cordsamt doch der Körper eines Athleten.«

»Na, dann sollte er ihn zurückgeben, weil das Verschwendung ist!«, witzelt Tanya. »Ooh, schau, da ist er.«

Ich folge Tanyas Blick und sehe den Inbegriff eines Mannes auf uns zusteuern. Er ist etwa einsachtzig groß und einen Meter breit. Nie zuvor habe ich einen solch perfekten, stählernen goldbraunen Körper gesehen. Kein abschreckender Muskelprotz, sondern ein wohl proportionierter und atemberaubend gut aussehender Typ. Ein goldlockiger griechischer Adonis. Er schreitet durch ein Spalier von Frauen, die ihm mit offenem Mund hinterherstarren.

»Mädels, das ist Eric«, verkündet Tanya stolz.

Drei Köpfe neigen sich in schöner Eintracht, als Eric breit grinst und sich bückt, um einige Gewichte aufzuheben.

»Jetzt sieh dir doch nur mal diesen Knackarsch an...«, haucht Tanya leise, als hätte sie ihn nicht schon hunderte von Malen gesehen.

»Knackig«, stimmt Gray zu. Zu Ehren dieses perfekten Hinterteils legen wir eine Schweigeminute ein. Dann fügt Gray hinzu: »Aber der Name passt irgendwie nicht, fürchte ich.«

»Was soll das denn heißen?« Tanyas Blick schweift überrascht von Eric zu Grace.

»Er besteht den Kreischtest nicht«, erkläre ich. »Du musst

dir vorstellen, wie du seinen Namen auf dem Höhepunkt der Lust brüllst, und ›O Eric, mach's mir, Eric‹ klingt einfach nicht wirklich überzeugend.«

»Unter diesem Aspekt habe ich das noch nie betrachtet.« Tanya schielt wieder auf Erics unglaublich durchtrainierten Gluteus Maximus und legt versunken den Finger auf die Lippen. »Mann könnte ihm einen Spitznamen geben«, schlägt sie schließlich vor. »Ich benutze normalerweise sowieso immer denselben, entweder Babe oder Hengst, passt beides.« Tanya zuckt die Achseln, als wir sie entsetzt ansehen. »Es scheint ihnen zu gefallen. Kaum nennt man einen Kerl Hengst, scheint er zu glauben, du glaubst, er sei einer. Außerdem vermeidet man so, den falschen Namen zu kreischen, wenn man unter der Decke zur Tat schreitet.«

»Stuart ist auch nicht gerade als Name geeignet, den man voller Leidenschaft brüllen kann«, sage ich vorsichtig zu Grace.

»Ooh, ich weiß nicht.« Plötzlich wird sie zum ersten Mal an diesem Morgen munter. »Ich finde, es ist ein schöner Name. Stark und maskulin. Hört sich an wie aus *Braveheart*.«

Tanya und ich wechseln einen ungläubigen Blick. Sie muss wirklich und wahrhaftig besessen sein, um so etwas zu denken.

Liebe macht blind. Ein weiser Satz, der sich im Verlauf der nächsten Stunde erneut bestätigt.

Als Halbgott Eric alle Übungen durchexerziert und den Großteil der Muskeln in seinem erstaunlich wohlgeformten Körper spielen lässt, verrenken sich alle anwesenden Frauen die Köpfe. Selbst ich beobachte ihn mit kaum zu verhehlender Begierde.

Grace dagegen wirkt zu meinem Erstaunen absolut unbeteiligt. Ich habe manchmal drei Stunden neben Grace und Tanya in einer Kneipe gesessen, während sie die Vor- oder auch Nachteile der Hintern eines jeden Mannes begutachteten und kommentierten, der an unserem Tisch vorbeikam. Erics Hintern wird von Grace nicht einmal eines zweiten Blickes gewürdigt, obwohl er die knackigsten Pobacken hat, die ich seit langem gesehen habe.

Schlimmer noch: Sie, die normalerweise diejenige war, die uns nach jedem Ausflug ins nächstbeste Pub schleppte, gesellt sich nach der Stunde noch nicht mal auf ein Gläschen Wein zu uns ins benachbarte Bistro. Stattdessen eilt sie fort, um so schnell wie möglich auf die Autobahn zu kommen und in Weltrekordzeit nach Leicester zu gelangen, wo sie den Rest des Wochenendes verbringt.

»Tja, hat wohl nicht wirklich funktioniert, was?«, bemerke ich mürrisch, als Tanya mir ein Glas Frascati einschenkt. »Und was jetzt?«

»Wir haben unsere Ansicht darüber, dass Stuart nicht der Richtige für sie ist, nicht geändert, also versuchen wir es weiter.«

»Was also machen wir als Nächstes?«

»Keine Sorge.« Tanya prostet mir zu. »Ich habe da noch einiges in petto.«

Grace' Umerziehung gestaltet sich viel schwieriger, als wir annahmen. Nach zahllosen Einladungen zu gemeinsamen Unternehmungen, bei denen sie die ideale Gelegenheit hätte, einen weitaus passenderen Mann zu treffen, von denen sie aber die meisten ausschlägt, befinden wir, dass wir ein bisschen geschickter vorgehen müssen.

Unsere erste Idee sieht vor, ihr Auto zu sabotieren, sodass Tanyas süßer, umtriebiger Mechaniker vorbeikommen und den Funken überspringen lassen kann. Tanyas Mechaniker ist ein totaler Augenschmaus. Denken Sie sich dazu noch einen ölverschmierten Overall und den erfahrenen, machohaften Umgang mit einem großen Schraubenschlüssel, und fertig ist das Bild. Grays Traummann.

Zumindest in unseren Träumen.

Die Realität sieht anders aus. Sie macht ihm eine Tasse Tee, bietet ihm Kekse an und überlässt ihn dann seiner Arbeit, während sie sich zurückzieht, um eine Stunde lang mit Stuart zu telefonieren.

Nächster Versuch. Wir hantieren mit einem Schraubenschlüssel an ihren Wasserleitungen herum und lassen dann Tanyas persönlichen Klempner kommen, um ihre Röhren mal ordentlich durchzupusten. Denken Sie sich einen Typen, dem Tanya zwölf von zehn möglichen Punkten für seine Technik gibt, stecken Sie ihn in zerrissene Jeans und bringen Sie ihn in einem heißen Badezimmer zum Schwitzen. Wäre sie noch die Alte, würde Grace innerhalb von zehn Minuten zur Tat schreiten, fünfzehn, falls sie subtil vorgehen würde. Sie macht ihm eine Tasse Tee, hält sich nicht damit auf, ihm einen Keks anzubieten, und überlässt ihn dann seiner Arbeit, während sie sich zurückzieht, um den ganzen Abend mit Stuart zu telefonieren.

In unserer Verzweiflung schicken wir Tanya auf Pirsch in die benachbarten Kneipen, um diejenige mit den schnuckeligsten Gästen und den hübschesten Kellnern auszumachen – damit sie jederzeit von sexy Typen umgeben ist, sobald wir es endlich einmal schaffen, sie auf ein Gläschen wegzulocken. Wir fangen sogar an, ihr vorbezahlte Pizzas zu schicken, als wir entdecken, dass der Ausfahrer vom Pizzaservice um die Ecke Ewan McGregor wie aus dem Gesicht geschnitten ist. Als Nächstes täusche ich eine Erkältung vor und schicke Grace wegen eines Grippemittels erst in die Apotheke, deren Verkäufer auf den ersten Blick wie George Clooney mit Brille aussieht, und anschließend zu meinem Fischhändler, der echt sexy und ein Experte im Flirten ist.

Louis schleust sie sogar auf das Set eines Filmdrehs ein, wo er eine kleine Rolle hat, sodass sie Feuer für den neuesten Verehrer von Jude Law fangen kann, berichtet uns anschließend aber ungläubig, dass sie sich mehr für das Catering begeistern konnte als für die neuesten Filmschönlinge.

Was ist aus Grace, der Partylöwin, geworden, Grace, der Männerheldin, Grace, der Unersättlichen? Fast kommt es uns vor, als trüge sie seit neuestem Scheuklappen gegen Männer. Vorbei sind die Zeiten, als ihr Blick einem kecken Po in engen Jeans folgte, einem frechen Grinsen oder einem schelmischen Blick aus lachenden Augen.

Aus purer Verzweiflung hat Tanya schließlich nicht so sehr einen Geistesblitz als vielmehr einen geistigen Aussetzer. »Ich hab's«, verkündet sie während einer unserer Sitzungen zum Thema »Rettet Grace«. »Ich kaufe ihr einfach einen Mann.«

»Na ja, die gibt's wohl kaum bei Harvey Nichols: Die dortige Herrenabteilung verkauft Kleidung für Kerle, nicht die Kerle an sich.«

Tanya überhört den Einwurf, greift sich stattdessen die gelben Seiten und blättert zum Buchstaben »B«. Als sie die gesuchte Seite aufgeschlagen hat, dreht sie das Buch zu mir um.

»Begleitservice!«, platze ich heraus.

»Genau.«

»Das kannst du nicht bringen.«

»Nenn mir einen Grund, warum nicht.«

»Ich kann dir mehr als einen nennen! Grace rastet aus.«

»Warum denn, vielleicht gefällt's ihr ja. Einfach jemand, der sie ausführt, gepflegt mit ihr isst, sie geistreich unterhält und ihr vor Augen führt, was ein richtiger Mann ist.«

»Was denn – arrogant, ignorant und egoistisch?«

»Jetzt komm schon, einen Versuch ist es doch wert, oder?«

Ich schüttele den Kopf. »Ich weiß, das Wasser steht uns bis zum Hals, aber ...«

Tanya lässt die Schultern hängen, legt aber trotzdem die Gelben Seiten weg. »Du hast ja Recht. Aber was jetzt?«

»Kennst du zufällig einen Zeitungshändler, dessen Austräger wie Jean Claude van Damme aussieht?« Ich lächle sie zaghaft an.

»Was? Ein Brüsseler Muskelberg, der auf einem Chopper durch Islington kurvt? Das wäre zu schön, um wahr zu sein. Mein Zeitungsausträger ist mindestens …. oooh, also mindestens … zwölf.«

»Na ja, früher hatte sie doch mal eine Phase, in der sie auf jüngere Männer stand …«

Claude hat sich krank gemeldet, weil er angeblich nach einem Wochenende in Amsterdam eine leichte Lebensmittelvergiftung hat. Allgemein besteht jedoch Einigkeit darüber, dass es sich eher um einen ernsten Fall von Alkoholvergiftung handelt. Was auch immer der Grund sein mag, er darf sich nicht in der Nähe meiner Küche blicken lassen, bis er wieder hergestellt ist. Deshalb fungiere ich seit einer Woche als Chefkoch.

Ich mag Essen. Streichen Sie das – ich liebe Essen. Ich besitze ein Restaurant, weshalb das sozusagen Hand in Hand geht. Doch obwohl ich wirklich gern koche, habe ich dabei eher so was wie private Dinnerpartys mit Freunden im Sinn, und keine Drei-Gänge-Menüs für fünfzig Personen.

Heute hätte ich eigentlich meinen freien Abend haben sollen. Von Rechts wegen hätte ich aufgedonnert irgendwo in einem Club mit Tanya einen drauf machen sollen.

Die Realität sieht anders aus. Gerade befinde ich mich in einem Ringkampf mit einem frisch gekochten Hummer. Ich war diejenige, die ihn kochen musste, weshalb der Abend nicht besonders gut angefangen hat. Ich hatte mir überlegt, ihn humaner zu behandeln und ihn vorher zu töten, bis das verdammte Ding beschloss, dass Angriff die beste Verteidigung ist. Es ist Louis' Aufgabe sicherzustellen, dass der Erste-Hilfe-Kasten immer gut bestückt ist. Jetzt trage ich ein Snoopy-Pflaster um den linken Daumen und ein unleidliches Stirnrunzeln im Gesicht.

Wenn wir das Restaurant zu viert schmeißen, kommen wir gerade so hin. Mel übernimmt den größten Teil des Servierens, Louis kümmert sich um die Bar und einige der kleineren Tische, Claude macht die Küche und ich packe überall mit an, sei es beim Kochen, wenn es um exotische Gerichte oder das Anrichten geht, beim Bierzapfen, Bestellungen entgegennehmen oder Abwaschen. Und es gibt noch zwei studentische Aushilfen, die bei freien Tagen oder Urlauben einspringen oder wenn es zu chaotisch läuft, um allein mit allem fertig zu werden. Doch es ist zu spät, um eine von ihnen anzurufen. Sie haben sich wahrscheinlich längst in ihre schicksten Klamotten geworfen und machen die Stadt unsicher.

Was eigentlich auch ich vorhatte!

Das Leben ist hart.

»Knackiger Kerl in Sicht!«

Der Abend ist halb herum. Melanie bahnt sich – Hintern voran – einen Weg in die Küche. Sie jongliert mit Geschirr und Gläsern, die sie eilig in den Ausguss stellt.

»Wo ist mein Lippenstift?«, ruft sie und schaut sich suchend nach ihrer Handtasche um. »Ich muss meine Lippen nachziehen!«

»So toll, hm?« Ich ringe mir ein schwaches Lächeln ab.

»Besser. Ich musste ihre Bestellung gleich zweimal aufnehmen. Ich war so mit Geifern beschäftigt, dass ihre erste wie weggewischt war. Und Louis bringt ihnen andauernd Drinks, die sie gar nicht bestellt haben, damit er ihm auf den Zahn fühlen kann.«

Louis kommt mit einem breiten Grinsen auf dem hübschen Gesicht in die Küche. »Lass sofort Gray kommen!«, zwitschert er aufgeregt. »Das nenne ich einen echten Mann.«

»Im Gegensatz zu was?«, fauche ich.

»Er trieft nur so vor Sexappeal.«

»Wehe, wenn er auf meinen Fußboden trieft, ich habe Stunden gebraucht, um ihn sauber zu bekommen.«

»Oje, welche Laus ist der denn über die Leber gelaufen?«, stichelt Melanie.

»Gar keine«, kontert Louis kichernd. »Deshalb ist sie ja so griesgrämig.«

»Zur Zeit gibt es so viele andere Dinge, die mich nerven, da kommt ein auffälliges Vakuum in Sachen Sex erst ganz weit hinten auf meiner Liste der größten Sorgen.«

»Als da wären?«

»Mal abgesehen davon, dass ich einen Koch habe, der anscheinend so gut wie nie für mich kocht, hat meine beste Freundin gerade eingewilligt, einen Anorak zu ehelichen, den sie, wenn's hochkommt, gerade mal zwei Minuten kennt. Und das Geschäft, dass ich in zwei Jahren aufgebaut habe, steht kurz davor, mir von einem gierigen Immobilienhai weggenommen zu werden ...«

»Vermute ich richtig, dass es nicht der geeignete Zeitpunkt für Louis und mich ist, in unser übliches ›Always look on the bright side of life‹ auszubrechen?« Mel lächelt mir aufmunternd zu.

»Du vermutest richtig«, knurre ich.

Mel wirft Louis einen viel sagenden Blick zu und flüchtet zurück ins Restaurant – angeblich, um weitere Bestellungen aufzunehmen. Louis sieht auf meine gerunzelte Stirn. »Er ist sehr attraktiv«, schmeichelt er. »Du solltest mal einen Blick auf ihn werfen, das würde dich bestimmt aufmuntern.«

»Könntest du bitte aufhören, dich an den Gästen aufzugeilen, und ein bisschen arbeiten, Louis? Wir sind zu schwach besetzt, um heute Abend etwas zu vermasseln.«

»Jawohl, Sir!«, mokiert sich Louis, salutiert militärisch und marschiert im Stechschritt aus der Küche. Ich pfeffere den widerspenstigen, obwohl toten Hummer auf den Tisch, lasse mich auf einen Stuhl sinken und greife nach dem Kaffee, den Mel mir schon vor zehn Minuten gemacht hat. Überraschung, Überraschung, er ist eiskalt und eklig.

Ich fühle mich schlecht. Ich weiß, dass ich Mel und Louis nicht so angiften sollte. Die beiden arbeiten genauso hart wie ich und schaffen es trotzdem irgendwie, die meiste Zeit niederschmetternd fröhlich zu bleiben.

Ich tausche den Kaffee gegen ein Glas Wein, nehme einen großen Schluck und beschließe, ein Lächeln aufzusetzen. Es bringt nichts, sich Sorgen zu machen. Sorgen ändern nie etwas am Ergebnis, sie machen nur das Warten schlimmer. Ist es nicht eigenartig, dass man so richtig im Selbstmitleid badet, wenn man Kummer hat? Ist man aber glücklich, zerbricht man sich so lange den Kopf, weil man irgendwann wieder Kummer haben könnte, dass man es gar nicht genießen kann. Es sollte umgekehrt sein. Man sollte sich im Glück aalen, und wenn man richtig angenervt ist, sollte man sich darauf freuen, bald darüber hinweg zu sein. Doch unsere Welt ist voller Pessimisten, und ich bin einer davon. Warum optimistisch sein und enttäuscht werden, wenn man pessimistisch sein und vielleicht positiv überrascht werden kann? Ich muss meine Einstellung zum Leben überdenken und sollte das Glück genießen, wenn ich es zu fassen kriege, statt mir darüber den Kopf zu zerbrechen, wie flüchtig es sein könnte. Das einzige Problem eines Optimisten besteht darin, dass man seine Fröhlichkeit als leicht durchgeknallt missverstehen kann. Schließlich kann wohl nur so jemand einen Grund finden, über Missgeschicke zu lächeln. Falls Sie nicht wissen, was ich meine, versuchen Sie mal, einen Tag lang jeden dümmlich anzulächeln, den Sie treffen. Sie werden sehen, dass die Leute anfangen, Ihnen nervös auszuweichen, als hätten Sie eine ansteckende Krankheit.

Ich frage mich oft, ob es irgendjemanden gibt, dem noch nie ein Unglück passiert ist. Jemanden, der spielend durchs Leben geht, eine glückliche Kindheit hatte, immer zu Weihnachten bekam, was er sich wünschte, jede Prüfung beim ersten Anlauf bestand, jeden Job bekam, an dem sein zufriedenes Herz hing, und nie in der Liebe enttäuscht wurde. Ich könnte diese glückliche Idylle zerstören, indem ich sage, dass nicht alles in ihrem Leben perfekt ist, da viele Menschen solch schamlose Glückskinder beneiden und hassen, doch wahrscheinlich sind sie zu sehr in ihre kleine perfekte Welt eingelullt, um darauf einen Deut zu geben. Vielleicht liegt darin der Schlüssel zum Glück – in purer, egozentrischer Selbstsucht, sodass die Schicksale anderer noch nicht mal ein leises Zucken der Tränenkanäle bewirken.

Vielleicht sollte ich aufhören, mir Sorgen um Grace zu machen. Zusehen, wie sie ihr Leben ruiniert, wenn sie das unbedingt will. Ich weiß, dass ich das nie könnte, da mir zu viel an ihr liegt. Dasselbe gilt für das Tate's. Ich kann höchstens beschließen, mir nicht mehr alles so zu Herzen zu nehmen. Positiver zu denken. Das werde ich tun.

Gesagt, getan. Als Erstes knacke ich endlich den Hummer. Gerade ist es mir gelungen, ein Lächeln aufzusetzen, das viel angenehmer als das Stirnrunzeln von vorhin ist, als Louis im Stechschritt zurück in die Küche marschiert. Zwischen Nase und Oberlippe hat er sich das abgebrochene Ende eines Taschenkamms geklemmt. Er schickt ein *Sieg Heil* hinterher, und ich fange an zu kichern.

»Ooh, ein Lachen!« Der Kamm fällt herunter, als Louis die Lippen bewegt. »Das ist viel besser. Ich würde ja sagen, weiter so, aber du wirst im Restaurant verlangt, Kindchen, in deiner Eigenschaft als ›Chef‹.«

Ich höre auf zu lachen. »Wieso?«

»Mr. Knackig; er will mit dem Inhaber sprechen.«

Mein Entschluss, positiver zu denken, gerät sofort ins Wanken. »Na klasse! Als ob ich nicht schon genug um die Ohren hätte. Wo liegt das Problem?«

»Keine Ahnung, vielleicht will er dir ja zu deinen Kochkünsten gratulieren ...«

»Kann er nicht einen Brief schreiben?«

»Ollie!«

»Schon gut, schon gut«, brummle ich und streiche mir das schweißnasse Haar aus der Stirn. »Ich komme ja.«

Eifrig treibt Louis mich aus der Küche und deutet auf einen der Alkoven. »Er sitzt da drüben – der in dem blauen Pullover.«

Ich folge Louis' Zeigefinger. Mr. Knackig sitzt mit drei Freunden in der Schmuseecke. Ein anderer Typ und zwei Frauen, die mich aus dem sicheren Schutz ihrer Designerklamotten von oben herab mustern.

»Sie wollten mich sprechen«, seufze ich reichlich ungnädig und genervt. Was erwarten die von mir? Dass ich in Gucci koche?

Er dreht sich zu mir um, und ich finde mich einem steten Blick aus blau-grauen Augen gegenüber. Plötzlich ärgert es mich, dass ich meine ausgebeulte Kochhose, eine fleckige Küchenschürze, kein Make-up und ein reichlich unkleidsames Haarnetz trage, um meine wilde braune Mähne zu bändigen.

Mel hatte Recht, er sieht fantastisch aus. Es ist nicht das Gesicht, obwohl allein das verdammt attraktiv ist: kantig und männlich.

Es ist die Haltung. Diese blauen Augen blicken herausfordernd und selbstbewusst. Gleichzeitig kann man sich gut vorstellen, dass sie jeden Moment vor Lachen aufblitzen könnten. Doch leider nicht in diesem Moment. Sie sehen eher verwirrt aus.

»Ich hatte nach dem Inhaber gefragt, Oliver Tate.«

»Olivia. Olivia Tate.« Ich halte ihm die Rechte hin, bemerke, dass sie klebrig ist von den Säften des vor kurzem verstorbenen Hummers, und wische sie hastig am Hosenbein ab. »Richtige Person, falsches Geschlecht.«

»Oh, ich weiß nicht«, entgegnet er und ergreift meine Hand. »Ich glaube fast, als Frau sind Sie mir lieber.«

Obwohl das offensichtlich ein Kompliment ist, kriege ich bei seinen Worten eine Gänsehaut. Die Sorte rieche ich Meilen gegen den Wind. Ein weiterer Herzensbrecher. Zu attraktiv, um wahr zu sein. Erfolgreich und intelligent. Und er verströmt genau die Art Erotik, die nicht nur auf einen selbst, sondern auch auf eine ganze Reihe anderer Frauen unwiderstehlich wirkt.

Diese Art Erotik verströmt er gerade genau in meine Richtung. Tja, hier hat er es mit einer Frau zu tun, die um ihres eigenen Wohlergehens willen verdammt scharf darauf achten wird zu widerstehen.

»Und Sie sind?«, frage ich kurz angebunden.

»Daniel.« Er hält mir die Hand hin. »Daniel *Slater*. Obwohl ich den Eindruck habe, Sie kennen mich besser als ›Das Schwein‹.«

»Er ist nur gekommen, um mich zu erniedrigen«, jammere ich.

Erschöpft habe ich das Gesicht auf die Theke sinken lassen. Es ist halb eins, und es ist uns endlich gelungen, die letzten Gäste hinauszukomplimentieren. Auch Dan Slater, der zwar nicht wieder versucht hat, mit mir zu sprechen, aber doch unter den Letzten war, die gingen, nachdem er anscheinend stundenlang an einem Kaffee und einem großen Brandy genuckelt hat.

»Ich glaube, er kam, um dich zu verprügeln«, sagt Louis grinsend und schenkt mir ebenfalls einen großen Brandy ein. »Wie gut, *dass* du eine Frau bist. Obwohl ich im Moment«, fügt er mit gerümpfter Nase hinzu, »weit femininer aussehe als du.«

»Was spielt das für eine Rolle? Wenn er einen Kampf will, kann er ihn verdammt noch mal haben!«, übergehe ich seine gutmütige Fopperei. Obwohl ich im Moment wohl keine Chance hätte zu gewinnen: Ich fühle mich so schlaff und ausgewrungen wie der Lappen, mit dem Louis gerade die Abtropftabletts abwischt.

Ich nippe an meinem Brandy und spüre, wie der starke Alkohol durch meine Kehle rinnt und meinen Magen wärmt.

»Statt dich mit ihm anzulegen, tätest du besser daran, ihn auf deine Seite zu bringen. Ich glaube immer noch, dass man mit Charme weiterkommt als mit Schimpfen.«

»Nun, ich kann so charmant sein, wie du willst …«

»Oh, gut«, seufzt Louis erleichtert.

»… wenn ich ihm einen Pflasterstein über den Schädel ziehe.«

Louis kichert. »Weißt du was? Ich glaube, er war nur hier, um dir auf den Zahn zu fühlen. Jetzt ist ihm wahrscheinlich klar, dass er Ärger am Hals hat, und …«, verschmitzt fällt er in einen chinesischen Akzent, »es ist immel gut zu wissen, wel del gegnelische Glashüpfel ist.«

»Tja, wenigstens weiß *ich* jetzt, wie ich ihm zu begegnen habe.«

»Ach ja?«

»Ja.« Ich sehe Louis an und grinse teuflisch. »Falls er mir jemals wieder über den Weg hüpft, muss ich einfach nur *Gas geben.*«

Louis macht sich auf den Heimweg, und ich beschließe, dass ich ein bisschen Mitgefühl und Verständnis nötig habe. Also greife ich zum Telefon und rufe die Nummer an, wo ich beides garantiert immer bekomme, und das zu jeder Tages- und Nachtzeit, auch wenn ich es gar nicht verdiene.

Ich muss es mindestens zwölf Mal klingeln lassen, bevor

endlich ein ziemlich schroffes und verschlafenes »Hallo« ertönt.

»Tanya? Bist du noch wach?«

»Nein, ich schlafe tief und fest.« Ihre Stimme trieft förmlich vor Sarkasmus.

»Habe ich dich aufgeweckt? Sorry«, schniefe ich selbstmitleidig.

»Komm schon, Kleines, wann gehe ich je zum *Schlafen* ins Bett?«, spottet sie.

Dieses Mal schniefe ich noch etwas auffälliger.

Und dieses Mal merkt Tanya es. »Ollie, Kindchen!«, ruft sie, lässt den zynischen Unterton weg und klingt plötzlich sehr besorgt. »Was ist passiert, um Himmels willen?«

Ich kann hören, wie die Decke raschelt, als sie sich im Bett aufsetzt. »Ich kann einfach nicht mehr!«, heule ich.

»Ich bin sofort bei dir.«

Innerhalb von zwanzig Minuten ist sie da. Zu diesem Zeitpunkt habe ich mich wieder ein bisschen gefangen, hauptsächlich dank einer netten Flasche Australian Shiraz und eines großen Tellers mit belegten Broten.

Ich sehe mit verquollenen Augen aus meiner üblichen Position zu ihr auf – Küche, Kopf auf dem Tisch. »Danke, dass du gekommen bist. Ich brauche dringend vernünftige Gesellschaft.«

»Und da hast du mich angerufen?«, witzelt Tanya und schnappt sich das große Glas Rotwein, das ich in ihre Richtung schiebe. »Was zum Teufel ist los, Ol?«

»Ich hatte heute Abend unerwarteten Besuch.«

»Jetzt sag nicht, dass du Grace gesehen hast. Ich könnte schwören, sie ist von Außerirdischen entführt worden, so lange habe ich sie nicht mehr getroffen.«

»Nein, nicht Grace.«

»Na, wer dann?«

»Dan Slater«, erwidere ich, wobei ich die drei Silben genauso dramatisch rolle wie meine Augäpfel.

»Wer?«

So viel zu meinem Versuch à la Sarah Bernhardt. Sie kann sich noch nicht mal an den Namen erinnern! »Slater Enterprises …?«, helfe ich nach.

»Der! Du machst Witze … Der ist hierher zu dir gekommen? *Der* Dan Slater.«

»*Der* Dan Slater. Höchstpersönlich.«

»Aber warum?«

Ich zucke die Achseln. »Das weiß ich genauso wenig wie du.«

»Na los, erzähl mir alles … wie ist er? Ein Scheusal? Hatte er etwa auch einen Buckel?«

»Na ja, so was in der Art, aber ich fürchte, dass das mehr in sexueller Hinsicht zu verstehen ist.«

»Soll das heißen, du warst mit ihm in der Kiste?« Ihre perfekt gezupften Augenbrauen schießen in die Höhe.

»Natürlich nicht, du Dummerchen. Aber ich würde ihn nicht von der Bettkante stoßen. Er ist echt scharf … nein, ist er nicht, er ist ein Schwein.«

»Ein Schwein, und auch noch scharf.« Tanja seufzt. »Genau, wie ich sie mag. Wie wäre es, wenn ich mit ihm in die Kiste steige, wenn dir das unangenehm ist? Ich könnte dir dann ein paar kompromittierende Fotos besorgen, mit denen du ihn erpressen kannst.«

»Tut mir Leid, Louis will das bereits übernehmen. Du hättest ihn heute Abend mal erleben sollen. Er ist ständig in die Küche und wieder raus gerannt, wie ein Aufziehmännchen. Seine Zunge hing so weit heraus, dass er sich die Schuhe damit hätte ablecken können. Und von wegen Slater ins Essen spucken – alles wie weggeblasen. Er hat ihm sogar eine Extraportion Krabben gebracht und ihm die besten Happen aus dem Obstsalat herausgepickt – er hat ihn mit der Zunge serviert statt mit einem Löffel. Er sah so appetitlich aus, dass er zum Essen fast zu schade war. All die kleinen Sternenfrüchte, mit denen er die Schale liebevoll dekoriert hatte …«, ereifere ich mich sarkastisch.

»Jetzt hab ich's. Wie wäre es, wenn du es doch mit ihm machst? Du weißt schon, ihm die Mieterhöhung in Naturalien zahlst.«

»Eher sterbe ich.« Ich setze mein beleidigtes Märtyrergesicht auf.

»Ich kann mir Schlimmeres vorstellen.« Tanya zwinkert mir zu. »Du hast bereits zugegeben, dass du ihn nicht von der Bettkante stoßen würdest, nur weil er im Bett Kekse isst. Obwohl mir weit bessere Dinge einfallen, an denen man im Bett knabbern kann … Nein, mal im Ernst, wenn du etwas mit ihm anfängst, vergisst er die Mieterhöhung vielleicht.«

»Soll ich etwa meinen Körper verkaufen!«, entgegne ich entrüstet.

»Besser als dein Restaurant. Außerdem würdest du deinen Körper nicht verkaufen, sondern ihn nur verleihen.«

»Jetzt komm schon, Tan, ich brauche einen ernsthaften Vorschlag … Ich werde einfach die Preise anheben.«

»Dann bleiben die Gäste weg.«

»Die Gehälter kürzen?«

»Klar, ausgerechnet du! Ich kenne dich, du hast ein großes, weiches Herz. Die einzige in diesem Restaurant, die am Monatsende mit weniger dastehen würde, wärst du …«

»Mein Auto verkaufen?«

»Du hängst an dieser Kiste. Außerdem brauchst du keine einmalige Finanzspritze, die würde nicht lange reichen … Eine Fleischspritze dagegen …«

»Tanya, du bist furchtbar!«

»Hast du eine bessere Idee?«

Ich schweige.

»Also wird dir nichts anderes übrig bleiben, als mit ihm zu schlafen.«

»Entweder das oder ich vergifte ihn, wenn er das nächste Mal zum Essen kommt.« Ich schneide eine Grimasse.

»Na ja, wenn du nicht mit ihm schlafen, sondern ihn sowieso vergiften willst, kann ich dann mal mit ihm schlafen, bevor du ihn um die Ecke bringst?«

»Tanny, du hast den Kerl doch noch nie gesehen!«

»Ich weiß.« Sie grinst und beißt herzhaft in eines meiner Brote. »Aber wenn du auf ihn stehst, dann muss er verdammt gut sein.«

»Ich sagte nicht, dass ich auf ihn stehe!«

»Nicht in Worten, aber du musst es auch gar nicht *sagen*, Kindchen«, nuschelt sie, den Mund voller Schinken und Leerdamer. »Ich errate es auch so.«

»Nur weil ich sagte, er sei scharf, bedeutet das noch nicht, dass ich den Kerl auch haben will. Ich meine, ich gebe gerne zu, dass äh … Catherine Zeta Jones … scharf ist, und das würde ich jedem ins Gesicht sagen, aber das bedeutet doch nicht, dass ich mit ihr ins Bett gehen will.«

»Nein, dafür bist du viel zu straight.«

»Was soll ich nur machen, Tan? Ich habe so hart dafür gearbeitet, dieses Restaurant aufzubauen. Und dann kommt einfach dieser Kerl und droht damit, mir alles wegzunehmen.«

»Warum hängst du die Plackerei nicht einfach an den Nagel, suchst dir einen reichen Mann und gibst dich dem Luxusleben hin?«

»Und worin finde ich dann meine Erfüllung?«

»Machst du Witze? Weißt du, wie viele Frauen sich so ein Leben wünschen und es dann auch kriegen? Das ist, als würde man bei der Beziehungsolympiade Gold gewinnen.«

»Tja, mein Stil ist das sicher nicht. Wenn der Mann erfolgreich ist, umso besser, aber ich meine doch, das Einzige, was man von einer Beziehung erwarten sollte, ist eben das … eine Beziehung … und keine Rückzugsmöglichkeit von harter Arbeit, persönlichem Ehrgeiz oder der Notwendigkeit einer eigenen Altersvorsorge.«

»Das ist das Problem«, scherzt Tanya, »ich gebe eben lieber das Geld anderer Leute aus. Es macht mir keinen Spaß, mein eigenes auszugeben!«

»Ich weiß doch, dass du das nicht ernst meinst!«

»Vielleicht nicht ganz, aber ich bin nicht so versessen darauf, unabhängig zu sein, wie du. Wenn ein Mann ankäme, der mich mit Sparkonten und Goldcards überhäufen will, würde ich glaube ich nicht zu verbissen darauf bestehen, weiter mit meinen Büropumps fest im Leben zu stehen.«

Tanyas Lebensziel mag darin bestehen, einen Mann mit unbeschränktem Kredit zu finden, aber das entspricht nicht unbedingt meinem Ideal von Unabhängigkeit. Sein ganzes Leben ist man anderen gegenüber verantwortlich. Als Kind sind es Eltern, Geschwister, Lehrer; als Erwachsener sind es immer noch Eltern und Geschwister. Die Lehrer sind glücklicherweise nur noch eine verschwommene Erinnerung, doch wenn man nicht aufpasst, werden sie durch etwas weitaus Schlimmeres ersetzt – Vorgesetzte. Das ist einer der Gründe, warum ich mich selbständig gemacht habe. Leider musste ich seither erfahren, dass es da draußen immer noch Leute gibt, die nur darauf warten, einem zu sagen, was man zu tun und zu lassen hat. Tatsache ist, dass meine Liste gewaltig angewachsen ist; jetzt mischen sich nicht nur behördliche Wichtigtuer bei mir ein, sondern auch noch ein Koch, im Vergleich zu dem alle früheren zahme, fügsame Strammsteher waren.

Und nun habe ich auch noch einen Kerl am Hals, der versucht, mir die Suppe zu versalzen.

Von mir aus soll er ruhig Anlauf nehmen und in einen Bottich voller kalter, klebriger Kuhfladen klatschen. Zugegeben, das Gebäude gehört ihm. Zugegeben, ich habe dem bisherigen Vermieter eine extrem niedrige Miete gezahlt, weil er meinen Hintern, meinen Hauswein und meinen handgemachten Hefezopf gleichermaßen zu schätzen wusste – aber nur Letztere in die Hände bekam, ehrlich. Zugegeben, es ist gut möglich, dass es durchaus vernünftig wäre, mit einer Mieterhöhung zu rechnen, und zugegeben, ich hätte deren Vorboten gegenüber vielleicht nicht ganz so grob sein sollen, doch wenn man in unserer Ellenbogengesellschaft ums Überleben kämpft, dann kann man verdammt noch mal am wenigsten von einer jungen Frau erwarten, dass sie vernünftig ist.

Außerdem steht immer noch das Gerücht über den Abriss im Raum. Er könnte mich ganz leicht rausekeln und dann hereinspazieren und mein geliebtes Tate's auseinander nehmen, es in eine piekfeine Prunkvilla für irgendeinen schnieken Schnösel verwandeln. Vielleicht hat Tanya ja Recht, und diese Situation verlangt nach drastischen Maßnahmen, nach Attacken unter der Gürtellinie. Meine Entschlossenheit wächst.

»Dein Körper ist deine Waffe«, erklärt Tanya mir, als könne sie Gedanken lesen.

»Verdrehst du da nicht etwas? Ich dachte, es heißt, mein Körper ist mein Heiligtum.«

»Okay, mein Körper ist mein Heiligtum«, wiederholt Tanya. »Also zieh deine Schuhe aus und tritt ein!«

»Ich habe es satt, mir von anderen vorschreiben zu lassen, was ich tun soll«, erkläre ich entschlossen und übergehe ihren Spruch.

»Och, ich weiß nicht, im richtigen Moment kann das echt Spaß machen.«

»Dreht sich denn bei dir *alles* um Sex?«

Tanya neigt den Kopf und denkt einen Moment nach. »Yep«, antwortet sie schließlich. »Und Shoppen ... Es ist schwerer, in seichtem Wasser zu ertrinken«, fügt sie scherzhaft hinzu.

Kapitel 4

Tanya ist mit einem ihrer glühenderen und solventeren Verehrer in eine Woche Luxus entschwebt: sieben Tage Verhätscheln pur auf den Bahamas. Wäre sie nicht eine meiner besten Freundinnen, ich könnte wirklich und wahrhaftig anfangen, sie zu hassen. Eine Woche Erholung und Entspannung unter strahlender Sonne wäre jetzt genau das Richtige für mich. Denn obwohl wir gerade den längsten Tag hatten und es jetzt offiziell Sommer ist, ist das Wetter immer noch eindeutig mies.

Ich bin total am Ende. Ich scheine hauptsächlich zu schuften oder schwarzzusehen – oder beides gleichzeitig, was bei weitem schlimmer ist.

Ich sehe schwarz, weil Stuart mit u zu einem festen Bestandteil in Grace' Leben zu werden droht. Ich sehe schwarz, weil mir der Verlust des Tate's droht, das abgesehen von meinen Freunden der einzige feste Bestandteil in *meinem* Leben ist. Wenn mir nicht bald etwas einfällt, um die angekündigte Mieterhöhung zu verkraften, befürchte ich, dass es einen traurigen Abschied von zwei Jahren großer Mühen geben wird; liebevoller Mühen, von denen Abschied zu nehmen mir das Herz brechen würde.

Heute nieselt es wieder, was bestens zu meiner Stimmung passt. Also laufe ich zum Floristen nebenan, um nicht nur das Restaurant mit frischen Blumen aufzuheitern, sondern hoffentlich mich gleich mit. Als ich, den Arm voller leuchtend gelber Narzissen, aus dem Geschäft trete, entdecke ich ein bekanntes Gesicht, das aus der Tür des benachbarten Antiquitätenhändlers kommt. Ich schnappe nach Luft und ziehe mich hastig in die relative Sicherheit und Anonymität des Geschäftseingangs zurück.

Dan Slater.

Er ist in Begleitung zweier Anzugträger, und einer der Männer lässt gerade einen großen Zollstock in der Innentasche seines Boss-Jacketts verschwinden. Was zum Teufel treiben die hier?

Ich schleiche mich näher heran, beziehe hinter einem großen, günstig stehenden Lorbeerbaum Stellung und gebe vor, mich für einen Eimer Nelken zu interessieren. Ich kann gerade so aufschnappen, was sie sagen, solange kein Auto vorbeifährt. Der Mann mit dem Zollstock wendet sich an Dan Slater.

»Du hast Recht, er ist perfekt. Ich glaube, das kommt richtig gut. Und beschädigt wird auch gar nicht so viel.«

Leider ist das alles, was ich erlauschen kann, bevor ein großer Laster lautstark vorbeirumpelt und ich das Gleichgewicht verliere, weil ich mich zu weit vorgebeugt habe, um besser zu hören. Fast wäre ich mit einem Ohr in dem zurechtgestutzten Lorbeerbaum hängen geblieben. Dafür stecke ich nun mit dem Gesicht in den Nelken. So verdecken die tiefroten Blumen wenigstens mein tiefrotes Gesicht, und ich entgehe haarscharf einer Entdeckung, als Dan Slater und sein Gefolge direkt an mir vorbeimarschieren. Kaum ist der letzte be-bosste (und ziemlich muskulöse – hey, als Frau achte ich auf so was) Hintern aus meinem geblümten Blickwinkel verschwunden, stürze ich Narzissen streuend zurück zum Tate's und platze Türen schlagend und hochdramatisch in die Küche.

»Du errätst nie, wen ich gerade beim Antiquitätenhändler nebenan gesehen habe!«, schnaufe ich asthmatisch und stütze mich mit der freien Hand auf den Tisch, um wieder zu Atem zu kommen.

»Dan Slater«, erwidert Mel prompt und steckt ihren Bestellblock in die Tasche ihrer weißen Kellnerschürze. »Mit zwei anderen Typen.«

»Woher weißt du das?«

»Sie sind gerade ins Restaurant gekommen.«

»Du machst Witze!«, kreische ich und lasse den Rest der tropfenden Narzissen auf die Terrakotta-Fliesen fallen.

»Ich weiß schon, ich weiß«, seufzt Mel und steckt auch ihren Stift weg. »Er ist der Feind und muss deshalb umgehend aus dem Restaurant entfernt werden.«

»Von wegen!« Ich knie nieder, sammle die Blumen auf und lege sie ins Spülbecken, das ich mit kaltem Wasser fülle.

»Was sagst du da?« Überrascht sieht sie mich an.

»Wo sitzen sie?«

»Na ja, ich habe ihnen noch keinen Tisch zugewiesen. Dachte, ich hole erst die Erlaubnis ein!«, fügt sie trocken hinzu.

»Und wo sind sie jetzt?«

»Sie nehmen einen Drink an der Bar. Warum?«

»Setz sie in den hinteren Alkoven. Ist er frei?«

»Ja. Die zwei Turteltauben, die dort gesessen haben, sind gerade gegangen. Der Himmel weiß, wie sie es geschafft haben, überhaupt etwas zu essen. Ihre Münder hatten sich die letzten anderthalb Stunden aneinander festgesogen. Aber es ist schön, zwei so glückliche Menschen zu sehen.«

»Vermutlich«, murmle ich geistesabwesend.

»Genau, dann bekomme ich nämlich mehr Trinkgeld! Die beiden haben mir einen Zwanziger gegeben! Keine Ahnung, ob sie in Spendierlaune waren oder nur so ineinander verschlungen, dass sie es nicht einmal bemerkt hätten, wenn sie mir ihr ganzes Geld dagelassen hätten! Apropos Aufmerksamkeit«, stichelt Mel, »hörst du mir überhaupt zu?«

»Nein«, entgegne ich wahrheitsgemäß. »Tut mir Leid, Mel, aber ich habe gerade gesehen, wie Dan Slater und sein Hofstaat mit einem Zollstock aus dem Antiquitätengeschäft marschiert sind.«

»Wirklich?«, fragt sie, nun ebenfalls beunruhigt. »Was führen sie deiner Meinung nach im Schilde?«

»Ich bin mir nicht sicher, aber ich werde es verdammt noch mal herausfinden. Bring sie an ihren Tisch, Mel, und lass es mich wissen, wenn sie sitzen.«

Fünf Minuten später gibt Mel mir das vereinbarte Zeichen und ich schleiche mich heimlich hinter die Bar, deren entferntes Ende bestens als Lauschposten geeignet ist, da man dort nicht gesehen werden kann. Ich drehe die Musik etwas leiser und fange an, langsam ein Tablett Gläser zu polieren.

Die erste Stimme, die ich höre, ist mir fremd. »Ich glaube, du kannst wirklich froh sein, so etwas gefunden zu haben, er ist wirklich ideal.« Das muss der Dritte im Bunde sein. Der, der draußen nichts gesagt hat.

»Ja, ich habe Ewigkeiten nach so etwas gesucht.« Diese Stimme erkenne ich sofort. Meine Nemesis. Dämon Dan. »Glaubt ihr, ihr könnt die Arbeiten termingerecht durchführen?«

»Klar, kein Problem.« Ich erkenne die Stimme des Mannes mit dem Zollstock wieder. »Zwei Monate hast du gesagt, oder?«

»Wir haben ein bisschen mehr Zeit. Ich habe beschlossen, bis nach dem Sommer zu warten, um die Wohnungen auf den Markt zu werfen, sagen wir September.«

Mel, die viel zu neugierig ist, um der Versuchung zu widerstehen mitzulauschen, ergreift meinen Arm. Mit offenem Mund sehen wir uns an.

»Wohnungen!«, hauche ich entsetzt.

Mel bringt mich mit einem »Pst« zum Schweigen, als Dan Slater erneut zum Sprechen ansetzt. »Aber genug von der Arbeit. Lasst uns das Essen genießen. Das ist nämlich echt gut hier.«

»Na, wenn es so appetitlich ist wie die Bedienung…« Der andere Mann lacht anerkennend. »Die ist umwerfend. Sieht aus wie Scary Spice.«

Bei diesem Kompliment verwandelt sich Mels Stirnrunzeln in ein breites Grinsen.

»Ja, sie ist süß, nicht wahr? Aber ob ihr es glaubt oder nicht, die Inhaberin ist auch nicht von schlechten Eltern.«

War das wirklich Dan Slaters Stimme? Mit hochgezogenen Brauen sehe ich die immer noch grinsende Mel an. Dan Slater hat mir gerade ein Kompliment gemacht. Ich schwanke zwischen dem Verlangen, mich lächerlich geschmeichelt zu fühlen und ihm mit der Linken einen Haken zu versetzen.

»Wirklich?« Wieder der Zollstockmann, und er lacht.

»Yep. Reagiert mit einem großen R wie Rotzfrech!«

Ich schwanke nicht mehr. Jetzt frage ich mich nur noch, womit ich ihm am besten eine verpasse.

Dan spricht immer noch. »Letzte Woche hat sie Edina Mason am Telefon dazu gebracht, in die Luft zu gehen. Ihr wisst doch, wie viel sie sich darauf einbildet, in jeder Situation so beherrscht und bedächtig zu sein…«

Unfähig, mich noch länger zurückzuhalten, stürze ich, Melanie auf den Fersen, in die Küche und stoße das Kreischen aus, das ich mühsam unterdrückt hatte.

»Alles in Ordnung?«, fragt Mel besorgt, als ich an den Küchentisch sinke und den Kopf in den Händen vergrabe.

Ich schüttle den Kopf.

»Vielleicht hast du ihn falsch verstanden.«

Ich werfe Mel einen vernichtenden Blick zu. »Wenn es sich für dich nicht danach angehört hat, als wollten sie den Komplex hier in Wohnungen umwandeln, wonach dann?«

»Ooh, ich weiß, es hat sich schlimm angehört, hm? Aber du hast nur einen Teil des Gesprächs aufgeschnappt…«

Mel entscheidet, dass es wohl keine gute Idee ist, diesen

Punkt weiterzuverfolgen. »Soll ich mit dem Servieren weitermachen?«, fragt sie verunsichert.

Niedergeschlagen lächle ich ihr zu. Natürlich soll sie servieren. Und zwar mir. Die Drei. Auf einem Silbertablett. Wie auf Kommando sehe ich Daniel Slater vor mir, mit gebundenen Händen und einem großen, roten Apfel im Mund, und ich piekse ihn mit einem Metallspieß in eine besonders schmerzhafte Gegend.

»Ja, du kannst weitermachen mit dem Servieren«, antworte ich schließlich. »Aber sei bitte so gut und vergiss nicht, eine Menge Arsen über ihre Vorspeisen zu kippen, okay?«

Aus irgendeinem Grund gebe ich mir mit ihrem Essen besondere Mühe. Vielleicht bilde ich mir unbewusst ein, dass es ihnen widerstrebt, das Restaurant zu schließen, wenn ihnen klar wird, wie gut es ist. In meinem Innern jedoch brodelt es stärker als das Bœuf Bourguignon, das ich im Ofen habe. Und als Mel hereinkommt, um mir zu sagen, dass sie aufbrechen, kann ich mich nicht länger beherrschen. Ich laufe Daniel Slater hinterher. Er hat gerade seinen Mantel angezogen und geht als letzter zur Tür.

»Entschuldigen Sie.« Ich klopfe ihm auf die Schulter. Hart.

Überrascht dreht er sich um.

»Die durchgeknallte Inhaberin möchte sie kurz sprechen.«

Es macht mich noch wütender, als ein Lächeln seine Lippen umspielt. »Hier scheinen die Wände Ohren zu haben«, erwidert er offensichtlich amüsiert, und seine blau-grauen Augen funkeln.

»Darauf können Sie Gift nehmen!«, fauche ich. Meine Wut ist inzwischen größer als die Scham, die ich jetzt empfinden könnte, weil ich gelauscht habe. »Und ich weiß auch genau, was Sie im Schilde führen!«

»Ach ja?«

»Ja! Einfach mit ihren kriecherischen Handlangern hier anzutanzen! Sie glauben wohl, Sie bekommen immer Ihren Willen, was? Da sind Sie bei mir an der falschen Adresse, Freundchen! Auf keinen Fall lasse ich zu, dass Sie das Tate's in einen überteuerten Zweitwohnsitz für einen Trottel mit überzogenem Ego verwandeln.«

Das Lächeln verschwindet. »Wie bitte?«

»Sie haben schon verstanden. Wenn Sie glauben, Sie können mein Restaurant einfach so zumachen, dann haben Sie sich geirrt. Ich habe hart dafür geschuftet, und ich bin verdammt stolz darauf. Ich werde nicht zulassen, dass ein dahergelaufener, Geld scheißender, engstirniger Geschäftsmann mir das alles wegnimmt!«

Die blau-grauen Augen blicken jetzt alles andere als amüsiert; genau genommen wirken sie sogar ziemlich kalt. »Ich schlage vor, dass Sie erst einmal den Sachverhalt durchschauen, bevor Sie unbegründete Anschuldigungen erheben, Miss Tate.«

Jetzt spricht der formelle, total souveräne Geschäftsmann, und o Mann, was finde ich ihn einschüchternd. Nicht einschüchternd genug, um mich an einer Antwort zu hindern, doch bevor ich auch nur den Mund aufmachen kann, hat er sich bereits umgedreht und das Restaurant verlassen. Ich starre mit offenem Mund auf die geschlossene Tür.

»Unverschämt!«, platze ich heraus und übersehe die Tatsache, dass mein verbaler Angriff gegen den Mann vor allen meinen Gästen auch nicht gerade als höflich gelten kann.

Alle meine Gäste … Oje …

Als ich mich umdrehe, sehe ich die Blicke *aller meiner Gäste* unverblümt auf mir ruhen. Mein Gesicht überzieht sich mit einer tiefen Röte, als sie langsam, einer nach dem anderen anfangen zu klatschen, und unter lautem Beifall haste ich hochrot zurück in die Küche.

Am nächsten Morgen weckt mich ein Anruf von Gray. »Was hast du am Wochenende vor?«, fragt sie nach einer kurzen Begrüßung.

»Arbeiten, wie üblich«, erwidere ich gähnend und schäle mich aus der Decke. »Warum?«

»Wir würden dich gerne am Samstag zum Abendessen einladen.«

»Wir?«

»Stuart und ich. Wir dachten, es wäre nett, wenn du ein paar von Stuarts Freunden kennen lernst.«

»Soll das heißen, er hat welche?«

Die Bemerkung prallt glatt an Gray ab. Sie bricht in schallendes Gelächter aus. »Ollie, du bist vielleicht eine Nummer! Ich habe versucht, Tan anzurufen, aber sie ist nicht da.«

»Sie ist verreist.«

»Oh.« Gray hört sich enttäuscht an. »Das hat sie mir gar nicht gesagt.«

»Na ja, du warst in letzter Zeit ein bisschen …«, ich suche nach den richtigen Worten, »… sagen wir, schwer erreichbar.«

»Viel beschäftigt trifft es besser.« Gray kichert lüstern, ihre Stimme trieft vor sexuellen Andeutungen. »Ich habe euch ein bisschen vernachlässigt, hm? Das ist einer der Gründe für das Abendessen. Wo ist sie hingefahren?«

»Der Reiche hat sie auf die Bahamas eingeladen.«

»Welcher genau? Ich dachte, sie wären alle reich.«

»Nicht alle.«

»Wenn er nicht begütert ist, muss er andere Qualitäten haben, hm? Ich weiß doch, worauf Tanya Wert legt.«

»Ein großes Vermögen …«

»Oder einen großen Schwanz!«, beendet sie Tanyas Motto an meiner Stelle. »Na, ich Glückskind, ich scheine einen Mann mit beidem gefunden zu haben.«

»Ja«, seufze ich. »Nur schade, dass er keine Persönlichkeit hat.«

Wieder lacht Gray schallend. »Also wirklich, Ol, du bist zum Schießen. Das mit Tanya ist schade, jetzt fehlt mir eine Person.«

»Hast du Louis gefragt?«

»Würde ich ja, aber ich brauche eine Frau.«

»Na ja, dann passt es doch fast… Willst du mir etwa sagen, dass ihr diese Nummer Männlein/Weiblein, Männlein/Weiblein durchzieht? Können wir uns nicht wie sonst ganz zwanglos treffen?«

»Bloß nicht! Das ist meine erste Dinnerparty mit Stuart. Die will ich richtig aufziehen.«

»Das wird er dir übel nehmen.«

»Louis versteht das schon… Ich hebe ihm was vom Nachtisch auf.«

»Oh, dann ist ja alles gut«, spotte ich.

»Na ja, wenn ich jemanden für ihn wüsste, wäre es was anderes, aber ich fürchte, dass Stuarts Freunde alle ziemlich straight sind.«

»Das glaube ich gern«, entgegne ich trocken. Die ersten Worte von Grays letztem Satz dringen langsam in meinen müden Schädel vor. »Moment mal… Du versuchst doch nicht etwa, mich zu verkuppeln?«

»*Moi?*« Gray spielt die Ahnungslose. »Würde ich so etwas jemals tun?«

»Ja.«

»Aber ich kann dich doch gar nicht verkuppeln, nicht wahr? Ich meine, ich kann dich nicht dazu zwingen, einem Mann um den Hals zu fallen, nur weil ich dich beim Essen neben ihn setze. Doch als deine Freundin kann ich die Tür zu den Naschereien ein bisschen weiter aufstoßen – damit du ein bisschen in der Dessertkarte blättern kannst.«

»Die einzige Dessertkarte, in der ich blättere, ist die vom Tate's«, murre ich. »Wie ich schon sagte, Gray, ich muss arbeiten.«

»Aber du bist die Chefin, Ollie.« Grace schlägt einen flehenden Ton an. »Bitte, bitte, kannst du dir nicht einen Abend freigeben? Ich wünsche mir so, dass du kommst. Du bist meine *älteste* und *besteste* Freundin auf der ganzen Welt. Ohne dich wäre es nicht das Gleiche, absolut nicht.«

»Das ist seelische Erpressung, Gray.«

»Ich weiß«, antwortet sie fröhlich. »Funktioniert's?«

»Na gut«, entgegne ich ungnädig. »Ich bin dabei. Wann und wo?«

»Bei mir, punkt acht Uhr. Komm nicht zu spät.«

»Soll ich was mitbringen?«

»Musst du nicht.«

»Vielleicht eine widerlich fette Nachspeise?«

»Alles im Griff. Bring nur dich mit und komm nicht zu spät«, wiederholt sie. »Ich kenne dich.«

Samstagabend. Ich überlasse Louis das Restaurant. Er schmollt, weil Grays Einladung ihn nicht mit einschließt. Ich dagegen schnappe mir ein Taxi zu Grays Reihenhäuschen in Islington.

Ich komme zu spät. Aber ich komme immer zu spät, und ich gestehe, dass ich insgeheim längst davon ausgehe, dass andere Leute damit rechnen und es mir zugestehen.

Als ich endlich eintreffe, sitzen schon alle beim ersten Gang, heißen Garnelen mit Salsasoße – ein Rezept, das Gray von meiner Speisekarte stibitzt hat. Mein Stuhl ist anklagend leer und befindet sich obendrein in der Mitte des langen Tisches, an dem jetzt zwölf Personen sitzen, und zwar immer abwechselnd Männlein/Weiblein, wie angedroht. Doch ich fühle mich gleich etwas besser, als ich entdecke, dass der Stuhl zu meiner Linken ebenfalls noch leer ist.

»Ich bin also nicht die Letzte«, flöte ich stolz, als Gray mich ins Zimmer schiebt, nachdem sie mich mit leicht verzweifeltem Gesichtsausdruck eingelassen und hastig auf beide Wangen geküsst hat.

»Tut mir Leid, meine Liebe, aber der Inhaber *dieses* Stuhls war pünktlich.« Stimme und Gesicht sind ein einziger Vorwurf. »Er ist wahrscheinlich nur gerade mal für kleine Jungs.« Sie schiebt mich ins Zimmer wie eine herrische Grundschullehrerin einen widerstrebenden Neuankömmling in die Klasse. »Ich würde dich gern vorstellen, aber ich fürchte, mein Ofen ruft.«

»Könnte ich dir nicht helfen?«, frage ich hoffnungsvoll, denn beim Anblick dieses Raumes voller Fremder fühle ich mich plötzlich etwas verzagt.

»Kommt nicht in Frage. Heute ist dein freier Abend. Du darfst dich der Küche nicht weiter als bis auf drei Meter nähern.«

»Es macht mir nichts aus, wirklich.«

»Bleib hier«, warnt Gray mich streng. »Unterhalte dich.«

Mit diesen Worten lässt sie mich stehen und verschwindet in der Küche, wobei ihr Rock um die Knie weht, nicht um die Knöchel, wie ich erleichtert vermelden kann. Also betrete ich das Esszimmer und quetsche mich an den bereits sitzenden Gästen vorbei, wie ein schuldbewusster Kinobesucher, der mitten im Showdown aufs Klo muss. Verlegen nehme ich Platz und lasse verstohlen meinen Blick durch den Raum schweifen, während ich so tue, als würde ich an meiner Serviette nesteln. Grays Dinnerparty für Freunde scheint mir eher eine Dinnerparty für Stuarts Freunde statt für unsere zu sein.

Bei näherem Hinsehen stellt sich heraus, dass mir drei Gesichter vertraut sind. Stuart, der mir grüßend zulächelt, als ich mich setze; die Frau zu seiner Linken, deren Name mir entfallen ist, die aber wohl mit Grace arbeitet; und Cornelia, die in ihren besten Momenten schon ein Mauerblümchen ist und jetzt noch verlegener wirkt als ich. Himmel, ich wünschte, Tanya und Louis wären hier. Ich habe so ein Gefühl, dass dieser Abend nicht besonders angenehm wird.

Der Mann zu meiner Rechten, der seiner Nachbarin gerade ein Glas Wein einschenkt, dreht sich lächelnd zu mir um. »Rot oder weiß?«, fragt er, bevor das freundliche Lächeln verschwindet und durch einen Blick ungläubigen Staunens ersetzt wird, der sich sofort auf meinem Gesicht spiegelt.

Meine Vorahnungen waren richtig.

»Sie!«, platzen wir gleichzeitig heraus, und mein entsetzter Gesichtsausdruck wird umgehend von meinem Wein ausschenkenden Nachbarn imitiert.

Ich sitze neben Dan Slater.

Ich bin versucht, mich zu kneifen, um zu sehen, ob ich schlafe und einen Alptraum habe. »Was zum Teufel machen Sie denn hier?«, zische ich einen Tick zu laut, sodass Stuart seine höfliche, wenn auch reichlich gestelzte Konversation mit Cornelia unterbricht und besorgt herübersieht.

»Essen«, entgegnet er frech, und wie zum Beweis stellt er die Weinflasche ab, ohne mein Glas gefüllt zu haben, und greift wieder zur Gabel.

»Das sehe ich«, gifte ich. »Ich frage mich nur, wie es kommt, dass Sie im Haus meiner besten Freundin zu Abend essen.«

Er hört kurz auf, Garnelen in seinen Mund zu schaufeln, und sieht mich mit hochgezogenen Brauen an. »Sie sind Grace' beste Freundin?«, spottet er laut. »Ich wusste ja, dass diese Frau zu gut ist, um wahr zu sein.«

»Was wollen Sie damit sagen?«, frage ich wutschnaubend.

Er legt die Gabel hin und sieht mich unverblümt an. »Sie ist bezaubernd, einfach perfekt. Die Sache musste einen Haken haben … und *das sind Sie.*« Er lächelt süffisant und dreht sich dann zu der schönen, wenn auch etwas pferdegesichtigen Blondine zu seiner Rechten um. Er vertieft sich in ein Gespräch mit ihr und zeigt mir seinen breiten Rücken und eine absolut kalte Schulter. Ich starre mit offenem Mund auf besagten breiten Rücken, total verblüfft über die Unverschämtheit dieses Mannes. Zugegeben, nach der letzten Konversation – oder eher noch Konfrontation – hatte ich nicht wirklich eine vergnügliche Atmosphäre für unser nächstes Treffen erwartet, aber ich hatte auch nicht erwartet, mich aus Anlass eines Abendessens an seiner Seite wiederzufinden.

Ich denke gerade darüber nach, in einem Anfall kindlichen Zorns eine in Salsasoße getränkte Riesengarnele hinten in sein Ben-Sherman-Hemd zu stopfen, als sich jemand auf den leeren Stuhl links von mir gleiten lässt.

»Ah, ich hoffe, da sitzt die Frau meiner Träume«, flüstert eine raue Stimme.

»Wie bitte?« Ich drehe mich um und sehe mich einem äußerst gut aussehenden Mann gegenüber, der seinen überaus attraktiven Hintern auf den Stuhl platziert. Er hat wuscheliges, goldbraunes Haar und blitzende grüne Augen, die mich just in diesem Moment sehr freundlich anlächeln.

Unter uns gesagt, das hier hat mehr von einem Blind-Date als von einem Abendessen. »Die beiden da«, er deutet auf Stuart und Gray, die gerade zurückgekehrt ist, um warme Brötchen zu verteilen und ein Küsschen auf Stuarts Kopf drückt, als sie an ihm vorbeikommt. »Die beiden sind so verdammt glückselig und glücklich darüber, verlobt zu sein, dass sie meinen, für all die armen Singles unter ihren Freunden Cupido spielen zu müssen. »Ich hatte schon Angst, dass sie mich mit dem Blaustrumpf da drüben verkuppeln wollen«, er deutet mit einem Kopfnicken zu Cornelia, Grays Chefin, »aber jetzt hoffe ich, dass du es bist.«

Er reicht mir die Hand. »Ich bin Finn, Finnian Connelly.«

Er grinst mich entwaffnend an, die grünen Augen blitzen im Kerzenlicht. »Ich bin Journalist. Pass also besser auf, was du sagst. Ich bin eine schreckliche Plaudertasche.«

»Ollie Tate«, antworte ich und erwidere seinen Händedruck, der warm und fest ist.

Er hält meine Hand einen Sekundenbruchteil zu lang, bevor er sie loslässt und mich fragt: »Und wie passt du in dieses Szenario?« Er deutet mit einer langgliedrigen Hand auf den Tisch und die anderen Gäste.

»Ich bin Grace' beste Freundin – wir kennen uns, seit wir klein waren.«

Er lächelt nachdenklich. »Und was machst du jetzt, Ollie Tate? Mal abgesehen davon, Grace' beste Freundin zu sein?«

»Ich betreibe ein Restaurant in Battersea«, entgegne ich und werfe einen verstohlenen Blick über die Schulter zu Daniel Slater, der mir immer noch den Rücken zudreht. »Ein *sehr gutes* Restaurant!«, füge ich lauter hinzu.

»Ah… Schönheit, kulinarische Fähigkeiten und zweifelsohne freier Zugang zu ihrem eigenen Weinkeller. Ich glaube, du könntest wirklich meine Traumfrau sein.«

Just in diesem Moment taucht Grace mit einem Teller Garnelen auf und stellt ihn scheppernd vor mir ab. Wahrscheinlich ist sie immer noch angenervt, dass ich eine halbe Stunde zu spät gekommen bin.

»Und was ist mit dir? Wenn ich richtig verstanden habe, bist du ein Freund von Stuart. Kennst du ihn schon lange?«, frage ich Finn, als Grace zurück in die Küche stolziert ist, nachdem sie mir über die Schulter mehrere bedeutsame Blicke zugeworfen hat.

»Etwa fünf Jahre, glaube ich. Ich habe ihn kennen gelernt, als ich für ein Wirtschaftsmagazin arbeitete. Habe ihn für einen Artikel über junge, aufstrebende Geschäftsleute interviewt. Er ist ein netter Kerl, ein bisschen gesetzt vielleicht, aber sehr zuverlässig. Wir haben beide eine Leidenschaft für Autos. Ich fahre gern schnell, und er bastelt gern unter der Haube herum.«

»Und wahrscheinlich kennst du *den* da auch.« Ich deute mit dem Kopf auf den Blödmann hinter mir.

»Dan Slater? Ja, ich kenne ihn, aber nicht näher. Er ist im Vorstand von Stuarts Unternehmen. Ich wollte ihn auch interviewen, aber er hat mich hingehalten. Hat wahrscheinlich zu viele zwielichtige Deals unter Verschluss, um einen Journalisten in seine Büros zu lassen.«

»Wirklich?«, hake ich interessiert nach.

»Reine Spekulation, meine Liebe.« Finn strahlt zufrieden. »Aber ich ziehe es vor, immer das Schlechteste von den Menschen zu denken, das verkauft sich besser. Ehrlich gesagt, weiß ich nicht viel über den Mann. Unsere gesellschaftlichen Kreise gleichen in etwa den olympischen Ringen.« Mit den Händen malt er zwei sich überschneidende Kreise in die Luft. »Deshalb neigen wir dazu, auf Partys übereinander zu stolpern, aber mehr auch nicht.«

»Könntest du ihm beim nächsten Stolpern nicht gleich einen Tritt verpassen, damit er aus dem Fenster fliegt oder so etwas«, murmle ich.

Finn, der gerade an seinem Wein nippt, schafft es mühsam, ihn nicht wieder auszuspucken, als er vor Lachen losprustet. »Er ist eigentlich ein netter Kerl.«

»Aus irgendeinem Grund fällt es mir schwer, das zu glauben.«

»Er hat eine ganze Menge Geld investiert, um Stuart auf die Beine zu helfen – als stiller Teilhaber, sozusagen.«

»Oh, wie uneigennützig von ihm«, erwidere ich sarkastisch. Wütend starre ich auf Dans breite Schultern – ein Windfang, der nicht eine kühle Brise, sondern jegliche Wärme blockiert, die dieser Mann je ausstrahlen könnte. Ich wette, er hat sichergestellt, dass seine Investitionen einen verdammt hohen Gewinn ausschütten.

»Hast du irgendwelche stillen Teilhaber, Ollie Tate?«

»O nein. Ich trage die Verantwortung ganz allein«, erwidere ich laut, mehr in Dämon Dans Richtung als in Finns. »So mag ich es lieber.«

»Das ist nicht die Art stiller Teilhaber, die ich meinte.«

Ich sehe von Dan wieder zu Finn, der mir verstohlen zuzwinkert. Ein kokettes Lächeln breitet sich langsam auf seinem Gesicht aus. Bevor ich Gelegenheit habe, mir eine passende, geistreiche Antwort auszudenken, ist Grace zurück. Sie schnappt sich meinen Teller, bevor ich auch nur eine Garnele essen konnte. Dann schnappt sie mit der freien Hand auch noch meinen Arm, um mich hochzuziehen.

»Ollie, meine Liebe, würde es dir etwas ausmachen, mir in der Küche ein bisschen zur Hand zu gehen?«

»Aber ich dachte, du hast mir verboten …«

»Ab in die Küche, Ollie«, zischt sie. »Sofort!«

Wie kann ich mich einer solchen Order widersetzen? Ich stehe auf und folge ihr.

»Was ist los?« Sobald wir in Grays blitzblanker Küche sind, blicke ich mich nach dem kulinarischen Desaster um, um dessentwillen sie mich bestimmt geholt hat. Doch weder steigt aus dem Ofen Rauch auf, noch ist ihr ein Soufflé auf den Boden geklatscht.

Grace wirkt plötzlich etwas verlegen. »Tut mir Leid, Kleines, aber du musst mir einen Gefallen tun.«

»Ach so. Jetzt sag nicht, ich soll dir eine widerlich gehaltvolle Nachspeise zaubern, damit du behaupten kannst, du hast sie selbst gemacht.«

»Nicht ganz. Es geht um Finn.«

»Was ist mit ihm? Bitte erzähl mir nicht, er ist schwul. Louis kriegt immer die gut aussehenden Männer ab.«

Gray fängt schallend an zu lachen. »Finn und schwul? Das glaube ich nicht! Aber falls er es wäre, säße *sicher* Louis neben ihm.«

»Wo also liegt das Problem?«

»Du sollst aufhören, ihn so mit Beschlag zu belegen. Ich versuche, ihn mit Cornelia zusammenzubringen.«

»Cornelia? Ah. Dann hatte er also doch Recht.«

»Hat er es etwa bemerkt?«

»Na ja, du gehst nicht gerade subtil vor, Gray.«

»Also, wenn er es weiß, was hält er deiner Meinung nach von der Idee?«

»Ich fürchte, er ist nicht gerade sehr angetan.«

»Bist du sicher?«

»Er hat sie Blaustrumpf genannt.«

»Oh. Na ja, das heißt ja noch nicht, dass er sie nicht mag.«

»Nicht?«

»Du bist nicht gerade hilfreich. Ich setze dich neben den absolut knackigsten Kerl im Zimmer, kannst du also nicht ein bisschen mit ihm reden?«

»Du meinst Dan Slater!«, kreische ich. »Einen glückseligen Moment lang war es mir fast gelungen zu verdrängen, dass er hier ist!«

»Kennst du ihn etwa?«

»Ihn kennen! Der ist doch das Schwein, das versucht, mir das Tate's wegzunehmen.«

»Dan? Aber nicht doch! So etwas würde er nie tun, er ist zauberhaft.«

»Seine verdammte Firma hat das Gebäude gekauft. Was zum Teufel hat er hier zu suchen, Gray?«

»Er ist mit Stuart befreundet. Na ja, eigentlich kennen sie sich von der Arbeit. Bis auf das Geschäftliche haben sie nicht so viel gemeinsam. Aber ich finde ihn zauberhaft, also habe ich darauf bestanden, ihn einzuladen. Ich brauche so viele begehrte Junggesellen, wie ich nur in die Finger bekommen kann!«

Mir schwant Furchtbares. »Er ist doch nicht etwa derjenige, den du mit mir … du weißt schon.«

»Verkuppeln willst? Dan? Nein … Dan hat eine Freundin. Na ja, das stimmt nicht ganz; genau genommen hat Dan mehrere Freundinnen. Ich glaube, er ist lose mit Miranda liiert – die dort neben ihm sitzt –, obwohl sie wohl mehr von ihm will, wenn ich das richtig verstanden habe. Aber das ist auch nur zu verständlich, er ist einfach zauberhaft, findest du nicht?«

»Das ist nicht gerade das erste Wort, das mir einfallen würde, wenn ich ihn beschreiben sollte«, grolle ich.

»Ach. Was dann?«

»Arrogant.«

Gray nickt. »Sehr. Aber auf eine verdammt attraktive Weise.«

»Selbstgefällig.«

»Aber unglaublich scharfsinnig.«

»Egoistisch.«

»Dazu hat er allen Grund.«

»Rücksichtslos.«

»Ich weiß, ist das nicht unglaublich sexy?«

»Himmel, Gray. Du bist ja ein One-Woman-Fanclub.«

»Tja, wenn ich nicht vorher Stuart getroffen hätte …« Sie zwinkert mir zu.

Typisch. Tanya und ich haben uns einen abgebrochen, um jemanden aufzutreiben, der Gray davon überzeugt, dass Stuart viel eher der langweilig Falsche als der wunderbar Richtige ist, und schließlich gesteht sie, ausgerechnet auf den Kerl zu fliegen, den ich ihr selbst dann nicht wünschen würde, wenn sie die zwei einzigen fruchtbaren Menschen wären, die auf diesem Planeten übrig sind.

Zurück auf meinem Platz, fällt mir ein, dass ich Gray gar nicht gefragt habe, mit wem sie eigentlich *mich* verkuppeln will.

Inzwischen hat Gray Finn auf nicht allzu subtile Weise vorübergehend auf den Stuhl neben Cornelia verfrachtet. Er war plötzlich frei geworden, indem sie Stuart unter falschem Vorwand in die Küche geschickt hat. Das bedeutet, dass jetzt ich einen leeren Platz neben mir habe, und obendrein das schreckliche Gefühl, dass er nicht lange leer bleiben wird. Nachdem Gray also einen fluchtbereiten Finn neben den »Blaustrumpf« verfrachtet hat, besteht kein Zweifel daran, dass sie meinen eigenen »Anwärter« in Sicht bringen wird. Ich sehe mich am Tisch um und versuche herauszufinden, welcher der Männer darauf vorbereitet wird, an meinem Altar geopfert zu werden. Ich weiß, dass es weder Stuart noch Finn oder – dankenswerterweise – Dämon Dan ist. Also bleiben nur noch drei weitere Optionen. So man sie denn Optionen nennen kann.

Der erste, der links von Cornelia sitzt, ist entschieden nichts für mich. Er misst vom Scheitel bis zur bestrumpften Fußsohle mindestens einsfünfundneunzig. Wie ich das wissen kann, fragen Sie, wo er doch sitzt? Ganz einfach, besagte bestrumpfte Füße lugen nämlich auf meiner Seite unter der Tischdecke hervor. Und dafür müsste ein kleinerer Mann sich schon gewaltig strecken. Grace weiß nur zu gut, dass ich keine Männer mag, bei denen ich auf eine Kiste klettern muss. Und schon gar keinen, der so grässlich gemusterte Socken trägt, mit kleinen, gestickten Rauten, die in einer ordentlichen, spießigen Linie über die Seiten laufen. Außerdem bestätigt die Tatsache, dass er ganz offensichtlich unter dem Tisch mit seiner Nachbarin zur Linken rumfummelt, einer stämmigen Brünetten, dass er sicher nicht für mich bestimmt ist. Dem Himmel sei Dank.

Die zweite Möglichkeit, auf der anderen Seite von Dämon Dans pferdegesichtiger Blondine, kann ich nicht wirklich sehen, ohne mich an Dämon Dan vorbeizulehnen. Und diesem speziellen Herrn möchte ich zu diesem Zeitpunkt wirklich nicht zu nahe kommen – zu keinem Zeitpunkt, um ehrlich zu sein. Ich weiß nicht, was mir mehr Kopfzerbrechen bereitet: die Tatsache, dass er rechts von mir sitzt, oder die Tatsache, dass Grace hofft, ich würde mich Hals über Kopf in die Person verlieben, die bald schon links von mir sitzen wird.

Ich will nach Hause! Ich könnte eine plötzliche Unpässlichkeit vortäuschen und mich entschuldigen. Ich bin hin und her gerissen: Entweder bekomme ich sofort eine tödliche Infektion oder ich bleibe und vergifte Dan Slater langsam und mit jedem Gang etwas mehr. Ich bin überzeugt, dass Gray irgendwo in ihrer Abstellkammer Rattengift hat.

Der dritte Typ ist mindestens Mitte Fünfzig und so kahl wie ein polierter Golfball. Er ist sicher sehr nett, aber genauso sicher würde Grace auch nicht annehmen, ich hätte aufgrund akuten Männermangels radikal meinen Geschmack geändert und wäre nun bereit, mit jemandem auszugehen, der aussieht wie mein Vater.

Das bedeutet, dass der zweite Typ für mich bestimmt sein muss. Die pferdegesichtige Blondine zu Dämon Dans Rechter verschwindet auf der Toilette, und Dämon Dan selbst beugt sich vor, um der Frau gegenüber das Brot zu reichen. So ist die dritte Option des Abends plötzlich in Sicht.

Ich glaube, ich lasse davon ab, Dan umzubringen, und bringe stattdessen mich selbst um. Der Kerl könnte glatt Stuarts Bruder sein. Er hat den gleichen Haarschnitt, allerdings nicht in Dunkel, sondern in vagem Blond, die gleiche Hornbrille und das gleiche öde, gesetzte Auftreten. Gerade konzentriert er sich ganz ernst auf sein Essen und spießt mit der rechten Hand Garnelen auf, während er mit der Linken ständig die Brille hochschiebt, die seinem nach unten gerichteten Blick folgt und in Richtung Teller rutscht. Ich beobachte, wie er die letzten paar Garnelen einzeln von seinem Teller pickt, dann ein Stück Brot abbricht und säuberlich jeden einzelnen Tropfen der Soße vom

Porzellan wischt. Als er damit fertig ist, nimmt er einen Schluck Wasser – kein Wein in seinem Glas, wie ich bemerke – und tupft sich sorgfältig den Mund mit der cremefarbenen Batistserviette ab.

Hilfe.

Grace hat nur darauf gewartet, dass er fertig ist mit Essen. Als Stuart aus der Küche zurückkommt, fädelt sie einen weiteren Sitzplatzwechsel ein. Sie flüstert ihm etwas ins Ohr, sieht bedeutsam zu mir herüber, packt ihn am Handgelenk und schleift ihn mehr oder weniger um den Tisch herum zu meinem Platz. Es hilft nichts, dass er genauso unwillig zu sein scheint wie ich, was das Treffen anbelangt. Grace ist die Einzige, die lächelt.

»Ollie, ich möchte dir jemanden vorstellen«, verkündet sie glücklich strahlend. »Das ist Stuarts bester Freund, Leo. Leo, das ist *meine* beste Freundin, Olivia.«

O nein. Bester Freund trifft beste Freundin. Ich hätte es mir denken können. Sie versucht, einen Stuart-Klon für mich zu finden. Die Romanze, die sie erlebt, für mich zu wiederholen. Ich kann es Gray nicht verübeln. Sie liebt mich und will, dass ich genauso glücklich werde, wie sie meint zu sein. Ich verstehe nur nicht, wie sie annehmen kann, dass es der Schlüssel zu diesem Glück ist, mich mit einem weiteren Stuart zu verkuppeln.

Leo setzt sich auf den Stuhl neben mir. Er lächelt unsicher.

Ich lächle.

Er lächelt erneut.

Ich lächle.

Er lächelt.

Gerade suche ich im Geiste nach einer Entschuldigung, um mich erneut in die Küche zu verkrümeln, als das Schwein zu meiner Rechten verächtlich lachend durch die Nase schnaubt. Idiot. Er hat alles mitgekriegt und genießt nun jede Sekunde meines Unbehagens. Ich wende mich wieder zu Leo um. Er entspricht so wenig meinem Typ wie eine Nacktschnecke, aber diesmal bin ich wild entschlossen zu fesseln und zu faszinieren, nur um es Sie-wissen-schon-wem zu zeigen.

Strahlend lächle ich Leo zu.

Er erwidert das Lächeln.

Unser Gelächle dauert länger, als ich es je für möglich gehalten hätte, aber mir fällt immer noch nichts ein, das ich sagen könnte.

Sein Grinsen wird breiter und sichtlich verkrampfter, doch wir schweigen beide.

O nein, nicht schon wieder. Ich stelle nur zu bald fest, dass Leo Stuart nicht nur äußerlich ähnelt, sondern auch in Bezug auf seine Gesprächsbegabung. Ich frage mich, ob die Wissenschaftler nach dem Klonen von Schafen und Schweinen einen Schritt weitergegangen sind und es nur noch nicht in den Medien verkündet haben.

Schließlich gelingt es uns, ein bisschen höflich miteinander zu plaudern, aber das Ganze ist erbarmungswürdig. Ich habe noch nicht einmal ein Glas Wein getrunken, um etwas lockerer zu werden. Ich versuche es mit meinem Nonnenwitz. Den bringe ich in der Regel nur, wenn ich betrunken bin, aber im Moment bin ich verzweifelt.

Er verzieht noch nicht einmal die Mundwinkel.

Und es hilft auch nicht, dass Finn mich dauernd zum Kichern bringt, was ziemlich würdelos wirkt. Sobald er sich für unbeobachtet hält, schielt er düster zu mir herüber, legt die Hände an die Kehle, verdreht die Augen und streckt die Zunge heraus, um anzudeuten, dass er gerade von Cornelia zu Tode gelangweilt wird. Ich kann hören, wie sie ihn über die Meriten der Fernsehwerbung im Gegensatz zu den Printmedien zutextet. Finn ist nicht einmal so anständig zu erröten, als Gray von einer weiteren Expedition in die Küche zurückkehrt, um den

Hauptgang zu holen (noch ein Rezept, dass sie von meiner Speisekarte stibitzt hat), und ihn dabei ertappt, wie er sich einen Finger ins Ohr steckt und so tut, als würde er abdrücken.

Ich weiß nicht, wie ich es schaffe, meine Blase im Zaum zu halten, als er im vollen Bewusstsein, dass Grace wieder sitzt und ihn beobachtet, verstohlen eine Hand hinter Cornelias Rücken hält und Drehbewegungen nachahmt, als würde er einen Leierkasten spielen. Selbst Grace hat in diesem Moment Schwierigkeiten, ihren grimmigen Gesichtsausdruck beizubehalten. Sie versteckt ihr Gesicht hinter ihrem Weinglas und lacht so hemmungslos, dass Stuart anfängt, ihr auf den Rücken zu klopfen, weil er irrtümlich annimmt, sie habe sich verschluckt. Finn sieht zu mir herüber und verdreht erneut die Augen, deutet auf Leo und gähnt.

Ich nicke. Als ich bereits darüber nachdenke, statt Dan Slater mir selbst eine Portion Rattengift zu verabreichen, um den Abend schneller zu beenden, unternimmt Finn einen Versuch, Cornelia à la Steve McQueen zu entkommen: Er lässt sein Brötchen fallen, taucht im wahren Sinn des Wortes unter dem Tisch ab und auf meiner Seite wieder auf, wobei er vorgibt, komplett die Orientierung verloren zu haben.

»Tut mir Leid, Kumpel, aber das hier ist mein Platz.« Er greift nach der von Gray sorgfältig gemalten Tischkarte und schwenkt sie unter Leos Nase.

Leo ist viel zu höflich und konfrontationsscheu, um seinen Platz zu behaupten, und landet nach einem etwas verunsicherten Blick in die Runde auf Stuarts Platz neben Cornelia.

»Die Reise nach Jerusalem«, kommentiert Finn grinsend und setzt sich neben mich. »Ich hatte gehofft, du rettest mich vor Nerv-nelia, aber dann habe ich gesehen, dass du viel mehr der Rettung bedurftest als ich.«

»*Vielen* Dank«, murmle ich mit zusammengekniffenen Lippen wie ein Bauchredner.

»Sehe ich es richtig, dass du mit dem Großen L nicht so gut auskamst? Sein Name ist übrigens nicht wirklich Leo.«

»Nicht?«

»Nein, sondern Lionel. Er hat ihn getauscht, um mehr Erfolg bei den Frauen zu haben.«

»Wie schade, dass es nicht funktioniert! Entschuldige, das hört sich ganz schön gehässig an, was? Er scheint wirklich ein netter Kerl zu sein, aber… na ja, sagen wir einfach, ich hatte schon interessantere Unterhaltungen mit sprechenden Papageien.«

»Ich weiß nicht, mit Cornelia scheint er ganz gut auszukommen.«

Ich sehe zu Cornelia und Leo hinüber und stelle überrascht fest, dass sie in ein lebhaftes Gespräch vertieft sind. »Na, jetzt zweifle ich aber wirklich an mir!«, rufe ich.

Finn grinst. »Hey!« Er entdeckt mein leeres Weinglas, hebt es hoch und wirft einen angeekelten Blick auf die saubere Oberfläche. »Das geht aber nicht, du hattest ja noch gar nichts zu trinken.«

»Ich weiß«, sage ich spitz. »Ein gewisser Jemand hat die Flaschen mit Beschlag belegt.«

Das ist ein bisschen geflunkert. Ich habe mich nämlich einfach nicht getraut, Dämon Dan um den Wein zu bitten. Demzufolge ist mein Glas leer, und auf meinen Kartoffeln fehlt der Pfeffer, denn die große Pfeffermühle steht ebenfalls jenseits der Berliner Mauer seines breiten Rückens. Finn steht auf, beugt sich über mich, streift unbeabsichtigt mit dem Ärmel seines blauen Hemds von Yves Saint Laurent durch die Soße von Dan Slaters Rindfleisch in Bier und schnappt sich die Flasche, die vor Dan und Pferdegesicht steht. Dann füllt er mit Nachdruck mein Glas.

»Cheers«, ruft er und stößt mit mir an.

»Mein Retter!«, erwidere ich und nehme dankbar einen

großen Schluck. Ich spüre, wie das stärkende Nass angenehm warm durch meine Kehle in den Magen rinnt.

»Ich glaube fast, wir haben ihnen einen Gefallen getan.« Finn deutet auf Leo und Cornelia. »Sie scheinen gut zueinander zu passen, im Gegensatz zu einigen anderen Leuten am Tisch. Ich will nicht gemein sein, aber ich weiß wirklich nicht, wie der alte Stuart es geschafft hat, diese tolle Frau an die Angel zu kriegen.« Finn seufzt auf, als Grace sich vorbeugt, um einen Kuss auf Stuarts leicht gerötete Wange zu hauchen.

»Hört, hört.« Ich erhebe mein kürzlich gefülltes Glas. »Ganz meine Meinung.«

»Du scheinst auch nicht begeistert zu sein?«

»Bleibt das unter uns?«

»Ich bin die Verschwiegenheit in Person.«

»Du bist Journalist.«

»Okay, ich bin die Gerissenheit in Person, aber ich erzähle es nicht weiter, versprochen.«

»Na gut«, äußere ich vorsichtig. »Ich bin sicher, er ist ein echt netter Kerl…«

»Oh, er ist ein netter Kerl«, versichert mir Finn. »Dafür kann ich mich verbürgen.«

»Aber wir sind davon überzeugt, dass er nicht der Richtige für Grace ist.«

»Wir?«

»Ich und so gut wie jeder, der sie kennt. Die beiden…«

»Passen nicht zueinander?«

»Na ja, das kann man so nicht sagen. Schließlich scheinen sie wirklich gut miteinander auszukommen. Aber sie sind so verschieden.«

»Wie heißt es so schön? Gegensätze ziehen sich an. Und wenn sie zueinander passen…«

»Sie mögen sich anziehend finden, aber reicht das, um glücklich zu werden? Und sie mögen im Moment miteinander auskommen, doch Gray ist ein echter Partyfreak, na ja, zumindest war sie es bis jetzt, und Stuart ist, nun ja, also …«

»Ein Langweiler?«, schlägt Finn vor, während ich nach einem etwas netteren Wort suche.

»Na ja … ein sehr netter. Ich mache mir Sorgen, dass Gray sich fragt, was sie sich dabei bloß gedacht hat, sobald die erste Verliebtheit vorüber ist.«

Finn schenkt mir nach und sieht verständnisvoll drein. »Du meinst, Stuart ist langweilig, weil er so ruhig ist und lieber zu Hause als in Clubs rumhängt. Ist dir noch nie der Gedanke gekommen, dass Grace ihre Meinung darüber, wie sie ihr Leben gestalten will, geändert haben könnte? Schließlich entwickelt ihr euch beide weiter. Ihr seid keine Kinder mehr und könnt euch die Nächte um die Ohren schlagen …«

Entrüstet sehe ich ihn an und entdecke, dass er frech von einem Ohr zum anderen grinst. »Sag das nicht mal im Scherz!«, tadle ich ihn. »Ich glaube nämlich, dass das einer der Gründe ist, warum sie zusammen sind.«

»Wirklich?«

»Wirklich. Grace hat das Alter erreicht, in dem sie meint, sie solle heiraten. Und Stuart hatte das große Glück, zur richtigen Zeit an der richtigen Stelle zu sein.«

»Das glaubst du?«

»Na ja … ach, ich weiß nicht …« Ich beschließe, dass es besser ist, dieses Thema nicht weiterzuverfolgen. Ich mag mich zwar unglaublich wohl fühlen in Finns Gesellschaft, aber ich kenne den Mann schließlich nicht sehr gut, und er ist ein Freund von Stuart …

Also Richtungswechsel. »Und wie sieht's bei dir aus? Wenn ich richtig verstanden habe, bist du jung, frei und Single, sonst wärst du wohl nicht zu dieser Dinnerparty eingeladen worden.«

»Noch, aber wenn es nach Grace geht, wohl nicht mehr lange«, scherzt er verschreckt.

Jemand klopft mit einem Messer gegen ein Weinglas, und Stuart erhebt sich.

»Tut mir Leid, euch zu unterbrechen«, entschuldigt er sich nervös. »Aber ich wollte mich bei allen für ihr Kommen bedanken. Ich weiß, dass ihr alle unglaublich beschäftigt seid, und wir wissen es zu schätzen, dass ihr heute die Anstrengung auf euch genommen habt, hier zu sein.« Er hält inne, um sich zu räuspern und die Brille wieder hochzuschieben. »Und«, fährt er an Grace gewandt fort, »wie ihr alle wisst, habe ich diese bezaubernde Frau vor kurzem gebeten, die Meine zu werden, und zur großen Überraschung einer ganzen Menge Leute ...«, ich könnte schwören, dass er mich ansieht, »... mich eingeschlossen ...«, höfliches Lachen, »... hat sie ja gesagt. Entgegen der verbreiteten Meinung bin ich schließlich nicht ganz vertrottelt ...« Vielleicht bin ich paranoid, aber ich bin überzeugt, dass er mich erneut ansieht. »... und bevor sie Gelegenheit hat, ihre Meinung zu ändern ...« Er unterbricht sich und lächelt Grace zu, die sein Lächeln erwidert und ihm liebevoll und ermutigend aufs Bein klopft. »... habe ich sie deshalb davon überzeugt, alles ganz offiziell zu machen, und ich möchte diese Gelegenheit nutzen, da wir uns in der Gesellschaft guter Freunde befinden, euch zu bitten, in euren Terminkalendern den zweiten September freizuhalten ...« Wieder hält er inne, diesmal, um die Pointe vorzubereiten. »Den Tag unserer Hochzeit.«

Ein Ende des Tisches bricht in einen kurzen, aber begeisterten Applaus aus. Jemand pfeift. Ich meine das Knacken zu hören, als meine Kinnlade auf die Tischkante trifft. Aber das sind ja nur noch zwei Monate!

Leo war anscheinend eingeweiht, denn jetzt taucht er mit einer Magnumflasche Champagner aus der Küche auf, die er Stuart reicht, um dann ein Tablett mit Gläsern zu holen. Stuart, der die Schutzfolie und den Draht mit einer schwungvollen Bewegung entfernt hat, kämpft jetzt peinlicherweise mit dem Korken und übergibt schließlich an Grace, die etwas von ihrer üblichen Form zeigt – na ja, üblich, bevor sie an Stuffy geriet – , den Korken an die Decke knallen lässt und den Tisch wie nach einem Sieg beim Grand Prix vollspritzt.

»Hey, heb was davon zum Trinken auf!«, grölt Finn, duckt sich, um einem Schaumstrahl auszuweichen, und streckt dann sein Glas aus, um etwas davon einzufangen.

Um den Tisch erschallen Glückwünsche. Ich versuche mich anzuschließen, doch mir versagt die Stimme. Zwei Monate, sage ich mir immer und immer wieder, wie eine Schallplatte, die hängt. Zwei Monate.

»Was machen wir jetzt?«, frage ich niedergeschlagen.

»Wir können uns voll laufen lassen«, schlägt Finn vor, der meine Worte aufgeschnappt hat und meint, ich rede mit ihm.

Obwohl das eigentlich nicht der Fall war, scheint mir sein Vorschlag in diesem speziellen Moment die beste Alternative zu sein. »Auf diese Idee stoße ich an«, erwidere ich und mache es auch.

»Freut mich, dass du meiner Meinung bist. Wir haben nur ein Problem: Der Vorrat geht zur Neige.« Finn hält die Flasche, die wir vorhin abkommandiert haben, über mein Glas, und ein müdes Rinnsal ergießt sich tropfend aus dem Hals. Hoffnungsvoll sieht er zu der Magnumflasche Champagner hinüber, doch Grace' begeisterte Dusche für ihre Gäste bedeutet, dass nach einem Tropfen für jeden zum Anstoßen die Flasche so gut wie leer ist.

»Einer der Vorteile, die beste Freundin der Gastgeberin zu sein«, beruhige ich ihn, »ist es zu wissen, wo sie den Alkohol versteckt hat.«

Ich schleiche mich so unauffällig wie möglich vom Tisch fort und schnappe mir zwei Flaschen Roten aus Grace' Weinregal. Mich selbst zu bedienen verursacht mir nicht allzu viel

Kopfzerbrechen, da ich ihr den größten Teil zum Einkaufspreis beim Großhändler besorge. Grace kommt in die Küche, um das Dessert zu holen, sieht meinem Kampf zu, und entkorkt schließlich die zweite Flasche für mich.

»Man sollte meinen, dass du darin inzwischen Experte bist.« Sie macht den Kühlschrank auf und holt noch zwei Flaschen Weißwein heraus. »Ich stell mal besser noch zwei davon hin, der Champagner hat gerade mal zwei Sekunden gereicht!«, erklärt sie lachend. Dann sieht sie mich fragend an. »Du hast von deinem kaum etwas getrunken, Liebes. Alles in Ordnung?«

Ich nicke zögernd. »War nur ein bisschen überrascht, das ist alles.«

Schuldbewusst sieht Grace mich an. »Es tut mir Leid, dass ich es dir nicht vorher gesagt habe. Das wollte ich eigentlich, aber es hätte die Überraschung kaputtgemacht, nicht?«

»Weiß nicht. Aber ich glaube, ich hätte gerne eine Vorwarnung gehabt!«

»Du freust dich doch für mich, oder?« Fragend sieht sie mich an.

Ich zögere den Bruchteil einer Sekunde zu lange, bevor ich mich zu einem strahlenden Grinsen zwinge, gerade noch rechtzeitig, um zu verhindern, dass das Lächeln auf Grace' Gesicht völlig verschwindet. »Na klar doch. Wenn du glücklich bist, bin ich es auch. Das weißt du doch.« Vermutlich kommt das der Wahrheit am nächsten.

»Du *scheinst* nicht gerade glücklich zu sein«, sagt sie vorwurfsvoll.

Ich atme tief durch. Ich will Grace nicht anlügen, und außerdem ist es vielleicht an der Zeit, meine Zweifel zu äußern. Es ist vielleicht nicht der passende Moment, wenn man bedenkt, dass Stuart gerade den Termin für ihre Hochzeit verkündet hat. Aber wann kommt der passende Moment, um seiner besten Freundin zu sagen, dass man der Meinung ist, der Mann, den zu heiraten sie vorhat, sei eine totale Platzverschwendung? Es gelingt mir, einige Worte zu finden, die etwas diplomatischer sind.

»Das liegt wohl daran, dass ich mir Sorgen um dich mache. Das alles geht irgendwie so schnell. Ich meine, ihr kennt euch doch wirklich noch nicht lange, oder, und er ist so anders als du…«

»Gegensätze ziehen sich an«, flötet sie glückselig und holt frische Gläser aus einem Hängeschrank.

»Na ja, aber muss man deshalb gleich heiraten? Ihr hattet noch nicht mal eine Verlobungsparty. Oh, ich vergaß, Stuart mag ja keine Partys, nicht wahr?«, kann ich nicht umhin, sarkastisch hinzuzufügen.

»Das ist nicht der einzige Grund, warum wir keine gemacht haben.« Grace verdreht die Augen. »Es ist keine Pflicht, weißt du.«

»Vermutlich«, nuschle ich. »Warum sich mit einer Verlobungsfeier aufhalten, wenn man gleich die Hochzeit haben kann!«

Grace sieht mich forschend an. »Du bist *nicht* glücklich über das Ganze, stimmt's?«

»Wie ich schon sagte, ich mache mir Sorgen. Du scheinst dich sehr verändert zu haben, seit du ihn kennst.«

»Ich habe mich nicht verändert. Zugegeben, ich gehe nicht mehr so oft weg, aber das ist normal, wenn man eine feste Beziehung hat. Ich bin immer noch ich: verrückt, manchmal auch dumm… Klar, ich bin nicht mehr so impulsiv, mal abgesehen von der Heirat mit Stuart. Man könnte sagen, dass das typisch für mich ist, so Hals über Kopf zu heiraten.«

»Dem ist eine gewisse, perverse Logik nicht abzusprechen«, gebe ich traurig lächelnd zu. »Du bist mir doch nicht böse, oder?«

»Natürlich nicht.« Grace stellt den zweiten Weißwein, den

sie gerade entkorken wollte, zur Seite und umarmt mich. »Es freut mich riesig, dass du dir Sorgen machst. Das bedeutet, dass ich dir nicht egal bin.«

»Das weißt du doch, du Schaf«, schimpfe ich zärtlich.

»Keine Sorge. Ich bin wahnsinnig glücklich. Und jetzt sei ein gutes Kind und bring den Wein raus. Ach, und greif nicht alles für dich ab, ich weiß doch, wie du bist.«

Mir bleibt keine andere Wahl, als zum Tisch zurückzukehren und mich hemmungslos zu betrinken. Ich platziere einen Rotwein und einen Weißwein so weit entfernt von Dan Slater wie möglich, die zwei anderen Flaschen stelle ich zwischen Finn und mir ab, so dass die anderen auf unserer Seite des Tisches darauf Zugriff haben, sie aber doch zu *unserer* unmittelbaren Verfügung stehen.

Als Nachtisch serviert Grace, dieser Chocoholic, den gleichen Schokoladenkuchen, den ich auch im Tate's anbiete. Doch sie hat einen Extrakrug heiße Schokoladensoße hinzugefügt – für alle, die genauso vernascht sind wie sie selbst. Stuart schiebt sich gerade ein Riesenstück Kuchen in den Rachen, und das mit mehr Begeisterung, als ich je bei ihm gesehen habe. Man sollte meinen, dass er nach seiner letzten Erfahrung mit diesem Schokoladenkuchen erst mal bedient ist.

Am Tisch sitzen lauter Naschkatzen. Der Einzige, der nicht nach dem Krug mit der Schokoladensoße giert, ist Dan Slater.

Ich hätte wissen müssen, dass er nicht auf Süßes steht. Er ist viel zu sauer. Endlich gelingt es mir, den Krug in die Hände zu bekommen, doch ich muss ihn sofort gegen Finn verteidigen.

»Du hast mehr Soße als ich«, ruft er lauthals, attackiert meinen Teller mit dem Löffel und schaufelt den größten Teil der Soße auf sein eigenes Stück Kuchen.

»Das stimmt überhaupt nicht«, heule ich. »Gib sie sofort zurück!«

Wir setzen zu einem Löffelgefecht an. Ich versuche, die entwendete Soße zurückzuerobern und versage bitterlich. Der einzige Löffel, den ich ergattern kann, landet auf der cremefarbenen Batistdecke, was mir überaus peinlich ist.

Dan Slater lacht nicht mehr über mich. Und er spricht nach wie vor nicht mit mir. Er hat mir den größten Teil des Abends die kalte Schulter gezeigt und mit einer widerlich albernen Miranda geplaudert, die ihr langes blondes Haar so oft kokett über die Schulter geschleudert hat, dass es mich überraschen würde, wenn sie davon kein Schleudertrauma bekäme. Doch angesichts solch kindischen Schokosoßenverhaltens wird mir jetzt Dans Aufmerksamkeit in Form eines überaus missbilligenden Blickes zuteil.

Das spornt mich nur noch an, weiter ungezogen zu sein. Ich bin versucht, mit einem Löffel Schokoladenkuchen auf ihn zu zielen, beschließe dann aber, dass ich damit nur gutes Essen verschwenden würde.

Um diejenigen ihrer Gäste, die noch nicht bei ihrem vorbestimmten Partner gelandet sind, zu ermutigen, beschließt Grace im Anschluss an den Nachtisch, den Kaffee im Wohnzimmer zu servieren. Nachdem wir allein mindestens anderthalb Flaschen Wein gepichelt haben, sind Finn und ich inzwischen ziemlich angeheitert. Wir kichern wie verrückt, schlagen den Kaffee aus und ordern stattdessen eine Flasche Brandy. Dann lassen wir uns in eine Ecke von Grace' großem rotem Sofa fallen, wo wir unsere eigene Zwei-Mann-Clique bilden.

»Was um Himmels willen legt denn der auf?« Finn verzieht das Gesicht, als Stuart eine neue CD in Grays Stereoanlage schiebt. »Ich dachte, das hier ist eine Party und keine Parteiveranstaltung!« Er gähnt auffällig. »Das ist ja zum Einschlafen.«

»Vielleicht ist das ihre Art, uns zu sagen, dass es an der Zeit ist, nach Hause zu gehen!«, scherze ich.

»Kaum.« Finn wirft einen Blick auf die Uhr. »Es ist erst halb zwölf.«

»Na, wenn er damit seine Zeit, ins Bett zu gehen, nicht längst überschritten hat!«

»Er sieht wirklich etwas müde aus.« Finn taxiert Stuart mit zusammengekniffenen Augen. Sein Kopf schwankt, und er versucht mit aller Gewalt, sich aufrecht zu halten. »Vielleicht sollten wir etwas unternehmen, um ihn wieder wach zu machen?«

»Unbedingt. Was schlägst du vor?«, nuschle ich, nehme noch einen Schluck Brandy und ziehe eine Grimasse, als er brennend durch meine Kehle gleitet.

Finn zwinkert mir mit schräg geneigtem Kopf zu. »Ich habe da eine Idee«, verkündet er. »Bin gleich wieder da.«

Er lässt sich vom Sofa auf den Boden gleiten und schlängelt sich wie ein Guerillakämpfer über den Teppich zum CD-Spieler hinüber. Ich mache mir fast in die Hose vor Lachen, als er sich um die Knöchel derjenigen windet, die noch etwas nüchterner sind und ungläubig auf ihn herabstarren. Manche lachen, manche – man muss wohl keine Namen nennen – sehen missbilligend drein. Über dem sanften Geklimper von Bach kann ich Finn hören, der die Melodie zu *Mission Impossible* summt. Sobald er den CD-Spieler erreicht hat, bricht die Musik ab, weil er das Concerto gegen eine andere CD auswechselt. Dann kriecht er mit einem durchtriebenen Grinsen auf dem hübschen Lausbubengesicht zu mir zurück.

»Mission ausgeführt!«, krächzt er und lässt sich zu den Klängen von Fat Boy Slim wieder aufs Sofa plumpsen. »Lust zu tanzen?«

Ich hätte nie gedacht, das ich zu »Funk Soul Brother« quer durch Grays Wohnzimmer hüpfen würde, schon gar nicht vor einer Gruppe Leute, die mich die letzten paar Stunden vorwurfsvoll angestarrt haben. Aber da haben Sie mich, wie ich um einen persischen Teppich tanze, mit den Armen eine Eisenbahn imitiere und mit dem Kopf schlenkere wie ein Wackeldackel auf der Ablage in einem dahinbrausenden Auto.

Vielleicht hätte ich nicht so viel trinken sollen.

Die Tatsache, dass ich so viel getrunken habe, macht sich jetzt nicht nur in meinem Verhalten bemerkbar, sondern auch in meiner Blase. Was reingeht, muss wieder raus. Plötzlich habe ich ein dringendes Bedürfnis. Also sage ich Finn, dass ich mal eben für kleine Mädchen müsse, unterbreche unsere Zwei-Mann-Show und schwanke nach oben ins Bad. Ich setze mich auf die Toilette und schließe die Augen, weil ich aufgrund meines Alkoholkonsums plötzlich sehr müde bin. Dann reiße ich sie wieder auf, da sich der Raum zu drehen beginnt.

Ich bleibe mindestens zehn Minuten sitzen und warte, dass der Schwindel vorübergeht und meine Beine sich nicht mehr wie Pudding anfühlen. Als ich mich endlich so weit erholt habe, um meinen Schlüpfer hochziehen und wieder nach unten stapfen zu können, sehe ich, wie Grace den aufbrechenden Gästen im Flur hinterherwinkt.

Durch den Alkoholschleier stelle ich höchst erleichtert fest, dass sie Mühe hat, ihren missbilligenden Gesichtsausdruck zu wahren. Mein Verhalten amüsiert sie, und sie ringt darum, die Fassung zu behalten und nicht in schallendes Gelächter auszubrechen. »Böse Ollie«, tadelt sie mich und schnappt meinen Arm, als ich auf der letzten Stufe gefährlich ins Taumeln gerate.

»Tut mir Leid«, nuschle ich und umklammere ihre Hand.

»Ich glaube, du musst schleunigst nach Hause ins Bett.«

»Kann ich Finn mitnehmen?« Ich grinse lasziv. »Ich glaube, der gefällt mir.«

»Ein andermal, Kleines. Dan bringt dich nach Hause.«

»Was! O nein, das wird er nicht!« Ich weiche zurück, als hätte Grace mir gerade mit einer Gehirnamputation gedroht, statt mir einen Chauffeur zu organisieren. »Ich nehme ein Taxi. Oder ich mache eine Sternenwanderung…«

»Von wegen Sterne«, scherzt Grace. »Ollie, Kindchen, du bist selbst sternhagelvoll.«

»Wäre nicht das erste Mal«, lalle ich, ziehe mich bis zur Wohnzimmertür zurück und lehne mich dankbar an den Rahmen. »Ich hatte einen WUNderschönen Abend, Gray.«

»Das sehe ich«, bemerkt Grace trocken, verdreht die Augen und wischt mir sanft die Schokoladensoße aus dem linken Mundwinkel.

»Und ich werde ihn nicht kaputtmachen, indem ich mich von diesem Depp heimbringen lasse.«

»Ich lasse dich nicht allein nach Hause.«

»Ich werde nicht allein sein, sondern in einem Taxi. Außerdem hat Finn gesagt, er würde auf mich aufpassen«, behaupte ich trotzig.

Mit der Spitze ihres flachen, bestickten Pumps stößt Grace die Tür zum Wohnzimmer auf, um mir Finn zu zeigen, der bewusstlos auf dem Sofa liegt. Sein linker Arm baumelt herunter, die Hand liegt in einer Schüssel mit Avocadodip, den es vor meiner Ankunft zum Aperitif gegeben hatte.

»Ach ja?« Sie lacht leise. »Und wer passt auf ihn auf?«

Dan verabschiedet sich mit einem Händedruck von Stuart. Durch die nun offene Tür erblickt er mich, wie ich schwankend im Flur stehe. Er verkürzt seinen Abschied und kommt in die Diele, wobei er sich ein Kaschmirsakko überwirft. Er bedankt sich herzlich bei Grace für den schönen Abend und küsst sie auf die Wange. Doch obwohl er sie angelächelt hat, ist sein Gesicht seltsam ausdruckslos, als er mich ansieht.

Grace hilft mir in den Mantel und legt meine Finger, die mir nicht mehr gehorchen wollen, um den Griff meiner Handtasche, bevor sie mich auf beide Wangen küsst und zur Tür hinausschiebt. Es gelingt mir, die drei Stufen zum Bürgersteig zu bewältigen, ohne umzukippen. Dan Slaters Auto steht hundert Meter weiter unten am Straßenrand. Er muss mich nicht schreiend und um mich schlagend mit sich zerren, doch mein schmollendes Gesicht sagt deutlich, dass ich ihm sein »freundliches« Eingreifen übel nehme. Ich stelle fest, dass ich zu betrunken bin, um zu protestieren, als er mich auf den Beifahrersitz seines großen schwarzen BMW verfrachtet, dann selbst einsteigt, sich über mich beugt und nach dem Sicherheitsgurt greift. Er streift mich flüchtig, als er ihn quer über meine Brust legt.

Unfreiwillig atme ich seinen Geruch ein, als sein Körper meinen berührt. Ich muss zugeben, dass er verdammt gut riecht. Was für eine Schande, dass er so ein herzloses Schwein ist. Als ich mein umnebeltes und betrunkenes Hirn daran erinnert habe, gelingt es mir, ihn angemessen zornig anzustarren, als er den Gurt einrasten lässt. Er quittiert meinen Blick eigenartigerweise mit Erheiterung, in die sich leichte Verlegenheit mischt. Bevor ich jedoch Gelegenheit habe, unerträglich grob zu jemandem zu sein, der zwar ein echtes Schwein, aber doch ein hinreichend nettes echtes Schwein ist, um die Sternhagelvolle nach Hause zu bringen, lullt mich das gleichmäßige Röhren des starken Motors glücklicherweise in den Schlaf.

Als ich aufwache, verrät mir die glimmende Digitaluhr im Armaturenbrett, dass es ein Uhr morgens ist und dass vierzig Minuten vergangen sind, seit wir Grays Haus verlassen haben. Der Motor ist aus. Als ich mich orientierungslos umsehe, merke ich, dass Dan einfach still dasitzt und mich ansieht. Verlegen sehe ich aus dem Fenster und bin sehr erleichtert, als ich das Schild des Tate's auf der anderen Straßenseite entdecke. Er hat mich tatsächlich nach Hause gebracht.

Aber was habe ich anderes erwartet? Dass er mich auf dem Heimweg umbringt und dann Besitz von meinem verwaisten Restaurant ergreift?

Mein Kopf zumindest fühlt sich verwaist an. Ich glaube, mein Gehirn hat sich vor circa vier Gläsern Wein verabschiedet. Normalerweise braucht man keine vierzig Minuten von Grace zu mir. Wie lange stehen wir hier schon? Vielleicht hat er darauf gewartet, dass ich von selbst aufwache. Wahrscheinlich hat er gedacht, dass ich ihm mit der Handtasche eins überziehe, wenn er mich wachrüttelt.

Obwohl mein angeborener Hang zu guten Manieren mir unter dem Einfluss des Alkohols und meiner gemischten Gefühle für diesen Mann etwas abhanden gekommen ist, spüre ich, dass es vielleicht doch angebracht wäre, mich dafür zu bedanken, heil zurück in meiner Bleibe zu sein. Doch als ich den Mund aufmache, um ein knappes *merci beaucoup* zu nuscheln, ist leider das Einzige, was kommt, ein lauter Rülpser. Sofort halte ich mir den Mund zu, doch nicht, um weitere Rülpser zu unterdrücken – glücklicherweise, oder unglücklicherweise, ganz wie man es nimmt, war das ein Rülpser, der alle anderen überflüssig macht, und ich glaube nicht, dass ich in den kommenden zwei Jahren wieder einen hinbekomme –, nein, meine Hand liegt auf meinem Mund, um das höchst unangebrachte Kichern zu unterdrücken, in das ich auszubrechen drohe.

Ich kichere immer noch, als Dan aussteigt, um das Auto herumgeht und mir die Tür öffnet. Ich kichere auch noch, als er meine zitternde, den Schlüssel umklammernde Hand zum Schloss der Eingangstür führt, und ich kichere weiter – der Himmel weiß, warum –, als er mich mehr oder weniger die Treppe hochträgt und mehrere Türen aufstoßen muss, bevor er die zum Schlafzimmer findet. Er positioniert mich dergestalt, dass ich mich rückwärts aufs Bett fallen lassen kann, und sieht mit amüsiert hochgezogenem Mundwinkel zu, als ich das auch prompt tue.

Blinzelnd sehe ich zu ihm auf.

Er blickt auf mich hinunter. Er sagt nichts, und er macht auch keine Anstalten zu gehen.

Unglücklicherweise verspüre ich das Bedürfnis, das Schweigen zu brechen. Und was noch schlimmer ist: Ich bin nicht in einem Zustand, um etwas auch nur annähernd Vernünftiges von mir zu geben. »Willst du mich nicht zudecken? Und mir eine Gutenachtgeschichte vorlesen?«, ist das Erste, was über meine Lippen kommt.

Ich weiß, ich sollte eigentlich entsetzt über mein Verhalten sein, und ich glaube, auch einen kleinen Aufschrei aus dem noch zurechnungsfähigen Teil meines Gehirns zu vernehmen, der unter anderthalb Litern Rotwein und größeren Mengen Brandy, die gegenwärtig in mir zirkulieren, begraben ist. Doch offen gesagt bin ich so besoffen, dass ich zwar noch mitkriege, was ich tue, aber mich nicht mehr dafür schäme. »Nein?«, frage ich, als er sich nicht rührt. »Wir wäre es dann mit einem Gutenachtkuss?«

Uups.

Obwohl mein Alkoholpegel hoch genug ist, um so einen Spruch loszulassen, ist er nicht hoch genug, um die Scham zu vergessen, etwas so Hochnotpeinliches gesagt zu haben. Doch gerade als mein Gesicht die gleiche dunkelrote Farbe annimmt wie meine Bettdecke, huscht ein Lächeln über Dan Slaters ausdrucksloses Gesicht, und ich beobachte völlig verblüfft, wie er zum Bett herüberkommt, sich über mich beugt und mir ganz sacht den zärtlichsten aller zärtlichen Küsse auf die Lippen haucht.

Als ich am nächsten Morgen erwache, bemerke ich einen Eimer neben meinem Bett, ein großes Glas Wasser auf dem Nachttisch und einen unsichtbaren Mann, der mit einem Presslufthammer meinen Schädel bearbeitet.

Ich kriege nie einen Kater. Zumindest sehr selten. Junge, ich muss letzte Nacht SO besoffen gewesen sein, um mich jetzt SO schlecht zu fühlen. Die fünf Sekunden Gnadenfrist, in der ich orientierungslos und erst halb wach bin, sind vorüber. Nun kehrt auch die Erinnerung zurück. Als mir wieder einfällt, wie der Abend geendet hat, fühle ich mich plötzlich noch zehn Mal schlechter. Oje.

Schaudernd verkrieche ich mich wieder unter der Decke, als könnte ich so das Schamgefühl fern halten, das wie eine Flutwelle über mich hereinzubrechen droht.

Ich habe Dan Slater gebeten, mich zuzudecken.

Wie konnte ich nur! Die Dinge standen bereits schlecht genug zwischen uns, bevor ich auch noch den letzten Rest Würde verlieren musste!

Plötzlich kommt mir ein anderer furchtbarer Gedanke. Ich kann mich nicht daran erinnern, mich ausgezogen zu haben. Ich sehe mich im Zimmer um und stoße einen erleichterten Seufzer aus, als ich meine wild verstreuten Klamotten sehe. Nur ich kann so unordentlich sein. Solange ich keinen wilden Striptease vor ihm hingelegt habe. Arrrg! Habe meine Kleider in einem trunkenen Anfall von Sexgier fallen lassen.

Und dann fällt mir der schlimmste Teil wieder ein. »Heilige Scheiße!«, kreische ich und setze mich kerzengerade auf. Ich habe ihn gebeten, mir einen Gutenachtkuss zu geben.

Und er hat es getan!

Und dann bin ich bewusstlos geworden.

Wieder wird mein Gesicht so rot wie meine Decke. Daniel Slater hat mich geküsst. Aber warum nur hat er das getan? Okay, ich habe ihn gebeten, aber er wusste, dass ich total blau war. Die Bestürzung verschlimmert meinen Kater, bis mir allmählich dämmert, dass Daniel Slater mich wahrscheinlich nur deshalb geküsst hat, weil er wusste, dass ich am nächsten Morgen aufwachen und vor Scham am liebsten sterben würde!

Wieder ein Punkt für Dan Slater!

Ich höre Geräusche aus dem Restaurant unter mir. Als ich einen Blick auf meinen Wecker werfe, sterbe ich fast vor Schreck, denn es ist schon zwei Uhr nachmittags. Ich hätte eigentlich vor mehr als vier Stunden mit der Arbeit beginnen sollen. Es überrascht mich, dass sie mich nicht angerufen oder an die Tür gehämmert haben, um mich wach zu kriegen. Ich kann hören, wie ein Kochtopf krachend an die Wand fliegt, gefolgt von einem Schwall Kraftausdrücke. Also muss heute eine der seltenen Gelegenheiten sein, bei denen Claude tatsächlich mal zur Arbeit erscheint.

Gute, alte Mel. Anscheinend hat sie, resolut wie immer, die Dinge in die Hand genommen. Und da sie sich denken konnte, in welchem Zustand ich bin, hat sie mich ausschlafen lassen.

Ich rufe unten an.

Mel nimmt ab. Obwohl Claude einem ganz schön Angst machen kann, wenn er seine Chefkochallüren hat, hört sie sich ganz fröhlich an. »Ah!«, ruft sie. »Ollie! Also weilst du wieder unter den Wachen und Nüchternen?«

»Ich bin wohl wach, aber ich weiß nicht, ob ich nüchtern bin.«

»Und, war's schön gestern Abend? Oder kannst du dich nicht erinnern?«

»Frag lieber nicht«, seufze ich eingedenk meiner letzten Worte an besagtem gestrigem Abend. »Wie läuft's bei euch?«

»Louis schmollt noch immer, weil er gestern nicht mit durfte, und Claude ist wie üblich guter Dinge«, fügt sie hinzu, wobei ihre Stimme vor Sarkasmus trieft. »Obwohl er noch gar nicht zum Brandy gegriffen hat.«

»Du hörst dich erstaunlich ruhig an, wenn man die Umstände bedenkt.«

»Wenn ich mir so betrachte, was für einen Mordsaufstand die zwei machen, dann wird mir klar, wie angenehm und unkompliziert mein Leben doch ist. Deshalb fühle ich mich auch dazu berechtigt, unglaublich selbstgefällig über den Dingen zu schweben, was eine doppelte Konsequenz hat: Ich fühle mich gut, und das treibt die beiden zur Weißglut.«

»Also braucht ihr mich eigentlich gar nicht?«, frage ich hoffnungsvoll.

»Ooh, ich bin so großmütig anzunehmen, dass wir vielleicht gerade so ohne dich zurechtkommen, zumindest bis morgen …« Sie lacht.

»Du bist ein Engel, Mel. Erinnere mich dran, dir eine Gehaltserhöhung zu geben, sobald ich es mir leisten kann.«

Ich will mich gerade wieder in den Kissen vergraben, als das Telefon klingelt. »Morgen, du alte Schnapsdrossel«, erklingt eine freundliche Stimme in der Leitung. Grace.

Ich stöhne innerlich auf. »Ich weiß! Es tut mir so Leid, Grace. Hab ich mich total danebenbenommen?«

»Leider ja, fürchte ich. Aber du warst sehr unterhaltsam, also vergebe ich dir, Kleines. Außerdem«, fügt sie glücklich hinzu, »hast du Punkte gut gemacht. Rate mal, warum.«

»Kann nicht, hab Kopfschmerzen.«

»Leo geht heute Abend mit Cornelia aus.«

»Was! Siehst du, ich hab dir einen Gefallen getan.« Ich fange an zu lachen, doch dadurch schmerzt mein Kopf nur noch mehr. »Bedeutet das, dass du es mir nicht übel nimmst, wenn ich Finn wieder sehe?«

»Bist du sicher, dass du das willst? Laut Stuart ist er ein ganz schöner Schwerenöter.«

Im Vergleich zu Stuart wäre sogar ein Franziskanermönch ein Schwerenöter.

»Vielleicht. Aber erst einmal muss er mich anrufen.«

»Erst einmal muss er sich von seinem Koma erholen«, entfährt es Grace. »Du hättest ihn sehen sollen, Ollie. Wir haben ihn schließlich zugedeckt und die Nacht auf dem Sofa schlafen lassen. Er ist dann irgendwann vor dem Mittagessen aufgewacht und war immer noch zu knülle, um nach Hause fahren zu können. Also haben wir ihn in ein Taxi gesetzt.«

»In diesem Fall kann ich von Glück sagen, wenn er sich überhaupt an mich erinnert«, seufze ich.

»Du könntest von Glück sagen, wenn er es nicht tut!«, scherzt Grace. »Was ist mit Dan?«

»Was soll mit ihm sein?«, entgegne ich verdrossen, da ich höchst peinlich berührt bin.

»Hat er dich heil nach Hause gebracht?«

»Ja, danke.« Ich beschließe, dass es sicherer ist, das Thema Dan Slater zu meiden. Im Moment halte ich es sogar für das Beste, so zu tun, als gäbe es ihn gar nicht. »Weißt du noch, ob ich Finn meine Nummer gegeben habe?«, frage ich in dem Versuch, das Thema zu wechseln.

»Na, wenn *du* es schon nicht mehr weißt, wie um Himmels willen soll ich es dann wissen?«, spottet sie.

»Ich glaube schon.«

»Wahrscheinlich hat er sie sowieso verloren.«

»Warum das denn?«

»Weil er so ziemlich alles verloren hat: den Großteil seiner grauen Zellen, das Frühstück, das ich versucht habe, ihm einzuflößen, als er endlich aufwachte …«

»Ich weiß, wovon du redest!«, stöhne ich. »Auch ich fühle mich heute Morgen etwas angeschlagen.«

»Daran bist du ganz allein schuld. Stuart hält dich für komplett verrückt, weißt du.«

»So?« Ich weiß nicht, ob das aus seinem Mund eine Beleidigung oder ein Kompliment ist.

»Yep. Für durchgeknallt.«

»Sag ihm, ich hätte halt nicht mehr alle Tassen im Schrank. Ach, und Gray, wenn Finn meine Nummer *wirklich* nicht mehr hat, dann gibst du sie ihm, ja?«

»Nicht gerade sehr subtil, oder?«

»Gib sie ihm einfach, Gray.«

»Vielleicht solltest du dich ein bisschen distanzierter geben.«

»Ich bin seit mehr als zwei Jahren Single, Grace. Wie viel distanzierter soll ich deiner Meinung nach noch sein?«

In dem Versuch, jeden Gedanken an Dan Slater in den Teil meines Gehirns mit der Aufschrift »Zugang verboten« zu verbannen, wo ich die peinlichsten Zwischenfälle meines Lebens, die PIN meiner Kreditkarte und das Versteck für die Ersatzschlüssel meines Autos gespeichert habe, wende ich meine Aufmerksamkeit Finn zu.

Ich mag Finn. Es ist eine Weile her, dass ich einen Mann so mochte. Es ist nicht so, als wäre ich total abgeneigt, eine Beziehung einzugehen. Die Tatsache, dass ich die letzten zwei Jahre damit verbracht habe, mein eigenes Unternehmen aufzubauen, brachte es mit sich, dass ich nicht viel Zeit für andere Dinge hatte. Nicht, dass ich der Meinung wäre, viel zu verpassen: Beziehungen sind ein viel zu unheimliches Gut. Sie erzeugen eine Art Unsicherheit, mit der ich schlecht umgehen kann. Plötzlich findet man sich mit der einen Sache im Leben wieder, die man Angst hat zu verlieren: eine schreckliche Verantwortung. Es ist ja nicht so, dass man den Mann im eigenen Schlüpfer festkleben kann, damit man ihn nicht verlegt, so sehr der Mann das wahrscheinlich genießen würde. Ich bevorzuge meine Freunde; sie sind längst nicht so anstrengend und bei weitem rücksichtsvoller. Zumindest meistens.

Außerdem ist es eine allseits bekannte Tatsache, dass die Männer einen nur so lange wollen, bis sie einen haben. Der alte Jagdinstinkt. Das geht auf die Höhlenmenschen zurück. Sobald sie einem ein paar Mal eins über die Rübe gegeben haben, ist man weit weniger attraktiv. Dann müssen sie wieder losziehen und eine Frau auftreiben, die ein paar Beulen weniger am Kopf hat. Deshalb habe ich beschlossen, lieber weiter

Reißaus zu nehmen. Da müsste schon ein Linford Christie kommen, um mich einzuholen, doch selbst wenn Sie es wären und es täten, würde ich wahrscheinlich sowieso nicht auf Sie stehen. Ich bin heikler als ein Inspektor von der Gesundheitsbehörde in einem Lebensmittelgeschäft.

Zu dumm, was für Details einen von einem Kerl abbringen können. Zeigen Sie mir den perfekten, anständigen Mann, ich werde immer ein Haar in der Suppe finden. Ich wage gar nicht, mir auszumalen, wie es wäre, wenn ich Kinder hätte, besonders eine Tochter. Ich glaube, ich wäre die schlimmste zukünftige Schwiegermutter der Welt. Im Vergleich zu mir ist die spanische Inquisition ein freundliches Verhör. Wahrscheinlich würde ich einen von diesen Unmöglichkeitstests à la Sindbad verlangen: Wenn Sie meine Tochter heiraten wollen, dann müssen Sie mir ein violettes Chinchilla mit einer Federboa bringen, das auf dem Tisch tanzt und dazu »If you wanna be my lover« singt. Sie können keins auftreiben? Pech! Legen Sie Ihren Kopf auf diesen Holzblock, damit ich ihn abhacken kann.

Finn ist der erste Mann seit Ewigkeiten, der mich länger beschäftigt als eine trunkene Nanosekunde. Dabei hat mich mein Single-Status bisher gar nicht so besonders gestört. Heiraten und Kinder kriegen. Ich *glaube*, dass ich das will, doch dass das auch etwas ist, vor dem ich höllisch Angst habe.

Ich sage nur eins: Wenn Aschenputtel gewusst hätte, welch gewaltige Auswirkung sie auf die Frauenwelt haben würde, dann hätte sie es sich zweimal überlegt, ob sie den Mund aufmacht und die unsterblichen Wort »Eines Tages wird mein Prinz kommen« spricht. Er mag ja kommen, aber dann lässt er einen im nassen Gartenbeet schlafen, verschwindet vor dem Frühstück und taucht nie wieder auf, obwohl er es versprochen hat. Vergessen Sie den Schönling, der auf seinem Hottehü angeritten kommt und bekümmerte Maiden rettet; wer ist denn überhaupt Schuld an ihrem Kummer, das wüsste ich gern! Die Männer! Die sind's.

Dan Slater ist kein strahlender Prinz. Er ist der Schwarze Ritter. Er wütet in seinem schwarzen BMW überall in London, will sein eigenes Tyrannenreich aufbauen und scheißt auf die Leibeigenen.

Und Finn? Könnte er mein Sir Lancelot sein? Ich weiß es wirklich nicht, aber ich könnte mir vorstellen, dass er einen ziemlich guten Hofnarren abgibt. Und ich habe festgestellt, dass Sinn für Humor viel wichtiger sein kann als die Neigung, seinen Mantel über Pfützen zu werfen.

Vielleicht hatte Gray ja die richtige Eingebung. Einen vernünftigen Mann an Land ziehen statt eines tatendurstigen, aber teuflischen Ritters, der rücksichtslos mit seinem schnaubenden, schäumenden Streitross Frauenherzen plattmacht. Will sagen, wenn man einen Mann ohne Persönlichkeit hat, der nie ausgeht, es sei denn, mit einem selbst, dann muss man sich auch nie den Kopf darüber zerbrechen, was er vielleicht gerade ausfrisst. Meine Beziehungen haben immer damit geendet, dass ich von den Männern enttäuscht war. Ich glaube fast, meine Ideale in Sachen Männer sind viel zu hoch gegriffen. Wie konnte ich beispielsweise nur Integrität auf meine Liste setzen?

Ein integrer Mann?

Und die Kinder bringt der Klapperstorch.

Kapitel 5

Tanya ist aus dem Urlaub zurück. Sie ist knusprig braun und verströmt die strahlende Gesundheit aller Verhätschelten. »*Was* hat er getan!«, kreischt sie so laut, dass die Leute am Nachbartisch trotz der hämmernden Musik in der Bar beunruhigt zu uns herübersehen.

Tanya hat sich gerade erst von der Neuigkeit erholt, dass Grace in weniger als zwei Monaten heiratet. Vielleicht hätte ich die Story von Daniel Slater und dem Kuss im Vollrausch ein andermal erzählen sollen.

»Na ja, genau genommen habe ich ihn aufgefordert«, entgegne ich und sehe beschämt auf den Tisch.

»Schon, aber du warst total blau«, erklärt Tanya. »Du weißt, was das bedeutet, oder?«

»Ja, totale Erniedrigung.«

Tanya übergeht meinen Einwand. »Es bedeutet, dass er dich mag.«

»Mach dich nicht lächerlich.« Mein Kopf fährt so schnell hoch, dass ich in meinem Nacken einen stechenden Schmerz verspüre.

»Würdest du jemanden küssen, den du nicht magst?«, fragt Tanya geradeheraus.

»Vermutlich nicht, nein.« Ich greife nach meinem Weinglas und suche Zuflucht in seinem tröstenden Inhalt. »Aber das hier ist etwas anderes.«

»Ach ja?«

»Weil ich, wie ich schon sagte, betrunken war und ihn aufgefordert habe.«

»Schon, aber er hätte ja einfach gehen können.«

»Das wäre die vernünftige Alternative gewesen, ja.«

»Das sagt doch alles. Er mag dich.«

»Ich bleibe lieber bei meiner Theorie. Die ist wahrscheinlicher.«

»Was, dass es ein abgekartetes Spiel ist?«

»Um meine Moral zu untergraben, genau.«

»Und warum sollte er so etwas tun?«, fragt sie spöttisch.

»Weil er sich das Tate's unter den Nagel reißen will.«

»Das Gebäude gehört ihm bereits, Ollie.«

»Schon, aber er kann es nicht sanieren, solange mein Restaurant und ich drin sind, oder?«

»Und du bist ganz sicher, dass er das vorhat?«

»Ziemlich sicher, ja. Ich habe dir doch erzählt, dass er und seine Spießgesellen im Restaurant waren, oder?«

»Schon, aber was du gehört hast, beweist noch gar nichts. Sie hätten über alles und nichts reden können. Außerdem hat er dir doch gesagt, dass du alles missverstanden hast.«

»Mir wird er das wohl am allerwenigsten erzählen.«

Tanya seufzt. »Okay, also sagen wir mal, es stimmt. Warum sollte es dann seiner Sache dienlich sein, dich zu küssen?«

»Keine Ahnung«, stottere ich. »Um mich zu verunsichern. Um mich dazu zu bringen, das Land zu verlassen. Keine Ahnung«, wiederhole ich verzweifelt.

»Bist du dir sicher, dass das alles war? Du weißt schon, der Kuss. Sonst ist nichts passiert?«

»Ja!«, jaule ich. »Natürlich war das alles… glaube ich… oje… nein!« Ich atme tief durch und versuche, den rationellen Teil meines Gehirns zu aktivieren. Ich kann mich nicht daran erinnern, wie ich ins Bett gekommen bin. Aufs Bett schon, aber wie bin meine Klamotten losgeworden… Und dann waren da noch das Glas Wasser und der Eimer, den er aus der Küche geholt hat. Also ist er nicht sofort gegangen, nachdem er mich geküsst und – aus welchem seltsamen Grund auch immer – meiner betrunkenen Aufforderung gehorcht hat.

Tanya neigt den Kopf und lächelt. »Und … wie war's?«, fragt sie.

»O Tanya, nein, bitte frag mich nicht danach!«, jammere ich. Mein Gehirn versucht noch immer, die Erlebnisse dieser Nacht zu entwirren.

»Komm schon, Ol. Du hast mit Dan Slater geschmust. Ich will Einzelheiten.«

»Ich war besoffen. Zwei Sekunden später war ich bewusstlos.«

»Das könnte die Wirkung des Kusses gewesen sein!«

»So gut war er nicht!«

»Aha, jetzt kommen wir der Sache näher. Also war er nicht gut?«

»Das habe ich nicht gesagt! Ich meinte nur, dass ich nicht wegen des Kusses bewusstlos geworden bin. Ich habe ihm nicht den Gefallen getan, vor Entzücken taumelnd in ein Koma der Leidenschaft zu fallen.«

»Also war es zwar kein schlechter Kuss, aber es war auch nicht der beste, den du je bekommen hast. Du weißt schon, bei dem das Höschengummi rutscht und der Schlüpfer schlüpfrig wird.«

»Wenn man bedenkt, was gerade vorgefallen ist, ist das nicht gerade eine einfühlsame Frage, Tanya!«

»Scheiß auf das Einfühlsam.« Tanya grinst durchtrieben und schenkt mir in der Hoffnung Wein nach, der Alkohol möge meine Zunge lösen. »Dan Slater hört sich einfach sexy an; ich will wissen, wie es war, mit diesem Kerl zu knutschen.«

»Ich behalte mir das Recht vor, diese Frage nicht zu beantworten, weil ich mich selbst belasten könnte«, murmle ich und weigere mich, sie anzusehen.

»Es *war* gut, stimmt's?«, kräht Tanya triumphierend, als wäre sie Hercule Poirot und hätte gerade den Mörder gefunden.

Ich nicke, sehe aber immer noch nicht auf.

»Ja.« Tanya klatscht in die Hände, rutscht vom Stuhl und fängt an, kindisch um den Tisch zu tanzen. »Ich hab's gewusst«, trällert sie, tritt hinter mich und legt mir die Hände auf die Schultern. »Ich wusste es von Anfang an. Du warst immer viel zu aufgebracht über ihn. Ein todsicherer Hinweis.«

»Gut, ich geb's zu!«, knurre ich widerwillig, als sie mir über die Schulter blickt und mich zwingt, ihr geradewegs in die Augen zu sehen. »Ich finde ihn attraktiv… auf eine abstoßende Weise.«

»Was meinst du denn damit?«

»Ich meine, dass er ein attraktiver Mann ist, aber kein attraktiver Mensch. Bei der Art, wie er gerade mein Leben durcheinander bringt, sollte ich *nicht* auf ihn stehen.«

»Hört sich vernünftig an«, stimmt Tanya mir zu. »Die Menschen sind ganz schön pervers. Wir scheinen immer auf die Falschen zu fliegen, die wir eigentlich nicht mögen sollten.«

»Könnte das Grace und Stuart erklären?«, denke ich laut.

»Nichts könnte Grace und Stuart erklären.« Tanya runzelt die Stirn. »Zumindest nichts, was nicht in *Akte X* passen würde«, fügt sie ein bisschen zu laut hinzu.

Ich mache »Pst«, als Grace, die dieses sonntägliche Vormittagstrinkgelage einberufen hat, mit einer weiteren Flasche Wein von der Theke zurückkehrt. Sie grinst uns an und knallt den kalten Chardonnay zwischen unsere Gläser. Dann verstaut sie ihre Geldbörse wieder in ihrer großen Handtasche, wühlt ein bisschen darin herum und zieht eine Agenda hervor, die wirklich zu groß zum Herumtragen ist. Sie steckt voller Ausschnitte aus Zeitschriften, von denen manche auf den Tisch fallen, als sie den richtigen Monat sucht.

»Also, ich habe euch hergebeten, weil…«

»Du uns schrecklich vermisst hast und uns unbedingt sehen wolltest«, fällt Tanya mit leicht sarkastischem Unterton ein.

»Na ja, das auch.« Grace lacht kurz auf. »Aber außerdem brauche ich ein paar Angaben von euch.« Wieder rumort sie in ihrer Tasche und zieht einen Bleistift heraus, dessen zerkautes Ende sofort in ihrem Mund verschwindet, um noch weiter benagt zu werden.

»Gehen wir mal wieder aus?«, fragt Tanya aufgeregt.

»Wie in den alten Tagen«, füge ich wehmütig hinzu.

»Wir gehen auf Kleiderjagd.«

»Shopping! Klasse.« Tanya fängt sofort an zu strahlen. »Suchst du was Bestimmtes?«

»Na ja, doch, ja!« Mit hochgezogenen Brauen sieht Grace Tanya an. »Aber nur ein paar kleine, unbedeutende Dinge wie ähm… ein *Braut*kleid, *Braut*schuhe, *Braut*wäsche und ähm, na ja…« Sie bricht ab und lächelt uns hoffnungsvoll zu. »Wir brauchen wohl auch zwei Kleider für die *Braut*jungfern…«

»Brautjungfern?«, wiederholt Tanya vorsichtig.

»Klar. Was würde euch gefallen?« Grace greift nach einem der Ausschnitte und wedelt mit dem Hochglanzfoto eines lächelnden blonden Models in einer rosaroten, ausgefallenen Kreation. Anhand des kleinen Sträußchens und des Blumenschmucks im Haar erkenne ich, dass es sich um ein Brautjungfernkleid handelt und nicht um etwas aus dem altjüngferlichen Katalog der Verbrechen gegen den guten Geschmack.

»Soll das heißen, ich… äh… wir, Ollie und ich…«

»Wollt ihr?« Grace sieht uns flehend an.

Ich werfe einen Blick auf Tanya, deren Lippen und Augenbrauen zu einem Ausdruck verzogen sind, als wolle sie um Hilfe rufen.

»Natürlich wollen wir, du Dummerchen.« Ich schließe Grace in die Arme, und Tränen steigen mir in die Augen. Ich weiß nicht, ob ich vor Stolz platzen oder vor Schreck umkippen soll. Es ist eine Ehre für mich, Grace' Brautjungfer zu sein. Ich wünschte nur, sie würde auch einen Mann heiraten, der sie für den Rest ihres Lebens glücklich machen könnte, wie er das ja auch gelobt.

»Tan?«, fragt Grace zaghaft. »Ich weiß, das ist nicht ganz dein Ding, aber ich verspreche, dass ich dich nicht in etwas allzu Grässliches stecke.«

»Wie kann ich da nein sagen?«, entgegnet Tanya.

»Kannst du nicht.« Ich sehe sie warnend an, doch glücklicherweise war ich die Einzige, der die Betonung aufgefallen war, die aus dieser Frage eindeutig nicht die rhetorische machte, für die Grace sie hielt.

»Ich komme mir so mies vor.« Lustlos wischt Tanya mit einem Tuch ein Tablett ab, stellt es zurück unter den Zapfhahn und greift nach dem nächsten.

Tanya, die Gute, hat die Designerklamotten abgelegt, sich in Jeans und ein altes Sweatshirt geworfen und hilft mir jetzt, die Bar im Tate's auf Vordermann zu bringen. Normalerweise wäre auch Grace mit von der Partie gewesen. Früher einmal war das unser monatliches Ritual. Ich hatte an diesen Abenden geschlossen, und wir vier trafen uns, um die Zapfsäulen zu säubern und die große Menge Bier zu trinken, die sonst verschwendet worden wäre, was in der Regel in einer großen Party endete.

Heute sind nur Tan und ich da. Louis, der sich normalerweise auch dazugesellt, hat einen Auftritt. Wir hatten auch Grace gefragt, ob sie mitmachen und Stuart mitbringen wolle, doch anscheinend nimmt Stuffy sie dieses Wochenende zu einer Dampf-Rally mit. Nachdem sie also ihre Agenda mit den Ausschnitten aus Brautzeitschriften wieder eingesteckt hatte, ist sie nach unserem Morgenschwatz schnurstracks auf die Autobahn Richtung Leicestershire entschwunden. Indem sie uns darüber aufgeklärte, dass sich hinter einer solchen Veranstaltung eine Ausstellung von Traktoren verbirgt, hat Grace Tanya grausam desillusioniert, die dachte, dass man bei einer Dampf-Rally in die Sauna geht und anschließend nackt in einen kalten See sprintet. Das ist sehr schade, denn ich glaube, Stuart war kurz davor, mächtig in ihrem Ansehen zu steigen.

»Wir tun alles, was in unserer Macht steht, um diese verdammte Hochzeit zu sabotieren, und dann lächle ich süßlich und willige ein, ihre Brautjungfer zu sein.« Tanya schüttelt den Kopf. »Ich war noch nie zuvor Brautjungfer.«

»Bei mir ist es schon das dritte Mal.«

»Dreimal eine Brautjungfer, nie …«

»Eine Braut«, beende ich den Spruch für sie. »So schlimm ist das auch wieder nicht, wenn man bedenkt, dass ich nie jemanden getroffen habe, den ich hätte heiraten wollen.«

»Ach, arme Ollie!« Tanya umarmt mich. »Ich weiß, was uns aufmuntern wird!«, ruft sie. »Lass uns clubben gehen.«

»Was anderes fällt dir auch nie ein.«

»Nein, im Ernst, lass uns richtig einen draufmachen. Das lenkt dich ab.«

»Was, einen Ort aufzusuchen, der nur so strotzt vor gut gebauten Neunzehnjährigen in Outfits aus weniger Stoff als meiner Unterwäsche, die ihre knackigen, zellulitisfreien Körper auf der Tanzfläche durchschütteln – das soll mir helfen, mich besser zu fühlen?«

»Jede Menge Alkohol, jede Menge fetziger Musik und anschließend ein Abstecher zum All-Night-Burger«, lockt Tanya. »Ich sage Louis Bescheid.«

»Er ist nicht der Einzige, den ich mitzunehmen gedachte.«

»Jetzt sag nicht, du willst deine letzte Eroberung mitschleppen? Das würde dich doch nur einengen.«

»Ich soll einen Kerl *in* einen Club mitnehmen? Das hieße ja Eulen nach Athen tragen. Nein, ich dachte an Gray.«

»Du machst wohl Witze!«, erwidere ich ungehalten. »Grace ist seit Ewigkeiten nicht mit uns weg gewesen. Heute Morgen habe ich sie zum ersten Mal seit ihrer Dinnerparty gesehen.«

»Eben. Das könnte unser nächster Schritt sein, um sie von du-weißt-schon-wem abzubringen. Wir finden einen anderen für sie und müssen im Gegenzug kein rosa Satin tragen …«, lockt Tanya.

»Sie wird nicht kommen. Hat wahrscheinlich längst einen spannenden Makramee-Abend mit Stuffy Stuart geplant. ›Oh, ich werde heute wohl nicht können‹, äffe ich Grace nach. ›Stuart und ich haben vereinbart, seinen Landrover auseinander zu nehmen. Morgen? Tut mir Leid, da habe ich auch schon was vor. Er braucht jemanden, der die Schafe festhält, damit sie nicht so zappeln …‹«.

»Sie kommt«, erklärt Tanya wissend und unterdrückt ein Kichern angesichts meiner gemeinen Einlage. »Sag ihr einfach, du wärst furchtbar deprimiert, und nur ihre Gesellschaft könne dich davon abhalten, dich von der Tower Bridge zu stürzen, bevor die Nacht um ist. Du weißt doch, wie ihr das Herz aufgeht bei einem traurigen Fall. Man muss sich nur Stuart anschauen …«

Nach viel gutem Zureden schaffen wir es schließlich, Grace für unseren Girlie-Abend am kommenden Freitag zu gewinnen. Wir haben vereinbart, uns alle bei Tanya zu treffen, um uns in Schale zu schmeißen. Ein Ritual, das ich schwer vermisst habe, seit Grace sich zu einer Stubenhockerin entwickelt hat.

Meine Laune bessert sich tatsächlich, als ich mich in eines von Tanyas sexy Moschino-Kleidchen zwänge und meine fantastischen neuen Schuhe von Christian Louboutin anziehe, denen ich beim letzten Schlussverkauf nicht widerstehen konnte. Für sie hatte ich sogar extra meine Notfall-Kreditkarte gezückt.

Ich drehe mich vor dem Spiegel und lächle. Ich bin ja so daran gewöhnt, meine Restaurantklamotten zu tragen. Im Moment ersetze ich sie allerdings oft durch immer fleckigere Küchenschürzen, da Claude in letzter Zeit allzu häufig durch Abwesenheit glänzt. Ich hatte ganz vergessen, wie ich mit ein bisschen Kriegsbemalung aussehe, doch das Ergebnis gefällt mir durchaus. Vielleicht könnte auch ich heute Abend ein bisschen Spaß haben und mich von dem drohenden Verhängnis ablenken, das Grays Hochzeit und das Begräbnis des Tate's für mich bedeuten. Ich spüre einen lange verschwundenen Optimismus in mir und drehe mich zu den beiden anderen um, die sich um eines meiner Lieblingskleider von Karen Millen balgen.

»Alberne Gänse, beeilt euch und werft euch in Schale, damit wir die Stadt unsicher machen können. Ich habe so ein Gefühl, dass wir einen ausgelassenen Abend vor uns haben! Oh, und lass Tanya das Kleid anziehen, Louis«, füge ich hinzu, als Grace aus dem Bad kommt. »Ich fürchte, es steht ihr viel besser.«

»O Mann, was fühle ich mich alt«, seufze ich, als ich eine weitere Truppe kichernder, Bacardi nippender Neunzehnjähriger vorbeistolzieren sehe, die unverschämt jung, geschmeidig und einfach fantastisch aussehen.

»*Du* fühlst dich alt! Du bist fünf Jahre jünger als ich!«, entfährt es Tanya. »Wenn du alt bist, bin ich ein Tattergreis. Diese letzte Aussage musst du nicht kommentieren!«, warnt sie mich, als ein Lächeln meine Lippen umspielt. »Dabei hat eine reife Frau viel mehr zu bieten als so ein junger Hüpfer.«

»Ich glaube, dieses Wort mag ich nicht… reif.«

»Zum Beispiel intelligente Unterhaltung«, spinnt Tanya unbeeindruckt ihre Bambitheorie weiter. »Oder eine ausgeglichenere Lebenshaltung, finanzielle Unabhängigkeit, ausgefeilte Sexpraktiken.«

»Zellulitis, Falten und eine biologische Uhr, die sich in eine Zeitbombe verwandelt hat«, füge ich aufgekratzt hinzu.

Sie bringt mich mit einem vernichtenden Blick zum Schweigen. »Eine jüngere Frau dagegen«, fährt sie mit Nachdruck fort, »hat geringfügig schlankere Beine... zumindest manchmal«, der vernichtende Blick folgt einer Siebzehnjährigen mit Babyspeck, deren breiter Hintern in einem nicht ganz so breiten Kleid steckt, »und macht weit mehr Theater. Apropos Theater, wo ist eigentlich Gray?«

Louis seufzt schwer und wirft ihr einen Blick zu. »Dreimal darfst du raten«, entgegnet er.

»Sie ist doch nicht etwa schon gegangen?«, fragt Tanya entsetzt. »Es ist erst halb zwölf!«

»So schlimm ist es auch wieder nicht«, antwortet er. »Aber ihr erinnert euch doch bestimmt an die Telefonzellen im Foyer... Sagen wir einfach, eine von ihnen ist wahrscheinlich gerade ein heißer Draht nach Leicestershire.«

Niedergeschlagen schüttelt Tanya den Kopf. »Ich glaube, ich brauche was zu trinken!«

Sie kehrt mit einer Flasche Champagner und vier Gläsern in der anderen Hand von der Bar zurück.

»Ooh, Champagner!«, ruft Gray, die von ihrem Telefonat mit Stuffy zurück ist und gierig die Flasche ansieht. »Mein Lieblingsgetränk! Was feiern wir denn? Nicht, dass ich einen Anlass bräuchte. Her damit!«

»Ich habe dich seit drei Wochen nicht gesehen. Wenn das kein Grund ist, dass wir mal wieder alle vier zusammen sind«, entgegnet Tanya sarkastisch, verteilt das schäumende Nass auf vier Gläser und reicht Gray das erste.

»Tut mir Leid, Kleines. Aber du weißt ja, wie das ist, ein neuer Mann …«

»Und die alten Freunde sind abgehakt.« Tanya sieht sie vorwurfsvoll an.

»*Das* wollte ich nicht sagen.« Gray schneidet eine Grimasse und erhebt ihr Glas, um einen Toast auszubringen. »Auf meine Freunde.«

»Freunde«, wiederholen wir feierlich, gerührt von diesem Lob.

»Die einen immer noch lieben, obwohl sie sich arg vernachlässigt fühlen!«, zieht Gray Tanya auf und umarmt sie, als Tan einen Schmollmund macht.

»Ich hätte dich ja zu dem Essen eingeladen«, versichert sie ihr. »Es ist doch nicht meine Schuld, dass du verreist warst und den ganzen Spaß verpasst hast.«

Mitfühlend lächle ich Louis zu, denn ich weiß, dass es ihn immer noch wurmt, nicht einmal auf der Gästeliste gestanden zu haben. »Apropos«, frage ich sie in dem Versuch, das Thema zu wechseln, weil Louis anfängt, ernsthaft zu schmollen. »Hast du Finn meine Nummer gegeben?«

»Na klar. Hat er noch nicht angerufen?«

»Vermutlich hat er es versucht, während ich unten im Restaurant war«, antworte ich ausweichend, da ich nicht glatt verneinen und mir und den anderen eingestehen will, dass er sich wahrscheinlich nicht die Mühe gemacht hat.

Ungläubig sieht Grace mich an. »Er ist sowieso nicht dein Typ«, erklärt sie sanft, damit ich nicht so enttäuscht bin.

»Woher willst du das wissen?«

»Na ja, er ist süß, aber nicht besonders zuverlässig. Du brauchst jemanden, der seriöser ist, stärker … Jemanden wie Dan Slater«, fügt sie listig hinzu.

»Was!«, explodiere ich.

»Dan mag dich.«

»Nein, das tut er verflucht noch mal nicht«, entgegne ich und werfe Tanya einen warnenden Blick zu, als sie den Mund aufmacht, um mir zu widersprechen. Ich habe Grace nichts von unserem kleinen Speicheltausch erzählt, und ich habe auch nicht die Absicht, es jetzt zu tun, weil ich damit ihre fehlgeleitete Fantasie nur noch weiter ankurbeln würde.

»Und warum hat er dich dann bitte schön nach Hause gefahren?«, beharrt Grace.

»Weil du ihn darum gebeten hast«, entgegne ich aufgebracht.

»Hab ich nicht«, antwortet sie und leert ihr Glas. »Er hat's angeboten.«

»Wirklich?«

»Yep, *und* er hat sich nach dir erkundigt.«

»Ich hoffe, du hast ihm nichts gesagt!«, grolle ich und verstecke das Gesicht in meinem Glas, um sie nicht ansehen zu müssen.

»Keine intimen Details, nein, aber ich habe ihn nach dem Restaurant gefragt.«

»Nein, Grace, das hast du nicht!« Besorgt sehe ich sie an. »Du hast mir versprochen, den Mund zu halten.«

»Ich kann doch nicht einfach zusehen, wie du dich abrackerst. Willst du nicht wissen, was er gesagt hat?«

»Ehrlich gesagt bin ich mir nicht sicher.«

»Egal, ich sag's dir sowieso«, beharrt Grace. »Er sagte, dass er eigentlich nur mal in das Restaurant gehen wollte, um einen Blick auf die Person zu erhaschen, die seine unschlagbare Edina Mason schlagen konnte ...«

»Edina Mason?«

»Seine Sekretärin ... Entschuldigung, seine Vorstandsassistentin. Anscheinend ist sie geradezu widerlich tüchtig, aber ein echter Drachen, und du bist die Einzige, der es je gelungen ist, sie sprachlos zu machen. Und außerdem hat er behauptet, er hätte keine Ahnung von der Mieterhöhung gehabt, die die Wohnungsverwaltung angesetzt hat.«

»Ich hätte mir denken können, dass er alles leugnet.«

»Vielleicht stimmt es aber auch. Er scheint mir aufrichtig zu sein.«

»Klar, schließlich kennst du ihn auch schon sechs Wochen. Du lässt dich nur von einem attraktiven Gesicht täuschen.«

Sie stürzt sich auf meine Bemerkung wie ein kreisender Geier. »Ah, also gibst du zu, dass du ihn attraktiv findest.«

»Wer würde das nicht finden?«, weiche ich aus. »Aber darum geht es überhaupt nicht. Es geht darum, dass seine Firma meine Existenz bedroht, und das reicht, um ihn in meinen Augen zu einem totalen Deppen zu machen.«

Ich schenke mir nach und nehme einen stärkenden Schluck von unserem Lieblingsgesöff. »Wie dem auch sei«, füge ich hinzu, da ich unbedingt das Thema wechseln will. »Ich dachte, wir sind hier, um unsere Probleme zu vergessen, nicht, um darüber zu reden. Ich will auch einen Toast ausbringen.« Ich halte inne und suche nach einem Einfall. Der Toast ist nicht die Folge eines verzweifelten Drangs, auf etwas anzustoßen, er ist eine Ausrede, um Grace von diesem Schwein Dan Slater abzubringen und noch etwas zu trinken. »Auf... äh... auf...«

Tanya kommt mir zu Hilfe. »Auf alle Männer, die wir schon geliebt haben«, verkündet sie, »und die Legionen, die noch kommen.«

Louis und Grace wiederholen den Toast mit unterschiedlicher Begeisterung; Grace verstummt, bevor sie zu dem Teil mit den zukünftigen Männern kommt. Das fällt auch den beiden anderen auf. Tan greift sofort nach Grace' fast leerem Champagnerkelch und füllt ihn zum dritten Mal bis zum Rand.

»Versucht ihr, mich betrunken zu machen?«

»Ja!«, rufen wir einstimmig und schenken ihr noch einmal nach.

Die nächste halbe Stunde verbringen wir damit, Grace Alkohol einzuflößen und ihr attraktive Männer zu zeigen. Wir haben bemerkt, dass sie sich umso mehr für das andere Geschlecht erwärmt, je angeheiterter sie ist. Und nicht gerade überraschend muss sie bald aufs Klo.

»Was reingeht, muss auch wieder raus«, zwitschert sie.

»Sie ist knülle«, flüstert Tanya mir glücklich zu.

»Nur ein bisschen«, entgegne ich. »Wochenlang nur Mineralwasser. Das bringt einen in Sachen Alkohol ganz schön aus der Übung.«

Tanya, Louis und ich nutzen die Gelegenheit, den Raum nach einem potenziellen Opfer zu durchforsten. Wir haben leicht unterschiedliche Geschmäcker. Louis scheint auf geschmeidige Glatzköpfe mit Ganzkörper-Piercing zu stehen, die Grace meiner Meinung nach überhaupt nicht gefallen würden. Tanya fährt auf hübsche Gesichter und teure Uhren ab. Ich bin mehr auf der Suche nach einem Doppelgänger von Brad Pitt, nicht für mich – ich bin eher ein Tom-Cruise-Typ –, aber ich weiß, dass Grace auf ihn abfährt, insbesondere seit sie gesehen hat, wie er sich durch *Fight Club* schwitzt.

Nach fünf Minuten gelingt es mir, jemanden auszumachen, den wir alle drei echt knackig finden und, was noch wichtiger ist, den auch Grace unserer Meinung nach echt knackig finden wird. »Der da ist doch gut.« Ich zeige ihn den beiden anderen.

Tanya starrt zum anderen Ende der Bar hinüber.

»Welcher?«

»Dunkle Haare, grünes Hemd.«

»Kann sein Gesicht nicht erkennen.«

»Ein zweiter Greg Wise.«

»Hört sich viel versprechend an.«

Er blickt in unsere Richtung, und Tanya atmet scharf ein. »Du hast Recht«, sie atmet aus und seufzt lustvoll. »Er *ist* gut. So gut, dass ich nichts dagegen hätte, ihn selbst mal auszuprobieren.«

»Ich weiß, aber denk an unsere Mission.«

»Können wir nicht einen anderen für sie auftreiben, hier wimmelt es doch von Männern.«

»Schon«, erklärt Louis ihr, »aber es wimmelt nicht von Männern, die Grace gut genug gefallen würden, um sie von Stuffy Stuart abzubringen. Du wirst wohl um Grace' willen das Opfer bringen müssen.«

»Schon gut, schon gut.« Tanya hebt beschwichtigend die Hände. »Grace kann ihn haben.«

»Und wie kriegen wir sie zusammen?«

»Ein klarer Fall für das platteste Klischee überhaupt.« Tanya steht auf.

»Was hast du vor?«

»Wart's ab.« Sie lächelt.

Sie stolziert zur Bar hinüber, dicht gefolgt von mir und Louis, und steuert zielstrebig den Erwählten an. Sie lehnt sich gegen die Theke und platzt mit dem unsterblichen Satz heraus: »Entschuldige, aber meine Freundin steht auf dich.« Sie bewerkstelligt das in einer so offensichtlich gekünstelten Weise, dass der Typ in schallendes Gelächter ausbricht, statt uns zu sagen, wir sollen abzischen.

»Ach, wirklich?« Er grinst Tanya an und runzelt amüsiert und ungläubig die Stirn.

»Wirklich«, versichert ihm Tanya und deutet auf Grace, die gerade von der Toilette zurückkommt.

Ein günstiger Moment. Ihr Haar ist ein bisschen verwuschelt, weil sie es kurz unter den Händetrockner gehalten hat, und sie trägt einen Tick zu viel Lippenstift, den sie hastig vor dem rauchgeschwärzten Toilettenspiegel nachgezogen hat. Sie wirkt etwas betrunken, etwas liederlich und einfach hinreißend.

»Wow«, entfährt es ihm anerkennend. »In diesem Fall kann ich mich wirklich glücklich schätzen.« Er spricht mit dezentem irischem Akzent – ein zusätzliches Aphrodisiakum, wobei seine Stimme ohnehin schon unglaublich sexy ist. Aus der Nähe betrachtet sieht er Greg Wise noch viel ähnlicher als zuvor. Er hat wilde, schwarze Locken, kantige Wangen und rauchgraue Augen.

Es stellt sich heraus, dass er Declan heißt und bei einem Junggesellenabschied mitmischt. Als Trauzeuge hat Declan die Aufgabe zu verhindern, dass der Bräutigam nackt an die London Bridge gebunden oder in den Zug nach Aberdeen gesetzt wird, und deshalb ist er relativ nüchtern. Der Rest der Bande dagegen trampelt gerade sturzbetrunken durch den Club und wechselt sich damit ab, bewusstlos zu werden. Declan ist darum recht dankbar für ein bisschen Gesellschaft.

Während Tanya zurückbleibt, um Declan in Grace' Interesse anzubaggern, nehmen Louis und ich uns Gray vor.

»Ich hatte fast vergessen, was für ein Spaß es ist, mit euch auszugehen«, verkündet sie, als wir uns wieder zu ihr setzen und den letzten Champagner in ihr Glas leeren – allerdings kommt nicht mehr als ein Rinnsal heraus. »Oh schade, alles alle!«, schmollt sie.

Wie aufs Stichwort kehrt Tanya mit dem deliziösen Declan im Schlepptau an den Tisch zurück. Er hat eine neue Flasche in der Hand. »Grace, dieser fantastische Mann hier ist Declan«, erklärt Tanya ihr. »Declan, das ist Grace.«

Lächelnd beugt Declan sich vor und füllt ihr Glas.

»Cheers, Declan.« Grace prostet ihm zu. »Auf dich.«

»Er gefällt ihr«, flüstert Louis mir zu.

»Wem auch nicht?«, entgegne ich. »Aber woher weißt du das?«

»Sie hat nicht gesagt, er soll Leine ziehen«, erwidert Louis geradeheraus. »Eine Premiere heute Abend.«

Ich glaube, Louis hat Recht. Ich beobachte, wie Grace auf ihrer schmalen Sitzbank zur Seite rutscht, um Declan Platz zu machen. Sie lächelt ihm zu, als er sich neben sie setzt und sich viel näher an sie drängt, als er eigentlich müsste. Sie plaudern über eine Stunde miteinander und arbeiten sich bis zum Boden von Declans Champagnerflasche vor. Ich kann nicht verstehen, was sie reden, aber sie scheinen sich bestens zu amüsieren.

Tanya hält begeistert ihre Daumen hoch, als sie viel später zusammen aufstehen. Wir verfolgen, wie Declan Gray auf die Tanzfläche führt und sie zu einem zärtlichen Kuss an seine männlich breite Brust zieht. Dummerweise verlieren wir sie in der Menge tanzender Pärchen, die eine schnelle Fummelei zu einem langsamen Fox hinlegen, nur zu bald aus den Augen. So kommt es, dass wir uns selber mehr oder weniger aufs Rumschmusen verlegen, damit wir näher herankommen und die Fortschritte verfolgen können. Da zwei verschlungene Mädchen viel zu viel männliche Aufmerksamkeit auf sich ziehen, schnappen wir uns Louis und tanzen beide mehr oder weniger mit ihm und mit uns. Schwerfällig manövrieren wir in seltsamer schmusender Dreieinigkeit über die Tanzfläche, bis sie wieder in Sicht sind.

»Küssen sie sich?«, fragt Louis, der ihnen den Rücken zudreht.

Tanya verrenkt sich den Hals, um über die Schulter zu schauen. »Nein, ich glaube, ihr Kopf ist nur im Vollrausch an seine Brust gesunken.«

Eine Herde besoffener Kerle stürmt über die Tanzfläche, die Arme um die Schultern gelegt wie ein Rugby-Team beim Schlachtruf. Als die Sicht wieder frei ist, sind Grace und Declan verschwunden.

Wir teilen uns schnell auf und schwärmen in verschiedene Richtungen aus, um zu sehen, ob wir sie irgendwo entdecken können. Tanya und ich treffen uns zehn Minuten später an unserem Tisch wieder. Keiner von uns ist es gelungen, sie zu finden. Louis aber, der wenige Minuten nach uns außer Atem zurückkommt, hatte mehr Glück.

»Hast du sie gefunden?«, erkundigt sich Tanya.

Louis, der immer noch nach Luft ringt, nickt aufgeregt. »Sie ist mit dem deliziösen Declan nach draußen gegangen«, keucht er und grinst glücklich.

»Ja!« Tanya und ich ballen triumphierend die Faust. »Wir haben's geschafft, endlich!« Sie schnappt mich und wir hoppeln über die Tanzfläche wie zwei grinsende Deppen, dann schnappen wir uns Louis und gehen zum Tisch zurück, um zur Feier noch ein Gläschen zu trinken.

Zwanzig Minuten später, als wir gerade eine weitere Flasche Moët in Angriff genommen haben, torkelt Grace wieder herein, allein, aber mit Declans Jackett über den Schultern.

»Was für ein netter Mann«, nuschelt sie glücklich, lässt sich auf den Stuhl neben mir plumpsen und stibitzt mein Glas.

»Wirklich?«, fragen wir wie aus einem Mund.

»Ja, sooo liebenswürdig.« Sie unterbricht sich, weil sie Schluckauf hat. »Er hat mir seine Jacke geliehen, weil es draußen kalt ist.«

»Und was genau habt ihr draußen gemacht ...«, hakt Tanya nach.

»Na ja, er war so nett ...«

»Ja«, helfen wir ihr weiter.

»Mir sein Handy zu leihen, damit ich Stuart anrufen kann. Es war ein wuuunderschöner Abend, wirklich, aber ich vermisse ihn ja SOOO.«

»Aaaah!« Tanya kreischt laut, ihr Kopf fällt nach vorn, und sie stößt die Stirn verzweifelt gegen die Tischplatte.

»Alles in Ordnung?«, lallt Grace, beugt sich vor und tätschelt wirkungslos Tans Schulter.

»Ja, ihr geht's gut.« Ich seufze tief. »Sie hatte nur einen etwas stressigen Abend.«

»Was für eine Verschwendung…«, murmelt Tanya vor sich hin. »Was für eine elende Verschwendung.« Langsam hebt sie den Kopf und sieht zu mir hoch. Aus den funkelnden grünen Augen spricht plötzlich Entschlossenheit. Sie greift nach ihrem Glas, kippt den Rest Champagner hinunter, steht dann auf und schnappt sich das Jackett, das Gray abgelegt hat.

»Wo willst du hin?«

Tanya hält die Jacke vors Gesicht und atmet den Duft nach Mann und CK One ein. Dann lächelt sie mir lüstern zu. »Der Besitzer dieser Jacke ist zum Anbeißen, und wenn Gray ihn nicht will…«

Ich bin fix und fertig. Nach dem reichlich weinseligen Freitagabend haben Louis und ich gestern noch eine Privatparty drangehängt, bis zwei Uhr früh durchgemacht und die nächsten anderthalb Stunden mit Aufräumen zugebracht. Dann musste ich bereits um sieben Uhr morgens wieder aufstehen, um die ausgebuchte Mittagsschicht des Sonntags vorzubereiten. Louis hat seinen freien Tag; so viel Glück habe ich nicht. Wenn ich nicht aufpasse, schlafe ich mit dem Kopf in der Bratpfanne ein. Ich habe mir bereits zweimal die Augenbrauen angesengt, weil ich zwar die Soße vom Herd genommen, meinen Kopf aber vergessen habe.

Ich bringe den größten Teil des Mittagsansturms hinter mich und überlasse es dann Melanie, Claude und einer meiner studentischen Aushilfen, mit den letzten Zuckungen der sonntäglichen Esser zurechtzukommen. Ich gehe nach oben und lasse mich rückwärts aufs Bett fallen, zu müde, um auch nur die Schürze abzunehmen oder mich ins Bad zu schleppen, wo ich das Übermaß an Frittierfett abwaschen könnte. Doch ich habe die Augen noch keine dreißig Sekunden geschlossen, als es klopft. Stöhnend schleppe ich mich zur Tür.

»Könnt ihr nicht mal zwei Minuten ohne mich zurechtkommen? Es ist mir egal, ob gerade die gesamte Mannschaft von Arsenal London im Bus angekarrt wurde und nach einem Vier-Gänge-Menü verlangt. Ich komme nicht wieder runter«, verkünde ich und reiße die Tür auf.

Ich brauche einen Moment, um das Gesicht des Mannes wiederzuerkennen, der da auf meiner Türschwelle steht. Es ist ein sehr attraktives Gesicht mit lebhaften grünen Augen und einem Mund, dessen Winkel bei meinem Anblick zucken. Und wenn ich von Anblick rede, dann meine ich einen echten »Anblick«. *Er* ist tadellos, aber lässig angezogen, in schwarzer Hose und einem beigen Pullover von Nicole Fahri. Sein von der Sonne gebleichtes goldbraunes Haar ist gepflegt und nachlässig-sorgfältig verwuschelt.

Ich habe Butter im Haar, dunkelrote Kohlflecken überall auf der Hose, angesengte Augenbrauen, die wahrscheinlich immer noch kokeln, und eine Spur angetrockneter Soße auf der Stirn.

Das perfekte Timing.

»Hallo, Finn«, murmle ich und erhöhe mein attraktives Aussehen noch, indem ich mir den Schlaf aus den Augen reibe, der prompt an meiner Wange kleben bleibt.

Vielleicht habe ich ja Glück und er steht auf den Look der katastrophalen Köchin – SCHÖN WÄR'S.

Doch Finn gibt keinen Kommentar ab. Stattdessen beugt er sich vor und küsst mich auf die Wange, die nicht mit Augenschmiere bedeckt ist. Er grinst breit. »Du riechst wundervoll!«, eröffnet er.

»Ach ja?« Ich fahre erstaunt zurück, sowohl wegen des Kusses als auch wegen des Kompliments.

»Aber hallo. Roastbeef und Yorkshire Pudding. Lecker. Ich

könnte dich aufessen.« Er schaut genauer hin. »Oder auch von dir essen. Es kleben genug Speisereste an dir, um noch mindestens drei weitere Personen zu verköstigen.«

»Oje.«

»Nein, ist doch toll, du siehst aus wie abstrakte Kunst.«

Es mag zwar blöd klingen, aber es ist das Netteste, was ein Mann in letzter Zeit zu mir gesagt hat. So ein kleines Kompliment tut dem angeknacksten Selbstbewusstsein einer Frau echt gut. Er grinst mich an. Ebenmäßige weiße Zähne. Ich würde das Lächeln ja erwidern, aber wahrscheinlich sitzt ein Stück Kruste vom Schweinebraten zwischen meinen Vorderzähnen.

»Tut mir Leid, dass ich nicht vorher angerufen habe. Aber neben einem Großteil meiner kleinen grauen Zellen ist mir bei Grace' Party auch deine Telefonnummer abhanden gekommen. Das heißt, falls du sie mir überhaupt gegeben hast. Ich fürchte, ich kann mich nicht mehr daran erinnern. Ich weiß, dass ich sie auch von Grace hätte bekommen können«, fügt er hinzu und spricht damit den Gedanken aus, der mir gerade durch den Kopf fuhr, »aber ich mag es, die Leute zu überraschen. Das ist wohl der Journalist in mir. Hättest du gern einen Journalisten in dir?«

»Wie bitte?«

Er bricht in schallendes Gelächter aus. »Du hast richtig verstanden. Einen Versuch ist es wert. Aber wenn dir nicht nach hemmungslosem Sex am Nachmittag ist, wie wäre es dann mit einem Drink?«

»Ich hatte vor, diesen Nachmittag im Bett zu verbringen ... allein und im Tiefschlaf!«, betone ich, als das durchtriebene Grinsen auf Finns Gesicht zurückkehrt.

»Der erste Teil hörte sich viel versprechend an ... Komm schon, Ollie, ich brauche ein bisschen Gesellschaft. Mir fällt niemand sonst ein, mit dem ich den Rest des Tages verbringen möchte.«

Noch ein Kompliment. Es gefällt mir. Außerdem war ich in letzter Zeit so viel hier, dass es mir wohl einmal ganz gut täte rauszukommen. Einige Stunden alles hinter mir zu lassen und mal für wenigstens zehn Minuten an etwas anderes als Essen zu denken.

»Ich dachte, wir könnten ein bisschen raus aufs Land fahren und zu Abend essen«, fährt Finn fort, der meint, er müsse mir die Sache schmackhaft machen, da ich noch nicht geantwortet habe.

Na ja, es ist zwar immer noch Essen, aber wenn jemand anders es kocht, wer wird da Nein sagen? »Hört sich klasse an. Aber …«, ich deute auf mein Outfit. »Ich glaube, ich sollte mich vorher noch umziehen.«

»Musst du nicht. Ich mag diesen raubeinigen Charme.«

»Ich sehe raubeinig aus! In diesem Fall ziehe ich mich ganz sicher um!«

Für diese besondere, gutmütige Beleidigung lasse ich Finn warten, während ich nicht nur dusche und mich umziehe, sondern auch noch mein Haar style, Make-up auflege und drei verschiedene Outfits ausprobiere.

»Wow, du hast ja ordentlich geschrubbt, was?«, schwärmt er, als ich endlich aus dem Schlafzimmer auftauche.

Ich weiß nicht, warum ich mir so viel Mühe mit meiner Frisur gegeben habe: Finn fährt einen alten MG Roadster. Ausnahmsweise scheint die Sonne, also ist das Verdeck heruntergeklappt. Als wir den Pub in Warwick erreichen, den er für das Abendessen ausgesucht hat, sehe ich aus, als hätte ich einen großen, verfilzten Bienenstock auf dem Kopf.

Während ich auf der Damentoilette versuche, mit einem Kamm durch mein Haar zu fahren, bestellt Finn schon mal die Getränke und belegt einen Tisch auf der Terrasse, die auf den Fluss hinausgeht.

»Hat Grace uns schon vergeben?«, fragt Finn und reicht

mir einen großen Gin Tonic, als ich ihm gegenüber Platz nehme.

»Was, dass wir uns haben voll laufen lassen oder dass wir ihre Kupplerei durchkreuzt haben?«, frage ich und greife dankbar zu.

»Sowohl als auch.«

»Ja, in beiderlei Hinsicht, Gott sei Dank. Hast du schon von Leo und Cornelia gehört?«

»Nein, aber ich kann mir schon denken, was du erzählen willst. Ich sagte ja, dass sie gut zusammenpassen. Für so was habe ich einen Riecher.« Er tippt sich mit einem Finger an die Nase, während er das sagt. »Wenn wir schon beim Thema sind: Willst du mir nicht erzählen, warum du Dan Slater so verabscheust?«

Oje. Musste er diesen Namen erwähnen? Seit jenem Abend habe ich diesen Mann in die dunkelsten Ecken meines Bewusstseins verdrängt und vergeblich gehofft, ich könne es vergessen... Sie wissen schon, was genau ich vergessen will.

»Nun?«, hakt er nach.

»War das so offensichtlich?«

»Yep«, erwidert Finn unumwunden. »Selbst wenn man die Körpersprache außer Acht lässt, war die Aufforderung, ihn aus dem Fenster zu stoßen, doch ein dezenter Hinweis.«

Eine Pause entsteht, als eine Bedienung uns die Karten reicht, die ich mit Kennermiene studiere, wie ich hoffe. Ich schwanke zwischen dem hausgemachten Fischgratin und dem spanischen Hühnchen.

»Es ist ganz einfach«, setze ich an, als ich mich endlich für den Fisch entschieden habe und Finn ein Medium-Steak bestellt hat. »Seine Firma hat im Grunde meine ganze Straße aufgekauft.«

»Ah, verstehe«, sagt er langsam.

»Und was macht so ein Immobilienhai normalerweise?«

»Äh … luxussanieren und weiter verscherbeln«, seufzt er wissend.

»Genau. Ich habe mir zwei Jahre lang den Arsch aufgerissen, um mein Restaurant aufzubauen, und dann kommt Slater Enterprises.«

»Vielleicht will er gar nicht sanieren?«, wendet Finn ein.

»Was sonst sollten sie mit den ganzen Gebäuden vorhaben?«

»Da wären zum Beispiel die Mieteinnahmen …«

»Wem sagst du das. Das Erste, was ich von ihnen bekam, war eine Mieterhöhung. Kurz danach kam ein Angebot für eine Übernahme. Ich hoffe nur, wir können die Erhöhung wieder reinholen und uns irgendwie durchwursteln. Dabei bin ich es leid, mich immer durchzuwursteln. Es fing allmählich an, gut zu laufen, und das habe ich genossen!«

Ich erzähle Finn, dass ich Dan mit zwei anderen Anzugträgern aus dem Antiquitätengeschäft habe kommen sehen, und auch, dass ich ihr anschließendes Gespräch im Tate's belauschen konnte. Den Teil, wie ich Dan Slater anschließend verbal attackiert habe, lasse ich allerdings weg.

Finn lehnt sich zurück und hört zu. Er tut nicht nur so, nein, er ist wirklich ganz Ohr. Es tut gut, mit jemandem reden zu können, der nicht irgendwie in die ganze Sache verwickelt ist. Mit jemandem, der objektiv ist, unvoreingenommen. Ich schimpfe mich durch das ganze Essen, ohne dass er mich unterbricht. Balsam für meine Seele, aber wohl kaum ein spannender Abend für ihn.

Ich breche verwirrt ab und entschuldige mich. Er überhört meine Entschuldigung einfach, verschränkt stattdessen die Hände und stützt das Kinn darauf. Dann sieht er mir unumwunden in die Augen. »Warum setzt du nicht einfach die Vorteile ein, die du nun einmal hast?«, fragt er.

»Als da wären?«

»Na ja, mal abgesehen von zwei unglaublichen ... Augen ...« Sein charmant durchtriebenes Grinsen hält mich davon ab, Finn bei diesen Worten einen Tritt vors Schienbein zu verpassen. »Wie steht's mit dem Restaurant?«

»Das liegt ja nahe. Glaubst du etwa, ich hätte nicht nach Möglichkeiten gesucht, das Geschäft anzukurbeln? Wir können es nicht vergrößern. Wir schließen sowieso nur, wenn es sich nicht rechnet zu öffnen. Ich habe meine Lieferanten bereits bis an die Grenzen ihres Profits heruntergehandelt, und ich habe auf so gut wie alles auf der Speisekarte und an der Bar zwei Prozent aufgeschlagen. Ich habe getan, was ich konnte.«

»Bist du sicher? Man isst ja nicht nur mittags und abends, weißt du.«

»Worauf willst du hinaus, Finn?«

»Denk mal drüber nach. Wenn ich über Nacht bliebe, würden wir dann bei dir frühstücken oder woanders hingehen?«

»Was?«

»Denk über die Frage nach, nicht über die Konnotationen.«

»Gut«, entgegne ich gedankenverloren. »Na ja, wohl bei mir, weil in der Nähe nichts Geeignetes ist ... Es gibt da was bei Tan um die Ecke, aber das ist Meilen entfernt.«

Allmählich dämmert es mir. Die Idee ist so simpel wie genial. »O Finn, ich liebe dich!«, kreische ich, springe auf und schlinge die Arme um seinen Hals.

»Es ist ein bisschen früh, um schon von Liebe zu sprechen«, murmelt er lachend in mein Haar, »aber du könntest deine Dankbarkeit auf andere Art zeigen.«

»O ja, natürlich.« Ich lehne mich noch enger an ihn und sehe lächelnd zu ihm auf. Als er gerade annimmt, ich würde gleich einen Kuss auf seine wartend gespitzten Lippen drücken, beuge ich mich zur Seite, ziehe meine Tasche unter dem Stuhl hervor und zücke meine Brieftasche. »Ich lade dich ein ...«

Es ist Montag; das Tate's ist wie üblich an diesem Abend geschlossen. Deshalb haben Tanya und ich das Restaurant für uns allein. Wir genießen einen der seltenen Abende zu zweit, an einem meiner besten Tische, mit einer Flasche meines teuersten Rotweins und einem Festmahl, das aus einem großen Teller Resten und sich verlockend ringelnder, doch widerlich fetter Cumberland-Würstchen besteht.

»Ich glaube, ich habe eine Lösung für meine Finanzkrise gefunden«, verkünde ich und schneide genussvoll eines der knackigen Würstchen an.

Tanya ist noch immer völlig erschüttert von der Tatsache, dass ich anscheinend zum ersten Mal seit Ewigkeiten etwas unternommen habe, was ihrer Meinung nach einem Date gleichkommt. »Wann kriege ich Finn denn endlich zu sehen?«

»Oh … lass mich nachdenken … wahrscheinlich … nie?«

»Das glaube ich weniger, Schätzchen. Du weißt, was sich gehört: Neue Eroberungen müssen vorgestellt werden. So lautet die Regel. Selbst Stuart mit u musste sich dieser Regel unterwerfen. Leider!«

»Er ist keine Eroberung. Wir waren nur mal was trinken, Tan, das ist alles.«

»Kann ja sein, aber bei dir ist das wie bei Elisabeth der Ersten, die ihre Verlobung bekannt gibt! Komm schon, erzähl mal, wie ist er?«

»Nett.«

»Nett!«, kreischt sie entsetzt. »Nett! Bitte nimm dieses Wort nicht mehr in den Mund, Ollie. Sonst denke ich noch, du schlägst denselben traurigen Weg ein wie unsere arme Grace.«

»Nein! Doch nicht diese Art nett!«, beeile ich mich, ihr zu versichern. »Finn würde dir gefallen, er ist witzig.«

»Na ja, wenigstens etwas.«

»Aber egal«, falle ich ihr ins Wort, »ich habe dir etwas viel Wichtigeres zu erzählen …«

»Ja, entschuldige.«

»Also, wie ich schon sagte, ich … also Finn und mir … uns ist eine Möglichkeit eingefallen, genug Geld einzunehmen, um die Mieterhöhung zu kompensieren.«

»Willst du also doch deinen Körper verkaufen?«, stichelt sie.

»Wohl kaum. Ich glaube nicht, dass ich mit zwei Pfund fünfzig weit komme«, scherze ich. »Nein. Mir ist etwas viel Besseres eingefallen. Ich werde einfach die Vorteile einsetzen, die ich bereits habe, und daraus Profit schlagen«, erkläre ich ihr, indem ich Finns weise Worte aufgreife.

»Also *wirst* du deinen Körper verkaufen.«

»Komm aus der Gosse, Tanya, ich spreche vom Restaurant. Ich werde demnächst auch Frühstück anbieten.«

Sie denkt einen Moment nach und kaut schweigend auf einer Gabel Kartoffeln und Kohl. »Bist du sicher, dass das kostendeckend ist?«, fragt sie schließlich vorsichtig.

»Ich habe mir die Mühe gemacht, mal ein paar Zahlen durchzurechnen, und ich bin davon überzeugt, dass es funktioniert. Claude brauche ich nicht kommen zu lassen. Ich kann die Küche übernehmen, was vorteilhaft ist, wenn man bedenkt, dass meine Arbeit so ziemlich das Einzige ist, was hier zur Zeit umsonst ist, und Louis sagte, er könne ein paar Extraschichten brauchen.«

»Und seine Schauspielerei?«

»Na ja, er ist zwar überzeugt, dass sie bei *EastEnders* noch einen schwulen Charakter einbauen könnten, aber bisher ist der Anruf der Casting-Agentur ausgeblieben.«

»Und in der Zwischenzeit mimt er weiterhin den begabtesten Kellners Londons.«

»Ja, und er hat versprochen, nicht jedem Gast etwas vorzusingen, der auch nur entfernt nach einem Talent-Scout von EMI aussieht.«

»Und keinen Hamlet mehr beim Servieren. Es kann einem

ganz schön den Appetit verderben, wenn er, eine halbe Honigmelone in der Hand, in ein ›Ach armer Yorick!‹ ausbricht. Insbesondere, wenn er anschließend wild mit einem Steakmesser drauflos sticht und in die Soße mit den Waldfrüchten haut – lauter kleine rote Spritzer… igitt!« Tanya schaudert.

»Glücklicherweise macht er das nur in der Küche! Aber egal, was hältst du davon?«

»Von was?«

»Von meiner Idee mit dem Frühstück.«

Sie schüttelt den Kopf. »Tut mir Leid, ich habe immer noch Visionen von einem wild gewordenen Louis. Aber hört sich klasse an«, fährt sie wenig überzeugend fort. »Wenn du sicher bist, dass du mit der zusätzlichen Arbeit fertig wirst.«

»Das muss ich wohl, oder? Entweder das oder schließen. Und es kommt überhaupt nicht in die Tüte, dass dieses Schwein Dan Slater mich schlägt.«

»Ich hätte nichts dagegen, wenn er mich etwas schlagen würde…«, sinniert Tanya mit einem abwesenden Ausdruck in den Augen. »Ein nettes Stück glitschiger Sellerie, Handschellen, vielleicht ein bisschen Leder… Ich würde mir ja auch die Augen verbinden lassen, aber dann könnte ich nicht sehen, was er zu bieten hat…«

Leider sind nicht alle so begeistert von meiner Idee wie Finn, Louis und Tanya.

»Was hast du vor?«, ruft Grace entrüstet.

Es ist Dienstagnachmittag, der Mittagstrubel ist gerade vorbei. Grace und ich sitzen in der Restaurantküche und blättern einige Zeitschriften voller Rüschen durch, die sich Brautjungfernmode schimpfen.

»Man könnte meinen, ich hätte dir gerade eröffnet, dass ich im Tate's Table-Dancing veranstalten will«, grolle ich und überblättere hastig ein abstoßendes pastellrosa Gebilde, bei dessen Anblick selbst der eingefleischteste Fan der Siebziger einen Herzanfall bekäme.

»Wenn man bedenkt, was es dir bringen wird, kommt es aufs Gleiche raus, Ollie. Du hast Jahre gebraucht, um dir einen guten Ruf aufzubauen, Jetzt soll das alles den Bach runtergehen, nur weil du das Tate's in eine billige Frühstückskneipe umwandeln willst!«

»Wenn da nicht dein widerlicher Freund Dan-das-Schwein wäre, müsste ich nicht einmal darüber nachdenken«, entgegne ich patzig.

»Dan? Dan würde sich mit so etwas nicht abgeben.«

»Ach, ist sich der werte Herr etwa zu schade für jemanden wie mich? Dann wüsste ich gern, warum er ständig hier isst. Das nenne ich Sich-abgeben-mit. Der bezahlt gar nicht erst jemanden, um mir auf die Pelle zu rücken, das macht er gleich selbst.«

»Dan isst hier?«

»Tu bloß nicht so überrascht, schließlich haben wir einen ziemlich guten Ruf«, spotte ich. »Sogar gut genug für jemanden, der so hoch über mir steht wie Daniel Slater.«

»Du weißt genau, dass ich es nicht so gemeint habe, Kleines.« Gray lässt sich nicht provozieren, sondern schaut nur einen Moment versonnen vor sich hin und lächelt dann rätselhaft.

»Du brauchst gar nicht so zu grinsen«, murre ich verdrießlich.

»Ich hatte gerade einen sehr amüsanten Gedanken.«

»Wie schön, dass wenigstens einer die Situation amüsant findet.«

Sie blickt mich vorwurfsvoll an.

»Schon gut, schon gut, also warum ist Dämon Dan deiner Meinung nach plötzlich dazu übergegangen, sein Gesicht in meinem Restaurant zu zeigen, wenn es nicht Teil seines raffinierten Komplotts ist, um mich hier rauszuekeln?«

Gray behält ihr Mona-Lisa-Lächeln bei.

»Komm schon!«, bettle ich. »Spuck's aus.«

»Also…«, gibt sie schließlich zu, indem sie mich schüchtern ansieht, »vielleicht steht er einfach auf dich.«

»Auf mich stehen!«, stammle ich. »Klar, und ich tanze nackt auf deiner Hochzeit!«, fahre ich sarkastisch fort.

»Das ist gar nicht so unwahrscheinlich«, das Mona-Lisa-Lächeln wird zu einem breiten Grinsen, »kommt ganz darauf an, wie viel Schampus du dir hinter die Binde gießt, wenn ich nicht hinsehe!«

»Fang nicht wieder damit an, Gray. Der Abend neulich hat mir gereicht. Heute gibt es keine Entschuldigung, du bist nüchtern. Dass Daniel Slater auf mich steht, ist in etwa so wahrscheinlich wie die Tatsache, dass ich mein Restaurant kampflos aufgebe«, erkläre ich ihr und bin insgeheim froh, dass ich die Geschichte mit dem »Kuss« nie erwähnt habe.

»Für mich macht das Sinn: Warum sonst sollte er plötzlich hier essen? Und außerdem *hat* er darauf bestanden, dich nach Hause zu fahren…«

»Ich sagte dir doch…«

»Um Himmels willen, Ollie, hör auf mit deiner Verschwörungstheorie, ja?«

»Zumindest ist sie wahrscheinlicher als deine Theorie.«

»Ich sehe nicht, dass es ihm weiterhilft, dir zusätzliche Einnahmen zu verschaffen, wenn sein wahres Ziel angeblich darin besteht, dich hier rauszukriegen. Wir waren ein paar Mal mit Dan aus, und es war wirklich nett.«

»O ja, kann ich mir vorstellen«, entgegne ich trocken.

»Und warum auch nicht«, antwortet Grace geduldig. »Er ist Single, solvent und super-sexy.«

»O Mann, Grace, du bist ja ein One-Woman-Fanclub. Der Himmel weiß, warum du Stuart heiratest…«

»Um eine sehr glückliche Frau zu werden«, erwidert Grace

selbstgefällig. »Vielleicht sollte ich Cupido spielen und meinen Zauberstab auf dich und Dan richten, damit wir eine Doppelhochzeit veranstalten können.«

Grace duckt sich, als ich ein Päckchen Speck nach ihr werfe – hart. »Du willst das Ganze wohl noch schlimmer machen«, murmle ich und klaube die Speckscheiben aus der Kiste mit dem geschnittenen Weißbrot, in die sie gefallen sind. »Außerdem hat Cupido keinen Zauberstab, sondern einen Bogen, und der ist bei weitem tödlicher. Du kannst ruhig einen Pfeil mitten in Schwein Dans Herz abfeuern, wenn du willst, solange es ein *wirklich* scharfer ist.«

»Ich meine es ernst, meine Liebe. Es ist nur plausibel, dass er hier isst, weil er *dich* genauso mag wie das Essen.«

»Na klasse, dann kann er mich ja einfach seiner Liste hinzufügen, was? Eine weitere Nummer in seinem gar nicht so kleinen schwarzen Büchlein. Gleich unter der armen Miranda, dieser pferdegesichtigen, wasserstoffblonden Blondine…«

»Die Liste ist gar nicht so lang«, kontert Grace, die meine Tirade gegen Miranda überhört. »Ich glaube, dass er einfach noch nicht die Richtige gefunden hat.«

»Versuch mal, das Miranda zu erklären.«

»Nur weil *sie* sich für die Richtige hält, heißt das noch lange nicht, dass auch Dan dieser Meinung ist.«

»Ich kann mir vorstellen, dass es ziemlich schwer sein dürfte, die richtige Frau für Dan Slater zu finden.«

»O ja«, sinniert Gray, an der mein Sarkasmus abprallt. »Sie muss jemand ganz Besonderes sein.«

»Sie muss eine Heilige sein.«

»Sie muss sehr attraktiv sein. Du bist sehr attraktiv, weißt du.«

»Ooh, ich weiß«, höhne ich. »Speck wirkt Wunder für Ihre Haut.«

»Sie muss sehr klug sein. Humorvoll. Fesselnd. Unabhängig. Vielleicht ist sie selbständig…«

»Hör mit den Anspielungen auf, Grace, deine Fantasie geht mit dir durch. Im übrigen bin ich nicht mehr lange selbständig, wenn es nach Dan Slater geht.«

»Hör mal, ich bin mir ziemlich sicher, dass Dan damit *persönlich* nichts zu tun hat. Aber wenn du willst, könnte ich Stuart bitten, ein Wort mit …«

»Wage es bloß nicht«, warne ich sie. »Ich schlage meine Schlachten selbst, vielen Dank.«

»Was, etwa mit acht Pfund Speck und zwölf aufgeschnittenen Brotlaiben?«

»Lass die Witze, das ist schließlich der Schlüssel zu meiner finanziellen Absicherung.«

»Es ist dir ernst mit der Frühstückerei, was?«

»Yep«, erwidere ich nachdrücklich.

»Ich muss gestehen, ich bewundere deine Entschlossenheit. Aber mal ehrlich, Öl, Speck und Eier … das ist wohl kaum Haute Cuisine.«

»Dann muss ich es eben zur *neuen* Haute Cuisine machen. Ich werde in ganz London berühmt sein für meine Smileys aus zwei Spiegeleiern und einem knusprigen Streifen Speck. Aber Witz hin, Witz her, es ist mir egal, ob das Junk-Food ist, Grace, solange es mir die Möglichkeit bietet zu überleben.«

»Steht es denn wirklich so schlecht?«

»Das wird es, sobald die Mieterhöhung greift«, gestehe ich. »Ich brauche drastische Maßnahmen, und das ist die Lösung.«

Grace nimmt meine Hand und drückt sie sanft. »Wenn das so ist, hoffe ich, dass es funktioniert.«

»Ich auch, Gray. Ich auch.«

»So!« Sie lässt meine Hand los, grinst breit und greift nach der aufgeschlagenen Zeitschrift für Brautmoden. »Jetzt machen wir besser weiter und suchen Tan und dir ein Kleid aus. Sonst tanzt du wirklich nackt auf meiner Hochzeit!«

Kapitel 6

Die Küchentür geht auf, und Tanyas tadellos frisierter Kopf lugt um die Ecke. »Halloooo.« Sie grinst breit. »Wollte mal sehen, wie es so läuft an deinem ersten Frühstückstag. Ich hätte ja auch eine Schale Müsli bestellt, um meine Solidarität zu beweisen, aber dem Andrang nach zu schließen hast du die gar nicht nötig.«

»Ich bin die Königin des Bratfetts«, antworte ich grinsend und wedle mit einem Pfannenwender. »Und denke bereits über eine Namensänderung nach: Aus dem Tate's wird das Travolta! Statt Olivia Newton John tanzt hier Olivia Bacon Brot.«

Tanya kommt zu mir und drückt mich fest an sich, wobei sie riskiert, ihre schicke Gucci-Jacke von oben bis unten der Heerschar Flecken hinterlassender Substanzen wie Bratfett und Bohnensaft auszusetzen. »Um ehrlich zu sein, ich hätte nicht gedacht, dass hier in der Gegend großer Bedarf an einer billigen Frühstückskneipe besteht.«

»Machst du Witze? Hier sind bereits ganze Tanzklassen aus der Schule um die Ecke angetreten, um ein komplettes englisches Frühstück runterzuschlingen! Ich sollte meine Karte vergessen und nur noch Eier mit Speck anbieten. Gute alte englische Frittierfreuden. Wer hätte je gedacht, dass daraus die neue Haute Cuisine wird«, jauchze ich und denke insgeheim an mein Gespräch mit der alles andere als zuversichtlichen Grace.

»Ich muss gestehen, dass ich Zweifel hatte«, eröffnet Tanya grinsend. »Aber ich freue mich, dass ich mich getäuscht habe.«

»Keine Sorge, Babe, Grace hielt es auch nicht für eine tolle Idee, sie hat ihre Bedenken nur lauter artikuliert!«

»Wo wir gerade von Grace sprechen, obwohl wir das eigentlich gar nicht tun, aber tun sollten... Ich meine, ich weiß ja, dass du in letzter Zeit viel um die Ohren hattest...« Sie bricht ab und sieht zu, wie ich zwei Spiegeleier auf einen Teller gleiten lasse, auf dem bereits Speck und Pilze warten. »Aber diese verdammte Hochzeit rückt näher und näher, und sie scheint immer noch entschlossen, ja zu sagen.«

»Was also schlägst du vor?«

»Wir müssen unsere Kampagne ausweiten. Bisher hat nichts von dem, was wir versucht haben, funktioniert.«

»Vielleicht sollten wir daraus Schlüsse ziehen?«

»Genau, zum Beispiel, dass drastischere Maßnahmen erforderlich sind.«

»Genau, zum Beispiel, sie in Ruhe zu lassen. Ich bin zu der Erkenntnis gelangt, dass wir ihr Leben nicht versauen sollten, wenn Grace glücklich ist.«

»Glaubst du, sie ist glücklich?«

»Sie glaubt es, und darauf kommt es schließlich an, oder?«

»Schon, zumindest bis zwei Wochen nach der Hochzeit, wenn ihr bewusst wird, dass sie gelobt hat, den Rest ihres Lebens mit einem langweiligen Trottel zu verbringen.«

»Na ja, jetzt, wo du es sagst... Irgendwelche Vorschläge?«

»Als ihre Brautjungfern sind wir geradezu verpflichtet, etwas für ihren Abschied vom Singledasein zu planen.«

»Tanya! Wenn wir nicht wollen, dass sie diese Hochzeit durchzieht, dann wäre es das Allerletzte, einen Junggesellinnenabschied für sie zu organisieren!«

»Ich weiß, aber ich finde, es ist ein wirklich guter Vorwand, um sie auf eine Männerjagd erster Güte mitzunehmen. Natürlich ohne dass sie weiß, dass es sich um eine Männerjagd handelt.«

»Vermutlich hast du Recht«, sage ich achselzuckend. »Was hast du im Sinn?«

»Ich hatte gehofft, du hättest eine Idee.«

»Eigentlich bist du die Frau mit den Ideen.«

Tanya kaut auf der Unterlippe. Ich kann beinahe hören, wie ihr Gehirn arbeitet. »Wie wäre es mit einer Wochenendreise?«, äußert sie schließlich. »Ein Weiberausflug mit dem Ziel, bis zum Umfallen zu trinken, zu tanzen und Männer aufzureißen?«

»Gute Idee. Und wohin?«

»Keine Ahnung … Wie wär's mit Blackpool? Eines der Mädels von der Arbeit war dort, und sie sagte, dass auf eine Frau fünf Kerle kämen.«

»Klar, eine Bande besoffener Idioten, die auf eine schnelle Nummer aus sind … wirklich verlockend.«

»Was schwebt dir denn so vor?«

»Vielleicht etwas, was ein klein wenig romantischer ist?«

»Bognor?«, fragt Tanya spöttisch.

»Rom«, antworte ich.

»Italien?«

»Zumindest lag es dort, als ich das letzte Mal nachgesehen habe, ja.«

Plötzlich fängt Tanya an zu strahlen. »Ooh, italienische Männer. Italienische Schuhe. Italienische Handtaschen. Italienische Klamotten«, haucht sie, und mit jedem Ausruf steigert sich ihre Begeisterung.

»Verstehe ich richtig, dass du einverstanden bist?«

»Einverstanden? Ich gehe sofort packen!«

Eine halbe Stunde später lugt ein weiterer Kopf zur Küchentür herein.

»Wie läuft's?« Finns freundliches, hübsches Gesicht strahlt mich an. Er scheint nicht zu merken, dass sein sonst so tadellos sitzendes Haar ihm über die Stirn fällt und sein linkes Auge verdeckt.

»Einfach bestens.« Ich höre auf, Pilze zu waschen, um ihn in meine leicht feuchten Arme zu schließen. »Du bist wunderbar. Und du kommst gerade richtig zu einem echt englischen Frühstück. Geht natürlich aufs Haus.«

»Ich würde ja gern«, erklärt Finn grinsend und pellt ein Stück Pilzhaut von der Schulter seines blassblauen Ben-Sherman-Hemdes. »Doch es freut dich sicher zu hören, dass du gar keine freien Tische mehr hast. Selbst die vor dem Restaurant sind besetzt, und es ist nicht gerade warm heute. Ich hab's: Wie wäre es, wenn ich dich an einem der nächsten Abende auf etwas zu trinken einlade, um zu feiern, da du ja im Moment so traumhaft viel zu tun hast?«

»Ich habe eine bessere Idee. Wie wäre es, wenn ich *dich* auf etwas zu trinken einlade, um mich zu bedanken? Schließlich war das hier deine Idee.«

»Nicht so sehr meine Idee … von mir war nur der Auslöser. Die Arbeit machst schließlich du.«

»Warum packen wir es nicht gleich richtig an und essen zusammen, dann können wir uns gegenseitig gratulieren.«

Mel verdreht die Augen. »Finns und Ollies Eigenlobclub. Na klasse.«

»Hört sich zumindest klasse an«, entgegnet er und zeigt Mel die Zunge. »Wie wär's mit heute Abend?«

»Geht nicht, ich arbeite.«

»Und morgen?«

»Das Gleiche.«

»Donnerstag?«

»Dreimal darfst du raten.«

»Freitag?«

Mein entschuldigendes Lächeln spricht Bände.

»Gibt es irgendwelche Abende, an denen du nicht arbeitest?«

»Ja, klar… etwa zwei pro Monat, und Tanya hat alle in den nächsten vier Monaten gebucht. Ich hab's: Warum kommst du nicht hierher? Ich glaube, ich kann mir einen freien Abend gönnen, wenn ich in der Nähe bleibe, falls du verstehst, was ich meine. Dann bin ich quasi zur Stelle, falls es Probleme gibt.«

»Das kann man aber kaum Ausgehen nennen…«

»Das Essen ist wirklich gut hier…«, versuche ich, ihn zu überreden. »Und ich garantiere dir, dass du den besten Tisch bekommst. Vielleicht gibt es sogar eine After-Work-Party, wenn die Inhaberin guter Dinge ist…«

Er denkt einen Moment nach und grinst dann breit. »Überzeugt. Solange du versprichst, nicht den ganzen Abend in der Küche zuzubringen, während ich mutterseelenallein im Restaurant hocke.«

»Falls das passiert, verspreche ich, dir Mel und eine große Flasche Schampus zu schicken, um dir Gesellschaft zu leisten«, biete ich an.

»Einverstanden!«

Mel wird knallrot, als Finn ihr grinsend zuzwinkert. »Und wann?«

»Wäre Donnerstag okay für dich? Ich glaube, da haben wir noch nicht viele Reservierungen.«

»Die Verabredung steht.«

»Ooh, die *Verabredung* steht«, spottet Mel, kaum ist Finn aus der Tür. »Weißt du überhaupt noch, was das ist, Ollie? Nein, Moment mal, du hattest letzte Woche schon eine mit ihm, nicht wahr? Also ist das offiziell eure *zweite*. Meine Güte, unsere Ollie hat ihre zweite Verabredung, bedeutet das etwa… nein, das kann doch nicht sein… du willst doch nicht etwa eine *Beziehung* anfangen…« Sie tut so, als sänke sie ohnmächtig auf einen der Küchenstühle.

»Hör schon auf«, befehle ich ihr gutmütig. »Wir sind bloß Freunde.«

»Das ist das älteste Klischee der Welt. ›Wir sind bloß gute Freunde‹… von wegen!«

»Es mag ein Klischee sein, aber in diesem Fall stimmt es«, beharre ich.

Trotz Mels Zweifeln stimmt es. Finn ist großartig. Vielleicht ein bisschen zu perfekt für mich. Jeder Mann, der mehr Zeit im Badezimmer verbringt als ich, verwirrt mich. Doch er ist einfach fantastisch anzusehen, unterhaltsam und lustig, freundlich, aufmerksam, intelligent, aber sexy … doch, das ist er. Unbestreitbar. Aber ist es die Art sexy, die *ich* mag? Ich weiß nicht. Wir kommen wirklich gut miteinander aus, aber hat er auch das gewisse »Etwas«, nach dem ich suche? Leider handelt es sich um ein »Etwas«, von dem ich auch nicht weiß, was es ist, bis ich es gefunden habe. Wie also soll ich wissen, ob er das gewisse »Etwas« hat oder nicht, wenn ich nicht einmal weiß, wonach ich suche? Ich befürchte allerdings, dass er es nicht hat, denn wenn er es hätte, würde ich mich nicht fragen, ob er es hat oder nicht, ich weiß. Verwirrt? Keine Sorge. Das bin ich auch, aber dahinter steckt irgendwo eine seltsame weibliche Logik.

Es ist schon erschreckend, dass die Gefühle, die am ehesten echtem Verlangen gleichen und die in letzter Zeit in mir geweckt wurden, durch etwas ausgelöst wurden, von dem ich vorgebe, es habe nie stattgefunden.

Dieser Kuss.

Sie erinnern sich vielleicht an den fraglichen Moment. O ja, ich war vielleicht blau und kurz davor, das Bewusstsein zu verlieren, doch nicht, bevor mich eine Welle heißer Lust durchfahren hatte. Nein, ich würde es Tanya gegenüber NIE zugeben, selbst wenn mein Leben davon abhinge. Dieser Kuss hat tumultartige Gefühle in mir ausgelöst, doch unter dem

Entsetzen, der Verwirrung sogar dem Widerwillen war unbestreitbar auch ein großer Funke Anziehung. In der Tat war es weit mehr als nur ein Funke, es war ein großes, sich drehendes Feuerrad, das sich jedes Mal erneut in meinem Magen überschlägt, wenn ich nur daran zurückdenke.

Dan Slater ist arrogant, unverschämt, unerträglich, unhöflich, ein totaler und kompletter Arsch mit einem großen A, aber so sexy… Jemand soll mir ein Tuch reichen, ich fange an zu geifern. Leider fühle ich mich ihm gegenüber unsicher. Das verheißt nichts Gutes. Wenn ich eine Beziehung mit jemandem wie Dan hätte, würde ich den Rest meines Lebens damit zubringen, die Scharen von Frauen abzuwehren, die sich ihm zu Füßen werfen. Aber wovon rede ich da? Eine Beziehung mit Dan Slater? Die einzige Beziehung, die ich zu Dan Slater habe, ist unser gegenseitiger Hass. Mein Leben wäre um vieles einfacher, wenn ich nicht so auf diesen Kerl stehen würde.

Ach du meine Güte, ich habe zugegeben, dass ich auf ihn stehe. Auf Dan Slater. Schlecht.

Ollie Tate, der Drama-Junkie: Warum einfach, wenn es auch kompliziert geht?

Der Donnerstagabend kommt schneller als die Achterbahn in Disneyworld. Louis und Mel haben darauf bestanden, dass Finn und ich den Alkoven neben Cupido bekommen. Als ich protestiere, lügen sie das Blaue vom Himmel herunter und behaupten, es sei der einzig freie Tisch für diesen Abend. Ich gehe unter großem Tamtam das Buch mit den Reservierungen durch und entdecke, dass es eine auffällige Menge Smiths gibt, die für verschiedene, »speziell ausgewählte« Tische eingetragen sind. Ich weiß mit an Sicherheit grenzender Wahrscheinlichkeit, dass keiner von ihnen auftauchen wird.

Finn verspätet sich etwas. Ich nutze die Gelegenheit, in der

Küche nach dem Rechten zu sehen, damit der Abend hoffentlich problemlos verläuft.

Ich kann Claude und Louis wie üblich streiten hören, als ich mich der Küche nähere. Claudes breiter schottischer Akzent ist laut genug, um auch über der leisen Musik im Restaurant gehört zu werden.

»Schieb deinen fetten Arsch zur Seite, du alte Tunte. Ich versuch gerade, meinen Coque in den Vin zu stecken!«

»Wir wussten schon immer, dass du dein Ding so ziemlich überall reinsteckst, du schottische Schlampe. Aber das geht wirklich zu weit, selbst für einen Perversen«, kontert Louis.

Als ich die Küche erreiche, um dazwischenzugehen, spielen sie einmal mehr Star Wars. Wie üblich mimt Louis, ein Baguette als Lichtschwert in der Hand, Luke »Lauwarm« Skywalker, während Claude, dessen feiste rote Wangen wabbeln, als er den Schlag pariert, einen bizarren Darth »Depp« Vader abgibt – in seiner blau karierten Kochhose und dem weißen Kittel. Fünfzig Benson-and-Hedges pro Tag lassen ihn mächtig schnaufen, als er eine riesige Salami schwingt. Noch ein Salamischwerthieb, und Louis Baguette war einmal.

»Meine Rede: Ein Mann mit einem großen Schweineschwert gewinnt locker gegen einen Mann mit einem Brocken Brot«, stichelt Claude.

Louis blickt verwirrt auf das kleine Stück Baguette, das ihm geblieben ist.

»Nutze die Macht des Fleisches, Lauwarm«, schnarrt Claude in bester Alec-Guinness-Manier und fuchtelt provozierend mit der Salami vor Louis herum.

Mit einem breiten, dämonischen Grinsen schnappt Louis sich eine Schüssel voller Hackfleisch und Farce und schleudert den Inhalt in Claudes Richtung. Claude fuchtelt wie wild mit seiner Salami.

»Duck dich, schnell!«, brüllt Louis, als er mich in der Tür entdeckt. »Ungekochte Fliegende Organe im Anflug.«

Claudes Salami trifft auf den Fleischklops, und das Ganze explodiert wie der Todesstern am Ende von *Star Wars*.

»Kindsköpfe!«, seufzt Mel, die gerade zur Tür hereinkommt, über meine Schulter lugt und das Ergebnis betrachtet. »Keine Sorge, Ollie, ich spiele das Kindermädchen, während du dich entspannst und mit einem gut aussehenden Mann isst…« Sie schiebt sich an mir vorbei und tadelt Claude mit einem lauten »Tztz«, als sie niederkniet, um das Hackfleisch vom Fußboden zu kratzen. »Kannst du dich nicht wenigstens einmal wie ein Erwachsener benehmen?«, seufzt sie.

»Ach, jetzt war ich wieder der böse Bube, was, meine kleine Glucke. Hier, nimm das…« Er drückt ihr einen Pfannenwender riesigen Ausmaßes in die Hand, dreht sich um und beugt sich über den Küchentisch. »Ich bin bereit, meine Strafe entgegenzunehmen…«

Finn trifft um Viertel nach acht ein, eine hinreißend aussehende und duftende Erscheinung. Die Haare sind wie üblich sorgfältig verwuschelt, und die grünen Augen blitzen vor Vergnügen, als er mir einen Kuss auf beide Wangen drückt. Das amüsiert die beiden anderen königlich, die im Hintergrund herumlungern – so nah wie möglich, ohne zu aufdringlich zu wirken.

Als ich ihn zu unserem Tisch bringe, muss ich leider feststellen, dass Mel und Louis von meinem Aufenthalt in der Küche profitiert und sich wirklich etwas haben einfallen lassen, um sicherzustellen, dass die Schmuseecke der Liebe noch förderlicher ist als sonst; genau genommen haben sie es derart übertrieben, dass man sie jetzt leicht in Bumsecke umtaufen könnte.

Ich sterbe fast vor Scham, als ich die zusätzlichen Kerzen auf Tisch und Fensterbank erblicke sowie die kleine Glasvase mit roten Rosen, die Louis und Mel aufgestellt haben. Sogar rosa Rosenblätter haben sie wie Konfetti über den Holztisch gestreut, und die üblichen Tate's-Streichhölzer haben sie gegen einen Dreierpack Kondome ausgetauscht.

Ich bedeute Finn, Platz zu nehmen und entferne hastig die kitschigen herzförmigen Serviettenringe aus rotem Plastik, die Louis ebenfalls hinzugefügt hat. Dann fege ich einen Großteil des Konfetti auf den Boden, während Finn mir amüsiert zusieht.

»Wirklich, heutzutage kriegt man kein gescheites Personal mehr«, erkläre ich trocken und ziemlich laut, fest davon überzeugt, dass das fragliche »Personal« lauscht. Vorhin haben sie sich beinahe darum gebalgt, wer uns heute Abend bedienen darf, bis sie sich darauf geeinigt haben, uns abwechselnd zu bespitzeln und sich gegenseitig den neuesten Stand der Dinge zu berichten.

Um ihnen so wenig Gelegenheit wie möglich zu geben, an den Tisch zu kommen, habe ich bereits die Speisekarten und eine offene Flasche Rotwein zum Tisch gebracht. Außerdem wartet in einem Eiskübel eine gute Flasche Weißwein. Zusammen mit dem Korkenzieher, frischem Brot und Butter macht das vier Gelegenheiten weniger für die beiden, hier aufzutauchen.

»Du musst es mir nachsehen, wenn ich einschlafe«, erkläre ich Finn entschuldigend, während ich ihm ein Glas Rotwein eingieße. »Diese Morgenschichten machen mich total fertig!«

»Ich werde dir gar nichts nachsehen«, entgegnet Finn lachend. »Das wäre eine üble Beleidigung und ich müsste daraus schließen, dass du mich total langweilig findest.«

»Wenn man bedenkt, dass du bei Grace' Abendessen auf mir eingepennt bist, ist es nur gerecht, würde ich sagen.«

»Ich habe immerhin gewartet, bis du aus dem Zimmer warst«, kontert Finn.

Mel, die anscheinend bei der Auslosung, wer zuerst bedienen darf, gewonnen hat, taucht reichlich verfrüht auf, um unsere Bestellung entgegenzunehmen. Wir haben uns vor höchstens zwei Minuten hingesetzt, doch sie kann ihre Neugier nicht länger bezähmen. »Was darf ich euch bringen?«, zwitschert sie fröhlich und zwinkert mir nachhaltig und viel zu auffällig zu.

Finn, der trotz meines hastigen Versuchs, den Tisch zu säubern, jedes einzelne Extra bemerkt hat, genau wie das übereifrige, wartende Personal, zwinkert mir ebenfalls zu, doch Mel sieht es nicht. »Tja«, sagt er gedehnt, lehnt sich zurück und greift nach der Karte. Ich habe diesen Ausdruck schon einmal auf seinem Gesicht gesehen, als er sich von Grace' Sofa gleiten ließ, um den Ausfall gegen die Stereoanlage zu starten. »Ich glaube, ich hätte gern die *Austern*, dann ein Steak, schön *zart*.« Er schnurrt das letzte Wort mehr oder weniger. »Keine Kartoffeln, bitte, das wäre vergebliche *Liebes*müh. Salat, aber bloß *keine Zwiebeln*. Und als Nachtisch, denke ich, bietet sich die Torte mit *Passions*früchten an, einer Frucht der *Liebe*.«

Mels Gesichtsausdruck ist sehenswert.

»Glaubst du, es hat funktioniert?«, fragt er lachend, sobald auch ich gewählt habe und Mel eilig in Richtung Küche verschwunden ist, um dem wartenden Louis Bericht zu erstatten.

»Ganz sicher. Unsere Köpfe müssten eigentlich so rot sein wie dein *zartes* Steak.«

»Ich war ganz schön gemein, was?«

»Nein. Das geschieht ihnen recht. Außerdem glaube ich, dass sie hochzufrieden mit dem Abend sind.«

»Die Sache hat nur einen Haken.«

»Welchen denn?«

»Ich mag keine Austern.«

»Du machst Witze.«

»Ich fürchte nein. Ich hasse sie! Ich will gar nicht erst versuchen zu beschreiben, wie sich das meiner Meinung nach anfühlt, was man da schluckt. Brrg.« Er schaudert bei dem Gedanken.

»Kein Problem. Du kannst etwas von meinen Garnelen abhaben.«

»Nichts für ungut, aber damit geben wir den Lästermäulern zusätzlich Nahrung. Kann ich auch was von deinen Fritten abhaben? Ich liebe Titten … äh … Fritten.«

Als die Vorspeisen kommen, verstecken wir die Austern in dem Orangenbäumchen auf dem Fensterbrett und machen uns dann einen Spaß daraus, die Riesengarnelen zu schälen und uns so lasziv wie möglich gegenseitig damit zu füttern. Wir lutschen uns jedes Mal auffällig die Finger ab und lecken uns die Lippen, sobald einer von ihnen in unsere Richtung sieht.

Heute Abend bin ich froh darüber, dass es im Restaurant ruhig zugeht. Wie ich vermutet hatte, taucht nicht ein Einziger der angeblich für heute gebuchten Smiths auf. Bisher ist der Abend ohne Zwischenfälle verlaufen. Zumindest, wenn man von Louis und Mels häufigen Versuchen absieht, unauffällig an uns vorbeizuschleichen, um den Stand der Dinge abzuchecken. Nicht, dass es bisher etwas zu checken gegeben hätte. Nur die vorgetäuschten Spielchen ihnen zuliebe.

Seit sie uns den Hauptgang serviert haben, hatten sie keinen Vorwand mehr, an den Tisch zu kommen. Louis brummelt im Hintergrund wie eine verängstigte Schmeißfliege hinter einer Fensterscheibe. »Alles in Ordnung?«

»Bestens, danke.«

»Ja, alles perfekt«, stimmt Finn zu. »Ich bin beeindruckt.« Obwohl er damit andeuten will, dass er vom Essen beeindruckt ist, stellt Finn sicher, dass er bei diesen Worten mich anschaut und nicht Louis.

Das bleibt nicht unbemerkt. Louis zwinkert mir aufgeregt zu. Ich übersehe ihn.

»Kann ich euch noch etwas bringen?«

»Nein, danke«, antworte ich kurz angebunden.

»Vielleicht noch etwas Wein?«

»Wir haben noch reichlich, *wie du siehst.*« Ich starre ihn wütend an und bedeute ihm mit den Augen zu verschwinden.

Louis grinst frech, zieht sich aber brav zurück.

»Also wirklich!« Ich wende mich wieder an Finn. »Sind deine Freunde auch so neugierig? Ich bin froh, dass Tanyas Verabredung für heute Theaterkarten hatte, sonst würde sie jetzt mit dem Mann des Abends am Nebentisch sitzen und herüberwinken.«

»Tanya?«

»Oh, du kennst sie noch gar nicht, oder? Sie wäre normalerweise auch zu Grace' Dinnerparty gekommen, war aber verreist. Ich muss euch miteinander bekannt machen, sie wird dir gefallen. Sie ist dir nämlich sehr ähnlich.«

»Was, total süß, aber leicht durchgeknallt?«

»Volltreffer ... aber ich glaube, dass du sie bei letzterem schlägst«, ziehe ich ihn auf.

Finn zeigt mir die Zunge und greift dann nach dem Burgunder, um mir nachzuschenken.

Ich lege die Hand auf mein Glas. »Für mich nichts mehr, danke. Von Rotwein werde ich immer müde, und heute Abend brauche ich keinen Schlaftrunk.«

»Und ich dachte, ich würde vor Geist nur so sprühen«, scherzt er erneut.

Während des Hauptgangs, den Finn glücklicherweise gewählt hat, weil er wirklich Steak mag, entdecken wir, dass wir beide auf Bücher von Douglas Adams stehen, genauso wie auf Billy Connelly und Victoria Wood, aber nur live, und dass wir die »Ist ja irre«-Filme abgöttisch lieben. Gerade erzähle ich

Finn meinen geliebten Nonnenwitz, weil ich weiß, dass er ihn auch nüchtern zu würdigen weiß, als die Restauranttür aufgeht und – Dan Slater hereinkommt.

Ich breche mitten im Witz ab und sitze mit offenem Mund da, während eine aufgeregte und scharwenzelnde Mel den Versuch aufgibt, uns zu belauschen, und zu ihm stürzt, um ihn und seine Begleiter an einen Tisch zu bringen.

Er ist wieder da.

Ich glaube es einfach nicht. Wohin ich mich auch wende, er ist da. Ich kann nicht einmal schlafen, ohne dass er sich in meinen Träumen breit macht, in der Regel auf höchst beunruhigende Weise. Ich erkenne die zwei Männer an seiner Seite wieder. Der Zollstockmann und der andere, der mit im Antiquitätengeschäft war. Wahrscheinlich sind sie zum Vermessen gekommen! Falls sie es wagen, hier drin einen Zollstock zu zücken, können sie sich auf etwas gefasst machen.

Auch Finn hat sie entdeckt. »Was macht der denn hier?«, fragt er.

»Das wüsste ich auch gern. Du glaubst gar nicht, wie oft er hier gegessen hat, seit sie nahezu die ganze Straße aufgekauft haben.«

»Wahrscheinlich kontrollieren sie ihre Investition.« Finn verrenkt sich den Kopf, um zu sehen, wer bei Dan sitzt. »Den kenne ich nicht«, sagt er und deutet verstohlen auf den Zollstockmann, »aber der andere heißt Rupert Lock. Ein Architekt.«

»Woher weißt du das?«

»Das ist eine Sache, über die ich heute Abend mit dir sprechen wollte. Ich habe mich ein bisschen für dich umgehört. Es hat Vorteile, mit einem Journalisten befreundet zu sein, weißt du. Mal abgesehen von denen, die auf der Hand liegen. Du weißt schon, Charme, Geist, hinreißend gutes Aussehen …«

»Und was hast du herausbekommen?«, unterbreche ich ihn lachend.

»Ich habe bei der Bezirksregierung nachgefragt. Dort liegt kein Antrag auf eine Baugenehmigung für diese Gegend hier vor. Allerdings hat Slater Enterprises das alte Lagerhaus am Ende der Straße gekauft. Dasjenige, in dem früher eine Lampenfabrik war.«

»Und?«

»Und sie haben einen Antrag gestellt, es in Wohnraum umzuwandeln – es sollen sechs Luxuswohnungen entstehen.«

»Aber nichts über das Tate's?«

»Noch nicht, nein.«

»Aber was hatte es mit dem Treiben nebenan auf sich, als ich sie aus dem Antiquitätengeschäft kommen sah?«

»Auch das habe ich gecheckt.«

»Wie?«

»Ganz einfach. Ich bin dort gewesen und habe gefragt, was sie wollten.«

»Und der Besitzer hat es dir erzählt?«

»Natürlich nicht sofort. Aber als ich ihm erklärte, wer sie sind, war er sehr hilfsbereit. Auch er macht sich Sorgen darüber, seinen Lebensunterhalt zu verlieren, weißt du. Du bist nicht die Einzige, die eine Mieterhöhung bekommen hat.«

»Und«, frage ich ungeduldig, »was haben sie dort gemacht?«

»Sie haben einen Ofen gekauft.«

»Einen Ofen!«

»Yep. Und zwar einen ziemlich beeindruckenden. Anscheinend ist er für ein abartig teures Penthouse im Nobelviertel Mayfair gedacht, das sie zur Zeit sanieren. Der Kerl in dem Geschäft hat mir die Lieferadresse gegeben, und ich habe sie überprüft.«

Ich spüre plötzlich, wie mein Gesicht den gleichen rosaroten Ton annimmt wie die Rosenblätter, die noch immer rund um unseren Tisch auf dem Boden liegen. Ich muss daran denken, wie ich Dan Slater öffentlich runtergeputzt habe, obwohl ich offensichtlich nur einen Teil ihres Gesprächs aufgeschnappt und völlig falsch verstanden hatte.

»Ach du meine Güte.«

»Was ist los, Ollie? Man sollte meinen, dass es sich um gute Neuigkeiten handelt.«

»Oh, sicher, natürlich, aber …« Ich erkläre Finn, was vorgefallen ist.

»Zerbrich dir nicht den Kopf«, beruhigt er mich, als die ganze unheilvolle Geschichte heraus ist, »nur weil sie noch keinen Antrag gestellt haben, heißt das nicht, dass es nicht dazu kommt. Sie erhöhen ihre Chancen auf eine Baugenehmigung für dieses Haus hier, wenn es kein blühendes Gewerbe mehr beherbergt. Also warten sie wahrscheinlich einfach ab, bis dein Pachtvertrag ausläuft, in der Hoffnung, dass du die Mieterhöhung des neuen nicht aufbringen kannst.«

»Meinst du?«

»Natürlich hoffe ich, dass das nicht der Fall ist, aber man kann die Möglichkeit nicht ausschließen, Ollie. Du musst darauf vorbereitet sein.«

»Das bin ich ja nun, dank deiner Hilfe.«

»Läuft es mit dem Frühstücksbetrieb immer noch gut?«

»Wie du weißt, sind wir immer noch in der ersten Woche, aber wenn sich die Dinge weiter so entwickeln wie im Moment, dann werde ich die zusätzliche Miete aufbringen können. Und wer weiß, vielleicht fällt am Ende sogar noch was ab.« Ich erhebe meine Glas. »Das verdanke ich dir«, wiederhole ich und schiele verstohlen zu Dan.

Finn lächelt bescheiden. »War mir ein Vergnügen. Aber du wärst früher oder später von selbst darauf gekommen. Ich habe die Sache nur etwas beschleunigt.«

»Wie wäre es, wenn wir das richtig feiern würden …« Ich

sehe mich nach Mel und Louis um, die beide zwischen meinem und Dan Slaters Tisch herumlungern, da sie nicht wissen, wo sich die interessanteren Szenen abspielen. Louis ist etwas schneller.

»Champagner, Louis. Und zwar einen guten!«

»Einen guten, soso. Und was ist der Anlass?«

»Wir feiern einfach die Tatsache, dass unser aller Chancen, nächsten Monat um die gleiche Zeit noch einen Job zu haben, gestiegen sind. Auch wenn es bestimmten Leuten nicht passt!«

Habe ich das laut genug gesagt, dass Dan Slater es hören konnte? Ich habe es sicher versucht, aber ich weiß nicht, ob man es verstehen konnte, bei dem Stimmengemurmel, den Essgeräuschen, dem Besteckklappern, dem Gläserklirren und der leisen Musik. Vielleicht hat er mich gehört. Er sieht mich einmal mehr missbilligend an, als ich lärmend den Korken knallen lasse und mit einem breiten, glücklichen Grinsen die Gläser fülle, womit ich hauptsächlich ihn ärgern möchte. Gefällt ihm wahrscheinlich gar nicht, dass ich feiere, da es schlechte Neuigkeiten für ihn und seine miesen Pläne bedeuten könnte!

Ich unterdrücke das überaus kindische Verlangen, ihm die Zunge zu zeigen, erhebe mein Glas und stoße mit Finn an. »Auf die Zukunft!«

»Auf die Zukunft«, wiederholt Finn und nimmt einen großen Schluck des prickelnden Getränks.

Ich schiele noch einmal verstohlen zu Schwein Dan hinüber. Er beobachtet uns immer noch und, o Mann, was sieht er angesäuert aus.

Gut.

Ich verspüre ein angenehmes Prickeln, das nicht der Champagner, sondern die Erkenntnis auslöst, dass zur Abwechslung mal ich *ihm* eins auswische, und nicht umgekehrt. In einem Anfall von Großmut und leichter Beschwipstheit schicken wir den Rest des Champagners zu Louis, Mel und Claude in die Küche, damit sie mit uns feiern können. Dann widmen wir uns unseren Nachspeisen, wobei Finn sicherstellt, dass er den Löwenanteil von meiner kassiert, bis wir uns fast mit den Löffeln duellieren. Danach gehen wir zum Kaffee über und balgen uns um die Minzschokolädchen, die es dazu gibt – trotz der Tatsache, dass Mel uns doppelt so viele wie üblich gegeben hat, da sie genau weiß, dass ich verrückt bin nach den Dingern.

Wir runden das Essen mit zwei großen Brandys ab, bei denen wir lange plaudernd und laut lachend sitzen. Irgendwann leert sich das Restaurant, und es bleiben nur noch wir beide, ein junges Pärchen in dem anderen Alkoven und Dan mit seinen Begleitern.

»Ich bin pappsatt«, verkünde ich glücklich und zufrieden, strecke mich auf dem Stuhl aus und streichle meinen vollen Bauch.

»Ja, das Essen ist nicht schlecht hier, was?«, scherzt Finn.

»Wahrscheinlich, weil einmal nicht ich gekocht habe. Ehrlich gesagt wäre ich vor Schreck fast umgekippt, als Claude heute Abend tatsächlich zur Arbeit erschien …«

»Ich bin froh darüber. Mel ist zwar echt sexy, aber es wäre nicht das Gleiche gewesen wie mit dir.«

»Ja, es war toll.«

»Kann ich dich nach Hause bringen?«, fragt Finn leise lächelnd und in dem vollen Bewusstsein, dass mein Zuhause nur fünf Schritte hinter der Küchentür liegt.

»Ooh.« In gespielter Unentschlossenheit atme ich scharf ein. »Lass mich nachdenken …« Ich zögere den Bruchteil einer Sekunde. »Also gut.«

Wir huschen vom Tisch fort, während Louis und Mel beide außer Sichtweite sind. Dan Slater sieht zu mir auf, als ich an ihm vorbeigehe. Ich könnte schwören, dass ein Lächeln seine Lippen umspielt. Dann hakt Finn sich bei mir unter und grüßt

Dan schweigend mit hochgezogenen Brauen. Dans Lächeln verschwindet, und er erwidert Finns Gruß mit einem knappen Nicken, bevor er sich prompt abwendet. Normalerweise gehe ich durch die Küche nach oben, aber um die neugierigen Blicke und das unvermeidliche Getuschel zu vermeiden, nehmen wir wie zwei ganz normale Gäste die Restauranttür und gehen die Straße hinunter bis zu der Gasse, durch die man zum Lieferanteneingang gelangt. Falls es zu weiteren Fragen kommt, und ich verwette nur zu gern das Restaurant, dass es dazu kommt, kann ich darauf beharren, dass ich Finn nur zum Wagen gebracht habe und dass die Einladung, doch noch auf einen Kaffee mitzukommen, sicher nicht von mir stammte.

Schweigend gelangen wir bis zur Haustür, an die sich Finn prompt mit dem Ellbogen lehnt. Dann blickt er mit leicht amüsiertem Gesichtsausdruck auf mich hinunter. »Tja, jetzt ist der Zeitpunkt gekommen«, sagt er, als ich in der Tasche nach dem Schlüssel krame.

»Welcher Zeitpunkt?«

»Der, an dem ich mich entscheiden muss, ob es richtig ist, dir einen Gutenachtkuss zu geben oder nicht.«

»Du bist doch sonst keiner, der zögert«, ziehe ich ihn auf, »aber ich wollte dich sowieso auf einen Kaffee hineinbitten.«

»Ich weiß, aber ich bin auch keiner, der sich den Mondschein entgehen lässt.«

Lächelnd schauen wir uns an und küssen uns: der leichteste und angenehmste Kuss, den ich je erlebt habe. Zu angenehm sogar … ich meine, ich hatte kein Feuerwerk erwartet, aber … Ich ziehe mich zurück und bemerke denselben leicht verwirrten Ausdruck auf Finns Gesicht.

»Ging es nur mir so?«, frage ich ihn.

Er schüttelt den Kopf. »Was ist mit dir?«

Ich schüttle ebenfalls den Kopf. »Nichts. Absolut nichts.«

»Kein Aufflackern, nichts«, stimmt er mir zu. Er sieht enttäuscht aus. »Können wir das noch mal probieren?«, fragt er seufzend. »Nur, um sicherzugehen.«

Ich nicke.

Wieder küssen wir uns.

Mein Blick wandert nach oben zum Dach, wo das Gras aus den Dachrinnen wächst. Ich befinde mich mitten in einer leidenschaftlichen Umarmung, und alles, woran ich denken kann, sind die Dachrinnen, die gereinigt werden müssen? Ich wende meinen Blick von dem Unkraut auf dem Dach ab und wieder Finns Gesicht zu, in der Hoffnung, dass der Anblick seiner süßen Gesichtszüge wenigstens etwas Erregung in mir auslöst.

Immer noch nichts.

Mein Blick wandert weiter über seine Schulter, während Finn, der offensichtlich zäher ist als ich – eine Frage männlichen Stolzes, vermute ich –, verbissen die Augen geschlossen hält und mir seinen besten Zungenkuss offeriert. Seine Hand gleitet über meinen Nacken, bis seine Finger mit meinem Haar spielen. Er küsst gut, das muss man ihm lassen, und meine Augen wollen sich ebenfalls gerade schließen, als ich sie plötzlich weit aufreiße. Ich bin mir sicher, ich sehe einen schwarzen BMW, der langsam am Ende der Gasse vorbeirollt.

Nein. Das kann nicht sein. Ich sehe Gespenster. Meine Paranoia gegen Dan Slater nimmt allmählich überhand. Zurück zur Arbeit. Oder besser zu Finn. Ich glaube, er hat aufgegeben.

»Wie war es diesmal?«, frage ich ihn und ziehe mich zurück, als sein Mund aufhört, sich zu bewegen.

Wieder schüttelt er den Kopf. »Immer noch nichts!«

»Bei mir auch nicht. Es war, als küsste ich meinen Bruder. Nicht, dass ich meinen Bruder küsse«, füge ich hastig hinzu. »Zumindest nicht auf den Mund.«

»Keine Sorge, ich weiß schon, was du meinst. Ich würde meinen Bruder auch nicht küssen.«

Das ist nicht gerecht. Der erste Mann seit Ewigkeiten, den

ich wirklich mag, und ich stehe nicht auf ihn. Das wäre für jedermann ein verflucht guter Kuss gewesen, doch meine perversen Hormone haben sich einfach geweigert zu reagieren.

Es bleibt nur eine Möglichkeit. »Freunde?«, frage ich ihn.

»Freunde«, antwortet er, ergreift meine ausgestreckte Hand und schüttelt sie.

»Man kann nie genug Freunde haben«, entfährt es uns beiden wie aus einem Mund.

»Willst du immer noch auf einen Kaffee reinkommen?«

Finns Gesicht hellt sich ein wenig auf. »Kriege ich dann auch *Camping – Ist ja irre* zu sehen?«, fragt er hoffnungsvoll.

»Darauf kannst du Gift nehmen.«

»Und kann ich das Bild einfrieren, wo Babs BH aufplatzt?«

»So oft du willst.«

»Dann aber schnell.«

Tanya taucht als erste am nächsten Morgen auf, um sich brühwarm berichten zu lassen, wie die »heiße Verabredung«, wie sie es nennt, gelaufen ist.

»Und?«, fragt sie und stibitzt sich eine Scheibe Toast, den ich gerade für einen Gast zubereitet habe. Dann lässt sie sich mit einer Tasse Tee und einem Glas Zitronenkonfitüre am Tisch nieder.

»Es war nett; wir hatten einen schönen Abend«, antworte ich zurückhaltend.

»Nett?«, giftet sie. »Schön? Fang nicht wieder so an.« Sie lässt die Butter links liegen und bestreicht ihren Vollkorntoast dick mit Marmelade. »Seit Stuart mit u habe ich genug von nett. Also, hast du ihn nach oben auf einen Kaffee eingeladen?«

»Yep.«

»Wirklich!«

»Freu dich nicht zu früh. Wir sind bis vier Uhr wach geblieben und haben uns »Ist ja irre«-Filme angesehen. Dann ist er auf dem Sofa eingepennt.«

»Das ist alles?«

»Das ist alles, fürchte ich.«

»Du hörst dich ein bisschen enttäuscht an.«

»Bin ich auch. Er ist süß, und wir kommen toll miteinander aus, aber – frag mich nicht, warum – der romantische Touch fehlt einfach. Wir sind gute Freunde, mehr nicht. Er ist dir ein bisschen ähnlich, weißt du, mal abgesehen von den offensichtlichen Unterschieden.«

»Jetzt sag nicht, dass er, abgesehen von der Anatomie, eine totale Schlampe ist?«

»Du hast's erfasst.«

»Wann ist er gegangen?«

»Noch gar nicht.«

»Was!« Der Toast, den Tanya in Richtung Mund dirigierte, fällt zurück auf den Teller.

»Er sitzt im Restaurant und frühstückt. Er wollte hier essen, aber ich brauche den Tisch«, bemerke ich spitz.

»Er ist immer noch hier, und du hast mich noch nicht vorgestellt!«

»Ich habe keine Zeit! Und keine Lust«, ziehe ich sie auf.

Tanya schnappt sich ihr Toastbrot und die Marmelade. »Welcher Tisch? Wenn du mich nicht vorstellst, mache ich es eben selber!«

»Ich kann es nicht fassen, dass man einen Termin vereinbaren muss, um Kleider anzuprobieren«, murmle ich, als Grace uns aufgeregt durch die Tür eines Ekel erregend exklusiven Brautmodengeschäfts schiebt.

Tanya sieht reichlich verängstigt aus. Ein Brautmodengeschäft zu betreten bedeutet für sie vermutlich das Gleiche wie eine Polizeiwache für einen entflohenen Gefangenen.

Ich muss gestehen, dass auch ich mir an meinem kostbaren freien Tag Schöneres vorstellen könnte, umso mehr, da ich mich zehn Minuten nach Betreten des Geschäfts in zehn Quadratkilometer von etwas quetschen muss, das die stämmige, fröhliche Verkäuferin optimistisch als »terrakotta« Taftkleid bezeichnet und das Grace anscheinend ausgesucht hat.

»Das ist doch kein Terrakotta, das ist Orange«, zischelt Tanya in der geräumigen Umkleide. »Ich sehe aus wie ein Pudding«, murmelt sie durch zusammengebissene Zähne. Ihr Gesicht ist rot, als sie erhitzt und entnervt in dem großen Ausschnitt auftaucht und sich wütend im Stoff verheddert. »Ein riesiger, fetter, grässlicher *oranger* Wackelpudding.«

»Wir dienen der Braut als Hintergrund«, erkläre ich ihr und ringe selbst um Fassung, als ich mein genauso abschreckendes Spiegelbild erblicke. »Obwohl ich zugeben muss, dass wir aussehen, als hätten wir überdimensionale Lampenschirme aus den Sechzigern an, müssen wir uns in Erinnerung rufen, dass die Hauptaufgabe der Brautjungfern darin besteht, die Braut ins rechte Licht zu rücken.«

»Jede sähe vor solchen Kleidern gut aus.«

»Lächeln«, ermahne ich sie, als wir uns an dem schweren Samtvorhang vorbei in den Geschäftsraum schieben. »Wenn Grace sie will, soll Grace sie haben.«

»Mit etwas Glück gibt sie sie vor der Hochzeit zurück«, tuschelt Tanya.

»Dein Wort in Gottes Ohr«, antworte ich.

Wir treten verkrampft lächelnd der wartenden Grace gegenüber.

»Oh, wow!«, entfährt es Grace. »Ihr seht … umwerfend aus! Einfach perfekt! Dreht euch mal.«

Widerstrebend drehen wir uns um die eigene Achse und müssen dann erkennen, dass Grace mit einem Tässchen Kaffee hinter uns sitzt und krampfhaft versucht, nicht in schallendes Gelächter auszubrechen.

»Du blöde Kuh!«, kreische ich, als mir klar wird, dass sie uns verulkt hat.

»Tut mir Leid, ich konnte einfach nicht widerstehen«, johlt sie und verschüttet Kaffee auf den roten Samtbezug ihres Sessels. »Eure Gesichter! Ich wünschte, ihr könntet eure Gesichter sehen! Ihr habt wirklich gedacht, ihr sollt diese grässlichen Dinger tragen, was?« Grace kugelt fast über den Boden vor Lachen. Sie sollte besser nicht in meine Nähe kugeln, sonst trete ich vielleicht zu.

»Ha, ha, ha!«, höhnt Tanya, greift hinter sich und beginnt reichlich erbost, die Haken des Miederoberteils zu lösen.

»Also die auf gar keinen Fall?«, frage ich ängstlich, bevor auch ich anfange, mich aus meinem Alptraum zu schälen.

»Glaubt ihr wirklich, ich würde euch so etwas tragen lassen?«, kichert Grace. »Nein, die echten sind viel, viel besser, und sooo unüblich. Ich hätte nie gedacht, dass man Kleider für Brautjungfern mit braunen Schottenkaros kriegen kann...« Beim Anblick unserer beiden entsetzten Gesichter lacht sie erneut. »Nein, auf so was steht ihr nicht... Wie wäre es dann mit dem romantischen Schäferinnen-Look? Ihr sähet so süß aus mit den Hütchen, und es wäre so leicht, die passenden Accessoires zu finden – in Leicestershire gibt es schließlich jede Menge Schafe!«

Kapitel 7

»Reisepass?«

»Ja.«

»Koffer mit angemessen sexy Klamotten, keine Röcke, die länger als bis zum Schritt sind?«

»Ja.«

»Flugtickets?«

»Ja.«

»Großartig! Jetzt fehlt uns nur noch das eigentliche Opfer.«

Der August ist da, und mit ihm endlich auch die Sonne. Die Vorhersage für das Wochenende ist sehr gut – welche Ironie, weil es ausgerechnet das Wochenende ist, an dem wir ohne das Wissen von Stuffy Stu mit u seine Grace aus dem Land entführen. Es ist Freitagnachmittag, und Louis und ich gehen die letzten Einzelheiten durch, bevor unser Flugzeug um neun Uhr abends abhebt.

»Ich habe es so arrangiert, dass ich sie um halb sieben im Büro abhole. Sie glaubt, dass wir dann hierher fahren, um uns umzuziehen und anschließend auszugehen«, erzähle ich ihm, während ich Grace' und mein Ticket sicher in meiner riesigen Lederhandtasche verstaue.

»Sie glaubt, wir gehen aus?« Louis lacht nervös.

»Was sonst hätte ich ihr erzählen sollen? Wenn ich ihr gesagt hätte, was wir wirklich vorhaben, wäre sie uns womöglich mit einer Ausrede gekommen, um nicht mit zu müssen. Es ist so eine Art Tradition, die Braut vor der Hochzeit zu einer Überraschungsparty zu entführen.«

»Und wie sollen wir sie durch den Flughafen kriegen?«

»Ich dachte, wir könnten ihr die Augen verbinden.«

»Oh ja, klar«, entgegnet Louis spöttisch. »Ding, Dong, dies ist der letzte Aufruf für den Flug Nummer 6969 nach Rom für alle zukünftigen Bräute, die hoffentlich dazu überredet werden können, ihre langweiligen Verlobten abzuschießen ...«

»Ohrstöpsel?«, schlage ich verzagt vor.

»Wir müssen wohl einfach darauf hoffen, dass sie erfreut ist, wenn wir am Flughafen sind«, sagt Louis, als könne er eigentlich nicht glauben, dass das passieren könnte.

»Glaubst du, sie freut sich?«

»Na ja, wir haben ihr ja gesagt, dass es eine Überraschung ist, und sie schien ganz glücklich darüber zu sein.«

»Ich weiß, aber sie dachte wahrscheinlich nicht, dass wir einen Ort im Ausland meinten.«

Ich bin ausgesandt worden, um heimlich einen Koffer für Grace zu packen. Dazu hatte ich eine Nacht gewählt, die sie in Leicestershire bei Stuart verbringen wollte. Ich habe die Gelegenheit genutzt, den Koffer mit all ihren alten Kneifzangen-Höschen und sonstigen Aufreißern zu füllen. Ich bin mir sicher, dass sie ihr Fehlen nicht einmal bemerkt hat. Das Gewagteste, was sie in letzter Zeit getragen hat, war ein Rock in Knielänge.

Gegen halb sechs stehe ich vor Grace' Bürogebäude. Sie arbeitet zwar bis sechs, aber ich wollte kein Risiko eingehen. Sobald sie einen bepumpsten Zeh vor die Drehtür aus Glas setzt, werde ich sie in den Wagen verfrachten und davonbrausen. Wenn ich richtig verstanden habe, war der alte Stuffy nicht sonderlich erfreut über diesen Ausflug, der ihm als eine Nacht trunkener Ausschweifungen zu Ehren ihrer bevorstehenden Hochzeit angekündigt wurde. Ich würde es ihm zutrauen, dass er in letzter Minute einen Versuch unternimmt, sie noch zu sich zu locken.

Grace kommt um zehn nach sechs aus dem Gebäude und

lässt sich erschöpft neben mich plumpsen. Sie sieht müde aus und gesteht, dass sie sich an diesem Abend eigentlich nur noch wünscht, ein heißes Bad zu nehmen und früh ins Bett zu gehen.

Ein viel versprechender Anfang. Das einzig Gute daran ist, dass sie die erste Viertelstunde der Strecke die Augen geschlossen hält. Als sie sie wieder öffnet, sind wir schon recht weit gekommen. »Das ist aber nicht der Weg zum Tate's«, bemerkt sie und mustert die Umgebung.

»Ich weiß.«

»Warum ist das nicht der Weg zum Tate's?«, fragt Grace matt.

»Weil wir gar nicht zum Tate's fahren.« Ich grinse sie reichlich töricht an.

»Was habt ihr vor, Ollie?«

Ich lächle ihr erneut kurz zu, blinke und biege links ab.

»Ollie!«, beharrt sie und sieht plötzlich sehr viel wacher aus.

»Das ist dein Abschied vom Junggesellinnendasein, Schätzchen.«

»Das weiß ich bereits.«

»Also veranstalten wir eine Überraschungsparty für dich.«

»Oh, verstehe. Also, wenn es eine Überraschung ist, dann hättest du es mir einfach sagen können.«

»Vertrau mir, du wirst immer noch überrascht sein.«

»Eben darum bin ich ja so besorgt!«

Wir kriechen durch den dichten Berufsverkehr und kommen schließlich in Mayfair an. Ich halte im absoluten Halteverbot vor Tanyas Wohnung, wo mein Auto und ich regelmäßige Besucher sind, und drücke auf die Hupe. Zum ersten und einzigen Mal ist Tanya total organisiert, und ich muss nicht erst eine halbe Stunde warten, bevor sie auftaucht. Sie kommt auf lächerlich hohen Manolos aus der Tür getippelt, dicht gefolgt von Louis, der trotz des warmen Abends wie ein flauschiger kleiner

Teddy aussieht in seinem falschen Pelzmantel. Wir waren so schlau, ihr Gepäck schon am Vorabend in den Kofferraum zu laden, sodass Grace keinen Hinweis darauf erhält, dass wir drauf und dran sind, das Land zu verlassen. Doch die Tatsache, dass Louis einen altmodischen ledernen Fliegerhelm trägt, ist schon ein eindeutiger Fingerzeig! Glücklicherweise ist Grace so sehr an seinen ausgefallenen Kleidungsstil gewöhnt, dass sie es nicht einmal bemerkt.

Doch als wir schließlich auf die Autobahn zum Flughafen kommen und die Heathrow-Schilder sich häufen, geht Grace ein Licht auf. »Wir verreisen, stimmt's?«, fragt sie etwas misstrauisch. Niemand antwortet. »Wohin fahren wir?«

Tan, Louis und ich wechseln einen Blick und grinsen verschwörerisch.

»Ach, kommt schon, ihr müsst mir erzählen, wohin wir fahren!«

»Kommt nicht in Frage.« Louis streckt ihr die Zunge raus.

»Sonst wäre es doch keine Überraschung mehr, oder?«, fügt Tanya hinzu.

»Und was ist mit meinen Sachen? Ich habe nichts anzuziehen.«

»Keine Sorge.« Ich grinse und klimpere mit Grace' Hausschlüsseln, die auf dem Armaturenbrett lagen.

»Was ist mit Stuart?«

»Er kann nicht mit!«, entgegnet Louis eilig.

»Das meinte ich auch nicht, wie du sehr wohl weißt. Er glaubt, dass ich nur heute Abend ausgehe. Er erwartet mich um Mitternacht zu Hause in Islington.«

»Schon gut«, lenke ich ein, als ihre Stimme schrill wird. »Du hast einen Anruf, um ihm zu sagen, dass du heute nicht nach Hause kommst, in Ordnung?«

»Darf ich ihm nicht wenigstens verraten, wann ich zurückkomme? Das wäre nur fair, sonst macht er sich Sorgen.«

Trotz der geäußerten Bedenken kann ich erkennen, dass Gray eigentlich gespannt ist, auf eine unheimliche Art und Weise. Ich erkenne das Glitzern in ihren Augen wieder, und obwohl ihre Stimme ziemlich schrill klingt, würde ich die Einnahmen einer ganzen Woche darauf verwetten, dass das an der Erregung und nicht an der Verärgerung liegt. Ich reiche ihr mein Handy. »Sag ihm, dass du Sonntag zurückkommst... SEHR spät.«

»Sonntag!«, entfährt es Grace.

Ich zwinkere ihr zu, erleichtert darüber, dass sie nicht sofort verlangt, das Auto zu wenden und sie nach Hause zu bringen. Stattdessen tippt sie einfach ihre Nummer ein. Ich erkenne Stuarts Stimme, umso mehr, da er so laut spricht, dass nicht nur Grace ihn hört, sondern wir anderen auch.

»Er hörte sich nicht gerade begeistert an«, bemerke ich, als sie mir das Telefon zurückgibt.

»Nur ein bisschen besorgt, aber ich habe ihm versichert, dass ihr auf mich aufpasst.«

»Natürlich passen wir auf dich auf!« Louis legt ihr beruhigend den Arm um die Schultern. »Wenn wir bei Bewusstsein sind.«

Sobald wir einmal in der Abflughalle sind, gelingt es uns, Grace so weit abzulenken, dass wir es bis zum Flugzeug schaffen, ohne dass sie eigentlich weiß, wohin wir fliegen. Es ist schwierig, aber Tanya und der verführerische, endlose Duty-Free-Bereich erweisen sich als große Hilfe.

»Also, erzählt ihr mir jetzt endlich, wohin es geht?«, fragt sie, als wir auf unseren Plätzen sitzen.

»Also...«, setzt Tanya an.

»Meinst du nicht, die Tatsache, dass in großen Buchstaben Al*Italia* auf dem Flieger steht, hat etwas zu bedeuten?«, ziehe ich Grace auf.

»Italien!«, kreischt Grace. »Wir fliegen nach Italien?«

Wie auf Kommando ertönt die Stimme des Flugkapitäns, der mit schwerem Akzent spricht. »Guten Abend, meine Damen und Herren. Willkommen an Bord des Fluges 102 nach Rom …«

Grace' aufgeregter Schrei lässt den Rest seiner Ankündigung untergehen. »Rom, ach du meine Güte! Ich wollte schon immer nach Rom! Das wusstest du, oder? Oh, danke, danke, danke!«, quiekt sie und drückt den Knopf für den Steward. »Wodka!« erklärt sie ihm, als er durch den Mittelgang herbeieilt, um zu sehen, ob es ein Problem gibt. »Jede Menge Wodka, um mich zu bedanken. Ooh, was machen wir bloß zuerst: Ich will zum Viale Vaticano, zum Pantheon und in sämtliche Gallerias.«

»Sind das Clubs?«, fragt Tanya, die über Grace' Enthusiasmus lächeln muss.

»Nein, das ist Kultur«, entgegnet Louis trocken.

»O Schreck.«

Es ist weit nach Mitternacht, als wir schließlich im Hotel Vincenzi ankommen, das Louis sogleich und, wie ich denke, hoffnungsvoll in Hotel SinSexy umbenennt. Die Luft ist warm und still und schwer von den ungewöhnlichen und exotischen Gerüchen eines fremden Landes. Das Hotel selbst ist bezaubernd: ein imposanter Barockpalast, der vor Hunderten von Jahren erbaut wurde. Tanya und Louis sind ein bisschen enttäuscht, als sich herausstellt, dass ich zwei Doppelzimmer mit Verbindungstür gebucht habe. Das ist ihnen zufolge zwar ideal für eine mitternächtliche Kissenschlacht, aber nicht wirklich geeignet zum Aufreißen und Abschleppen. Grace und ich teilen ein Zimmer, Louis und Tanya das andere. Grace stapft verschlafen ins Badezimmer, während ich anfange, ihre Tasche auszupacken, damit sie nicht so genau mitbekommt, welche Sachen ich für sie eingepackt habe.

»Also gut«, flüstere ich den anderen zu, die das Hochgeschwindigkeitsauspacken perfektioniert haben und nun auf meinem Bett herumlümmeln und mir zusehen, wie ich die Kleider aus einer der Taschen hole. »Wir haben zwei Tage, um sie betrunken zu machen…«

»Und flachlegen zu lassen…«, platzt Louis einen Tick zu laut dazwischen und grinst breit.

»Das ist nicht ganz das, woran ich dachte.«

»Nicht?« Die beiden sehen mich ungläubig aus weit aufgerissenen Augen an.

»Na gut, also vielleicht ist mir diese Idee für den Bruchteil einer Sekunde durch den Kopf gegangen. Aber ich dachte, wir versuchen, ihr die Augen zu öffnen…«

»Und nicht die Beine«, kichert Louis.

»Ihr die Augen zu öffnen…«, beharre ich, »…für andere äh… Möglichkeiten.«

»Du meinst andere Männer«, verbessert Tanya.

»Ganz genau«, stimmt Louis ihr zu.

Ich bringe die beiden mit einem warnenden Blick zum Schweigen, als Grace aus dem Bad zurückkommt, sich am Schminktisch niederlässt und anfängt, sich mit Hilfe von Wattebäuschchen und Nivea abzuschminken.

»Was machst du da?«, fragt Louis.

»Äh… ins Bett gehen?« Ihr Spiegelbild sieht ihn fragend an. »Warum?«

»Das soll wohl ein Witz sein!«, jault er und fährt in die Höhe. »Die Nacht ist noch jung.«

»Kann sein, aber ich nicht mehr. Ich brauche meinen Schönheitsschlaf.«

»Aber ich dachte, wir würden ausgehen, die Stadt unsicher machen. Weißt du, in Rom…«

»Ich schätze, dass auch normale Römer um diese Zeit im Bett liegen, und genau dahin gehe ich jetzt auch«, verkündet

Grace. Schnell zieht sie sich aus und schlüpft in das Einzelbett neben meinem. Dann zieht sie die Decke bis zum Kinn hoch und wirft dem enttäuschten Louis einen trotzigen Blick zu.

Seine Unterlippe zittert leicht. Louis, der abgehärtete Clubber, hat sich auf ein Wochenende eingestellt, bei dem Schlaf nebensächlich ist.

Doch Grace lässt sich nicht umstimmen. »Ich brauche meinen Schlaf«, behauptet sie, als seine Lippe aufhört zu zittern und anfängt, heftiger zu wackeln als eine Hängebrücke im Sturm. Wie um ihre Ankündigung zu untermauern, knipst sie die Nachttischlampe auf ihrer Seite aus. Wir anderen sehen uns ungläubig an. Wo ist die alte Grace geblieben, die uns alle hochgescheucht hätte, um eine Bar zu finden, die noch offen ist?

»Ach, und erinnert mich daran, Stuart anzurufen«, murmelt sie, als sie den Kopf im Kissen vergräbt. »Ich hab versprochen, mich zu melden, sobald wir angekommen sind, aber ich schätze, es ist etwas zu spät, was?«

»Ganz genau, dazu ist es viel zu spät«, stimmt Tanya zu und zieht heimlich das Kabel des Telefons, das neben meinem Bett steht, aus der Steckdose. »Du willst ihn doch nicht aufwecken, nicht wahr?«

Um sechs Uhr werden wir von Louis geweckt. Ich wüsste gar zu gern, woher er diese Energie nimmt. Er benimmt sich wie ein überdrehter Labradorwelpe, und das nach nur vier Stunden Schlaf. Während ich mich mit Augen, die den Schlitzen auf einem Sparschwein ähneln, ins Bad schleppe, rennt er aufgescheucht zwischen den Zimmern hin und her und treibt uns alle an, als wäre er auf Speed.

Um acht sind wir alle geschniegelt und gestriegelt, haben im prunkvollen Restaurant des Hotels gefrühstückt, wo wir von gut aussehenden italienischen Kellnern bedient wurden, die ich leider nicht würdigen konnte, müde wie ich war, und sitzen nun in einem Taxi. Eine abgefahrene Art, um wach zu werden: Hinten sind beide Fenster heruntergekurbelt, und der Fahrer hält sich für Fittipaldi beim Großen Preis von Italien.

»Ich wünschte, Stuart könnte das alles sehen. Es ist *so* schön!« Grace hat sich aus einem der Fenster gelehnt und bewundert die herrliche Architektur.

»Ja... einfach fantastisch«, schnauft Louis, der aus dem anderen Fenster hängt, aber sicher nicht die Gemäuer meint. »O Mann, schaut euch nur den Knackarsch da an!« Er verrenkt sich beinahe den Hals, als der durchgeknallte Taxifahrer mit halsbrecherischer Geschwindigkeit um eine Kurve biegt.

»Ich würde mich für beides begeistern, Ärsche und Architektur«, bemerke ich trocken, »aber leider sehe ich nichts durch die Haare, die mir im Gesicht kleben!«

Grace verlangt es nach Kultur, Louis lechzt nach einer ausführlichen Fleischbeschau und Tanya spielt mit ihrer Gold-Card und brummelt alle fünf Sekunden etwas von Leder. Schließlich finden wir einen Kompromiss, und nach einem hektischen Vormittag, der aus einer Mixtur von Besichtigungen und Einkäufen bestand, landen wir schließlich in einer Bar.

Der Ersten von vielen. Das Julius Cäsars folgt. Dann das Big Mama in Trastevere. Die Tour führt uns nach drei Stunden schließlich bis Monte Testaccio, einer geballten Ansammlung von Kneipen, Restaurants und Menschen, die Tanya sofort und aus eindeutigen Gründen in Monte Testosteron umbenennt.

»So viele Männer und so wenig Zeit«, haucht sie und stürzt aufgeregt hin und her wie ein Kind in einem Süßwarenladen.

»Ich dachte immer, die italienischen Machos sind diejenigen, die herumlaufen und in Pobacken kneifen«, bemerke ich, sie beobachtend.

»Du weißt doch, dass Tanya für sexuelle Gleichberechtigung ist«, antwortet Grace grinsend.

Zehn Uhr Samstagabend. Wir haben uns irgendwie in eine schäbige Kneipe alias Disco verirrt, in die Louis unbedingt wollte, weil dort Carlsberg verkauft wird, und in diesem Stadium der Trunkenheit ist kein anderes Gesöff mehr gut genug.

Grace sorgt sich um Stuart. »Ich sollte ihn wirklich mal anrufen. Ich habe es heute Morgen vom Zimmer aus probiert, aber das Telefon ging nicht.«

Tanya lächelt verschlagen. Dank unseres bewusst hektischen Zeitplans und eines Parcours, der Telefone aller Art geschickt umgangen hat, ist es Grace immer noch nicht gelungen, wie versprochen Kontakt mit Stuffy aufzunehmen.

»Neben den Klos ist ein öffentliches Telefon«, teilt Louis ihr mit, während er mit einem Bündel Lira wedelt, um die Aufmerksamkeit eines trägen Barmanns zu erringen.

»Louis!«, kreischt Tanya, als Grace loszieht, um zu Hause anzurufen. »Warum zum Teufel hast du ihr das verraten?«

»Keine Panik«, flötet Louis. »Ich bin auf dem Weg zum Klo daran vorbeigekommen. Es ist kaputt. Sie ist so besoffen, dass sie zehn Minuten brauchen wird, um das zu kapieren, und bis dahin hat sie längst vergessen, dass sie Stuart anrufen wollte.«

Unglaublicherweise behält Louis Recht. Zehn Minuten später kommt Grace zurück und lässt sich neben mir auf die Sitzbank plumpsen. Ohne Stuart auch nur zu erwähnen, übersieht sie die große Auswahl Flaschen auf dem Tisch und beschließt aus heiterem Himmel, dass sie jetzt sofort und unbedingt ein Eis essen muss. So viel zum Thema Männerjagd. Ich bin überrascht, dass auch Tanya noch keinen aufgerissen hat. Sie hat rekordverdächtig geflirtet, aber das ist alles. Doch das ändert sich bald. Kurze Zeit später zerrt Tanya mich wegen ihrer neuesten Eroberung aufgeregt am Arm.

»Ollie! Du wirst es nicht glauben.«

»Was?«

»Ich habe Romeo gefunden!«

Vor meinem inneren Auge sehe ich Tanya über ein Balkongeländer gebeugt. »Was soll das heißen?«

»Ich habe einen süßen Typ aufgetan, und stell dir vor… er heißt wirklich Romeo.«

»Das soll wohl ein Witz sein!«

»Nein.« Breit grinsend schüttelt sie den Kopf.

»Na, wenn das kein gutes Omen ist«, verkündet Louis. »Wo ist Grace?«

»Die schläft, das Gesicht im Eis, glaube ich.«

»Weck sie auf und wisch sie ab, heute Nacht ist sie Julia.«

»Aber er ist *mein* Romeo.« Bockig runzelt Tanya die Stirn. »Ich habe ihn gefunden.«

»Sei großzügig, Tan«, schmeichelt Louis, »es ist für eine gute Sache.«

»Aber ich hatte noch nie einen Romeo…« Tanyas Unterlippe zittert, aber ich sehe, dass sie zögert. »Wahrscheinlich habe ich nie wieder…«

»Sag niemals nie«, entgegnet Louis. »Außerdem, wie kann man Grace besser von einem schrecklichen Fehlschritt abhalten als mit einem waschechten, lupenreinen, authentischen Romeo? Wie könnte sie da widerstehen?«

»Also gut, du kannst ihn haben«, lenkt Tanya seufzend ein. »Die Sache hat allerdings einen Haken – er spricht nur Italienisch.«

»Liebe kennt keinen sprachlichen Schranken«, erklärt Louis zuversichtlich.

»Dann geh du und rede mit ihm. Er hat nichts von dem verstanden, was ich ihm in den letzten zehn Minuten verklickert habe.« Tanya führt uns über die kleine, überfüllte Tanzfläche zu einem Tisch in einer dunklen Ecke. Dort plaudert eine kleinere und stämmigere Ausgabe von Fußballstar David Ginola mit zwei dunkelhaarigen, rehäugigen Freunden.

Als er Tanya bemerkt, blickt er auf und strahlt aufgeregt. »*Ciao bella*«, ruft er ihr zu und kommt zu uns herüber.

»Er ist nicht ganz das, was ich erwartet habe«, brülle ich Louis über die Musik zu.

»Was meinst du damit?«

»Na ja, er ist wohl kaum ein Leonardo DiCaprio.«

»Weiß nicht – ich finde ihn irgendwie süß.«

»Ich stehe nun mal nicht auf Männer, die meinen, wie toll sie aussehen, nur weil sie eine behaarte Brust haben.«

»Du musst auch nicht auf ihn stehen, Ollie, solange Grace es tut.«

»Meiner Meinung nach steht Grace zur Zeit auf gar nichts, es sei denn, es heißt Stuart. Ich kann nicht fassen, wie sehr sie sich verändert hat: Ist dir aufgefallen, dass wir in mindestens zehn Kneipen waren und sie so gut wie keinen der Anwärter eines Blickes gewürdigt hat?«

»Wahrscheinlich deshalb, weil sie so knülle ist, dass sie nicht geradeaus sehen kann.«

Tanya versucht, einem verblüfften Romeo zu erklären, dass er jemanden für uns verführen soll. Da seine ursprüngliche Absicht eindeutig darin bestand, *sie* zu verführen, findet er das alles reichlich verwirrend, fürchte ich. »Sie heiratet demnächst, also soll sie sich noch mal austoben«, erklärt Tanya, als würde sie mit einem Dreikäsehoch reden.

»Sie soll sich noch mehrmals austoben«, ergänzt Louis über Tanyas Schulter, »und hoffentlich zu dem Schluss kommen, dass es sich lohnt, damit weiterzumachen.«

»*Cosa?*« Romeo runzelte verwirrt seine hübsche Stirn.

»Lass mich mal, ich spreche ein bisschen Italienisch.« Louis drängelt sich an Tanya vorbei. »*Buona sera. Come stai?*«

Romeos verblüffter Gesichtsausdruck weicht bei diesen Worten in seiner geliebten Muttersprache einem breiten Grinsen. Bisher hat ihn der Anblick von Tanyas Ausschnitt ja noch genug bezirzt, um dieses englische Kauderwelsch in Kauf zu nehmen, aber allmählich hatte er doch genug.

»Ah, *buona sera.*« Seine Erleichterung ist offensichtlich. »*Parli Italiano?*«

»*Si, si.*« Louis nickt eifrig. »*La Telefono a sono.*«

»*Prego?*«, erkundigt sich Romeo verdutzt.

»Hast du nicht behauptet, du sprichst Italienisch?«, frage ich lachend.

»Das war Italienisch.«

»›Das Telefon klingelt‹ – ein wirklich wichtiger Satz, Louis.«

»Das war nur, um reinzukommen«, lallt er und wedelt wegwerfend mit der Hand. »Ich glaube, ich kann mich noch an genug erinnern, um ihm eine englische Anmache beizubringen. Danach dürfte es egal sein, welche Sprache er spricht. Sie ist wahrscheinlich dann sowieso ein zusätzlicher Anreiz.«

»Glaubst du?«

»Ja. Nicht, dass er zusätzliche Anreize bräuchte. Hast du die Ausbuchtung seiner Hose gesehen? Entweder ist er bestückt wie ein Esel oder er verkauft Salami und nimmt seine Ware mit nach Hause.«

Ich überlasse es Tanya und Louis, Romeo den einen, wichtigen Satz einzutrichtern, um Grace einen schwarzen Kaffee einzuflößen, nicht, weil sie nüchtern sein soll – betrunken ist sie uns lieber –, sondern um sie wach zu machen. Im Moment ist sie so fertig, dass sie einfach von ihrem Barhocker rutscht und nicht sehr anmutig auf den dreckigen Boden zu sinken droht. Sie wird Romeo kaum umwerfend finden, wenn sie bereits der Länge nach auf dem Boden der Kneipe liegt. Ich stehe da und beobachte, wie die geballte Ladung Koffein eines verdoppelten doppelten Espresso, den ich ihr gerade eingeflößt habe, durch ihre Adern zu pulsieren beginnt. Sie wacht weit genug auf, um zu merken, dass sie dringend aufs Klo muss, grinst mich schief an und taumelt in Richtung Damen davon.

Louis gesellt sich wenige Minuten später zu mir.

»Wie macht er sich?«, frage ich.

»Ich bin mir nicht sicher. Entweder habe ich ihm gerade erzählt, dass Grace auf ihn steht oder dass er meinen Kleiderschrank kaufen soll. Ich neige wohl dazu, das Italienische etwas mit dem Französischen zu verwechseln, fürchte ich. Aber seinen Aufreißer beherrscht er inzwischen fast perfekt, und als ich ihm gezeigt habe, wen er für uns anbaggern soll, war er gleich ganz begeistert. Das einzige Problem ist leider, dass er darauf bestanden hat, ich soll einen flotten Dreier organisieren, für ihn, Grace *und* Tanya. Ist sie schon wach?«

»Ja, sie ist nur kurz auf dem Klo, um sich ein bisschen kaltes Wasser ins Gesicht zu spritzen.«

»Perfekt.« Louis grinst. »Wir lassen Romeo auf sie los, sobald sie zurückkommt.«

Erwartungsvoll stellen wir uns an der Bar auf, nachdem wir Romeo entsandt haben, sie abzufangen und mit ihr zu verkehren – verbal natürlich. Zumindest vorerst. Dummerweise ist zu diesem Zeitpunkt die Tanzfläche brechend voll mit angetrunkenen Nachtschwärmern, die sich an Macarena versuchen, und selbst als ich mich auf den Barhocker stelle, kann ich weder Grace noch Romeo erblicken. Fünf Minuten später entdecken wir jedoch Grace, die zwischen einigen mit den Händen wedelnden und mit den Hüften kreisenden Betrunkenen hindurchtaumelt. Allein.

»Dieser schreckliche kleine Kerl hat mir gerade in den Hintern gekniffen und mir angeboten, mich auf eine ›schnelle Numero‹ zu ihm zu begleiten«, erzählt Grace entrüstet und lässt sich auf den Barhocker neben mir fallen.

»Und was hast du gemacht?«, hake ich schnell nach.

»Ihm gesagt, er soll sich verziehen. Er war zwar Italiener, aber das hat er genau verstanden.«

Wir sehen uns enttäuscht an. »Und was ist passiert?«

»Er tat, wie ihm befohlen«, kichert Grace. »Er verzog sich.«

»Er ist weg?«, fragt Tanya betroffen.

»Er ist da-a-lang!«, trällert Grace trunken und deutet zur Tür.

»O Romeo! Warum denn Romeo?«, nuschelt Tanya weinerlich.

»Er ist gerade auf seiner Piaggio davongeprescht«, sagt Louis und reicht ihr seine Flasche Sol.

»Wohl kaum der romantische Abgang, den Shakespeare im Sinn hatte«, murmle ich hinter meinem dritten Tequila.

Gegen Mittag sind wir zurück im Hotel, schließen die Fensterläden und purzeln in die Betten. Wir sinken alle gleichzeitig in Morpheus' Arme; bis auf Louis, den ich noch vage höre, bevor ich in einen tiefen, traumlosen Schlaf sinke, und der anscheinend im Bad Macarena summt.

Aus dem Nachbarzimmer dringt ein schriller Schrei und reißt mich aus dem totalen Blackout. Ich zwinge mich dazu, meine verklebten Augen zu öffnen, und sehe verschwommen, wie Tanya mit nacktem Hinterteil und in Panik in unser Zimmer stürzt.

»Ollie, Grace, Ollie, Grace.« Sie schwirrt zwischen unseren Betten hin und her wie eine große Schmeißfliege, die hinter einem Fenster gefangen ist. »Wacht auf, wacht auf!«

»Was denn? Was!«

»Wir haben unseren Flieger verpasst!«

»Was!« Ich setze mich viel zu schnell kerzengerade im Bett auf, woraufhin sich in meinem Kopf alles heftiger dreht als das Mädchen in *Der Exorzist*.

»Wir haben den Flieger verpasst?«, kreischt Grace, kullert aus dem Bett und klaubt ihre Kleider zusammen, die sie vor sechs Stunden auf dem Boden verstreut hat.

»Na ja, genau genommen noch nicht, aber der Flug geht in dreißig Minuten. Und ich glaube kaum, dass wir es schaffen, in dieser Zeit zu packen und zum Flughafen zu kommen, oder?«

»Mist! Mist! Mist!« Grace versucht gerade, ihr linkes Bein durch den rechten Ärmel der hauchzarten Strickjacke von Kokaï zu stecken, die sie gestern anhatte.

»Bedeutet das, dass ich weiterschlafen kann?«, frage ich müde, lege mich wieder hin und ziehe die Decke über den Kopf.

»Nein, verdammt noch mal!«, jault Grace und hüpft an mir vorbei. »Wir haben dreißig Minuten, und wir werden sehr wohl versuchen hinzukommen!«

Grace und ich laufen wie zwei Geistesgestörte durchs Zimmer, werfen Klamotten in Taschen, fegen ganze Regalbretter mit Deos und Shampoos einfach hinterher und schaffen es, innerhalb von acht Minuten in beiden Zimmern zu packen. Erst da merken wir, dass uns etwas Entscheidendes fehlt.

»Louis«, kreischt Grace. »Wo zum Teufel steckt Louis?«

»Wie ich ihn kenne, ist er wieder losgezogen!«, behauptet Tan, die uns die ganze Zeit nur im Weg gestanden hat.

»Das glaube ich nicht. Ich war vor zwei Stunden kurz wach, und da war er im Zimmer.«

»Du bist vor zwei Stunden wach gewesen!«, wiederholt Grace fassungslos. »Verdammt, warum hast du uns da nicht alle geweckt?«

Als Grace in der Hoffnung ins Badezimmer spurtet, dass Louis eventuell hinter dem Duschvorhang eingeschlafen ist, nutze ich die Gelegenheit, Tan zu befragen. »Hast du das mit Absicht getan?«

»Was denn?«

»Ich habe es Grace gegenüber nicht erwähnt, aber irgendjemand hat den Wecker ausgestellt.«

»Wirklich?«

»Ja. Ich hatte ihn so gestellt, dass wir genügend Zeit gehabt hätten. Hast du ihn ausgestellt?«

»Ich?« Sie legt eine Hand auf die Brust. »*Ich* soll so etwas getan haben?«

»Du warst es, stimmt's?«

Sie hält einen Moment mit aufgerissenem Mund inne, als sei sie entsetzt von dem Gedanken, dass ich ihr anscheinend so etwas zutraue. Dann seufzt sie in gespieltem Schuldbewusstsein. »Also gut, du hast mich ertappt. Ich geb's zu. Ich hab's getan. Bist du jetzt sauer?«

»Sauer!«, entfährt es mir. »Sauer! Ich bin stinksauer…« Tanyas Grinsen verschwindet. »Stinksauer«, fahre ich fort, »weil ich nicht von selbst darauf gekommen bin.« Ich drücke sie fest an mich. »Kluges Kind, jetzt können wir nur noch hoffen, dass wir Louis nicht finden, und dann sitzen wir in Rom fest!«

Leider ertönt zwei Minuten später ein Aufschrei, als Grace Louis endlich auf dem Balkon findet. Er ist immer noch selig betrunken und weiß von dem Chaos, das drinnen stattgefunden hat, gar nichts. Er räkelt sich auf einem Liegestuhl, eine Flasche Wodka in der einen Hand, ein Fernglas in der anderen – der Himmel weiß, woher er das hat. Es klebt förmlich an seinen Augäpfeln, damit er die italienische Ware im Angebot prüfen kann, die unten in ihren Sonntagsklamotten über die Straße paradiert. Die Ärsche sind knackiger als die so mancher römischen Skulptur, und die Designerjeans sehen aus, als wären sie aufgesprüht worden. Aus einem unerklärlichen Grund trägt er ein duftiges, geblümtes Sommerkleidchen, das Grace gehört, und dazu Dock Martins und schicke Ray-Bans. Und die ganze Zeit kichert er hohl bei seiner Spannerei. »Ich bin ein italienischer Lustmolch«, hechelt er, als wir ihn von seinem Liegestuhl hochhieven und ins Innere schleifen.

Keiner von uns ist sonderlich überrascht, als sich bei unserer Ankunft am Flughafen herausstellt, dass wir viel zu spät dran sind.

»Was zum Teufel sollen wir jetzt machen?«, fragt Grace mit zittriger Stimme und massiert sich die Schläfen, als zum Kater auch noch der Katzenjammer kommt.

»Den nächsten Flug nehmen«, lallt Louis fröhlich, völlig unbeeindruckt von der Tatsache, dass er keine Zeit zum Umziehen hatte, immer noch das pink-orange Kleidchen trägt und nun eine Mischung aus amüsierten, erstaunten und verängstigten Blicken von den anderen Reisenden erntet. Das liegt nicht allein an seiner Kleidung. Aufgrund der Tatsache, dass er immer noch hemmungslos hackedicht ist, erschien es uns leichter, das Gepäck zu tragen und Louis auf den Wagen zu laden.

»Das ist nicht so wie beim Busfahren, Louis!«, faucht Grace.

»Nicht?«

»Ich glaube nicht, dass in zehn Minuten der nächste geht, nein.«

Erstaunlicherweise ist Tanya von uns allen die Nüchternste, also wird sie zum Check-In entsandt, um das weitere Vorgehen zu besprechen. Zwanzig Minuten später ist sie wieder da. »Wollt ihr zuerst die gute oder die schlechte Nachricht?«

»Die gute, eindeutig die gute«, bettelt Grace, die offensichtlich an Stuffy denkt, der zu Hause auf sie wartet.

»Morgen in aller Frühe gibt es einen anderen Flug.«

»Hurra!« Grace ist die Einzige, die jubelt.

»Freu dich nicht zu früh. Wie ich bereits sagte, es gibt auch eine schlechte Nachricht.«

»Dann los, raus damit.«

»Es gibt nur noch zwei Plätze.«

»Tja, das ist schlecht. Wir fliegen entweder alle oder wir bleiben alle hier«, erkläre ich.

»Einer für alle«, grölt Louis.

»Und alle für einen«, fährt Grace leicht widerstrebend fort.

»Ich weiß, aber der nächste Flieger, in dem vier Plätze frei sind, geht erst am Mittwoch.« Tanya zwinkert mir voller Schadenfreude zu.

»Aber das ist in drei Tagen! Was sollen wir nur machen?«

»Ich habe uns auf die Warteliste für den Morgenflug setzen lassen, falls andere Passagiere nicht auftauchen. Wir können nur abwarten.«

»Ich schlage vor, dass wir zum Hotel zurückfahren und sehen, ob sie uns noch für eine Weile unterbringen können«, schlage ich vor.

»Ich finde, wir sollten hier warten«, widerspricht Grace besorgt. »Wenigstens bis wir wissen, ob wir morgen früh mitkommen.«

»Aber warum hier rumsitzen, wenn wir die Gelegenheit nutzen und noch mal ausgehen könnten?«

»Was, damit wir den nächsten Flieger auch verpassen?«, fragt Grace entnervt.

»Lenk sie weiter ab«, flüstert Tanya mir zu. »Ich habe uns gar nicht auf die Warteliste setzen lassen, sondern uns gleich für den Mittwochsflug eingetragen.«

»Kluges Kind!«

Wir suchen uns eine Ecke mit vier Sitzen und Blick auf die Startbahn. Gerade wollen wir es uns für die lange Wartezeit so bequem wie möglich machen, da stelle ich fest, dass einer von unserer Truppe abhanden gekommen ist. »Wo ist Grace?«, erkundige ich mich bei Tanya.

»Wahrscheinlich auf dem Klo.«

»Hat sie denn nichts gesagt?«

Als sie nach zwanzig Minuten immer noch nicht zurück ist,

fangen wir an, uns Sorgen zu machen. Gerade wollen wir einen Suchtrupp ausschicken, als ich sehe, wie sie sich durch die abreisenden Urlauber vor uns drängelt. Sie winkt mit zwei Flaschen billigem Champagner und sieht eindeutig fröhlicher aus als vor einer halben Stunde.

»Gray! Wo um Himmels willen hast du gesteckt? Wir haben uns Sorgen gemacht.«

Grace, die selbst keineswegs mehr besorgt aussieht, stellt den Schampus ab und grinst breit. »Ich habe unser kleines Transportproblem gelöst«, verkündet sie. Sie schnappt Louis, zerrt ihn hoch und verfrachtet ihn wieder auf den Gepäckwagen. »Na los, Rasselbande, es geht heimwärts.« Sie fängt an, ihre Taschen und Flaschen einzusammeln und sie auf den überraschten, sprachlosen Louis zu stapeln.

»Was? Und wie?«

»Wir werden mitgenommen.«

»Wie denn das?«

»Ich habe Stuart angerufen.«

»Und?«

»Wie ich schon sagte, er hat etwas für uns arrangiert.«

»Wie um alles in der Welt hat er das hingekriegt?«, frage ich und rapple mich hoch.

»Er hat Freunde in hohen Positionen«, äußert sie rätselhaft. »In sehr hohen Positionen. Zehntausend Meter hoch …«

»Wer hätte gedacht, dass dieser Dan Slater einen blöden Privatjet hat«, murre ich verdrießlich und klatsche mit einer zusammengerollten *Cosmopolitan* nach einer etwas zu hartnäckigen Fliege.

»Er gehört eigentlich nicht Dan, sondern einem Freund, der ihm noch einen Gefallen schuldete«, erwidert Grace, die mir einen Schluck aus ihrer so gut wie leeren Champagnerflasche anbietet.

»Freund! Gefallen! Ha! Wohl eher jemand, den er geschäftlich übers Ohr gehauen hat«, grolle ich und nehme einen großen Schluck.

»Das ist ja SO geil«, haucht Tanya wohl zum zwanzigsten Mal.

»So ein Arsch«, wiederhole ich, ebenfalls etwa zum zwanzigsten Mal.

Nach ihrer überraschenden Ankündigung hat Grace uns in ein Taxi verfrachtet und fünfzig Kilometer durch Staub und Hitze zu einem privaten Flugplatz gekarrt, der vor den Toren der Stadt liegt. Jetzt kauern wir im Schatten eines Olivenbaums, beobachten den Sonnenuntergang, schlürfen Schampus, benutzen unsere Taschen als Sitzgelegenheit und werden allmählich immer betrunkener, während wir darauf warten, dass Dämon Dan wie James Bond bei einer Rettungsmission herbeieilt.

So ein Arsch.

Die Maschine landet schließlich um zwei Uhr morgens, als ich gerade hinter einem Busch mein Geschäft verrichte, der einen Hauch zu stachelig ist, um seinen Hintern wirklich nahe heranschieben zu können. Die Scheinwerfer der Maschine schwenken über die Startbahn wie Suchlichter über einen Gefängnishof, verharren auf meinem Busch und veranlassen mich, hastig meinen String hochzuziehen, damit der Pilot nicht denkt, es gäbe heute Nacht zwei Monde.

Zu Tanyas riesiger Enttäuschung und meiner riesigen Erleichterung ist Dan nicht mitgekommen. Stuart mit u dagegen schon. Kaum ist der kleine Privatjet gelandet, taumelt er aus der Tür, bevor noch die Treppe ausgeklappt ist, und sinkt in die offenen Arme seiner wartenden Grace.

»Du glaubst gar nicht, welche Sorgen ich mir gemacht habe!«, sprudelt es aus ihm heraus. Er drückt sie so fest an sich, dass ich hören kann, wie sie nach Luft schnappt.

Bilde ich es mir nur ein, oder starrt Stuart mit u Tanya und mich wirklich *wütend* an? Na ja, man kann es nicht wirklich wütend nennen – ich kann mir nicht vorstellen, dass er in der Lage ist, seinen sanften, maßvollen Zügen einen Ausdruck zu verleihen, der etwas Boshaftes hat –, aber er sieht nicht besonders glücklich aus.

Jetzt habe ich doch ein etwas schlechtes Gewissen, bis Grace, die an Stuarts rührend beschützendem Arm hängt, sich beim Einsteigen zu uns umdreht, uns zuwinkert und die leere Champagnerflasche schwenkt, die sie immer noch in der Hand hält. Sie nuschelt: »Echt klasse, Leute, es… war… echt… klasse.«

Den ganzen Flug über schmolle ich. Das mag zwar ein bisschen kleinlich erscheinen, aber ich kann mich des Eindrucks nicht erwehren, dass Dan Slater mir hiermit einmal mehr eins ausgewischt hat.

Tanya ist glücklich. Sie hat den ganzen Flug im Cockpit verbracht und den sexy Piloten angebaggert. Louis ist glücklich. Er hat den ganzen Flug damit verbracht, das Cremeschnittchen von einem Steward anzubaggern. Ein ganzer Steward für einen so kleinen Privatjet. So ein Arsch! Der einzige Dämpfer während dieser Reise ist für sie die Tatsache, dass Stuart und Grace fast den ganzen Flug die Lippen aufeinander gepresst hielten, als hätte das kleine Vakuum, das durch das Schließen der Tür entstanden war, dazu geführt, dass ihre Münder sich festsaugen und nie wieder getrennt werden können. Zumindest nicht bis zur Landung.

Der schwuchtelige Steward hört lange genug auf, Louis mit provozierend gespitzten Lippen anzuhimmeln, um mir etwas zu trinken anzubieten. Ich sehne mich verzweifelt nach etwas Alkoholischem, doch ich sehne mich noch verzweifelter danach, Dan Slater nicht noch mehr zu schulden, als ich ohnehin schon tue, wozu auch die Gastfreundschaft während des Fluges zählt. Ich sage mir, dass ich sowieso genug Alkohol im Blut habe, um bis England zu kommen, und falle schließlich in einen unruhigen Schlummer, der allerdings von einem höchst verstörenden Traum begleitet wird. Dan Slater, verkleidet als Supermann, versucht, einen Hubschrauber mit all meinen Freunden auf dem Dach des Tate's zu landen, während ich splitterfasernackt umherlaufe und nur eine Fliegenklatsche habe, um mich zu bedecken und das Restaurant vor der unmittelbaren Zerstörung zu bewahren, als der Hubschrauber sich in einen Meteoriten von der Größe eines kleinen Landes verwandelt.

Kapitel 8

Nachdem ich den Rest des Montags und den größten Teil des Dienstags im Bett verbracht habe, um mich von unserem Italientrip zu erholen, schleppe ich mich am Mittwochabend nach unten, obwohl ich immer noch einen Kater und einen erstklassigen, schnöseligen kleinen Jetlag habe. Wie sich herausstellt, hat mein treuloser Koch mich einmal mehr im Stich gelassen.

»Claude hat gerade angerufen und sich krank gemeldet«, ist das Erste, was ein genauso erschöpfter, aber weitaus muntererer Louis verkündet, als ich hohläugig durch die Hintertür hereintaumle.

Louis wirft einen Blick auf den Bestellblock, auf den er Claudes Nachricht gekritzelt hat. »Er sagt, er hat...« Er kneift die Augen zusammen, um seine eigene Schrift zu entziffern. »... Staupe. Genau, er hat Staupe.«

»Staupe! *Hunde* haben Staupe, Louis, nicht Menschen.«

»Er ist ein alter Hund, zählt das nicht?«

»Nein, verflucht noch mal!«, heule ich wütend.

»Hey, mach nicht mich verantwortlich.« Louis hebt abwehrend die Hände und wirft dann Melanie mit hochgezogenen Brauen einen Blick zu, die mit den Lippen PMS formt.

»Ich habe kein PMS, klar«, fauche ich beide an. »Ich darf ja wohl noch beschissener Laune sein, ohne meine Hormone dafür verantwortlich machen zu müssen!«

Louis zwinkert Mel zu, entschlossen, mich noch weiter zu provozieren.

»Sehr lustig«, knurre ich, reiße die Kochschürze vom Haken und binde sie mir mürrisch um.

Ich hatte gehofft, ich könnte den ganzen Abend die Chefin raushängen lassen; Sie wissen schon, an der Bar rumhängen, mit den Stammgästen plaudern, neue Gäste in der Hoffnung anquatschen, dass sie zu Stammgästen werden, jede Menge trinken und all die kleinen Extras genießen, die das Chefsein an einem guten Abend mit sich bringt.

Super, super, super.

Einige Stunden später stelle ich jedoch plötzlich fest, dass es durchaus Vorteile hat, den Gästen auf diese Art aus dem Weg zu gehen. Louis hüpft aufgekratzt in die Küche. Ein teuflisches Grinsen auf dem hübschen Gesicht, verkündet er: »Rat mal, wer schon wieder da ist!«

»Keine Ahnung«, antworte ich, da ich nicht in der Stimmung für Ratespielchen bin.

»Na los, rate.«

»Warum sagst du es mir nicht einfach, Louis«, erwidere ich müde.

»Also wirklich, Ol, du bist im Moment echt schlecht drauf.«

Ich sehe ihn mit hochgezogenen Brauen an.

»Oh, also gut …«, lenkt er schmollend ein, doch selbst ich kann die gute Laune nicht vertreiben. »Ich verrat's dir …« Er bricht ab, um die Spannung zu steigern.

»Louis!«, kreischen Mel und ich wie aus einem Mund: Mel aus schierer Neugier, ich aus schierem Frust.

Louis sieht erst mich, dann Mel an und schmunzelt. »Satan Slater, der infam imposante Immobilienhai«, knurrt er lüstern.

»Er ist wieder da!«, kreischt Mel erfreut und lässt vor Aufregung ein Stück Kuchen fallen. »Ich wusste, dass er wiederkommt. Das bedeutet, dass er mich mag.«

»Vielleicht mag er nur das Essen«, erwidert Louis eifersüchtig.

Vielleicht mag er es, mich total zu nerven. Wie Sie sich vorstellen können, hält sich meine Freude über die Ankunft dieses neuen Gastes in Grenzen. Dan Slater. Ich bin mir sicher, dass er nur gekommen ist, um mich zu verspotten. Entweder ist er sehr mutig oder sehr dumm… schließlich wäre es ein Leichtes für mich, ihm in die Jakobsmuscheln zu spucken… oder etwas weit Schlimmeres in seine Pasta mit Pesto zu mischen…

»Ich habe ihn an Tisch drei gesetzt.« Louis wirft Mel einen triumphierenden Blick zu, da es sich um den Tisch handelt, der am weitesten von denen entfernt ist, die sie bedient.

»Du wirst ihn wohl oder übel wieder rausschmeißen müssen«, verkünde ich müde.

»Was?«, jault Louis.

»Es ist halb elf, Louis.«

»Na und, normalerweise nehmen wir bis elf Bestellungen entgegen.«

»Ich habe beschlossen, dass wir heute nur bis halb elf Bestellungen annehmen.«

»Aber Ollie!«, jammert Louis wie ein Kind, das gerade erfahren hat, dass es nicht aufbleiben und seine Lieblingsserie im Fernsehen ansehen darf.

»Keine Widerrede, Louis, ich habe genug und will früh schließen, klar?«

Schmollend schiebt Louis die Unterlippe vor. »Das wirst du ihm schon selbst sagen müssen. Ich tue es nämlich nicht«, murmelt er. »Nicht, nachdem er uns gerettet hat…«

Soll mir recht sein. Ich wische mir die Hände an der Schürze ab und dränge mich entschlossen an Louis vorbei. Es ist schon schlimm genug, dass Dan Slater ständig hierher kommt. Und dann muss mein untreues Personal auch noch auf seine Libido statt auf meine Warnungen hören und ihn jedes Mal, wenn er geruht, uns zu beehren, wie den verlorenen Sohn behandeln.

Das Restaurant ist voll besetzt. Ein Anblick, den ich immer zu würdigen weiß. Ein Anblick, der mich jedoch nicht mit der gleichen wohligen Wärme erfüllt, ist der von Dan Slater, der an einem Tisch in der Nähe des riesigen, offenen Kamins sitzt, welcher dank des wundervollen Wetters nicht benutzt wird, sondern voller Trockenblumen ist, wie ich es jeden Sommer mache. Als seine Begleitung erweist sich, wie kann es anders sein, Miranda. Sie sieht extrem selbstzufrieden aus, und ein Lächeln, das die Dimensionen eines Froschmauls hat, liegt auf ihrem stark geschminkten Gesicht. Das Lächeln rutscht jedoch bis zu den Kniekehlen ab, als sie mich auf ihren Tisch zukommen sieht, und wird durch einen Ausdruck extrem unangenehmen Überraschtseins ersetzt, der weit weniger attraktiv, dafür aber weit erträglicher ist als der selbstgefällige Blick.

Ich schlängle mich zwischen den Tischen hindurch, und meine Entschlossenheit nimmt mit jedem Schritt ab. Es ist eine Sache, sich die Genugtuung vorzustellen, ihn hinauszuwerfen, aber eine andere, es auch durchzuziehen. Außerdem weiß ich wirklich nicht, ob ich so unverschämt sei kann … Ich kann schließlich nicht umhin anzuerkennen, dass er eine ganze Menge Ärger und Umstände auf sich genommen hat, um sicherzustellen, dass wir heil von unserer italienischen Eskapade zurückkehren, so sehr es mir auch zuwider ist, ihm verpflichtet zu sein. Ich weiß, dass er es Stuart und Grace und sicher nicht mir zuliebe getan hat, doch auch ich habe von seiner Selbstlosigkeit profitiert …

Selbstlos. Ich hätte in diesem Wort nie eine passende Beschreibung für Dan Slater gesehen. Ich seufze tief und halte abrupt inne. Ich kann ihn nicht hinauswerfen, wie sehr ich es mir auch wünsche. Ich will gerade müde in die Küche zurückschlurfen, um Louis mit dem Bestellblock zu entsenden, als Dans Stimme quer durch das ganze Restaurant schallt.

»Entschuldigen Sie, Bedienung.« Ich brauche einen Augenblick, um zu erkennen, dass er mich meint. »Äh, Bedienung.«

Ich stehe wie angewurzelt da und starre ihn wütend an.

»Ich sagte, *Bedienung.*« Die Stimme wird ungeduldiger. Jetzt schnippt er auch noch befehlend mit den Fingern. Ein boshaftes Lächeln gleitet über sein Gesicht. »Also wirklich, der Service hier ist heute Abend eine Katastrophe«, sagt er reichlich laut zu Miranda, die verlegen kichert.

Ich brauche einen weiteren Augenblick, um zu erkennen, dass er betrunken ist. Eindeutig sturzbetrunken. Aus irgendeinem Grund finde ich diesen Dan Slater weit weniger einschüchternd. Vermutlich, weil ihm die übliche ruhige, lässige Unterkühltheit abhanden gekommen ist. Und ich finde diesen Dan Slater höchst anstößig. Meine Entscheidung, ihm heute Abend seinen Willen und sein Essen zu lassen, verflüchtigt sich. Um so viel Ruhe und Würde ringend, wie ich nur aufbringen kann, setze ich mein »Chefinnen«-Gesicht auf und gehe zu ihrem Tisch.

»Bedaure, mein Herr, aber die Küche ist bereits geschlossen …« Das ist keine Lüge. Trotz seiner Anstrengungen ist dies immer noch mein Restaurant, und ich kann die Küche schließen, wann es mir passt.

»Dann machen Sie sie halt wieder auf.«

»Ich befürchte, dass das nicht geht, mein Herr.«

»Warum nicht?«

Das haut mich um. »Weil ich nicht will«, scheint irgendwie unpassend zu sein. Selbst im Zustand der Trunkenheit spürt Dan offensichtlich mein Zögern. Er wirft die Speisekarte auf den Tisch, lehnt sich frech zurück und verlangt, dass ich ihm die Tagesgerichte aufzähle.

Ich überhöre ihn. »Unser Koch ist heute Abend nicht hier, und wir schließen früher«, antworte ich mit geschäftsmäßiger Stimme, die normalerweise für meinen Sachbearbeiter bei der Bank reserviert ist, wenn er mich mal wieder annervt, oder für schlampige Lieferanten.

Er überhört mich. »Was steht auf der Tageskarte?«, wiederholt er.

»Wir haben geschlossen.«

Er blickt sich um und kneift betrunken die Augen zusammen. »Sieht für meine Begriffe nicht sonderlich geschlossen aus.«

»Es überrascht mich, dass Sie überhaupt etwas erkennen können, so blutunterlaufen und gläsern wie Ihre Augen sind...«, entgegne ich sarkastisch.

Miranda, die die Auseinandersetzung anfangs zu genießen schien, wird knallrot, als unsere Stimmen lauter werden. Sie schnappt ihre Handtasche, murmelt etwas davon, dass sie mal eben für kleine Mädchen müsse, und eilt davon, um sich auf der Toilette zu verstecken.

Dan überhört auch meinen letzten Kommentar und sieht sich weiter um. »Also gut, wenn Sie schon so zickig sind und mir nicht sagen wollen, was es heute gibt, verraten Sie mir wenigstens, wo ich die verdammte Speisekarte herkriege«, brummt er, ohne mich anzusehen.

»Heute scheint es *Arschlöcher* zu geben«, gifte ich.

»Was war das?«, fragt er zerstreut und sieht sich weiter nach der Speisekarte um, obwohl sie noch immer genau dort liegt, wo er sie hingeworfen hat.

»Arschlöcher«, knurre ich verhalten.

Dieses Mal hat er mich klar und deutlich verstanden. »Wie bitte!«, nuschelt er und sieht mich herausfordernd an.

Miranda, die sich soeben wieder aus der Toilette wagte, kehrt abrupt dorthin zurück.

»Arschlöcher«, wiederhole ich laut und halte seinem Blick stand. »Arschlöcher auf Toast, Arschlöcher mit Bohnen, Pommes oder Bratkartoffeln, pochierte Arschlöcher, frittierte Arschlöcher, gekochte Arschlöcher, flambierte Arschlöcher oder einfach große, fette Arschlöcher, die ständig in mein Restaurant kommen und...«

Ich spüre, wie eine Hand sich fest auf meinen Mund legt, als Louis hinter mir auftaucht und mich zurück in die Küche schleift. Dan und den verbleibenden Gästen gegenüber murmelt er etwas in der Art, dass ich heute Morgen angeblich meine Pillen vergessen hätte. Ich reiße mich los, als wir durch die Schwingtür kommen, und fahre wütend zu ihm herum. »Was fällt dir eigentlich ein!«

Louis erwidert meinen wütenden Blick ruhig und amüsiert. »Dasselbe wollte ich gerade dich fragen.«

»Dieses arrogante Schwein!«, jaule ich und hüpfe vor lauter Frust auf und ab. »Wie kann er es wagen, um diese Zeit hier hereinzuplatzen, voll wie ein Goldfisch in einem Glas Gin, und herumzukommandieren, als würde ihm das Restaurant gehören!«

»Es ist mir sehr unangenehm, dich daran zu erinnern, Ollie, meine Liebe, aber es gehört ihm.«

»Ihm gehört vielleicht das Gebäude, aber es ist mein Restaurant. Das ist ein Unterschied, Louis, ein großer Unterschied!«

»Komm erst mal wieder zu dir; ich nehme ihre Bestellung entgegen.«

»Du kannst ihm bestellen, dass er verschwinden soll, das kannst du«, knurre ich und verschränke die Arme vor der Brust.

Louis wendet sich an Mel, die im Hintergrund herumlungert und vor Schadenfreude über die unerwartete Wendung, die dieser normale Abend harter Schufterei genommen hat, von einem Fuß auf den anderen hüpft. »Sei so lieb, Melly Belly, und hol mir eine Flasche Rotwein aus dem Weinkeller. Und nimm einen guten.«

»Ich habe gesagt, sie werden nicht bedient!«, wüte ich.

»Er ist nicht für sie, Süße, er ist für dich.« Louis drückt mich auf einen Stuhl. Als Mel eilfertig mit dem Rotwein aus dem Keller zurückkehrt, reicht er mir ein großes Glas und befiehlt mir zu trinken.

»Besser?«, erkundigt er sich, als ich gehorsam das halbe Glas hinuntergekippt habe.

»Nein.« Stirnrunzelnd sehe ich ihn an.

»Es bringt nichts, ihn absichtlich gegen dich aufzubringen, Ollie.«

»Warum nicht, er macht doch das Gleiche mit mir.«

»Das weißt du doch gar nicht, Ol. Außerdem hat er uns letztes Wochenende wirklich aus der Patsche geholfen…«

»Ich weiß, ich weiß. Das ist der Grund, warum ich ihn nicht sofort rausgeworfen habe.«

»Wir sind ihm etwas schuldig, Ollie. Wie sehr es dir auch gegen den Strich geht, das zuzugeben… Ich für meinen Teil würde ihm einen großen Drink spendieren…«

»Ich wollte ihm ja eine ganze Flasche spendieren…«

»Ach ja?«

»Ja, aber es ist mir nicht gelungen, ihn davon zu überzeugen, sich vorzubeugen, damit ich sie ihm hinten reinschieben kann!«

Louis leistet noch ein bisschen Überzeugungsarbeit, bis ich schließlich einlenke und ihm gestatte, ihre Bestellung entgegenzunehmen.

»Was wollen sie?«, grolle ich ungnädig, als er fünf Minuten später wieder in die Küche kommt.

»Die Dame wünscht Bruschetta mit Krabben, gefolgt vom Lammfilet.«

»Und was ist mit ›dem Schwein‹?«, stoße ich hervor.

Louis kaut auf dem Kugelschreiber und verzieht den freien Mundwinkel zu einem Grinsen. »Das Schwein«, eröffnet er, »sagte, er wolle gebratenen Tunfisch als Vorspeise, gefolgt von…«, hier hält er inne, blickt auf den Bestellblock und dann zu mir, wobei seine strahlend blauen Augen vor Heiterkeit blitzen, »…einem Arschloch mit Pommes, nicht zu durchgebraten.«

Gegen ein Uhr morgens ist das Restaurant endlich leer und die Küche aufgeräumt. In weniger als fünf Stunden geht es schon wieder weiter. Ich schmeiße alle und jeden raus, schiebe Morcheeba in den CD-Spieler im Restaurant und schnappe mir den Rest der Flasche 1995er Errazuriz, den Louis mir vor Stunden eingeflößt hat. Damit lasse ich mich an dem Tisch nieder, der dem Kamin am nächsten steht, um den beruhigenden Effekt zu genießen, der von dem süßen Duft und den sanften Farben der Gartenwicken ausgeht, die auf dem Rost liegen.

Kaum fünf Minuten sind vergangen, da höre ich plötzlich, wie die Küchentür aufgeschlossen wird und die Schwingtür in den Angeln quietscht, als jemand das Restaurant betritt. Louis ist der Einzige, der einen Satz Schlüssel hat. Außerdem wollte er unbedingt noch bleiben und mir dabei helfen, den Wein auszutrinken, aber nach solch einem beschissenen Abend mache ich einen auf Greta Garbo. »Verpiss dich, Louis«, murre ich griesgrämig. »Ich hab dir doch gesagt, ich will allein sein.«

»Das ist aber ein bisschen klischeehaft«, antwortet eine schleppende Stimme, die mir entfernt bekannt vorkommt, die aber sicher nicht Louis gehört.

Misstrauisch und ungläubig drehe ich den Kopf. Im Türrahmen lehnt Dan Slater mit glasigem Blick und frechem Grinsen auf seinem viel zu hübschen Gesicht. Im Bruchteil einer Sekunde springe ich vom Stuhl hoch und auf die Füße. »Wie zum Teufel sind Sie hier reingekommen?«, rufe ich anklagend.

Völlig unbeeindruckt schwenkt er einen schweren Schlüsselbund vor meinen Augen. Die Anstrengung lässt ihn leicht schwanken. »Dachte mir, einer von denen passt vielleicht, und wie es der Zufall wollte…« Er kommt herüber und setzt sich auf den Stuhl neben meinem Hals über Kopf frei gewordenen, greift nach meinem Weinglas und kippt mit einem Schluck die Hälfte davon herunter.

Vor Verblüffung bleibt mir der Mund offen stehen. »Hören

Sie, das Gebäude gehört Ihnen vielleicht, aber das gibt Ihnen nicht das Recht …«

»Es gibt mir das Recht auf Zutritt«, fällt er mir ins Wort, schenkt Wein nach und schiebt mir das Glas über den Tisch zu.

»Es gibt Ihnen das Recht auf *angemessenen* Zutritt zu einer *vereinbarten* Zeit«, platze ich heraus, wobei ich die zwei Worte besonders betone, »und sich zu solch unchristlicher Stunde Zugang zu *meinem* Restaurant zu verschaffen, nenne ich nicht gerade angemessen.«

Er kippt mit dem Stuhl nach hinten und mustert mich gelassen. »Du bist sehr attraktiv, wenn du wütend bist.«

Ich blinzle überrascht. Wenn das kein Seitenhieb war. Ein Klischee erster Güte. Aber auch eines, mit dem ich nicht gerechnet hatte. Ich ziehe mich langsam zurück.

»Hör mal«, brummt er, »du und ich, wir haben ein paar Probleme zu klären, warum holst du nicht ein zweites Glas, setzt dich wieder, und wir reden darüber.«

»Das wäre vielleicht eine gute Idee, wenn du nüchtern wärst«, antworte ich ausweichend.

»Ich bin *stock*nüchtern«, versichert er mir und schwankt leicht.

»Klar, und ich bin die Königinmutter.«

»Warum setzt Ihr Euch dann nicht auf Euren Thron, Majestät. Wortwörtlich«, fügt er hinzu und mustert die Sitze. »Mann, hier gibt es einige echt schräge Möbel.«

»Mir gefallen sie«, verteidige ich mich.

»Und ob du es glaubst oder nicht, Olivia, mir auch. Warum würde ich sonst deiner Meinung nach so oft hier essen?«

»Weil du ein sadistisches Schwein bist.«

»Das habe ich überhört.«

»Ich will nicht, dass du das überhörst. Ich will, dass du gehst.«

»Das meinst du nicht ernst. Nicht, wo ich doch extra hier bin, um dir zu helfen.« Klar, um mir aus dem Restaurant zu helfen, sodass er sich das Gebäude unter den Nagel reißen kann. »Ich denke, wir zwei könnten zu einer Übereinkunft kommen«, fährt Dan fort und streicht sich mit der Hand durch die kurzen braunen Haare. Dann lässt er sie auf seinen irritierend muskulösen, stramm behosten Schenkel sinken. »Ich weiß, dass du Probleme hast, die neue Miete aufzubringen. Und ob du es glaubst oder nicht, ich ziehe meinen Hut davor, wie du jeden Morgen zum Frühstück aufgemacht hast… Aber du kannst auf Dauer nicht so viele Stunden arbeiten.«

»Hast du mir etwa nachspioniert?«

»Ja«, gesteht er unumwunden. »In der Tat, das habe ich. Ich mag diesen Ort. Ich glaube, dass es ein solides Unternehmen ist, eine sichere Investition… Ich wäre bereit, in dich zu investieren, Ollie. Wie wäre es mit einer Partnerschaft?«

»Ich will keinen Partner.«

»Aber du kannst nicht abstreiten, dass du Hilfe brauchst.«

»Ich komme zurecht.«

»Glaubst du wirklich?«

»Ich muss. Auch wenn du mich in der Zange hast, werde ich dir nicht in den Hintern kriechen.«

Dans Mund verzieht sich zu einem schelmischen Grinsen. »Oh, wie schade«, sagt er schleppend. »Von hinten, hm… hey, wie wäre es, wenn du in mein Büro kommst und wir es dort versuchen, das war schon immer eine meiner heimlichen Fantasien…«

Verblüfft starre ich ihn an. »Willst du mich anmachen?«

»Vielleicht.«

»Wie kannst du es wagen! Das schlägt dem Fass den Boden aus.«

»Die meisten Frauen sehen es als Kompliment…«

»Du arrogantes Schwein!«

Er steht auf und kommt um den Tisch herum auf mich zu. »Du bist viel zu verklemmt, Ollie Tate«, murmelt er, als ich instinktiv zurückweiche.

»Ich denke, du gehst jetzt besser«, entgegne ich verärgert.

Er macht keine Anstalten.

»Gut, wenn du nicht gehst, gehe ich, verdammt noch mal.«

Als ich mich an ihm vorbeidrängen will, packt er mein Handgelenk und dreht mich zu sich herum. »Jetzt schon? Ja, willst du mir denn keinen Gutenachtkuss geben?«, fragt er herausfordernd. Er macht sich über mich lustig.

Wie sehr ich auch versuche, ruhig und besonnen zu bleiben, kann ich doch nicht verhindern, dass bei der Erinnerung an das letzte Mal, als ich diese Worte aus meinem eigenen Mund hörte, eine tiefe Röte mein Gesicht überzieht. Bevor mir noch eine passende Antwort einfällt, schnappt er mein anderes Handgelenk und zieht mich so dicht an sich, dass ich sein Herz durch das Hemd hindurch schlagen spüren kann. Im Gegensatz zu meinem, das förmlich rast, schlägt es gleichmäßig und stark. Er hält mich mit eisernem Griff fest, beugt den Kopf vor und küsst mich langsam auf den Mund, wobei sein Blick sich in meinen bohrt.

Ich versuche mich ihm zu entziehen und funkle ihn wütend an, doch er ist viel zu stark für mich. Ich komme mir vor wie Scarlet, die mit Rhett ringt. Mist. Daran hätte ich nicht denken dürfen, jetzt erregt mich das Ganze auch noch. Was für eine Vorstellung! O Mann, was küsst er gut. Und wie stark er ist. Er hat die Arme fest um mich geschlungen, und seine Muskeln spannen sich, als er den Griff gegen meinen zappelnden Körper verstärkt. Es nützt nichts, ich muss den Kuss erwidern. Das ist so, als würde man Champagner, der die Geschmacksknospen streichelt und auf der Zunge prickelt, nicht schlucken. Unmöglich. Ich vergesse meinen Kopf und lasse mich von der Lust übermannen, höre auf, gegen ihn anzukämpfen, und schließe langsam die Augen, als die Entrüstung intensivem Verlangen weicht. Doch als ich die Augen schließlich wieder öffne, entdecke ich, dass auch seine weit offen sind und dass sie … vor Lachen blitzen. Er lacht mich aus.

Das ist wieder eines seiner verfluchten Machtspielchen! Der Genuss löst sich in Luft auf und die Entrüstung kehrt stärker zurück als je zuvor. Zu zappeln wie ein Zwergkaninchen, das versucht, der erdrückenden Umarmung eines überzärtlichen Kindes zu entkommen, hat nicht besonders gut funktioniert. Zeit für kurz und knapp. Als sich diese gar zu verführerische Zunge das nächste Mal in meinen Mund schleicht, gehe ich zum Angriff über und haue meine Hackerchen in den leckeren, aber lästerlichen Eindringling. Dan stößt einen Schrei aus und lässt mich wie eine heiße Kartoffel fallen.

Jetzt lacht er nicht mehr. Genau genommen sieht er sogar wütend aus. Verdammt wütend. Furcht erregend. Wenn ich mir nicht sicher wäre, dass er keine Frauen schlägt, könnte man meinen, er würde mich schlagen. Mir bleibt nur eine Möglichkeit: Ihn vors Schienbein treten und die Beine in die Hand nehmen.

Fünf Stunden später. Ich habe mich zitternd und mit weit aufgerissenen Augen in meinem Schlafzimmer verbarrikadiert, wach gelegen und jeden Augenblick damit gerechnet, dass er an meine Tür hämmert. Doch das Hämmern ist ausgeblieben. Also schleiche ich nach unten und betrete das Restaurant, immer damit rechnend, dass er aus dem Schatten auftaucht und mir mit einem meiner Fleischermesser auf die Pelle rückt.

Es ist leer. Genau wie die Flasche Wein, die ich nicht mal zur Hälfte geschafft hatte. Ich nehme sie in die Hand und untersuche sie kopfschüttelnd.

Ich war die Treppe zu meiner Wohnung in der Erwartung hinaufgeeilt, er wäre nur Sekunden hinter mir, um sich für meinen Angriff zu rächen. Doch statt mich mit einem sorgfältig gewetzten Steakmesser und einer mörderischen Wut zu verfolgen, wie ich es mir vorgestellt hatte, muss er hier geblieben sein und den Wein ausgetrunken haben. Sich einfach wieder hingesetzt und bis zum Grund der Flasche gearbeitet haben. Sogar ein Teller steht auf dem Tisch, neben dem Weinglas, das noch immer Spuren meines Lippenstifts trägt. Darauf finden sich eine halb gegessene Scheibe Toastbrot und eine Tasse schwarzer Tee.

Ich fasse die Teetasse an. Sie ist noch lauwarm. Er muss hier fast die ganze Nacht gesessen und gewartet haben. Was, wenn er immer noch irgendwo steckt? Ängstlich sehe ich mich um, doch das Restaurant ist leer. Er versteckt sich auch nicht auf dem Klo und lauert mir auf, um mich entweder zu küssen oder zu killen. Als ich sicher bin, wirklich allein zu sein, weicht die verbliebene Angst der Empörung.

Wütend klaube ich die Zeugen seiner Nachtwache vom Tisch und pfeffere sie ohne Umstände ins Spülbecken. In der Küche finden sich weitere Spuren seiner Gegenwart, ein Buttermesser auf dem Tisch und ein benutzter Teebeutel auf der Abtropffläche neben dem Spülbecken. Ich kehre zur Bar zurück und entdecke ein leeres Brandyglas auf dem Abtropftablett. Von wegen sich ganz wie zu Hause fühlen! Er glaubt bereits, dieser Ort gehöre ihm. Doch so leicht wird er mich hier nicht rauskriegen.

Ich mache einen Luftsprung, als ich höre, wie die Hintertür der Küche, die ich weit offen gelassen hatte, zugeschlagen wird und schwere Fußtritte durch die Küche kommen.

»Es reicht, ich gebe auf!« Mein Herz kriecht in den Brustkasten zurück, als Tanya hereinplatzt, schnurstracks zur Bar geht und sich eine gekühlte Diet Coke aus einem der Kühlschränke mit den Glastüren schnappt. »Ich schmeiße alles hin!«, wiederholt sie und lässt sich auf einen Barhocker fallen.

»Ich auch«, antworte ich kläglich und geselle mich zu ihr.

»Du weißt doch noch gar nicht, wovon ich rede.«

»Muss ich auch nicht, ich schmeiße einfach alles hin.« Ich versuche, Tan von meinem Treffen mit Dämon Dan zu berichten, doch sie hört gar nicht zu.

»Stell dir vor, es war mir gelungen, sie zu überzeugen, gestern mit mir auszugehen, und ich habe die seltene Gelegenheit genutzt, sie einigen meiner Lieblingsmänner vorzustellen. Du weißt schon, den Top Ten, der Crème de la Crème. Und was macht sie? Redet den ganzen Abend von nichts anderem als diesem verdammten Langweiler Stuart mit u.«

»Meinst du Grace?«, seufze ich.

»Wen sonst«, entgegnet Tanya trocken.

»Da es bei Gray nicht funktioniert, sollten wir es vielleicht auf der anderen Seite probieren.« Ich bin selbst überrascht von meinen Worten. Mein Treffen mit Dan muss die Männerhasserin in mir zum Vorschein gebracht haben.

»Bei Stuart?«

»Genau.«

»Und was schlägst du vor?«

»Jemand anderen für *ihn* zu finden. Ihn durch eine andere Frau verführen zu lassen.«

»Du machst Witze, oder? Wo um Himmels willen sollen wir denn jemanden auftreiben, der das macht?«

»Du könntest ihn verführen«, schlage ich matt vor.

»Ich!«, kreischt Tanya und reißt bei der Vorstellung vor Schreck die Augen auf.

»Tja, das sagt doch alles«, seufze ich bitter. »Selbst *du* würdest ihn nicht mal mit der Kneifzange anfassen.«

»Was du da andeutest, will mir gar nicht gefallen«, antwortet Tanya steif.

»Mag sein, aber du weißt, wie es gemeint war.«

Jetzt ist es an Tanya, tief zu seufzen. »Leider ja… obwohl ich gestehen muss, dass ich mich nicht für *so* unkritisch halte«, fügt sie hastig hinzu.

Ich sehe sie mit hochgezogenen Brauen an.

»Ich schlafe doch nicht mit allem und *jedem.*«

Ich versuche die Sache mit den Brauen erneut; mein kürzliches Treffen mit Dan macht alle Hoffnung auf Takt zunichte. Tanya verfällt in ein verletztes Schweigen und kaut in einem plötzlichen Anfall von Reue und Selbstmitleid auf der Unterlippe. »Okay«, gesteht sie, »ich bin nicht gerade wählerisch, solange sie einen großen Schwanz, ein großes Herz oder eine große Geldbörse haben. Aber ich ziehe die Grenze bei Stuart.«

»Mit u und a«, scherze ich, da ich mir plötzlich schlecht vorkomme.

»Nicht mit e und w«, stimmt sie zu und lächelt schon wieder.

»Vielleicht ist er ein verkappter Lothario«, verkünde ich, nicht so sehr, weil ich glaube, was ich sage, sondern um sie zum Lachen zu bringen. »Unter der unschuldigen Oberfläche lauert das Herz einer miesen Ratte. Der feinfühlige Fabrikant ist in Wahrheit ein dekadenter, doppelzüngiger Drecksack.«

»Mein Bauch sagt mir, dass das in etwa so wahrscheinlich ist wie die Behauptung von Tanya, sie sei eigentlich noch Jungfrau«, erklingt eine Stimme von der Küchentür her. Es ist Louis, der zur Frühschicht kommt. Er sieht genauso verschlafen und übermüdet aus wie ich. »Wo wir gerade von Lotharios sprechen, hast du Tan schon erzählt, wer letzten Abend wieder hier aufgetaucht ist?«, fragt er mich und reibt sich die Augen, als er sich zu uns gesellt.

»Das wollte ich gerade«, antworte ich. »Aber du weißt ja noch nicht alles, Lou.«

»Nicht?«, fragt er und reißt die Augen auf. »O Mann, ich dachte, der Teil, den ich mitbekommen habe, war genug. Was um Himmels willen kam denn noch?«

Louis und Tanya hängen förmlich an meinen Lippen, als ich Tanya über den Abend aufkläre, und Louis über den Teil, der ihm entgangen ist. Dabei überspringe ich bequemerweise die Tatsache, dass ich Dan Slaters heftigen Kuss einen Augenblick lang genauso heftig erwidert habe, betone aber umso mehr, wie hart ich gekämpft habe, um freizukommen. Ich beende meine Erzählung zu mitfühlenden Lauten und tröstendem Schulterklopfen von Louis Seite, doch als ich zu Tanya blicke, lächelt sie auf eine entrückte, verzückte Art.

»Er hat dich um den Finger gewickelt, was?«, rufe ich ungläubig. »Du sollst von seinem Verhalten nicht beeindruckt sein, du sollst entsetzt sein.«

Tanya hat den Anstand, schuldbewusst dreinzuschauen, verneint meine Frage aber dennoch nicht. »Er ist einfach so ein … ein … Macho«, erklärt sie verträumt. »Wie schade, dass wir ihn nicht mit Grace verkuppeln können – so würden wir zwei Fliegen mit einer Klappe schlagen.«

»Das mit dem Schlagen gefällt mir«, grolle ich, »aber ich glaube fast, es ist mir lieber, Grace bleibt bei Stuart, als sich mit diesem Schwein einzulassen.«

»Wirklich? Mit Dan käme wenigstens Abwechslung in ihr Leben.«

»Es sei denn, Stuart ist ein verkappter Lothario, wie du es formuliert hat«, wirft Louis hoffnungsvoll ein.

»Wohl kaum«, sagt Tanya lachend. »Eher bist du ein echter Hetero.«

»Aber möglich wäre es schon. Bei Stuart, nicht bei dir!«, beruhige ich Louis, den die letzte Bemerkung etwas schockiert zu haben scheint. »Wie heißt es so schön? Im Grunde sind alle Männer Schweine.«

»Also schlägst du vor, dass wir Stuart die Chance geben, einmal das Schwein raushängen zu lassen.«

»Genau. Er hatte wahrscheinlich nicht viel Gelegenheit,

sich die Hörner abzustoßen. Um ein fremdgehender, wüster, wilder Draufgänger zu sein, muss man ein Gesellschaftsleben haben, zu dem mehr als ein gelegentlicher Ausflug zum örtlichen Pub gehört, um ein Bierchen zu zischen.«

»Wenn sich also die Gelegenheit böte …«

»Dann ist es möglich, dass er sie ergreift.«

»Und wie verschaffen wir ihm diese Gelegenheit?«

»Tja, das ist der etwas verzwicktere Teil.«

»*Etwas* verzwickter?«

»Kennst du nicht jemanden, der dabei wäre? Was ist mit Mel? Könntest du sie nicht überreden?«

»Das bezweifle ich.«

»Aber es wäre für einen wirklich guten Zweck.«

»Der einzige Mensch, den ich kenne und den man nicht erst groß überreden müsste, einen Fremden anzuquatschen, ist Claude, und der ist wohl kaum ein geeigneter Kandidat, nicht wahr?«

»In diesem Fall muss es jemand von uns sein«, bestimmt Tanya.

»Das soll hoffentlich ein Witz sein!«, rufe ich entsetzt.

»Es muss sein, Ollie.«

»*Das* muss nicht sein. Es muss einen anderen Weg geben, Grace zur Vernunft zu bringen.«

»Wir haben alles versucht, was uns nur eingefallen ist.«

»Warum übernimmst du es nicht? Du bist die Expertin in Sachen Verführung.«

»Weil es nicht fair wäre. Wir müssen das demokratisch lösen. Ich weiß was«, sie grinst, »wir ziehen Strohhalme.«

»Vermute ich richtig, dass ich bei eurer kleinen Abstimmung außen vor bin?«, fragt Louis grinsend, verschwindet hinter der Theke und holt sich einen Orangensaft.

»Warum solltest du? Vielleicht braucht es für diese Aufgabe einen Mann, falls du verstehst, was ich meine«, antwortet Tanya lachend und blinzelt ihm zu. Dann dreht sie sich wieder zu mir um. »Hast du Strohhalme?«

»Nur kleine Käsestangen.«

»Gut, ich bin am Verhungern.« Louis Magen knurrt bei dieser Behauptung laut, wie um sie zu untermauern.

»Das war ein Scherz.«

»Wie wäre es mit Papier?«, schlägt Tanya vor.

»Das schmeckt aber nicht so gut.«

»Halt die Klappe, Louis«, antworten wir wie aus einem Mund.

Ich hole Tanya einen Bestellblock und Louis eine Packung Chips mit Schinkengeschmack. Sorgfältig schneidet Tanya ein Stück Papier in drei gleiche Teile, zückt ihren Chanel-Lippenstift und malt ein rotes Kreuz auf eins davon. Dann knüllt sie sie zusammen, zieht Louis eine seiner Mickeymaus-Socken aus und wirft sie alle für das häusliche Losverfahren hinein.

»Also gut, wer das rote Kreuz zieht, verführt ihn.«

»X bedeutet ›auf der Stelle‹«, murmle ich, greife vorsichtig in die Socke und ziehe das erste Papier heraus.

Dann folgt Louis, sodass Tanya das letzte bekommt. Wir entrollen sie gemeinsam. Dem erleichterten Lächeln der anderen folgt mein entsetztes Gesicht auf dem Fuße. Meine Kinnlade kippt herunter und die Augen treten mir aus den Höhlen, weil mein Papier ein fettes rotes Lippenstiftkreuz trägt. Warum ausgerechnet ich! Ich würde es nicht über mich bringen, selbst wenn mir jemand eine Million Pfund dafür böte oder meinem Körper eine völlig neue Form gäbe, etwas in der Art von Jennifer Lopez, aber einen Hauch weniger in der Hüftregion bitte.

»Kommt nicht in Frage!«, entfährt es mir, als ich das Stück Papier fest zusammenknülle und in den Mülleimer werfe.

»Tut mir Leid, Kindchen, aber ausgemacht war, wer den markierten Zettel bekommt. Jetzt gibt es kein Zurück mehr.«

»Ich weiß«, seufze ich. »Wenn du oder Louis ihn hättet, würdet ihr es auch durchziehen.«

»Ich würde es, ja«, sagt Louis. »Aber ich glaube immer noch nicht, dass es etwas gebracht hätte. Er ist ganz sicher kein Männermann, falls ihr wisst, was ich meine.«

»Also liegt es an mir«, seufze ich resigniert.

Die beiden anderen nicken unnachgiebig.

Grace hat uns für kommendes Wochenende zu Stuart eingeladen. Wir kommen überein, dass der dreckige Job dort erledigt wird. Na ja, so habe ich wenigstens noch die Möglichkeit zu emigrieren. Und falls ich kein Ausreisevisum bekomme, kann ich mich immer noch vor den nächsten Bus werfen.

Kapitel 9

Zwanzig Minuten, nachdem ich die letzten Gäste des hektischen Freitagmittags hinausgeworfen habe, fährt Tanya in einem Taxi vor. Ich werfe hastig ein paar Sachen in eine kleine Reisetasche und habe gerade noch genug Zeit, eine saubere Jeans anzuziehen. Ich trage kein Make-up, und meine Haare sind noch feucht von der Dusche. Da irritiert es mich doch, als ich meine elegante Freundin aus dem Taxi steigen sehe; sie sieht aus, als würde sie für ein Foto-Shooting der *Vogue* Modell stehen. Und es sieht aus, als hätte sie sämtliche Klamotten für dieses Shooting dabei.

»Wir verreisen für ein Wochenende, nicht für ein Jahr«, stöhne ich, als der Taxifahrer mehrere Gepäckstücke von Louis Vuitton aus dem Taxi auf den Rücksitz meines Autos verfrachtet. »Für Louis brauchen wir auch noch ein Plätzchen, weißt du«, beharre ich, als sie lächelt, doch mich abgesehen von diesem stummen Gruß einfach ignoriert. »Du erinnerst dich doch an Louis«, bemerke ich sarkastisch. »Etwa eins achtzig, dunkle Haare, gut aussehend, sitzt normalerweise hinten?«

»Ich weiß«, antwortet sie schließlich und richtet ihre Aufmerksamkeit, die bisher dem sicheren Transfer ihres wertvollen Gepäcks galt, auf mich.

»Wenn es so weitergeht, bleibt kein Platz mehr«, informiere ich sie steif, als der Taxifahrer, dessen Glatze aufgrund der Anstrengung schweißnass ist, noch einen Koffer in mein armes Auto wuchtet. »Kannst du deine Sachen nicht im Kofferraum unterbringen?«

»Louis kann im Kofferraum sitzen«, entgegnet Tanya mit

einem leichten Lächeln. Sie bezahlt das Taxi und lässt sich auf den Beifahrersitz gleiten. »Er ist leichter zu reinigen als Leder.«

Louis wartet vor seinem Haus auf uns. Er kauert auf einer Mauer und plappert in sein Handy. Er sieht süß aus in der schwarzen Samtjeans, einer passenden Jacke und dem einfachen T-Shirt von Ted Baker. Die Spitzen seines stacheligen Haars sind blau gefärbt, um besser zu seinen Augen zu passen.

Als er mein Auto um die Ecke biegen sieht, beendet er das Gespräch und springt von der Mauer. Er winkt uns aufgeregt zu, als wir näher kommen. Als er sich auf die Zehenspitzen stellt, um zu winken, zeigt sich, dass er aus irgendeinem seltsamen Grund grüne Gummistiefel zum Samt trägt.

Louis hat fast genauso viele Taschen wie Tanya. Es gelingt uns, sie alle im Kofferraum zu verstauen. Dann verstauen wir Louis irgendwie auf dem Rücksitz, und los geht's. Im dichten Wochenendverkehr brauchen wir mehr als drei Stunden bis Leicestershire, und eine weitere, um Stuarts Haus zu finden. Es ist nicht sonderlich hilfreich, dass es eine Meile von der Hauptstraße entfernt liegt und es kein einziges Schild gibt. Unwissentlich sind wir bereits dreimal daran vorbeigekommen und halten schließlich dreißig Meilen entfernt an, um Gray von Tanyas Handy aus anzurufen. Sie dirigiert uns durch die Landschaft und von Pub zu Pub, was ein gutes Zeichen ist – es bedeutet, dass sie auch außerhalb von London ein Gesellschaftsleben führt und nicht in Mittelalter und Establishment versunken ist.

Stuarts Haus ist weitläufig und elegant, eines dieser Anwesen, denen in jedem Jahrhundert ein weiterer Flügel hinzugefügt wurde, sodass eine zufällige, aber wunderschöne Mischung verschiedener Stilrichtungen entstanden ist.

»Was für ein geiler Landsitz«, haucht Tanya, als wir das Ende der langen, eichengesäumten Auffahrt erreichen und die prächtige Fassade in Sicht kommt. »Also, das ist ein Pluspunkt.«

»Wieso?«, murre ich. Ich bin immer noch eingeschnappt, weil mir die Aufgabe zufällt, Stuart mit u dieses Wochenende zu verführen. Entsprechend bin ich alles andere als froh darüber, angekommen zu sein. »Gray ist nicht hinter dem Geld her.«

»Nein, aber man muss blind sein, um nicht zu sehen, wie traumhaft dieses Haus ist. Ich würde mich mit Quasimodo einlassen, wenn er an einem Ort wie diesem lebte.«

»Du würdest dich sowieso mit Quasimodo einlassen«, entgegne ich, ganz gehässig vor lauter Aufregung.

»Vor allem, wenn er einen großen Schwanz hat, ich weiß«, seufzt Tanya. »Du solltest wirklich versuchen, dieses furchtbare Bild zu überwinden, das du von mir hast, meine Liebe.«

»Das ist kein Bild, sondern die Wirklichkeit.«

»Ja, und du solltest verdammt stolz auf mich sein. Dir ist gar nicht bewusst, wie viel harte Arbeit dahinter steckt, eine echte Schlampe zu sein«, scherzt sie.

Louis hat sich auf dem Rücksitz zusammengerollt und schläft tief und fest. Wie er da in schwarzem Samt zwischen Tanyas Sachen eingequetscht ist, erinnert er an einen kleinen, schnarchenden Maulwurf. Doch er wird wachgerüttelt, als ich in der Wendeschleife vor dem Haus scharf bremse und ein Beautykoffer, der genug Estée Lauder enthält, um die Titanic zu versenken, und gefährlich auf der Hutablage hin und her rutschte, auf seinen Kopf fällt.

Als wir aus dem Auto steigen und Louis aus der kleinen Kofferlawine befreien, unter der er begraben ist, geht eine der Doppeltüren, die zum Haupteingang des Hauses führen, auf, und Grace platzt heraus, umgeben von einer kleinen Hundemeute. Sie gleichen einer kunterbunten Lakritzmischung aus großen, kleinen und echt schrägen Gestalten. Ein besonders auffälliges Exemplar sieht aus wie eine wandelnde Perücke, die von Cher nach einem heftigen Auftritt in die Ecke gepfeffert wurde, ein anderes ähnelt einem kleinen, laufenden Hitlerbärtchen. Insgesamt scheinen sie alle eher freundlich zu sein, mit Ausnahme eines drahthaarigen Terriers, der es für seine Pflicht hält, sein Revier mit solcher Aggressivität gegen diese befremdlichen Eindringlinge zu verteidigen, dass wir uns nur schwer des unheimlichen Eindrucks erwehren können, er wisse, dass wir eigentlich hier sind, um sein Herrchen aus dem Leben unserer Freundin zu vertreiben.

»Und, wo ist der Herr des Hauses?« Tanya, die fest an die Devise Angriff ist die beste Verteidigung glaubt, knurrt den Terrier an, marschiert dann unter Gefährdung ihrer Knöchel an seinen gefletschten Zähnen vorbei und küsst Grace auf beide Wangen. »Dieses Haus ist sagenhaft, Gray. Einfach umwerfend«, fügt sie hinzu, setzt ihre Maklermiene – äh… Entschuldigung, Kennermiene auf und mustert anerkennend die Fassade, wobei Dollarzeichen in ihren Augen blinken wie bei einer Comicfigur.

»Stuart ist hinten im Stall bei seinem Ein und Alles«, erklärt Grace lächelnd. »Ich bringe euch rüber, damit ihr Hallo sagen könnt. Dann mache ich die große Besichtigung mit euch!«

Im Stall, soso. Klingt verheißungsvoll. Vielleicht erhalten wir endlich einen flüchtigen Einblick in das, was Grace an Stuart findet. Das Mr.-Darcy-Syndrom.

Als wir Grace durch die beeindruckend hohe Eingangshalle und durch einen langen, dunklen Korridor zur Rückseite des Hauses folgen, sehe ich vor meinem inneren Auge einen neuen Stuart – mit entblößtem Oberkörper, in eng anliegenden Reithosen und polierten, kniehohen Lederstiefeln, die breite Brust schweißbedeckt, weil er einen rassigen Hengst an der Longe hat, die er fest um eine Hand geschlungen hält, während er in der anderen eine lange Peitsche hält. Ich weiß auch nicht, warum Stuart plötzlich eine breite Brust haben soll, aber die Vorstellung ist sehr beeindruckend. Kann mich bitte jemand mit einem feuchten Tuch abwischen, ich fange an zu dampfen. Ich hatte immer gehofft, Stuart möge verborgene Tiefen haben, irgendeinen ausgleichenden Pluspunkt, der uns klarmachen würde, dass er eigentlich der perfekte Partner für Gray ist. Bleibt zu hoffen, dass wir sie entdecken, bevor ich gezwungen bin, ihn mir à la Mata Hari vorzuknöpfen. Bei dem Gedanken kühle ich ein bisschen ab, doch unruhig bin ich noch immer.

Im Hof sind tatsächlich Pferde. Sogar mehrere, die schnauben und stampfen und uns nervös aus der Sicherheit ihrer Boxen beäugen. Tanya erliegt anscheinend den gleichen romantischen Visionen à la Jane Austen wie ich. Sie scheint richtig aufgeregt zu sein, beugt sich sogar nach unten, um eine hübsche, getigerte Katze zu streicheln, die die Kühnheit besitzt, sich am Bein ihrer Designerhose zu reiben. Doch als ein Pferd freundlich seinen Kopf aus der Stalltür steckt und Tanyas Lederjacke von Gucci mit grüner Pferdespucke voll sabbert, läuft sie ähnlich grün an und murmelt wütend etwas davon, dass sie »das Landleben hasst«.

Schließlich treffen wir in einer großen Scheune auf Stuart, und meine wilden Fantasien zerplatzen wie Luftblasen. Stuart kümmert sich nicht um einen heißblütigen Araber mit wallender Mähne und geblähten Nüstern, sondern um einen fetten schwarzen und schimmernden Traktor. »Plopp« machen meine Träume.

Er kriecht darunter hervor, als Grace ihn ruft. Er ist nicht mal ölverschmiert und trägt auch keinen eng anliegenden Overall oder zerrissene Levi's oder sonst etwas, was die Situation irgendwie gerettet hätte. Stattdessen steht er in einer alten braunen Cordhose vor uns, einem grün karierten Hemd und einer ausgebeulten Weste. Und dazu trägt er, Abgrund aller Abgründe, eine karierte Schirmmütze.

»Wie geht's, wie steht's.« Er strahlt uns an, wischt die ölverschmierte Hand an der Cordhose ab und streckt sie uns entgegen. Da die beiden anderen noch immer entsetzt die Schirmmütze anstarren und sich nicht vom Fleck rühren, befinde ich, dass es an mir ist, die alles andere als annehmlichen Annehmlichkeiten zu erwidern. Ich ergreife seine Hand. Letztes Mal war sie schwitzig. Dieses Mal ist sie schwitzig und schmierig. Leeecker!

»Freut mich riesig, dich wieder zu sehen.« Ich ringe mir ein Lächeln ab, fische in meiner Handtasche nach einem Taschentuch und schaffe es, mir die Hand abzuwischen, indem ich so tue, als würde ich mir die Nase putzen. »Klasse Anwesen hast du hier.«

»Wirklich? Danke«, sagt er, als hätte er es selber gerade erst bemerkt.

»Er hat den ganzen Tag an dem Ding gebastelt«, verkündet Grace nachsichtig und deutet auf die Maschine, als sei sie auch noch stolz darauf.

»Wie wär's mit einem Ausritt? Ihr müsst nur fragen, ich würde mich glücklich schätzen ...«

»Ich wäre durchaus dafür«, antworte ich begeistert. »Ich bin als Kind geritten.«

»Ich denke, er meint das Stahl*ross*«, flüstert Louis mir ins Ohr, als Stuart mit einem Finger über das Namensschild der Bedford Belle fährt, um ein eingebildetes Stäubchen wegzuwischen.

Na klasse. Er meint keinen aufregenden Galopp zu Pferde auf den umliegenden Feldern, sondern ein langsames Tuckern auf dem dicken, dunklen, dämlichen Ding, an dem er herumgebastelt hat. Wir lehnen höflich ab, in der Annahme, dass sogar Koffer auspacken spannender ist, und kehren zur Vorderseite des Hauses und zu meinem Auto zurück.

Wir müssen dreimal gehen, um das ganze Gepäck in unsere Zimmer zu schleppen. »Ich hoffe, er hat eine Putzfrau«, sage ich zu Grace, als wir zum dritten und hoffentlich letzten Mal nach oben und durch den kilometerlangen Korridor latschen, der zu den Schlafzimmern führt. »Stell dir vor, du müsstest das alles selber sauber halten.«

»Ich hoffe, er hat einen Butler«, entfährt es Tanya. »Bis zur Küche sind es mehrere Kilometer! Wer bringt mir denn da meinen Morgentee?«

»Falls er einen Butler hätte«, knurrt Grace gutmütig, »würden wir dann dein Gepäck nach oben schleppen?«

»Die Antwort lautet nein«, füge ich hinzu, als mich Tanya hoffnungsvoll ansieht. »Ich werde dich morgen früh nicht mit einem strahlenden Lächeln wecken und dir eine Tasse Earl Grey vorsetzen.«

Mein Zimmer scheint der Zeitschrift *Country Living* entsprungen zu sein. Ich glaube, ich bin im georgianischen Teil des Hauses untergebracht. Vor den zwei Sprossenfenstern erstrecken sich die formalen Gartenanlagen, und dahinter reichen Stuarts Ländereien bis zum Horizont.

Ein wunderschönes Anwesen. Hinter der Gartenanlage liegt ein großer See, auf dem ich einen einsamen Schwan langsam zwischen Seerosenblättern und Schilf hin und her schwimmen sehen kann, als wäre das Ganze glücklich zu einem Monet-Gemälde komponiert worden. Hinter dem See erstrecken sich Felder und sanft gewellte Hügel bis zum Horizont, wo noch mehr Pferde galoppieren und schwarzweißes Fleckvieh grast.

Innen sind die Wände holzvertäfelt, die Möbel aus alter Eiche, und die Bettwäsche kitschig, aber hübsch. Alles, was mir jetzt noch zu meinem Glück fehlt, ist der Efeu vor meinem Fenster, damit ein angemessen gut aussehender Held heraufklettern kann.

Ich brauche genau vier Minuten zum Auspacken. Aus der Anzahl Gepäckstücke, die Tanya mitgenommen hat, schließe ich, dass sie ein kleines bisschen länger brauchen wird als ich. Also begebe ich mich mit einer Zeitschrift, die ich im Zimmer gefunden habe, in das gemeinsame Bad, das zwischen unseren Zimmern liegt. Tanya platzt, den Arm voller Toilettenartikel, von ihrer Seite herein, als ich mich gerade auf der Toilette niedergelassen habe, um anschließend in der Badewanne zu lesen.

»Raus!«, brülle ich und versuche, die Tür mit den Zehenspitzen zuzustoßen.

»Ich habe dich auf einem italienischen Klo spucken sehen, ein Teil davon hing sogar in deinen Haaren. Ich glaube kaum, dass es noch peinlicher für dich sein kann, wenn ich dich jetzt hier auf dem Pott ertappe«, erklärt Tanya sachlich, zieht sich aber dennoch zurück.

Zwanzig Minuten später hieve ich mich aus der Wanne, wickle ein Handtuch um mich und betrete Tanyas Zimmer. Sie ist *immer* noch beim Auspacken.

Ich habe zwei Paar Jeans, drei T-Shirts, einen Pulli sowie das obligatorische kleine Schwarze und die Lederriemen mitgebracht, die vorgeben, elegante Schuhe zu sein, nur für den Fall. Für *welchen* Fall weiß ich auch nicht genau. Ich habe so ein Gefühl, dass der Höhepunkt dieses Wochenendes die Heimreise wird. Tanyas einziges Zugeständnis in Sachen Freizeitkleidung besteht in einer Earl-Jeans, die ich längst stibitzt hätte, wenn ich bloß mein Vierziger-Hinterteil in ihre Sechsunddreißiger-Grenzen quetschen könnte, und in einem rückenfreien Top, auf dem man bei näherem Hinsehen einen Fleck Ketschup entdeckt. Der stammt von einem nächtlichen Après-Club-Burgerfressen, fällt aber in der Mondrian-mäßigen Farborgie kaum auf.

Als sie schließlich fertig ausgepackt hat, muss ich noch einmal zehn Minuten warten, während sie duscht, und weitere zwanzig, während sie sorgfältig ihr schulterlanges Haar zu einem Jennifer-Aniston-Bob fönt, das zur Zeit in einem aparten Setterrot gefärbt ist. Dann braucht Tanya eine halbe Stunde, um sich zwischen einem Kricket-Pullover und einem entzückenden Blazer aus pinkfarbenem Samt zu entscheiden, der zwar ganz Stephen Fry ist, sich aber leider schrecklich mit ihrer Haarfarbe beißt. Schließlich wählt sie doch den Blazer und eine schwarze Hose, während ich mir nur einen sauberen Pulli überziehe. Dann gehen wir nach unten zu unseren Gastgebern.

Gray und Stuart sind im Wohnzimmer. Sie sitzen zu beiden Seiten eines knisternden offenen Feuers. Beethovens »Für Elise« erklingt aus einem alten Grammophon, das im Hintergrund steht. Stuart liest die Zeitschrift *Country Life*. Ich rechne beinahe damit, dass Gray häkelt, stickt oder etwas Ähnliches macht, aber zu meiner Erleichterung blättert sie in der *Vogue* von letztem Monat. Beethoven verhallt rauschend und Bachs drittes Brandenburgisches Konzert plärrt aus einem riesigen Trichter, den man normalerweise nur mit davor sitzendem Terrier von alten Schellackplatten kennt.

»O Mann, eine Antiquitätensammlung«, spottet Tanya und stolziert, die perfekt nachgezogenen Lippen schmollend aufeinander gepresst, ins Zimmer. Sie wirft einen verächtlichen Seitenblick auf Gray, die einmal mehr die Kleider ihrer Großmutter aufzutragen scheint, Kragen bis zu den Augäpfeln, Rock bis zu den Füßen, die wiederum – o Schreck, o Graus – in der Art trauriger Cordpantoffeln stecken, die man einer vertrottelten, altjüngferlichen Tante zu Weihnachten schenken würde.

»Und Gray ist das Prunkstück.«

Tanya schnappt meine Hand und zerrt mich zurück in den Korridor. »Gott sei Dank sind wir nach unten gekommen. Ich wusste, dass sie allmählich entgleitet, aber das hier ist lächerlich. Wir müssen hart durchgreifen«, zischt sie, und ihre Flüsterstimme hört sich gefährlich laut an in der weiten Höhlung der Diele. »Wenn nicht, kommen wir in ein paar Jahren wieder hierher, und sie sitzen immer noch da, um einige Jahre gealtert, doch an Ort und Stelle und bedeckt von Spinnweben.«

Meiner Meinung nach ist Tanya etwas melodramatisch, aber ich weiß, was sie meint. Gray ist noch nicht einmal verheiratet, doch sie führt sich bereits wie das brave kleine Hausmütterchen in einem Roman von Dickens auf. Als Nächstes tritt sie dann den Landfrauen bei, statt in der Stadt lautstark einen draufzumachen.

»Wie wäre es, wenn ich vorschlage, dass wir etwas trinken gehen? Es muss doch eine Kneipe in der Nähe geben.«

»Das meinte ich zwar nicht mit hart durchgreifen, aber es ist sicher besser, als den ganzen Abend hier rumzusitzen und Gray zuzusehen, wie sie die Dame des Hauses spielt. Wenn wir ihr ein paar Gläser Wodka einflößen, belebt das vielleicht ihre vernebelten grauen Zellen wieder.«

Also zurück ins Wohnzimmer. Louis tanzt ein ganz eigenes Bachballett. Es ist ein komischer Anblick, ein bisschen wie Julian Clary, der auf dem Set eines BBC-Kostümdramas seine Pirouetten dreht. Nach einem Plié quer durch das Zimmer lässt er sich auf einen Queen-Anne-Stuhl plumpsen und verdreht die Augen.

»Für morgen Abend haben wir eine kleine Party geplant«, eröffnet Grace, als wir uns setzen.

Ich ertappe Tanny und Louis, die sich heimlich Blicke zuwerfen und dabei erneut die Augen verdrehen. »Käsespieße und als Untermalung musikalische Antiquitäten«, höre ich Louis Tanya einen Tick zu laut zuflüstern.

»Meine Mutter kommt auch.«

Bei diesen Worten werden Tan und Louis hellhörig. Grays

Mutter Tula ist blond, laut, leutselig und verschlingt Männer. Ich habe eine Heidenangst vor ihr.

Das letzte Mal habe ich sie bei einer unserer Anproben von Brautjungfernkleidern getroffen; sie kam auf dem Soziussitz einer Harley Davidson angeröhrt, die von ihrem dritten Ehemann Sylvester gesteuert wurde. Ihm gehört eine Reihe von Wettbüros, und er zieht sich an wie ein Gangster aus den Siebzigern, mit knallbunt gestreiften Hemden aus der hippen Jermyn Street. Zweifelsohne werden sie und Tanya sich den ganzen Abend über schrecklich benehmen, während Sylvester nach ein paar Bierchen versuchen wird, alles anzulabern, was atmet, mich, Louis und wahrscheinlich auch den Cockerspaniel eingeschlossen, der gerade auf dem Teppich vor dem Kamin schnarcht.

Ich will nach Hause. Das Grammophon hat ausgerauscht. In einer Ecke tickt eine Standuhr schwerfällig vor sich hin. Ich weiß nicht warum, aber das Ticken einer Uhr in einem stillen Raum war mir schon immer verhasst. Es ist genauso lästig wie ein tropfender Wasserhahn, und gleichzeitig unglaublich traurig. Aus irgendeinem Grund muss ich dabei an Einsamkeit denken.

Eine erschreckende Vorstellung: Grace, die allein mit Stuart in diesem großen alten Haus festsitzt. Das Ganze hat etwas Bedrückendes. Wenn es zu fünft hier unerträglich voll ist, stellen Sie sich nur einmal vor, wie es mit den beiden allein wäre. Trotz der Tatsache, dass das Zimmer groß genug ist, um einen kleinen Nachtclub darin unterzubringen, kann ich beinahe spüren, wie sich die Wände um uns zusammenziehen. Das Ticken der Uhr wird mit jedem Schlag lauter. Wir brauchen etwas, um die Stimmung aufzulockern. Ich sehe mich auf der Suche nach einem Fernseher oder einer Stereoanlage um, doch es gibt nichts außer dem Plattenspieler, unter dem sich ein staubiger Stapel alter Schellackplatten befindet. Ich kann mir nicht vorstellen, dass The Prodigy jemals etwas gemacht haben, das man mit 45 UpM spielen kann.

Tanya und Louis sind unnatürlich ruhig. Sie sitzen still und aufrecht da, die Hände im Schoß wie Kinder in einem strengen Klassenzimmer. Beide sehen entschieden unglücklich aus. Sie werden erst wieder hellhörig, als Stuart nach einem Wink mit dem Zaunpfahl meinerseits vorschlägt, etwas trinken zu gehen, und verschwinden nach oben, um sich umzuziehen. Nach einer Dreiviertelstunde sind sie immer noch nicht fertig. Also beschließen wir, schon mal vorzugehen, und rufen ihnen über die hallende Treppe zu, dass sie in die Dorfkneipe nachkommen sollen, sobald sie endlich bereit sind.

Eine halbe Stunde später trippelt Louis in einer glitzernden, blau-silbernen Boot-Cut-Hose durch die Tür des örtlichen Pubs. Ich bin mir sicher, dass ich die vor einigen Wochen im Schaufenster von Kookaï gesehen habe. Außerdem trägt er eines meiner superknappen T-Shirts mit einer großen blauen Blume auf der Brust. Hier ist allerdings niemandem bewusst, dass es sich dabei um eines seiner gemäßigteren Outfits handelt. Stuart sieht auf und verschluckt sich fast an seinem Bier.

Tanya trägt ein heißes Kleidchen in Pink von Moschino, das im West End großartig aussehen würde, hier drin aber den Eindruck erweckt, sie wäre direkt aus dem zweifelhafteren Teil von Soho zu uns gestoßen. Sie betrachtet die niedrige Balkendecke, von der Leder- und Messingteile so manchen Zugpferdes baumeln, die ältlichen Dorfbewohner, die über ihr Pint gebeugt dahocken, und die alte Standuhr, die still in einer Ecke vor sich hin tickt. In stummer Verzweiflung sieht sie mich an und verdreht die Augen. Tanya stellt sich unter einem richtigen Nachtlokal etwas vor, das von Männern überquillt. Vorzugsweise von solchen zwischen Zwanzig und Fünfzig mit Goldcard von Am-Ex, goldenen Uhren, sich ausbeulenden Brieftaschen oder sich ausbeulenden Hosenställen. Sie stakst auf Zehn-Zentimeter-Absätzen über den Flickenteppich. Ihr Mund bleibt sperrangelweit offen stehen, als sie Grace mit einem Bierglas sieht.

»Mädchen mit Biergläsern werden von Männern nicht angemacht«, posaunt Tanya und sieht Gray so abgrundtief entsetzt an, dass ich fast damit rechne, sie gibt ihr einen Klaps auf die Hand, als wolle sie ein unartiges Kind tadeln. Ich muss gestehen, dass auch ich leicht schockiert war, meine vornehme Miss Perfect bei dem Versuch zu erleben, ein Pint vom besten Bitter wegzupumpen. Ich bin erleichtert, als sie nach einer halben Stunde mit angewidert verzogenem Mund vom Bier ablässt und sich einem großen Gin Tonic zuwendet.

Tanya und Louis sehen sich entsetzt an, murmeln etwas von Zeitschleifen, bestellen eine Flasche Wodka und ziehen sich in eine Ecke zurück – nicht, um zu trinken, bis sie jenseits von Gut und Böse sind, denn da sind sie ihrer Meinung nach gerade, sondern um sich von dort zu befreien.

Ich versuche, mich mit Stuart zu unterhalten, da ich ganz vergessen hatte, welch harte Arbeit das ist. Zu meiner Überraschung ist er jedoch richtig geschwätzig: Zugegeben, er redet von Traktoren, Pferden, Fruchtwechsel und Textilerzeugung, doch wenigstens bemüht er sich. Auf heimischem Terrain fühlt er sich anscheinend sicherer. Entspannter und bereit dazu, sich uns zu öffnen. Kurze Zeit später entschuldige ich mich sogar für die Vorkommnisse in Rom. Ich erinnere mich nur zu gut an seinen besorgten und vorwurfsvollen Blick bei der Landung. Überrascht stelle ich fest, dass ich plötzlich ein schlechtes Gewissen habe.

»Na, es ist uns ja gelungen, euch zu retten, also ist noch mal alles gut gegangen«, lautet seine großmütige Antwort, die er prompt ruiniert, indem er hinzufügt: »Dan sei Dank.«

Dan sei Dank. Das musste er ja betonen, nicht wahr?

Als er sich dann des Langen und Breiten darüber auszulassen beginnt, was für ein guter Kerl Dan doch ist, beschließe ich, dass es an der Zeit ist, mich zu Tanya und Louis und ihrer kleinen Wodka-Idylle zu gesellen. Ich habe Glück, ein Dorfbewohner in Barbour-Jacke verwickelt Stuart in ein Gespräch über Grenzstreitigkeiten. Ich schaffe es, in die glückliche Ecke zu entwischen, wo Tanya und Louis sich wie verdurstende Dingos in der Wüste voll laufen lassen. Sie lachen teuflisch, was ihnen missbilligende Blicke der biedereren Pub-Besucher einbringt. Der Grund für den Stimmungsaufschwung ist der, dass sie sich bereits halb durch die Flasche gearbeitet haben. Sie kippen Glas um Glas von Russlands Bestem – und Stärkstem –, als sei es Mineralwasser.

»Wir haben uns vorgenommen, uns so hemmungslos voll laufen zu lassen, dass wir morgen den ganzen Tag verschlafen«, verkündet Tanya. »Dann müssen wir nur noch die Party am Abend durchstehen und das sonntägliche Familienmahl, und dann können wir nach Hause fahren.«

»Oooh, die Party«, nuschelt Louis im Rausch. »Bin ja soooo aufgeregt.«

»O ja, ich sehe es schon vor mir«, sagt Tanya nickend. »Im Hintergrund säuselt der langweiligste Mahler aller Zeiten, dazu gibt es trockene Cocktailwürstchen und eine warme Flasche Liebfrauenmilch mit sieben Strohhalmen. Gerade kommt mir ein schrecklicher Gedanke.« Sie legt melodramatisch eine Hand auf die Stirn. »Was um Himmels willen soll ich nur anziehen!«, ruft sie sarkastisch.

»Du könntest dir meine scharfen, pink Hotpants leihen, Schätzchen«, antwortet Louis. Sie kugeln über die Bank und grunzen vor Lachen. Die Flasche Wodka, die sie inzwischen fast ausgetrunken haben, scheint ihren Tribut zu fordern.

»Nein«, schnaubt sie, »es hilft alles nichts, ich werde morgen in die Stadt fahren und mir was Neues kaufen müssen. Wie wäre es mit einem Jagdanzug? Oder einem Twinset aus Tweed und grünen Gummistiefeln?«

»Und ein Jägerhut«, grölt Louis. »Vergiss den Jägerhut nicht.«

Am nächsten Abend kommen Louis, Tanya und ich in Jeans die Treppe herunter. In Sachen Schminken haben wir es mit einem Hauch Lippenstift gut sein lassen – abgesehen von Louis natürlich, der wie üblich seine blaue Wimperntusche trägt. Es stellt sich heraus, dass im Haus mehr Designerklamotten und mehr Leute sind als auf der Pariser Modewoche.

Anstelle der kleinen Familienfeier mit warmem Wein und Salzstangen ist eine erstklassige Party in vollem Gange. Mindestens einhundert Gäste feiern bereits fröhlich, und weitere kommen in einem steten Strom durch die offenen Eingangstüren.

Das Wohnzimmer ist zur Disco umfunktioniert worden, in der ein richtiger DJ mit Lautsprechern, neben denen ein Elefantenhintern klein wirkt, und Lasern, die im Rhythmus des Beats aufblitzen, gerade den neuesten Upbeat-Funk von Limp Bizkit auflegt. In einer anderen Ecke des Raumes befindet sich die provisorische Bar, die mit zwei extra angeworbenen Barmännern besetzt ist, die lächerliche Fliegen zum Anstecken tragen. Auf der anderen Seite der weiten Eingangshalle liegt das Esszimmer, in dem das reichlich beeindruckende Büffet aufgebaut wurde. Frauen aus dem Dorf in schwarzen Röcken und ordentlichen weißen Blusen eilen zwischen den Gästen umher und verteilen Champagnerkelche. Tanya erreicht das Zwischengeschoss der Flügeltreppe, die von dem umlaufenden Treppenabsatz hinunterführt, kreischt vor Schreck, macht auf dem Absatz kehrt und hastet die Stufen hinauf, dicht gefolgt von Louis und mir.

»Wann sind bloß all die Leute gekommen?«, jammert Tanya, sprintet über den langen Korridor zu ihrem Zimmer und verschwindet prompt im Bad, um sich die Haare zu waschen. »Ich weiß, dass ich den größten Teil des Tages bewusstlos war, aber wie konnte mir das nur entgehen? Also wirklich, Gray kann sich auf etwas gefasst machen. Uns nicht zu verraten, dass sie eine richtige, echte Party organisiert hat! Wenn man sie gestern hat reden hören, musste man doch meinen, heute kommen lange verlorene Onkel und Tanten, und der Höhepunkt des Abends ist die Reise nach Jerusalem!«

Während Tanya sich unter die Dusche wirft, kehre ich in mein Zimmer zurück, um mich umzuziehen. Mein obligatorisches kleines Schwarzes wird dankend aus seiner Plastikhülle befreit und zum Lüften auf dem Bett gelassen, während ich mich sorgfältig für die Party schminke. Ich muss dieses Kleid in den drei Jahren, die ich es jetzt besitze, ungefähr einhundert Mal getragen haben. Es ist ganz im Stil einer Audrey Hepburn gehalten, der Gott sei Dank ziemlich zeitlos ist. Und ich neige dazu, die Tatsache zu ignorieren, dass meine Freunde mich so ziemlich bei jedem offiziellen Anlass darin gesehen haben, bei dem wir waren. Einmal kurz die Haare durchbürsten und ein bisschen Make-up auftragen reicht mir völlig. Doch ich weiß aus Erfahrung, dass ich eine Weile auf Tanya werde warten müssen.

Als wir so weit sind, tänzelt Louis ins Zimmer, um zu fragen, ob wir bereit sind, ihn nach unten zu begleiten. Er sieht einfach umwerfend aus in dem wie angegossen sitzenden weinroten Jackett aus zerknautschtem Samt und einer knallengen Boot-Cut-Hose in Purpurrot. Das Tüpfelchen auf dem i sind die nackte, gebräunte Brust, Tanyas pinkfarbene Schlangenlederstiefel und mehr Make-up im Gesicht als bei mir. »Wie sehe ich aus?«, fragt er und dreht sich um die eigene Achse.

»Hinreißend«, erklärt Tanya und haucht ihm einen Kuss auf die Wange.

»Zu hinreißend«, ergänze ich, weil ich bereits an Grays Reaktion denke, jetzt, da sie konservativer als Maggie Thatcher geworden ist.

»Sag mir bloß nicht, ich soll mich umziehen, Ollie«, schmollt Louis. »Ich bin, wie ich bin, und wenn es Stuffy Stuart nicht gefällt, dann soll er verschwinden und seinen Kopf in den Auspuff eines seiner Traktoren stecken.«

Sobald wir wieder unten sind, macht Tanya sich auf die Jagd nach Gray, um sie auszuzanken. Sie ist mit ihrer Mutter Tula im Wohnzimmer. Tula ist sechzig, wasserstoffblond und runzlig, aber auf eine seltsame Art immer noch attraktiv. Heute Abend trägt sie ein grelloranges Minikleid aus ausgefranstem Wildleder, dazu spitze Cowboystiefel, Ohrringe, die einen spontan an die Raumstation Mir denken lassen, und mehr Make-up als Louis. Sie sieht aus, als wäre ihr Geschmack in einer Zeitschleife aus den Sechzigern stecken geblieben.

»Ich wusste gar nicht, dass es ein Kostümfest ist«, murmelt Louis und sieht sie mit hochgezogenen Brauen an.

»Ich finde, sie sieht *fabelhaft* aus!«, haucht Tanya aufgeregt, weil sie die Nacht mit jemandem durchfeiern kann, der eines ihrer großen Vorbilder war, seit sie sich zum ersten Mal getroffen haben.

Auch Tula ist dabei, Grace zu schelten, weil sie eine Überraschungsparty veranstaltet. »Typisch für dich, Kindchen. Du bist der einzige Mensch, den ich kenne, der drei Wochen vor der eigentlichen Hochzeit eine Verlobungsparty macht.«

»Na ja, eigentlich wollten wir gar keine machen. Dann dachten wir uns, was soll's, die Chance dazu hat man nur einmal im Leben, und wenn wir es jetzt nicht machen, ist es zu spät.«

»Ihre *Verlobungs*party«, zische ich Louis überrascht zu.

»Das hättest du uns aber vorher sagen können«, jammert Tula weiter – ihr Lieblingszeitvertreib. »Dann hätten wir dir auch ein Geschenk gekauft.«

»Genau. Ein Küchengerät«, fügt Tanya grausam hinzu.

»Wo ist mein zukünftiger Schwiegersohn?«, erkundigt sich Tula nun mit lauter, gingetränkter Stimme.

»Versteckt sich wahrscheinlich vor ihr«, flüstere ich Louis zu.

»Versteckt sich wahrscheinlich vor allen«, stimmt Louis zu. »Er mag nämlich keine Partys, wie du weißt. Ich wette, er ist draußen bei seiner blöden Belle und poliert ihr Blech.«

Doch wir haben uns beide getäuscht. Wir sehen alle erstaunt auf, als Tula zwei Minuten später einen entzückten Schrei ausstößt, weil sie Stuart entdeckt hat, der sich einen Weg durch die Menschenmenge zu uns herüber bahnt. Er kommt nur langsam voran, da er ständig Neuankömmlinge begrüßt. »Ah, da ist er ja! Da ist der Bräutigam!«

Die Überraschung, die wir alle empfinden, kommt jedoch nicht daher, dass Stuart wirklich aufgetaucht ist – ich meine, das hier ist schließlich sein Haus und er kann seine Pflichten als Gastgeber schlecht vernachlässigen –, sondern daher, dass Stuart gut aussieht.

Nicht nur gut, sondern *wirklich* gut. Er trägt einen niegelnagelneuen Armani-Anzug und ein maßgeschneidertes Hemd ohne Krawatte; der Kragen ist einfach nur auf extrem attraktive und lässige Weise aufgeknöpft. Er war offensichtlich in der Stadt, um sich die Haare schneiden zu lassen, und der radikal kurze George-Clooney-Look ist erstaunlich schmeichelhaft.

»Ah, da kommt mein Mann«, gurrt Grace zärtlich. »Sieht er nicht toll aus?«

Ausnahmsweise gelingt es uns, mit Grace einer Meinung über Stuart zu sein, ohne das Blaue vom Himmel lügen zu müssen.

»Geiler Anzug«, haucht Louis und trabt sofort zu Stuart hinüber, um ihn zu Geschäft und Preis zu befragen.

»Wann hat er sich die Haare schneiden lassen?«, frage ich Grace.

»Während ihr alle euren Rausch ausgeschlafen habt. Ich verstehe wirklich nicht, wie ihr bei so schönem Wetter den ganzen Tag im Bett verbringen konntet.«

»Soll das heißen, es ist dir gelungen, ihn von seiner Bedford Belle wegzulocken?«, zieht Louis sie auf.

»Ich musste ihn nirgends hinlocken«, entgegnet Grace. »Er ist freiwillig gegangen. Den Anzug hat er sich sogar gekauft, ohne mir etwas zu sagen! Ich glaube fast, er will jemanden damit beeindrucken; wenn er mir nicht versprochen hätte, mich in drei Wochen zu heiraten, würde ich anfangen, mir Sorgen zu machen!«

»Wirklich?«

»Nein, war nur ein Witz.« Sie lacht fröhlich. »Ich glaube, er wollte nur vor euch Modegeiern bestehen.«

»Ach ja? Er sieht nicht wie jemand aus, der etwas auf Äußerlichkeiten gibt.«

»Tja, Stuart ist ganz anders, als man denkt.«

Plötzlich schäme ich mich wirklich. Wir haben Stuart behandelt, als wäre er zu dumm, um unser alles andere als herzliches Verhalten ihm gegenüber wahrzunehmen, unsere spöttischen Kommentare und das Getuschel. Eine Welle der Schuld übermannt mich, und ich befinde, dass es besser ist, das Thema zu wechseln. »Kommt Finn auch zu eurer Überraschungsparty?«

Grace schüttelt den Kopf und legt mir tröstend eine Hand auf die Schulter. »Tut mir Leid, Kleines. Ich fürchte nein. Er arbeitet im Moment an einer großen Story und konnte nicht weg.«

»Oh, wie schade.«

»Ihr zwei habt doch in letzter Zeit einiges miteinander unternommen, oder?«, zieht Grace mich auf.

Tanya sieht mich seltsam an. »Aber du hast steif und fest behauptet, ihr wärt nur gute Freunde«, bemerkt sie vorwurfsvoll.

»Sind wir auch. Tut mir Leid. Ich weiß, wie enttäuscht du deswegen bist, weil du so darauf gehofft hast, dass es anders kommt ...« Ich wende mich an Grace. »Tan hat die ganze Zeit versucht, mir Finn schmackhaft zu machen. Ich glaube, sie war enttäuschter als ich, dass es zwischen uns nicht gefunkt hat. Wahrscheinlich dachte sie, ich würde endlich meine sexuelle Enthaltsamkeit aufgeben und ihr liederliches Leben teilen.« Grinsend sehe ich Tan an. »Ich weiß doch, dass du dich schon auf die erstklassige Action gefreut hast, aber wir sind nur Freunde, ehrlich.«

»Ach ja?«, hakt Grace ungläubig nach.

»Ganz sicher. Leider. Er ist schließlich echt süß. Hast du dir jemals seinen Hintern näher angesehen?«

»Äh, nein, das kann ich nicht behaupten«, gesteht Grace lachend.

Ich lecke mir lüstern die Lippen. »Echt knackig. Wie ein reifer Pfirsich, in den man am liebsten seine Beißerchen graben würde.«

»Wo also liegt das Problem?«, fragt Tanya. »Wenn du ihn für so knackig hältst, warum beißt du dann nicht zu?«

»Ich glaube, ich stehe mehr auf saure Früchtchen«, entgegne ich hintergründig.

Tanyas Gesicht entspannt sich, und sie lächelt verständnisvoll. Dann dreht sie sich zu Tula um, die, nachdem sie die Ankunft einer gleich gesinnten Missetäterin erlebt hat, mit einem knochigen, juwelenbesetzten Finger auf Tanyas Schulter klopft, um ihre Aufmerksamkeit auf sich zu ziehen. Es tut mir ehrlich Leid für Tanya. Ich glaube, sie hatte sich ernsthaft gewünscht, dass Finn und ich zusammenkommen. Nachdem sie ihn an jenem Morgen im Restaurant kennen gelernt hatte, wollte sie gar nicht mehr aufhören, von ihm zu schwärmen, und hat immer wieder auf nicht gerade subtile Art und Weise betont, wie süß er doch sei.

Ich weiß, dass Tanya sich Sorgen macht, weil ich so lange allein war, aber es ist nun mal eine Tatsache, dass einen nicht automatisch jeder anmacht, ganz egal, wie lustig, gut aussehend oder nett er auch ist.

Dabei wünschte ich mir, Finn wäre heute Abend hier. Ich könnte einen Verbündeten gut gebrauchen. Insbesondere, als ich in der Menge trinkender Gäste Dan Slater entdecke, der neben dem Kamin steht. Wie üblich ist er von attraktiven Frauen umringt, die an seinem aufgeblasenen Ego kleben.

Trotz der offensichtlichen Schmeichelei sieht er gelangweilt aus, und sein Blick schweift durch den Raum, als würde er nach jemandem Ausschau halten.

»Was zum Teufel macht *der* denn hier!«, entfährt es mir. Seit unserer letzten Auseinandersetzung im Restaurant habe ich von ihm nichts gesehen oder gehört, und ich hatte wirklich gehofft, dass es dabei bliebe. Tula ist auf ihren Pfennigabsätzen zur Bar getippelt. Dabei hat sie kleine Einkerbungen auf den Holzdielen hinterlassen, da die chinesischen Teppiche für die Party zusammengerollt und beiseite gelegt worden sind.

Tanya dreht sich rechtzeitig zu mir um, um mein Gemurmel aufzuschnappen. »Wer? Wer ist hier?«, fragt sie, da die offensichtliche Angst auf meinem Gesicht sie neugierig macht.

»Das Schwein da drüben.« Ich zeige ihn ihr, und sie sieht mich strahlend an.

»Soll das heißen, du kennst ihn?«, geifert sie. »Tula und ich wollten schon losen.«

»Wozu? Um zu sehen, wer ihn im See ersäufen darf?«

»Na ja, ich könnte ihm mit den Schenkeln die Luft abdrücken, wenn dir daran liegt.« Sie zwinkert mir zu. »Er ist echt süß!«

»Ein echtes Schwein«, seufze ich.

Tanya blickt schnell von Dan zu mir. »Ein echtes Schwein oder *das* echte Schwein?«, fragt sie.

»Das«, antworte ich.

»Das ist er?«

»Yep. Der einzig Wahre. Das, mein kleines Luder, ist Dämon Dan, Satan Slater, Nemesis und allumfassender Alptraum.«

»Du machst Witze!«

»Todsicher nicht.«

»Wow. Kein Wunder, dass du nicht wusstest, ob du ihn um- oder flachlegen solltest.«

»Oh, keine Sorge, so verwirrt bin ich längst nicht mehr – nicht nach der Nacht, als er sich Zutritt zum Tate's verschafft hat. Die einzige Option, die mir bleibt, fürchte ich, ist die mit dem Umlegen. Falls ich die Gelegenheit habe, zuzustechen, bevor er es tut.«

»Er ist wahrscheinlich harmlos, Ol.«

»Glaubst du! Bei unserem letzten Treffen habe ich ihn gebissen und getreten und bin dann ab durch die Mitte.«

»Tja, dann wohl eher nicht.« Tanya zuckt hilflos die Achseln und folgt Tula zur improvisierten Bar in der Zimmerecke.

Ich hefte mich an ihre Fersen und murmle: »Danke, Tan.«

»Wofür?«, fragt sie fröhlich.

»Für dein Verständnis und deine Unterstützung«, antworte ich sarkastisch.

Tanya zieht eine Grimasse. »Ignorier ihn einfach, Ollie. Du musst dich doch nicht mit ihm unterhalten. Tu einfach so, als sei er gar nicht hier«, rät sie mir und verharrt unentschlossen vor einer von Grace' selbst gemachten Bowlen. Normalerweise handelt es sich dabei um ein Gemisch aller Flüssigkeiten, die sie auftreiben kann und die sich dem Verfallsdatum nähren. Tanya entscheidet sich für die sichere Variante und bittet den schwul aussehenden Barmann um ein Glas trockenen Weißwein.

»Und trink nicht zu viel davon«, warnt sie mich, als ich mir ein Glas der anstößig aussehenden Bowle eingieße, es in einem Zug hinunterkippe und mir sogleich nachschenke.

»Warum nicht!«, jammere ich und versuche, das Glas zurückzubekommen, das sie soeben konfisziert hat.

»Weil du heute Abend noch etwas zu erledigen hast. Etwas Wichtiges.«

»Ach ja?«

»Stuart«, antwortet sie kurz und bündig.

Ich tue so, als würde ich nicht verstehen.

»Du wirst ihn verführen…«, fügt sie sehr ruhig hinzu und sieht mich bedeutsam an.

»Heute Abend?« Ich kann spüren, wie meine Knie, die bereits weich waren, zu zittern beginnen, und das kommt nicht von dem Glas neunundneunzigprozentigen Alkohols, das ich mir soeben eingeflößt habe.

»Heute Abend«, entgegnet sie fest.

»O bitte, Tan, nein, alles, nur nicht das!«

»Wir haben gesagt, wir ziehen es durch. Dieses Wochenende.«

»Ich weiß, aber ich bin mir nicht sicher, ob ich es kann.« Was für eine Nacht!

Tan legt mir beruhigend eine Hand auf den Arm. »Du schaffst das schon, Kleines. Denk einfach an Grace.«

»Was? Ich soll mir vorstellen, ich schmuse mit meiner besten Freundin statt mit ihrem Verlobten?«

»Das habe ich nicht gemeint, wie du sehr wohl weißt.«

Sobald Tanya abgezogen ist, um sich mit Tula auf Männerjagd zu begeben, schleiche ich zur Bar zurück und genehmige mir noch einige Gläser Bowle. Sie mag zwar widerlich sein, doch sie hat eine klasse Wirkung, und genau die brauche ich im Moment. Schnell kippe ich ein weiteres Gläschen, schnappe mir dann eine frisch geöffnete Flasche Wein und ziehe mich in die dunkle Ecke zurück, in die man die Hälfte der Möbel geschoben hat, um Platz zum Tanzen zu schaffen. Ich lasse mich auf einem Sofa nieder und beschließe, der Redewendung »zu tief in die Flasche schauen« eine ganz neue Dimension zu verleihen, indem ich mich so hemmungslos betrinke, dass ich nicht mehr in der Lage bin zu stehen oder zu sprechen, geschweige denn jemanden zu verführen.

Doch ich habe Tanya nicht endgültig abgeschüttelt. Gerade will ich mir mein zweites Glas Wein genehmigen, als ich aus den Augenwinkeln sehe, wie sie neben mir auftaucht. Ich blicke in die entgegengesetzte Richtung. Wenn ich sie ignoriere, geht sie vielleicht wieder. Irrtum. Jemand klopft mir hartnäckig auf die Schulter. Vorwurfsvoll betrachtet sie das Glas und die Flasche, an die ich mich so vehement klammere wie ein Schnäppchenjäger beim Schlussverkauf von Harvey Nichols.

»Was machst du da?«, zischt sie.

»Jonglieren«, antworte ich säuerlich.

»Du hast mir versprochen, du würdest nicht trinken, Ollie!«

»Ja?«, antworte ich unschuldig.

»O ja.« Ihre Lippen bilden einen schmalen Strich.

»Ich musste trinken«, versuche ich mich herauszureden. »Erstens mal ist das hier eine Party, und auf Partys trinkt man schließlich, nicht wahr? Ich würde mich verdächtig machen, wenn ich nicht trinken würde. Und zweitens ist *er* hier.«

»Wer?«

»Dieser Dan, der scheußliche Immobilienhai.«

»Ich weiß, aber hatten wir nicht beschlossen, dass du ihn einfach ignorierst?«

»Er ist mir um Längen voraus.«

»Was?«

»Na ja, man kann schlecht jemanden ignorieren, der einen bereits *selber* ignoriert, weil er gar nicht merken würde, dass man *ihn* ignoriert, weil *er* einen zuerst ignoriert hat.«

»Ich glaube, ich kann dir folgen.« Tanya sieht gequält aus. »Mit Mühe. Zerbrich dir nicht den Kopf wegen Dan; wenn es hart auf hart kommt, kann ich ihn ja für dich verführen.«

»Könntest du nicht an meiner Stelle Stuart verführen?«, bettle ich.

»Betrinkst du dich etwa, weil du Angst davor hast, Stuart anzugraben?«

»Na ja, heute ist ihre Verlobungsparty.«

»Wir hatten einen Plan. Und an den sollten wir uns halten.«

»Aber heute ist doch ihre *Verlobungsparty*…«, wiederhole ich.

»War ja klar, dass ausgerechnet du plötzlich ein schlechtes Gewissen kriegst«, seufzt sie entnervt. »Das hier ist gar keine richtige Verlobungsparty, Ollie. Niemand feiert eine Verlobungsfeier *nach* seinem Abschied vom Junggesellinnendasein.«

»Grace schon.«

»Also gut, dann ist es eben eine unorthodoxe Verlobungsparty, und dann sind wir halt krass, aber unsere Mission ist dadurch umso dringender! Verstehst du das nicht?«

»Schlafende Hund soll man nicht wecken. Stuart ist doch gar nicht so schlimm, wenn man ihn erst mal ein bisschen besser kennt.«

»Du willst mir doch nicht erzählen, dass du ihn plötzlich *magst*?«

»Mögen ist solch ein geistloses Wort«, sage ich ausweichend.

»Sie *mag* ihn wirklich!«, quiekt Tanya vorwurfsvoll.

»Sagen wir einfach, dass er mir nicht mehr so zuwider ist, wie ich ursprünglich dachte. Dieses Wochenende war er doch wirklich ganz nett.«

»Nett ist solch ein geistloses Wort«, spottet Tanya. »Sag mir offen, glaubst du wirklich, er ist der Richtige für Gray?«

»Äh, neiiiiiiiin, so würde ich das nicht formulieren.«

»Willst du, dass sie den Rest ihres Lebens nach Labrador stinkt, Dreck vom Landrover kratzt, Thermosocken strickt und an zweiter Stelle gleich nach einem blöden Traktor kommt?«

»Nein, natürlich nicht.«

»Dann müssen wir das um ihretwillen durchziehen.«

»Vermutlich«, murmle ich und blicke unglücklich in die Tiefen meines fast leeren Glases.

»Du willst es nicht tun, daher der ganze Zirkus. Du hast Muffensausen, stimmt's?«

»So sehr, dass man mein Skelett klappern hören kann«, gestehe ich.

Tanya sieht mich einen Augenblick an, seufzt dann schwer und verdreht die Augen zur Stuckdecke. »Na, wie gut, dass es hier drin so laut zugeht, was?«, scherzt sie halbherzig. »Ich werde es wohl einfach selbst in die Hand nehmen müssen, hm?«

Auch ich seufze schwer, allerdings vor Erleichterung. »Oh, würdest du …?«

»Ja«, faucht sie, »aber du kommst mit.«

»Soll das heißen, du planst einen flotten Dreier!«, stammle ich ängstlich.

Tanya verdreht die Augen. »Nein, du Dummerchen, aber ich brauche Zeugen, falls etwas schief läuft. Wo ist Louis?«

»Der versucht, Mr. Klettverschluss anzubaggern.«

»Wen?«

»Den Barmann. Der steht voll auf Louis. Er hat Klettverschlüsse statt Knöpfe an seinem Hemd, und die reißt er ständig auf, um Louis seine Brust zu zeigen, weil er ihn beeindrucken will.«

»Ideale Klamotten für einen Quickie, was?«, murmelt Tan geistesabwesend. »Könnte mir gefallen.« Sie schüttelt den Kopf. »Egal. Wir haben genug Zeit verschwendet. Jetzt müssen wir ernsthaft durchgreifen. Ich werde Stuart unter dem Vorwand in den Stall locken, ich würde mich für diese klobigen Konstruktionen mit Mundgeruch interessieren, und ihm dann einen heißen Balanceakt über der Stalltür vorschlagen.«

»Und was, wenn er ja sagt?«

»Dann springst du hinter einem Heuballen hervor und machst einen auf vorwurfsvoll.«

»Und was, wenn er nein sagt?«

Tanya sieht mich an, als hätte ich gerade behauptet, der Papst sei Alkoholiker. »Seit wann...«, setzt Tanya an und stemmt die Hände in die Hüften. Sie ist entrüstet darüber, dass ich ihren Titel als Aufreißerkönigin in Frage zu stellen scheine.

»Einmal ist immer das erste Mal«, murmle ich verzagt. »Vielleicht sollten wir sie einfach in Ruhe lassen. Sie scheinen wirklich glücklich miteinander zu sein.«

Tanya sieht zu Grace und Stuart hinüber, die Händchen halten. Als Seele und Mittelpunkt der Party hält Grace in einem Kreis aus Familie und Freunden Hof, während Stuart halb hinter ihr steht wie ein eingeschüchterter Fünfjähriger, der sich hinter Mutterns Röcken versteckt.

»Das ist kein Glück«, erklärt Tanya rundheraus. »Sondern vorübergehender Irrsinn.« Sie wendet sich ab und lächelt mir aufmunternd zu. »Ich hole Louis, dann spreche ich mit Stuart. Wir treffen uns dann in zehn Minuten im Hof, okay? Und es wird nicht gekniffen.«

Ich bleibe so lange, wie ich es nur irgendwie vertretbar finde. Schließlich verlasse ich äußerst widerstrebend das Wohnzimmer. Ich steuere den Korridor an, der meines Wissens an der Küche vorbei zum Hinterhof führt, wo sich Stuarts Pferde und sein Ein und Alles befinden, die gefürchtete Bedford Belle.

Ich habe den Korridor jedoch kaum betreten, als sich unerwartet eine Hand auf meine Schulter legt und mein Skelett geradewegs aus der Haut fahren lässt, sodass es sich mit zitternden, knochigen Händen schlotternd an der Decke festkrallen kann.

»Entschuldige, ich wollte dich nicht erschrecken.«

Ich hatte beinahe angefangen zu glauben, dieser Abend könne nicht mehr schlimmer werden. Irrtum. Dan ist mir offensichtlich aus dem Wohnzimmer gefolgt. Warum er das getan haben könnte, ist mir schleierhaft, es sei denn, er hat beschlossen, mich in einer dunklen, stillen Nische anzupöbeln und mich in eine schmerzhafte Region zu treten. Nach unserem letzten Treffen will er mich wahrscheinlich in eine schummrige Ecke zerren, um sich für seine zerkratzte Haut und die geschwollene Zunge zu rächen.

»Ich habe nach dir gesucht«, fährt er fort, als ich ihn verängstigt anstarre und darauf warte, dass er mich wie ein tollwütiger Hund anfällt.

»Ach ja?«, piepse ich nervös. Im Korridor ist es zu dunkel, um sein Gesicht klar erkennen zu können. Deshalb ist es schwierig zu beurteilen, welche Gefühle sich hinter diesem Satz verbergen.

»Allerdings.« Er zögert einen Augenblick und kommt dann näher, sodass ich ihn besser sehen kann. Bilde ich es mir nur ein, oder sieht er tatsächlich genauso nervös aus wie ich? Nichtsdestotrotz trete ich einen Schritt zurück, um aus der Schusslinie zu kommen – man weiß ja nie. Doch was als Nächstes kommt, trifft mich unvorbereiteter, als es ein Schwinger mit der Rechten je könnte.

»Hör mal«, sagt er und zwingt sich, den Blick zu heben und mich ernst anzusehen. »Das mit neulich Nacht tut mir aufrichtig Leid.«

Er entschuldigt sich? Wenn ich mich nicht bereits schwach

fühlen würde vom Alkohol und der nicht gerade freudigen Vorfreude auf die noch ausstehenden Ereignisse im Stall, würde ich glaube ich vor Schreck ohnmächtig werden. Zugegeben, er hat angefangen, aber ich war diejenige, die zugebissen hat.

»Ich war total von der Rolle«, fährt er fort und sieht dabei so aus, als meinte er es auch. »Ich hatte kein Recht zu dem, was ich getan habe. Es tut mir Leid.«

Ich starre ihn verblüfft an. »Wirklich?«

»Ja. Sehr sogar. Ich hätte mir nicht Zutritt verschaffen sollen. Das war falsch. Und was den Rest betrifft…« Er bricht peinlich berührt ab, hört sich aber aufrichtig an. Das haut mich um. Ich stehe einfach da und starre ihn verschwommen an, da ich nicht genau weiß, was ich sagen soll.

»Hör zu, Ollie. Ich weiß, wir hatten so manche Auseinandersetzung, aber das Leben wäre so viel einfacher, wenn wir es hinkriegen könnten, miteinander auszukommen.«

Ah. Alles klar. Jetzt verstehe ich. Das ist der Ölzweig, dem nur zu bald der Holzhammer folgen wird. »Du findest wohl, dass es an der Zeit ist, mit jemandem über das Tate's zu verhandeln, mit dem du sowieso jedes Mal streitest, wenn es zu einem Treffen kommt«, entgegne ich kalt.

Bei meinen Worten ist es, als würde ein schwerer, dunkler Schatten auf sein Gesicht fallen. Er seufzt tief und blickt dumpf zu Boden, statt mich weiter scharf zu beobachten. Sein Gesicht verzieht sich, wie es scheint, vor Enttäuschung. »Warum muss es *immer* um das Restaurant gehen?«, murmelt er verärgert.

»Weil es nun einmal *darum* geht… oder nicht?«

Er schüttelt den Kopf. »Was braucht es, um zu dir durchzudringen?« Wieder sieht er mich an, aus wachsamen blauen Augen. »Ich mag dich, Ollie«, sagt er ruhig.

»Wirklich?«, frage ich überrascht. Er benimmt sich wahrhaftig nicht so, als wäre das der Fall.

»Ja!« Vor Frust schreit er beinahe. »Du bist unverschämt, eingebildet, stur, manchmal auch unerträglich und vor allem verdammt frustrierend, aber ich kriege dich nicht mehr aus dem Kopf. Ich weiß nicht, was du mit mir angestellt hast, Ollie Tate. Ich kann nicht mal mehr klar denken.«

Zögernd streckt er eine Hand aus, und als ich weder zurückweiche noch sie mit den Zähnen attackiere, streichelt er mir sanft über Gesicht und Lippen. Ich bin genauso hypnotisiert wie ein Mungo vor einer sich wiegenden Schlange, die ihr Opfer bannt, bevor sie zubeißt. Seine Finger lösen in meinem Magen dasselbe Feuerwerk an Gefühlen aus wie dieser verfluchte Kuss. Ich spüre, wie ich förmlich dahinschmelze.

Kämpf dagegen an, Ollie, flüstert eine leise Stimme in meinem sich drehenden Kopf. Er hat nur eines im Sinn, und leider ist es *nicht* Sex. Er nutzt seinen verdammt unwiderstehlichen Charme nur dazu, um dein Restaurant in die Finger zu bekommen, und nicht deine Pobacken. Verräterischer Arsch. Er ist durchtriebener, als ich dachte. In Gedanken befehle ich mir aufzuhören, und es gelingt mir mit Mühe, mich dieser wundervollen Berührung zu entziehen und ihn wütend anzustarren. »Oh, ich habe verstanden«, sage ich langsam. »Erst soll ich verführt und eingelullt werden, um dir aus der Hand zu fressen, und dann soll ich zu allem bereit sein. Alles, was du willst, zum Beispiel meine Rechte am Tate's an dich abtreten.«

Einen Moment lang sieht er wirklich wütend aus, doch dann verdüstert sich sein Gesicht, als würde sich eine Wolke erstklassiger Enttäuschung darüber legen. Langsam schüttelt er den Kopf und sieht mich aus zusammengekniffenen Augen an; dann dreht er sich auf dem Absatz um und geht ohne ein Wort davon.

Ich stehe stumm und starr einige Augenblicke wie angewurzelt da und blicke ihm hinterher, als er den Korridor entlang geht und verschwindet. Dann höre ich wie Aschenputtel irgendwo in dem hallenden Gang eine Uhr schlagen, und das holt mich in die Wirklichkeit zurück. Mist. Tanya!

Ich sprinte in der anderen Richtung den Korridor entlang und pralle mit einem Körper zusammen, der mir entgegenkommt. Der vertraute Duft von Chanel Nr. 19 steigt mir beruhigend in die Nase. »Tanya, dem Himmel sei Dank, dass du hier bist«, setze ich an. »Du glaubst gar nicht, was gerade …«

»Wo zum Teufel hast du gesteckt, Ollie!«, fällt sie mir aufgeregt ins Wort. »Ich bin gleich mit Stuart im Stall verabredet, und zwar in …«, sie wirft einen Blick auf ihre Uhr und schnappt entsetzt nach Luft, »… in dreißig Sekunden! Ich habe ihm gesagt, dass ich seinen blöden Schlepper genauer besichtigen möchte.« Sie lacht zerstreut. »Er ist heilfroh über die Gelegenheit, hier rauszukommen. Du weißt ja, dass er Partys hasst!«

»Tan, ich weiß WIRKLICH nicht, ob das so eine gute Idee ist …«

»Ehrlich gesagt, bin ich auch ein bisschen nervös, Kleines, aber eine Frau hat zu tun, was eine Frau zu tun hat!« Sie packt mein Handgelenk und zieht mich den Korridor entlang, vorbei an der Küche, wo der Partyservice damit beschäftigt ist, eine Reihe Miniaturquiches mit einer Mischung aus Eiern und Pilzen zu füllen. Dann zerrt sie mich durch die Hintertür in den gepflasterten Hof. Sie sieht erneut auf die Uhr, als sie weitereilt. »Louis müsste bereits an seinem Platz sein. Ich habe ihm gesagt, er soll sich hinter einem Heuballen verstecken oder so etwas.«

»Was soll ich machen?«

»Bleib einfach draußen, für den Fall, dass ich dich brauche, ja? Du kannst durch das obere Fenster hineinlinsen, wenn du auf einen Heuballen kletterst. Ich schreie, wenn …. aaaaaah!« Ein lauter Schrei ertönt, als Tanya, die auf zehn Zentimeter hohen Killerabsätzen viel zu schnell über die glatten Pflastersteine geeilt ist, ausrutscht und der Länge nach auf den harten, feuchten Grund schlägt, wobei sie immer noch mein Handgelenkt umklammert.

Einen Moment lang herrscht tödliche Stille, in der ich nur den Partylärm aus dem Inneren höre. Dann ertönt ein schmerzliches Stöhnen aus dem zusammengekrümmten Körper meiner Freundin. »Tan! Alles in Ordnung?«, zische ich besorgt.

Ein lautes Schniefen erklingt aus Tanyas abgewandten Gesicht.

»Kannst du aufstehen?«

»Mein Absatz ist abgebrochen«, sagt sie mit erstickter Stimme.

»Ein weiteres Paar Manolos segnet das Zeitliche!«, scherze ich traurig. »Keine Sorge, wir können Schuhe tauschen«, füge ich hoffnungsvoll hinzu, als Tanya keinen Versuch unternimmt aufzustehen. »Ich weiß, meine sind nicht gerade der letzte Schrei, aber ...«

»Würde ich ja«, ihre Stimme zittert, »aber das ist wohl nicht das einzige, was gebrochen ist.« Endlich sieht Tanya zu mir auf. Ihr Gesicht ist schmerzverzerrt, und ich kann Tränen in ihren Augen sehen.

Besorgt beuge ich mich zu ihr hinunter und betaste vorsichtig ihren Knöchel »Es fühlt sich nicht an, als hättest du dir etwas gebrochen, wahrscheinlich ist er nur verstaucht. Na, komm schon, alte Schachtel, dann gehen wir mal besser wieder hinein.«

»Wir haben keine Zeit!«

»Was soll das denn heißen?«

»Stuart wartet schon.«

»Dann wartet er eben. Das hier geht vor.«

Tanya schüttelt den Kopf. »Nein, Ollie, *das* geht vor.« Sie versucht aufzustehen, scheitert aber. »Es hat keinen Sinn, Ollie. *Du* wirst es tun müssen.«

»Können wir das nicht auf ein andermal verschieben?«, schlage ich zaghaft vor.

»Die Hochzeit ist in vier Wochen, uns läuft die Zeit davon. Entweder jetzt oder nie.«

»Wie wäre es, wenn wir uns auf nie einigen und stattdessen sicherstellen, dass wir für sie da sind, wenn es zur Scheidung kommt?«

Tanya muss nicht einmal den Mund aufmachen, ihr Blick spricht Bände.

»Also gut«, lenke ich ein. »Also gut. Ich mache es. Aber der Himmel weiß, wie. Was soll ich bloß zu ihm sagen?«

»Bring ihn einfach dazu, darüber zu labern, wie er den Haufen Schrott da drin zusammengeschraubt hat, und dann sag ihm, was für ein cleverer Bursche er doch ist. Das geht ihm runter wie Honig. Männer stehen auf Schmeicheleien.«

»Aber ich …«

»Ab mit dir, er wartet bestimmt schon.«

Ich zögere. »Kann ich dich denn allein lassen?«

»Klar. Geh, Ollie. Sonst verpasst du ihn noch.«

Widerwillig gehe ich zu der großen Scheune hinüber. Die Tür steht offen, und drinnen brennt Licht. Ich atme tief durch, sehe noch einmal zu Tanya hinüber, die mir ungeduldig bedeutet, weiterzugehen, und trete ein.

Stuart ist bereits da. Er hat sein schickes Jackett ausgezogen und über eine Harke gehängt, die an der Wand lehnt. Mit bis zu den Ellbogen hochgekrempelten Hemdsärmeln ist er dabei, mit einem sauberen gelben Staubtuch liebevoll die Messingteile am Schornstein der Bedford Belle zu polieren. Hier drinnen sieht er weit glücklicher aus als im Haus.

»Äh … Hallo.« Meine Stimme ist vor Nervosität und Angst wie gelähmt. Deshalb spreche ich so leise, dass Stuart mich gar nicht hört. Ich räuspere mich, und bei diesem Laut dreht er sich um. »Hallo«, versuche ich es erneut. »Tanya sagte, dass du hier bist. Die Party gefällt dir wohl nicht besonders, hm?« Ich bin so aufgeregt, dass meine Stimme drei Oktaven höher klingt.

Entschuldigend zuckt Stuart die Achseln. »Nicht wirklich mein Ding, weißt du, 'ne Menge Leute, Smalltalk und so. Nicht gerade meine Stärke, wie du vielleicht schon bemerkt hast«, erklärt er selbstkritisch. »Meine Fähigkeiten als Salonlöwe sind leider sehr begrenzt.«

Der Gute. Ich zögere einen Moment, da seine Bescheidenheit und Offenheit mich anrühren und beeindrucken. Doch Tanyas Worte sind noch frisch in meinem Gedächtnis. Ich atme tief durch und wechsle mit der Lässigkeit eines alten, ungeölten Fahrrads, das vom ersten in den zweiten Gang schalten soll, in den Modus der Verführerin. »Wie es aussieht, liegen deine Fähigkeiten in anderen Bereichen.« Ich zeige auf die Maschine und schlendere dann, vielleicht einen Tick zu sehr Mae West, hinüber zu ihm. Meine Art, sich in den Hüften zu wiegen, galt vielleicht in den Fünfzigern als verführerisch. »Das ist wirklich ein edles Stück Kunsthandwerk.«

Dramatische Auftritte waren noch nie meine Stärke, einmal abgesehen von dem Drama meines wirklichen Lebens. Selbst ich finde, dass ich mich unaufrichtig anhöre, doch als ich Stuart nervös einen kurzen Blick zuwerfe, grinst er stolz. Das gibt mir den Mut, in dieser Richtung weiterzumachen. »Du musst ja Ewigkeiten gebraucht haben, um das hinzukriegen.«

»Ich habe in den vergangenen drei Jahren jeden Tag ein bisschen daran gearbeitet«, antwortet er und betrachtet sein Werk voller Bewunderung.

»Wow. Das nenne ich wahre Hingabe.« Ach du meine Güte, was für ein Gesülze. Eine wahre *Schande*. »Drei Jahre lang jeden Tag!«, wiederhole ich, als wäre ich wahnsinnig beeindruckt. O Mann. Dieser Kerl ist besessen! Meine beste Freundin heiratet einen Mann, der einem Traktor mehr Zuneigung und Interesse entgegenbringt als ihr. Tanya hat Recht, wir dürfen das nicht zulassen. Ganz egal, wie sehr mein Instinkt auch dagegen ist, ich muss das hier durchziehen. Um Grace' willen.

Ich trete näher und fahre mit einer Hand, wie ich hoffe, verführerisch über ein schwarz lackiertes Schutzblech, bevor ich sie auf Stuarts Arm lege. »Du bist ein kluger Mann, Stuart. Grace kann sich wirklich glücklich schätzen«, murmle ich so betörend wie möglich.

Er bemerkt den neuen Tonfall in meiner Stimme, spürt meine Hand auf seinem Ellbogen und sieht mich verdutzt an.

»Sie kann sich *wirklich* glücklich schätzen«, wiederhole ich und lasse meine zitternde Hand hinauf zu seiner Schulter gleiten. Zu spät merke ich, dass ich eine Spur aus schwarzem Staub auf seinem Ärmel hinterlasse, weil ich vorher mit der Hand über das schwarze Schutzblech gestrichen habe.

Unsere Gesichter sind nun nur noch Zentimeter voneinander entfernt. Es hilft nichts, ich muss die Augen schließen. Nicht, weil sich ein verirrter Funke der Leidenschaft in mir regt, sondern weil ich nicht ertragen kann zu sehen, was ich da tue! Ich nähere mich ihm und verziehe den Mund, als müsste ich gleich eine eklige Medizin schlucken, statt jemanden leidenschaftlich zu küssen. Ich mache ein Auge auf. Stuart steht völlig überrumpelt und wie angewurzelt vor mir. Er hat die Augen aufgerissen und sieht so verängstigt aus wie Bambi beim Anblick eines Waldbrandes. Es scheint, als wolle er genauso gern geküsst werden wie ich küssen will. O Mann. Jetzt oder nie.

Ich packe ihn an der Hemdbrust, ziehe ihn zu mir herunter und gebe ihm einen lauten Schmatz auf die schockierten, erstarrten Lippen. Es kommt mir vor, als würde ich meinen Mund auf ein kaltes Stück Holz pressen.

»Was zum Teufel treibst du da!«

Ich lasse Stuart fahren wie ein Hund, dem befohlen wird, einen gestohlenen Knochen fallen zu lassen, als eine wütende Stimme quer durch die große Scheune schallt und sich an der hohen Decke bricht. Am liebsten würde ich im Erdboden versinken und sterben. Unter allen Menschen, die mich hier ertappen konnten, musste es ausgerechnet er sein! Wo ist bloß Louis, er sollte doch für mich Schmiere stehen!

Dan Slater durchquert die Scheune. Seine Augen funkeln vor Zorn. Ich sehe mich panisch um und sehe flüchtig Louis, der verschreckt und mit weit aufgerissenen Augen hinter einem Heuballen kauert. Dan packt mich am Oberarm und zerrt mich aus der Scheune. Stuart stürzt in die andere Richtung davon, wie ein nervöser Windhund, wenn die Box beim Rennen aufgeht.

»Ich glaube es einfach nicht«, knurrt Dan, der sich mühsam beherrscht, aber genauso giftig und wütend wie eine gefangene Wespe klingt. »Du selbstsüchtige kleine Hexe. Du konntest es einfach nicht ertragen, sie glücklich zu sehen, was? Sie ist deine beste Freundin, zum Teufel! Wie konntest du nur!«

»Es ist nicht so, wie du denkst.«

»Ich weiß, was ich gesehen und gehört habe!« Seine Finger umklammern meinen Arm wie ein Schraubstock, als er mich förmlich zurück über den Hof und ins Haus schleift.

»Ich schlage vor, dass Sie erst einmal den Sachverhalt durchschauen, bevor Sie unbegründete Anschuldigungen erheben, Mr. Slater«, fauche ich ihn an und wiederhole damit die Worte, die er mir damals im Restaurant an den Kopf geworfen hat.

Er bleibt stehen und wirbelt mich zu sich herum. Dann packt er mein anderes Handgelenk, sodass meine beiden Arme in seinem starken Griff gefangen sind. Wir stehen wieder an demselben Fleck im Korridor, wo wir bereits vor zwanzig Minuten standen, doch in seinem Blick ist überhaupt keine Spur der Wärme, die vorhin aus ihm sprach. Jetzt ist er kalt, hart und macht mir richtiggehend Angst.

»Ich habe keine Ahnung, was für ein Spiel du spielst, Ollie Tate, aber es gefällt mir nicht.«

»Und was zum Teufel geht es dich an, was ich mache?«

»Wenn du versuchst, meine Freunde auseinander zu treiben, dann geht mich das sehr wohl etwas an. Oder sollte ich sagen, es *mit* meinem Freund zu treiben?«

»Ich würde nicht mal mit Stuart schlafen, wenn du mich dafür bezahlst«, murmle ich.

»Und was zum Teufel sollte das eben?«

Trotzig sehe ich ihn an. Es quält und beschämt mich, dabei erwischt zu werden, wie ich etwas so entsetzlich Gemeines tue, den Verlobten meiner besten Freundin zu küssen, insbesondere von Dan Slater. Deshalb wirke ich verdrossen wie ein Schulmädchen, das nachsitzen muss.

»Und wo willst du jetzt bitte schön hin?«, faucht er, als ich mich weigere zu antworten, mich stattdessen seinem Griff entwinde und die Treppe ansteuere, um zu fliehen.

»Ich will auf mein Zimmer, um zu packen, wenn du es unbedingt wissen musst«, antworte ich patzig und versuche, die Tränen zurückzuhalten, die peinlicherweise in mir aufsteigen.

»Und um damit Grace' Party kaputtzumachen, was? Nein, das wirst du verdammt noch mal nicht! Du wirst auf die Party zurückkehren, lächeln und verdammt noch mal so tun, als wäre nichts passiert.«

»Das kann ich nicht!«, jammere ich.

»Dann erzähl mir, was zum Teufel los ist.«

»Das kann ich auch nicht.« Ich lasse mich auf die unterste

Stufe der breiten Treppe sinken und vergrabe meinen hochroten Kopf in den Händen.

»Hier kannst du nicht bleiben, Ollie«, sagt Dan Minuten später, als ich mich immer noch nicht bewege oder etwas sage. Die Leute, die vom Wohnzimmer hinüber zum Buffet gehen, werfen mir neugierige Blicke zu. Wahrscheinlich denken sie, ich sei betrunken. Schön wär's!

»Ich brauche was zu trinken«, verkünde ich, stehe plötzlich auf und dränge mich an ihm vorbei. Als ich auf die provisorische Bar im Wohnzimmer zusteuere, spüre ich, wie Dan mich unterhakt und mich mit eisernem Griff zu der dunklen Ecke führt, in der ich vor einer halben Stunde auf dem Sofa gehockt habe. Könnte ich doch nur die Zeit zurückdrehen. Dann wäre ich einfach hier geblieben und hätte mir eine Menge Ärger erspart. Er drückt mich auf eines der Sofas, ruft eine der umhergehenden Bedienungen und lässt sich zwei Gläser Champagner geben, die er mir beide in die Hand drückt. »Du bleibst hier«, befiehlt er.

Ich würde ihm gerne sagen, dass er sich seine Befehle sonst wohin stecken soll, doch ich habe weder die Energie noch den Mut. Deshalb tue ich wie mir befohlen und bleibe an Ort und Stelle, wobei ich abwechselnd an beiden Gläsern nippe.

Zwanzig Minuten später taucht er in Begleitung eines bleichen Stuart wieder auf. Er übersieht mich völlig und gesellt sich zu Grace und ihrer Mutter, die am anderen Ende des Raums auf der improvisierten Tanzfläche zu »Come on Eileen« tanzen.

Dan kommt zurück in meine Ecke und setzt sich neben mich. Er nimmt mir eines der halb vollen Gläser aus der Hand und leert es in einem Zug. »Du hast Glück«, sagt er und stellt das leere Glas neben seinen Füßen ab. »Es ist mir gelungen, Stuart davon zu überzeugen, dass du betrunken, deprimiert und verzweifelt bist und dass es für ihn das Gescheiteste ist, alles, was draußen in der Scheune vorgefallen ist, deiner Verrücktheit zuzuschreiben und zu vergessen.«

»Was für ein groooooßes Glück. Betrunken, deprimiert und verzweifelt, herzlichen Dank!«, entgegne ich mürrisch. »Da hätte ich ihm wohl besser die Wahrheit gesagt!«

»Und die wäre?«

»Die geht dich überhaupt nichts an«, antworte ich und sehe mich hoffnungsvoll nach weiteren dieser netten Damen um, die Alkohol austeilen. In gewisser Weise hat Dan Recht: Ich bin deprimiert, und jetzt sehne ich mich verzweifelt danach, betrunken zu sein.

»Fahren wir immer noch dieselbe Schiene, hm?«, spottet er. »Ich habe das Recht, den Mund zu halten, weil ich mich sonst selber belasten könnte …« Er streckt eine Hand nach mir aus, und ich zucke instinktiv zurück, weil ich vermute, dass er entweder die Wahrheit aus mir rausprügeln oder mir etwas Vernunft eintrichtern will, oder auch beides. Er macht keines von beidem, sondern streicht mir nur überraschend sanft mit der Hand über den Kopf, bis seine Fingerspitzen auf meiner Schläfe ruhen. Kopfschüttelnd sagt er mehr zu sich als zu mir: »Was geht da drin vor, Ollie? Ich wünschte wirklich, ich wüsste es …«

Plötzlich überkommt mich der unerklärliche Drang, alles zu gestehen. Doch glücklicherweise wird er von dem Auftauchen Tulas unterbrochen. Es ist das erste Mal in meinem Leben, dass ich mich freue, sie zu sehen, und das trotz der Tatsache, dass ich in ihren Augen gefrevelt habe, weil es so aussieht, als würde ich Dan lüstern mit Beschlag belegen. »Komm schon, Olivia«, gurrt sie und schwankt auf ihren turmhohen Absätzen vor dem Sofa. »Du kannst doch den bestaussehenden Mann im Zimmer nicht den *ganzen* Abend mit Beschlag belegen.«

»Ich fürchte, dass *ich* derjenige bin, der Ollie mit Beschlag belegt und nicht umgekehrt«, fällt Dan ihr ins Wort. Er lächelt

Tula charmant, aber doch leicht unterkühlt zu, die entweder ein Problem mit ihren falschen Wimpern hat oder ihm auffällig zuzwinkert. »Wir müssen über ein paar… äh, geschäftliche Dinge reden…«

»Also in diesem Fall muss ich Sie ganz entschieden auf die Tanzfläche holen, das hier ist schließlich eine Party. Geschäftliches sollte wirklich für irgendwelche Sitzungszimmer reserviert sein.«

»Es sei denn, es geht um ein intimes Geschäft, und dann ist man weit besser im Schlafzimmer aufgehoben, was, Tula?«, werfe ich säuerlich ein und kippe noch mehr Champagner.

Tula hört auf, Dan zuzuzwinkern. Stattdessen starrt sie mich wütend an. Ich werfe Dan einen verstohlenen Blick zu, weil ich erwarte, dass er sich nach meinem unpassenden Versuch in Sachen Sarkasmus ihren wütenden Blicken anschließt, doch zu meiner Überraschung kämpft er darum, ein Lachen zu unterdrücken.

»Nur sehr einfallslose Menschen beschränken Sex auf das Schlafzimmer, Ollie, Liebes«, erklärt Tula eisig.

Sie zeigt mir abrupt die kalte Schulter, beugt sich über Dan und umklammert sein Handgelenk. Ihre ganze Haltung wird weicher, als sie sich ihm nähert. »Komm und tanz mit mir, Süßer«, haucht sie, und Ginwolken umnebeln uns wie Zigarettenqualm.

Aus den Surround-Lautsprechern dröhnt jetzt der Lambada, und Tula beginnt, vor Dan herumzuzappeln und ihn anzumachen wie beim Table-Dance. Es knackt laut in ihren knochigen Hüften, als sie eine Reihe Hüftschwünge hinlegt, die das Aus für den Bauch einer untrainierteren Frau ihres Alters bedeutet hätten. Es ist das erste Mal, dass ich echte Angst auf Dan Slaters Gesicht sehe.

Er setzt zu einer Ausrede an, indem er behauptet, er sei kein großer Tänzer. Doch Tula will nichts davon hören. »Oh, aber ich bestehe darauf!«, trällert sie, schließt ihre orange lackierten Krallen fester um Dans Handgelenk und zerrt ihn quasi vom Sofa hoch.

Sie schleppt ihren Gefangenen auf die Tanzfläche. Ich weiß nicht, ob ich lachen oder beleidigt sein soll, als ich höre, wie Tula ihm reichlich laut zuflüstert: »Ich dachte, ich sollte Sie besser vor Olivia retten, sie ist zwar ein nettes Mädchen, aber viel zu fad für jemanden wie Sie.«

Ich wünschte, Dan würde mich für fad halten. Das wäre bei weitem besser als der Eindruck, den er jetzt von mir zu haben scheint. Geistesgestörtes, geiles Gör dürfte seine Meinung von mir recht gut wiedergeben. Ich glaube nicht, dass ich ihn heute Abend um einen Gutenachtkuss bitten sollte! Ich glaube, das Einzige, was Dan mir zur Zeit freiwillig geben würde, ist ein Tritt in den Hintern.

Ich nutze die Gelegenheit, um mich davonzustehlen, schleiche nach oben und lande heilfroh in meinem Zimmer. Ich schließe die Tür fest hinter mir und lehne mich einen Augenblick gegen das solide Holz. Mein armes Herz versucht, ein paar Schläge pro Sekunde langsamer zu werden. Dann drehe ich mich um und schiebe den schweren Metallriegel vor, um mich einzuschließen. Ich weiß zwar, dass Dan gerade zwischen Tulas dürren Knien gefangen ist, während sie versucht, sich einen Weg in seine Unterhose zu lambadern, doch ich würde es ihm durchaus zutrauen, nach mir zu sehen, sobald es ihm gelingt, der Sache ein Ende zu bereiten und zu fliehen.

Zwei Minuten später fangen meine armen Nerven, die bereits so angespannt sind wie ein ausgewrungenes Spültuch, wieder an zu flattern, als die Tür zum Badezimmer auffliegt und Louis vorsichtig sein blasses Gesicht hereinsteckt, was mich zwei Meter in die Höhe fahren lässt.

»Bist du allein?«, flüstert er nervös.

Ich nicke mit pochendem Herzen.

»Alles in Ordnung?«

Ich schüttle den Kopf.

»Es tut mir ja *so* Leid, dass wir dich im Stich gelassen haben!« Er schießt ins Zimmer und setzt sich neben mir aufs Bett, um mich fest an sich zu drücken.

»Wo habt ihr bloß gesteckt?«, murmle ich kläglich, den Kopf in der vertrauten Wärme seiner samtverpackten Schulter vergraben.

»In der Notaufnahme.«

»Was?« Erschrocken sehe ich auf. »Was ist passiert?«

»Na ja, nachdem Dan dich aus der Scheune geschleift hat, habe ich versucht, euch zu folgen, bin dann aber über Tan gestolpert, die wie ein Häufchen Elend in einer dunklen Ecke kauerte und einen Knöchel hatte, der aussah wie Mus.«

»Oje, das hatte ich ja ganz vergessen. Wie geht es ihr?«

»Nichts passiert. Nur eine Verstauchung. Sie wird in einer Minute oben sein. Ist auf dem Weg hierher nur von ein paar teilnahmsvollen Partygästen aufgehalten worden. Schon erstaunlich, wie viel Aufmerksamkeit zwei Krücken einer Frau doch einbringen. Ich habe mir ausgebeten, sie auszuleihen, sobald es ihr besser geht.« Er lacht halbherzig.

»Hast du ihr erzählt, was passiert ist?«

»O ja.« Er nickt. »Das hat die eineinhalb Stunden ausgefüllt, die wir in der Notaufnahme warten mussten. Also, wenn das kein komplettes Desaster war...«

Wieder lasse ich meinen Kopf erschöpft gegen Louis' Schulter sinken. »Das kannst du zweimal sagen«, murmle ich.

»Also, wenn das kein komplettes Desaster war«, wiederholt eine müde, spöttische Stimme.

Ich sehe auf. Tanya kommt langsam auf ihren Krücken hereingehumpelt. »Es tut mir so Leid, Kleines«, sagt sie und kommt unsicher näher, bevor sie sich auf der anderen Seite von mir aufs Bett fallen lässt und ihren bandagierten Knöchel von sich streckt. »Das ist alles meine Schuld! Ich habe Dan gesehen, aber ich war nicht schnell genug, um dich zu warnen.«

»Was machen wir jetzt?«, fragt Louis.

»Ich glaube, es wäre am besten zu fahren, und zwar so schnell und unauffällig wie möglich.«

»Was, sofort?«

»Nein, das würde komisch aussehen. Außerdem kann ich nicht Auto fahren; ich habe noch Restalkohol von gestern Abend und auch heute habe ich ganz schön gepichelt.«

»Was zum Teufel hat Dan Slater da draußen überhaupt gemacht?«, fragt Louis grollend.

»Ich glaube, er ist mir gefolgt«, antworte ich zaghaft.

»Warum sollte er das tun?«

»Er wollte mit mir sprechen.«

»Über das Restaurant?«

Über das Restaurant? Das dachte ich zuerst auch, doch jetzt bin ich mir nicht mehr so sicher. Hilflos zucke ich die Achseln. »Wisst ihr was? Ich weiß es nicht, ich weiß es wirklich nicht.«

In all dem Chaos, in dem dieser Abend geendet hat, hatte ich fast vergessen, dass Dan mir gesagt hatte, er mag mich. Tja, ich wette, jetzt tut er das nicht mehr.

Am nächsten Morgen bildet sich beim Aufbruch ein zusammengewürfelter Haufen. Wir sind blass und gezeichnet, doch leider nicht von dem Kater, unter dem die meisten von denen leiden, die gestern Abend viel Spaß hatten.

Tanya hinkt und stützt sich schwer auf die Krücken und auf Louis, der ein Pokergesicht aufgesetzt hat.

Ich habe mich erboten, den Großteil unseres Gepäcks zu tragen, in der Hoffnung, ich könne mich dahinter verstecken und unbemerkt nach draußen schlüpfen, ein wandelnder Wall von Louis Vuitton sozusagen. Wenn ich es könnte, würde ich mich von Kopf bis Fuß mit LV-Logos zukleben und so tun, als wäre ich selbst ein Gepäckstück. Statt einfach nur ein Stück *Scheiße* zu sein.

Unglücklicherweise erwartet uns ein Abschiedskomitee, um uns eine gute Heimreise zu wünschen. Grace befindet sich immer noch auf einem Party-Hoch, grinst alle glücklich an und küsst jeden ein erstes Mal, bevor sie aus Freude darüber, dass die Party (in ihren Augen) ein so großer Erfolg war, und aus Trauer darüber, dass alle Gäste schon aufbrechen müssen, wie aufgescheucht umherläuft und jeden noch einmal küsst. Stuart lungert unsicher im Hintergrund herum, schüttelt Louis die Hand, lächelt Tanya zerstreut an und weicht mir verängstigt aus, als würde ich an Lepra leiden und ihn anstecken wollen.

Ohne viel Federlesen pfeffere ich Tanyas teures Gepäck in den Kofferraum, steige dankbar ein und habe den Motor schon laufen, bevor die beiden anderen noch einen Fuß hineingesetzt haben. Fast hätte ich noch Tanyas anderen Knöchel verstaucht, als ich anfahre, bevor sie sich richtig auf dem Beifahrersitz zurechtgesetzt hat. Grace ruft uns zum zwanzigsten Mal hinterher, ob wir auch ganz sicher sind, dass wir nicht zum Mittagessen bleiben wollen, doch ich trete das Gaspedal durch, winke abwesend und rumple über Stuarts lange Auffahrt davon, wobei ich Fasane aufscheuche und Louis fast zum Durchdrehen bringe, weil ich nur knapp ein verwirrtes Kaninchen verpasse, das vor dem Auto gefährlich im Zickzack hüpft, bevor es verzweifelt in den grasbewachsenen Straßengraben hechtet.

Es herrscht Schweigen, bis wir die Autobahn erreichen und unser gemeinsamer Seufzer der Erleichterung die Fenster beschlagen lässt, so tief ist er.

»Das war's. Von jetzt an halten wir uns da raus«, erkläre ich mit Nachdruck. »So etwas wie das will ich nie, ich wiederhole, NIE wieder durchmachen. Bleibt zu hoffen, dass Stuart dicht hält, sonst feuert uns Grace als Brautjungfern.«

»Sie feuert uns sowieso«, grollt Louis auf dem Rücksitz.

»Soll das heißen, wir sollen uns einfach zurücklehnen und sie machen lassen?« fragt Tanya besorgt.

»Ganz genau«, entgegne ich. »Wir werden zu dieser Hochzeit gehen, unsere Kleider anziehen, lächeln und so tun, als würden wir uns für sie freuen. Schließlich ist das angeblich der schönste Tag in ihrem Leben ...«

»O ja«, fügt Louis verdrossen hinzu, »und der traurigste in unserem!«

»O Mann«, sage ich und schaue mich um. Alle drei sehen wir so betreten aus wie ein Lottogewinner, der gerade seinen Lottoschein mit dem Müll entsorgt hat. »Was sind wir doch für ein elender Haufen, was?«

Nachdem ich die beiden abgesetzt habe, treffe ich gegen Mittag endlich zu Hause ein. Der sonntägliche Mittagsansturm ist in vollem Gang, doch ich werde im Restaurant nicht gebraucht, da ich für das ganze Wochenende Aushilfskräfte gebucht habe. Ich hatte ja nicht damit gerechnet, so früh zurück zu sein. Ich schwanke noch, ob ich nicht doch hinuntergehen und helfen oder ob ich allein mit meinen Gedanken bleiben soll, was offen gesagt im Augenblick nicht ratsam ist. Da klingelt das Telefon.

»Hallo, Kleines. Wie man hört, war dein Wochenende eine ziemliche Katastrophe.« Es ist Finn. Aus irgendeinem Grund treten mir beim Klang seiner fröhlichen und freundlichen Stimme die Tränen in die Augen.

»Wie hast du das bloß so schnell erfahren?«, frage ich und fahre mir mit dem Handrücken übers Gesicht, um sie wegzuwischen.

»Na hör mal, Ollie, du solltest es besser wissen. Einen Journalisten so etwas zu fragen. Ich wusste doch, dass du dort in einen Schlamassel gerätst, wenn ich nicht auf dich aufpasse.«

»Sei bloß ruhig«, antworte ich. »Es war furchtbar, Finn, wirklich furchtbar.«

»Wie wär's mit ein bisschen Gesellschaft?«

»O ja, bitte«, seufze ich dankbar.

»Wirf schon mal Sid James ein, ich bin in einer halben Stunde da.«

Bei seiner Ankunft hält Finn eine Flasche Wein, eine Schachtel Jaffa-Kekse und eine dicke Umarmung bereit, die ich von allen dreien am meisten brauche, obwohl ich auch für die anderen Sachen abgrundtief dankbar bin. Er entkorkt den Wein, reicht mir ein großes Glas und lässt sich auf dem Sofa nieder, während ich ihm die ganze elende, erbärmliche Geschichte erzähle, begleitet von viel melodramatischem Seufzen, Gestikulieren und einem gewissen Grad Scham, insbesondere, als ich zu dem Teil komme, wo ich die Lippen gespitzt und den Kerl geküsst habe.

Als ich ausgejammert habe, sehe ich in der Erwartung automatischen Mitgefühls auf, muss aber erkennen, dass er lacht. »Das ist nicht lustig!«, tadle ich ihn. »Früher konnte ich mit Grace über alles reden. Jetzt habe ich ein Geheimnis vor ihr. Ein dickes, fettes, übles Geheimnis, das sehr wahrscheinlich unsere Freundschaft zerstören würde, wenn sie je die Wahrheit herausfände. Vielleicht sollte ich ihr alles gestehen und mich ihrer Gnade ausliefern ...«, seufze ich melodramatisch.

»Das willst du ja nur, weil du dich dann besser fühlen würdest«, erklärt Finn sachlich. »Es würde dir helfen, mit dem Schuldgefühl fertig zu werden, aber glaub mir, es ist nicht immer die beste Lösung, ganz und gar ehrlich zu sein. Ich glaube, der Schaden ist geringer, wenn du einfach versuchst, das Ganze zu vergessen. In ein paar Jahren wirst du lachend daran zurückdenken.«

»Meinst du wirklich?«

»Ich weiß es.«

»Vielleicht hast du Recht, aber das ist leichter gesagt als getan, Finn. Selbst wenn ich es einfach vergessen könnte, sind da andere Leute, die nicht so einfach vergessen werden, was passiert ist, da bin ich mir sicher.«

»Zum Beispiel?«

»Na ja, zum einen Dan, und Stuart, und was, wenn einer von ihnen etwas zu Grace sagt?«

»Nach allem, was du erzählt hast, scheint Dan zu versuchen, die Sache in Ordnung zu bringen. Schadensbegrenzung zu betreiben. Er wird nichts sagen.«

»Vielleicht nicht, aber wahrscheinlich erwirkt er gerade einen Räumungsbefehl gegen mich, während wir uns hier unterhalten«, sage ich verdrießlich und schenke uns beiden nach. Mir ist bewusst, dass es sich unter den gegebenen Umständen ziemlich krass anhören muss, aber das Schlimmste ist, dass Dan jetzt wahrscheinlich glaubt, ich finde Stuart mit u attraktiv. Ich meine, er hat mich dabei ertappt, wie ich dem Kerl an die Wäsche wollte, was sonst soll er da denken?

Finn betrachtet mich einen Moment lang schweigend. »Du magst ihn, nicht wahr?«

»Bleib beim Thema!«

»Das tue ich.« Er beobachtet mich scharf, ein aufreizend wissendes Lächeln auf den Lippen. »Es ist nicht deine Reaktion. Es ist deine *übermäßige* Reaktion.«

Ich schweige einen Augenblick, befinde dann aber, dass es Zeitverschwendung ist, das rundheraus zu verneinen. »Also gut«, gebe ich zu, »ich finde ihn attraktiv. Aber das steht in solch einem Widerspruch zu dem, was ich ihm gegenüber fühle. Weißt du, ich glaube nicht, dass ich jemals irgendetwas an ihm nett gefunden habe. Ich kenne ihn eigentlich gar nicht, aber er mischt sich immer wieder in mein Leben!« Ich breche ab, als ich sehe, dass Finn nicht mehr lächelt, sondern lauthals lacht.

»Da ist sie wieder. Unverhohlene Leidenschaft.«

»Er pfuscht mir auch in etwas hinein, an dem ich leidenschaftlich hänge.«

»Und warum pfuscht er deiner Meinung nach darin herum?«

»Weil er ein hartgesottener Geschäftsmann ist, der es nicht zulässt, dass sich die Menschheit, bei der er rein zufällig kein voll zahlendes Mitglied ist, seinem schnell verdienten Geld in den Weg stellt.«

»Aber trotzdem stehst du auf ihn.«

»Ja«, seufze ich. »Trotzdem stehe ich auf ihn.«

Finn legt einen langen Arm um meine Schultern und drückt mich fest an sich. »Das Leben ist manchmal verdammt ungerecht, was?«, murmelt er.

Müde lasse ich den Kopf an seine Schulter sinken, damit mir seine Wärme, seine Unvoreingenommenheit und sein Verständnis Stärke geben. »Du riechst gut«, sage ich und atme den sauberen Zitrusduft seines Aftershaves ein. »Manchmal wünschte ich, ich würde auf dich stehen.«

»Ich weiß. Traurig, was? Aber das ist nicht das Ende der Welt. Wir könnten uns immer noch zu ein bisschen unerwünschtem Sex hinreißen lassen.«

Ich richte mich auf, schnappe mir eines der Sofakissen und schlage damit kräftig auf ihn ein.

»Oho, eine Kissenschlacht. Das ist gleichbedeutend mit einem Vorspiel, weißt du. Das war nur ein Scherz!« Er hält schützend die Hände hoch, als ich ihn in gespielter Empörung anstarre. »Tatsache ist, dass ich gar nichts mit dir anfangen könnte, selbst wenn ich wollte.«

»Ach ja.« Ich halte mitten im nächsten Kissenschlag inne. »Gibt es da etwas, was du mir erzählen möchtest? Oder etwa *jemanden*, von dem du mir erzählen möchtest?«

»Noch nicht«, antwortet er und grinst schüchtern. »Dazu ist es noch viel zu früh. Sagen wir einfach, du kannst dich auf Schlagzeilen gefasst machen …«

Kapitel 10

Am kommenden Montagabend – oder Dienstagmorgen, um genau zu sein – übernachtet Tanya bei mir. Wir wollten ordentlich einen draufmachen, um uns alle aufzumuntern, was aber ziemlich danebenging, weil keinem von uns wirklich nach Feiern zumute war. Selbst Louis war schon kurz nach Mitternacht froh darüber, nach Hause zu gehen. Und das ganz ohne seine üblichen Betteleien, doch noch mit ihm in irgendeinen Club zu gehen, um bis zum Morgen durchzutanzen.

Tanya und ich rösten uns gerade einen ganzen Laib Vollkorntoast, weil wir einem postmitternächtlichen Fressanfall erlegen sind, als es wiederholt an der Tür klingelt.

»Wer könnte das um diese Zeit noch sein?«, entfährt es mir. Vor Schreck lasse ich eine Scheibe Toast mit der gebutterten Seite nach unten auf den Tisch fallen.

»Louis?«, schlägt Tanya vor.

»Der hat einen Schlüssel und würde einfach reinkommen.«

Wieder läutet es, dieses Mal heftiger. Tanya lugt aus dem Küchenfenster. »Ich kann nicht erkennen, wer es ist. Du machst besser mal auf.«

Ich bin versucht, mich mit dem Brotmesser zu bewaffnen, nur für den Fall, dass ein entflohener, axtschwingender Psychopath vor meiner Tür steht. Doch dann sage ich mir, dass so etwas paranoid ist und poltere nur mit einem Stück Toast bewaffnet treppab. Wer auch immer vor meiner Tür steht, scheint mit dem Finger auf der Klingel festzukleben, die nun ohne Unterbrechung bimmelt. »Schon gut, schon gut, immer mit der Ruhe«, rufe ich und mache die Tür auf.

Grace muss sich sowohl gegen die Tür wie auch gegen die Klingel gelehnt haben. Kaum reiße ich sie auf, stolpert sie herein und landet zu meinen Füßen. »So ein Mist!«, ruft sie und reibt sich das Knie, das sie gegen die unterste Treppenstufe gerammt hat.

»Grace?«, frage ich überrascht.

Sie blickt zu mir auf; ihre Augen sind völlig verheult, blitzen aber auch vor Entrüstung. Meine Überraschung weicht ernster Beunruhigung.

»Um Himmels willen, was ist los, Gray?«

Sie schüttelt den Kopf, rappelt sich hoch, drängt sich an mir vorbei und geht nach oben ins Wohnzimmer. Der Toast entgleitet mir und fällt auf die Treppe, als ich hastig die Eingangstür zumache und ihr erschrocken folge. »Was ist los, Grace?«, wiederhole ich schnaufend. »Jetzt sag schon.«

Sie dreht sich um und sieht mich hohläugig und traurig an, und doch funkeln ihre Augen vor Zorn. »Ich habe Stuart verlassen!«, ruft sie wütend.

»Du machst Witze!«

Tanya, die gerade aus der Küche kommt, formt ein lautloses »Ja«, hält eifrig die Daumen nach oben und führt hinter Grace' Rücken einen kleinen Freudentanz auf. Der wird glücklicherweise durch ihren angeknacksten Knöchel abgekürzt, der immer noch schmerzt.

Ich dagegen kann das Gesicht meiner besten Freundin sehen. Und was ich sehe, gefällt mir gar nicht.

Ich führe sie zum Sofa. »Was um Himmels willen ist passiert?«

»Du wirst es nicht glauben«, sagt sie niedergeschlagen und setzt sich. »Du wirst es einfach *nicht* glauben.«

»Sag schon«, dränge ich.

Hohläugig sieht sie mich an. »Stuart hat ... also, er ... ach!« Sie seufzt und schüttelt heftig den Kopf, als würde sie dadurch verdrängen, was sie so furchtbar aufregt. »Ach, Ollie, ich kann es nicht glauben...« Sie verstummt erneut und sieht mit schmerzverzerrtem Gesicht und gerunzelter Stirn zu mir auf. »Stuart... hat behauptet, du hättest ihn bei unserer Verlobungsparty angebaggert!«

Ich spüre, wie mir das Blut aus dem Gesicht weicht.

»Tanya vielleicht«, fährt Grace fort und sieht verzagt lächelnd in ihre Richtung. »Ich meine, wir wissen alle, dass sie im Flirten selbst Mata Hari schlägt. Es gehört bei ihr einfach dazu, dass sie jeden Mann anmacht, den sie trifft, ganz egal unter welchen Umständen. Aber zu behaupten, dass *du* ihn angebaggert hättest. Wie arrogant dieser Mann ist!« Sie lässt sich in die Sofakissen plumpsen und sieht mich erneut aus verquollenen, geröteten Augen an. »Und das Schlimmste daran war, wie er es mir gesagt hat. Als wäre er nur um mein Wohlergehen besorgt! Hat behauptet, er wollte es mir gar nicht erzählen, aber dann hätte er sich gedacht, dass es besser wäre, wenn ich wüsste, was passiert ist. Für den Fall, dass ich es von jemand anderem erfahre und mich noch mehr aufrege!«

»So ein Mist. Du glaubst ihm doch nicht, oder?«, frage ich ängstlich.

»Ihm glauben! Ich *weiß*, dass du nicht auf Stuart stehst«, erklärt sie unerbittlich. Dann fügt sie unsicherer hinzu: »Du stehst doch nicht auf Stuart... oder?«

»Natürlich nicht«, entgegne ich, höchst erleichtert darüber, dass ich endlich einmal nicht lügen muss.

»Natürlich nicht«, wiederholt sie. »Ich weiß gar nicht, warum ich überhaupt gefragt habe. Ich kann einfach nicht glauben, dass er mir solch furchtbare Lügen auftischt, Ollie. Es kommt mir vor, als würde ich ihn gar nicht kennen.«

Ich setze mich neben sie und fange an, ihr hilflos die Schulter zu tätscheln, da ich kein Wort über die Lippen bringe.

»Und dann behauptete er sogar, dass er den Eindruck hätte,

du wolltest uns von Anfang an auseinander bringen!« Schluchzend vergräbt Grace ihr Gesicht an meiner Schulter.

Ich sehe zu Tanya hinüber, die genauso blass ist wie ich.

»Wie konnte ich nur so blind sein!«, jammert Grace. »Du hast doch gar nicht versucht, Stuart und mich auseinander zu bringen. Nein, er hat versucht, mich von euch wegzukriegen. Er versucht einfach, einen Keil zwischen mich und meine Freunde zu treiben, um mich ganz für sich allein zu haben. Wie krank! Er kann es nicht ertragen, dass ich mit jemand anderem zusammen bin außer ihm.«

Sie verstummt. Tränen kullern über ihr Gesicht und tropfen auf meine nackte Schulter. Als sie weiterspricht, ist die Wut aus ihrer Stimme verschwunden. Sie hört sich nur noch unendlich müde an. »Kann ich hier bei dir bleiben? Ich will nicht nach Hause. Ich will nicht allein sein, und ich will auch nicht mit ihm sprechen. Um Himmels willen, er kennt noch nicht mal die Nummer meiner besten Freundin! Das spricht doch Bände.«

Grace zieht sich abrupt zurück und steht auf. Sie atmet ein paar Mal tief durch, als würde sie an einem Kurs für Geburtsvorbereitung teilnehmen. »Vielleicht ist es ganz gut so. Wir sind wirklich sehr verschieden.«

Sie redet mit sich selbst, nicht mit Tanya und mir. Jetzt geht sie im Zimmer auf und ab und starrt auf den Teppich. »Ich dachte, wir würden uns ergänzen, aber vielleicht habe ich mich geirrt. Tja, jetzt gibt es kein Vielleicht mehr.« Sie bleibt stehen, und ihre Stimme wird zu einem rauen Flüstern. »Wie konnte ich mich nur *so* in ihm täuschen?«

Ich sehe beschämt zu Tanya hinüber und nehme dann Grace, die einfach stehen geblieben ist wie ein Spielzeug, dessen Batterien leer sind, bei den Schultern, um sie in mein Schlafzimmer zu führen. Dort bedarf es keiner weiteren Aufforderung: So, wie sie ist, fällt sie in die Kissen, wo sie unbeweglich liegen bleibt. Sie schläft nicht, sondern ist einfach völlig am Boden zerstört.

»Ich mache dir einen Kaffee«, erkläre ich ihr und breite meine Decke über den reglosen Körper. Wie üblich herrschen in meinem Schlafzimmer Temperaturen wie in der Sauna, doch sie fühlt sich eisig an.

Tanya wartet in der Küche. Wie immer in einer Krisensituation war sie sehr effizient und hat bereits eine Flasche Wein entkorkt, die Kaffeemaschine wieder angeworfen, mit der wir vorhin Kaffee zu unserem Toast gekocht hatten und die jetzt wie ein Minigeysir vor sich hin brodelt, und sie hat eine Packung widerlich dicker Schokoladenkekse auf einen Teller geleert. »Alles in Ordnung?« Sie ist voller Sorge, trotz der Tatsache, dass ihr Mund auch voller Kekse ist.

Ich schüttle den Kopf, lasse mich am Tisch nieder und fange an, mit der leeren Kekspackung zu spielen. »Was haben wir nur angerichtet?«

»Genau das, was wir uns als Ziel gesetzt hatten«, antwortet Tanya, die versucht, sachlich zu klingen. »Das mag sich zwar im Moment grässlich anhören, aber es war zu ihrem Besten. Das weißt du doch.«

»Endlich haben wir erreicht, was wir wollten«, sage ich und reiße die dünne Plastikhülle herunter, als wäre es die Schuld der Verpackung, dass meine beste Freundin völlig fertig ist. »Warum fühlt es sich dann nicht so gut an, wie wir angenommen hatten?«

»Weil sie so leidet, und weil es furchtbar ist, sie leiden zu sehen.«

»Ganz genau.« Niedergeschlagen sehe ich zu Tanya auf. »Um so mehr, als wir Schuld daran sind.«

Grace bleibt zwei Tage in meiner Wohnung. Sie spricht kaum und verweigert jede Mahlzeit, um dann alles, was in Reichweite ist, in sich hineinzustopfen, sobald sie allein ist. Noch nie habe ich so viele Kekspackungen und Tüten mit Mini-Marsriegeln gebraucht wie in dieser kurzen Zeit. Sie hat sich krank gemeldet und verbringt ihre Zeit damit, neben dem Telefon zu sitzen, wobei sie so tut, als würde sie das nicht mit Absicht machen. Doch jedes Mal, wenn es klingelt, springt sie vor Schreck zwei Meter in die Höhe. Und jedes Mal ist ihr die Enttäuschung anzusehen, wenn ihr wieder einfällt, dass Stuart meine Nummer gar nicht haben kann – es sei denn, er war so verzweifelt darauf aus, mit ihr zu sprechen, dass er durch brennende Reifen gesprungen ist, um an sie zu kommen.

Auch ich warte. Darauf, dass die Erleichterung darüber, Grace endlich gerettet zu haben, einsetzt. Darauf, dass das Gefühl, richtig gehandelt zu haben, wie eine selbstgefällige Woge über mich hereinbricht. Leider ist das Einzige, worin ich zur Zeit ertrinke, ein Gefühl der Schuld. Man sollte vorsichtig sein mit dem, was man sich wünscht, denn eines Tages könnte der Wunsch in Erfüllung gehen.

Gegen Ende des zweiten Tages hält sie es nicht mehr aus und will nach Hause, um so zu tun, als würde sie nicht neben einem Telefon sitzen, dessen Nummer Stuart sehr wohl kennt.

Ich fahre sie mit gemischten Gefühlen zurück nach Islington. Ich will nicht, dass sie allein bleibt, wenn sie so offensichtlich unglücklich ist. Das Problem ist nur, ich weiß genau, dass ich hauptverantwortlich für ihr Unglück bin und es im Moment nur schwer in ihrer Nähe aushalte. Ich kann ihr nicht ins Gesicht sehen. Und obwohl ich wahrhaftig und von ganzem Herzen mit ihr leide, als sie sich morgens um zwei das Herz aus dem Leib heult, komme ich mir dabei schrecklich scheinheilig vor.

Die meiste Zeit weiß ich nicht einmal, was ich zu ihr sagen soll, insbesondere, wenn sie zum x-ten Mal ihr letztes Gespräch mit ihm durchgeht und alles wiederholt, was Stuart über den

Vorfall in der Scheune gesagt hat, um damit zu schließen, dass sie es einfach nicht glauben könne, so von ihm belogen worden zu sein. Wieder und wieder verweist sie darauf, dass ich doch den größten Teil des Abends mit Dan Slater im Schlepptau verbracht und somit gar keine Gelegenheit gehabt hätte, mich Stuart zu nähern. Deshalb kommt sie auch zu der Schlussfolgerung, dass Stuart nicht nur unloyal, sondern auch dumm sein müsse.

Ich habe ja solche Angst, dass ich womöglich nicht nur ihre Freundschaft mit Stuart zerstört habe, sondern auch unsere eigene. Ich habe meine beste Freundin belogen. Und durch mein Schweigen belüge ich sie immer noch. Ich versage, wenn es darum geht, ihre Anschuldigungen gegenüber Stuart durch die Wahrheit zu entkräften.

Am nächsten Tag entspanne ich mich nach einer langen Frühstücksschicht, der eine hektische Mittagsschicht gefolgt war, bei einem üppigen Sandwich und einem üblen Schundblatt. Mel war über eine Stunde zu spät zum Servieren des Mittagessens erschienen, weil sie sich am Abend vorher selber jede Menge Alkohol serviert hatte. Jetzt holt sie schuldbewusst und trotz meiner Versicherungen, dass das wirklich nicht sein muss, die verlorene Zeit nach und schrubbt den Backofen. Gegenwärtig werkelt sie auf Händen und Füßen herum, den Kopf in der Backröhre. Nicht gerade das Beste, wenn man einen Kater hat, doch sie behauptet hartnäckig, dass sie ja immer noch das Gas andrehen könne, falls die Übelkeit sie wirklich übermannt.

Gerade denke ich darüber nach, uns etwas Stärkeres zu holen als den Kaffee, den ich gerade schlürfe, da Mel ihren Kater so am besten bekämpft und ich im Augenblick sowieso um keine Ausrede verlegen bin, als die Eingangstür zum Tate's aufgeht. Ich war heute so geistesabwesend, dass ich vergessen haben muss, sie abzuschließen. Ich seufze bei der Aussicht, hungrige, gereizte, futterversessene und des Englischen nicht mächtige Touristen hinauswerfen zu müssen, aus denen meine Klientel sich heute Mittag hauptsächlich zusammenzusetzen schien. Widerstrebend lege ich die Zeitung zur Seite und stehe auf.

»Tut mir Leid, wir haben geschlossen«, setze ich müde an und gehe durch die Küchentür hinüber ins Restaurant. »Wir haben nur bis fünfzehn Uhr geöffnet...« Abrupt halte ich inne.

Im Raum steht Dan Slater. Ehrlich gesagt bin ich nicht wirklich überrascht, ihn hier zu sehen, doch das hindert mein Herz nicht daran, sich zu dem halb verdauten Tomatensandwich in meinem Magen zu gesellen.

»Hallo«, sagt er ruhig.

Mel kommt aus der Küche hereingetorkelt und nestelt an ihrer Schürze, die sie aufgrund der Tatsache, dass sie so zierlich ist, zweimal um sich geschlungen hat und die deshalb reichlich fest geknotet ist. »Bin gerade mit dem Backofen fertig geworden und gehe jetzt nach Hause, du alte Sklaventreiberin«, scherzt sie. »Ich muss unbediiiingt ins Bett... oh.« Sie hält abrupt inne, als sie endlich von dem Versuch, ihre Schürze zu entwirren, aufsieht und den Neuankömmling erblickt.

Dan und ich hören endlich auf, uns vorsichtig zu beäugen, und sehen stattdessen zu Mel hinüber. So stehen wir alle drei einen Moment lang schweigend da und beobachten uns wie Revolverhelden, die darauf warten, dass es zwölf schlägt. Unsere Blicke zucken von einem zum anderen, und jeder wartet darauf, dass einer reagiert.

Nach einer kleinen Ewigkeit, die mir vorkommt wie fünf Minuten, in Wirklichkeit wohl aber nur fünf Sekunden dauerte, wende ich mich an Mel. »Ja, in Ordnung. Du kannst gehen, Mel. Wir sind hier durch.«

»Bist du sicher?« Sie zögert und blickt argwöhnisch zu Dan. »Ich kann noch bleiben, wenn du willst.«

»Alles in Ordnung, wirklich. Wir sind hier durch. Du kannst gehen.«

»Wenn du meinst…«, sagt sie langsam, macht aber keine Anstalten zu gehen.

Ich nicke viel zuversichtlicher, als ich mich fühle.

»Du weißt ja, wo ich bin, falls du mich brauchst.« Widerstrebend bricht sie auf. Ich habe noch nie erlebt, dass sie so lange braucht, um ihre Sachen nach einer harten Schicht zusammenzusuchen. Normalerweise ruft sie sich ein Taxi, während sie den letzten Kaffee serviert, und flitzt zur Tür, sobald der letzte Gast sein Glas geleert hat.

Dan beobachtet sie und sieht dann wieder zu mir. Ich stehe argwöhnisch in einiger Entfernung vor ihm. Wieder breitet sich ein ungemütliches Schweigen aus, doch dann sage ich mir, dass ich viel zu ausgelaugt bin, um mir den Kopf darüber zu zerbrechen, warum er überhaupt hier ist. Schließlich macht er den Mund auf. »Ich will nicht wieder mit dir streiten. Ehrlich gesagt, ich hatte sogar auf einen vorübergehenden Waffenstillstand gehofft.«

Ich zucke die Achseln. »Freut mich zu hören. Zum Streiten bin ich viel zu müde. Möchtest du etwas trinken?«

Überrascht sieht er mich an und nickt dann langsam und zustimmend. Ich gehe zur Bar hinüber. »Auf welches Gift stehst du denn?«

Seine Mundwinkel zucken. »Ich sollte mir wohl genau überlegen, wie ich diese Frage beantworte, wenn man bedenkt, von wem sie kommt.«

»Wem sagst du das? Hier gibt's alles außer Rattengift und Arsen.«

»Ein Bier wäre gut.«

Ich mache ein kalte Flasche Budweiser auf und biete ihm ein

Glas dazu an, das er aber ablehnt. Dann mixe ich mir einen großen Gin Tonic. Er ist mir zur Bar gefolgt und sitzt jetzt auf einem der Barhocker. Mein Instinkt befiehlt mir zu bleiben, wo ich bin, hinter einem Meter Mahagoni und diversen spitzen Zapfhähnen, die wie Wachposten zwischen uns aufragen. Doch ich ertappe mich dabei, wie ich, warum auch immer, zu ihm auf die andere Seite gehe und mich auf den nächsten Barhocker gleiten lasse, sodass ich ihm zwar nahe bin, unsere Beine sich aber nicht berühren.

Langsam nippe ich an meinem Drink. Ich sehne mich verzweifelt nach einem ordentlichen Schluck Alkohol, doch ich denke, dass es vernünftiger ist, im Moment so wachsam wie möglich zu bleiben. Immer, wenn ich im selben Raum wie Dan Slater bin, komme ich mir vor wie ein Kaninchen, das im Bau des Fuchses gefangen ist. Es ist fast so, als könne ich das Raubtier riechen, das sich hinter diesem Mann verbirgt.

Dan lehnt sich mit dem Rücken an die Theke und blickt gedankenverloren auf den leeren Feuerrost im Kamin. Er hat sein Bier gut zur Hälfte geleert, bevor er überhaupt etwas zu mir sagt: »Ich war gerade bei Grace.«

»Oh«, antworte ich zaghaft und beobachte seinen Mund, als er die Flasche erneut ansetzt. Er wirft mir einen Seitenblick zu, und ich sehe schnell weg. »Geht es ihr gut?«

Langsam schüttelt er den Kopf. »Sie ist total aufgelöst. Sie vertraut dir wirklich, Ollie.«

»Ich weiß.«

»Was bedeutet, dass sie nicht länger Stuart vertraut.« Jetzt sieht er mich unverwandt an; seine sonst so blauen Augen sind ganz dunkel vor Sorge. »Was nicht gerade fair ist, wenn man bedenkt, dass wir beide wissen, wer von euch die Wahrheit sagt.«

Prompt sind meine Schuldgefühle wieder da. »Es war nicht so, wie du denkst«, platze ich heraus.

»Das weiß ich«, entgegnet er ruhig.

»Wirklich?«, frage ich überrascht.

»Ich habe gestern mit einem gemeinsamen Bekannten zu Mittag gegessen.«

»So«, erwidere ich in dem Versuch, die Fassung wiederzuerlangen und gelassen zu wirken.

»Ja. Mit Finnian Connelly. Er hat mir erzählt, was ihr eigentlich vorhattet an jenem Abend.«

»Wirklich?«, frage ich wieder überrascht. Ich bin mir nicht sicher, ob ich wütend oder erfreut darüber sein soll, dass der liebenswürdige, aber nicht gerade verschwiegene Finn alles ausgeplaudert hat. Auf eine Art bin ich ganz froh, dass Dan die Wahrheit kennt, dass ich nämlich keine furchtbare, männergeile Schlampe bin, die versucht, ihrer besten Freundin den Mann auszuspannen. Ich hoffe nur, dass er nicht annimmt, der wahre Grund, warum ich mit Stuffy schmusen wollte, sei noch schlimmer. Ich weiß auch nicht warum, aber ich will, dass Dan eine gute Meinung von mir hat … doch, ich weiß, warum. Es ist schon ein seltsames Gefühl, jemanden zu mögen, nachdem man so viel Zeit und Energie darauf verwendet hat, ihn zu verabscheuen.

Als Antwort auf meine letzte Frage nickt Dan. »Ja. Er hat mir alles erzählt, Ollie, zumindest so weit er es wusste. Es wird dich wahrscheinlich freuen zu hören, dass es mich einige Mühe gekostet hat, ihn zum Plaudern zu bringen. Er ist sehr loyal.«

»Er ist ein guter Freund.«

»Ja, das sagte er auch.« Er wirft mir einen schwer zu interpretierenden Seitenblick zu. »Dass ihr nur gute Freunde seid.«

Mein Gefühl sagt mir, dass wir zeitweise bei einem etwas anderen Thema gelandet sind als bei Stuart und Grace, das unterschwellig lauerte und das wir beide versucht haben zu ignorieren – also gut, das *ich* versucht habe zu ignorieren. Ich habe unser Gespräch im Korridor von Stuarts großem Haus nicht vergessen und bin seltsam erleichtert, weil er auf die Tatsache anzuspielen scheint, dass er nun weiß, dass Finn und ich nichts miteinander haben.

Doch der von mir wahrgenommene Themenwechsel war nur ein flüchtiger. Dan nimmt einen weiteren Schluck und stellt die Flasche auf die Theke hinter sich. »Mag sein, dass Stuart nicht deinem Ideal entspricht, aber das wolltest du auch nicht, oder, Ollie?«

»Ich will das Beste für Grace«, antworte ich vorsichtig.

»Und wer bist du, dass du dir anmaßt, darüber zu entscheiden, was für sie am besten ist? Zugegeben, Stuart ist vielleicht nicht so schneidig, intellektuell, interessant, lustig oder unterhaltsam, wie du es dir vielleicht wünschst, aber hast du sie jemals zuvor mit einem Mann so glücklich und zufrieden erlebt?«

Ich lasse den Kopf hängen. Ich muss gar nicht erst antworten. Wir wissen beide, dass er Recht hat.

»Du kannst dir selber etwas vormachen, Olivia, aber wenn dir wirklich etwas an Grace liegt, wie du behauptest, dann hör endlich auf, ihr etwas vorzumachen.«

Ich seufze tief, unfähig, ihm in die Augen zu blicken. »Ich kann ihr nicht sagen, was wir gemacht haben«, murmle ich. »Sie würde mich dafür hassen. Und ich weiß, dass ich es verdient hätte ...«, füge ich hinzu, bevor er es kann, »... aber es würde sie noch mehr verletzten, als es ohnehin schon der Fall ist. Sie ist meine beste Freundin.« Ich vergrabe das Gesicht in den Händen, überwältigt davon, was für einen Riesenmist ich gebaut habe. Und immer noch kann ich Dan nicht ins Gesicht sehen.

»Stuart ist ein guter Kerl, Ollie.«

»Das weiß ich«, antworte ich ruhig. Ich zucke leicht zusammen, als ich unerwartet seine Hand auf meiner fühle und er sie sanft von meinem Gesicht zieht. Er hält sie fest und lächelt mir milde zu. Ich glaube nicht, dass er mir je zuvor zugelächelt hat.

»Hör mal, ich weiß doch, dass ihr der Meinung wart, das

Richtige zu tun, wie fehlgeleitet auch immer es war...« Er klingt nachsichtig. Das ist schlimmer, als von ihm zurechtgewiesen zu werden. Das ertrage ich nicht. Nicht von Dan, und schon gar nicht, wenn ich es nicht verdient habe.

Ich kann mich nicht mehr beherrschen, und dicke, heiße, salzige Tränen kullern über meine Wangen. »Was soll ich nur machen?«

Er lässt meine linke Hand los und wischt mit dem Daumen sanft die Tränen fort. »Du schaffst das schon.«

»Aber wie?«

Wieder lächelt er, doch dieses Mal ein wenig ironisch. »Bisher wart ihr doch überaus findig. Ich bin sicher, dass euch etwas einfällt.«

»Was wird aus Stuart?«

»Tja«, er seufzt tief und lässt nun auch meine andere Hand los. »Ich habe mit ihm gesprochen, erklärt, was ich konnte, ohne seine Gefühle zu verletzen. Wie ich schon sagte, er ist ein guter Kerl. Doch das bedeutet nicht, dass er nicht wie andere Menschen ist. Er hat Grace die Wahrheit gesagt, und sie hat es vorgezogen, dir statt ihm zu glauben. Er liebt Grace abgöttisch, aber er hat seinen Stolz, Ollie. Und der hat ziemlich gelitten...«

Na bravo! Jetzt sehe ich nicht nur Grace, sondern auch Stuart in von mir verschuldetem Selbstmitleid dahinsiechen. Es war mir gelungen, jeglichen Gedanken an ihn in einen völlig ungenutzten Teil meines Gehirns zu verbannen. Die Tatsache, dass er genauso unglücklich wie Grace sein könnte, war mir irgendwie entgangen. Plötzlich wird mir klar, wie bequem es für uns war, Stuart so grausam zu entmenschlichen und für völlig gefühllos zu halten. Nie haben wir darüber nachgedacht, dass unser Tun ihn sehr verletzen könnte. Ich hätte nicht gedacht, dass ich mich noch schuldbewusster fühlen könnte, als ich es ohnehin schon tue. Von wegen!

Dan leert sein Bier, steht auf und stellt die leere Flasche auf die Theke. Beim Anblick meines unglücklichen Gesichts lächelt er verständnisvoll. »Zerbrich dir nicht zu sehr den Kopf, Ollie. Ob du es glaubst oder nicht, ich glaube an das Schicksal. Wenn Stuart und Grace wirklich füreinander bestimmt sind, werden sie es schaffen, ganz egal, wer sich einmischt, du, ich oder sonst jemand. Doch was auch immer jetzt noch kommt, ich bin sicher, *du* wirst das Richtige tun.«

Er streckt die Hand aus, als wolle er meine ergreifen, ändert dann aber offensichtlich seine Meinung. Wir zögern beide, und da auch meine Hand unsicher in der Luft schwebt, berühren wir schließlich nur kurz unsere Fingerspitzen. Er wendet sich ab und geht zur Tür. Als seine Hand sich um den Türgriff schließt, rufe ich ihm hinterher: »Hey.«

Er hält inne und dreht sich noch einmal um.

Ich brauche einen Augenblick, um die Worte hervorzubringen, und er sieht mich fragend an.

»Es tut mir Leid«, stottere ich schließlich.

Dans Mundwinkel zucken. »Bei mir musst du dich nicht entschuldigen.« Er hält einen Moment inne, und das Lächeln vertieft sich. »Obwohl es wirklich ziemlich gemein von dir war, mich neulich abends dieser Terror-Tula auszuliefern. Stell dir vor, sie hat den DJ gezwungen, den Lambada *viermal hintereinander* zu spielen.« Er schneidet eine Grimasse und massiert sich scherzhaft die Innenseite seines Beins, als hätte er Schmerzen. »Die blauen Flecken verschwinden allmählich, aber was die psychischen Schäden betrifft …« Er schüttelt den Kopf.

Obwohl ich mich noch vor kurzem in schlammigem Selbstmitleid gesuhlt habe, muss auch ich jetzt lachen. »Danke«, sage ich langsam.

Er zuckt die Achseln. »Vergiss es.«

»Nein, ich meine es ernst.«

»Ich weiß«, antwortet er ruhig und zieht lächelnd die Tür hinter sich ins Schloss.

Vom Fenster aus beobachte ich, wie Dan über die Straße zu seinem Auto geht. Ich hatte Unrecht: Dan Slater ist ein netter Mensch. Wenn ich mich also in dieser Beziehung geirrt habe, dann habe ich mich vielleicht auch in vielen anderen Dingen geirrt.

Am selben Abend zieht Grace wieder zu mir. Stuarts verletzter Stolz hat es offensichtlich mit sich gebracht, dass Grace' Telefon eisern geschwiegen hat. Deshalb findet sie, dass es das kleinere Übel ist, bei mir zu bleiben. Es mag für sie noch angehen, dass er sie nicht unter einer Nummer anruft, die er nicht kennt, doch sie kann es nicht ertragen, dass er nicht die Nummer wählt, die er als Kurzwahl auf Platz Eins bei seinem Festnetzanschluss und seinen Mobiltelefonen eingespeichert hat. Obwohl sie sich auf einen Kompromiss eingelassen und ihr Handy mitgebracht hat.

Ihr ursprünglicher Zorn ist verraucht, und sie sitzt die ganze Zeit wie ein Häufchen Elend vor dem Fernseher. Noch nie habe ich sie so unglücklich erlebt.

Ich arbeite das Wochenende durch. Doch in Gedanken bin ich nicht bei der Arbeit, sondern bei mehreren kindischen Plänen, die den Riesenfehler wieder gutmachen sollen, den wir begangen haben. Am Montagabend, eine Woche, nachdem Grace tränenüberströmt auf meiner Türschwelle stand, überlasse ich sie auf dem Sofa kauernd dem Fernseher. Als Trost stelle ich ihr eine Packung Kleenex, eine Flasche Frascati und ihr Handy hin. Dann verziehe ich mich mit der Ausrede, meine Vorräte überprüfen zu müssen, nach unten ins Restaurant. Kaum bin ich in der Küche, hänge ich schon am Telefon, um Tanya und Louis zu einer Krisensitzung zu rufen.

Louis, der sowieso auf dem Weg zu uns war, trifft als Erster ein. Er sieht sehr besorgt aus. »Wie geht es ihr?«, erkundigt er sich schuldbewusst. »Ich habe ihr was zu lesen und eine große Schachtel Pralinen mitgebracht, um sie aufzuheitern.«

Ich schüttle den Kopf. »Ich habe sie noch nie so unglücklich erlebt. Die Trennung von Arty hat sie mitgenommen, aber das hier ist eine ganz andere Dimension.« Ich schenke Louis eine Tasse Tee aus der Kanne ein, die auf dem Tisch steht.

»Hallo, ich bin's!« Tanyas Kopf taucht in der Tür auf. »Was gibt's denn so Dringendes?«, fragt sie, als sie eintritt. »Ich war gerade sehr beschäftigt.«

»Das sehe ich«, spotte ich, als ihr schicker Burberry-Trenchcoat beim Hinsetzen aufgeht und ich erkenne, dass sie darunter nichts außer ihrer Unterwäsche und einer gesunden Bräune trägt.

»Das letzte Mal, als wir so eine Besprechung hatten, haben wir Pläne für Stuarts Vernichtung geschmiedet«, sagt sie lachend, als ich ihr ein Glas Wein reiche, doch ihr Lachen klingt nicht fröhlich.

»Heute steht etwas ganz anderes auf dem Programm, Freunde.« Ich halte inne und sehe von einem zum anderen, da es mir wirklich ernst ist. »Es geht um Grace und Stuart«, verkünde ich zögernd, als sie mich neugierig ansehen. »Ich will sie wieder zusammenbringen.«

»Was willst du!«, kreischt Tanya.

»Es fällt mir schwer, das zuzugeben«, beim Anblick der entrüsteten Tanya hebe ich abwehrend die Hände, »aber ich bin davon überzeugt, dass es nur eines gibt, das Grace wieder glücklich machen könnte.«

Louis schüttelt seufzend den Kopf. »Ganz deiner Meinung«, sagt er. »Auch mir fällt es schwer, das zuzugeben, aber ich habe das Gleiche gedacht.«

»Aber wir haben sie doch gerade erst vor einer Heirat bewahrt, die sie erst recht unglücklich gemacht hätte!«, hält Tanya uns entgegen.

»Tut mir Leid, Tan«, erkläre ich nachdrücklich. Die Überzeugung, endlich das Richtige zu tun, macht mich unnachgiebig. »Stuart hat sie glücklich gemacht. *Wir* haben sie unglücklich gemacht.«

Tanya sieht mich einen Moment lang herausfordernd an, dann verzieht sich ihr Gesicht. »Ihr habt ja Recht...«, schnieft sie. »Ihr habt ja so Recht. Ich komme mir so mies vor!« Sie stößt das »mies« laut hervor, lässt melodramatisch den Kopf auf meine Schulter sinken und schnieft in mein T-Shirt. »Was haben wir nur angerichtet!«

»Tja, wir haben den Schaden angerichtet, und jetzt bringen wir ihn wieder in Ordnung.«

»Und wie?«

»Indem wir ihr die Wahrheit sagen?«

»Das können wir nicht!« Tanya richtet sich ruckartig auf und starrt mich angesichts dieses Vorschlags mit entsetzt aufgerissenen Augen an.

»Sie würde es verstehen. Wir haben es ja nur getan, weil wir sie lieben.«

»Wir können es ihr nicht einfach ins Gesicht sagen«, widerspricht Tanya. »Ich glaube wirklich nicht, dass das die Lösung ist. Wir müssen subtiler vorgehen.«

»Mit subtil ist da wohl nicht viel. Ich muss schließlich zugeben, dass ich ihren Verlobten angemacht habe«, murre ich verdrießlich.

»Schon, aber du wärst ja nicht bis zum bitteren Ende gegangen, oder? Wir hatten ja nur gehofft, dass er sich auf eine Nummer im Stall einlässt...«

»Um sicherzugehen, dass er wirklich ein Arschloch ist. Dann hätten wir uns auch nicht wegen des Versuchs schämen müssen, sie auseinander zu bringen, ohne einen guten Grund zu haben …«, fügt Louis finster hinzu. »Denn genau das haben wir versucht. Sie auseinander zu bringen, ohne einen guten Grund zu haben.«

»Sondern aus ganz und gar egoistischen Gründen«, ergänze ich.

»Wir könnten behaupten, dass wir ihn prüfen wollten, weil wir sie so sehr lieben. Um sicherzugehen, dass er ihr auch treu ist. Und dass er die Prüfung souverän bestanden hat«, schlägt Tanya vor.

»Meinst du, dass sie uns das abnimmt?«

»Na ja, immer noch besser als die gemeine Wahrheit, dass ihre Freunde so fies waren, ihr Liebesleben zerstören zu wollen«, murmelt Louis, steht auf und durchforstet den Kühlschrank, wie er das in Krisensituationen immer tut. Er lässt die Kühlschranktür offen, um im Notfall sofort Zugang zu haben, lehnt sich an die Arbeitsplatte und beginnt, traurig eine Hand voll Weintrauben in sich reinzustopfen, die er im Gemüsefach gefunden hat.

»Jetzt mach dir nicht zu viele Vorwürfe. Wir *dachten* schließlich, wir würden das Richtige tun«, beschwichtige ich ihn, »und jetzt ist es an der Zeit, das auch *wirklich* zu tun.«

»So weit sind wir uns wohl einig«, seufzt Tanya. »Aber was um Himmels willen sollen wir denn machen?«

»Ich weiß auch nicht, doch wie heute jemand zu mir sagte«, antworte ich und sehe im Geiste wieder Dan vor mir, »uns wird schon etwas einfallen.«

Wir einigen uns darauf, den ersten Plan so einfach wie möglich zu halten, und ich werde nach oben geschickt, um zu versuchen, Grace zu überreden, Stuart anzurufen. Das wäre zumindest ein Schritt in die richtige Richtung.

Doch das ist viel schwieriger, als ich dachte. Sie ist immer noch völlig hin und her gerissen; einerseits sehnt sie sich sehnlichst danach, mit ihm zu sprechen, andererseits will sie nie wieder mit ihm sprechen, weil er ihrer Meinung nach solch unverschämte Lügen über die Menschen verbreitet hat, die ihr am meisten bedeuten. Eine solch verbissene Loyalität verdienen wir nicht.

»Ruf ihn an. Ich weiß doch, dass du es willst«, wiederhole ich zum sechsten Mal innerhalb einer Viertelstunde.

»Nein, ich will nicht«, entgegnet sie schmollend und verzieht unglücklich das Gesicht.

»Du kannst Stuart nicht allein die Schuld geben …«, wage ich, zögernd anzumerken.

»Ich soll ihm nicht die Schuld geben können! Du weißt genau, was er über euch gesagt hat. Er hat behauptet, ihr hättet von Anfang an versucht, uns auseinander zu bringen.«

Ich atme tief durch. »Kann schon sein, dass wir ihm diesen Eindruck vermittelt haben«, gestehe ich. »Du weißt doch, wie fürsorglich wir sind.«

»Wirklich?« Eine Sekunde lang sieht Grace hoffnungsvoll aus, dann nimmt ihr Gesicht wieder jenen unglücklichen Ausdruck an, den es schon die ganze Woche hatte. In gespielter Gleichgültigkeit zuckt sie die Achseln. »Selbst wenn, er hat nicht mal versucht, mich anzurufen. Wenn ihm etwas an mir läge, hätte er das längst getan. Und weil er das nicht hat, liegt ihm offensichtlich auch nichts an mir«, schließt sie deprimierend logisch.

»Du bist diejenige, die ihn verlassen hat. Er sitzt wahrscheinlich genau wie du neben dem Telefon und hofft und betet, dass es klingelt und dass du ihn anrufst.«

Gray sieht mich aus tränenschimmernden Augen an. »Meinst du wirklich?«

Ich nicke nachdrücklich, und sie wägt diese Erkenntnis einen Moment lang ab. Dann schüttelt sie erneut den Kopf. »Ich rufe ihn nicht an!«, beharrt sie stur. »Schließlich hat er mich immer noch angelogen, was dich betrifft. Das ist unverzeihlich, Ollie.«

Ich weiß, ich sollte ihr die Wahrheit sagen und Stuarts Ehre wieder herstellen, aber ich kann mich einfach nicht dazu durchringen. Ich bin ein schrecklicher Mensch. Vielleicht könnte ich mich ja auf Dans Variante – besoffen und verzweifelt – rausreden, aber selbst das bringe ich nicht über mich. Ich bin ein Feigling. Ich gebe auf.

Ich überlasse Grace ihrem Wein und kehre nach unten zurück, wo die beiden anderen auf mich warten. Tanya sitzt noch immer am Küchentisch und umklammert eine Tasse heißen schwarzen Kaffee. Sie muss mit den Nerven ziemlich am Ende sein, denn sie raucht auch eine ihrer seltenen Zigaretten. Louis hat wie üblich den Kopf in den Kühlschrank gesteckt, um sich mit Essen zu trösten.

»Frohe Nachrichten?« Tanya sieht hastig auf, als ich die Küche betrete.

Niedergeschlagen schüttle ich den Kopf.

»Ich glaube es einfach nicht.« Sie lächelt matt. »Wir haben so hart darum gekämpft, sie auseinander zu kriegen, und jetzt müssen wir auch noch darum kämpfen, sie wieder zusammenzubringen.«

Louis taucht aus dem Kühlschrank auf. In der rechten Hand hält er eine Gabel, auf die er ein großes Stück Schokoladentorte gespießt hat. »Ich glaube, ich hab da eine Idee«, verkündet er. »Schokolade ist gut fürs Gehirn«, fügt er hinzu, als ich beim Anblick seiner Beute die Augenbrauen hochziehe.

»Na los, spuck sie aus. Die Idee, nicht die Torte«, sage ich, als er niedergeschlagen auf den stibitzten Nachtisch schaut.

Louis lässt uns warten, während er sich den Mund voll stopft, bevor ich es mir anders überlege und die Torte beschlagnahme. »Na ja, er hat es ihr bereits einmal angetan, als er sie gerettet hat«, sagt er und schleckt die klebrige Gabel ab, um den süßen Genuss bis zur Neige auszukosten.

»Worauf willst du hinaus?«

»Wir müssen diese Situation wiedererschaffen. Ihn vom Hirni zurück in den Helden verwandeln.«

»Und was schlägst du dieses Mal vor?«, fragt Tanya spöttisch. »Grace entführen und Stuart eine Lösegeldforderung schicken? Sie auf den Bahnschienen festbinden und hoffen, dass er rechtzeitig dort ist?«

»Hm, gar nicht schlecht«, scherze ich halbherzig, »aber ein bisschen riskant. Züge sind heutzutage immer so unpünktlich.«

»Letztes Mal hatte sie einen Autounfall, nicht?« Immer noch hungrig, steckt Louis den Kopf wieder in den Kühlschrank, um zu sehen, was er noch stibitzen kann.

»Ich glaube nicht, dass es eine besonders gute Idee ist, sie mit dem Motor voran in einen Graben zu schicken.«

»Ich habe nichts davon gesagt, dass wir ihre Bremsen durchtrennen sollen oder so was!«, protestiert Louis.

»Also, was dann?«

Louis taucht wieder aus dem Kühlschrank auf. Diesmal klemmt ein kaltes Würstchen, das vom Frühstück übrig ist, zwischen Nase und Oberlippe, wie ein angeklebter Schnauzer. »Jetzt 'ört mir mal genau zu«, sagt er grinsend, sodass das Würstchen gefährlich ins Wanken gerät. »Isch sage es nur ein einziges Mal!«

Es ist neunzehn Uhr am nächsten Abend. Ausnahmsweise scheint einmal die Sonne, die Vöglein singen noch immer zur Feier dieses selten schönen Tages, und Tanya, Louis und ich liegen auf einer Landstraße irgendwo in der Nähe von Woburn Abbey auf der Lauer. Glücklicherweise hat Louis diesmal auf sämtliche Mützen verzichtet, doch wir sind nichtsdestotrotz in geheimer Mission unterwegs. Da Woburn unseren Berechnungen zufolge in etwa auf halbem Wege von Islington nach Leicester liegt und das Timing entscheidend ist, haben wir uns die einzige isoliert stehende und doch funktionierende Telefonzelle in der Nähe ausgesucht, die Geld statt Telefonkarten nimmt, denn über letztere verfügt keiner von uns. Natürlich haben wir unsere Mobiltelefone, doch die Telefonzelle selbst spielt eine ganz entscheidende Rolle in unserem ausgeklügelten Plan, da sie auf sechs Meilen den einzigen auffälligen Punkt an dieser Straße bildet, die ansonsten völlig einsam ist, abgesehen von einem scheuen Stück Wild, das hier und da durch die Wälder huscht.

Tanya und ich haben uns zusammen in die knallrote Zelle gedrängt und Louis steht an der pendelnden Tür. Ich wähle zuerst. Grace hockt anscheinend immer noch neben dem Telefon, da sie dran ist, bevor es noch richtig klingeln konnte.

»Hallo«, sagt sie atemlos.

»Grace, ich bin's.« Ich höre, wie sie leise ausatmet. Dahinter verbirgt sich die Enttäuschung darüber, dass ich nicht ein bestimmter, Dampftraktoren liebender Mann bin. Dann aber klingt sie erfreut, von mir zu hören, obwohl sie ganz offensichtlich immer noch so unglücklich ist wie ein Hund, dem man das tägliche Gassigehen verweigert.

»Hi, Kleines. Was ist los? Wo bist du? Mel sagte, du wärst für den Nachmittag weggefahren. Aber du hast mir gar nicht gesagt, dass du weg musst, und ich habe es zigmal auf deinem Handy probiert.«

»Wir brauchen Hilfe!«, jammert Louis dramatisch im Hintergrund.

»Klasse Vorstellung, Lou«, murmelt Tanya, »aber ein bisschen übertrieben bei einer Autopanne.«

»Wir hatten eine Panne, Grace«, erkläre ich ihr und kreuze die Finger hinter dem Rücken, da ich sie erneut anlüge. »Kannst du kommen und uns abholen?«

»Oh, Mist. Klar, ich komme sofort.« Ich höre ein Rascheln, als Grace nach den Autoschlüsseln greift, die wie üblich neben dem Telefon liegen. »Wo seid ihr?«

»In Bedfordshire.«

»In Bedfordshire!«, ruft sie laut. »Was um Himmels willen macht ihr in Bedfordshire?«

»Äh… wir waren bummeln.«

»Ihr wart bummeln… in Bedfordshire… ohne mich?« Ihre Stimme versagt bei den letzten Worten.

»Na ja, wir wollten dir eine Überraschung besorgen, um dich aufzumuntern«, improvisiere ich hastig. »Da konnten wir dich schlecht mitnehmen.«

»O ja, und es wird eine echte Überraschung!«, kichert Louis im Hintergrund, bevor Tanya ihn mit einem »Pst« zum Schweigen bringt.

»Kannst du kommen? Wir sitzen fest.«

»Natürlich komme ich. Keine Sorge. Bin schon unterwegs. Sag mir nur noch, wo genau ihr seid.«

»Du kannst uns nicht verpassen. Wir sind auf der A4012, kurz hinter Woburn, neben einer alten roten Telefonzelle.«

Einen haben wir, fehlt noch der zweite.

»Sie ist unterwegs«, teile ich den beiden anderen mit, quetsche mich nach draußen und reiche Louis den Hörer. Er hat sich aus offensichtlichen Gründen erboten, den nächsten Zug in unserem Spiel zu übernehmen: Ich glaube, wenn ich versuchen würde, Stuart anzurufen, würde er wahrscheinlich sofort wieder auflegen.

Das Telefon scheint eine Ewigkeit zu läuten. Was, wenn er nicht da ist? Oje, das hatte ich gar nicht bedacht.

Als wir gerade aufgeben wollen, hebt schließlich jemand ab. »Hallo?« Eine männliche Stimme. Auch er hört sich atemlos an, als sei er gerannt.

»Stuart?«, fragt Louis und nickt uns dann aufgeregt zu. Anscheinend ist er es. »Hier ist Louis. Ja, gut, danke. Und wie geht's dir? Ja, ich weiß. Deshalb rufe ich auch an. Sie braucht dich, Stuart. Sie hatte wieder einen Unfall… nein, nein, es geht ihr gut, aber sie ist ganz allein, und wir können sie nicht abholen. Ich wusste nicht, wen ich sonst anrufen sollte.«

Es entsteht eine lange Pause, dann fängt Louis an zu strahlen und hält den Daumen der freien Hand hoch. »Ooh, du bist ein Schatz. Wo? Genau, du kannst sie gar nicht verpassen, sie ist auf der A4012, kurz hinter Woburn, neben einer alten roten Telefonzelle.«

Fast genau zwei Stunden später hält Grace' Wagen neben der Zelle. Wir beobachten sie von unserem sicheren Versteck aus, das hinter einer Hecke liegt, wo uns der Rand eines Gebüsches mit seinem Gestrüpp eine ungemütliche Tarnung bietet. Louis hört sofort auf, sich über diverse Blasen zu beklagen. Er hat sein Auto auf einer versteckten Lichtung eine Meile weiter unten an der Straße zurücklassen und dann zu uns zurücklaufen müssen. Jetzt lässt er seinen linken Fuß los und plumpst wie ein Fallschirmspringer neben mich, der gerade den Feind entdeckt hat und nun in Deckung geht.

Einen Augenblick lang sitzt Grace in ihrem Auto da und ist anscheinend völlig perplex darüber, dass wir nicht da sind, wo wir behauptet hatten zu sein. Dann steigt sie aus und sieht sich verwirrt um. Eine Minute später steigt sie wieder ins Auto und wirft einen Blick auf die Karte.

»Mach schon, Stuart!«, murmle ich mit zusammengepressten Zähnen. Wider alle Hoffnung hoffe ich, dass unsere groben Berechnungen, was Zeit, Entfernung und Verkehrsdichte für beide angeht, richtig waren. »Wie ich unser Glück kenne, steckt er im Stau.«

»Oder sein Landrover hat eine Panne.«

Louis sieht auf die Uhr. »Wo zum Teufel bleibt er?«, zischt

er. »Sie wird nicht mehr lange hier warten, nachdem sie sich davon überzeugt hat, dass wir nicht da sind.«

»Wahrscheinlich denkt sie, sie ist an der falschen Stelle«, tuschle ich besorgt.

Grace steigt wieder ein, steckt den Schlüssel ins Zündschloss, greift nach dem Autotelefon und tippt eine Nummer ein. Gott sei Dank hat mein Handy Vibrationsalarm und macht keinen Krach. Das wäre ja noch schöner: Grace ruft mich an, und der Strauch auf der gegenüberliegenden Straßenseite fängt an, »I'm in the Mood for Love« zu spielen, das Louis in einem sarkastischen Anfall für mich heruntergeladen hat, um sich über mein nicht vorhandenes Liebesleben lustig zu machen.

Instinktiv will ich den Anruf auf meine Mailbox umleiten, doch Tanya bedeutet mir, ihn anzunehmen. Ich ignoriere sie, folge meinem Instinkt und schalte das Handy aus.

»Warum hast du das gemacht?«, flüstert Tanya.

»Ich wusste nicht, was ich zu ihr sagen soll, ich hätte alles verraten.«

Grace lässt den Motor an.

»Schnell, sie will fahren. Ruf sie an. Ruf sie auf dem Handy an.«

»Und dann?«

»Keine Ahnung. Sag ihr, dass wir losgezogen sind, um was zu essen zu finden oder so was. Sag ihr, dass Louis Hunger hatte und wir jetzt zurückkommen, um auf sie zu warten.«

»Was ist mit Louis' Auto?«, frage ich Tanya. »Sie wird doch wissen wollen, wo es ist.«

»Und was, wenn sie vorschlägt, uns aufzulesen, wo auch immer wir sind, weil das schneller ginge?«, wirft Louis ein.

»Sag ihr, dass wir querfeldein gelaufen sind, weil wir ein Licht entdeckt haben, und dass sie uns im Auto nicht folgen kann.« Tanya zuckt die Achseln. »Was weiß ich, du musst improvisieren, aber halt sie davon ab, wegzufahren!«

Hastig tippe ich Grace' Nummer ein. Sobald ihr Handy klingelt und sie meine Nummer im Display erkennt, stellt sie zu unserer großen Erleichterung den Motor ab und zieht die Handbremse an, bevor sie hastig antwortet.

»Wo zum Teufel steckt ihr, Ollie? Ich dachte, ich wäre dort, wo du mich hinbestellt hast, aber irgendwie muss ich mich getäuscht haben, weil ihr nicht hier seid!«

»Stehst du vor einer roten Telefonzelle auf der A4012?«

»Ja.«

»Und ist in der Nähe auch ein... äh...« schnell sehe ich mich um und versuche zu improvisieren, »... ein großer Baum... genau, ein Baum, gleich neben dir, bei dem ein Ast genau auf die dritte Sprosse in der Zellentür zeigt und sich V-förmig teilt?« Tanya verdreht die Augen.

Grace schweigt einen Moment. Ich kann sehen, wie sie sich umblickt und dann erleichtert lächelt, als sie den Baum entdeckt. »Ja«, antwortet sie. »Da steht er, ich kann ihn sehen. Kann auch nur dir passieren, auf so etwas zu achten!«

»Dann bist du richtig. Wir sind in spätestens fünfzehn Minuten wieder zurück. Bleib, wo du bist.«

»Aber wo seid ihr, Ollie? Und wo ist Louis Auto?«

»Was sagst du? Tut mir Leid, die Verbindung wird schlechter...«

»Ich sagte, wo ist Louis Auto?«

»Schhhrrrr«, zische ich mit aufeinander gepressten Zähnen. »Tut mir Leid, aber ich höre gar nichts mehr, miese Verbindung, bis gleich dann... und um Himmels willen... schhhrrrr... bleib, wo du bist!«

Ich unterbreche die Verbindung und verdrehe die Augen. Mein Herz schlägt so heftig, dass ich spüren kann, wie es gegen meine Rippen hämmert – wie ein Mietkassierer, der genau weiß, dass die Mieter zu Hause sind und sich unter dem Küchentisch verstecken.

Wir sehen mit angehaltenem Atem zu, wie Grace erneut in die Tasten haut. Anscheinend versucht sie, mich zurückzurufen, und ich schalte hastig mein Handy aus. Doch zu unserer großen Erleichterung versucht sie nicht wieder wegzufahren. Da sie mich jetzt nicht anrufen kann, steigt Grace aus und geht auf und ab, um nach uns Ausschau zu halten. Dann steigt sie wieder ein und nimmt eine Zeitung vom Beifahrersitz.

Eine weitere Viertelstunde verstreicht nervenzermürbend langsam. Grace überfliegt die Seiten und schaut fast so häufig auf die Uhr wie wir. Gerade ist sie wieder aus dem Wagen gestiegen, um sich besorgt umzuschauen, als endlich die Scheinwerfer eines Autos im Norden auftauchen.

Gott sei Dank. Ein kollektiver Seufzer der Erleichterung erklingt, doch dann merken wir, dass da nicht Stuarts Landrover auf uns zukommt. Als ein schnittiger schwarzer Saab neben Grace' Wagen hält, denken wir einen Moment lang panisch, dass sie jetzt vom falschen Kerl gerettet wird. Doch dann fällt Stuart förmlich vom Fahrersitz und taumelt auf sie zu.

»Er hat ein neues Auto!«, zischelt Louis erstaunt.

»Und er trägt Jeans!«, fügt Tanya hinzu.

»Und ein T-Shirt von Red or Dead!«, ergänze ich ungläubig.

»Ein gutes Omen…« Louis pfeift leise durch die Zähne. »Eine RIESIGE Anstrengung, wirklich RIESIG.«

Ängstlich ruft Stuart nach Grace: »Grace, Grace, alles in Ordnung?«

Als er vom Auto weg und auf sie zu geht, betritt er den Kegel der Scheinwerfer, die er angelassen hat, und jetzt kann Grace den Neuankömmling erkennen. Einen Moment lang strahlt ihr Gesicht wie ein Leuchtfeuer, dann gehen die Rollläden zu, als hätte jemand auf einen Alarmknopf gedrückt, und ihr Gesicht wirkt kalt und abweisend. »Was machst du denn hier?«, fragt sie steif.

»Louis hat mich angerufen. Er sagte, du hättest Ärger. Einen weiteren Unfall.« Stuart verstummt und runzelt die Stirn, als er Grace' Auto sieht, das picobello, schnittig und zweifelsohne unbeschädigt ist.

Grace verliert etwas von ihrer Kälte und sieht ihn verwirrt an. »Aber Ollie und Tanya haben *mich* angerufen und behauptet, *sie* hätten eine Panne.«

Schweigend sehen sie sich an, und allmählich dämmert es ihnen. »Ich glaube, das ist eine abgekartete Sache«, sagt Stuart vorsichtig.

Grace nickt und kaut auf ihrer Unterlippe. Wieder sehen sie sich schweigend an, dann bemerke ich, wie sich ein schwaches Lächeln auf Grace' müden Zügen ausbreitet. »Und du bist den ganzen Weg gekommen, um dich zu überzeugen, dass es mir gut geht?«

Stuart nickt.

»Tja, ich fürchte, ich muss diesmal nicht gerettet werden«, fährt Grace schließlich fort und versucht, leichtherzig zu klingen. Doch das Zittern in ihrer Stimme verrät ihren Kummer.

»Das ist aber schade.« Auch Stuart versucht zu lachen, bringt aber nur ein peinlich berührtes und verletztes Hüsteln zustande. Dann fügt er wehmütig hinzu: »Dich zu retten muss wohl einer der Höhepunkte in meinem Leben gewesen sein.«

Grace kann nicht umhin, bei diesen Worten schwach zu lächeln. Das ermutigt Stuart so weit, dass er sich zu fragen traut: »Was ist mit uns passiert, Grace?«

Das Lächeln verschwindet, und ihr Gesichtsausdruck verliert sofort alle Wärme. »Tja, es hat wohl etwas damit zu tun, was du über Ollie gesagt hast«, entgegnet sie knapp und dreht sich zu ihrem Wagen um.

Stuart stürzt vorwärts und hält sie am Arm fest, bevor sie die Tür öffnen kann. »Ich habe dich nicht angelogen, Grace, das *muss* dir klar sein«, ruft er verzweifelt. »Ich habe keine Ahnung, was in Olivia vorging, aber ich bin überzeugt, dass das alles ein einziges großes Missverständnis war.« Seine Stimme wird zu einem Flüstern. »Du sollst wissen, dass ich dich nie anlügen würde, Grace, nie. Ich war immer ehrlich zu dir … du bedeutest mir zu viel …«

»Was also ist passiert?«, fragt Grace und dreht sich wieder zu ihm um.

»Weißt du was, ich bin mir nicht sicher. Aber ich bin mir sicher, dass ich dich liebe. Mehr denn je. Und nicht bei dir zu sein, macht mich völlig fertig. Ich schwöre dir bei allem, was mir heilig ist, Grace, dass ich dich *nie* wissentlich angelogen habe oder versucht habe, dich zu täuschen.« Seine Stimme bricht und er wendet sich ab, damit Grace die Tränen nicht sehen kann, die in seinen Augen schimmern. Ich dagegen sehe sie, und ich kann mich gerade noch beherrschen, nicht aus meinem Versteck zu springen, um Grace davon zu überzeugen, dass Stuart die Wahrheit sagt. »Bitte lass nicht zu, dass ein dummes Missverständnis das Beste zerstört, was mir je im Leben widerfahren ist«, flüstert er, unfähig, sie anzusehen, und unfähig, das Zittern in seiner Stimme zu unterdrücken. »Wir waren doch so glücklich.«

Grace hüllt sich lange in Schweigen, bevor sie spricht, wobei ihre Stimme einem fast unhörbaren Flüstern gleicht: »Das könnten wir immer noch sein.«

»Was hast du gesagt …«, fragt Stuart und fährt herum. Er wagt kaum zu glauben, was er gerade zu hören gemeint hat.

»Das könnten wir immer noch … glücklich sein … wenn du das willst.«

»Wenn ich das will …«, entgegnet er ungläubig. »Ach, Grace, es tut mir so Leid.«

»Mir auch.«

»Biii-tte! Gebt mir 'ne Kotztüte, schnell«, meldet sich Tanya hinter ihrem hohen Grasbüschel.

»Pst!«, zischt Louis. »Das ist besser als jede Seifenoper.«

»Du hast mir ja so gefehlt«, haucht Grace und tritt auf ihn zu.

»Ich war so unglücklich ohne dich«, antwortet er und macht ebenfalls einen zögernden Schritt auf sie zu.

Tanya steckt sich zwei Finger in den Hals und ahmt Würgegeräusche nach.

Stuart streckt die Hand aus und streicht sanft und zögernd über Grays Gesicht. Als sie nicht ausweicht, wird er kühner. Er zieht sie in die Arme, sieht liebevoll zu ihr hinab und beugt sich schließlich vor, um sie zu küssen – ein inniger, leidenschaftlicher Kuss, der für unseren Geschmack vielleicht etwas zu feucht und technisch unsauber ist, aber zum ersten Mal seit zwei Wochen ein breites Grinsen auf Grace' Gesicht zaubert.

»Ich liebe dich«, flüstert Grace, die Lippen immer noch auf seinen.

»Ich liebe dich auch«, entgegnet er, schließt die Augen und lehnt seine Stirn an ihre. »Und ich muss dich unbedingt etwas ganz Wichtiges fragen.«

Widerstrebend löst er sich von ihr, hält aber immer noch eine ihrer Hände fest. Dann sinkt er vor ihr auf die Knie. Grace lächelt ihn ungläubig an, und als ihr allmählich klar wird, was er vorhat, beginnen die Tränen, ihr unkontrolliert über das blasse Gesicht zu strömen.

»Grace …«, setzt Stuart zögernd an, atmet dann tief durch, gewinnt die Kontrolle wieder und sieht ernst zu ihr auf. »Grace Ellerington, willst du mich heiraten?«

Wir halten eine kleine Ewigkeit den Atem an, und ich habe bereits das Gefühl, ohnmächtig zu werden, als ich Grace endlich »Ja, bitte« flüstern höre, bevor sie Stuart zu sich hoch zieht und in die Arme schließt. Sie drückt ihn so fest an sich, als wolle sie ihn nie wieder loslassen.

»Ja!«, platzen Louis und ich heraus, springen auf und gratulieren uns aufgeregt, bevor wir uns eilig wieder hinter den Sträuchern verstecken und uns gegenseitig »Pst« zutuscheln, weil Stuart und Gray sich bei dem plötzlichen Geräusch erstaunt umdrehen.

Als ich mich wieder ins Unterholz schiebe, drehe ich mich grinsend zu Tanya um. Erstaunt stelle ich fest, dass sie sich mit einem Taschentuch über die Augen tupft. »Weinst du etwa?«, flüstere ich ungläubig.

Tanya reißt das Taschentuch von den Augen und stopft es hastig zurück in die Jackentasche. »Natürlich nicht!«, faucht sie. »Pollen.« Sie hüstelt wenig überzeugend, wird knallrot und wendet sich ab. »Das vertragen meine Linsen einfach nicht …«

Als Stuart und Grace schließlich das beenden, was wohl die längste Umarmung aller Zeiten war, ihre Autos besteigen und zu unserer Erleichterung Richtung London davonbrausen, während sie bereits über ihre Freisprechanlagen miteinander plaudern, tauchen wir aus dem Unterholz auf, picken uns Abfall aus dem Haar und klopfen Zweige, Blätter und Erdklumpen von unserer Kleidung.

Louis, dem es anscheinend Spaß gemacht hat, sich im Gestrüpp zu wälzen, sieht aus wie ein Dreckspatz; sein schwarzes Haar, das normalerweise stachelig mit blauen Spitzen ist, ist immer noch stachelig, aber nun überpudert mit einer feinen Schicht aus dunkelgrünem Borkenstaub, der nicht so recht zu der Farbe seiner Augen passen will.

»Tja, wir haben's geschafft«, äußert Tanya etwas mürrisch und beobachtet, wie Grace und Stuart hinter einer Biegung verschwinden.

»Wir haben das Richtige getan«, sage ich und umarme sie.

»Ich weiß.« Sie seufzt, doch dieses Mal lässt sie es zu, dass das Lächeln, das ihre Lippen umspielte, sich über ihr ganzes Gesicht ausbreitet.

»Zeit für einen Gruppenkuss!«, kreischt Louis aufgeregt, gesellt sich zu uns und schmiert uns beide mit Dreck ein. Wir befreien uns aus dieser schlammigen Umarmung und machen uns über die Straße auf den Weg zu der Lichtung, auf der Louis seinen dreckverkrusteten Mini zurückgelassen hat. Wir sind verfroren, müde und dreckig, doch auch freudig erregt. Bei mir wird die Freude nur durch das dringende Verlagen zu pinkeln gemindert, dem ich nur aus Abscheu vor der Rückkehr ins Unterholz nicht nachgebe.

Müde, wie wir sind, brauchen wir über eine halbe Stunde, um uns zu Louis' Mini zurückzuschleppen. Zu diesem Zeitpunkt sind wir mehr als dankbar, in ein Auto klettern zu dürfen, das auf der Hinfahrt noch der Inbegriff des Unbequemen war, uns jetzt aber so anheimelnd vorkommt wie eine große, knautschige Daunendecke in einer kalten Nacht.

»Ich bin dafür, das nächstbeste Pub anzusteuern«, schlägt Louis vor und steckt den Schlüssel ins Zündschloss.

»Akzeptiert«, lässt sich Tanya entschieden vom Rücksitz vernehmen. »Ich brauche jetzt wirklich was zu trinken.«

»Ich hoffe nur, dass das nächste Pub nicht mehr als fünf Minuten entfernt ist.« Ich verdrehe mich, um unter großen Mühen meine Beine in der Enge des Beifahrersitzes übereinander zu schlagen. »Ich muss wirklich dringend pinkeln.«

»Zivilisation, wir kommen«, sagt Louis grinsend und dreht den Schlüssel. »Ich bin sicher, dass wir ein paar Meilen weiter südlich an einem Pub vorbeigekommen sind. Ich finde, wir sollten uns zur Feier des Tages eine Flasche Schampus gönnen. Und ich hoffe, dass es noch was zu Essen gibt, ich komme um vor…« Louis' Stimme versagt, als er merkt, dass der Motor nicht anspringt, obwohl er den Schlüssel umdreht. Er hustet nur wie jemand, der sein Essen in die falsche Kehle gekriegt hat. Ängstlich starrt Louis mich an, dreht den Schlüssel erneut um, und der Motor springt an. Er dreht sich zu Tanya um, lächelt erleichtert, legt den Gang ein und fährt los. Wir haben noch keine zehn Meter zurückgelegt, da stottert der Motor erneut, hustet wie ein Grippekranker und stirbt eines grausamen und grässlichen Todes. Dazu ertönt ein reichlich drastisches Knirschen irgendwo aus den Tiefen unter der Motorhaube.

»Mist.«

»Was ist los?« Tanya, die sich gerade in den Sitz hat sinken lassen und die Augen geschlossen hält, schießt besorgt und kerzengerade in die Höhe.

»Tja«, entgegnet Louis und schüttelt angesichts dieser Ironie den Kopf, »wie es aussieht, haben wir eine Panne!«

Vom Rücksitz erklingt ein seltsames, ersticktes Schluchzen. Ich drehe mich in der Erwartung um, eine übermüdete und in Tränen aufgelöste Tanya zu sehen. Sie weint, doch zu meinem Erstaunen weint sie vor Lachen.

Kurz nach Mitternacht sind wir endlich wieder im Tate's, wo wir alle völlig erschöpft auf meinem riesigen Bett einpennen.

Ich rapple mich hoch, als der Wecker um sechs klingelt, dusche und ziehe mich an, ohne die beiden anderen zu wecken, die einfach weiterschlafen. Dann gehe ich nach unten, um das Frühstück vorzubereiten. Eine Viertelstunde später gesellen sich Tanya und Louis verschlafen und mit verquollenen Augen zu mir und beginnen schweigend, mir zur Hand zu gehen. Ich könnte sie beide küssen, aber ich habe weder die Zeit noch die Energie dafür.

Und wie kann es anders sein – es ist einer der geschäftigsten Vormittage, die ich je hatte. Normalerweise habe ich zwischen dem Abflauen des Frühstücksansturms und dem Beginn der Mittagsschicht wenigstens eine ruhige Stunde, doch heute schuften wir gleichmäßig durch bis nach vier Uhr nachmittags.

Mit ihrer Hilfe stehen wir es durch, bis das Restaurant schließlich leer ist. Wir drei sind auf Autopilot und sprechen kaum. Unsere Energie reicht gerade so für die anstehende Arbeit. Der arme Student, den ich für heute habe kommen lassen, ist überzeugt davon, etwas ganz Schlimmes verbrochen zu haben und deshalb von uns geschnitten zu werden, da niemand mit ihm spricht. Er ist völlig verwirrt, als ich ihn umarme und ihm zwanzig Pfund Trinkgeld gebe, weil er es mit uns ausgehalten hat, bevor er nach Hause geht.

Unsere Nerven liegen noch immer blank, da wir bisher noch nichts von Grace gehört haben. Seit dem Höhepunkt unserer misslichen Mission und ihrer Wiedervereinigung mit Stuart haben wir es nicht gewagt, uns bei ihr zu melden, da wir uns dachten, dass sie sich schon melden wird, wenn sie mit uns sprechen möchte – *falls* sie überhaupt noch mit uns reden möchte.

Als meine studentische Aushilfe davonstürzt, um seine zwanzig Pfund Trinkgeld im nächsten Pub mit seinen Freunden auszugeben, lassen wir drei uns an der Bar nieder, jeder bewaffnet mit einer Schale hastig aufgewärmter Lasagne und mit einem Glas Shiraz, damit wir auf unseren Erfolg, wie wir hoffen, anstoßen können. Doch nur zwei Gabeln Lasagne später ertönt ein lautes und hartnäckiges Klopfen an der Eingangstür zum Restaurant.

»Ignorier es einfach«, schlägt Tanya vor und nimmt einen großen Schluck Wein.

»Das muss ich auch«, antworte ich. »Selbst wenn ich öffnen wollte, habe ich nicht mehr genug Kraft, um den Riegel aufzuschieben.«

»Geschlossen!«, brüllt Louis, als das Klopfen weitergeht. Dann schickt er ein gemurmeltes »Verpiss dich« hinterher.

Das Klopfen hört auf, doch zwei Sekunden später taucht ein Gesicht am Fenster auf. Es ist Grace.

Wir alle stürzen los, um sie einzulassen. Louis schafft es als Erster zur Tür und reißt sie hastig auf. Wir prallen von hinten gegen ihn, wuseln durcheinander und treten dann zurück, um Grace hereinzulassen. Wir stehen da wie verlegene Teenager bei einer Party, die sich nervös ansehen, aber nicht genau wissen, was sie sagen sollen. Ich versuche, in Grace' Gesicht zu lesen, doch es ist erstaunlich ausdruckslos und lässt keine Rückschlüsse darauf zu, ob sie uns gleich umarmen oder umhauen wird.

Endlich macht sie den Mund auf. »Ich hätte mich wahrscheinlich früher melden sollen«, sagt sie, »aber es freut mich, euch mitteilen zu können, dass ich den ganzen Tag mit meinem Verlobten im Bett verbracht habe.« Sie sieht uns der Reihe nach forschend an und versucht, unsere Reaktion auf die Neuigkeit zu erraten, die sie gerade mit solch offensichtlicher Freude verkündet hat. »Mit meinem Verlobten«, fährt sie fort und wedelt mit ihrer linken Hand, die wieder den Verlobungsring trägt, den Stuart ihr geschenkt hatte. »Dem Mann, den ich nächsten Samstag heiraten werde.«

»Die Hochzeit findet also statt?«

Grace nickt, und ein strahlendes Lächeln breitet sich auf ihrem hübschen Gesicht aus.

»Ja!« Louis ballt die Faust, Tanya und ich reißen vor Aufregung die Arme hoch, und wir alle umarmen uns so fest wie noch nie im Leben. Grace, die zusammengedrückt in der Mitte steht, sieht uns an. Sie strahlt noch immer übers ganze Gesicht, doch jetzt mischt sich auch entrücktes Erstaunen hinein. Sie ist erleichtert, weil unsere Glückwünsche dieses Mal ehrlich gemeint sind.

»Danke«, flüstert sie und umarmt jeden von uns, »für gestern Abend. Ihr seid alle total durchgeknallt, aber ich liebe euch wie verrückt.«

Oje, ich weiß zwar, dass jetzt alles wieder in Ordnung ist,

aber bei dem Gedanken, dass ich jemanden belogen habe, den auch ich liebe, übermannt mich plötzlich die Schuld. Ich muss es ihr sagen.

Ich schiele zu Tanya und Louis und ziehe fragend die Augenbrauen hoch. Sie wissen, woran ich denke, das sehe ich ihnen an. Tanya schneidet eine Grimasse, nickt aber, genau wie Louis. Ich atme tief durch. Jetzt oder nie.

»Grace«, sage ich langsam und trete zurück, »es gibt da etwas, das du wissen solltest.«

Doch bevor ich fortfahren kann, schüttelt Grace den Kopf. »Nein.« Sie legt mir einen Finger auf die Lippen. »Ich will es nicht wissen.«

»Aber«, murmle ich hinter ihrem Finger.

»Nein.« Wieder schüttelt sie den Kopf, zieht den Finger zurück und blickt in die Runde. »Die Dinge sind in letzter Zeit ein bisschen außer Kontrolle geraten«, sagt sie und lacht trocken. »Ich verstehe nicht so genau, was vorgefallen ist. Was ich aber weiß, ist, dass Stuart mich von ganzem Herzen liebt und dass es *sooo* furchtbar war, von ihm getrennt zu sein, dass ich das nie wieder erleben will. Nie wieder. Also, wie ihr seht, hatte das Geschehene auch seine guten Seiten. Es war ein Test…« Sie seufzt, lächelt dann erneut und sieht uns schüchtern von unten an. »Und was euch angeht… jetzt weiß ich, dass ihr, was auch immer ihr tut, anstellt, weil ihr euch um mich sorgt. Stimmt's?«

Ich nicke und beiße mir auf die Unterlippe, um zu verhindern, dass ich in Tränen ausbreche.

»Weil ihr genauso an mir hängt«, fährt sie fort, »wie ich an euch, ihr Idioten.«

Louis verfügt nicht über dieselbe Selbstbeherrschung. Laut schluchzend hat er den Kopf auf Tanyas schicken Cardigan sinken lassen.

»Hört schon auf zu heulen, ihr Deppen.« Grace wischt sich

ebenfalls über die Augen, die verdächtig feucht schimmern. »Lasst uns die vergangenen Wochen einfach vergessen und in die Zukunft blicken.«

Louis hört auf, wie ein Filmsternchen aus den Fünfzigern zu schniefen, und nickt. Ich verschwinde schnell hinter der Theke und schenke Grace ein Glas Wein ein.

»Auf die Zukunft!«, rufen wir und heben unsere Gläser.

Grace trinkt einen großen Schluck und stellt ihr Glas dann auf den Tisch zwischen unser beinahe unberührtes spätes Mittagessen. »Also gut, ihr Rasselbande«, verkündet sie im Befehlston. »Nachdem wir endlich alles geklärt haben, bleibt nur noch eines zu tun. Trinkt aus und setzt eure Hintern in Bewegung. Wir haben eine Hochzeit vorzubereiten und nur noch eine Woche Zeit!«

Kapitel 11

Glücklicherweise hat Grace sich nicht dazu durchringen können, die Feierlichkeiten abzusagen. Also müssen wir zur Vorbereitung auf die Hochzeit des Jahres nur ihren nächsten Verwandten bestätigen, dass sie immer noch ihre Hüte aus nach Mottenkugeln miefenden Schachteln holen und die Reise nach Leicestershire antreten müssen, wo das Paar allen Traditionen zum Trotz in Stuarts Dorfkirche getraut wird.

Sobald der Freitag kommt, der Tag vor Grace' Hochzeit, muss ich mich nur noch durch einen arbeitsreichen Vormittag kämpfen, bevor ich mein Kleid, das geändert werden musste, weil ich in den letzten Wochen voller Kummer so viel abgenommen habe, und anschließend der Reihe nach Tanya, Louis und Finn einladen kann, die sich alle von mir nach Leicestershire chauffieren lassen.

An besagtem Freitagmorgen komme ich etwas spät zur Arbeit herunter und treffe nicht nur Louis, sondern auch Tanya und Finn in der Küche an. Sie haben bereits gepackt und warten quasi nur noch auf mich. Louis hat schon mal mit dem Frühstück begonnen: unter dem Grill brutzeln Speckscheiben vor sich hin, ein Berg frisch gewaschener, runder weißer Champignons wartet auf einem Brett darauf, geschnitten zu werden, und aus dem Ofen duftet es verführerisch nach frisch gebackenen Croissants. Gerade bestückt er den Industrietoaster mit einem halben Laib Toastbrot. Finn und Tanya tun so, als würden sie helfen, indem sie die fertigen warmen Scheiben dick mit Butter bestreichen, doch sie scheinen mehr zu essen, als sie für die Gäste schmieren. Ich werfe einen Blick auf die Uhr. Es ist erst halb acht. Das ist wohl das erste Mal, dass Tanya an einem Tag, an dem sie nicht arbeiten muss, vor zehn Uhr aufgestanden und angezogen ist.

Louis bietet mir eine Tasse Tee an, und da es im Restaurant noch ziemlich ruhig ist, setze ich mich zu den anderen an den Tisch und trinke ihn. »Es ist immer wieder schön, euch zu sehen«, sage ich und stecke die Nase in die dampfende Tasse. »Aber was um Himmels willen macht ihr um diese Uhrzeit hier?«

»Konnte nicht schlafen«, murmelt Tanya und weicht meinem Blick aus. »Wahrscheinlich die Aufregung vor der Hochzeit.«

»Ich dachte, die wäre der Braut vorbehalten«, ziehe ich sie auf. »Und was ist mit dir?«, frage ich Finn. »Du hast doch bestimmt keine vorhochzeitlichen Hummeln im Bauch, oder?«

Finn schüttelt den Kopf. »Überhaupt nicht«, nuschelt er, den Mund voller Marmeladentoast. »Ich habe ein paar gute Neuigkeiten für dich und konnte es nicht abwarten, sie dir zu überbringen. Da dachte ich mir, ich schlage zwei Fliegen mit einer Klappe und komme gleich zu dir, statt dich später zu treffen.«

»Und was sind das für Neuigkeiten?« Ich angle mir eine Scheibe Toast von seiner Platte.

»Es geht um Slater Enterprises.«

»Oh, bitte nicht. Nicht heute.« Ich lasse den Toast fallen, stehe auf und weiche mit erhobenen Händen zurück, als wolle ich jeden Gedanken an Slater Enterprises daran hindern, in meinen Kopf einzudringen. »Das würde ich gern bis nach der Hochzeit vergessen, bitte.«

»Tja, das dürfte schwierig werden, wenn man bedenkt, dass Dan Slater einer der Platzanweiser in der Kirche ist.« Finn wirft mir einen Seitenblick zu, um zu sehen, wie diese spezielle Nachricht von mir verdaut wird.

So weit es mich betrifft, habe ich daran genauso schwer zu schlucken wie an einem Stück ungebratener Speckschwarte. »Das hat Grace mir nicht gesagt!«, rufe ich bestürzt.

»Tja, das würde sie auch nicht, damit du nicht mit einer bizarren Ausrede ankommst, um dich aus deinem Brautjungfernkleid und deiner Rolle zu stehlen. Ich glaube, sie hegt insgeheim immer noch die Hoffnung, dass ihr zwei ihr Gelegenheit gebt, selbst einmal Brautjungfer zu spielen.«

Tanya verpasst Finn gutmütig einen Stoß in die Rippen. »Hör auf, sie zu foppen, du Fiesling!« Sie sieht mich an. »Grace denkt nichts dergleichen. Also, zumindest nichts so Drastisches. Sie ist nur einfach davon überzeugt, dass ihr zwei ein verdammt gutes Paar abgeben könntet, wenn du nur nicht mehr mit ihm streiten, sondern dir deine wahren Gefühle eingestehen würdest.«

»Die im Moment weniger zum Abscheu tendieren als früher. Aber ihr kennt doch sicher das alte Sprichwort, man soll Arbeit und Vergnügen strikt trennen, oder? Und ich habe beschlossen, dass es mehr als weise ist, sich daran zu halten.«

»Vor ein paar Tagen hätte ich dir vielleicht noch zugestimmt...«, entgegnet Finn und grinst verschmitzt, »... doch dann habe ich gestern einen höchst aufschlussreichen Brief erhalten – von Dan Slater.«

»O ja, ich hörte schon, dass ihr zwei euch in letzter Zeit näher gekommen seid.« Ich sehe ihn spöttisch an. »Mittagessen letzte Woche, diese schon Briefe? Was ist es?«, ziehe ich ihn auf. »Ein später Valentinsgruß?«

»Du wärst überrascht, wie nahe du dran bist...«, erwidert Finn geheimnisvoll, und das Grinsen wird von Sekunde zu Sekunde breiter. »Aber er ist ja gar nicht für mich.«

»Worauf willst du hinaus?«, frage ich beunruhigt.

Beim Anblick meines verwirrten Gesichts muss Finn lachen. »Jetzt schau nicht so besorgt drein, es sind gute Neuigkeiten, wirklich.« Er beißt ein weiteres Mal in seinen Toast und kaut unerträglich langsam, bevor er hinzufügt: »Slater Enterprises saniert die Gegend tatsächlich. Die Firma hat so ziemlich jedes Gebäude gekauft, das sie in die Hände kriegen konnte.«

»Als ob ich es nicht gewusst hätte«, seufze ich und knalle meine leere Teetasse mit einem dramatischen Plumps auf den Tisch. »Und so was nennst du gute Neuigkeiten?«

Finn nickt begeistert. »Das Viertel wird luxussaniert, Ollie. Kapierst du denn nicht, dass das gut fürs Geschäft ist? Anstelle einer Ansammlung heruntergekommener, leer stehender Gebäude wirst du einige nette, neue und teure Luxuswohnungen um dich haben, in denen nette, neue und teure Gäste für das Tate's wohnen werden.«

»Wenn das Tate's dann noch existiert«, wende ich pessimistisch ein.

»Eben deshalb bin ich ja hier…« Finn hält einen langen weißen Umschlag hoch, der an der Platte mit dem Toast lehnte. »Dan hat mich gebeten, dir den hier zu geben.« Er reicht ihn mir.

»Was ist das?«, frage ich und drehe ihn, als verberge sich darin eine Briefbombe oder so etwas.

»Dein neuer Pachtvertrag für das Tate's.«

Ich hätte es mir denken können; mein alter Vertrag läuft Ende dieses Monats aus.

»Mach ihn auf«, drängt Finn.

Aller Augen ruhen auf mir, als ich widerstrebend den Umschlag aufreiße und den Inhalt herausziehe. Den größten Teil der Papiere lege ich auf den Tisch, um das Anschreiben zu überfliegen. »Hier steht, dass sie mir einen überarbeiteten Vertrag schicken, der mehrere Änderungen enthält und alle früheren Vereinbarungen ungültig macht. Können sie das denn? Können sie einfach was ändern und mich zwingen, es zu unterschreiben? Änderungen? Was für Änderungen? Was haben sie denn vor? Jetzt sag bloß nicht, dass sie die Miete noch weiter erhöhen wollen!«

Tanya hat sich den Mietvertrag gegriffen, überfliegt ihn hastig und schüttelt den Kopf. »Wohl kaum. Das solltest du dir besser selber anschauen.« Tanya hält mir die Unterlagen hin.

Widerstrebend nehme ich sie und lese den Absatz, auf den sie deutet. »Zehn-Jahres-Vertrag mit einer Monatsmiete von … Das ist derselbe Betrag, den ich gezahlt habe, bevor Slater Enterprises das Gebäude gekauft hat. Was zum Teufel! Das kann doch nicht sein …«

»Es kann sehr wohl sein, Ollie. Es steht alles da«, versichert Tanya mir lächelnd, »schwarz auf weiß.«

»Aber warum? Ich verstehe das nicht«, murmle ich. »In ihrem letzten Schreiben stand doch klipp und klar, dass die Miete deutlich erhöht wird.«

»Du hast geglaubt, Dan würde Interesse an dir heucheln, um an das Tate's zu kommen«, erklärt Finn geradeheraus. »Ich vermute, das ist die einzige Möglichkeit, die ihm eingefallen ist, um dir das Gegenteil zu beweisen.«

»Du glaubst, Dan ist dafür verantwortlich?«

Finn nickt bedächtig.

»Aber … das kann ich nicht annehmen.«

»Mach dich nicht lächerlich, natürlich kannst du! Außerdem ist es zu spät. Es ist alles schon entschieden. Der Vertrag steht.«

»Dann werde ich ihn halt zurückgeben.«

»Das ist nicht wie bei Marks und Spencer, Ollie«, ruft Tanya. »Du kannst damit nicht einfach zur Reklamation gehen und dir dein Geld wiedergeben lassen!«

»Ich habe noch nicht unterschrieben, Tanya. Er ist nicht gültig, bevor ich ihn nicht unterzeichne.«

»Du wärst blöde, es nicht zu tun.«

»Ich bin kein Sozialfall, Tan!«

»Ich bin mir sicher, dass er dich auch nicht für einen solchen hält«, wirft Finn ruhig ein. »Wir wissen doch beide, dass er sehr viel mehr von dir hält.«

Ich sehe auf den Tisch hinunter. Es war schwer genug, mir selbst einzugestehen, was ich Dan Slater gegenüber fühle, von meinen Freunden ganz zu schweigen. Und ich bin mir längst nicht so sicher wie Finn es zu sein scheint, dass Dan wirklich Gefühle für mich hat. Na ja, ich weiß, dass er Gefühle hat, aber ich hatte wirklich gedacht, dass sie eher in Richtung Hass tendieren.

»Er will nur, dass du eine Chance hast, Ollie. Und er will, dass ihr beide eine Chance habt, glaube ich. Und wenn du zur Abwechslung mal ehrlich zu dir selber wärst, würdest du zugeben müssen, dass auch du dir das wünscht.«

»Ich sehe nicht ein, dass das der richtige Weg sein soll. Nicht mit diesem verdammten Vertrag, der über mir schwebt. Ich würde die nächsten zehn Jahre in seiner Schuld stehen. Und jetzt wage nicht vorzuschlagen, dass ich es ihm in Naturalien zurückzahlen kann!«, fahre ich Tanya an, die so anzüglich grinst, dass es leicht fällt zu erraten, was *ihr* gerade durch den Kopf geht. »Nein.« Entschlossen stehe ich auf. »Ich habe mich entschlossen. Ich werde nicht unterschreiben.«

»Soll das heißen, du entscheidest dich für eine höhere Miete?«, fragt Tanya ungläubig, und das Lächeln verschwindet abrupt.

»Nein, ich *entscheide* mich«, äffe ich sie nach, »dafür, auf eigenen Füßen zu stehen.« Demonstrativ verlasse ich die Küche.

»Was hast du vor?«, ruft Louis mir ängstlich nach. Anscheinend rechnet er mit einem Neuaufguss des ersten Mals, als eine gewisse Sendung von Slater Enterprises kam.

»Ich rufe sie an«, entgegne ich.

»Eben das habe ich befürchtet«, höre ich ihn murmeln, als die Tür hinter mir zufällt.

Doch als ich zu Slater Enterprises durchgestellt werde, informiert eine höfliche Empfangsdame mich darüber, dass Mr. Slater auf Geschäftsreise ist und vor nächster Woche nicht zurückerwartet wird. Dennoch stellt sie mich zu einer erstaunlich unterwürfigen Edina Mason durch, die, wenn man unser letztes Aufeinandertreffen bedenkt, überaus charmant zu mir ist.

Als ich in die Küche zurückkehre, flitzen Tanya und Finn eilig zurück zu ihren Stühlen, und Louis hat einen hochroten Kopf, als er mit einem Geschirrtuch eine Schüssel bearbeitet, von der ich genau weiß, dass er sie vorhin schon abgetrocknet hat. Ganz offensichtlich haben sie an der Tür geklebt und versucht zu lauschen.

Genauso offensichtlich ist jedoch auch, dass sie nichts gehört haben, da Louis ohne zu zögern mit der Frage herausplatzt: »Was hat er gesagt?«

»Er war nicht da«, antworte ich knapp. »Sie wissen nicht genau, wann er wiederkommt. Aber sie haben mir bestätigt, dass die genannte Mietsumme korrekt ist. Wie konnte er das tun!«

»Was haben sie noch gesagt?«

»Dass sie angeblich vorhaben, die Gegend zu sanieren, dass mein Restaurant zu der Art Unternehmen gehört, die sie gern dort hätten, und dass sie mich mit dieser Geste ermutigen wollen zu bleiben.«

»Na siehst du, alles recht und billig. Du tust ihm noch einen Gefallen, wenn du hier bleibst.«

»Zugegeben, es hört sich erträglicher an, wenn man es so sieht«, stimme ich widerstrebend zu. »Aber ich unterschreibe trotzdem nicht.«

»Warum nicht, Ollie?«

»Weil es für beide Seiten gilt.«

»Was meinst du denn nun damit?«

»Er soll nicht denken, ich fühle mich ihm zu Dank verpflichtet.«

Tanya verdreht die Augen. »Teufel noch mal. Ich zwei seid wirklich füreinander bestimmt …«

»Findest du?«

»O ja, ihr seid beide lächerlich stolz und geradezu aufreizend stur!«

Mel, die mich das ganze Wochenende über vertritt, während wir fort sind, ist früher gekommen und nimmt im Restaurant bereits Bestellungen entgegen. Auch meine zwei Studenten, von denen einer beim Frühstück geholfen hat und der andere ebenfalls früh für die Mittagsschicht aufgetaucht ist, sind für das ganze Wochenende eingeplant. Und sogar Claude, der, Überraschung, Überraschung, noch nicht da ist, hat mir bei allem, was ihm heilig ist, geschworen, dass er zu jeder Mittags- und Abendschicht da sein wird, und zwar rechtzeitig. Aus diesem Grund bringe ich den Mut auf, ihnen das Tate's zu überlassen.

Wir beladen den Wagen mit Taschen, Geschenken und Brautjungfernkleidern, die vom Schneider sorgfältig in Schutzhüllen verpackt wurden. Es gelingt mir gerade noch, das Teeservice aus Spode-Porzellan, das wir erstanden haben, vor Louis' Hinterteil zu retten, als Tanya und Finn sich zusammen auf den Rücksitz quetschen und es ihm überlassen, seinen knackigen Po neben mir zu parken.

Es ist Freitag und der Verkehr zäh, obwohl wir früher losgekommen sind als erwartet. Ich bin ehrlich gesagt dankbar für jede Verzögerung, da ich immer verzagter werde, je näher wir unserem Ziel kommen. Ich kann spüren, dass mein Magen sich wie ein ausgewrungener Spüllappen verkrampft. Seit ich ihn in der Scheune festgenagelt und ihm wie eine nervöse Nacktschnecke mein gespitztes Mäulchen hingehalten habe, bin ich

Stuart noch nicht wieder begegnet. Zugegeben, wir haben Grace und Stuart wieder zusammengebracht, aber ich weiß immer noch nicht, welchen Empfang uns jemand bereiten wird, den wir so schlecht behandelt haben, ich noch schlechter als die anderen.

Am Horizont vor uns türmen sich dunkle Wolken, und der Himmel wird immer düsterer, je weiter wir nach Norden kommen. Abergläubisch sehe ich darin ein böses Omen, und meine Laune wird passend zum Himmel ebenfalls immer düsterer.

Tanya und Finn sitzen lachend, scherzend und herumalbernd auf dem Rücksitz. Louis hat sich halb zu ihnen umgedreht, nachdem er eine halbe Stunde lang versucht hat, meine offensichtlich miese Stimmung mit seinen schönsten Witzen aufzuheitern, und damit nur auf ein fast ungebrochenes Schweigen gestoßen war, das nur hier und da von einem kurzen, nervösen Lachen unterbrochen wurde.

Tanya, der meine Stimmung schließlich auch auffällt, beugt sich vor, um mir ins Ohr zu flüstern, mir keine Sorgen zu machen. »Grace hat uns verziehen. Das hat sie uns doch bereits mehr als einmal gesagt. Selbst wenn ...«, sie hebt die Hand, um zu verhindern, dass ich ihr zuvorkomme. »Selbst wenn«, fährt sie fort, »sie nicht die ganze Wahrheit kennt. Wie ich bereits sagte: Das ist Vergangenheit. Außerdem seid ihr zwei seit Ewigkeiten befreundet. Wenn jemand sich Sorgen machen müsste, dann doch eher Louis oder ich. Je länger die Freundschaft, desto größer die Wahrscheinlichkeit, dass einem verziehen wird.«

Dem stimme ich nicht zu. Je länger die Freundschaft, desto empörender das begangene Verbrechen.

Doch ich hätte mir wegen Grace keine Sorgen machen müssen. Kaum halten wir vor Stuarts ausladendem Haus, stürmt Grace heraus, um uns zu begrüßen. Sie kämpft sich durch die übliche Ansammlung Hunde und strahlt dabei genauso entzückt wie der große, knuffige Labrador, der gerade ganz liebenswürdig seine Schnauze unter dem Saum von Tanyas reichlich kurzem Rock vergräbt. Grace wirft die Arme um mich und bringt mich fast aus dem Gleichgewicht, als sie mich herumwirbelt. Nachdem sie Tanya, Finn und Louis auf ähnliche Weise begrüßt hat, hakt sie sich bei mir unter und geleitet mich nach drinnen.

Das Haus ist voller Menschen. Diejenigen von Grace' Verwandten, die bereits eingetroffen sind, werden gerade von Tula durchs Foyer getrieben. Sie hat sich bereits häuslich eingerichtet und macht eine Führung, bei der sie voller Stolz die zahlreichen Vorteile des Hauses hervorhebt, als wäre es schon seit Generationen in *ihrer* Familie.

Ein Raum im hinteren Teil ist provisorisch zum Hochzeitshauptquartier ernannt worden. Hier findet sich eine bunte Mischung aus Tischen und Stühlen, die aus dem ganzen Haus zusammengetragen worden sind und die Platz bieten für ein breites Sortiment an Hochzeitszubehör – das reicht von einem langen Tapeziertisch voller Geschenke bis hin zu den Blumengestecken für die Kirche und den anschließenden Empfang. In einer dunklen Ecke steht eine mit Eis gefüllte Zinnwanne, in der jede Menge Champagner lagert. Auf einem kleinen Tisch neben der Wanne liegen drei große Schachteln, auf die jemand in Schwarz »Ellerington« gekritzelt hat. Sie enthalten anscheinend die drei Lagen der Hochzeitstorte, die laut Grace' aufgeregter Ankündigung aus einer Schicht Obst, einer Schicht Biskuit und einer Schicht Schokolade bestehen. Bei diesen Worten fängt Louis, der Kuchenfanatiker und Tortendieb, aufgeregt an zu grinsen.

Ich überlasse Grace Louis, der versucht, sie davon zu überzeugen, dass man die Torten kosten müsse, um sicher zu sein, dass sie auch wirklich gut sind. Ich schlendere zur anderen Seite des Zimmers. Durch die offenen Balkontüren kann ich mehrere Männer in Overalls sehen, die ein Festzelt auf dem gepflegten Rasen errichten, wobei sie ab und zu zum düsteren Himmel blicken und Unheil verkündend vor sich hin brummen. Auf dem Rasen neben dem Zelt stehen Klappstühle in ordentlichen Reihen, und zwei weitere Arbeiter karren gerade einen Stapel bedrohlich schwankender runder Tische heran. Sie schimpfen wüst, als der Stapel gefährlich ins Wanken gerät und der oberste Tisch mit einem lauten Krachen auf den Steinboden rutscht. Immer noch schimpfend lassen sie den Karren los, um ihn wieder aufzuheben, bemerken aber, dass ich sie vom Fenster aus beobachte, hören sofort auf zu schimpfen und entschuldigen sich stattdessen, wobei der ältere der beiden sogar seine Mütze abnimmt.

Lächelnd wende ich mich ab und sehe, wie Tanya Stuart reichlich gezwungen angrinst, der gerade auf der Suche nach seiner Zukünftigen den Raum betritt. Er sieht mit einem strahlenden Lächeln zu Grace hinüber, das sofort verschwindet, als er Tanya und mich erblickt. Er zögert eine Sekunde, weil er anscheinend nicht weiß, wie er sich verhalten soll, nickt uns dann flüchtig zu, dreht sich auf dem Absatz um und verschwindet.

»Ich muss mit ihm sprechen.«

»Ich glaube, es wäre besser, wenn du es lässt«, widerspricht Tanya. »Wenigstens hat er uns zur Kenntnis genommen. Als wir bei unserem letzten Besuch abgefahren sind, hätte man meinen können, wir alle haben Aussatz, so sehr ist er auf Distanz gegangen.«

»Ich weiß, aber ich muss trotzdem mit ihm sprechen, Tanya. Ich will einfach nicht, dass er schlecht von mir denkt. Grace ist wie eine Schwester für mich. Das bedeutet, dass er sozusagen mein Schwager wird.«

Hastig folge ich ihm. »Stuart, warte mal.«

Er bleibt stehen und dreht sich um. Plötzlich ist die ganze, sorgfältig einstudierte Entschuldigung wie weggeblasen, die ich mir in der vergangenen Woche zurechtgelegt hatte. Ich glotze ihn einen Moment an, mache den Mund auf und wieder zu, da mein Hirn sich weigert anzuspringen. Schließlich kommt nichts weiter als ein »Hör zu, es tut mir Leid«.

Er erwidert nichts.

»Alles.«

Er zögert einen Moment, nimmt seine Brille ab und reibt sich mit einem langen Finger das rechte Auge. Dann entfernt er mit einem Zipfel seines Hemdes einen imaginären Fleck auf dem Brillenglas, während ich verlegen zu Boden starre.

»Hör zu«, stammle ich. »Ich musste es einfach loswerden, und es war mir wirklich ernst. Also gehe ich dann jetzt besser mal…«

Doch er ruft mir hinterher: »Schon in Ordnung, Ollie.«

Ich drehe mich wieder zu ihm und versuche, ein hoffnungsvolles und versöhnliches Lächeln aufzusetzen.

Stuart atmet tief ein und stößt dann einen langen Seufzer aus. »Ich glaube, es ist am besten, wenn wir das Ganze einfach vergessen.«

Ich nicke zustimmend.

»Obwohl ich zugeben muss, dass ich zuerst ganz schön sauer war… Doch dann hat Dan mir alles erklärt. Ihr habt nur versucht, für eure Freundin zu sorgen. Und obwohl eure Taktik ziemlich suspekt war, war der Beweggrund wohl eher bewundernswert. Insbesondere, wenn ich bedenke, wie schwer es dir gefallen sein muss, mich zu küssen.«

Ich zwinge mich, ihn anzusehen, und stelle erstaunt fest, dass bei diesen Worten ein amüsiertes Lächeln um seine Lippen spielt. Auch ich ringe mir ein Lächeln ab. »Wir haben uns idiotisch benommen«, erkläre ich.

»Ich bin froh, dass du das gesagt hast, denn das bedeutet, dass ich es nicht tun muss«, erwidert er, immer noch lächelnd.

»Es tut mir Leid«, wiederhole ich.

»Das weiß ich. Außerdem sind ja auch nicht alle eurer verrückten Pläne schlecht gewesen. Danke übrigens für neulich Abend.«

»Die Autopanne?«

»Genau. Also, dieser Plan war echt genial!« Stuarts Lächeln vertieft sich zu einem breiten, freundlichen Grinsen, das sein Gesicht völlig verändert. Nein, es macht ihn nicht zu einem jüngeren Mel Gibson, und ich finde ihn auch immer noch nicht attraktiv, aber ich kann jetzt schon eher verstehen, warum Grace ihn attraktiv findet.

»Ich würde dich ja umarmen, aber ich glaube nicht, dass das eine besonders gute Idee wäre«, äußere ich und strecke ihm stattdessen die Hand entgegen.

»Wir wollen doch nicht, dass jemand einen falschen Eindruck bekommt«, scherzt er, ergreift meine Hand und schüttelt sie herzlich.

»Also dann …«, sage ich und lasse los, wobei mir durch den Kopf schießt, dass seine Hände immer noch feucht sind, dass es mir aber nicht mehr so viel ausmacht. »Ich gehe dann mal. Muss früh ins Bett. Morgen ist ein großer Tag. Meine beste Freundin heiratet nämlich …«

»Weißt du was?« Er setzt einen gespielt erstaunten Gesichtsausdruck auf. »Ich auch. Ist das nicht ein Zufall?«

Einen Augenblick lang lächeln wir uns an; ein neues, nun ja, *Verständnis* ist wohl der passendste Ausdruck dafür, liegt in diesem Blick.

»Und ich gehe wohl besser mal und übe meine Ansprache. Du kennst mich ja, die Nerven, und dann noch eine Ansprache vor Zuhörern.« Er verdreht die Augen und schlägt sich gegen die Stirn. »Beides zusammen kommt einem totalen Hirnausfall gleich.«

»Genau, ich hab auch noch 'ne Menge zu tun. Du weißt

schon, als Brautjungfer hat man so seine Pflichten ... Hab versprochen, der Braut zu helfen, ihren Damenbart zu zupfen ...«, ziehe ich ihn auf. »Sie muss doch gut aussehen für die Fotos ...«

Ich entferne mich in Richtung Tanya, die nervös im Durchgang zum hochzeitlichen Hauptquartier herumlungert und so tut, als würde sie uns nicht beobachten. Doch bevor ich sie erreiche, ruft Stuart mir noch etwas hinterher.

»Ach, noch was, Ollie.«

»Ja?« Ich sehe ihn an.

»Könntest du mir einen Gefallen tun?«

»Klar«, antworte ich überrascht. »Worum geht's?«

»Lass Dan mal zu Atem kommen. Er ist ein guter Kerl, Ollie.«

»Das behaupten alle.«

Stuart lacht kurz auf. »Tja«, antwortet er, und sein Gesicht verzieht sich zu einem neuerlichen Grinsen, »vielleicht deshalb, weil es stimmt.«

Der Regen prasselt laut genug gegen das Fenster, um mich aus einem unruhigen Schlaf zu wecken. Ich klettere aus dem Bett, wickle die Tagesdecke um meine nackten Schultern und schlurfe zum nächsten Fenster, um in die Nacht hinauszublicken. Der drohende Sturm ist da.

Das weiße Festzelt schwankt im Wind wie ein großes, festgebundenes Gespenst und versucht, den Feierlichkeiten des kommenden Tages in letzter Minute zu entkommen. In den Falten des Daches sammelt sich das Wasser, bevor es sich jedes Mal, wenn der Wind an der Zeltwand rüttelt, wie ein Sturzbach über die Seiten ergießt. Plötzlich zerreißt ein spektakulärer Blitz den Himmel wie ein Peitschenknall und beleuchtet eine Person unten im Garten. Ein Mann lehnt an der großen Eiche und genießt den gleichen beeindruckenden Anblick wie ich. Er hält ein Brandyglas in der einen Hand und hat die andere tief in der Hosentasche vergraben. Seine Schultern sind hochgezogen und das Haar klebt ihm am Kopf. Er ist anscheinend genauso von dem Gewitter gefesselt wie ich.

Einen Augenblick später dreht er sich um, um wieder hineinzugehen. Ein weiterer Blitz flammt auf und taucht alles vor mir in so gleißendes Licht, als hätte jemand starke Scheinwerfer angestellt. Als der Mann zum Himmel schaut, sehe ich sein Gesicht. Es ist Dan Slater.

In dem Sekundenbruchteil, den der Himmel taghell erleuchtet ist, wendet er sich dem Haus zu, und unsere Blicke treffen sich, bevor er wieder in der Dunkelheit verschwindet, die die Schatten der Hausmauern auf den Innenhof werfen. Im nächsten Moment jedoch geht die Sicherheitsbeleuchtung an, und ich sehe, dass er immer noch zu meinem Fenster hinaufsieht. Er lächelt mir zu. Plötzlich aber reißt der Wind mit lautem Krachen die Balkontüren zu dem Raum auf, der als Lager für die Hochzeitsutensilien dient. Wir zucken beide zusammen und sehen hinüber, als sie zu beiden Seiten gegen die Mauer knallen. Anscheinend waren sie am Abend nicht richtig verschlossen worden.

Auf einem der Tische im Innern liegt ein ganzer Stapel Blumengestecke, die für die Tische im Festzelt bestimmt sind. Der starke Wind erfasst das nächstgelegene und treibt es wie eine Feder, die durch die Luft schwebt, aus dem Fenster. Wie eine Brautjungfer, die sich nach dem Brautstrauß reckt, streckt Dan rasch die Hand aus und hält es fest, als es an ihm vorbeiweht. Lächelnd sieht er zu mir hoch, deutet auf die Blumen und das Zelt, hebt das Glas in meine Richtung, als wolle er sagen, gut gemacht, und verschwindet nach drinnen.

Am nächsten Morgen weckt mich der Klang der Kirchenglocken; die Glöckner über schon mal für mittags. Ich ziehe die Vorhänge auf und stelle erleichtert fest, dass das Zelt noch steht. Ich hatte fast damit gerechnet, dass es in der Nacht Segel gesetzt hat wie eine große weiße Galeone.

Gott sei Dank hat auch der nächtliche Regen aufgehört und gleichzeitig den Himmel blitzblank gewaschen. Als der Morgen voranschreitet, kündigt sich ein perfekter Sommertag an, wenn auch ein etwas durchweichter.

Unten in der riesigen Küche fällt Tanya im Bademantel und mit großen, rosa Lockenwicklern im Haar über das Hochzeitsfrühstück her. Ihre vorhochzeitliche Nervosität hat sich inzwischen derart gesteigert, gesteht sie mir flüsternd, dass sie die drei Stunden nach der Morgendämmerung mit dem Kopf in der Kloschüssel verbracht und so gut wie alles erbrochen hat, was sie im Laufe des letzten Monats zu sich genommen hatte.

Grace dagegen, die Einzige, die nervös sein sollte, ist gelassener als ein Faultier unter Drogen.

Eine fröhlich aussehende Dame mit rosigen Wangen und braunen Löckchen in einer Schürze, die ihr dreimal zu groß ist, wacht über drei riesige Pfannen auf dem breiten Herd. Gerade brät sie Eier, etwa acht pro Pfanne, schätze ich, und lächelt mir zu, als ich eintrete und mir den Schlaf aus den müden Augen reibe. Ich erwidere ihr Lächeln und setze mich dann neben Grace an den langen Holztisch.

Tula, die sich bereits in Schale geworfen hat, und das in Form eines gift-orangen Kostüms, das stärker an ein Neonlicht erinnert als eine gelbe Ampel, und eines Huts, der aussieht, als wäre er gerade brennend in die Erdatmosphäre eingedrungen und hätte die Aufmerksamkeit der NASA und einiger *Akte-X*-Fans auf sich gezogen, bevor er flugs auf ihrem Kopf gelandet ist, umklammert ein Glas Champagner. Bei dem Vorschlag, O-Saft hinzuzufügen, rümpft sie die Nase; stattdessen genießt sie Grand Marnier und Champagner pur.

Tanyas besondere Form der Übelkeit muss ansteckend sein. Es geht mir gut, bis die fröhliche Eierbrutzlerin voll gehäufte

Frühstücksteller vor mir und Grace abstellt. Ich dachte immer, die Braut ist krank vor Aufregung, sage ich mir stöhnend, als ich zusehe, wie Grace sich eifrig über eine Riesenportion Eier mit Speck hermacht. Mein eigener Magen knurrt wie ein wütender Hund, schäumt aber viel zu sehr, um gefüttert werden zu können.

Dankend lächle ich die, wie ich meine, Küchenaushilfe an, bis Grace lächelnd ihre Hand ergreift, um sie daran zu hindern, sofort wieder zum Herd zurückzukehren. Sie sagt: »Das ist Stuarts Mutter, Ollie.«

»Ach du meine Güte«, rufe ich, springe auf und reiche ihr die Hand. »Entschuldigung, das wusste ich nicht.«

»Keine Sorge, Kindchen«, antwortet sie mit breitem, nordenglischem Akzent. »Unsere Madame Butterfly da drüben«, sie deutet auf Tula, die auf einen Korbstuhl in der Ecke gesunken ist, verdrießlich in ihren inzwischen längst leeren Champagnerkelch starrt und lautstark nach einem großen Gin Tonic verlangt, »hat mich heute Morgen schon zurechtgewiesen, weil ich gestern Abend ihr Bett nicht aufgedeckt habe!« Bei diesen Worten bricht sie in glucksendes Gelächter aus.

Kaum in meinem Zimmer, nimmt das Frühstück, das ich hinuntergewürgt habe, den selben Weg wie Tanyas Mittagessen von gestern. Und jetzt stehe ich feierlich – na ja, so feierlich, wie man in Unterwäsche nur sein kann – vor meinem Brautjungfernkleid, das in seiner Schutzhülle am Kleiderschrank hängt. Nach dem Horror in Orange kam Grace' echte Wahl, ein schmeichelhaftes Kleid im Empirestil aus blassgelber Seide mit hauchzarten Goldstickereien. Es ist so schön, dass selbst Tanya sich nicht zu schade war, es anzuziehen.

Es kommt mir wie ein großer Moment in meinem Leben vor, als ich das Kleid vom Bügel nehme und hineinschlüpfe. Grace' Friseurin Pansy, eine überschäumende, plappernde Blondine mit Brüsten wie Kissen, an die man sich herrlich anlehnen kann, während sie einen schniegelt und striegelt, ist extra für diesen Tag aus London geholt worden. Nun wird mein Haar hochgetürmt und mit winzigen, gelben Seidenrosen durchflochten – ein Stil, bei dem ich Sorge hatte, er könne ein wenig altbacken aussehen, der sich aber als so entzückend schmeichelhaft herausstellt, dass ich gar nicht mehr aufhören kann, mein Spiegelbild erfreut und überrascht zu beäugen.

»*You're so vain!*«, singt Tanya und trippelt vorsichtig ins Zimmer, wobei sie den Rock hebt wie eine Heroine von Jane Austen, die eine Pfütze durchquert. »Wie zum Teufel sollen wir uns in den Dingern nur bewegen?«

»Unter großen Schwierigkeiten«, erwidere ich. »Und außerdem bin ich überhaupt nicht eingebildet! Nur erstaunt, weil ich in diesem Aufzug ganz passabel aussehe.«

»Du siehst mehr als passabel aus.«

»Bist du sicher?«, frage ich und blicke über die Schulter auf meinen Po in dem großen Spiegel.

»Frag gar nicht erst, ob dein Hintern fett aussieht«, kommt Tanya mir zuvor. »Ob du es glaubst oder nicht, du siehst einfach hinreißend aus.«

»Wirklich?«

»Ja, wirklich.«

»Bitte versuche, nicht zu hinreißend auszusehen. Du willst doch der Braut nicht die Schau stehlen«, lässt sich eine nervöse Stimme vernehmen.

Tan und ich fahren herum und erblicken eine Erscheinung in schimmernder cremefarbener Seide, die, wenn auch etwas zögerlich, ins Zimmer gleitet. »Kann mir mal jemand mit dem Schleier helfen?«, fragt Grace, als wir sie schweigend und mit aufgerissenen Mündern anstarren.

Haben Sie auch schon Augenblicke erlebt, an die Sie sich das ganze Leben erinnern werden? Dieser hier ist so einer.

Einen Moment lang steht da nicht Grace Ellerington, die erfolgreiche, attraktive Neunundzwanzigjährige vor mir, die ich kenne und liebe, sondern die verschüchterte, aufgeregte und verunsicherte Elfjährige, die ich vor achtzehn Jahren kennen gelernt habe und mit der ich eine der unglaublichsten und wunderbarsten Freundschaften eingegangen bin, die sich ein Mensch nur wünschen kann. Ich fühle, wie die Tränen in mir aufwallen, als wäre gerade ein Damm hinter meinen Augen gebrochen.

»Und, wie sehe ich aus?«, fragt sie schließlich flehend. Ihr Gesicht wird von Sekunde zu Sekunde düsterer. »Nein, sagt nichts, ich kann es an euren Gesichtern ablesen. Ihr findet es grässlich, stimmt's? Ich sehe furchtbar aus. Ich wusste doch, ich hätte mich für ein anderes entscheiden sollen…«

Unfähig, auch nur ein Wort zu sagen, wende ich mich an Tanya und stelle erstaunt fest, dass auch ihre normalerweise so klaren Augen tränenverschleiert sind. »Du…«, sie zögert. »Du siehst…«, setzt sie erneut an, bricht aber wieder ab. Laut schniefend wendet sie sich ab und blickt sich hektisch nach einem Taschentuch um. Da nichts außer einem großen Plastikbeutel voller rosa Wattebäusche in Sicht ist, schnappt sich Tanya eine meiner Socken und schnäuzt sich geräuschvoll in die rote und gelbe Wolle.

»Ich hoffe nicht, dass ihr heult, weil ich schrecklich aussehe.« Grace' Mund bebt, als auch ihr eine einzelne Träne langsam über die Wange kullert, so erschüttert ist sie von unserem Gefühlsausbruch.

»Du siehst fabelhaft aus«, stößt Tanya schließlich hervor, wobei ihre Stimme etwas rauer klingt als sonst.

»Alle Bräute sehen fabelhaft aus«, entgegnet Grace lachend und fährt sich hastig mit der Hand durchs Gesicht. »Aber danke, dass du nicht *zu* erstaunt geklungen hast.«

Tanya tritt hastig vor, um Grace' verlaufenes Make-up zu reparieren und reicht ihr dann den Brautstrauß, ein Wunder in Creme aus Trompetenlilien.

»Fertig?«, fragen wir sie.

Grace atmet tief durch und nickt. »Fertig.«

»Freut mich zu hören«, schnurrt eine Stimme von der Tür her. »Denn deine Eskorte ist da!« Es ist Louis, der im Türrahmen lehnt und einen auf Sean Connery macht. Er hat beschlossen, den üblichen Cutaway wegzulassen, den die meisten anderen Männer der Hochzeitsgesellschaft bevorzugen. Stattdessen hat er sich für Schottenrock und Kummerbund entschieden und sieht darin geradezu unheimlich gut aus. Zum ersten Mal, seit ich ihn kenne, trägt er nicht ein Fitzelchen Make-up, Farbe im Haar oder Glitzerschmuck, obwohl sich der Schottenrock bei näherem Hinsehen als Frauenrock erweist.

Anmutig betritt er das Zimmer und verbeugt sich tief vor einer lachenden Grace. Dann reicht er ihr den Arm und flüstert ihr ins Ohr, als sie sich unterhakt: »Du siehst wunderschön aus, mein Engel, einfach atemberaubend schön.«

Das Haus ist seltsam leer, als Louis uns nach unten geleitet, da bereits so gut wie alle Gäste zur Kirche aufgebrochen sind. Wir warten zehn Minuten in der Eingangshalle, bevor wir Louis wieder nach oben schicken, um Grace' vor Aufregung kranken Vater aus dem Badezimmer zu holen, wo er sich die letzten zwei Stunden vor seiner Exfrau verschanzt hat, ausgerüstet mit einer Flasche Jack Daniels, einer Rennzeitschrift und seinem Handy, um seinen Buchmacher anrufen zu können.

Da wir spät dran sind, laden wir Grace und ihren Vater ohne Umschweife in die zweirädrige Kutsche, die von dem Pferd gezogen wird, das einst grünen Sabber auf Tanyas Gucci-Jacke verteilt hatte. Tanya und ich halten einen gesunden Abstand zu diesem Tier ein, aus dessen unterschiedlichen Körperenden so üble Dinge kommen können, und entscheiden uns dafür, mit Louis in dem alten Bentley nachzukommen, den Stuart aus einer weiteren seiner Scheunen auf der Rückseite des Hauses ausgegraben hat.

Grace hält noch immer meine Hand umklammert, obwohl sie jetzt hoch über mir sitzt. Ich drücke sie freundlich und entziehe mich ihrem schraubstockartigen Griff dann fast mit Gewalt, bevor ich mich zu den anderen im Bentley geselle, der zwar von außen tiptop aussieht, innen aber mit Strohhalmen übersät ist und von einem überrascht aussehenden Huhn bewohnt wird, das im offenen Handschuhfach kauert. Louis scheucht es aus dem Wagen, und dann setzen wir uns alle drei auf die Rückbank, von wo aus wir Grace hinterherwinken, als ihre Kutsche in Richtung Dorf davonfährt. Wir aber sitzen da und warten darauf, dass jemand kommt und uns fährt. Erst nach fünf Minuten wird uns bewusst, dass wir ganz allein sind.

Louis sieht auf die Uhr. »Wir kommen zu spät«, quiekt er aufgeregt, wie das weiße Kaninchen in *Alice im Wunderland*. »Wer sollte diese Kiste denn fahren?«

»Ich dachte, es gäbe einen Chauffeur«, sagt Tanya, nachdem wir viel zu lange in erwartungsvollem Schweigen dagesessen haben.

»Ich dachte, Sylvester wollte ihn fahren«, erwidere ich vorsichtig.

Die beiden anderen sehen mich entsetzt an. »Aber der ist doch vor einer halben Stunde mit Tula aufgebrochen.«

»Ja, worauf warten wir dann noch!«, rufe ich. »Los geht's!«

Tanya lächelt mich hoffnungsvoll an. »Sieh nicht mich an!«, kreische ich. »Ich kann dieses Ding nicht fahren!«

»Lasst mich«, erklärt Louis.

»Bist du sicher?«

»Wer einmal einen dreißig Jahre alten Mini gefahren hat, kann alles fahren!« Louis klettert über die niedrige, lederne Rücklehne nach vorne und zwängt sich hinters Lenkrad. Grinsend dreht er sich zu uns um. »Passt auf eure Frisuren auf!«, scherzt er, doch als er versucht, den Motor anzulassen, geschieht nichts.

»Ach du lieber Himmel«, stöhne ich. »Wir werden die Hochzeit verpassen!«

»Versuch's noch mal!«, ruft Tanya aufgeregt.

Ein leises Klicken ist zu hören, als Louis den Zündschlüssel umdreht, doch keine weitere wie auch immer geartete Aktivität des Motors ist zu vernehmen.

»Wir werden zu Fuß gehen müssen!«

»Aber es sind fast zwei Meilen, das schaffen wir nie rechtzeitig.«

»Taxi?«

»Du machst wohl Witze. Wo sollen wir jetzt ein Taxi hernehmen?«

»Es geht fast die ganze Zeit bergab«, überlegt Louis, »wenn wir ihn ins Rollen kriegen …«

Ich schüttle den Kopf. »Wir sind ja dumm«, bemerke ich hastig. »Stuart ist doch ein echter Sammler. Er muss irgendwo eine Karre haben, die funktioniert.«

Wir verteilen uns hinter dem Haus und sehen eilig in sämtliche Scheunen und Ställe. Mein Vorschlag, einfach einige Pferde auszuleihen, wird umgehend verworfen, und wir stehen kurz davor, völlig erhitzt, verärgert und niedergeschlagen aufzugeben, als Louis uns aus einer der Boxen zu sich ruft: »Ihr zwei, kommt her, ich habe etwas gefunden.«

Die Art, wie er das »etwas« betont, will mir gar nicht gefallen, doch in Anbetracht der Tatsache, dass meine Scheune enttäuschend leer ist, folge ich Louis Ruf. Als meine Augen sich an das Dämmerlicht gewöhnt haben, erkenne ich mit sinkendem Herzen, was genau Louis gefunden hat: ein altes Motorrad aus dem Zweiten Weltkrieg, komplett mit Beiwagen.

Tanya platzt hinter mir durch die Tür und zieht sich Strohhalme aus dem Haar. »Ach du meine Güte!«, entfährt es ihr, und sie schlägt die Hände vor den Mund, um das Lachen zu unterdrücken. »Das meinst du nicht ernst!«

»Wir haben keine Zeit, um wählerisch zu sein«, entgegnet Louis, zögert aber ebenfalls.

Ich beschließe, dass es Zeit zum Handeln ist. »Aus dem Weg!« Ich drängle mich an dem widerstrebenden Louis vorbei, raffe meine Röcke und setze mich rittlings auf den alten Ledersitz.

»Ollie! Was hast du vor?«, kreischt Tan.

»Ich hatte ein Mofa, als ich sechzehn war«, erkläre ich ihr und trete das Startpedal nach unten. »Hab's verkauft, als mich ein Milchwagen überholt hat. Wollen wir hoffen, dass diese Kiste ein bisschen schneller ist.« Wieder trete ich das Startpedal durch, und der Motor springt an. »Wir haben schließlich noch einen Termin.«

Wir kommen eine halbe Stunde zu spät vor der Kirche an. Louis sitzt zusammengepfercht im Beiwagen, sein stacheliges Haar ist vom Wind zerzaust, seine Stirn und seine Ray Bans sind fliegenverklebt. Tanya kauert hinter mir und drückt sich eng an mich. Als ich das Gas voll aufdrehte und in Richtung Kirche abdüste, hat sie einen Schreianfall bekommen, doch dann sehr schnell kapiert, dass es weit intelligenter ist, den Mund geschlossen und den Kopf unten zu halten. Deshalb sieht sie von uns dreien auch mit Abstand am ordentlichsten aus. Ich kraxle vom Motorrad, glätte meine Röcke und klaube schaudernd eine fette Fliege von meinen Zähnen.

Grace hat ängstlich nach uns Ausschau gehalten. »Um Himmels willen, wo habt ihr gesteckt?«, ruft sie. »Ich wollte schon jemanden auf die Suche nach euch schicken.«

»Probleme mit dem Auto!«, schnaufe ich.

»Ich dachte schon, ihr kommt nicht!«, jammert sie und wirft sich mir förmlich an den Hals.

»Um die Hochzeit meiner besten Freundin zu verpassen?«, entgegne ich zärtlich. »Niemals!«

Der Pfarrer, der nach draußen getreten ist, um zu sehen, wo die Braut bleibt, entdeckt Tanya, die mit ihrem langen Rock kämpft, der sich in ihrer Unterhose verfangen hat. Er eilt hinüber, um ihr behilflich zu sein. Der Fotograf, der die eintreffenden Gäste abgelichtet hat wie einer der Paparazzi auf den Spuren von Posh Spice und David Beckham, fängt schallend an zu lachen und bannt den Moment für alle Ewigkeit und für die Titelseite der Lokalzeitung auf Film.

»Auch eine Art, berühmt zu werden«, seufzt Tanya und unterdrückt ein Lachen. »Ein gefundenes Fressen für die Klatschpresse.«

»O ja, ich sehe schon die Schlagzeile vor mir«, sagt Louis kichernd. »Pfarrer geht Brautjungfer an die Wäsche!«

Tula, die sich bei Sylvester untergehakt hat, sieht blass vor Ärger aus, weil wir sie aus dem Rampenlicht gedrängt haben. Sie zerrt Sylvester in die Kirche, um in der ersten Bank in Stellung zu gehen.

»Gäste des Bräutigams zur Rechten. Gäste der Braut zur Linken«, erklingt eine vertraute Stimme, und Finn taucht grinsend und mit keck aufgesetztem Hut im Mittelgang auf.

»Ich glaube, wir müssen ab durch die Mitte«, entgegne ich und erwidere unsicher sein Lächeln. Durch das offene Portal kann ich sehen, dass die Kirche bis auf den letzten Sitz belegt ist. In jeder Bank sitzen weit mehr Leute als eigentlich Platz ist. Wenn das noch nicht ausreicht, damit ich weiche Knie bekomme, dann gibt mir der Anblick von Dan Slater, der gerade einen anderen Nachzügler an seinen Platz geleitet und in seinem dunkelgrauen Stresemann umwerfend gut aussieht, schlicht den Rest.

Der Pfarrer, der nun wieder an seinem Platz steht, bedeutet dem Organisten loszulegen. Alle Gäste drehen sich erwartungsvoll um, als die ersten Takte des Hochzeitsmarsches erklingen.

»Hier kommt die Braut, die sich nicht traut!«, trällert Grace mit zitternder Stimme. »Und ich glaub, ihr Höschen flutscht, weil der Gummibund verrutscht!«

Als wir alle laut lachend herausplatzen, dreht sich Dan zu uns um. Einen Moment lang kreuzen sich unsere Blicke, herausfordernd wie immer, doch dann lächelt er. Es ist ein zurückhaltendes, und aufmunterndes Lächeln, das mich mit Wärme und neuer Entschlossenheit erfüllt. Ich atme tief durch. »Tja, jetzt ist es so weit.« Ich drücke Tanyas Hand. »Jetzt passiert es.«

»Wir könnten an der entsprechenden Stelle noch Einspruch erheben.« Sie lächelt verkrampft, ohne mich anzusehen.

»Nur, wenn wir dem Wort Muttermord neue Bedeutung verleihen wollen… ihre Mutter würde uns umbringen! Und außerdem: Willst du das überhaupt?«

Tanya schüttelt den Kopf. »Nicht mehr. Nein.«

»Alles klar, meine Damen«, ermahnt uns Finn und beugt sich vor, um vorsichtig einen kleinen schwarzen Käfer aus Tanyas Haar zu klauben. »Gebt euer Bestes, und bleibt im Takt, ja.«

Als wir an ihm vorbeikommen, sehe ich, wie Finn Tanya bedeutsam zuzwinkert und wie sie liebevoll und zuckersüß zurücklächelt. Tanya? Zuckersüß? Moment mal, hier stimmt doch was nicht.

Ich sehe von einem zur anderen, beide so hinreißend, gepflegt und gesellig; entweder sie sind wie Bruder und Schwester oder…

Plötzlich wird mir alles klar. Ich fand es die ganze Zeit seltsam, wie schnell Finn von dem Desaster bei Stuarts versuchter Verführung erfahren hatte. Dann waren da diese versteckten Andeutungen auf eine neue Romanze, und gestern sind sie beide zu einer Zeit zusammen in meiner Küche aufgetaucht, zu der sie normalerweise noch im Bett gewesen wären. Das war höchst verdächtig. Hinzu kommt Tanyas totales Versagen, in Rom jemanden aufzureißen, wo sie normalerweise eine einsachtzig große geballte Ladung Sexappeal in ihren Koffer gepackt hätte, um ihn als Souvenir mit nach Hause zu nehmen. Außerdem hat sie kaum darum gekämpft, Romeo für sich behalten zu dürfen, was, wenn man es genau bedenkt, höchst untypisch für sie war. Und vielleicht ging es bei ihrer Schwärmerei darüber, wie wunderbar Finn doch sei, gar nicht um mich. Das ist es. Finn und Tanya.

»Du und Finn?«, flüstere ich ihr zu.

Das glückselige Brautjungfernlächeln wird unvermindert weitergelächelt, doch ich kann sehen, wie ihre Mundwinkel zucken.

»Du bist mir vielleicht eine«, sage ich. »Es sieht dir überhaupt nicht ähnlich, so etwas für dich zu behalten. Falls du dir Sorgen gemacht hast, dass ich nicht einverstanden sein könnte, dann hattest du Recht. Ganz egal, wie sehr ich dich mag, Tanya Mathers, so muss ich doch sagen, dass Finn viel zu nett ist, um von einer wie dir vernascht und verworfen zu werden, du alte Schlampe.«

»Ich bin ihm seit mehr als sechs Wochen treu«, murmelt sie, ohne mich anzusehen, doch nach wie vor lächelnd.

Plötzlich komme ich aus dem Takt des Hochzeitsmarsches. Mit offenem Mund starre ich auf Tanyas eleganten Rücken. Louis geht hinter mir. Seine zum Schottenrock passende Felltasche stupst mich in den Rücken, und ich beeile mich, wieder an Tanyas Seite zu gelangen, wo ich in Gleichschritt mit ihr falle. »Sechs Wochen?«, zische ich ungläubig, als Grace Stuart erreicht und wir uns hinter ihr aufstellen.

»H-hm«, erwidert Tanya, ohne die Lippen zu verziehen.

»*Must be Love*«, summt Louis.

»Du wusstest es?«, fahre ich ihn an.

»Der gute Louis weiß *alles*.« Er grinst selbstgefällig.

Ein Blick des Pfarrers bringt uns zum Schweigen, und der Traugottesdienst beginnt. Zu meinem Erstaunen und meiner Erleichterung fällt es Tanya, Louis und mir gar nicht so schwer, nach der entscheidenden Stelle »für immer zu schweigen«. Und als Stuart Grace ewige Treue schwört, lächelt er sie so zärtlich an, als wären er und sie die beiden einzigen Menschen in der Kirche und all die Gäste mit Riesenhüten einfach nicht da. Dieser Ausdruck in seinen Augen! Wenn mich einmal jemand so ansehen würde, wäre ich wahrscheinlich für den Rest meines Lebens glücklich, das weiß ich.

Wir hatten ganz fest ausgemacht, nicht zu weinen. Prompt fangen die beiden Brautjungfern und der Brautjunge an zu heulen. Glücklicherweise hat der Brautjunge eine halbe Schachtel Kleenex in seinem Felltäschchen verstaut.

»Weißt du was«, schniefe ich hinter vorgehaltenem Taschentuch zu Tanya. »Plötzlich wird mir alles klar. Du weißt schon, was es ist, nicht wahr?«

»Was?«

»Stuart ist nett. Und wir sind an nett nicht gewöhnt.«

»Ein netter Mann ist ein Widerspruch in sich.«

»Wir können ja nicht alle verhängnisvolle Beziehungen mit herzlosen Schweinen haben.«

»Und wir gedeihen nicht alle mit Elend und Herzschmerz.«

»Sie werden in rosiger Glückseligkeit mit zweikommafünf Kindern glücklich bis an ihr Ende leben.«

»Genau, wie wir es uns alle wünschen.«

»Aber mit herzlosen Schweinen nicht bekommen.«

»Bedeutet das, dass wir uns ›nette‹ Männer suchen müssen, um glücklich zu sein?«, fragt Tanya ängstlich und denkt an die vielen Jahre zurück, in denen sie jede Menge Spaß und fantastischen Sex mit all den leichtfertigen, durchtriebenen, herzlosen Schweinen hatte, die sie das Glück hatte zu treffen.

»Vielleicht können wir für uns ja *nette* herzlose Schweine finden.«

»Ist das nicht auch ein Widerspruch?«

»Glaube ich nicht.« Ich lächle ihr zu, und wir beide sehen hinüber zu Finn und Dan, die feierlich Seite an Seite stehen.

Eine Stunde später treten Grace und Stuart strahlend hinaus in den Sonnenschein – Mr. und Mrs. Masterson sind bereit, sich auf dem schimmernden Sitz der Bedford Belle zum Empfang chauffieren zu lassen.

Es ist Mitternacht. Das Essen, die Reden, die Trinksprüche, das Anschneiden der Torte, das Werfen des Brautstraußes – an diesem Punkt möchte ich betonen, dass ich mich geduckt habe, weil Grace alles andere als subtil genau auf meinen Kopf gezielt hat –, alles liegt hinter uns, und die fünfköpfige Jazzband, die tapfer die letzten fünf Stunden gespielt hat, fängt an, müde zu schwanken.

Ich sehe zu, wie Stuart seine Grace auf die federnde Tanzfläche in dem großen weißen Festzelt führt, und ein warmes Gefühl, das nicht von dem vierten Glas Brandy kommt, welches ich in der Hand halte, breitet sich in mir aus. Als nächste betreten Tanya und Finn die Tanzfläche, wo sie sanft in einen langsamen Walzer fallen. Tanyas kastanienbrauner Kopf sinkt an Finns Schulter. Trotz meiner Bedenken muss ich gestehen, dass sie ein schönes Paar abgeben.

Dann kommen Leo und Cornelia. Cornelia hält ihre linke Hand ziemlich steif hoch, sodass jeder, an dem sie fachkundig vorbeiwirbeln wie zwei Teilnehmer eines Tanzturniers, den Verlobungsring mit einem blauen Saphir sehen kann, den sie voller Stolz trägt. Louis lehnt sich auf der anderen Seite unseres runden Tischs im Stuhl zurück, um mit demselben Kellner zu flirten, der schon bei Grace' und Stuarts verspäteter Verlobungsparty den ganzen Abend versucht hatte, seine Aufmerksamkeit zu ergattern.

Ist das wirklich erst drei Wochen her? Es kommt mir vor wie ein ganzes Leben. Ich glaube, dass alles, was in der Zwischenzeit passiert ist, mich mindestens zwei Jahre meines Lebens gekostet hat. Doch als ich zusehe, wie Stuart Grace etwas ins Ohr flüstert und sich dann vorbeugt, um sachte ihr strahlendes, aufwärts gewandtes Gesicht zu küssen, wird mir voller Erleichterung bewusst, dass nun alles so ist, wie es sein sollte.

Zumindest *fast* alles.

»Geschafft«, sagt eine Stimme und spricht damit meine Gedanken aus.

Ich sehe auf. Ich habe die Stimme sofort wieder erkannt, und plötzlich fühle ich mich seltsamerweise ganz verschüchtert. Als ich mein Brandyglas abstelle und nach einer Entgegnung suche, bietet Dan Slater mir ein Glas Champagner an.

»Ich finde, ein weiterer Toast ist angebracht, wenn man bedenkt, dass wir ohne dein Eingreifen nicht da wären, wo wir heute sind.«

»Machst du dich über mich lustig?«, frage ich und nehme zögernd den Champagnerkelch entgegen.

»Nein, ich gratuliere dir. Ich weiß nicht genau, wie du es gemacht hast, Ollie, aber es hat funktioniert.« Er hebt sein Glas. »Auf die Zukunft.«

»Auf die Zukunft«, wiederhole ich, folge seinem Beispiel und hebe das Glas in Richtung von Grace und Stuart. Doch als ich mich wieder zu ihm umdrehe, sieht er mich unverblümt an. Sein sonst so abweisendes, hübsches Gesicht ist zu meinem Erstaunen voller Wärme, blickt aber, wie ich traurig feststellen muss, immer noch misstrauisch. Das kann man ihm wohl nicht verdenken. Nicht nach allem, was zwischen uns vorgefallen ist. Er rechnet wahrscheinlich damit, dass ich ihm den Champagner ins Gesicht schütte.

Er hat mich den ganzen Tag über vorsichtig beobachtet, ist mir aber bis jetzt nicht nahe gekommen – wie ein Schäferhund, der ein abtrünniges Lamm umkreist, um sicherzustellen, dass es nicht verloren geht. Und als der Pfarrer in der Kirche zu der Stelle kam, an der man zum allerletzten Mal Einspruch einlegen konnte, war mir peinlich bewusst, dass Dans Augen auf mir ruhten. Und es war schwierig zu übersehen, dass jede seiner Bewegungen ebenfalls überwacht wurde. Miranda, die eher einem treuen Welpen als einem Schäferhund gleicht, ist ihm auf Schritt und Tritt gefolgt.

»Und … wie läuft's?«, fragt er zögernd.

»Gut.«

»Und das Geschäft?«

»Viel zu tun … Hab meinen neuen Vertrag bekommen.«

Er nickt bedächtig.

»Und ihn zurückgeschickt …«, füge ich hinzu, wobei ich seinem Blick ausweiche und in mein Glas starre.

»Schön.«

»Ohne Unterschrift.«

»Was hast du gemacht!«, entfährt es ihm.

Vorsichtig sehe ich zu ihm auf. »Du musst mir keine Gefallen tun, Dan.« Es ist das erste Mal, dass ich ihn mit seinem Namen anspreche, und mir wird bewusst, dass es mir gefällt, wie er sich im Mund anfühlt. »Du hast deinen Standpunkt klargemacht, und ich meinen. Jetzt sind wir quitt.«

»Quitt?«, fragt er unsicher, und sein Gesicht verdüstert sich ein wenig.

»Handelseinig?«, schlage ich vor.

Langsam breitet sich ein Lächeln auf seinem männlichschönen Gesicht aus, das die leuchtenden, wasserblauen Augen einschließt, die sich in zärtliche Lachfalten legen. »Das ist besser.«

Tanya und Finn kommen Hand in Hand von der Tanzfläche zurück. Die kleine Band, die auf einem Podest hinter dem Tisch des Brautpaars steht, hat das Tempo erhöht und ist von einem langsamen Walzer zu einem flotten Samba übergegangen. Erschöpft und leicht angetrunken, wie sie sind, haben sie dennoch versucht, ihn durchzustehen, und sind jetzt ganz außer Atem.

Dan folgt meinem Blick in Richtung Tanzfläche. »Hast du Lust zu tanzen? Es ist der letzte Walzer«, fügt er hinzu, als der Bandleader das Ende des Abends ankündigt.

Völlig überrumpelt von diesem Vorschlag, zögere ich zu lange. Zielstrebig wie eine ferngesteuerte Rakete mit knallrotem Lippenstift torkelt Miranda auf unseren Tisch zu.

»Daniel Slater!«, kreischt sie. »Da bist du ja, du süßer Kerl. Ich habe überall nach dir gesucht! Komm tanzen!« Sie schnappt ihn am Arm, um ihn in Richtung Tanzfläche zu zerren.

»Äh, eigentlich …« Er zögert und sieht sich nach mir um, doch ich lächle nur halbherzig, zucke die Achseln und sehe zu, wie eine hartnäckige Miranda ihren ergatterten Preis zwischen die anderen tanzenden Paare schleift.

»Wie konntest du ihn einfach so gehen lassen?«, schimpft Tanya und setzt sich neben mich.

»Sie hat ihn zum Tanzen aufgefordert«, entgegne ich, doch meine Stimme hört sich nicht ganz so lässig an wie beabsichtigt.

»Er hat *dich* zuerst gefragt.« Tanya sieht mich mit hochgezogenen Brauen an.

»Das war wahrscheinlich nur eine höfliche Geste.«

Tanya verdreht die Augen und sieht verzweifelt seufzend zu

Finn auf. »Herrje, Ollie, was muss der arme Kerl denn noch tun, um dich davon zu überzeugen, dass er dich *wirklich* mag?«

»Glaubst du ehrlich?« Bittend sehe ich sie an. »Ich muss es nämlich wissen … Ich will mich doch nicht total lächerlich machen … Nicht, dass ich das nicht längst getan hätte, aber ich will es nicht noch schlimmer machen …«

»Natürlich mag er dich, du Dummerchen!« Louis, der mit einer Flasche Champagner und der Telefonnummer des Barmanns in der Brusttasche an den Tisch zurückgetorkelt kommt, brüllt mich vor Frust fast an. »Du bist der einzige Mensch, der das nicht zu bemerken scheint. Was willst du denn noch?«

»Schon gut!« Abwehrend hebe ich die Hände. »Vielleicht hast du Recht, vielleicht mag er mich, aber was nutzt das schon, wenn er bereits mit jemand anderem liiert ist …« Sie folgen meinem Blick hinüber zu Miranda, die Dan immer noch über die Tanzfläche schleift und leicht entrückt zu ihm aufsieht wie Kathy Bates in *Misery*.

»Glaub mir.« Finn nimmt meine Hand und drückt sie sanft. »Zwischen Dan und Miranda läuft nichts … allerdings nicht aus mangelndem Willen ihrerseits, das muss ich zugeben. Erinnerst du dich noch an den Abend, als sie mit ihm im Restaurant auftauchte? Tja, er hatte sie gar nicht erwartet, sie ist ihm einfach dorthin gefolgt, um sich ihm aufzudrängen. Das war nicht das erste Mal. Er hat ehrlich gesagt ein bisschen Angst davor, sie könnte zu verhängnisvollen Affären neigen …« Er grinst. »Sieh der Sache ins Gesicht, Ol, er mag dich.«

»Wenn er mich wirklich mag, warum habe ich dann den Eindruck, dass er mir aus dem Weg geht? Eben war das erste Mal, dass er heute mit mir gesprochen hat …«

»Ist dir nie die Idee gekommen, dass er vielleicht darauf gehofft hat, du würdest ihn ansprechen? Du kannst nicht einfach erwarten, dass er den nächsten Schritt macht, denn das kann er nicht. Er hat bisher *alle* Schritte gemacht, und was hat es ihm gebracht? Absolut nichts!«

»Schon, aber er ist so subtil vorgegangen, dass man Untertitel bräuchte, um die Bedeutung zu verstehen.«

»Ich würde einige seiner Schritte kaum subtil nennen«, Finn lacht irritiert, »aber anscheinend haben sie eine Sprache gesprochen, die du nicht in der Lage warst zu verstehen.«

»Oder die du zu stur warst zu verstehen«, ergänzt Tanya spitz.

»Ich glaube, jetzt musst du auf ihn zugehen«, erklärt Finn mir.

»Du willst doch auf ihn zugehen, oder?«, fragt Tanya sanft.

Ich nicke verzagt.

»Ja, worauf wartest du dann noch?«

»Mut«, antworte ich düster, nehme einen weiteren Schluck Champagner und trinke dann eilig meinen Brandy aus, als würde mir das die Sache leichter machen.

»O Mann, Ollie, was ist nur los mit dir?«, seufzt Tanya. »Ich kenne dich doch. Wenn es etwas gibt, das du haben willst, dann kämpfst du doch normalerweise mit allen Mitteln darum.«

Ich sehe zu, wie das letzte Lied endet und alle begeistert der Band applaudieren, die sich kurz verneigt und dann geschlossen die Bar ansteuert, um die müden Geister wiederzubeleben. Miranda, die Dans Handgelenk immer noch fest umklammert hält, führt ihn von der Tanzfläche zurück zu ihrem Tisch und zieht ihn auf den Stuhl an ihrer Seite. Zwei Minuten später entschuldigt er sich jedoch und geht zu Grace und Stuart hinüber, um ihnen Gute Nacht zu sagen. Er schüttelt herzlich Stuarts Hand und küsst dann Grace auf die Wange. Sie plaudern noch eine Weile, dann wendet er sich ab und geht zum Ausgang. Kurz bevor er hinaustritt, bleibt er noch einmal stehen und sieht zurück. Unsere Blicke treffen sich, und einen kurzen Moment habe ich den Eindruck, er wird etwas sagen.

Doch er lächelt nur wehmütig, bevor er nach draußen verschwindet.

Tanya und Finn sind meinem Blick gefolgt. »Er geht schon?«, fragt Tanya enttäuscht.

»Er muss morgen ganz früh los«, erklärt uns Finn und hebt grüßend die Hand. »Wir haben uns vorhin kurz unterhalten. Hat geschäftlich in New York zu tun. Und er weiß noch nicht genau, wann er zurück sein wird…« Er sieht mich scharf an.

Ich sehe von Finn zu Tanya und Louis und dann weiter zu Grace, deren Blick dem sich entfernenden Dan folgt und dann bittend zu mir schweift. Ich atme tief durch, schiebe meinen Stuhl zurück und stehe auf.

»Was hast du vor?«, fragt Tanya atemlos.

»Etwas, das ich schon vor langer Zeit hätte machen sollen.« Ich nehme Tanya das Champagnerglas aus der Hand und kippe den Rest in einem Zug hinunter. Dann schürze ich meine Röcke und eile aus dem Zelt hinaus auf den feuchten Rasen vor dem Haus.

Zehn Sekunden später höre ich im Gras hinter mir weiche Fußtritte, und eine Hand hält mich am Arm fest. Es ist Grace. »Er ist im grünen Zimmer untergebracht«, flüstert sie, »drei Türen hinter deinem.«

»War es so leicht zu erraten, wohin ich gehe?«

»Sicher!« Sie beugt sich vor und drückt mich fest an sich. »Und falls du nicht dorthin wolltest, dann solltest du es verdammt noch mal aber!«

»Mache ich das Richtige?«, frage ich sie verzagt.

Sie nickt nachdrücklich. »Sicher. Es ist nur schade, dass du so lange gebraucht hast! Denk doch nur an all die Zeit, die du vergeudet hast! Apropos«, verkündet sie mit einem breiten Grinsen, »*ich* werde jetzt mal losziehen und meinen *Ehemann* holen, um mit ihm ins Bett zu gehen!« Sie bricht ab, wirft einen Blick auf den Ehering an ihrer linken Hand und lächelt ungläubig. »Ach du lieber Himmel, ich bin verheiratet... kannst du dir vorstellen, dass ich wirklich verheiratet bin!«

Ehrfürchtig starren wir beide auf ihren Ringfinger und fangen dann laut zu lachen an, als unverkennbar die Stimme von Louis erschallt, der anscheinend die leere Bühne mit Beschlag belegt hat und nun passenderweise die erste melodiöse Strophe von »Rescue Me« ins Mikrofon schmettert.

Wir umarmen uns noch einmal, dann lässt Grace mich los und stupst mich in Richtung des Hauses. »Los, ab mit dir, ich kann nicht die ganze Nacht hier rumstehen. Schließlich habe ich eine Ehe zu vollziehen.«

Leise lachend schüttle ich den Kopf.

»Ab mit dir!«, drängt mich Grace, als Stuart im hell erleuchteten Zelteingang auftaucht. »Worauf wartest du noch?« Wieder schiebt sie mich sanft in Richtung Haus.

Als ich die Tür erreiche, sehe ich mich noch einmal um. Grace und Stuart kichern wie verrückt und rennen Hand in Hand zum Heuboden am Ende der Stallungen.

Ich durchquere das Haus bis zur Küche, wo ich zum Schlüsselbrett neben der Hintertür gehe und den großen Bund mit den Hausschlüsseln herunternehme, der dort hängt. Der ordentliche, pedantische und praktische Stuart hat in weiser Voraussicht alle Schlüssel beschriftet. Nicht gerade ideal, falls bei ihnen eingebrochen wird, aber mir erleichtert es das Leben erheblich. Das ist großartig, wenn man bedenkt, dass das, was ich vorhabe, wohl zu den schwierigsten Dingen gehören dürfte, die ich je in meinem Leben unternommen habe.

Ich schleiche nach oben und seufze nachsichtig, als ich an einem Pärchen vorbeikomme, das schmusend auf dem linken Flügel der Treppe sitzt und in einem Anfall spontaner Leidenschaft alles um sich herum vergessen hat. Zögernd biege ich in den Korridor ein, gehe an meinem eigenen Zimmer vorbei, zähle drei Türen zur Linken, bis ich hoffentlich vor dem grünen Zimmer stehe, und stecke mit zitternder Hand den, wie ich hoffe, richtigen Schlüssel ins Schloss. Zu meiner Erleichterung vernehme ich ein leises Klicken, als der Türschnapper aufspringt. Behutsam drücke ich die Türklinke und trete leise ein.

Dan steht am Fenster und sieht hinaus in den Garten, wo die Party noch immer in vollem Gange ist. Inzwischen ist es zwei Uhr morgens, und die Gastgeber haben ihre Gäste verlassen, um sich im Stroh zu vergnügen. Er ist frisch geduscht und hat sich ein Handtuch um die Hüften geschlungen. Seine Haare glänzen feucht im Mondschein und im Licht der Gartenlaternen, die sanft in der lauen Brise schaukeln, die durchs Fenster hereinweht.

Beim Geräusch der Tür, die ich leise hinter mir zuziehe, dreht er sich um. Als er mich vor sich stehen sieht, verliert er vor Überraschung fast das Handtuch. »Was zum Teufel!«, platzt er heraus, packt das rutschende Handtuch und zieht es hastig wieder hoch.

Ich atme tief durch und schwenke den Schlüsselbund. »Dachte mir, einer von denen passt vielleicht, und wie es der Zufall so wollte ...«

Der überraschte Gesichtsausdruck weicht einem leisen Grinsen, das sich zögernd auf seinem Gesicht ausbreitet, als er die Ironie erkennt. Ermutigt durch das Lächeln verlasse ich den Rückhalt des Türrahmens und gehe unsicher auf ihn zu. Wenn man bedenkt, dass er derjenige ist, der mehr oder weniger nackt vor mir steht, ich dagegen voll bekleidet bin, sieht er sehr viel gelassener aus, als ich mich fühle.

Ich beschließe, das Ganze durchzustehen, und fange an, mich in den Hüften zu wiegen wie Tanya in einem Raum voller Männer. Dann aber befinde ich, dass so etwas wirklich nicht zu mir passt, weshalb ich schlurfend vor ihm zum Stehen komme.

Als er mich freundlich und fragend ansieht, wird mir mit einem Mal bewusst, dass meine grauen Zellen da draußen einfach ohne mich weiterfeiern.

»Was machst du hier, Ollie?«, fragt er, als ich wie bestellt und nicht abgeholt vor ihm stehe und all die hastig einstudierten geistreichen Sprüche in Formation aus dem Fenster fliegen wie eine Schar Zugvögel.

»Ich bin mir nicht sicher …«, stottere ich nach kurzem Zögern. Er sieht mich mit hochgezogenen Brauen an, schweigt aber. Dieses Mal weiß ich, dass er mir nicht weiterhelfen wird, sondern dass es an mir liegt.

»Können wir es noch mal probieren?«, frage ich zögernd. »Ich finde wirklich, wir sollten es noch mal probieren.«

»Gut«, er lächelt flüchtig. »Dann geh raus und komm wieder rein. Aber dieses Mal bitte vorher klopfen.«

»Äh, das habe ich eigentlich nicht gemeint.« Vor Scham werde ich rot.

»Ach, du meinst einen Neuanfang?«, fragt er leicht spöttisch.

»Ich glaube schon. Wir sollten die Vergangenheit vergessen …« Ich breche ab und starre zu Boden. Plötzlich wünsche ich mir, ich wäre nicht gekommen. Ich hätte auf meine Zweifel hören und brav auf der Party bleiben sollen. Natürlich mag er mich nicht, er hält mich für eine Idiotin.

»Ich weiß gar nicht, ob ich die Vergangenheit vergessen will«, sagt Dan ruhig.

»Natürlich«, entgegne ich und beiße mir auf die Unterlippe. »Ich wollte ja auch nur … na ja, ich meine, es tut mir Leid, dass ich dir so viele Probleme gemacht habe und … ich glaube, ich gehe jetzt besser …«

»Ich will die Vergangenheit nicht vergessen …«, wiederholt Dan, hält mich am Handgelenk fest, als ich mich zum Gehen wende, und dreht mich wieder zu sich herum, »denn es gibt da gewisse Momente, an die ich mich ganz gerne erinnere …« Der feste Griff um mein Handgelenk wird gelockert; ich kann spüren, wie sein Daumen zart auf meinem überaktiven Puls ruht.

Ich zwinge mich aufzusehen und blicke ihm hoffnungsvoll in die Augen. Ich kann kein sarkastisches Grinsen sehen, keinen hämischen Blick, keinen Vorwurf. In seinem Lächeln liegt ein Ausdruck von, fast würde ich sagen, *zärtlicher* Zuneigung. Ganz sacht legt er die Fingerkuppen auf meine Lippen und lässt sie dann über mein Kinn und meinen Hals gleiten, bis seine Hand sanft meine Kehle umschließt.

»Du bist so schön«, flüstert er, »so mutig und loyal, und manchmal auch so eine totale und vollkommene … *Idiotin.*« Das letzte Wort stößt er beinahe laut hervor. Dann schüttelt er den Kopf und beißt sich auf die Unterlippe. »Du kannst einen auf die Palme bringen, Ollie Tate, und wie. Es gab Zeiten, da hätte ich dich am liebsten erwürgt.« Ich spüre, wie seine Fingerspitzen bei diesen Worten meine Kehle ganz sanft drücken und registriere zufrieden, dass das Feuerwerk in meinem Magen gerade zu einer Vorführung ansetzt, die der zur Jahrtausendwende Konkurrenz machen könnte.

»Du warst wie der Fuchs in der Falle, der über die Hand des armen Trottels herfiel, als er versuchte, dich zu befreien …« Er verstummt, doch obwohl er die Stimme leicht erhoben hatte, schwang darin kein Ärger mit, nur heitere Resignation.

»Würde es dir helfen, wenn ich verspreche, nicht zu beißen?«, entgegne ich, neige den Kopf und nehme kurz und mit großer Vorsicht die Spitze seines Mittelfingers zwischen die Zähne. Ich spüre, wie Dan erschaudert, als ich die Berührung in einen gehauchten Kuss umwandle, bevor ich wieder zu ihm aufsehe.

»Bist du dir auch ganz sicher, dass du das willst, Ollie?«, fragt er zögernd. »Bei allem, was zwischen uns gelaufen ist, müssten wir uns eigentlich hassen …«

»Tja, wir werden wohl noch so manches Mal miteinander streiten«, scherze ich und schnappe nach Luft, als seine Finger von meinem Hals über die empfindsame Stelle darunter gleiten und meine Brüste streifen, als er den Arm um mich legt.

»Und dann eine Menge Zeit damit verbringen, uns wieder auszusöhnen«, fährt er fort. Jetzt legt er auch den anderen Arm um meine Taille und zieht mich sanft an sich.

»Es tut mir Leid«, hauche ich und lasse meine eigenen Arme unter seinen hindurchgleiten.

»Was?«

»Dass ich so lange gebraucht habe, um zu erkennen …«

»Es gibt da eine Möglichkeit, wie du es wieder gutmachen kannst …«, flüstert er zärtlich. Sein Mund ist so nahe vor meinem, dass ich spüren kann, wie sein warmer, süßer Atem beim Sprechen über meine Lippen streicht. »Frag mich …«

»Was soll ich dich fragen?«, entgegne ich in gespielter Unschuld.

»*Frag* mich, Ollie …«, flüstert er, und seine Hände gleiten spielerisch von meiner Taille hinunter und über die Rundung meines Hinterns. »Bitte. Denn dieses Mal weiß ich, dass es dir ernst ist …«

»Wenn du das Handtuch wegwirfst, könnte das meine Bereitschaft erhöhen«, ziehe ich ihn kühn auf und fahre überrumpelt zurück, als er ohne ein Wort durchtrieben grinst, mich loslässt und das Handtuch zu Boden fallen lässt.

Ich starre ihn einen Augenblick lang mit offenem Mund an. Völlig unerschrocken hält er meinem Blick stand. Ein glückseliges Lächeln breitet sich auf meinem Gesicht aus. »Also, wenn das so ist … wie um alles in der Welt kann ich da noch Nein sagen?«

Ich breche förmlich auf dem Bett hinter mir zusammen, da meine Knie zu diesem Zeitpunkt etwas weich sind, und winke ihn mit gekrümmtem Zeigefinger herbei, damit er sich neben mich setzt.

»Und«, frage ich ihn und sehe ihn genauso kühn und herausfordernd an wie er mich, »willst du mir denn keinen Gutenachtkuss geben…«

Rendezvous zu dritt

Aus dem Englischen von
Bärbel und Velten Arnold

Kapitel 1

»O Emmeline, Liebste, von jetzt an werden wir nie wieder voneinander getrennt sein. Ich schwöre es!« Emmeline spürte ihr Herz flattern wie einen kleinen Vogel in einem vergoldeten Käfig, als Brett sie an seine kräftige Brust zog und sie in seine muskulösen Arme schloss. Dann berührten seine warmen Lippen ihren Mund, um ihr den ersten, lang ersehnten Kuss zu geben. In ihr wallten überwältigende Gefühle auf, und sie glaubte… sie glaubte…«

»Mist!«

Der dramatische Höhepunkt hat mich so aufgekratzt, dass ich vor lauter Rührung auf meine Tastatur sinke und verzweifelt die Worte auf meinem Bildschirm anstarre.

Das passiert mir jedes Mal.

Ich quäle mich jetzt schon seit zwei Wochen damit herum, das letzte Kapitel meines Buches zu Ende zu bringen, und immer wenn ich zum großen emotionsgeladenen Finale komme, klingelt das verdammte Telefon. Dieses schrille, nervtötende, hartnäckige Gebimmel, das mich jedes Mal an meinen furchtbaren Wecker erinnert, der mich allmorgendlich aus meinen süßen Träumen und meinem kuscheligen Bett reißt.

Wenn du zu Hause arbeitest, hast du es verdammt schwer – erst recht, wenn du einer Arbeit nachgehst, die weder von deinen Freunden noch von deiner Familie besonders ernst genommen wird. Alle nehmen an, dass ich nach Belieben jederzeit alles stehen und liegen lassen kann, um ein bisschen zu plaudern, mich mit ihnen zu treffen oder kleine Besorgungen für sie zu erledigen. Abgesehen von den unzähligen anderen Dingen, deren einziger Sinn darin besteht, mich abzulenken, wie zum Beispiel der Kühlschrank oder der Fernseher, die mich in schöner

Regelmäßigkeit verführen wie die Sirenen die liebeshungrigen Seeleute mit ihrem betörenden Gesang.

Daher meine wachsende Wut auf das Kommunikationsmittel, das angeblich der beste Freund der meisten meiner Artgenossinnen ist: das verdammte Telefon.

Ich recke trotzig das Kinn vor, ziehe meine Augenbrauen missbilligend zusammen und weigere mich, meinen Stuhl zu verlassen. Stattdessen warte ich, bis der Anrufbeantworter im Wohnzimmer anspringt. Drei Sekunden später schallt die schwachsinnige Ansage durch unsere große Wohnung. Wir haben sie während unseres letzten gemeinsamen Trinkgelages in der WG aufgenommen.

»Hallooo! Du bist bei Lucy (Mitbewohnerin Nummer eins), Jude (meine Wenigkeit) und Callum gelandet (Mitbewohner Nummer zwei, der seinen Namen aus einiger Entfernung brüllt und, wenn ich mich recht erinnere, zu dem Zeitpunkt gerade mit seinem Lockenkopf kopfüber über der Balkonbrüstung hing und dem trüben Wasser der darunter fließenden Themse gefährlich nah war).«

Dann übernimmt wieder Lucy. »Tut mir Leid, aber wir können zurzeit nicht ans Telefon gehen, weil wir alle so voll sind wie Quartalsäufer bei einer Weinprobe und unsere Beine und Köpfe ihren Geist aufgegeben haben. Also hinterlass uns bitte nach dem Signalton eine Nachricht.«

Anstelle eines Pieptons ertönt nach der Ansage ein langer, Ekel erregender, aus Callums Tiefen hervorgewürgter Rülpser, der ihm herausrutscht ist, als er sich zurück über die Brüstung geschwungen hat und ins Wohnzimmer zurückgetorkelt ist. Nach unserer Sauferei hatte er den Gesetzen der Schwerkraft trotzen wollen, weil es ihm angeblich den Magen umgedreht hatte.

Nach dem Rülpser meldet sich eine vertraute fröhliche Stimme.

»Hallo, Jude! Ich bin's, Lucy Lästig. Könntest du vielleicht so lieb sein und meine Unterwäsche aus der Waschmaschine nehmen? Schmeiß sie einfach in den Trockenschrank, Darling, sonst vergesse ich sie noch und gehe heute Abend ohne Höschen weg, und das wäre ziemlich unangebracht, weil ich mit meiner Mutter zu Abend esse, findest du nicht? Tausend Dank! Bis später dann. Ach, was ich noch sagen wollte – ich hoffe, du kommst mit deinem Buch voran.«

Nein, komme ich nicht.

Das heißt doch, aber nur, bis Lucy mich unterbrochen hat. Aber sie ist eine der wenigen, die das dürfen, ohne mich zur Weißglut zu bringen.

Lucy ist nicht nur meine Mitbewohnerin, sondern auch meine beste Freundin und Mitinsassin dieser Irrenanstalt, die sich mein Leben nennt. Wir sind seit der sechsten Klasse Freundinnen, und zwar die dicksten Freundinnen, die man sich vorstellen kann, und das, obwohl ich meinen Wirtschaftsleistungskurs in der Oberstufe nach dem zweiten Trimester geschmissen habe und stattdessen meinem unerschütterlichen Drang gefolgt bin, Schriftstellerin zu werden. Lucy hingegen ist standhaft geblieben, hat einen beneidenswerten Abschluss hingelegt und danach an der City University Wirtschaft studiert, während ich mich mit unzähligen Nullachtfünfzehn-Jobs über Wasser gehalten und mich bemüht habe, die nächste große Neuentdeckung in der literarischen Welt zu werden.

Die Schlussszene meines Buches deutet vermutlich schon darauf hin – ich trete zurzeit eher in die Fußstapfen von Barbara Cartland als in die Barbara Taylor-Bradfords, allerdings habe ich nicht auch nur annähernd den gleichen monumentalen Erfolg. Na ja, *so* schlecht bin ich auch nicht. Gerade schreibe ich an meinem Kitschroman Nummer drei, der den viel versprechenden Titel *Flammende Herzen* trägt. Wie ich gehört habe, finden meine Herz- und Schmerzgeschichten vor allem bei der Grauhaarbrigade und den Teekränzchendamen reißenden Absatz. Dafür bin ich den alten Ladys auf immer und ewig dankbar, denn ich verdiene genug, um einigermaßen über die Runden zu kommen – mit etwas, das mir am meisten Spaß macht.

Wenn ich ganz ehrlich bin, muss ich natürlich zugeben, dass ich mich eigentlich nie als Romanzenschreiberin gesehen habe. Eigentlich hatte ich es eher auf Booker- und Pulitzerpreise abgesehen – und das sollte erst der Anfang sein; Kingsley Amis statt Kitsch und Amour, aber was soll ich dagegen machen, ich habe nun mal ein natürliches Talent für etwas, was Callum liebenswürdigerweise »Gefühlsduselei« nennt. Das kann ich doch nicht einfach ignorieren, oder? Ich meine, ich sollte mich darauf einlassen und mir dieses Talent zunutze machen. Und genau das tue ich. Zumindest dann, wenn ich nicht permanent von irgendwelchen Störenfrieden unterbrochen werde.

So bin ich wieder einmal abrupt aus meinen Gedanken gerissen worden und fühle mich jetzt wie eine umgeschossene alte Blechdose in einer Schießbude. Einigermaßen verärgert trotte ich in unsere silberne Weltraumküche und versuche, die Waschmaschine zu lokalisieren, die sich, genauso wie der Kühlschrank und der Geschirrspüler, hinter einer glänzenden Wand aus Aluminiumtüren verbirgt.

Lucy, Callum und ich leben im Erdgeschoss einer großen alten Fischfabrik auf der Isle of Dogs, direkt am Ufer der Themse. Das alte Fabrikgebäude gehört Edwin, Lucys älterem Bruder. Es war in den Siebzigerjahren von einem fortschrittlich denkenden, Kaftan und Jesuslatschen tragenden Hippie umgebaut worden, der daraufhin in den Achtzigern zu einem der reichsten Immobilienmakler Londons wurde und als der inoffizielle Erfinder des »Loft-Apartments« glücklich und zufrieden seine bunten Perlenschnüre gegen Bossanzüge eintauschte. Gott sei Dank erinnert heute nur noch der Name des Gebäudes, »Peace House«, an die glücklichen Hippiezeiten.

Der ultratrendige Edwin jedenfalls hat die türkisch gemusterten Tapeten und die lila und gelb karierten Teppiche sofort entfernen lassen, und jetzt ist unser Peace House der Inbegriff minimalistischer Eleganz.

Das Haus ist riesig. Drei Etagen weiß getünchte Backsteinwände, sichtbare Deckenträger und dicke, von oben bis unten durchgehende Stützpfeiler aus Stahl, die dir höllische Kopfschmerzen bescheren, wenn du in trunkenem Zustand mit einem von ihnen kollidierst – ein Zustand, in dem sich die Bewohner unseres Haushalts relativ häufig befinden, wie ich leider zugeben muss.

Die mittlere und obere Etage bewohnt Edwin.

In einem Angeberpalast, der einiges über den Bewohner aussagt: jung, begabt und stinkreich. Außer ein paar eher modernistischen Stücken stehen keine weiteren Möbel in der Wohnung. Dafür hängen an den Wänden jede Menge Fotos und moderne Kunstwerke, und natürlich ist sein Reich mit der teuersten Lautsprecheranlage von Bang & Olufsen ausgestattet, mit der jeder Raum beschallt werden kann.

In der unteren Etage wohnen Lucy, Callum und ich.

Wir stehen definitiv nicht auf die spartanische Masche. Unsere Wohnung zeichnet sich eher durch eine behagliche, gemütliche Unordnung aus. Unsere Möbel sind bunt zusammengewürfelt, die meisten Stücke haben uns irgendwelche netten Verwandten großzügig überlassen, und die vielen kleinen Accessoires sind die Beute unserer sonntäglichen Streifzüge über die eher unbekannten Flohmärkte Londons.

Edwin nennt uns die Ratten im Keller.

Edwin ist kein besonders netter Typ. Unser Teil des Hauses ist in eine Wohnung mit drei Schlafzimmern umgewandelt worden. Die Miete liegt knapp unter dem Durchschnitt, wofür wir im Gegenzug das Haus verwalten, wenn Edwin, der hypererfolgreiche Jetset-Fotograf, der seine Models vögelt, außer Landes ist. Glücklicherweise kommt das ziemlich häufig vor, er ist wirklich kein angenehmer Zeitgenosse.

Wenn man bedenkt, dass zu dem inoffiziellen Hausmeister-Job auch noch die Pflege von dreißig vampirähnlichen tropischen Fischen gehört, die vornehmlich auf rohes Fleisch stehen, und dass wir auch noch für eine manisch-depressive englische Bulldogge namens Victor Meldrew den Babysitter spielen müssen, die alles vertilgt, das auch nur im Entferntesten nach Essen aussieht, dann hätten wir eigentlich eine großzügigere Mietermäßigung verdient als läppische zehn Prozent.

Leider müssen wir uns darüber hinaus auch noch um Edwins spindeldürre, unter Wahnvorstellungen leidende Model-Freundin Katrina kümmern, die zwischendurch immer wieder angesagt ist, um gleich darauf wieder abgeschossen zu werden. Wir nennen sie die Zauberin, weil sie, obwohl sie behauptet, nie etwas zu essen, in Wahrheit nicht mit einer Schokoladentorte im Raum zurückgelassen werden kann, ohne dass die komplette Torte innerhalb von zehn Sekunden verschwindet.

Unterm Strich würde ich aber sagen, dass die Vorteile die Nachteile überwiegen. Trotz Edwins Unausstehlichkeit und seiner lästigen Angewohnheit, ständig irgendwelche unerwünschten Nervensägen bei uns abzuladen, ist diese Wohnung die schönste, in der Lucy, Callum und ich gelebt haben, seit wir von zu Hause ausgezogen sind, und wir haben es noch nie so lange irgendwo ausgehalten wie hier. Wir haben sogar unseren eigenen Balkon, von dem Callum sich gelegentlich herabhängen lässt, mit Blick auf die Themse.

Schließlich gelange ich zur Waschmaschine, befördere aus ihrem dunklen Inneren einen großen Klumpen nasser Unterwäsche zu Tage und bringe ihn in unser palastartiges Badezimmer. Dort klatsche ich das nasse Knäuel ziemlich ungnädig auf das einzige Brett im Trockenschrank, auf dem noch ein bisschen Platz ist, ein bunter Haufen Spitzen- und Satinslips in den exotischsten Farben, die Lucy ihre Abschlepphöschen nennt. Ich schließe die Tür, doch ein paar Sekunden später gehe ich mit schlechtem Gewissen zurück und drapiere alles ordentlich zum Trocknen über die Stäbe.

Wir leben jetzt seit gut eineinhalb Jahren in dieser schicken Hightech-Luxusbude, aber seitdem Lucy und ich mit achtzehn von zu Hause ausgezogen sind, haben wir uns schon etliche, gelinde gesagt »ästhetisch nicht ganz so ansprechende« Wohnungen geteilt.

Die ersten vier Jahre nach meinem Abgang vom College habe ich mich mit allen möglichen miserablen Jobs durchgeschlagen, aber ich hatte immer Geld (wenn auch nicht viel), wohingegen Lucy als arme Studentin nie welches hatte. Jetzt ist es andersrum.

Die hübsche Lucy bezeichnet sich immer als das Stiefkind ihrer Familie. Ihre Familie ist stinkreich, aber die silbernen Löffel hat sie nicht etwa einer üppigen Erbschaft zu verdanken, sondern sie musste sich ganz schön die sauer verdienten Kaschmirsocken abwetzen, um dahin zu gelangen, wo sie heute ist. Lucys Vater war Geschäftsmann und ist gestorben, als sie fünf war, woraufhin ihre herrische, äußerst kompetente Mutter die Leitung des familiären Textilunternehmens übernommen hat und dabei erfolgreicher war als ihr verstorbener Ehemann es je für möglich gehalten hätte, geschweige denn er es selbst war. Und ihr Bruder ist auf bestem Wege, in die Fußstapfen eines Rankin, Helmut Lang oder Mario Testino zu treten und zu einem der am meisten gefragten Fotografen des Jahrhunderts aufzusteigen. Edwin ist absolut angesagt.

Natürlich will Lucy nichts davon hören, aber sie ist genau auf dieser Erfolgsschiene, die für ihre Familie so typisch ist. Angefangen hat sie als Werbetexterin, doch inzwischen ist sie in der Werbeagentur, in der sie arbeitet, das unbestrittene Ass. Sie könnte dem Papst Haschisch andrehen, dem Londoner Zoo Elefantenkacke unterjubeln und dem glatzköpfigen Duncan Goodhew Shampoo verkaufen. Dementsprechend streicht sie inzwischen ein fettes Gehalt ein, eins, das angemessen ist, wenn man sich acht Jahre lang für eine Firma den Arsch aufgerissen hat.

Ich hingegen erfreue mich nur dann des vorübergehenden Gefühls, reich zu sein, wenn mein Verlag mir einen Vorschuss überwiesen hat. Dann verprasse ich mein Geld und muss mich schließlich über die Runden quälen, bis die nächste Rate kommt. Das ist auch der Grund, weshalb ich unbedingt mein Buch zu Ende bringen muss.

Nachdem ich Lucys Unterwäsche aus der Maschine geholt und aufgehängt habe, widerstehe ich der Versuchung, mich durch das nachmittägliche Fernsehprogramm zu zappen, und steuere mein Zimmer an, um mich wieder in meine Arbeit zu vertiefen. Ich lasse mich an meinem Schreibtisch nieder, der in der hintersten Ecke meines Zimmers, in »meinem Büro« sozusagen, steht… »Mein Büro« besteht aus einem Schreibtisch, einem Computer, einem Ständer für Stifte, in dem sich zwei Kugelschreiber und eine einzelne Büroklammer befinden, die mir jemand zugeschickt hat, sowie einer Topfpflanze namens Cyril, mit der wahrscheinlich noch mehr gesprochen wird als mit den königlichen Bewohnern des Gewächshauses von Prince Charles in Highgrove.

Über meinem Schreibtisch befindet sich ein Regal, das aussieht wie das einer »richtigen Romanschriftstellerin«; es beinhaltet ein paar Exemplare meiner ersten beiden Romanzen *Lust in der Morgendämmerung* und *Lügen und Begierde*, mein persönlicher Favorit; außerdem ein Thesauruslexikon, ein Wörterbuch, ein drei Jahre altes Schriftsteller- und Künstlerjahrbuch sowie etliche Kisten mit Briefen und Vertragskopien. Der Inbegriff literarischer Effizienz.

Doch der Schein trügt, dieser Tempel der Schaffenskraft wird als Attrappe entlarvt, sobald jemand eine der Schubladen öffnet. Denn statt Manuskripten, Büroklammern, Tintenkartuschen, Briefumschlägen oder Druckerpapier enthält die erste Schublade meine Unterwäsche und die zweite das, was ich als das wichtigste Utensil einer Schriftstellerin erachte: einen großen Vorrat an Schokolade.

Ich lange in die Schokoladenschublade und hole eine frische Packung Jaffa Cakes hervor, für mich in etwa das Äquivalent zu Fisch, der ja bekanntlich hervorragendes Hirnfutter sein soll.

Dann wende ich mich wieder meinem Bildschirm zu, auf dem sich im Augenblick ebenfalls bunte Fische tummeln, und passend dazu blubbert es leise aus den Lautsprechern. Unterwasser-Bildschirmschoner. Ich bewege die Maus, um die Datei wieder auf den Bildschirm zu holen, und starre angestrengt auf die Textzeilen.

Wo war ich bloß?

Ach ja! Romantischer Held, sinnliche Heldin, eine herzzerreißende Knutschszene. Das turbulente Finale. Ich falte die Hände ineinander und strecke sie nach außen, überdehne meine Knöchel, bis sie knacken, dann hämmere ich erneut auf die Tastatur ein. Im Nu befinde ich mich wieder am Rand der Klippe, auf der mein Held und meine Heldin in der stürmischen Schlussszene endlich ihren Speichel austauschen werden. Es ist mein drittes Manuskript für die glorreiche Red-Rose-Romantic-Fiction-Reihe.

Eng anliegender Samt, bebende Brüste, Reiterhosen und vor Begierde rasende Herzen.

»Oh, Emmeline!«

»Oh, Brett!«

OH, VERDAMMT! Schon wieder das Telefon.

Mordlustig starre ich es an, als ob es ein böser Dämon wäre, der gerade aus der Unterwelt aufgestiegen ist, um mir mit furchtbaren, sadistischen Foltermethoden den Nachmittag zu zerstören. Für einen Augenblick spiele ich mit dem Gedanken, den Apparat in unserer geräumigen Mülltonne in der Küche zu versenken.

Ich zerdrücke die Packung Jaffa Cakes mit der rechten Hand wie eine Antistresskugel und spule, hin- und hergerissen, ob ich drangehen soll oder nicht, mein gewohntes Mantra ab. »Verdammt, verdammt, verdammt, verdammt, verdammt ...

Bei meinem sechsten Fluch springt der Anrufbeantworter an. Es ist Callum, und er klingt so aufgekratzt, als hätte er vor seinem Anruf einen Heliumballon verschluckt.

»Hi, Jude. Ich bin's, Cal. Es ist Mittag, es regnet, und ich sterbe vor Hunger. Außerdem langweile ich mich zu Tode. Mein Boss, der ja eigentlich immer nett ist, stresst heute ziemlich rum und zeigt mir die Arschkarte. Er lässt mich nicht essen gehen. Und du bist auch nicht gerade nett. Warum gehst du nicht dran, wenn ich UNBEDINGT mit dir reden muss? Aber ich mag dich trotzdem, vor allem, wenn du heute Abend was Schönes kochst, denn sonst krieg ich heute gar nichts mehr zwischen die Zähne …«

Callum hält sich offenbar den Hörer an den Bauch, um sein Magenknurren zu demonstrieren.

»Und ich muss heute unbedingt noch etwas in den Magen bekommen. Weißt du, warum?«

Eine dramatische Pause, und dann dröhnt Callums Stimme plötzlich in voller Lautstärke aus dem kleinen Telefonlautsprecher. »Ich habe ein Date! Ich habe ein Date!«

Schockiert lasse ich meine Packung Jaffa Cakes fallen.

»Jude, Honey, du bist doch nicht etwa in Ohnmacht gefallen, oder? Also, ehrlich, Jude, es stimmt, was ich dir sage. Oh, sieh da, gerade ist ein Schwein an meinem Fenster vorbeigeflogen … Hättest du es je für möglich gehalten, dass ich das noch erleben würde?«

Idiotisches Gekicher.

»Wenn du eine von deinen großartigen Shepherd's Pies machen könntest, wäre das WUNDERBAR. Ein paar dicke Knutscher, du bist die Beste … Nein, die Knutscher nehme ich lieber zurück, die brauche ich ja vielleicht noch für später, man kann ja nie wissen, und eine Dreierpackung Pariser nehme ich auch mit … drei Jahre sexuelle Frustration, die endlich abgebaut werden muss. Ich bin zu allem bereit …«

Plötzlich flüstert er weiter.

»Oje! Mein stressiger Boss – ich muss aufhören. Ach, noch etwas. Könntest du vielleicht so lieb sein und mein bestes blaues Hemd für mich in die Waschmaschine stecken? Ein bisschen dreist, ich weiß, aber es ist wirklich ziemlich zerknittert und mit

Ketchup bekleckert, seitdem du letztes Wochenende auf der Kirmes einen Hot Dog nach mir geworfen hast... Ich liebe dich. Ciao, und danke schon mal!«

Der Anrufbeantworter schaltet sich gerade in dem Moment aus, als ich abnehmen will.

Was für eine sagenhafte Neuigkeit! Endlich mal ein Anruf, für den es sich glatt gelohnt hätte, meinen hektischen – ha ha! – Arbeitstag zu unterbrechen.

Dass Callum ein Date hat, kommt so selten vor wie ich einen Jaffa Cake ablehne. Und Callum ist kein trotteliger Schwächling, im Gegenteil: Er sieht super aus, ist sportlich und lustig und absolut liebenswert. Das Problem ist nur, dass er so tuntenhaft ist, dass ihn jeder für schwul hält. Das kommt nicht von ungefähr: Seine Augenwimpern sind deutlich länger als meine, seine Wangenknochen so ausgeprägt, dass man Käse darauf rösten könnte, und mit seinem Schmollmund könnte er mühelos Brigitte Bardot den Rang ablaufen. Er geht noch lieber shoppen als Lucy, er ist ein noch schlimmeres Klatschmaul als ich, und, als ob das noch nicht ausreichen würde, er ist einer dieser Menschen, die beim Reden auf Körperkontakt stehen. Sein Lieblingsfilm ist *Magnolien aus Stahl* und sein Lieblingssänger George Michael. Kein Wunder also, dass viele Leute glauben, er sei vom anderen Ufer. Dabei ist er in Wahrheit ein hundertprozentiger Hetero.

Lucy und ich haben uns anfangs auch geirrt. Deshalb waren wir regelrecht schockiert, als eines Morgens, kurz nach seinem Einzug in unsere Wohnung, eine hübsche Blondine aus seinem Schlafzimmer spaziert kam, die bis auf ein kleines Handtuch, in das sie sich notdürftig gehüllt hatte, völlig nackt war, worauf sich Lucy prompt beschwerte, warum sie nicht von Anfang an gewusst habe, dass er hetero sei.

Leider hatte Callum seitdem kaum noch nächtliche Besucherinnen, was seinem armen angeschlagenen Ego nicht gerade gut getan hat.

Lucy und ich kennen Cal jetzt seit ungefähr acht Jahren. Bei unserer ersten Begegnung arbeitete er als Kellner in einem der angesagten Cafés in Soho, ganz in der Nähe des Groucho Clubs.

Als wir jünger und noch leichter zu beeindrucken waren, haben Lucy und ich unsere hart verdienten Kröten bevorzugt in diesem Café verprasst, weil es von Pressefritzen, Pornostars und sexy Großstädtern in teuren Anzügen nur so wimmelte, die wir während unserer Mittagspause anhimmeln konnten. Und wenn sich tatsächlich mal ein halbwegs bekannter Pop- oder Filmstar sehen ließ, hatten wir guten Stoff für den normalerweise ziemlich langweiligen Nachmittagsklatsch im Büro. Für einen Mochachino muss man dort fast einen Fünfer auf den Tisch legen – das ist eben der Preis fürs Posieren und Sehen und Gesehenwerden. Ich habe noch nie Leute so lange an einer Tasse Kaffee herumnippen sehen wie dort; jeder hebt den letzten Schluck auf, so lange es geht, als ob es sich inmitten einer schlimmen Ölkrise um den letzten Tropfen Benzin im Tank handelte.

Während der zahllosen Stunden, die wir dort an unserem Lieblingsplatz herumlungerten, lernten wir Callum unweigerlich ziemlich gut kennen; schließlich war er der schnuckeligste Kellner, den das Café Culture je beschäftigt hat. Nach einer Weile konnten wir uns darauf verlassen, dass er uns informierte, sobald irgendjemand Interessantes der Versuchung des Koffeins erlegen war. Außerdem schenkte er uns, immer wenn sein Chef gerade nicht hinsah, gratis Kaffee nach, was wir besonders zu schätzen wussten, wenn Lucy auf den letzten Pennys ihres Gehalts herumrutschte und ich inständig auf den nächsten Zahltag wartete.

Nach gut einem Jahr war Cal für uns mehr ein Freund als der Kellner unseres Stammcafés. Als er uns einmal steckte, dass Hugh Grant erwartet würde, und wir daraufhin bei ihm einkehrten, begegneten wir zwar keinem Hugh, dafür aber war unser sonst immer so glücklicher Freund ein Häufchen Elend, weil sein Vermieter ihn vor die Tür gesetzt hatte und er sich schon in einem Karton unter einer Brücke schlafen sah.

An die Einzelheiten erinnere ich mich nicht mehr, aber schließlich nahmen wir ihn mit zu uns nach Hause, und seitdem wohnt er bei uns. Das Badezimmer und die Fernbedienung des Fernsehers beansprucht er so gut wie für sich allein, was Lucy und mich regelmäßig in den Wahnsinn treibt, und auch die Küche hat er mehr oder weniger zu seinem Privatreich erklärt, worüber wir uns allerdings nicht im Geringsten beklagen, da er ein hervorragender Koch ist. Außerdem hat er die seltene Eigenschaft, gerne zu putzen, womit er meine und Lucys Aversion gegen jegliche Hausarbeit auf angenehme Weise ausgleicht.

Manchmal jobbt er auch heute noch stundenweise im Café und verdient sich dort ein kleines Zubrot, aber ich habe es tatsächlich geschafft, ihn an meinem ehemaligen Arbeitsplatz unterzubringen, nachdem ich endlich gekündigt hatte, um mich ganz dem Schreiben zu widmen. Er macht seinen Job als persönlicher Assistent des Chefs unglaublich gut – des besten Chefs übrigens, mit dem ich während meiner zahlreichen öden Büro-Jobs zu tun hatte. Rodney Bell, der durch und durch sexistische und doch irgendwie ganz süße Managing Director von Magnum Records (klingt großartig, sie produzieren in Wahrheit aber nur Werbe-Jingles fürs Radio), war alles andere als leicht zu überreden, einem männlichen Assistenten eine Chance zu geben.

Aber inzwischen nennt er Cal seinen »kleinen Schatz« und schwört Stein und Bein, ohne ihn nicht mehr leben zu können. Auch das ist natürlich im Hinblick auf Cals Sexualleben beziehungsweise seinen Ruf nicht gerade förderlich.

Cal ist in seinem Job wirklich exzellent, allerdings wäre nach meiner Inkompetenz wahrscheinlich jeder x-beliebige Nachfolger eine Bereicherung für meinen Ex-Chef gewesen. Wenn ich ehrlich bin, habe ich die Stelle wohl eher wegen meines Sinns für Humor und vielleicht auch wegen meiner langen Beine bekommen, aber bestimmt nicht wegen meines Organisationstalents.

Nicht dass ich vollkommen ineffizient wäre, so ist es nicht.

Wenn ich mir etwas in den Kopf setze, arbeite ich sehr konzentriert daran, aber alles, was auch nur im Entferntesten mit Zahlen und Wirtschaft zu tun hat, interessiert mich einfach nicht. Wenn Rodney mir zufällig über die Schulter gesehen hat, hat er mich eher beim heimlichen Skizzieren einer Idee für meine nächste Romanze oder beim Schreiben einer ausgedehnten Liebesszene ertappt als beim Tippen irgendwelcher Sitzungsprotokolle oder Memos. Ich weiß zwar, dass er mein endloses Repertoire an schmutzigen Witzen und unsere stundenlangen Gespräche über das Leben, das Universum und all solche Dinge schmerzlich vermisst, aber seitdem Cal für ihn arbeitet und ich meine Bücher zu Hause statt auf Kosten der Firma schreibe, kommt er mit der Arbeit definitiv schneller voran.

Mein drittes Buch ist fast fertig.

Mein Held und meine Heldin haben ihre Dramen, Traumata und Missverständnisse hinter sich, haben die unvermeidlichen Hindernisse glorreich überwunden und sind jetzt bereit für das Finale, bei dem Miss Zauberbraut und Mr. Lustmolch es endlich miteinander treiben. Auf sehr vornehme und ritterliche Art natürlich, in meinen Büchern gibt es weder raketenartige Ständer noch feuchte Fummelei im Schritt, sondern allenfalls leidenschaftlich dahinschmelzende Blicke, pochende Herzen, Andeutungen und Anspielungen. So ähnlich wie im richtigen Leben, nur dass in meinem die leidenschaftlich dahinschmelzenden Blicke und die pochenden Herzen fehlen. So viel zu meinem Liebesleben.

Wenn ich überhaupt erwäge, es zu beschreiben, muss ich mir eine Menge dichterischer Freiheit gestatten.

Seit zwei Jahren habe ich einen Typen: Jonathan. Stimmt nicht ganz, genau genommen hat Jonathan mich. Aber nur, wenn ihm danach ist. Was nicht besonders häufig vorkommt. Lucy nennt es Telefonsex. Jonathan ruft an, wir treffen uns und gehen ins Bett. Inzwischen kommt es gelegentlich sogar vor, dass wir gemeinsam einen Kaffee trinken, und ich glaube, er ist sogar einmal zum Frühstück geblieben, aber das war auch an einem langen Wochenende.

Eigentlich kann man unser Verhältnis gar keine Beziehung nennen. Wenn ich ihm vorschlage, doch mal gemeinsam etwas zu unternehmen, wie man das in einer Beziehung so macht, etwa ins Theater gehen, durch den Park spazieren oder ins Kino gehen, ist er nie um eine Entschuldigung verlegen, auch nicht, wenn *ich* mal *ihn* anrufe, um mich mit ihm zu verabreden.

Deshalb rufe ich ihn gar nicht mehr an.

Aber wenn er mich anruft, springe ich. Ich weiß, das ist idiotisch, aber ich kann nicht anders. Wahrscheinlich ist etwas dran an diesem alten Spruch, dass man immer das haben will, was man nicht kriegen kann.

Angefangen hat das Ganze mit Jonathan, als ich mich als Teenie in ihn verknallt habe. Er war ein Freund meines älteren Bruders, und ich hatte ihn schon jahrelang angehimmelt. Als wir dann irgendwann in einer größeren Gruppe unterwegs waren, bemerkte er endlich, dass ich nicht mehr elf war und keine Zahnklammer mehr trug. Da beschloss er, mich mit seinem Charme zu umgarnen und mir an die Wäsche zu gehen.

Das war der Beginn unserer gelegentlichen sexuellen Begegnungen – und an der Art unserer Beziehung hat sich bis heute nichts geändert. Vielleicht fühle ich mich auch ein bisschen zu ihm hingezogen, weil mir imponiert, was er macht.

Jonathan ist Dramatiker. Ein obskurer Denker, Channel-Four-Gucker, ein Intellektueller. Für ihn sind meine Romanzen vom Grabbeltisch Fish and Chips verglichen mit seiner Haute Cuisine, aber genau genommen hat er damit sogar Recht. Auch wenn er mir das nicht ständig auf so herablassende Art zeigen müsste, bin ich, was das schreiberische Talent angeht, nun mal ein Yugo und er ein Jaguar.

Vielleicht bin ich in gewisser Weise sein Groupie.

Er hat es in literarischen Kreisen zu einem Ansehen gebracht, für das ich mir ein Bein ausreißen würde. Aber wenn ich ehrlich bin, lechze ich zwar nach dieser Art von Bestätigung, bin aber andererseits glücklich und zufrieden mit dem, was ich tue. Ich schreibe gerne über ewige Liebe, Romantik und Leidenschaft.

Ich liebe die Liebe. Sie verheißt romantische Augenblicke und kann einem unglaubliches Glück bereiten, davon bin ich fest überzeugt.

Das Beste an meinem Job ist, dass ich in meiner Fantasie den perfekten Mann kreieren kann. Jede Frau würde sich doch gerne ihren eigenen Mann erschaffen, wenn sie könnte, oder etwa nicht?

Eigentlich tun wir das ja bereits als kleine Mädchen. Wir stellen uns irgendeinen Traumtypen vor und himmeln ihn an.

Unseren ganz persönlichen Märchenprinzen.

Wir wissen, welche Augen- und Haarfarbe er haben muss, womit er seinen Lebensunterhalt verdienen soll, was er mag und was nicht, ob er groß sein soll oder klein, stämmig, sexy, ein Muskelmann oder eine Memme, ein Athlet oder ein Faultier, ein Dickschädel oder ein Kerl mit dickem Schwanz oder ein Elternschreck. In unserer Fantasie entsteht eine Blaupause, auf deren Grundlage wir als Erwachsene unsere Auswahl treffen. Am liebsten wäre es uns natürlich, einen exakten Abzug unserer Blaupause zu finden.

Ich für meinen Teil habe meinen Märchenprinzen noch nicht gefunden, dabei suche ich ihn schon seit fünfzehn Jahren. Angefangen hat meine Jagd, als ich dreizehn war und meinen ersten BH bekam.

Früher habe ich mir immer vorgestellt, dass ich mit achtundzwanzig verheiratet sein und längst ein paar süße kleine Kinder haben würde. Ich kenne viele in meinem Alter, die schon unter der Haube und Mütter sind. Wenn ich meine Ex-Mitschülerinnen aus der Grundschule in ihren Großraumlimousinen mit einer Horde ausgewachsener Kinder auf den Rücksitzen durch die Stadt gondeln sehe, könnte ich manchmal durchdrehen.

Und was habe ich? Ich gehe auf die dreißig zu und bin immer

noch allein. Vor gerade mal hundert Jahren hätte ich komplett zum alten Eisen gehört, mit abgelaufenem Verfallsdatum, eine alte Jungfer.

Andererseits ist sogar die hübsche blonde Lucy trotz ihrer großen blauen Augen und ihrer schlanken Figur immer noch standhaft Single. Dabei ist sie der liebenswürdigste Mensch, den man sich vorstellen kann.

Dabei ist es keineswegs mein ultimatives Lebensziel, jemanden zu finden, mit dem ich mein Leben teilen kann, aber es wäre doch ganz schön, zur Abwechslung mal einen richtigen Menschen zu lieben, als immer nur die Liebe als solche toll zu finden.

Natürlich funktioniert die romantische Liebe im richtigen Leben oft nicht so, wie sie meiner Meinung nach funktionieren sollte. Wahrscheinlich ist das der Grund, weshalb ich meine eigenen Romanzen erfinde. Die haben nämlich immer ein Happy End. Und außerdem kriegen meine Heldinnen immer genau den Mann, den sie wollen.

Es läuft alles perfekt.

Sie meinen jedenfalls nicht, den Richtigen gefunden zu haben, nur um dann plötzlich jede Menge abstoßende Angewohnheiten an ihm zu entdecken. Es passiert ihnen nicht, dass selbst der Knackarsch und der intelligente Humor, auf den sie anfangs so abgefahren sind, sie plötzlich nicht mehr im Geringsten beeindrucken.

Die Helden in meinen Romanzen tragen weder drei Tage die gleiche Unterhose, noch glotzen sie hinter anderen Frauen her oder rennen nach jedem Streit zu ihrer Mutter (jawohl, auch die Männer in meinen Romanzen streiten, aber nur aus Spannungsgründen und als Vorspiel für geradezu atemberaubenden Sex). Die Helden in meinen Romanzen sind zu fünfundneunzig Prozent perfekt (ein paar Fehler müssen sie haben, das macht sie erst interessant), sie sind stark und sexy, fröhlich und einfach fantastisch – Männer, von denen Frauen eben träumen.

Ach, existierten sie doch nicht nur auf dem Papier!

Als Lucy und Callum zweieinhalb Stunden später nach Hause kommen, starre ich immer noch die letzten Zeilen auf meinem Bildschirm an. Selbst eine Monsterdosis Jaffa Cakes hat nicht ausgereicht, um meine komplette Hirnstarre zu lösen. Emmeline schmilzt immer noch in Bretts starken Armen dahin, und die letzte Szene steht immer noch aus.

Allerdings war ich nicht untätig: Ich habe in der Zwischenzeit die größte Shepherd's Pie zubereitet, die die Welt je gesehen hat, und Cals bestes blaues Hemd nicht nur gewaschen, sondern auch gebügelt.

Die schwere Wohnungstür knallt zu, und ich höre ein im Chor gesungenes »Hey, Jude«, der immer währende Running-Gag, mit dem ich lebe, seit ich denken kann. Das hast du davon, wenn deine Mutter ein eingeschworener Beatles-Fan ist.

Lucy kommt in mein Zimmer gerauscht, mit rosigen Wangen und wippendem Pferdeschwanz und wie immer über das ganze Gesicht strahlend. Als sie meinen stumpfen Blick sieht, betätigt sie an meinem Computer die Speicherfunktion, schaltet ihn aus, zieht mich mitsamt meinem Stuhl vom Schreibtisch weg und kippt mich aufs Bett. Dann wirft sie sich neben mich und öffnet die Riemchen ihrer Sandaletten.

Im Badezimmer läuft das Wasser. Cal scheint bereits zu duschen.

Lucy sieht mich an, als sie die Dusche hört, und grinst wohlwollend.

»Hast du schon gehört? Unser Cal hat heute Abend ein Date.«

»Ich weiß, er hat mich angerufen. Aber ich hab nicht abgenommen, weil ich eigentlich arbeiten wollte. Danach konnte ich mir kein einziges Wort mehr aus dem Hirn quetschen. Wahrscheinlich habe ich durch den Schock ein Brett vorm Kopf.«

»Kann ich verstehen«, mischt sich Callum ein. »Ich kann es ja selbst noch gar nicht fassen.«

Er kommt nach einer Blitzdusche, noch während er versucht

sich anzuziehen, aus seinem Zimmer in meins gehüpft, das linke Bein im rechten Hosenbein seiner verdrehten Levi's und sein Haar ein einziger feuchter Wirrwarr. »Aber ich würde sagen, nachdem sie schon mit jedem aus dem Büro ausgegangen ist, bin ich jetzt wohl endlich an der Reihe.«

Lucy zieht erstaunt eine Augenbraue hoch.

»Sadie«, weiht Cal mich ein.

»Er hat Recht«, erkläre ich Lucy und grinse. »Sie ist wirklich äußerst beliebt. Der Flur, der zu ihrem Büro führt, gleicht dem Ärmelkanaltunnel; es herrscht ein einziges Kommen und Gehen, die Marketing-Vertreter rennen ihr förmlich die Bude ein. Ein Wunder, dass der Flur noch nicht von französischen Lastwagenfahrern blockiert wurde.«

»Und mit der willst du ausgehen?«, fragt Lucy und tut so, als wäre sie entsetzt.

»Das macht sie reizvoller«, entgegnet Cal grinsend. »Vergiss nicht, wie lange ich nicht gevögelt habe.«

»Stimmt«, zwinkere ich ihm zu. »Du schlägst sogar meinen Rekord, und das will schon was heißen.«

»Mmm...« Bei der Erwähnung meiner nicht existenten Bettaktivitäten rümpft Lucy missbilligend die Nase. »Wann genau hast du Jonathan das letzte Mal gesehen?«

»Äh... vor genau drei Wochen, zwei Stunden und...« Ich tue so, als sähe ich auf die Uhr, »sechzehn Sekunden.«

Lucy schnauft empört, erhebt sich von meinem Bett und geht ans Fenster.

»Ich verstehe wirklich nicht, warum du ihn nicht endlich auf den Mond schießt.«

»Weil er intelligent ist«, erwiderte ich und eröffne unser übliches Wortgefecht.

»Das ist Ansichtssache«, kontert sie. »Du stehst mit deiner Ansicht ziemlich allein auf weiter Flur.«

»Sexy ist er auch.«

»Er sieht aus wie ein großer Schuljunge. Was ist daran sexy?«

»Und erfolgreich.«

»Ich würde sagen, er trägt etwas zu dick auf.«

»Kann es sein, dass du ihn nicht magst?«

»Da fragst du noch?« Sie dreht sich wieder zu mir um. »Nächstes Mal nehme ich lieber gleich den Holzhammer.«

Lucy und ich führen diese Diskussion nicht zum ersten Mal. Das Thema ist sozusagen ein Dauerbrenner. Eigentlich kommt die reizende Lucy mit jedem klar, nur nicht mit Jonathan.

»Ich kann ihn einfach nicht ausstehen«, fährt sie fort. »Und das weißt du ganz genau. Er ist ein aufgeblasenes Arschloch, das – wenn du Glück hast – einmal im Monat anruft, um mit dir zu vögeln und sein Ego ein bisschen aufzupeppen.«

»Er meldet sich öfter als einmal im Monat.«

»Ach wirklich?«

»Ja, jedenfalls wenn man alle Male zusammennimmt und den Durchschnitt ausrechnet ...«

»Er ist ja nicht mal gut im Bett«, fällt sie mir ins Wort.

»Woher willst du denn das wissen?«, fordere ich sie heraus.

»Das hast du mir selbst erzählt.«

Was soll ich darauf erwidern?

»Okay, okay, ist ja gut«, gebe ich mich geschlagen.

»Ist schlechter Sex besser als gar kein Sex?«, fragt Callum.

»Nein.« »Ja«, antworten Lucy und ich gleichzeitig.

Der Küchenwecker verkündet, dass meine Shepherd's Pie fertig ist.

»Gerettet«, nuschele ich vor mich hin, rolle vom Bett und flüchte zum Herd, um die Küchenchefin zu spielen und dem anklagenden und etwas herablassenden Blick meiner besten Freundin zu entgehen. Ich rede nicht gern mit Lucy über Jonathan, und zwar aus einem einfachen Grund: Ich weiß, dass sie Recht hat.

Jonathan ist ein Arschloch.

Dummerweise ist Jonathan gleichzeitig eine Art nordischer Robert Redford, nur jünger.

Er hat goldblondes Haar, das immer irgendwie perfekt und zugleich zerzaust aussieht. Wie er diesen bewussten Stilbruch hinkriegt, ist und bleibt mir ein Rätsel. Seine eisblauen Augen passen perfekt zu seiner Art: Mal ist er unterkühlt und dann wieder geradezu rührend. Ich finde diese Distanziertheit auf seltsame Weise anziehend, auch wenn sie mich gleichzeitig total einschüchtert. Irgendwie verfügt er über die außergewöhnliche Fähigkeit, mich zu erregen und gleichzeitig dafür zu sorgen, dass ich mich unbehaglich fühle. Für Freud wäre es sicher eine Riesenherausforderung gewesen, die Gefühle zu analysieren, die Jonathan bei mir auslöst.

»Du hast etwas viel, viel Besseres verdient!«

Lucys Predigt nimmt kein Ende. Sie folgt mir in die Küche.

»Wieso darf Cal eigentlich mit Sadie ausgehen, ohne sich Vorhaltungen anhören zu müssen? Er hat doch auch nichts anderes im Sinn als Sex.«

»Das stimmt nicht ganz«, protestiert Cal, der Lucy gefolgt ist und anfängt, den Tisch zu decken. »Ich finde sie auch ganz hübsch und clever und witzig, und überhaupt – ich mag sie, wirklich.«

»Aha«, entgegne ich.

Lucy grinst selbstgefällig, aber das »Siehst du?«, das ihr auf den Lippen liegt, verkneift sie sich.

»Versteht ihr mich denn nicht?«, versuche ich mich noch einmal zu rechtfertigen. »Es ist Freitagabend, Cal hat ein Date, du, Lucy, ebenfalls, und ich hocke wie immer allein zu Hause, sehe mir die x-ten Wiederholungen von *Friends* und *Frasier* an, und wenn der Abend vorbei ist, erwartet mich mein kaltes leeres Bett ...«

Cal tut so, als würde er auf einer Geige fiedeln.

»Falls Jonathan mich also anrufen sollte«, beende ich meinen Satz und werfe Cal einen missbilligenden Blick zu, »werde ich also sicher nicht so dumm sein und ihn abblitzen lassen.«

»Die Betonung liegt auf *falls*«, wirft Lucy ein, »und vor allem auf *dumm*. Und was mich anbelangt, würde ich meine heutige Verabredung nicht gerade als Date bezeichnen. Mit der Mutter essen zu gehen, ist doch wohl kein Date, oder?«

»Erst recht nicht mit *deiner* Mutter«, stellt Cal fest und schüttelt sich angewidert, während er sich am Tisch niederlässt.

»Du kannst mich gern begleiten«, bietet Lucy mir allzu bereitwillig an. Nach meinem wehleidigen Gejammer über den mir bevorstehenden Singleabend hat sie die Chance gewittert, mich rumzukriegen. Meine Augen weiten sich erschrocken, und Cal wirft mir einen verständnisvollen Blick zu.

Klar könnte ich sie begleiten, aber das werde ich ganz bestimmt nicht tun.

Lucys Mutter ist furchtbar. Sie raubt mir den letzten Nerv. Nicht dass sie gemein wäre oder etwas in der Richtung. Jedenfalls nicht im eigentlichen Sinne des Wortes. Sie ist eine dieser schrecklichen, immer fröhlichen Frauen, die man von den Ansagen auf dem Kinderkanal kennt. Diese dauergrinsenden Moderatorinnen, die aussehen, als hätten sie eine Hand voll Glückspillen geschluckt und als hätte man ihnen die Botox-Spritzen ein bisschen zu tief reingejagt. Sie grinsen so breit, dass es einen regelrecht gruselt.

Lucys Mutter gehört zu jener Sorte, die immer steif und fest behaupten, alles sei bestens, selbst dann noch, wenn die Stimmung längst im Keller ist; bei ihr musst du auch dann noch die Ohren steif halten, wenn du gerade von einem Bus überrollt wurdest – »es kann schließlich Schlimmeres passieren«. Zu allem Überfluss strotzt sie dermaßen vor Selbstzufriedenheit, dass sie ein Nein – falls du einmal allen Mut zusammengenommen und etwas abgelehnt hast – gar nicht erst akzeptiert, weil sie davon ausginge, dass du es nicht so gemeint hast. Und wenn sie doch einmal die Fassung verliert, rastet sie, wie alle überglücklichen Menschen, völlig aus.

Ich ignoriere Lucys Vorschlag und konzentriere mich darauf, heiße Shepherd's Pie in meinen Mund zu schaufeln. Es ist immer noch besser, den ganzen Abend frustriert das Telefon anzustarren und darauf zu warten, dass Jonathan wieder einmal *nicht* anruft, als auch nur eine einzige Minute in der Gesellschaft von Marjory O'Neill zu verbringen.

Zum Glück versteht Lucy mein viel sagendes Schweigen, und wir beenden unser Essen ziemlich schweigsam, jeder in seine eigenen Gedanken an den bevorstehenden Abend vertieft.

Ein Abend allein zu Hause schreit bei mir nach einer Unmenge Junkfood und einem guten Film. Kaum fällt die Tür hinter Lucy ins Schloss, die nach Cal das Haus verlässt, steuere ich schnurstracks die Küche an. Da mir der Sinn nach etwas Pikantem steht, entscheide ich mich für eine Rolle Paprika-Pringles und hole mir einen Rest kalten Hühnchensalat und einen Becher Gorgonzola-Dip aus dem Kühlschrank.

Während ich es mir auf dem Sofa gemütlich mache und durch die Sky-Kanäle zappe, verraten mir die dumpfen Bassschläge der Dance-Musik in der Wohnung über mir, dass Edwin, unser selten anwesender Vermieter, der seine Zeit normalerweise, wie nicht anders zu erwarten, lieber an exotischeren Orten verbringt als auf der Isle of Dogs, den Abend ebenfalls zu Hause verbringt.

Nicht dass es ihm an Gesellschaft mangelte, wenn ihm der Sinn danach stünde.

Edwin ist mit dem gleichen honigsüßen Aussehen gesegnet wie Lucy: Pfirsichhaut, goldblondes Haar und Augen so blau wie das Mittelmeer an einem perfekten Sommertag. Leider ist er nicht mit dem sonnigen Wesen seiner Schwester gesegnet, was die Horden schöner junger Frauen jedoch nicht davon abhält, ihn zu umschwärmen wie summende Bienen eine mit Nektar gefüllte Blume – sehr zum Leidwesen von Katrina, die ebenso Besitz ergreifend wie paranoid ist.

Eigentlich hätte ich heute Abend auch gern ein heißes Date.

Der Wunschknochen ist noch im Hähnchen. Als Kinder haben mein Bruder und ich uns immer um den Knochen gestritten.

George – er wurde natürlich nach George Harrison benannt – versuchte immer zu mogeln. Bevor wir uns daranmachten, den Knochen auseinander zu reißen, bog er ihn zuerst allein und versuchte herauszufinden, welche Seite die stabilere war. Zu seiner Entschuldigung behauptete er, er versuche nur, ihn ein wenig auszubalancieren. Wenn man bedenkt, dass er heute als Bilanzprüfer arbeitet, entbehrt das nicht einer gewissen Ironie.

Die Musik über mir verstummt, und auf einmal kommt mir die Wohnung merkwürdig still und verlassen vor. In einem Anfall von Nostalgie lange ich nach dem Wunschknochen, und da niemand zum Mitreißen da ist, gegen den ich verlieren könnte, wünsche ich mir etwas.

»Ich wünsche mir einen Mann zum Verlieben«, flüstere ich und kneife die Augen zu wie früher als kleines Mädchen, »und wenn das nichts wird, ein heißes Date für heute Abend.«

Ein kurzes kräftiges Klopfen an der Wohnungstür lässt mich zusammenfahren, und ich reiße erschrocken die Augen auf.

»Wow! Das ging aber schnell«, sage ich im Scherz zu mir selbst.

Natürlich mache ich mir nicht wirklich Hoffnungen, einen gut aussehenden Mann vor meiner Tür stehen zu sehen, doch als ich die Tür öffne, staune ich Bauklötze, als *tatsächlich* ein gut aussehender Mann auf meiner Schwelle steht.

Leider handelt es sich bei dem gut aussehenden Mann um Edwin, dessen hübsches Gesicht aufgrund der Leidensmiene, die er immer aufsetzt, wenn er mit mir reden muss, ein bisschen angeschlagen wirkt. In der einen Hand hält er einen Louis-Vuitton-Koffer, in der anderen die Leine des missmutig dreinschauenden Victor Meldrew. Hinter ihm auf der Straße tuckert der Dieselmotor eines wartenden Taxis.

»Ist Lucy da?«, fragt Edwin in seinem nüchternen Tonfall und blickt geradewegs über mich hinweg in unsere Wohnung.

Ich schüttele den Kopf, doch er sieht mich immer noch nicht an.

»Ist mit eurer Mutter aus.«

»Sag ihr, dass ich nächsten Samstag zurück bin.«

Mit diesen Worten drückt er mir die Leine in die Hand, dreht sich um und geht zur Straße hinauf. Kein Dankeschön, kein Tschüss. Er steigt ins Taxi und braust davon, ohne sich auch nur noch einmal umzusehen.

»Nett, dich gesehen zu haben, Edwin«, murmele ich.

Ich sehe auf Victor hinab, der einmal heftig schnauft und dann vor mir her ins Wohnzimmer trottet.

»Dann bist du also mein heißes Date für den heutigen Abend.«

Unter großer Anstrengung hievt der Köter seinen schweren Körper aufs Sofa und lässt sich mit einem Seufzer nieder, der so klingt wie: »Da bin ich also wieder.«

Armer alter Victor. Wenn ich mit Edwin leben müsste, würde ich mich auch elend fühlen. Ich versuche ihn aufzuheitern, indem ich ihm den Löwenanteil meines Hühnersalats überlasse und ihm Callums DVD über Katzen und Hunde in den Recorder schiebe.

Um elf Uhr kommt Lucy zurück.

»Hey, Jude.«

»Hey.«

Noch im Mantel und den Riemen ihrer Handtasche fest mit der rechten Hand umklammernd lässt sie sich neben mich aufs Sofa plumpsen.

»Ist Edwin wieder abgehauen?«, fragt sie, als sie Victor auf der anderen Seite neben mir sitzen sieht.

»Yep.«

»Oh, nein!« Der Seufzer kommt aus tiefstem Herzen.

»Dann können wir uns ja darauf gefasst machen, dass bald Katrina bei uns aufkreuzt.«

»Darauf kannst du Gift nehmen.«

»Und ich muss schon wieder diese furchtbaren Fische füttern.«

»Ich habe die Salatzange schon aus der Küchenschublade gekramt.«

Erneutes Seufzen. Besonders glücklich sieht Lucy nicht gerade aus, und ich ahne, dass es nichts mit dem bevorstehenden Eintreffen von Edwins selbstmitleidiger Freundin zu tun hat oder damit, dass sie seine durchtriebene Piranha-Gang mit rohem Fleisch versorgen muss. Vielleicht hat es eher mit der Tatsache zu tun, dass sie gerade einen Abend mit ihrer durchtriebenen piranhaartigen Mutter verbracht hat.

»Hattet ihr einen netten Abend?«, frage ich sie herausfordernd.

»Frag mich bitte nicht.«

»Das heißt wohl Nein.«

Lucy verdreht die Augen.

»Ich verstehe nicht, warum ich mich immer noch von ihr bevormunden lasse«, wettert sie los, ohne mich anzusehen. »Schließlich bin ich kein sechsjähriges Mädchen mehr, und sie kann mir weder mit Hausarrest noch mit Taschengeldentzug drohen, wenn ich mich ihrem Willen widersetze.«

»Was hat sie denn diesmal wieder von dir gewollt?«

Endlich sieht Lucy mich an und verzieht das Gesicht.

»Diesmal habe *ich* es eher verbockt. Ich habe da in etwas eingewilligt, und ich kann es immer noch nicht fassen …« Ihre Stimme versagt, und sie schüttelt ungläubig den Kopf, fassungslos darüber, dass sie sich von ihrer Mutter wozu auch immer hat breitschlagen lassen.

»Los, erzähl weiter!«, dränge ich sie.

»Ich habe ihr versprochen, eine Einladung zum Dinner anzunehmen.«

»Ach, du Ärmste«, sage ich übertrieben mitleidig und bin in Wahrheit ein bisschen neidisch, weil ich meine eigenen derartigen Dates der vergangenen Jahre an einer Hand abzählen kann.

»Es ist eine *aufgezwungene* Verabredung«, fährt sie fort, »und zwar mit dem furchtbar begehrten Haydn Morland.« Ihrem Gesicht nach zu urteilen, hält sie den Genannten eher für furchtbar als begehrt.

»Wer ist das?«

»Erinnerst du dich nicht? Ich habe dir bestimmt schon von ihm erzählt. Haydn Morland«, wiederholt sie und seufzt.

»Er ist der Sohn der besten Freundin meiner Mutter und entspricht so ziemlich genau ihrer Vorstellung von einem idealen Mann. Sie plant unsere Hochzeit, seit ich im Kindergarten war. Ich hatte noch nicht einmal bestellt, da fing sie schon wieder an, ihn wie üblich über den grünen Klee zu loben. ›Ich habe ein paar schöne Fotos von Haydn, Darling, du musst sie dir unbedingt ansehen. Er hat sich zu einem sooo gut aussehenden Mann gemausert.‹«

Lucy äfft sie den Tonfall ihrer Mutter so exakt nach, dass es beinahe unheimlich ist.

»Und? Sieht er wirklich gut aus?«

»Keine Ahnung. Sie hat mir ein paar schlechte Schnappschüsse von irgendeiner Hochzeit unter die Nase gehalten, auf denen er mit einer griesgrämigen Miene irgendwo im Hintergrund herumlungert. Normalerweise mache ich mich sofort aus dem Staub, wenn sie seinen Namen auch nur erwähnt. Aber heute Abend hat sie mich offenbar in einem schwachen Moment erwischt.«

»Du solltest es nicht gleich so schwarz sehen! Wer weiß – vielleicht versteht ihr euch ja blendend. Es könnte doch sein, dass deine Mutter ausnahmsweise mal Recht hat. Vielleicht ist er wirklich ein toller Hecht.«

»Vollkommen ausgeschlossen!« Lucy schüttelt vehement den Kopf.

»Soweit ich mich erinnere, ist er ein pickeliger schleimiger Streber.«

»Ughh«.

»Wobei ich sagen muss, dass ich ihn zum letzten Mal als Siebenjährige gesehen habe. Er war damals zwölf.«

»Du hast ihn zum letzten Mal als Zwölfjährigen gesehen? Jetzt aber mal ehrlich, Lucy, glaubst du nicht, er könnte sich seitdem ein bisschen verändert haben?«

»Ich bezweifle sehr, dass er sich nennenswert verändert hat.«

»Das weiß man nie. Hast du schon mal Promis auf Fotos aus Zeiten gesehen, in denen sie noch nicht berühmt waren? Manchmal graben doch Reporter solche Bilder aus. Russell Crowe zum Beispiel war bestimmt nicht gerade ein Traummann. Und Tom Cruise hatte Hasenzähne und sah ziemlich minderbemittelt aus, und jetzt sieh dir an, was aus ihm geworden ist! Ein wahrer Adonis. Menschen ändern sich. Erst recht, wenn man sie zwanzig Jahre lang nicht gesehen hat.«

»Mag ja sein«, murmelt sie, ohne wirklich überzeugt zu sein.

»Was macht er denn beruflich?«, frage ich aufmunternd.

»Irgendetwas Wichtiges in der City. Meine Mutter hat es mir schon mindestens zwanzigmal erzählt, aber ich schalte immer auf Durchzug …«

»Dann lebt er also in London?«

»Meistens. Er hat ein Penthouse in Canary Wharf.«

»Na, da habt ihr ja schon mal was gemeinsam. Ihr lebt beide direkt am Fluss.«

»Es ist Wohnung Nummer fünfzig im Cavendish House, achtzehnter Stock, Telefonnummer 2756834…«, leiert sie los. Offensichtlich hat Marjory ihr diese Details so lange eingebläut, bis sie sie auswendig aufsagen konnte. »Außerdem hat er noch ein Haus am Meer, irgendwo in der Nähe von Brighton.«

»Die genaue Adresse weißt du nicht mehr?«, ziehe ich sie auf.

»Nein«, kontert sie mürrisch.

»Aber ich weiß, wie viele Schlafzimmer es hat. Und wie viele Bäder.«

Ich ziehe eine Augenbraue hoch.

»Fünf«, erklärt sie knapp.

»Schlafzimmer?«

»Nein, Schlafzimmer gibt es sieben.«

»Der Typ hat fünf Bäder in einem Haus?«

»Ja. Wir können der Liste seiner negativen Eigenschaften also auch noch Habgier hinzufügen.«

Sie seufzt und nimmt sich das letzte Stück Hühnchen, zur sichtlichen Enttäuschung des plattgesichtigen Victor.

»Dafür, dass du angeblich kein Interesse an ihm hast, weißt du aber ganz schön gut über ihn Bescheid.«

»Weil meine Mutter über nichts anderes redet, wann immer ich mich mit ihr treffe!«

»Vielleicht aus gutem Grund, Luce. Deine Mutter mag ja ein ziemlicher Drachen sein, aber in den meisten Dingen hat sie einen ziemlich guten Geschmack, das muss ich ihr lassen. Könnte dieser Haydn vielleicht doch so toll sein, wie sie behauptet?«

»Wenn du das glaubst, kannst du ja das verdammte Date für mich wahrnehmen«, murrt sie. Plötzlich hält sie inne, und ihr Gesicht hellt sich auf.

»He, das ist doch gar keine schlechte Idee! Du jammerst uns doch immer die Ohren voll, dass nie jemand mit dir ausgeht. Geh du doch einfach an meiner Stelle mit ihm essen!«

»Lucy, jetzt mach aber mal einen Punkt! In der letzten Viertelstunde hast du mich mit allen Mitteln zu überzeugen versucht, dass einer Frau nichts Schlimmeres widerfahren kann als mit diesem Haydn Morland auszugehen. Warum um alles in der Welt sollte ich also einen Abend mit ihm verbringen wollen?«

»Weil du meine beste Freundin bist…«

Sie grinst mich hoffnungsvoll an.

»Lass dir etwas Besseres einfallen!«

»Na ja, vielleicht war das mit dem pickeligen, schleimigen Streber ein bisschen übertrieben. Damals war ich über beide Ohren in John Taylor verknallt, und an den kam nun mal keiner ran.«

»Warum sagst du deiner Mutter nicht einfach klipp und klar, dass du nicht mit ihm ausgehen willst?«

»Was meinst du, was ich tue, seitdem ich sechzehn bin? Du

kennst doch meine Mutter! Wenn sie sich einmal etwas in den Kopf gesetzt hat, akzeptiert sie einfach kein Nein. Im Grunde ist sie wie ein kleines ungezogenes Kind, das sich, wenn du ihm etwas befiehlst, wozu es keine Lust hat, einfach die Finger in die Ohren steckt und irgendwelchen Unsinn brüllt – im übertragenen Sinn, meine ich. Aber sobald ich ihr nahelege, ihre Verkupplungsversuche endlich zu vergessen, schaltet sie auf Durchzug. Im Grunde staune ich, dass ich überhaupt so lange standhaft geblieben bin.«

»Und warum bist du diesmal schwach geworden?«

»Na ja, wie ich bereits sagte, sie hat mich in einem schwachen Moment erwischt. Sie fing plötzlich davon an, dass sie ja nicht ewig lebe und sich so sehr ein Enkelkind wünsche. Diese Tour, du weißt schon.«

Ich kann mir die Szene lebhaft vorstellen.

Meine eigene, auf wunderbare Weise leicht verrückte Mutter kommt mir auch gelegentlich damit, allerdings nur, wenn sie ein paar Gin-Tonics zu viel intus hat und ihr plötzlich in den Sinn kommt, dass sie eigentlich alt genug ist, um »Oma« zu werden.

»Vielleicht wird dieser Haydn ja auch von seiner Mutter bedrängt«, spekuliere ich.

»Womöglich nervt ihn das Ganze genauso wie dich. Dann müsstet ihr es nur eine einzige Stunde miteinander aushalten, um eure jeweiligen Mütter zufrieden zu stellen, und danach geht ihr eurer Wege und begegnet euch vielleicht in sechzehn oder zwanzig Jahren noch einmal wieder.«

»Das klingt plausibel«, stimmt Lucy mir widerwillig zu. »Sehr plausibel sogar.«

»Du solltest dich natürlich auf keinen Fall besonders für ihn zurechtmachen. Du weißt schon, zieh dir den letzten Fummel an, und mach dem Klischee ›blond und blöd‹ alle Ehre!«

»Du meinst, ich soll zu spät kommen, zu viel trinken, ihn mit Essen bekleckern und ihm auf die Nerven gehen?«, greift Lucy meinen Faden auf.

»Genau. Du machst einfach nur genau das, was mir normalerweise immer bei einem ersten Date passiert.«

Lucy muss lachen. »Oh, Jude, du schaffst es wirklich immer, mich aufzuheitern.«

»Dafür sind beste Freundinnen schließlich da.«

»Was für ein Glück, dass ich dich habe … bei der Mutter, die mir der liebe Gott beschert hat.«

Ihr Lächeln erstarrt, als sie sich noch einmal vor Augen hält, in was für eine unangenehme Situation Marjory sie diesmal gezwungen hat.

»Man kann nie wissen«, wiederhole ich, um sie wieder fröhlich zu stimmen, »vielleicht ist er ja doch ganz sympathisch.«

Sie schüttelt vehement den Kopf. »Kennst du einen Jungen, bis er zwölf ist, weißt du genau, was für ein Kerl daraus wird«, verkündet sie ernst.

»Ich dachte, es wäre schon mit sieben alles klar.«

»Stimmt«, entgegnet sie weise und nickt. »Mit zwölf war das Kind bei ihm schon lange in den Brunnen gefallen.«

Cal kommt um ein Uhr nachts nach Hause.

Lucy und ich sind extra aufgeblieben, um für ihn da zu sein, falls der Abend sich wieder einmal als klassisches Callum-McKenzie-Desaster entpuppt haben sollte. Aber natürlich zeigen wir ihm nicht, dass wir nur seinetwegen aufgeblieben sind. Dass er so spät nach Hause kommt, deuten wir als gutes Zeichen; eine totale Katastrophe kann der Abend nicht gewesen sein.

Wir können der Versuchung gerade so widerstehen, ihn schon beim Reinkommen auszuquetschen, und lassen ihm noch ein wenig Zeit.

Zuerst kocht er sich einen Kaffee. Mit der Tasse in der Hand gesellt er sich zu uns aufs Sofa, und die Fragestunde beginnt.

»Na?«, platzt Lucy heraus. »Wie ist es gelaufen?«

»Ganz okay.« Eine sehr knappe Antwort. Kein gutes Zeichen.

»Was ist passiert, Cal?«, frage ich ihn mit sinkender Hoffnung.

Er sieht erst mich an und dann Lucy, nimmt hastig einen Schluck Kaffee, als ob er seine Blockade damit wegspülen könnte, und dann legt er los.

»Ich war wie verabredet um acht im Bertie's in der Tottenham Court Road.«

»Und sie war hoffentlich auch da«, drängt Lucy.

»Pünktlich auf die Minute«, bestätigt Callum.

Lucy und ich seufzen vor Erleichterung.

»Und? Hattet ihr einen schönen Abend?«

»Ja, kann man sagen.« Keinerlei Begeisterung in seiner Stimme.

»Was ist passiert?«, will ich wissen. »Was ist schief gelaufen?«

»Woher willst du wissen, dass etwas schief gelaufen ist?«, entgegnet er ausweichend. »Ich hatte einen wirklich netten Abend, wie ich schon sagte.«

»Aber…?«

Callum seufzt, wohl wissend, dass wir ihn durchschaut haben, und rückt endlich mit der Sprache heraus.

»Ich hatte das Gefühl, dass alles prima läuft, erst recht, als sie mich auch noch ihrem Bruder vorstellen wollte. Da bahnt sich eine dicke Sache an, dachte ich. Warum sollte sie mich sonst gleich beim ersten Date mit ihrer Familie bekannt machen?«

»Und was ist dann passiert?«

»Wir sind weitergezogen in einen anderen Laden, scheinbar wahnsinnig angesagt. Der Schuppen heißt Metro, glaube ich, ich bin noch nie da gewesen, er liegt in einer Seitenstraße, die vom Portland Place abgeht. Jedenfalls haben wir da ihren Bruder getroffen. Ein großer Glatzkopf namens Bruce. Sadie hat mich ihm vorgestellt…«

»Und?«, fällt Lucy ihm ins Wort.

»Und dann hat sie uns allein gelassen. Da hatte ich also mein Date, nur nicht mit Sadie… Sie wollte mich mit ihrem *Bruder* zusammenbringen!«

»O nein!«, rufe ich entsetzt und sehe meinen Mitbewohner und Freund an, der ganz rot geworden ist.

»Dachte sie etwa, du bist …«

»Genau.« Er nickt traurig.

»Und? Triffst du dich bald wieder mit ihm?«, zieht Lucy ihn auf und presst sich ein Kissen vors Gesicht, um nicht laut loszuprusten. »Diesem Bruce …«

»Ja, auf jeden Fall.« Callum bedenkt Lucy mit einem geringschätzigen Blick. »Er ist ein absolut netter Typ, der das Ganze zum Glück von der komischen Seite gesehen hat. Am Ende sind wir noch auf ein Curry und ein Bier in ein Restaurant gegangen und haben so viel Spaß miteinander gehabt, dass wir uns gleich für das nächste Wochenende wieder verabredet haben.«

»Willst du damit etwa sagen, dass du endgültig mit den Frauen abgeschlossen hast und aufs andere Ufer gewechselt bist?«

»Bei dem, was ich bisher erlebt habe, würde ich mir das Leben damit sicher einfacher machen«, meint er. »Aber ganz so weit bin ich noch nicht. Nein, Bruce und ich haben einen Deal geschlossen. Sein Liebesleben ist auch ein ziemliches Desaster, deshalb wollte Sadie ihn ja mit mir verkuppeln. Wir sind übereingekommen, dass ich ihn mit meinen sympathischen schwulen Freunden bekannt mache und er mir im Gegenzug seine Heterofreundinnen vorstellt. Man kann ja nie wissen, vielleicht zieht ja einer von uns eines Tages das große Los …«

»Armer Cal.«

Lucy schlingt ihre Arme um ihn, während ich ihm zum Trost einen Kuss auf die Wange drücke. Dann kuscheln wir uns an ihn, eine rechts, eine links, und er lässt sich mit einem tiefen Seufzer zurücksinken.

»Wahrscheinlich sind es meine Locken«, jammert er. »Ich werde mir sofort morgen früh einen Bürstenschnitt verpassen lassen. Einmal mit der Schneidemaschine drüber und Feierabend.«

»Das darfst du nicht tun!«, protestiere ich und unterdrücke einen Lachanfall.

»Ach ja? Und warum nicht?«

»Damit machst du es doch nur noch schlimmer«, stellt Lucy klar und schüttelt vehement den Kopf.

»Dann kannst du dir auch gleich die Brust rasieren und dir eine Lederweste zulegen«, stimme ich ihr zu.

»Dann sollte ich mir vielleicht die Ohren piercen …«

»Nein!«, schreien Lucy und ich im Chor.

»Oder die Brustwarzen …«

Kapitel 2

Es ist Samstagabend.

Lucy, Callum und ich wollen uns ein bisschen vergnügen und machen uns fertig, um gemeinsam ins Kino zu gehen. Wir wollen uns den neusten Film von M. Knight-Shyamalan ansehen, Callum ist ein ziemlicher Fan von ihm. Wir sind alle in unseren Zimmern und ziehen uns um. Die Türen stehen offen, damit wir miteinander quatschen können. Cal und Lucy jammern herum, dass Samstagabend ist und keiner von uns ein Date hat. Nur wir hängen wieder zusammen rum. Ich bin so gut wie fertig und föhne nur noch schnell meine Haare, als Lucy mit dem schnurlosen Telefon in der Hand auf meiner Türschwelle erscheint. Sie hält mir den Hörer hin und zieht eine ziemliche Schnute, was bedeutet, dass nur eine Person am Apparat sein kann. Endlich. Ich lasse beinahe den Föhn fallen, so schnell stürze ich zu Lucy, um ihr das Telefon aus der Hand zu reißen.

»Er ist in zehn Minuten da. Zieh dir also schon mal die Klamotten aus, leg dich aufs Bett, und erwarte ihn schön feucht und mit gespreizten Beinen«, raunt sie mir bissig zu, als ich mit zittriger Hand nach dem Hörer greife. Ich drücke den Zeigefinger auf meine Lippen und bedeute ihr wütend, ihr verdammtes Lästermaul zu halten.

»Hallo«, säusele ich so verführerisch wie möglich in den Hörer.

»Hallo, Jude.«

Endlich. Der wohlige Klang von Jonathans Stimme. Diese eigentümliche Weise, wie er die Silben dehnt, jagt mir einen prickelnden Schauer über den Rücken, und ich vibriere vor Vorfreude. Allerdings funkt Lucy ein bisschen dazwischen. Sie steht immer noch in der Tür und runzelt die Stirn derart missbilligend, dass sich in ihrer makellosen Haut tiefe Furchen abzeichnen.

»Hast du Lust auf einen Drink?«

Das ist Jonathans Art zu sagen, dass er bei mir vorbeikommt. Aus dem Drink wird nie etwas, jedenfalls gehen wir nie zusammen in den Pub.

»Klar, gern«, erwidere ich.

Ich gebe mir alle Mühe, Lucys missbilligende Miene zu ignorieren und überlege, ob wir noch eine Flasche guten Weißwein im Kühlschrank haben. Lucy schüttelt energisch den Kopf und verdreht die Augen, als sie meine Antwort hört. Sie ist entsetzt, dass ich mich schon wieder so schnell breitschlagen lasse, obwohl Jonathan es einen ganzen Monat nicht für nötig gehalten hat, mich auch nur ein einziges Mal anzurufen.

»Ich komme dann gegen acht vorbei.«

Lucy starrt mich immer noch finster an. Ich zögere.

»Jude?«, fragt Jonathan erstaunt; er ist es nicht gewohnt, dass ich nicht gleich einwillige.

»Ich habe eine Idee«, platze ich heraus, bevor ich es mir anders überlege. »Was hältst du davon, heute Abend zur Abwechslung mal mit mir essen zu gehen?«

Lucy lässt sich nicht beeindrucken. Ihr normalerweise so hübsches Gesicht verzieht sich ungläubig und verrät Hohn.

Und Jonathan ist so baff, dass ich seine Verwunderung förmlich durchs Telefon spüre. Ich habe schon lange aufgehört, ihm irgendwas vorzuschlagen.

Ich nutze den Augenblick seiner vorübergehenden Fassungslosigkeit und verwandele die Vorlage in einen Treffer.

»Also dann um acht im Audrey's, ja? Bis gleich, ich freue mich!«

Bevor er etwas erwidern kann, lege ich auf.

Lucy glotzt mich erstaunt an. »Habe ich richtig gehört, dass du tatsächlich mit ihm *aus*gehst?«, fragt sie ungläubig.

Ich nicke kurz, bin mir aber nicht sicher, ob es tatsächlich dazu kommen wird. Zum Jasagen habe ich ihm schließlich gar keine Gelegenheit gelassen, aber Nein hat er auch nicht gesagt. Und bis jetzt hat er ja noch nicht zurückgerufen, um mich mit irgendwelchen fadenscheinigen Entschuldigungen voll zu schwallen.

Es scheint also tatsächlich der Tag gekommen zu sein, an dem Jonathan und ich gemeinsam auswärts essen. Und ich habe es geschafft, Lucy gegen ihren Willen zu beeindrucken. Sie stürmt aus meinem Zimmer und verkündet dem ebenfalls ungläubigen Callum, dass Jonathan und ich an diesem Abend ein richtiges Date haben.

Nach einer weiteren Dusche, bei der ich meine wuchernden Beinhaare rasiere, rufe ich halbwegs panisch bei Audrey's an, einem verträumten kleinen Bistro in Battersea, und versuche einen Tisch zu reservieren. Ich säusele dem Eigentümer, einem verflossenen Liebhaber meiner Mutter, eine Menge Schmeicheleien ins Ohr und kann tatsächlich einen romantischen kleinen Zweiertisch reservieren. Spontan und unüberlegt lasse ich sogar noch eine Flasche Champagner kalt stellen.

Was soll's? Wir haben schließlich etwas zu feiern. Endlich einmal mit Jonathan auszugehen, ist ein bisschen wie ein Sechser im Lotto – na ja, wenigstens wie drei Richtige, was mir etwa alle zwei Jahre einmal passiert. Allerdings wird meine Euphorie ein bisschen durch den ernüchternden Gedanken getrübt, dass Jonathan mich vielleicht versetzen wird. Es war ja ziemlich cool, ihn gar nicht erst zu Wort kommen zu lassen, damit er mir nicht direkt eine Abfuhr erteilen konnte, aber das heißt natürlich noch lange nicht, dass er mir seine Unlust nicht einfach durch sein Nichterscheinen kundtun wird.

Offenbar haben Cal und Lucy die gleichen Bedenken. Denn als wir schließlich aus dem Haus gehen und unsere Wege sich trennen, versichern sie mir betont fürsorglich, dass Cal sein Handy eingeschaltet lassen wird für den Fall, dass ich zu ihnen stoßen möchte.

Leider muss ich zugeben, dass ihr mangelnder Glaube an Jonathans Zuverlässigkeit absolut gerechtfertigt ist. Ich frage mich wieder und wieder, wie ich es immer noch mit ihm aushalte, und finde nie eine befriedigende Antwort. Vielleicht liegt es an seinem extrem guten Aussehen, dafür kann man schon mal über ein paar lästige Angewohnheiten großzügig hinwegsehen.

Zum Beispiel über sein ewiges Zuspätkommen.

Halb neun. Ich sitze seit Viertel vor acht bei Audrey's, und keine Spur von Jonathan. Inzwischen habe ich den ganzen Brotkorb leer gefuttert und komme zu dem Schluss, dass ich mich demnächst am Champagner gütlich tun werde, wenn Jonathan mich so lange schmoren lässt.

Falls er überhaupt kommt.

Ein Blick auf den Champagnerkühler und die beiden Gläser, und er legt wahrscheinlich sowieso sofort den Rückwärtsgang ein. Genauso gut könnte ich ihm, dem jede Art von Verpflichtung zuwider ist, mit einem Verlobungsring vor der Nase herumwedeln. Jonathan fühlt sich einzig und allein seinem Single-Dasein verpflichtet, und das standhaft. Er würde eher seine eigene Leber verspeisen als zuzugeben, dass wir ein Paar sind.

Ich hingegen will eine Beziehung – mit allem, was dazugehört. Hochzeit, Kinder, Hypothek. Wenn es sein müsste, würde ich sogar mit meinen Schwiegereltern unter einem Dach leben. Und Jonathan flippt schon aus, wenn ich nur ein gemeinsames Essen vorschlage.

Warum hocke ich also hier wie bestellt und nicht abgeholt?

Genauer gesagt, warum hocke ich hier und warte auf ihn? Ich schenke mir ein wenig Champagner ein, finde die Situation aber zu unpassend, um ihn aus den dafür vorgesehenen Flöten zu trinken, also gieße ich ihn um in mein Wasserglas, das ich mir dafür aber bis zum Rand auffülle. Als die Flasche halb leer ist, kommt der Restaurantbesitzer aus der Küche, ein wahres Energiebündel von einem Mann.

Bernie Steinberg hatte eine leidenschaftliche Affäre mit meiner Mutter, als beide noch keine zwanzig waren, und meine Mutter war gerade mit Leidenschaft auf dem Hippie-, Aussteiger- und Bohemientrip war. Auf den Fotos von damals sieht sie aus wie ich – allerdings mit rotem, bis zur Taille reichendem Haar, nackten Füßen und einem gut aussehenden Mann an ihrer Seite, mit römischer Nase und einem langen braunen Rauschebart. Mum und Bernie sind auch heute noch gute Freunde, und Bernie hat immer noch eine römische Nase, nur der Bart ist inzwischen ergraut und ordentlich gestutzt.

»Du sitzt ja immer noch alleine hier.«

Er schnappt sich mit einer Hand den Stuhl mir gegenüber, dreht ihn um, so dass er die Lehne vor dem Bauch hat, und schwingt sich rittlings darauf wie John Wayne auf sein Pferd.

Ich nicke.

»Trinkst du ein Gläschen mit mir?« Ich zeige auf den Champagnerkühler.

Er grinst breit und zeigt eine gerade weiße Zahnreihe. »Es wäre mir eine Ehre.«

Ich schenke ihm ein Glas ein und proste ihm unglücklich zu. »Auf die Liebe!« Ich leere mein Glas in einem Zug.

»Du wartest auf Jonathan, habe ich Recht?«

»Ist das so offensichtlich?«

»Wer wäre sonst so dumm, eine Frau wie dich zu versetzen?«

Ich zucke mit den Schultern.

»Warum gibst du dich immer noch mit dem Mistkerl ab, Jude?«

»Er hat Potenzial.«

»Du redest über ihn, als wäre er eine leer stehende Immobilie, wobei das die Sache vielleicht sogar trifft. In moralischer Hinsicht ist er jedenfalls ein absoluter Versager, und um bei dem Vergleich zu bleiben, führt er dich allenfalls den Gartenpfad entlang, aber nie ins Haus. Er sollte dich wirklich ein bisschen respektvoller behandeln.«

»Klingt ganz so, als hättest du kürzlich mit meiner Mutter telefoniert.«

»Alice macht sich einfach Sorgen um dich, Jude. Du neigst dazu, dein Licht unter den Scheffel zu stellen. Du hast etwas Besseres verdient. Etwas viel Besseres.«

»Und warum habe ich den Richtigen dann noch nicht an der Angel?«

»Weil du, solange du stur an diesem Mistkerl festhältst, nicht mit offenen Augen durch die Welt gehst. So lernst du nie jemanden kennen.« Bernie sieht auf seine Uhr. »Fahr doch nach Hause, Jude. Du wartest jetzt schon fast eine Stunde auf ihn. Weißt du was? Ich packe dir eine Portion von meinem speziellen Nachtisch zum Mitnehmen ein und rufe dir ein Taxi.«

»Meinst du deinen Schokoladen-Kirsch-Pudding mit Brandy?« Die Nachfrage kann ich mir nicht verkneifen und muss sogar lächeln.

»Genau den. Ich packe dir eine doppelte Portion ein und gebe dir noch einen ordentlichen Schlag Sahne obendrauf.«

Ich zögere einen Augenblick, lasse meinen Blick noch einmal zur Tür schweifen, und gestehe mir dann zähneknirschend ein, dass ich an diesem Abend wohl kaum ein besseres Angebot bekommen werde.

»Okay«, sage ich, lange über den Tisch nach seiner Hand und drücke sie. »Danke, Bernie, du bist wirklich ein Schatz.«

»Du auch, Jude«, entgegnet er und nickt traurig. »Das meine ich genau, wie ich es sage. Ich wünschte nur, das würde dir endlich selber bewusst.« Er steht auf und winkt einen der Kellner heran. »Würdest du der Dame bitte den Mantel holen, Edward? Der Champagner geht aufs Haus.«

Ich fülle mein Glas mit dem Rest aus der Flasche, proste Bernie noch einmal Richtung Küche zu und leere es in einem Zug.

Bernie hat Recht.

Verdammt, sie haben alle Recht. Lucy, Callum, alle. Ich vergeude meine Zeit. Und Jonathan ist es einfach nicht wert. Warum, um Himmels willen, will ich eigentlich unbedingt mit jemandem essen gehen, der nicht mit mir essen gehen will?

Es ist kurz vor neun, und er glänzt immer noch durch Abwesenheit.

Idiot.

Während ich eine Stunde hier gesessen und gewartet habe, hat mein zunehmend benebeltes Hirn eine bunte Palette der Gefühle durchlebt; Freude, Hoffnung, Enttäuschung, peinliche Betroffenheit, Resignation. Doch ein Gedanke hat mich immer wieder durchzuckt: Jonathan ist bei dem Ganzen nicht der einzige Idiot.

Es ist an der Zeit, einen Schlusspunkt zu setzen, und damit meine ich nicht nur diesen Abend.

Leicht schwankend bücke ich mich nach meiner Handtasche neben meinem Stuhlbein und will gehen, doch als ich mich wieder aufrichte, befindet sich mein Blick auf gleicher Höhe mit einem mir sehr vertrauten Körperteil. Mein Herz rutscht mir in meinen Champagner gefüllten Magen, genehmigt sich einen großen Schluck, hickst laut und flutscht wieder zurück in meinen Brustkasten.

Sachte, Jude, warne ich mich selbst, als seine Anziehungskraft auf mich zu wirken beginnt und mir die Zehen warm werden. Lass dich nicht von seinem guten Aussehen und deiner Libido ins Bockshorn jagen! Der Kerl ist so flach wie der Pegel des zentralen Londoner Wasserreservoirs in einer Dürreperiode.

»Ich bin spät dran«, sagt Jonathan, denkt aber gar nicht daran, sich zu entschuldigen. Im Grunde klingt es eher wie ein Vorwurf, als ob es mein Fehler wäre. Schließlich hatte ich ihm durch den aufdiktierten Termin überhaupt erst die Gelegenheit gegeben, sich zu verspäten.

»Ja, zu spät«, entgegne ich kryptisch, doch er hört mir gar nicht zu.

»Ich weiß ehrlich gesagt überhaupt nicht, warum du ausgerechnet in dieses Restaurant gehen wolltest«, grummelt er, zieht sich das Jackett aus, hängt es über seine Stuhllehne, nimmt Platz und fährt sich nervös mit der Hand durch sein zersaustes blondes Haar.

Das weiß ich auch nicht, Jonathan, beim besten Willen nicht, sagt mir meine innere Stimme zum wiederholten Mal.

»Weil es ein nettes Lokal ist«, erwidere ich laut und ärgere mich, dass er nicht nur, ohne sich zu entschuldigen, eine Stunde zu spät hereinspaziert kommt, sondern sich auch noch berechtigt fühlt, an meiner hervorragenden Restaurantwahl herumzumäkeln.

»Das ist deine Meinung«, kontert er.

»Die ja sowieso nicht zählt.« Der Alkohol und meine Wut haben mich mutig gemacht.

Jonathan sieht mich überrascht an. »Red doch keinen Unsinn!«, fährt er mich an, aber er klingt ein bisschen hohl. Ich glaube, Neugier in seinem Blick aufflackern zu sehen, dann sieht er die leere Champagnerflasche, die ich gerade in den Kühler zurückstelle, und seine strengen blauen Augen verengen sich misstrauisch.

»Warum wolltest du heute Abend hierher kommen, Jude?«

Ich gebe einen tiefen Seufzer von mir. »Ich dachte, es wäre eine nette Abwechslung, wenn wir endlich mal in Ruhe reden würden, dazu eine Flasche Wein trinken, gut essen …«

»Essen?«, wiederholt er, als ob ich gerade von einem ihm unbekannten Vorgang gesprochen hätte.

»Ja, essen. Ich esse gelegentlich, weißt du, obwohl ich bezweifle, dass du mich je hast etwas zu mir nehmen sehen …« Ich starre auffällig zwischen seine Beine. »Abgesehen von deinem Ding da unten natürlich.«

Jonathan ist bestürzt. »Jetzt reicht es aber, Jude!«, fährt er mich an, es ist ihm peinlich. »Was ist heute Abend nur in dich gefahren?«

»Was heute Abend in mich gefahren ist?«, fauche ich zurück, während ich mir meine Tasche schnappe und aufstehe. Bernies warme Seelenmassage und sein gekühlter Champagner haben mir jede Illusion genommen. »Eins kann ich dir jedenfalls versichern, Jonathan Edwards, du kannst es dir abschminken, heute Abend in mich zu fahren!«

In diesem Moment kommt Bernie aus der Küche, in der einen Hand eine weiße Schachtel und in der anderen eine weiße Rose, die er aus einer der Tischvasen entwendet hat. Ich bin gerührt.

Als er Jonathan sieht, bleibt er ruckartig stehen und will unauffällig kehrtmachen, doch ich schüttele energisch den Kopf und bedeute ihm, zu mir zu kommen. Mit einem Kloß in der Kehle nehme ich die Rose entgegen, drücke ihm einen flüchtigen Kuss auf die Wange und verlasse zielstrebig das Restaurant, ohne mich noch einmal umzusehen. Draußen schwinge ich mich in das bereits wartende Taxi und lasse mich nach Hause bringen.

Am nächsten Morgen erwache ich in trüber Stimmung und mit einem Brummschädel. Es ist ein herrlicher Frühlingstag, und es ist noch früh, erst kurz nach halb acht. Meine Mitbewohner stehen sonntags selten vor zehn auf.

Ich bekämpfe meinen Kater mit einer ganz speziellen Therapie – ich setzte mich hinaus auf den Balkon in die Morgensonne und verspeise zum Frühstück Bernies köstlichen Pudding, eine Riesenportion. Dabei beobachte ich das Lichtspiel auf der schmutzig-grauen Wasseroberfläche der träge dahintreibenden Themse. Irgendwo tiriliert ein Vogel. Sein Gesang ist durchdringend, aber so süß, dass er meine Kopfschmerzen nicht verschlimmert, sondern sogar ein bisschen mildert.

Stocknüchtern und bei helllichtem Tage fange ich an, das Ergebnis des vergangenen Abends zu bereuen.

Ich war betrunken und wütend, und eigentlich bin ich im Laufe der vergangenen Jahre zu dem Schluss gekommen, dass dies nicht unbedingt der beste Zustand ist, eine Beziehung auf den Prüfstand zu stellen. Natürlich habe ich Jonathan nur gesagt, was ich ihm schon vor einer Ewigkeit hätte sagen sollen, und gestern Abend war ich mir auch absolut sicher, dass es aus und vorbei ist, doch jetzt kommen mir schon wieder erste Zweifel.

Ich tröste mich mit dem Gedanken, dass er mir sowieso nie zuhört. Wie ich Jonathan kenne, führt er meinen Wutausbruch auf PMS zurück und meldet sich das nächste Mal erst in sechs, statt in vier Wochen, damit er mich in einer anderen Zyklusphase erwischt.

Die Frage ist nur, ob ich überhaupt mit ihm reden oder ihn abblitzen lassen soll?

Am Montagabend kommt Lucy erschreckend gut gelaunt von der Arbeit.

»Du glaubst nicht, wer mich heute im Büro angerufen hat!«, trällert sie, wirft ihre Tasche auf den Boden und lässt sich neben mich aufs Sofa plumpsen, wo ich seit Stunden mürrisch vor der Glotze klebe.

»Äh … die Lotteriegesellschaft, um dir zu verkünden, dass du zehn Millionen gewonnen hast?«

»So ähnlich. Layton.«

»Layton?«

»Layton Berrick … erinnerst du dich denn nicht?«

Ich sollte wissen, wer dieser Layton Berrick ist, aber es ist mir tatsächlich entfallen, obwohl der Name ja ziemlich einprägsam ist.

»Layton«, wiederholt sie, »von Spicer Booth.«

»Ach, ja. Dieser Typ aus dem Pharmakonzern, auf den du seit einem Jahr so scharf bist …«

»Genau der.«

»Und was wollte er? Ging es ums Geschäft oder ums Vergnügen?«

»Um beides.« Ihr Grinsen wird noch breiter.

»Erst haben wir über einen großen Auftrag geredet, den seine Firma mir eventuell zuspielen wird …« Sie hält inne und befeuchtet sich aufgeregt die Lippen. »Und dann hat er mich zum

Dinner eingeladen!« Die letzten Worte schreit sie vor Freude regelrecht heraus.

»Toll«, entgegne ich, weil es die Antwort ist, die sie erwartet.

»Finde ich auch.« Sie strahlt wie ein Honigkuchenpferd. »Wenn doch bloß schon Freitagabend wäre!«

»Freitagabend? Da bist du doch schon verabredet ...!«

»Mit Haydn Morland kann ich am Freitag unmöglich essen gehen!«, fällt sie mir mit leuchtenden Augen ins Wort.

»Ich denke, deine Mutter bringt dich um, wenn du dieses Date absagst.«

»Das tut sie auch. Niemals kann ich absagen... Du kennst doch meine Mutter. Sie würde toben, wenn ich die Verabredung mit Haydn platzen ließe. Und verschieben geht auch nicht, denn dann wird sie befürchten, dass es wieder elf Jahre dauern wird. Und Layton sage ich ganz bestimmt nicht ab! Er ist Amerikaner.« Die letzten Worte sagt sie, als ob dies eine Entschuldigung dafür wäre, dass seine Eltern ihn so genannt haben, dass man bei seinem Namen unweigerlich an einen Bezirk in Essex denkt. »Und ein wahnsinnig toller Typ.«

»Und wie willst du dich aus der Affäre ziehen?«

»Ich habe gehofft, dass du mir vielleicht dieses eine Mal aus der Patsche helfen kannst.«

»Wie schön«, entgegne ich misstrauisch. »Und wie stellst du dir das vor?«

»Ich hätte da eine Idee ...«

Sie zögert einen Moment, was in mir die Überzeugung nährt, dass mir ihr Vorschlag ganz und gar nicht gefallen wird.

»Ich habe doch neulich vorgeschlagen, dass du einfach mein Date mit Haydn für mich wahrnehmen könntest ...

»Ja, aber das war nur ein Scherz«, stelle ich klar. »Tut mir Leid, Lucy. Das kann ich unmöglich tun.«

Sie sackt in sich zusammen.

»Warum nicht?«

»Deine Mutter würde mich umbringen, wenn sie das herausfände. Sie hat sich ein Bein ausgerissen, um dieses Date für dich und Haydn zu arrangieren. Sie fände es sicher großartig, wenn ich dort aufkreuzen würde!«

Lucy schüttelt den Kopf, rückt ein Stück näher an mich heran und umklammert flehend mein Handgelenk.

»Du verstehst mich falsch. Du sollst so tun, als seiest du *ich.*«

»Du spinnst ja total.«

»Das funktioniert, Jude, glaub mir!«

Ich starre sie ungläubig an, aber sie meint es absolut ernst.

»Ein neuer Haarschnitt, ein paar Strähnchen und vielleicht blaue Kontaktlinsen …«

»Und du meinst, das würde nicht sofort auffliegen?«, frage ich. Irgendwie fasziniert mich die Idee plötzlich.

»Ein bisschen ähnlich sehen wir uns doch. Immerhin hat man uns schon oft für Schwestern gehalten.«

»Stimmt«, gebe ich zu. »Aber das habe ich nie auf äußerliche Ähnlichkeit zurückgeführt, sondern darauf, dass wir uns vom Charakter her ähneln.«

»Außerdem haben Haydn und ich uns seit einer Ewigkeit nicht gesehen«, setzt Lucy ihre Überredungstaktik fort. »In der Pubertät passieren manchmal die seltsamsten Dinge mit einem; ich könnte doch inzwischen hundertzwanzig Kilo auf die Waage bringen und mehr Haare im Gesicht haben als ein Gorillaweibchen … Bitte, Jude, es ist doch nur für einen Abend! Danach musst du ihn nie wieder sehen. Und ich hätte meine Schuldigkeit als gute und Pflicht ergebene Tochter getan …«

»Aber deine Mutter setzt große Hoffnungen in diesen Abend, Lucy.«

»Ich erzähle ihr einfach, dass es ganz okay mit ihm war, aber dass wir uns leider nicht viel zu sagen haben … Mir fällt schon eine gute Entschuldigung ein, warum ich ihn nicht wieder sehen will. Das war ja sowieso der ursprüngliche Plan …«

»Kannst du dir nicht etwas einfallen lassen, warum du ihn gar nicht erst sehen willst?«, quengele ich.

Lucy schüttelt den Kopf. »Meine Mutter würde keine Ruhe geben, bevor ich mich mit ihm getroffen hätte. Aber so hat sie wenigstens den Eindruck, dass ich mich ernsthaft bemüht habe. Bitte tu es für mich, Jude! Es ist die ideale Lösung! Meine Mutter wäre zufrieden, und ich wäre frei. Frei!«, kreischt sie wie eine Wahnsinnige, steht auf und springt, sehr zu Victors Entrüstung, mit ausgebreiteten Armen auf dem Sofa herum.

Sie landet mit einem lauten Krachen auf dem Boden, krabbelt hysterisch kichernd zurück aufs Sofa und setzt sich wieder neben mich.

»Bitte, Jude!«, fleht sie mich an. »Ich würde es für dich auch tun, das weißt du genau.« Sie klimpert mich mit ihren endlos langen Augenwimpern an, um mich zu erweichen.

Das Ärgerliche ist, dass es funktioniert. Ich spüre, wie meine Entschlossenheit mit jedem ihrer Maybelline-WonderCurl-Augenaufschläge dahinschwindet. Warum will ich ihr bloß immer alles recht machen?

»Du bist verrückt«, stelle ich fest, doch meine Entschlossenheit, Nein zu sagen, verflüchtigt sich so schnell wie Lucy mit den Augen klimpert. »Na gut, ich überlege es mir«, murmele ich und bereue diesen kurzen, aber folgenschweren Satz im gleichen Augenblick, in dem er mir nahezu unbeabsichtigt herausrutscht.

»Oh, du bist ein Engel«, jubelt Lucy, die genau weiß, dass ein ›Ich überlege es mir‹ aus meinem Mund so viel bedeutet wie eine klare Zusage.

Sie nimmt mein Gesicht in beide Hände und drückt mir einen dicken Kuss auf den Mund. »Ich wusste doch, dass du mich nicht hängen lässt.«

»Ich habe noch nicht Ja gesagt, Lucy. Ich bin nämlich keine Schauspielerin, sondern Schriftstellerin.«

»Ich weiß. Aber du kennst mich in- und auswendig und kannst mich problemlos imitieren.«

»Bist du sicher?«

»Na ja, Passivität und Antriebslosigkeit sind vermutlich Charaktereigenschaften, die man nicht imitieren kann, damit muss man geboren sein«, zieht sie mich auf.

»Wenn du mir deinen wahnsinnigen Plan wieder ausreden willst, bist du auf dem bestem Weg«, entgegne ich schmollend und bereue meinen vorübergehenden Anfall von Altruismus auf der Stelle.

»War doch nur ein Witz.« Lucy umarmt mich, doch ich spiele weiter die Beleidigte und ziehe einen Schmollmund.

»Ich leihe dir auch mein neues Karen-Millen-Kleid ...«, versucht sie mich weiter zu überreden, wohl wissend, wie sehr mir das kostbare Stück gefällt.

»Aber du hast es doch noch nicht einmal selber getragen.«

»Manche Opfer sind es eben wert, erbracht zu werden«, entgegnet sie und seufzt melodramatisch.

»Und was ist, wenn mich jemand sieht? Was ist, wenn mir Jonathan über den Weg läuft?«

»Das wird schon nicht passieren. Der wird dich vermutlich frühestens in einem Monat wieder anrufen«, stellt Lucy verächtlich klar.

Wahrscheinlich hat sie Recht.

Ich weiß gar nicht, warum er mir in diesem Zusammenhang überhaupt in den Sinn kommt. Einerseits weiß ich, dass unsere katastrophale Beziehung seit Samstag wirklich beendet sein sollte, andererseits habe ich so eine Ahnung, dass das vermutlich nicht der Fall sein wird. Jonathan wird aus reiner Gewohnheit wieder anrufen, und ich werde, masochistisch, wie ich bin, wieder nach seiner Pfeife tanzen, so hartnäckig ich mir auch einrede, dass ich ihn nie wieder sehen will.

Was er wohl sagen würde, wenn er wüsste, dass ich mit einem anderen Mann essen gehe? Ich fürchte, es wäre ihm völlig egal. Vermutlich könnte ich einen ganzen Monat als Muskelkneterin und Masseuse mit den New Zealand All Blacks auf Tour gehen, und Jonathan würde meine Abwesenheit nicht einmal bemerken.

Aus irgendeinem Grund hilft mir diese Erkenntnis bei meiner Entscheidung. Ich sehe Lucy an, sehe die Hoffnung auf ihrem Gesicht, und denke, was für eine wunderbare Freundin sie mir während der vergangenen Jahre immer gewesen ist. Außerdem fühle ich mich geschmeichelt. Wie kann sie es auch nur für einen Augenblick für möglich halten, dass ich mich mit ein bisschen Styling in sie verwandle und tatsächlich mit ihrer strahlenden Schönheit mithalten könnte? Schließlich fällt mir auch noch der arme Callum ein, der für ein Date mit einem Hetero anderen Geschlechts alles geben würde, ganz egal, wie es zu diesem Date käme.

Und so treffe ich meine Entscheidung.

»Also gut«, sage ich, greife nach Lucys zarter Hand mit den langen Fingern und drücke sie kräftig. »Ich mache es.«

Kapitel 3

Als ich am Freitagmorgen aufwache, ist mein erster Gedanke, wie ich, um Himmels willen, einen Rückzieher von diesem Date mit Haydn Morland machen kann, ohne es mir mit Lucy zu verderben. Ihn für einen Abend an der Nase herumzuführen und ihm vorzuspielen, ich sei Lucy, mag uns ja beim Aushecken des Plans als die ideale Lösung für ihr Problem erschienen sein, doch im kalten Licht eines kühlen, aber klaren Novembermorgens betrachtet, kommt mir unser Vorhaben völlig absurd vor. Absolut *un-durch-führ-bar*.

Er mag Lucy zwar ziemlich lange nicht gesehen haben, aber ich kann mir beim besten Willen nicht vorstellen, wie ich mit meinem hellbraunen Haar, meinen braunen Augen und der Attraktivität eines Mädchens von nebenan jemals für die blonde attraktive Lucy durchgehen soll, die ganz klar in die Kategorie »bildhübsch« gehört.

Während unseres gemeinsamen Frühstücks mit zuckerfreiem Müsli bitte ich sie vorsichtig, ihn einfach anzurufen und das Dinnerdate abzusagen, doch mein Anliegen stößt auf taube Ohren. Nicht dass Lucy komplett unsensibel wäre – sie ist schließlich meine beste Freundin und merkt sehr wohl, dass meine Begeisterung für die bevorstehende Aufgabe, die sich ja von Anfang an in Grenzen gehalten hat, auf den Nullpunkt gesunken ist. Aber sie fiebert dem Abend mit Layton Berrick so entgegen, dass ihr der Blick für alles andere versperrt ist – eben auch der Blick auf unser groß angelegtes Täuschungsmanöver. Außerdem genießt sie es regelrecht, sich durch unseren Schwindel an Haydn Morland dafür rächen zu können, dass er sie als Kind so schäbig behandelt hat. Und zu allem Übel scheint Lucy auch noch auf irgendeine obskure Weise davon auszugehen, dass ich einen netten Abend haben werde. Die Tatsache, dass ich seit Jahren kein richtiges Date mehr hatte, gab ihr offenbar Anlass zu glauben, dass ich mich auf den Abend freuen sollte und dass ich trotz all der widrigen Umstände meinen Spaß haben würde.

Um alles perfekt einzufädeln, hat Lucy sich den Tag frei genommen. Schließlich galt es, eine Mission zu erfüllen. Lucy hat die Absicht, für den glücklichen Layton so umwerfend wie möglich auszusehen, und mir ist offenbar die Aufgabe zugedacht, ihr wie ein Double bei den Dreharbeiten für einen Film zu folgen und an jedem einzelnen Schauplatz zu sagen: »Alles wie bei ihr, bitte«. Im St.-Tropez-Salon, wo die Kosmetikerin uns radikal die Augenbrauen zupft; im Nagelstudio, wo meine Finger- und Fußnägel in jenem perlmutt-pinken Ton lackiert werden, wie ihn Lucy bevorzugt; und dann – völlig überflüssigerweise, denn schließlich wird heute Abend wohl kaum jemand meine Bikinizone sehen – im Enthaarungsstudio, wo wir uns mit heißem Wachs foltern lassen.

Unser letzter Anlaufpunkt ist Lucys unglaublich hipper Friseur in der Nähe des Berkeley Square. Meine anfänglichen Bedenken, mein widerspenstiges Haar so radikal kürzen zu lassen, waren vollkommen grundlos. Ich bin mit dem Ergebnis absolut zufrieden – eine hübsche schulterlange Bobfrisur mit Seitenscheitel und einem Pony, der mir über das linke Auge fällt. Außerdem zieren jetzt unzählige blonde Strähnchen mein ursprünglich hellbraunes Haar. Zumindest auf dem Kopf sehe ich jetzt aus wie Lucy. Es kommt mir geradezu vor, als ob ihr Haarschopf eine Perücke wäre, die ich mir nur mal eben ausgeliehen habe.

Es ist die beste Frisur, die ich hatte, seitdem meine Mutter mir, noch zu High-School-Zeiten, regelmäßig einen Pagenkopf schneiden ließ. Die neue Farbe und der Schnitt stehen mir viel besser als ich gedacht hätte. Ich hatte befürchtet, mit blondem Haar verlebt und ausgelaugt auszusehen, aber in Wirklichkeit bringt es mein Gesicht regelrecht zum Strahlen, und der Wahrheitsgehalt des bekannten Sprichworts, nach dem Blondinen mehr Spaß haben, wird auf der Stelle bestätigt, als ich den Salon verlasse und von der Baustelle gegenüber mit einem wahren Konzert von Jubelpfiffen begrüßt werde, und zwar von den gleichen behaarten Affen, die mich auf dem Hinweg zum Friseur ignoriert haben, beim Anblick von Lucy jedoch fast vom Gerüst gefallen wären.

Lucy strahlt vor Freude.

»Du siehst super aus, Jude! Wenn ich geahnt hätte, wie gut dir meine Frisur steht, hätte ich dich schon vor einer Ewigkeit zu Leo geschickt.«

»Findest du es nicht ein bisschen komisch, dass ich so herumlaufe wie du?«, frage ich sie, während ich mein Spiegelbild in einem Schaufenster betrachte. Sie überlegt einen Augenblick und zwinkert mir verschmitzt zu.

»Wenn du mich aus eigenem Antrieb einfach nachäffen würdest, fände ich das vermutlich nicht so toll. Aber du machst es ja, um mir einen Gefallen zu tun, und schließlich habe ich dich selber darum gebeten.« Sie grinst mich breit an und drückt mir zum Dank ein Küsschen auf die Wange. »Außerdem habe ich ja kein Copyright an meinem Haarschnitt. Hauptsache Cal lässt sich nicht auch noch die gleiche Frisur verpassen ...«

Während Lucy einen Blick auf ihre Uhr wirft, stelle ich mir Cal in einem von Lucys Ausgehkleidchen und mit unserem derzeitigen Blondschopf vor, und schüttele mich. Eine furchtbare Vorstellung.

»Ich muss schnell noch etwas erledigen. Wollen wir uns in einer Viertelstunde an der U-Bahn-Station treffen?«

Ich schlendere Richtung Green Park, bleibe an einem mit Souvenirs voll gestopften Zeitungskiosk stehen und kaufe eine Ansichtskarte mit einem schönen roten Londoner Doppeldeckerbus drauf. Ich werde sie meiner Mutter schicken, die es vom West End nach Somerset verschlagen hat, um »Ruhe und Frieden« zu finden, die aber immer noch in alles vernarrt ist, was auch nur im Entferntesten mit London zu tun hat. Ich versuche, so oft wie möglich mit ihr in Kontakt zu bleiben.

Mum und ich hatten schon immer ein enges Verhältnis, aber seit vor sechs Jahren mein Vater gestorben ist, ist sie mir noch wichtiger geworden.

Im Gegensatz zu Lucy und ihrer Mutter Marjory haben Mum und ich eine gesunde, ziemlich enge Beziehung zueinander, ohne dass wir einander auf die Pelle rücken. Wir wissen einfach, dass wir füreinander da sind.

Ihr würde nicht im Traum einfallen, mir vorzuschreiben, mit wem ich ihrer Meinung nach ausgehen sollte und mit wem nicht. Eher nehme ich mir *sie* gelegentlich zur Brust und rede ihr wegen ihrer häufig wechselnden Partner ins Gewissen.

Mum ist Künstlerin, sie malt vor allem Aquarelle. Und sie ist richtig gut. Zum Glück muss sie sich nicht davon ernähren. Mein kluger Vater hat in weiser Voraussicht dafür gesorgt, dass sie gut abgesichert ist, falls ihm etwas zustoßen sollte. Aber wenn es sein müsste, könnte sie sogar von dem leben, was sie durch den Verkauf ihrer Bilder einnimmt.

Mein Dad war etliche Jahre älter als Mum, und während sie in jeder Hinsicht ein unbekümmertes Bohemienleben führte, war er ein spießiger Banker. Sie waren wirklich ein sehr ungleiches Paar.

Bis meine Mum Dad kennen lernte, hat sie ein ziemlich bewegtes Leben geführt. Als Teenie war sie ein richtiges Hippiemädchen, ihren ungebändigten, unkonventionellen Lebensstil gab sie auch als Zwanzig- oder Dreißigjährige nicht auf, und dann hat sie mit vierzig auf ziemlich spektakuläre Weise noch einmal ganz neu angefangen. Jetzt geht sie mit schnellen Schritten auf ihr wildes Rentnerdasein zu.

Mein armer alter Dad konnte nie mit ihr mithalten, und meine Oma sagt immer: »Deine Mum hat ihn ins Grab gebracht, aber wenigstens ist er als glücklicher Mann gestorben.« Ich werde immer ein bisschen traurig, wenn ich an Dad denke.

Lucy hat auch schon ihren Vater verloren, eine weitere Gemeinsamkeit, eine gemeinsame Hypothek sozusagen.

Der Gedanke an Lucy lässt mich erneut an den bevorstehenden Abend denken.

Der heutige Tag war zwar auf eine seltsame Weise ganz amüsant, aber auf den Abend freue ich mich trotzdem nicht. Nicht im Geringsten. Ich habe das dumme Gefühl, dass ich mich zur absoluten Idiotin mache. Das ist sowieso eine Art Spezialität von mir.

Außerdem muss ich mich erst einmal an mein neues Aussehen gewöhnen. Jedes Mal, wenn ich mich in einem Schaufenster sehe, frage ich mich, ob diese Unbekannte, die mich da anstarrt, wirklich ich selber bin. Zum Glück heitert mich ein vorbeirauschender Taxifahrer, der mir ein Kompliment zuruft auf, gefolgt von einem Fahrradkurier, der mir einen Heiratsantrag zubrüllt.

Während ich an der U-Bahn-Station Green Park auf Lucy warte, durchwühle ich meine Handtasche nach einem Kugelschreiber. Schnell noch die Karte an Mum.

»Liebe Mum«, beginne ich. »Stell dir vor – ich habe heute Abend ein richtiges Date. Was sagst du dazu? Die Umstände, wie ich dazu gekommen bin, sind zwar ziemlich ungewöhnlich...« Ich halte inne und kaue nachdenklich auf dem Stift herum.

Was Mum wohl von all dem halten würde? Wahrscheinlich würde sie das Ganze brüllend komisch finden. Und wenn ich den Schwanz einziehen und kneifen würde, würde sie vermutlich anbieten, für mich einzuspringen und die Sache souverän durchziehen, obwohl sie genau doppelt so alt ist wie Lucy.

Aus der Viertelstunde werden zwanzig Minuten.

Nach einer halben Stunde taucht Lucy endlich auf, außer Atem, aber immer noch strahlend. Sie hat eine kleine weiße Tüte bei sich.

»Tut mir Leid, dass ich mich verspätet habe«, keucht sie und wedelt mit der Tüte herum.

»Hier, etwas ganz Wichtiges.«

»Was ist das?« frage ich. Sie sieht die Tüte an und dann wieder mich.

»Deine ultimative Waffe – ein Paar blaue Kontaktlinsen.«

»Du machst wohl Witze, oder?« Ich starre nervös die Tüte in ihrer Hand an, als ob sie sie als Waffe gegen mich verwenden könnte.

»Wenn deine Augen eine andere Farbe haben als er sie in Erinnerung hat, würde er doch sofort Lunte riechen.«

»Kann ich ihm nicht einfach erzählen, dass ich braune Kontaktlinsen trage?«, scherze ich matt. »Wenn ich dich richtig verstanden habe, sieht er seinem Gegenüber doch sowieso nicht in die Augen.«

»Mache dir keine Sorgen, Jude«, versucht Lucy mich zu beruhigen und hakt sich bei mir unter. »Es wird schon alles super klappen. Wollen wir nach Hause fahren? Ich weiß nicht, wie es dir geht, aber ich sterbe beinahe vor Hunger und habe uns bei Pret-à-mangé ein Sandwich geholt. Wollen wir teilen? Es ist mit Garnelen und Avocado. Ich weiß, Avocados machen dick, aber sie sind wunderbar für die Haut...

Lucy gibt einen letzten Tupfer von dem warmen, pinkfarbenen Rouge auf meine Wangen, das sie immer benutzt, tritt zurück und begutachtet ihr Werk.

»Geradezu unheimlich!«, staunt sie. Ich weiß ihr Lächeln nicht recht zu deuten.

»Meinst du, ich sehe so unheimlich aus, dass ich ohne Maske zu einer Halloween-Party gehen könnte?«, witzele ich ein bisschen nervös. »Bring doch noch ein paar Schraubbolzen an meinem Hals an, dann kann ich als Frankenstein gehen.«

»Nein«, entgegnet sie und schüttelt bedächtig den Kopf. »Du siehst sagenhaft aus. Mit ›unheimlich‹ meine ich, dass ich das Gefühl habe, in den Spiegel zu sehen.«

»Diese Dinger fühlen sich verdammt komisch an«, stelle ich

fest und rolle vorsichtig mit den Augen, um zu testen, ob die Kontaktlinsen an Ort und Stelle bleiben.

»Stell dich nicht so an! Sobald sie drin sind, spürt man sie doch gar nicht mehr.«

»Erzähl das mal meinen Augäpfeln«, entgegne ich und versuche zu blinzeln.

Lucy dreht mich auf meinem Bürostuhl um, damit ich in den Spiegel sehen kann.

Die flüchtigen Blicke, die ich von meinem Äußeren in den Schaufenstern erhascht habe, waren ja schon ziemlich befremdlich, aber jetzt, direkt neben Lucy und nachdem sie ihr magisches Werk an meinem Gesicht vollendet hat, ist die Ähnlichkeit wirklich frappierend.

»Wow!«, flüstere ich.

»Habe ich es dir nicht gesagt? Wir könnten als Zwillinge durchgehen ... Na ja, zumindest im Halbdunkel. Wollen wir hoffen, dass er kurzsichtig ist.« Sie lacht, als sie sieht, dass sich auf meiner Stirn sofort ein paar Sorgenfalten bilden. »Vergiss es, war nur ein Witz! Du siehst großartig aus, ehrlich, er wird den Braten niemals riechen.«

»Hältst du das Ganze immer noch für eine gute Idee, Luce?«

»Wahrscheinlich ist es keine.« Sie grinst wieder, beugt sich zu mir herunter und tupft mir noch ein bisschen Rouge auf die Wangen, die ohne ihre Schminkkunst kreideweiß wären.

»Ich komme mir irgendwie fies und schäbig vor«, gestehe ich.

»Warum denn?« Sie legt den Rougepinsel zurück in die kleine Dose und schließt energisch den Deckel. »Er verdient es, betrogen zu werden. Vergiss nicht, wie er mich als Kind behandelt hat. Habe ich dir schon erzählt, wie er einmal meine Lieblingspuppe in einen Skinhead verwandelt hat?«

»Nein, wirklich?«

»O ja. Sie hatte herrliches langes blondes Haar, und er hat sie komplett kahl geschoren, ihr die Nase mit einem Ohrring seiner

Mutter gepierct und dann mit blauem Kugelschreiber ›Liebe‹ und ›Hass‹ auf ihre Hände geschmiert.«

Ich muss lachen.

»Das findest du lustig, was?« Sie seufzt und verdreht die Augen.

Die Wohnungstür fällt krachend ins Schloss. Cal ist von der Arbeit zurück.

»Hallo?«, ruft er.

»Wir sind hier!«, ruft Lucy zurück.

Ich höre, wie er sich die Schuhe abstreift und sie wie üblich gegen den Heizkörper schleudert, sein bevorzugter Abstellplatz für seine Schuhe. Dann steuert er fröhlich pfeifend Lucys Zimmer an. Plötzlich bricht sein Pfeifen jäh ab, und er bleibt verdutzt mit noch gespitzten Lippen auf der Türschwelle stehen.

»Oh, mein Gott! Ich sehe doppelt, dabei habe ich noch keinen Tropfen getrunken.«

»Komm näher!«, fordert Lucy ihn strahlend auf. Sie geht einen Schritt auf ihn zu, nimmt ihn bei der Hand und zieht ihn ins Zimmer. »Was fällt dir außerdem auf?«

Er braucht ein paar Sekunden, bis er die Kontaktlinsen bemerkt und vor Staunen die Augen aufreißt. »Das ist ja der Wahnsinn! Ihr könntet glatt als Zwillinge durchgehen!« Er hält inne und grinst noch breiter. »Warum cancelt ihr nicht einfach eure Dates für heute Abend und geht stattdessen mit mir aus? Ich treffe mich später mit ein paar Arbeitskollegen im Cricketer's Arms. Wenn ich da mit euch beiden im Arm hereinscharwenzelt käme, würden sie endlich aufhören, mich ständig mit meinem traurigen Liebensleben aufzuziehen.«

»Wir würden dir ja wirklich gerne helfen, dein Image als Don Juan aufzupolieren, Cal, aber du weißt doch, dass es heute wirklich nicht geht«, erinnert ihn Lucy.

»Also gut, wie wär's dann mit einem flotten Dreier, bevor ihr geht?«, schäkert er. »Davon habe ich schon immer geträumt.«

Lucy kreischt vor Vergnügen, als Cal so tut, als wolle er sie schnappen und aufs Bett werfen, doch als er sich umdreht und auf mich losstürmt, bittet sie ihn flehentlich, sofort damit aufzuhören.

»Bitte nicht! Sie ist ein Kunstwerk! Wenn du ihre Haare und ihr Make-up in Unordnung bringst, kriege ich sie nie und nimmer noch mal so hin.«

»Kriege ich wenigstens einen Kuss?«, bettelt Cal. Ich drücke ihm einen dicken Schmatzer auf die Stirn, und jetzt prangt ein korallenroter Lippenstiftabdruck über seiner Nase.

»Danke, Schatz. Dann mache ich mich jetzt auch ein bisschen zurecht für meinen romantischen Abend mit den Kumpels von Bow. Den Abdruck da behalte ich – als Beweis sozusagen. Einen schönen Abend euch beiden. Und Lucy – ich hoffe, dieser Layton ist den immensen Aufwand auch wert!« Er beugt sich zu mir und drückt mir einen freundschaftlichen Kuss auf die Wange. »Und du, Jude, pass auf dich auf! Falls ich dich retten soll, ruf mich an. Ich bin gegen halb zwölf zu Hause.« Er schnieft übertrieben. »Wie immer einsam, traurig und allein im Bett.«

Im Taxi auf dem Weg zum Restaurant versuche ich mich darauf einzustellen, dass ich ab jetzt Lucy bin.

»Hallo, ich bin Lucy. Ja, ich bin's, Lucy«, wiederhole ich, sehr zur Erheiterung des Taxifahrers, wieder und immer wieder. Das Problem ist, dass meine Zunge nicht immer so will wie ich und mir immer wieder Jude herausrutscht, wenn ich eigentlich Lucy sagen will.

Am meisten graut mir davor, vor lauter Aufregung eine Kombination beider Namen hervorzubringen und mich Lude zu nennen oder irgend etwas anderes Lächerliches von mir zu geben.

Der Limehouse Link ist völlig verstopft, weshalb es nur im Schneckentempo vorwärts geht. Als wir das Restaurant nach einer halben Stunde erreichen, bin ich bereits zehn Minuten zu spät, was mich noch nervöser macht. »Vergiss nicht, gelangweilt zu tun und ihn von oben herab zu behandeln!«, erinnere ich mich, während ich dem Fahrer das Geld gebe und hektisch aussteige.

Ich versuche, ein arrogantes Gesicht aufzusetzen, worauf ich mich aber nicht lange konzentrieren kann, weil ich in der Hektik stolpere, meine Tasche verliere und auf den Knien herumrutschen muss, um den gesamten Inhalt meiner Handtasche im Rinnstein zusammenzusuchen. Peinlich.

»Der Name lautet O'Neill, Lucy O'Neill«, brabbele ich vor mich hin, während ich aufstehe und mir die Steinchen von den Knien klopfe.

»Ist alles in Ordnung, junge Frau?«, fragt mich der Taxifahrer und lehnt sich besorgt aus dem Fenster.

»Geschüttelt«, scherze ich, »nicht gerührt.«

Oje, jetzt gehen die Nerven komplett mit mir durch. Wie immer, wenn ich Angst habe, fange ich an, albern zu werden. Ich versuche noch einmal, eine arrogante Miene aufzusetzen, doch es will mir einfach nicht gelingen. Es ist gar nicht so einfach, einen versteinerten, hochnäsigen Gesichtsausdruck hinzukriegen, wenn man vor Nervosität am ganzen Körper bibbert wie Wackelpudding.

Aber was soll's, wenn ich so zappelig bin, wirkt das bestimmt genauso abtörnend wie wenn ich die Hochnäsige mime. Erst recht, wenn ich mein kontinuierliches Zittern noch mit gelegentlichen unkontrollierten krampfartigen Gesichtszuckungen betone.

Plötzlich sehe ich mich zuckend und zwinkernd wie eine der Irrenanstalt Entlaufene dem unbekannten Haydn Morland gegenübersitzen und muss unvermittelt lachen. Mit einem fröhlichen Gesicht fühle ich mich sofort besser, als wenn ich krampfhaft versuche, mürrisch auszusehen.

Vielleicht ist das die Lösung.

Wie hat sich Lucy wohl Haydns Meinung nach entwickelt? Nach dem, was sie mir über ihre eher schwierige Beziehung aus Kindertagen erzählt hat, könnte ich mir vorstellen, dass er alle möglichen schrecklichen Eigenschaften an ihr erwartet und jetzt in dem Restaurant sitzt und dem Abend mit der gleichen Begeisterung entgegensieht wie Lucy beziehungsweise ich. Aller Wahrscheinlichkeit nach erwartet er eine grässliche Erwachsenenversion jenes Mädchens, das er so inständig verabscheut hat, die ihm gründlich den Abend verdirbt. Also macht er sich auf das Schlimmste gefasst.

Vielleicht fände er es abstoßender, wenn ich nett zu ihm wäre. Übertrieben nett. Zum Beispiel total überdreht und so flirtfreudig, dass es ihm regelrecht auf den Geist ginge. Ich kenne eine Menge Männer, die so ein Verhalten extrem anödet. Jonathan zum Beispiel.

Mit meinen Flirtversuchen habe ich es bisher noch immer geschafft, jeden Mann zu vergraulen. Vielleicht ist das also die beste Taktik? Was Turtelei und Liebesdinge angeht, bin ich auf dem Papier nun mal leider besser als im richtigen Leben.

Ich weiß, dass ich an diesem Abend Lucy spielen soll, aber wenn ich Haydn erfolgreich vergraulen soll, kann ich sie eigentlich nicht wirklich imitieren, denn sie ist viel zu liebenswert, als dass er sie nicht mögen würde. Selbst wenn sie sich damals nicht ausstehen konnten.

Vielleicht sollte ich also einfach sein wie immer und nach dem Motto verfahren: Bagger ihn so lange an, bis er das Weite sucht.

Aus Angst, das Ganze zu sehr zu verkomplizieren, entscheide ich mich schließlich für die erste Variante. Ich muss mir also nur vor Augen führen, wie er sie als Siebenjährige gefunden hat und diese kindliche Horrorvision um ein Vielfaches verschlimmern.

Lucy meint, er habe sie für ein verwöhntes Balg gehalten. Also könnte ich doch den ganzen Abend die arrogante Primadonna spielen. Die teuersten Gerichte von der Speisekarte bestellen, mich über den Service beschweren und auf ihn herabsehen, als wäre er die erbärmlichste männliche Kreatur auf der ganzen Welt, ungeachtet der Realität.

Wenn er immer noch so furchtbar ist, wie Lucy ihn geschildert hat, müsste es eigentlich ein Leichtes sein, den Abend zu einem kompletten Desaster zu machen. Ich komme schließlich zu dem Schluss, *jeden* nur erdenklichen Fehler zu machen, den man bei einem Blind Date überhaupt begehen kann.

»Langweilig und hochnäsig, unverschämt und verzogen …«, wiederhole ich gebetsmühlenartig, während ich auf meinen sieben Zentimeter hohen Absätzen auf die Eingangtür zustöckele, »dann aufgedreht bis zum Gehtnichtmehr und …« An der Tür zögere ich. Ein richtig guter Start für einen richtig schlechten Start wäre doch, viel zu spät zu kommen und nicht nur ein paar Minuten …

Nachdem ich mich eine weitere Viertelstunde draußen herumgedrückt habe, sehe ich schließlich ein, dass ich für das Herumlungern an Straßenecken an einem derart kalten Novemberabend nicht adäquat gekleidet bin und gehe rein, um weitere zehn Minuten auf der Toilette zu verbringen.

Das Problem ist nur – als ich erst mal vor dem Spiegel stehe, kann ich unmöglich widerstehen, meine neue Frisur zurechtzuzupfen und meine Lippen nachzuziehen, die durch mein nervöses Herumkauen keine Spur von Lippenstift mehr aufweisen. Dabei soll ich doch eigentlich möglichst zersaust und unvorteilhaft aussehen.

Aber es widerstrebt nun einmal den Grundprinzipien einer Frau, sich hässlich statt schön zu machen.

Als ich allmählich befürchte, dass Haydn das Restaurant womöglich unverrichteter Dinge wieder verlässt, wenn ich seine Geduld noch länger strapaziere, verlasse ich die Toilette. Schließlich soll er mich als Person nicht mögen, und nicht dafür, dass ich ihn versetzt habe.

Übrigens kann es ja auch sein, dass Haydn gar nicht gekommen ist. Ich bin mir nämlich ziemlich sicher, dass ihm dieses Treffen genauso aufgezwungen wurde wie Lucy.

Aber wenn er wirklich so toll war, wie Marjory immer sagte,

warum sollte er dann auf die Hilfe seiner Mutter angewiesen sein? Vielleicht ist er also immer noch ein pickeliger bescheuerter Streber, und Marjory hat ihn die ganze Zeit durch eine extrem dicke rosa Brille gesehen.

Plötzlich muss ich wieder gegen die Versuchung ankämpfen, einfach auf dem Absatz kehrtzumachen und abzuhauen. »Lucy zuliebe«, sage ich mir. Also reiße ich mich zusammen und schreite entschlossen durch den Vorraum.

Das Hot House ist ein ziemlich nobles Restaurant in Whitechapel. Es befindet sich in der einstigen Orangerie einer sehr beeindruckenden viktorianischen Villa, die heute ein ebenso beeindruckendes Fünf-Sterne-Hotel beherbergt, und man fühlt sich dort, als würde man in einem Gewächshaus in Kew zu Abend speisen. Riesige exotische Pflanzen ragen über die Tische, als warteten sie nur darauf, dir in dem Moment, in dem du deine Aufmerksamkeit dem Streichquartett zuwendest, das dezent am anderen Ende des Raumes sein Repertoire zum Besten gibt, einen der Leckerbissen von deinem reich gefüllten Teller zu stibitzen.

Der Maître, der mich garantiert draußen hat herumlungern sehen, mustert mich und zieht eine Augenbraue hoch.

»Äh … guten Abend …«, stammle ich. Sein durchdringender Blick macht mich ganz verlegen. »Ich bin verabredet. Ein Tisch für zwei Personen, er war für acht Uhr bestellt.«

»Haydn Morland«, füge ich erwartungsvoll hinzu, als er mich weiterhin fragend anstarrt.

Bei der Erwähnung des Namens lockern sich seine verspannten Gesichtszüge sofort, und er blickt freundlich drein.

»Ah, ja, selbstverständlich Mademoiselle, wenn Sie mir bitte hier entlang folgen wollen. Mr. Morland erwartet Sie bereits.«

Ich folge dem distinguierten kleinen Mann durch das volle Restaurant. Plötzlich flattert ein ganzer Schwarm Schmetterlinge in meinem Magen auf, der sich lautstark beschwert darüber, dass ich ihn den ganzen Tag über nur mit einem halben Sandwich gefüttert habe. Noch dazu eines mit Avocado und Krabben, was bekanntlich selbst an guten Tagen und für einen ruhigen Magen nicht die bekömmlichste Kombination ist.

Der Maître führt mich an einen abgelegenen Tisch am äußersten Ende des lang gezogenen Raumes, von dem aus man einen herrlichen Blick auf den Garten hat.

Am Tisch sitzt ein Mann, dessen Gesicht teilweise hinter einer riesigen Weinkarte versteckt ist. Als der Maître die Wedel eines riesigen Drachenbaums zur Seite schiebt, um mich durchzulassen an den kleinen, kerzenbeschienenen Zufluchtsort aus weißem Leinen und zwei sorgfältig drapierten Silbergedecken, blickt der Mann auf, und im gleichen Moment verlässt mich der Mut.

Die Augen, die mich über den Lederrand der Karte hinweg anstarren, blicken alles andere als freundlich. Genauer gesagt blitzen sie mich so feindselig an, dass ich drauf und dran bin abzuhauen.

Kein Wunder, dass Lucy sich das nicht antun wollte. Er sieht stinksauer aus. Als ob er völlig vergessen hätte, wo er sich gerade befindet. Er lässt die Weinkarte sinken, und zum Vorschein kommt ein fest zusammengepresster, verkniffener, vor Ärger schmallippiger Mund.

Ich habe also richtig vermutet. Es sieht ganz so aus, als wäre er ebenfalls zu diesem Abend genötigt worden. Das kann ja heiter werden. Das ist die Hölle. Ich muss mich nicht nur durch vier Gänge hindurchlügen, sondern zu allem Überfluss auch noch jemandem etwas vorspielen, der sich ganz offensichtlich nichts sehnlicher wünscht, als irgendwo anders zu sein, nur nicht in diesem Restaurant.

Trotz allem hat Morland die Güte aufzustehen, als ich an den Tisch trete. Er zaubert sogar ein halbherziges Lächeln auf sein Gesicht und hält mir die Hand hin. Ich schüttle sie in dem Bewusstsein, dass meine Hände inzwischen schwitzen wie ein alter Camembert.

Sei's drum, für meine Zwecke ist das gar kein schlechter Anfang. Was gibt es schließlich Abschreckenderes, als eine Hand zu schütteln, die sich anfühlt, als hätte sie den ganzen Morgen in einem Eimer warmem Fett herumgerührt.

Er mustert mich mit einem distanzierten, etwas misstrauischen Blick.

Mir fällt auf, dass er mich trotz meiner hohen Absätze um einige Zentimeter überragt und ziemlich gut gebaut ist. Er hat kräftige Schultern und trägt einen elegant geschnittenen Hugo-Boss-Anzug.

»Lucy?« Ich brauche ein paar Sekunden, um mir bewusst zu machen, dass dies für den heutigen Abend tatsächlich mein Name ist.

»Haydn?«, entgegne ich unbehaglich. Aus irgendeinem Grund will mir das zu erwartende »Ja, ich bin's, Lucy« nicht über die Lippen kommen.

»Nett, dass du kommen konntest.«

Den sarkastischen Unterton in seiner Stimme bilde ich mir mit Sicherheit nicht ein.

Ich werfe einen Blick auf meine Uhr und stelle fest, dass ich über eine halbe Stunde zu spät bin, was ihn sichtlich zu ärgern scheint. Lucy wird mit mir zufrieden sein.

»Setz dich doch.« Er deutet hinter mich, und ich bemerke erstaunt, dass der Maître dort steht und höflich darauf wartet, mir den vergoldeten Stuhl unter den Hintern zu schieben. Mit seiner schwarzen Fliege, dem gegelten Haar und den makellosen weißen Zähnen sieht er ein bisschen aus wie Birtie Wooster. Sein breites Lächeln wirkt allerdings etwas gezwungen, da er so lange ausharren muss, bis ich ihn zur Kenntnis nehme und mich endlich parken kann.

Also setze ich mich, und der Maître zieht ab.

Haydn Morland sieht mich schweigend an. Vermutlich wartet er darauf, dass ich mich für meine Verspätung entschuldige. Unter normalen Umständen wäre das auch das Erste, was ich täte. Aber dies sind keine normalen Umstände.

Und so eindringlich und herausfordernd er mich auch mit seinen wütenden Augen anstarrt – Sinn und Zweck dieses Abends ist es schließlich, ihn so zu vergraulen, dass er Lucy O'Neill im Leben nie wieder sehen will. Also sitze ich da und sage gar nichts.

Das Schweigen zieht sich qualvoll in die Länge, doch dann entspannen sich seine verkniffenen, beinahe wütenden Gesichtszüge ein wenig, und er nickt ein paar Mal bedächtig, wobei er mich von oben bis unten taxiert.

»Du siehst ganz anders aus, als ich dich in Erinnerung habe«, sagt er schließlich und ersetzt sein aufgesetztes Begrüßungslächeln durch ein wärmeres Grinsen.

Worauf du dich verlassen kannst. »Äh, ja«, erwidere ich nervös. »Es ist ja auch ganz schön lange her.«

»Über zwanzig Jahre, um genau zu sein.«

»Du hast dich auch ganz schön verändert.« Mit dieser Feststellung fühle ich mich auf der sicheren Seite. Immerhin hat Lucy ihn das letzte Mal gesehen, als er zwölf war.

Erneut unbehagliches Schweigen.

Dann erscheint ein Kellner an unserem Tisch und reicht mir eine Speisekarte. Haydn hatte ja genügend Zeit, die seine ausgiebig zu studieren. Verlegen verstecke ich mich hinter der Karte, doch sein bohrender Blick brennt sich förmlich durch die dicken Seiten. Schließlich ergreift er erneut das Wort, und ich linse über die Karte und sehe ihn an.

»Wie geht es deiner Mutter?«

Oha. Höfliches Konversationsgeplänkel. Wie angenehm.

»Gut, danke der Nachfrage. Und wie geht es deiner Mutter, Olivia?« Den Namen hänge ich etwas zögernd an und hoffe inständig, dass ich damit richtig liege. Lucy hat mir in den vergangenen Tagen einen groben Abriss von Haydn Morlands Leben geliefert, doch ich bin nicht sicher, wie viel davon wirklich in meinem Hirn hängen geblieben ist. »Lebt sie immer noch in Marbella?«

»Auf Mallorca, um genau zu sein. Aber ja, sie lebt immer noch dort, und es gefällt ihr nach wie vor. Danke.«

Oh, Mist. Na, wenigstens stimmte der Name.

Erneutes Schweigen.

Am besten rede ich über irgendwelche zurückliegenden gemeinsamen Erlebnisse.

Beim Pläneschmieden hat Lucy es für sinnvoll gehalten, ihn möglichst oft daran zu erinnern, dass wir schon als Kinder nichts miteinander anfangen konnten und, in der Hoffnung, auf diese Weise unsere gegenseitige kindliche Abneigung möglichst lupenrein auf unser Erwachsenendasein zu übertragen, nach Herzenslust die alten Vorbehalte aufzuwärmen. Doch es scheint, als könne ich mir die Mühe schenken, wir empfinden auch ohne mein Zutun genügend Abneigung füreinander.

Der Kellner kommt an unseren Tisch und nimmt unsere Bestellungen entgegen, das rettet uns über einige Minuten hinweg. Danach wieder ausgedehntes Schweigen, es kommt mir vor wie eine Ewigkeit.

Ich spiele an meiner Serviette herum, er untersucht sein Besteck, und schließlich wird eine Flasche Wein aufgetragen, was uns ein paar erlösende Minuten lang beschäftigt – ihn, indem er den Wein verkostet und billigend nickt, und mich, indem ich zusehe, wie der Kellner mein Glas füllt, ihm dankend zulächle, einen Schluck trinke, mit einem zustimmenden Nicken zu erkennen gebe, dass es sich wirklich um einen erlesenen Tropfen handelt, meinem Gegenüber mit erhobenem Glas schweigend zuproste und mit seliger Erleichterung spüre, wie endlich etwas Alkohol in meine Blutbahn strömt und seine erlösende Wirkung entfaltet.

Wir haben unser erstes Glas fast zur Hälfte geleert, als er schließlich die Sprache wieder findet und mich fragt: »Und wie geht es Edwin?«

Diese Frage bringt mich ein bisschen ins Schleudern. Natürlich kennt er Edwin. Wenn er Lucy als Kind kannte, kennt er auch Edwin. Allerdings gehört Edwin noch zu meinen bevorzugten Gesprächsthemen.

»Soweit gut«, antworte ich ausweichend.

»Ich habe ihn schon länger nicht mehr gesehen. Wir haben uns ein bisschen aus den Augen verloren, schade eigentlich. Er ist ein toller Typ.«

So hätte ich ihn im Leben nicht beschrieben. Selbst Lucy pflegt zu ihrem Bruder eine Art Hassliebe.

»Er ist kein schlechter Kerl«, entgegne ich mit einem zögernden Lächeln. »Jedenfalls manchmal.«

»Ja, kommt vor, dass er ein bisschen ruppig ist, das stimmt schon.«

»Das ist ja wohl ziemlich untertrieben«, fauche ich empört und falle für einen Moment aus der Rolle.

»Seltsam. Ich dachte, ihr versteht euch?« Mein Ausbruch scheint ihn wirklich zu überraschen.

»Mal ja, mal nein«, ist die einzige Antwort, die mir einfällt.

Die servierte Vorspeise rettet mich fürs Erste. Während wir uns beide unseren Tellern widmen, zermartere ich mir das Hirn nach irgendeinem harmlosen, unverfänglichen Gesprächsthema. Unser Schweigen ist sicher als Zeichen dafür zu deuten, dass wir beide den Abend furchtbar finden, und das ist ja genau mein Ziel, doch um ehrlich zu sein, macht es mir ganz schön zu schaffen.

Ich halte das nicht noch ein paar Stunden aus. Was würde ich normalerweise bei einem ersten Treffen fragen? Kommst du oft hierher? Nein, zu abgedroschen. Ich mustere sein unbewegliches, gelangweiltes Gesicht.

»Bist du sehr gedrängt worden, bis du dich hast breitschlagen lassen, dich mit mir zu treffen?«, lautet schließlich die großartige Eröffnung, zu der ich mich durchringe. Er starrt mich mit großen Augen an und blinzelt etwas ungläubig.

»War es bei dir so?«, fragt er schließlich zurück.

Ich nicke mit Nachdruck und denke an die arme Lucy und das

Dauerbombardement ihrer erbarmungslosen Mutter. »O ja, das kann man wohl sagen. Gebetsmühlenartige Bearbeitung nach dem Motto ›Steter Tropfen höhlt den Stein‹, tropf, tropf, tropf – bis ich schließlich klein beigegeben habe. Nur deshalb bin ich hier.«

Er sieht ein bisschen beleidigt aus.

Nun bin ich doch betroffen, dass ich ihn offenbar verletzt habe, und beiße mir auf die Unterlippe, während ich nach einer passenden Bemerkung suche, um meine Entgleisung wieder gutzumachen. Doch dann mache ich mir klar, dass das doch genau das Erwünschte ist.

Perfekt.

Wenn ich ihn richtig beleidige, will er mich beziehungsweise Lucy mit Sicherheit nie wieder sehen. Deshalb setze ich, anstatt ihn zu beschwichtigen, schnell noch einen drauf. »Ich habe mich sogar so gegen dieses Treffen gesträubt, dass ich meine Mitbewohnerin dazu bringen wollte, an meiner Stelle zu erscheinen.«

»Tatsächlich?«

Ich nicke. »Tatsächlich. Aber nachdem ich ihr erzählt habe, wie furchtbar du bist, wollte sie nichts davon wissen.«

»Aha.«

»Ich habe ihr sogar Geld angeboten …«

»Und das hat auch nicht funktioniert?« Er klingt sehr nüchtern.

Ich schüttele den Kopf.

»Sie hat irgendwas gemurmelt wie ›nicht um alles in der Welt und nicht für Geld und gute Worte‹, wenn ich mich recht erinnere. Mein Fehler. Ich hätte dich eben ein bisschen besser verkaufen sollen, dann hätte sie sich vielleicht nicht so gesträubt …« Das wäre erledigt, denke ich, lehne mich zurück und grinse ihn unverfroren an. »Also, was hast du so getrieben, seit wir uns das letzte Mal gesehen haben?«

»Willst du einen kompletten Abriss der letzten zwanzig Jahre?«, fragt er unterkühlt zurück und verzieht seinen rechten Mundwinkel zu einem halbherzigen Lächeln. »Oder soll ich es lieber aufschreiben, damit du es mit nach Hause nehmen und deine Mitbewohnerin bitten kannst, es für dich zu lesen – gegen Bezahlung, versteht sich.«

Ich habe es nicht besser verdient, ich weiß, aber er sagt es derart herablassend, dass ich ungeachtet meiner eigenen Beleidigungen, mit denen ich ihn bedacht habe, innerlich hochkoche.

Lucy hatte Recht. Er ist absolut unverschämt. Unverschämt und arrogant. Ich lehne mich zurück und kneife die Augen zusammen. »Ich kann auch warten, bis die Autobiografie erscheint«, gebe ich zurück.

»Also hast du doch noch irgendwann lesen gelernt«, kontert er.

»Sonst hätte ich ja nicht jeden Tag die *Times* nach einer Todesanzeige von dir absuchen können.«

Wir starren einander einen Moment wütend an, und zu meiner Verwunderung sehe ich, wie Haydns Mundwinkel unkontrolliert zu zucken beginnen. Das Nächste, woran ich mich erinnere, ist, dass er von einem brüllenden Lachanfall geschüttelt wird und ich ebenfalls.

Ich war schon immer mit einem äußerst merkwürdigen Sinn für Humor geschlagen – oder sollte ich lieber sagen gesegnet? Die seltsamsten Dinge bringen mich zum Lachen, und unglücklicherweise ist genau dies einer jener Momente, in denen ich mich nicht zurückhalten kann.

Wir lachen beide, und zwar so heftig, dass mir Tränen in die Augen steigen und Haydn einen Hustenanfall bekommt, der gleich mehrere Kellner an unseren Tisch eilen lässt.

Schließlich schaffen wir es, uns so weit zu beherrschen, dass sie sich wieder zurückziehen und die anderen Gäste, die unseren Heiterkeitsausbruch, wie es scheint, allesamt mit verkniffenen Mündern und missbilligenden Blicken begleitet haben, sich wieder abwenden.

Ich sehe Haydn mit vor Lachtränen verschwommenem Blick an. Haydn hat einen Ellbogen auf den Tisch gelehnt, stützt sein Kinn mit der Hand und versucht seinen zuckenden Mund unter Kontrolle zu bringen.

Ich unterdrücke den Drang, mir mit der Stoffserviette die Nase zu putzen, grinse ihn stattdessen mit meinen tränenden Augen an und genehmige mir einen ordentlichen Schluck Wein, um wenigstens halbwegs die Fassung wieder zu erlangen. Er wartet, bis ich mein Glas abgestellt habe, langt dann zu meiner großen Überraschung über den Tisch und bietet mir zur Versöhnung seine Hand an.

»Sollen wir noch einmal von vorne anfangen?«

»Du meinst von Anfang an?«, frage ich zurück und betrachte seine Hand, ohne sie zu ergreifen.

»Na ja, die Vorstellerei können wir uns schenken, aber wir können es doch mit ›Nett, dich wieder zu sehen‹ versuchen und es diesmal ernst meinen.«

Ich zögere und denke an Lucy und die Instruktionen, die sie mir mit auf den Weg gegeben hat, doch dann betrachte ich den Mann, der mir gegenüber sitzt und sich trotz meines beleidigenden Verhaltens immer noch vor Lachen schüttelt, und bin entwaffnet.

»Okay.« Etwas schuldbewusst ergreife ich seine ausgestreckte Hand und schüttele sie kurz. »Einverstanden. Fangen wir noch mal von vorne an. Und jetzt?«

»Na ja, wir genießen unser Abendessen, gönnen uns vielleicht noch eine zweite Flasche Wein, denn diese haben wir ja erstaunlich schnell geschafft« – bei diesen Worten schwenkt er die halb leere Flasche vor meiner Nase –, »und unterhalten uns …«

»Warum tun wir nicht einfach so, als hätten wir ein richtiges Date? Eins, das nicht von unseren Müttern eingefädelt wurde.«

»Ich denke, zu dem Thema ist alles gesagt, oder?«

Ich grinse noch breiter. »Tut mir Leid, es war nicht so gemeint.« Jetzt habe ich also die Regeln gebrochen und mich entschuldigt, aber was soll's.

»Oh, ich denke, dir wird schon etwas einfallen, es wieder gutzumachen.«

»Ich weiß auch nicht, welcher Teufel mich gerade geritten hat«, lüge ich.

»Versuch einfach, dich zu benehmen«, zieht er mich auf, »und deine ungezügelte Zunge endlich mal im Zaum zu halten. Sonst denkt wirklich jeder, du wärst immer noch sieben...«

»... und nicht siebenundzwanzig, schon gut. Also, reden wir wie zwei Erwachsene miteinander...« Ich trommele mit den Fingern auf dem Tisch und denke nach. »Okay, wie wär's damit: Was treibst du so in deiner Freizeit? Was macht dir Spaß?«

»Du meinst, welche Hobbys ich habe?«

»Genau.« Ich nicke.

»Eine gute Frage, um unser Gespräch in Gang zu bringen. Bravo.« Er nimmt die fast leere Weinflasche, verteilt den Rest auf unsere Gläser und überlegt einen Moment. »Also, um ehrlich zu sein – ich habe gar nicht viel Freizeit. Ich komme kaum noch zu all den Dingen, die ich früher gerne gemacht habe. Während meines Studiums hatte ich alle möglichen Hobbys – Sport, ins Kino gehen und natürlich die gelegentlichen obligatorischen Besäufnisse bis zur Besinnungslosigkeit. Doch wenn ich näher darüber nachdenke, weiß ich gar nicht, wie ich damals überhaupt die Zeit dafür gefunden habe, denn als Student habe ich auch schon verdammt hart gearbeitet... Und heute? Na ja, ich habe ein Haus in Brighton, und immer wenn ich es irgendwie einrichten kann, fahre ich dorthin. Dann relaxe ich, höre Musik, gehe am Strand spazieren oder schwimme im Meer.«

»Aber nur, wenn es warm genug ist, oder?«

»Nicht ausschließlich«, entgegnet er und lacht. »Mein Haus liegt direkt am Strand, und manchmal ist die Versuchung einfach zu groß, sich auszuziehen und sich ins Wasser zu stürzen, selbst wenn das Wetter nicht, wie soll ich sagen... besonders einladend ist – vor allem wenn ich mir ein paar Gläser Wein gegönnt habe, was übrigens eine weitere Leidenschaft von mir ist.«

»Ein bisschen gefährlich, nicht?«

»Was? Meine Leidenschaft für Wein?«, fragt er zurück und überhört meine Anspielung. »Solange man bei Weinproben daran denkt, den Wein nicht herunterzuschlucken, sondern ihn auszuspucken, ist man auf der sicheren Seite. Ach, und man sollte nie selber zu einer Weinprobe fahren … Hinterher weiß man nämlich in aller Regel nicht mehr, wo man geparkt hat.«

»Betrunken ins Wasser zu gehen«, stelle ich klar und lächle ihn an.

»Kann schon sein, dass es gefährlich ist, aber das Wasser kommt einem dann nicht mehr so kalt vor … Tja, und wenn ich in der Stadt bleibe, entspanne ich mich gerne bei einem guten Film, schalte einfach ein bisschen ab, ach, und bevor ich's vergesse – ich lese gerne.«

Mein Gesicht hellt sich auf. Diesmal ist es ein ehrliches Lächeln. Er hat eines meiner Lieblingsthemen angesprochen. Bücher.

»Ich auch«, erzähle ich ihm begeistert. »Ich liebe es zu lesen. Ich liebe Bücher. Ich bin nämlich … ich meine Jude, meine Mitbewohnerin, ist Schriftstellerin. Autorin. Sie schreibt Bücher.«

»Ach ja? Was für Bücher schreibt sie denn?«

»Liebesromane.« Er winkt einen vorbeikommenden Kellner heran, bestellt uns eine neue Flasche Rotwein und wendet seine Aufmerksamkeit wieder mir zu. »Ist ihr eigenes Liebesleben denn so dürftig, dass sie sich in ihren Büchern ein Ersatz erfindet?«

»Wie scharfsinnig du bist.«

»Mhm, bedauernswert. Ich stelle mir diese Judith gerade vor, eine verbitterte, enttäuschte romantische Seele, mit farblos strähnigem Haar, einem runden Gesicht und einer dicken Brille …«

»Um Himmels willen, nein«, unterbreche ich ihn, alles andere als geschmeichelt von dem Bild, das er von mir hat. »Übrigens ist Jude kein Spitznahme, es ist m…« – ich verschlucke meinen Beinaheversprecher in einem kurzen Hustenanfall –, »…es ist ihr richtiger Name. Ihre Mutter war ein großer Beatles-Fan. Und auch wenn sie manchmal ein bisschen kurzsichtig ist, trägt sie definitiv keine Brille.«

»Wie sieht sie denn wirklich aus?«

Es ist ziemlich abgedreht, aus der Sicht einer anderen über mich selbst zu reden.

»In gewisser Weise ist sie mir sehr ähnlich«, erwidere ich schließlich nach einem Moment des Zögerns. »Nur dass sie braune Augen hat.«

»Ach ja?«, entgegnet er überrascht. »Womit wieder einmal bewiesen wäre, dass man sich nie eine vorgefasste Meinung über irgendjemanden machen sollte.«

Da hat er in der Tat Recht. Mit meiner vorgefassten Meinung über ihn lag ich auch voll daneben. Haydn ist ganz anders, als ich ihn mir nach Lucys Beschreibungen vorgestellt habe. Völlig anders. Vor allem, wenn ich ihn mir jetzt noch einmal ganz unvoreingenommen ansehe, so, als sähe ich ihn gerade zum ersten Mal. Ohne Scheuklappen sozusagen.

Ich sehe, dass das Haar des Mannes, der mir gegenübersitzt, die Farbe von dickem dunklem Sirup hat. Es ist von der Sonne ein wenig ausgebleicht und mit einzelnen goldblonden und silbergrauen Strähnen durchzogen. An den Seiten ist es kurz geschnitten, und da, wo es ein bisschen länger ist, beginnt es sich an den Haarspitzen leicht zu kräuseln. Die Augen, die mich auf einmal so interessiert anblicken, sind dunkelgraublau und wirken durch und durch intelligent. Er hat einen entschieden wirkenden, geraden Mund und eine große, leicht römisch geformte Nase, die seinem ohnehin schon hübschen, klassisch proportionierten Gesicht eine aufregende Strenge und Unnachgiebigkeit verleiht.

Haydn entspricht so ganz und gar nicht Lucys Beschreibung von diesem frechen Rotzbengel. Ich habe das Gefühl, dass er von dem Schreckensbild aus ihrer Erinnerung so meilenweit entfernt ist, dass sie diesem Date, wenn sie auch nur die leiseste Ahnung davon gehabt hätte, wie er wirklich ist, nie und nimmer mit solchem Abscheu entgegengesehen hätte. Im Gegenteil: Sie hätte es sich wahrscheinlich auf keinen Fall entgehen lassen.

»Und wie sieht es mit deinen Hobbys aus, Lucy?«, reißt er mich aus meinen Überlegungen. »Was machst du noch so außer zu lesen?«

»Ich? Also… äh… ich mag Kunst, wie meine Mutter…« O Mist! Jetzt hätte ich ihm um ein Haar erzählt, dass meine Mutter Künstlerin ist. Lügen ist anstrengend.

»Deine Mutter?«, hakt er nach.

»Ich meine, Mum hat seit jeher versucht, mich für Kunst zu begeistern«. Ich rutsche verlegen auf meinem Stuhl hin und her, als hätte ich im wahrsten Sinne des Wortes Feuer im Hintern. Dann sage ich gar nichts mehr und tue so, als ob ich mit äußerstem Interesse den Inhalt meines Weinglases studierte.

»Magst du immer noch so gerne Opern?«

»Opern?«

»Na, du warst doch ganz verrückt danach. Obwohl ich immer davon überzeugt war, dass dein Interesse nur vorgetäuscht war, damit du kultivierter erscheinst. Siebenjährige Mädchen stehen nun mal nicht auf Opern.«

Lucy ist tatsächlich ein kleiner Opernfreak und kennt durchaus den Unterschied zwischen *Turandot* und *Tosca.* Leider habe ich von all dem aber keinen blassen Schimmer. Und ich zermartere mir gerade das Hirn, wie ich galant das Thema wechseln kann, da erscheint ein Kellner an unserem Tisch.

»Entschuldigen Sie bitte, Mr. Morland. Ein Anruf für Sie. Ein Edward Diggory aus Ihrem Büro. Es klang dringend.«

Haydn sieht zu dem Maître auf, schaut mich dann an, denkt kurz nach und lächelt schließlich.

»Richten Sie Edward bitte aus, dass ich im Moment nicht gestört werden will und sicher bin, dass er mit dem Problem, was auch immer es sein mag, schon alleine fertig werden wird.«

»Sehr gern, Sir.«

Der Kellner zieht sich zurück.

»Solltest du dir nicht lieber anhören, worum es geht?«

Er schüttelt den Kopf.

»Aber wenn es etwas Dringendes ist? Es macht mir wirklich nichts aus zu warten, mach dir darüber bitte keine Gedanken. Du hast ja schließlich auch lange genug auf mich gewartet...«

Haydn sieht plötzlich aus, als ob ihm ein bisschen unbehaglich zu Mute wäre. »Nein, nein. Edward kommt auch ohne mich zurecht.«

»Wie du meinst...« Und in diesem Moment fällt bei mir der Groschen. Der bisher so direkt und selbstbewusst auftretende Haydn Morland hat plötzlich Schwierigkeiten, mir in die Augen zu sehen. Und dann konfrontiere ich ihn.

»Es gab gar keinen Anruf, habe ich Recht?«

»Wieso, nein...«, windet er sich und schüttelt den Kopf. »Ich weiß gar nicht, wie du darauf kommst.«

Ich ziehe eine Augenbraue hoch und gebe ihm zu verstehen, dass ich ihm nicht glaube.

»Natürlich gab es einen Anruf«, beeilt er sich zu versichern.

»Okay, dann hat vielleicht tatsächlich jemand angerufen, aber nicht wegen einer dringenden Angelegenheit...«

Er öffnet den Mund, um erneut zu widersprechen, doch dann grinst er nur verlegen. »Bin ich wirklich so einfach zu durchschauen?«

»Allerdings«, entgegne ich mit einem triumphierenden Lächeln und mustere ihn eingehend. »In diesem Fall jedenfalls ganz bestimmt.«

Er hebt, zum Zeichen, dass er sich geschlagen gibt, die Hände. »Okay. Du hast mich ertappt. Ich gebe es zu. Edwards Anruf sollte mir für den Fall eines Falles ein Schlupfloch verschaffen.«

»Du hast also jemanden gebeten, dich anzurufen, damit du im

Notfall einen Vorwand gehabt hättest, dich aus dem Staub zu machen.«

Er nickt langsam, und im nächsten Moment verzieht er das Gesicht zu einem verlegenen, aber auch ein bisschen frechen Grinsen. »Du willst mir doch nicht erzählen, dass du für den Fall der Fälle nicht auch irgendetwas in der Art in der Hinterhand hast.«

Was soll ich darauf erwidern? Das Schlupfloch, das Lucy sich ausgedacht hat, war ja ich. Haydn hat ein Date mit einem Schlupfloch. Ich fühle mich auf einmal ganz elend. Mag ja sein, dass Haydn Morland als Kind ein arroganter furchtbarer Rotzbengel war, aber als erwachsener Mann ist er ziemlich nett und liebenswürdig.

»Aber ich habe mein Schlupfloch ja nicht benutzt«, stellt er klar. Offenbar missversteht er mein Schweigen als Missbilligung. »Was meinst du, was das zu bedeuten hat?«

»Dass du einen netten Abend verbringst?«, frage ich zögernd.

»Ich denke schon, ja«, erwidert er und nickt. »Wenn Edward allerdings eine halbe Stunde früher angerufen hätte …«

Er lächelt breit. Und ich erinnere mich daran, dass ich alles andere als zufrieden sein sollte. Schließlich bin ich hier, um ihm einen furchtbaren Abend zu bereiten, doch ich kann mir nicht helfen, ich genieße ihn selbst immer mehr.

Zum Glück drängt er mich nicht weiter, in Lucys Kindheitserinnerungen zu schwelgen, sondern fragt mich stattdessen nach meinem – also Lucys – heutigem Leben. Ich hätte nie gedacht, dass es sich einmal als so nützlich erweisen würde, dass ich Lucy wirklich in- und auswendig kenne. Bei Fragen, die mir zu heikel erscheinen, lenke ich ihn behutsam auf ein anderes Thema, bevor ich mich vergaloppiere. Ich versuche, vor allem über allgemeine Dinge zu reden. Natürlich auch über Persönliches, aber so, dass sich keine Widersprüche auftun könnten. Doch überwiegend reden wir über unsere Vorlieben und Abneigungen, darüber, was uns zum Lachen bringt oder wütend macht, und dabei wage ich, ihm ohne größere Bedenken meine eigenen Sichtweisen und Gefühle zu beschreiben, und achte nicht ständig darauf, wie Lucy wohl dieses oder jenes vermutlich sehen würde.

Zwar rufe mir ab und zu in Erinnerung, dass wir uns eigentlich abstoßend finden sollen, aber es ist bereits zu spät. Wir verstehen uns bestens. In Wahrheit amüsieren wir uns so gut wie begeisterte Zuschauer in einem mitreißenden Theaterstück.

Das und die Tatsache, dass mir der Wein allmählich zu Kopfe steigt, verwandeln den Abend, von dem ich anfangs befürchtet hatte, dass er der furchtbarste meines Lebens werden würde, in Windeseile in einen der schönsten Abende meines Lebens.

Inzwischen sind wir in eine lebhafte Non-Stop-Unterhaltung vertieft, die nur von unseren gelegentlichen Heiterkeitsausbrüchen und Lachanfällen unterbrochen wird. Und ohne dass wir es gemerkt haben, ist es beinahe Mitternacht geworden.

Wir haben uns bereits ewig an unserem Espresso und einem vorzüglichen Brandy aufgehalten, und der Abend nähert sich unweigerlich seinem natürlichen Ende, doch keiner von uns beiden macht auch nur die leisesten Anstalten zu gehen. Wir brechen erst auf, als die übrigen Gäste das Restaurant längst verlassen haben und ein mürrischer Kellner uns mehr oder weniger höflich herauskomplimentiert.

Draußen ist es kalt, und über uns breitet sich ein schwarzer Himmel aus, an dem tausende heller Sterne funkeln. Beim Reden hauchen wir dampfende Wölkchen aus.

»Also dann ...«, bringe ich zögernd hervor. »Vielen Dank für den großartigen Abend.«

Zum Glück mildert die benebelnde Wirkung des Weins die Last meiner Schuld. Schließlich sollte es alles andere als ein großartiger Abend werden.

»Ich habe den Abend auch sehr genossen.« Er sieht mich ein paar Sekunden nachdenklich an und wendet seinen Blick dann einem kleinen Nachtclub auf der anderen Straßenseite zu, direkt gegenüber dem Restaurant.

»Hast du vielleicht noch Lust auf einen Drink?«, fragt er und weist mit einem Kopfnicken auf den Nachtclub.

»Eigentlich wollte ich das nächste Taxi anhalten«, erwidere ich zögerlich und denke schlechten Gewissens an Lucy. »Außerdem habe ich, glaube ich, schon ein bisschen viel intus.«

»Oh, ja«, entgegnet er. »Ich auch. Eigentlich sollte ich auch nichts mehr trinken …«

Wir stehen da und sehen einander an. Keiner von uns macht Anstalten zu gehen.

»Na ja, vielleicht noch einen …«, willige ich schließlich ein. »Einen schnellen Absacker.«

»Wir müssen ja nicht lange bleiben«, stimmt er lächelnd zu.

Als wir die Straße überqueren, fällt mir kaum auf, dass wir uns bei der Hand nehmen, als wäre es ganz normal.

Der Club ist klein und exklusiv. In der Mitte gibt es eine kleine Tanzfläche, umgeben von Tischen, die in kleinen dunklen Nischen verborgen sind, und eine lange Wand, die von der Theke dominiert wird. Wir steuern direkt auf die Theke zu und finden am äußersten Ende zwei freie Barhocker.

»Was willst du trinken?«

Ich lasse meinen Blick über die scheinbar endlose Reihe unterschiedlicher Flaschen schweifen, die auf dem Regal hinter der Theke aufgebaut sind.

»Tequila.«

»Im Ernst?«

Ich nicke langsam. »Slammer.«

Er lacht und grinst über das ganze Gesicht. »Ich hätte nie und nimmer gedacht, dass aus der verklemmten Miss Lucy O'Neill eines Tages eine hartgesottene Tequilatrinkerin werden würde.«

»Oh, sie kann sich so eine Flasche schneller einverleiben, als irgendjemand sonst, den ich kenne«, entgegne ich, ohne nachzudenken. Zum Glück scheint Haydn es keineswegs merkwürdig zu finden, dass ich von mir selbst in der dritten Person spreche.

»Tatsächlich?«, fragt er lächelnd. »Das kann sie?«

»Also, um ehrlich zu sein – normalerweise trinke ich nicht so viel wie heute Abend«, entgegne ich ein wenig verlegen.

»Ach, nein?«

»Nein, bestimmt nicht«, stelle ich klar und schüttele den Kopf. »Ich kann mit Alkohol nicht umgehen. Wenn ich zu viel trinke, tue ich verrückte, völlig unüberlegte Dinge, ich verliere jegliche Hemmungen …«

»Du hast auch schon als Siebenjährige verrückte, völlig unüberlegte Dinge getan, und damals hast du bestimmt keinen Tequila getrunken. Warum also heute Nacht?«

»Willst du es wirklich wissen?«

»Ja.«

Zumindest, was das angeht, kann ich ehrlich zu ihm sein.

»Um meine Nerven zu beruhigen«, verrate ich ihm und kippe mein Glas wie zum Beweis in einem Zug herunter.

»Du warst aufgeregt wegen unserer Verabredung?«

»Das kannst du wohl sagen.« Wenn er wüsste! »Aber ich bin froh, dass ich gekommen bin«, füge ich schnell hinzu.

Er sieht mich ernst an. »Weißt du, ich hätte nie gedacht, dass du dich so entwickeln würdest.«

»Was meinst du damit?«, frage ich und fummle an meinem Glas herum. Vorübergehend vergesse ich, dass er ja gar nicht über mich redet, sondern über die Frau, für die er mich hält.

»Na ja«, beginnt er, hält dann aber für einen Moment inne und sieht mich mit seinen schönen Augen und durch die langen Wimpern hindurch an, wobei ein angedeutetes, spitzbübisches Lächeln seine Lippen umspielt. »Ich habe dich immer für eine verzogene Göre gehalten, für eine kleine Miss Altklug.«

Ich will gerade an Lucys Stelle die Entrüstete spielen, als sich sein angedeutetes Lächeln in ein breites Strahlen verwandelt und er mir mit der Feststellung zuvorkommt, dass aus mir ja offenbar doch noch »eine ganz nette Frau« geworden sei. »Für eine verzogene Göre also«, wiederhole ich trocken.

»Für eine verzogene Göre«, bestätigt er. »Aber ich erwarte nicht, dass du diese Einschätzung teilst!«

Beinahe hätte ich mit dem pickeligen, schleimigen Streber gekontert, der er damals gewesen sein soll, doch ich will mich nicht auf ein so gefährliches Terrain begeben, schließlich könnte Lucys Meinung über Haydn ein bisschen voreingenommen gewesen sein.

Stattdessen antworte ich etwas vorsichtiger: »Es ist ganz normal, dass Menschen sich ändern, wenn sie älter werden. Ich bin bestimmt nicht mehr die Gleiche wie vor zehn Jahren.« Und auch nicht mehr die Gleiche wie vor zehn Stunden, denke ich, und kann nur mit Mühe ein nervöses Lachen unterdrücken.

Plötzlich kommt mir eine der Geschichten in den Sinn, die Lucy mir früher an diesem Abend erzählt hat, und ich frage ihn: »Erinnerst du dich noch daran, wie du meine Puppe in einen Skinhead verwandelt hast?«

»Das war einzig und allein deine Schuld. Schließlich hast du diesen ganz speziellen Streit damals angefangen.«

»Ich?« Lucy hat mir offenbar nicht die ganze Geschichte erzählt.

»Weißt du denn nicht mehr? Du hast angefangen, indem du meinen guten alten Goldfisch ins Klo gekippt und einfach runtergespült hast.«

»Wirklich?«, frage ich entsetzt. »War ich so grausam?«

»Wie schön, dass du das heute auch so siehst. Damals fandest du es urkomisch.«

Kein Wunder, dass Lucy mir nicht die ganze Geschichte erzählt hat. Ich muss wohl ziemlich entsetzt aussehen, denn seine Gesichtszüge werden weicher.

»Keine Angst, ich war ja genauso furchtbar wie du.«

»Ich weiß«, erwidere ich und denke an Lucys Erzählungen.

»Ich staune sogar darüber, dass du heute Abend überhaupt gekommen bist. Wir haben uns regelrecht verabscheut.«

»Hmm.« Ich nicke zustimmend, wohl wissend, wie sehr Lucy ihn gehasst hat.

»Warum bist du trotzdem gekommen?«

»Die gleiche Frage kann ich dir stellen.«

»Deine Mutter hat dich ordentlich unter Druck gesetzt, stimmt's? Du kannst es mir ruhig sagen.«

»Ein bisschen«, gebe ich zu.

»Aha. Ich muss sagen – ich war *wirklich* baff, dass du dich zu einem Date mit mir hast überreden lassen, einem Blind Date sozusagen. Ich meine, ich kann mir nicht vorstellen, dass du Schwierigkeiten hast, einen Mann zu … Du brauchst sicher nicht die Hilfe deiner Mutter, um ein Date zu arrangieren.«

»Du wirst es nicht glauben, aber ich lerne nie nette Männer kennen. Das liegt wohl an meiner Arbeit. Ich arbeite nämlich zu H… äh, ich arbeite in der Werbung, da laufen so viele falsche Typen herum, dass man nie weiß, wer es ehrlich meint.«

»Das kann ich mir vorstellen. Viele versuchen sich so zu verkaufen, wie sie in Wirklichkeit gar nicht sind. Aber du machst bei diesem Spielchen nicht mit, oder?«

»Nein«, entgegne ich mit einem angespannten Lächeln. »Ich bin eigentlich immer, wie ich wirklich bin.« Nur gerade jetzt bin ich ein verlogenes kleines Miststück.

Er schenkt uns einen weiteren Tequila ein. Obwohl ich schon fast vom Hocker falle, kippe ich ihn in einem Rutsch runter und hoffe verzweifelt, endlich diese nervende Stimme in meinem Kopf zum Schweigen zu bringen, die mich pausenlos eine scheinheilige Schlampe schimpft, weil ich ihn so schamlos anlüge.

»Zum Wohl!« Haydn prostet mir zu und kippt seinen Tequila ebenfalls in einem Zug runter.

»Wenn ich jetzt versuche aufzustehen«, bringe ich grinsend hervor und werfe einen Blick auf den harten Fliesenboden, »dann lande ich wahrscheinlich da unten.«

»Hoffentlich erwartest du nicht von mir, dass ich dir wieder auf die Beine helfe. Ich glaube, das schaffe ich nicht mehr...«

»Ich würde zumindest erwarten, dass du mir auf dem Boden Gesellschaft leistet. Du würdest eine Lady in diesem Zustand doch nicht alleine weitertrinken lassen, oder?«

Er platzt lachend heraus. »Du hast dich so verändert, Lucy. Wir haben uns nie auch nur halbwegs verstanden, und jetzt sieh uns an!«

»Menschen verändern sich eben.«

Er zuckt mit den Schultern. »Kann schon sein... Aber nein, das ist es nicht. Manche Leute finden einen Draht zueinander, manche nicht. Wir haben uns nie verstanden. Und jetzt ist es plötzlich anders. Auf einmal verstehen wir uns.«

»Vielleicht liegt es daran, dass ich mir eine ordentliche Portion Sinn für Humor habe transplantieren lassen.«

»Das ist es nicht, du wirkst irgendwie verdorbener als früher.«

»Na, vielen Dank.«

»Es war als Kompliment gemeint. Früher warst du so...«, er sucht nach dem richtigen Wort, »so verkrampft, jedenfalls in meiner Gesellschaft. Ganz die etepetete Prinzessin Lucy.«

»Wir sind uns schlicht und ergreifend gegenseitig auf die Nerven gegangen. Zwölfjährige Jungen mögen nun mal keine siebenjährigen Mädchen.«

»Mag sein.«

»Glaub mir, das ist alles.«

Er schüttelt den Kopf. »Ich weiß, was du meinst, aber ich glaube trotzdem, dass da noch mehr ist.«

Ich grinse in meinen Tequila.

»Ganz ehrlich«, lallt er und schielt fast bei dem Versuch, mir fest in die Augen zu sehen. »Ich habe das Gefühl, als ob uns etwas verbindet, das vorher nicht da war.«

Da hat er Recht. Ich spüre diese Verbindung auch, und sie war vorher tatsächlich nicht da, ganz einfach, weil wir uns heute Abend zum ersten Mal begegnet sind.

Plötzlich wallt eine Woge entsetzlicher Gewissensbisse in mir auf, die sich ins Unermessliche steigern, als er fortfährt und sagt, dass er den Abend mit mir großartig fand und es doch nett wäre, wenn wir uns bald wieder sehen würden.

Dabei sollte er mich doch hassen! Aber das Schlimmste ist, dass ich möchte, dass er mich mag. Und mehr noch – ich möchte, dass er mich als Jude mag und nicht als Lucy.

Warum bin ich nicht einfach an seinem Tisch aufgekreuzt und habe ihm gesagt, dass Lucy leider keine Zeit hat und er mit mir vorlieb nehmen muss? So, wie er mich jetzt ansieht, hätte er mich bestimmt als Ersatz akzeptiert. Vielleicht hätte er mich sogar mit Kusshand akzeptiert, er scheint mich ja wirklich zu mögen …

Und ich mag ihn.

Oje, ich mag ihn!

Und wenn man jemanden mag, sollte man ihn nicht wie einen Idioten behandeln. Das ist schäbig. Ich sollte ihm auf der Stelle die Wahrheit sagen. Ich nehme einen kräftigen Schluck aus meinem Glas, um mir Mut zu machen.

»Ich glaube, ich sollte dir noch etwas sagen …«

Ich will gerade mit der Wahrheit herausplatzen, als Haydn mir seinen Zeigefinger auf die Lippen legt und mich zum Schweigen bringt. Ohne ein weiteres Wort beugt er sich zu mir herüber, umfasst sanft meinen Nacken und küsst mich.

Es ist ein langer, elektrisierender Kuss, der sich anfühlt, als ob sich eine entzündete Lunte durch meinen Körper brennt.

»Wow!«, seufze ich leise, als er schließlich von mir ablässt.

Seine blauen Augen strahlen mich mit einer Intensität an, die alles erklärt. Er begehrt mich.

»Das meinst du also mit Verbindung.«

Kapitel 4

Die Vögel zwitschern, als ich aus dem Taxi falle und dem erstaunlich munteren Fahrer – es ist immerhin sechs Uhr morgens – sein Geld in die Hand drücke. Am Ende der Straße kommt gerade ein Milchwagen um die Ecke gerattert, und die zum Teil nicht ordentlich aufeinander gestapelten Kästen mit Flaschen voller schäumender weißer Milch neigen sich gefährlich zur Seite und klappern und scheppern so munter gegeneinander, dass es fast so melodisch klingt wie das Tirilieren der Vögel, die in den Bäumen am Straßenrand ihre ersten Lieder anstimmen.

Die Dämmerung bricht gerade an und taucht die Skyline der Stadt in ein trübes Rauchgrau, jenes typische Licht der Minuten zwischen Nacht und Tag. Ich drehe den Schlüssel im Schloss und husche so leise wie möglich in die Wohnung. Die Schuhe in der linken Hand steuere ich auf Zehenspitzen die Küche an und übersehe glatt meine über den Küchentisch gebeugte schlafende Mitbewohnerin. Aber jetzt habe ich sie geweckt.

»Was, zum Teufel … Jude! Wo, in Gottes Namen, bist du gewesen?«

Typisch Lucy. Mit verschlafenen Augen und fast verrückt vor Sorge erhebt sie sich wie ein Zombie in einem zweitklassigen Schwarzweißfilm vom Tisch.

Ich fasse mir an meinen pochenden verkaterten Kopf. »Schrei bitte nicht so laut, Lucy!«, flüstere ich heiser.

»Ich soll nicht schreien? Ich bin krank vor Sorge um dich!« Sie knipst das grelle blendende Küchenlicht an und mustert mich mit kritischem Blick. »Apropos krank – du siehst erbärmlich aus.« In dem Moment fällt ihr Blick auf die Küchenuhr. »Oje. Heißt das, du warst die ganze Nacht weg?«

»Äh, nein …«, lüge ich. »Ich bin gegen drei zurückgekommen und vor ein paar Minuten aus dem Bett gefallen.«

Aber Lucy mustert die Riemchensandalen, die ich immer noch in der linken Hand halte, und zieht vorwurfsvoll die Augenbrauen hoch. »Wag bloß nicht, mich anzulügen, Jude James. Um drei Uhr war ich noch auf und bin fast wahnsinnig geworden, weil ich nicht wusste, wo du dich herumtreibst. Ich hatte die schlimmsten Horrorvisionen und habe überall rumtelefoniert, um herauszufinden, wo du bist. Beinahe hätte ich sogar die Polizei angerufen, aber Cal hat mich zurückgehalten. Dann war ich drauf und dran, die Krankenhäuser abzutelefonieren, aber er hat mit Engelszungen auf mich eingeredet und mich überzeugt, dass du nicht hilflos auf einer Intensivstation an irgendwelchen Apparaten hängst. Mensch, Jude, warum hast du mich nicht angerufen? Ich dachte schon, du wärst entführt worden oder ermordet, oder dir wäre etwas noch Schlimmeres zugestoßen!«

»Kannst du dir etwas noch Schlimmeres vorstellen?«, frage ich matt.

Plötzlich ist ihre Sorge größer als ihre Wut, und sie stürmt auf mich zu und umarmt mich. »Mein Gott, bin ich froh, dass du wieder zu Hause bist! Ich hatte solche Angst um dich.«

Ihr Haar riecht nach Birnenshampoo und an der Stelle, an der ihr Kopf während ihres Schläfchens auf der Tischplatte gelegen hat, nach Küchenputzmittel.

»Tut mir Leid, Luce«, flüstere ich in ihr Haar. »Ich habe nicht daran gedacht anzurufen.«

»Wo warst du die ganze Nacht?«

Ich kann Lucy nicht anlügen.

»Mit Haydn zusammen …«, erwidere ich unwillig, löse mich aus ihren Armen und wende mich ab, damit sie mein Gesicht nicht sieht.

»Mit Haydn? Die *ganze* Nacht?«

»Ja, es war eine lange Nacht«, quassele ich unkonzentriert drauflos.

»Ich hoffe, du meinst damit, dass die Nacht sich so lang hingezogen hat wie Kaugummi.« Sie sieht mich mit großen sorgenvollen Augen an.

»Äh… nein, eigentlich nicht.« Ich versuche vergeblich, meine Verlegenheit zu kaschieren, indem ich mir einen Tee zubereite. Natürlich weiß ich, dass ich Lucy sagen muss, was passiert ist, aber es ist so schwer, einen Anfang zu finden. Ich hantiere ungeschickt mit den Teebeuteln herum und lasse schließlich auch noch die Milchflasche fallen.

Der Krach schreckt Callum aus dem Schlaf. Er kommt in seinem blauen Frotteebademantel aus seinem Zimmer geschlurft und reibt sich den Schlaf aus den Augen. Sein Haar ist zersaust wie ein Weizenfeld nach einem Wirbelsturm.

»Hey, Jude.« Ein breites schläfriges Grinsen erhellt sein Gesicht, als er mich sieht. »Unser Wandervogel ist heimgekehrt. Ich hab doch gesagt, dass ihr nichts zugestoßen ist«, sagt er an Lucy gewandt und umarmt sie zur Beruhigung. Dann nimmt er mich gründlicher ins Visier und bemerkt die Ringe unter meinen Augen und meinen gequälten Blick. »Du fühlst dich doch hoffentlich gut, Jude, oder? Du siehst ein bisschen angeschlagen aus.«

Ich nicke, um ihm zu bedeuten, dass alles in Ordnung ist, obwohl mein entsetzlicher Kater inzwischen jeden einzelnen Zentimeter meines Körpers erfasst hat.

»Erzähl mir nicht, dass du gerade erst nach Hause gekommen bist!«

»Genauso ist es«, grummelt Lucy. »Sie ist gerade zurückgekommen.«

»Wo bist du gewesen?«

»Genau das wollte ich gerade herausfinden.« Lucy verschränkt die Arme vor der Brust und sieht mich erwartungsvoll an.

Ich gebe meine Teezubereitungsversuche auf, wende mich den

beiden zu und stütze mich vorsichtshalber mit den Händen auf der Küchentheke ab. »Ich war bei Haydn«, platze ich heraus.

Sie starren mich stumm vor Erstaunen an.

»Na ja, sagen wir die paar Stunden, die von der Nacht noch übrig waren«, plappere ich weiter. »Nach dem Essen sind wir erst noch in einen Club gegangen, da haben sie uns um kurz nach zwei vor die Tür gesetzt, und bis wir ein Taxi gefunden und in Canary Wharf waren, war es schon fast drei. Um sechs war ich wieder hier, was wiederum bedeutet, dass ich gar nicht so lange bei ihm war, denn die zehnminütige Taxifahrt abgezogen, waren es also genau …«

»… drei Stunden«, wirft Cal ein, bevor mein angeschlagenes Hirn die Rechenoperation beendet hat.

»Du bist mit ihm in einen Club gegangen?«, hakt Lucy fassungslos nach, die noch dabei ist, den ersten Teil meines Gefasels zu verdauen.

»Ja, und dann hat sie ihn in seine Wohnung begleitet«, wiederholt Cal betont langsam an Lucy gerichtet.

»Was hattest du in seiner Wohnung zu suchen?« Die Frage kommt wie aus der Pistole geschossen.

»Dreimal darfst du raten«, antwortet Cal für mich, der mich mit seinen verschmitzt funkelnden blauen Augen mittlerweile ausgiebig von Kopf bis Fuß taxiert hat und alle Mühe hat, nicht laut loszuprusten.

Lucy sieht zuerst Cal an und dann mich, vor Entsetzen ist ihr die Kinnlade heruntergefallen. »Oh, Jude! Das hast du nicht getan, nicht wahr? Sag mir, dass du es nicht getan hast!«

Von dem verzweifelten Verlangen getrieben, meiner besten Freundin zu versichern, dass ich es nicht getan habe, lasse ich meine Augen zwischen Lucys entsetztem Gesicht und dem grinsenden Cal hin und her schnellen. Aber das Problem ist: Ich habe es getan.

»Nicht einmal ich bin gleich am ersten Abend mit meinem Date ins Bett gestiegen! Dabei bin ich seit Monaten scharf auf Layton.« Lucy ist erneut auf dem Küchentisch zusammengesackt.

Cal hat meinen vergeblichen Teekochversuch zu Ende gebracht und serviert Lucy einen großen Pott, wobei er laut darüber nachdenkt, ob sie statt Milch nicht lieber etwas Stärkeres hineinhaben möchte, damit sie den Schock überwinden kann.

Ich sitze am anderen Ende des Küchentischs, bis über beide Ohren rot vor Verlegenheit und schlechtem Gewissen. Außerdem habe ich das ungute Gefühl, die üppigen Speisen und das ganze Gesöff vom Vorabend jeden Moment wieder auszukotzen.

»Tut mir Leid, Luce«, jammere ich in meine Tasse, »ich bin eben auch mal schwach geworden, und du weißt ja, wie selten mir jemand begegnet, den ich mag... Außerdem war ich total betrunken. Ich weiß, das ist keine Entschuldigung... und zu behaupten, dass es *einfach passiert ist*, klingt ziemlich lahm, ich weiß, aber es ist nun mal so: Es ist *einfach passiert...*«

Plötzlich starrt Lucy uns mit so weit aufgerissenen und hervorquellenden Augen an, dass ich fürchte, sie jeden Augenblick aus ihren Höhlen springen zu sehen. »O mein Gott! Meine Mutter wird mich *umbringen*! Schließlich hatte sie vorgesehen, dass ich... ihr wisst schon... wie soll ich sagen...?«

»... dass du von ihm gevögelt würdest«, führt Callum den Satz unverblümt zu Ende.

»Danke, Callum«, murmele ich.

»Ja, danke, Callum«, wiederholt Lucy. »Und jetzt denkt jeder, dass *ich* mich gleich bei unserem ersten Date von Haydn Morland habe vögeln lassen.«

»Aber Lucy – heutzutage ist es absolut nichts Ungewöhnliches, dass Leute es bei ihrem ersten Date miteinander treiben, das ist das Normalste von der Welt.«

»Aber nicht, wenn es sich um ein Date handelt, das von meiner Mutter arrangiert wurde! Ich bin jetzt eine verrufene Frau!

O Jude, warum musstest du ausgerechnet mit Haydn deine moralischen Grundsätze vergessen! Warum, Jude, warum?«

»Ich weiß nicht«, flüstere ich und lasse verschämt den Kopf hängen. »Vielleicht war es der Alkohol oder die Atmosphäre, ich weiß es nicht …«

»Don't blame it on the moonlight …«, singt Callum ziemlich unmelodisch, während er durch den Raum wirbelt wie Michael Jackson in Bestform. *»Good times… Boogie!«*

»Du hast also mit ihm geschlafen!«, wiederholt Lucy zum zigsten Mal, als ob sie es immer noch nicht fassen könnte. »Du bist *mit ihm* ins Bett gegangen. Meine Jude, *meine Freundin Jude* mit Haydn Morland … O Gott, was wird bloß meine Mutter dazu sagen?«

»Deine Mutter ist wahrscheinlich entzückt, dass es so gut gelaufen ist«, zieht Cal sie auf, während ich mit weit aufgerissenem Mund gähne.

»Du verstehst mich nicht. Sie wünscht sich zwar, dass ich mich mit Haydn verstehe und dass wir ein Paar werden, aber wenn es nach ihr geht, soll ich mich bis zur Hochzeitsnacht in Enthaltsamkeit üben. Das mag altmodisch klingen, aber so ist sie nun mal.«

»Und wenn schon, wie soll sie denn herausfinden, was passiert ist?«

»Olivia und sie hängen bestimmt schon in dieser Minute an der Strippe«, stellt Lucy mit finsterer Miene fest.

»Na und?«, versuche ich sie zu beruhigen. »Haydn schien mir nicht gerade der Typ, der seine sexuellen Errungenschaften als Erstes brühwarm seiner Mutter auf die Nase bindet.«

»Keine Ahnung. O Jude, wie konntest du nur? Du solltest ihn mir vom Hals schaffen – und nicht mit ihm ins Bett gehen!«

»Man kann nie wissen. Vielleicht war es genau die richtige Methode, das Ganze ein und für alle Mal zu beenden. Vielleicht ist er einer von den Typen, die sich nie wieder bei einer Frau melden, sobald sie einmal bei ihr gelandet sind.«

»So einer ist er bestimmt nicht«, stelle ich ruhig fest.
»Nein?«, fragt Lucy enttäuscht.

Wie erwartet ruft Marjory in aller Herrgottsfrühe an und verlangt einen ausführlichen Bericht. Wir beugen uns unserer Feigheit und lassen immer den Anrufbeantworter angeschaltet, so lange es vertretbar ist. Inzwischen rufen Cal, Lucy und ich beim Brunch eine Krisenbesprechung ein, um zu beraten, was wir ihr anlässlich der dramatischen Ereignisse des vergangenen Abends erzählen wollen.

»Warum sagst du ihr nicht einfach die Wahrheit?«, fragt Cal schon zum fünften Mal, während er sein viertes Croissant verschlingt. Er kann Lucys Kuscherei gegenüber ihrer Mutter einfach nicht begreifen.

»Und wie soll ich ihr, bitte schön, erklären, dass ich Jude gebeten habe, sich für mich auszugeben?« Lucy schielt beinahe vor Aufregung.

»Na und? Wenn sie es krumm nimmt, hat sie eben Pech gehabt«, kommentiert Cal.

»Oder ich habe Pech gehabt«, entgegnet Lucy. »Vielleicht enterbt sie mich und redet bis an mein Lebensende kein Wort mehr mit mir.«

»Nach allem, was ich über sie höre, wäre das doch vielleicht ein Segen«, stellt Cal grinsend fest.

»Auch wenn Lucy ständig über ihre Mutter schimpft«, belehre ich ihn, »sehnt sie sich in Wahrheit nach ihrer Anerkennung. Es ist ein bisschen wie bei mir und meinem Liebesleben. So verkorkst es auch ist, ich würde es doch schmerzlich vermissen und muss wenigstens versuchen, aus den Rudimenten das Beste zu machen.«

»Und das hast du letzte Nacht versucht?«, zieht Cal mich auf. »Aus den Rudimenten das Beste zu machen? Oder doch eher aus seiner Rute?«

»Deine Kommentare sind nicht besonders hilfreich«, weise

ich ihn schroff zurecht und wende mich Lucy zu. »Und was machen wir jetzt?«, frage ich sie und kaue zerknirscht auf meiner Unterlippe herum.

»Ich weiß es nicht«, erwidert sie und verzieht ihr Gesicht zu einem angedeuteten Lächeln, das mir runtergeht wie Honig.

»Meinst du, er will dich wieder sehen, Jude?«

»Keine Ahnung«, antworte ich ehrlich.

»Hoffen wir einfach, dass er sich nicht meldet. Und wenn doch, musst du ihn abwimmeln, und danach lassen wir uns irgendeine gute Entschuldigung für meine Mutter einfallen, warum ich ihn nicht wieder sehen will.«

»Warum dichten wir ihm nicht eine furchtbare Angewohnheit an?«, schlägt Cal vor. »Etwas so Abstoßendes, dass Marjory dich drängt, ihn sofort auf den Mond zu schießen. Außerdem müsste es etwas so Peinliches sein, dass sie es unter keinen Umständen wagen würde, mit Olivia darüber zu sprechen.«

»Das könnte funktionieren.« Lucy greift den Vorschlag erleichtert auf.

»Zum Beispiel chronische Blähungen«, fährt Cal vergnügt fort.

»Die von unerträglichem Mundgeruch begleitet werden«, füge ich lachend hinzu und habe gleichzeitig ein schlechtes Gewissen. Zum Glück lacht auch Lucy, wie es unsere Absicht war, doch dann wird ihr Gesicht wieder ernst.

»Vergesst nicht, dass Mum ihn ziemlich gut kennt. Es muss etwas sein, das ihr noch nie an ihm aufgefallen ist.«

»Oh, stimmt, also eher eine ganz widerliche sexuelle Perversion«, meint Cal und strahlt bei dem Gedanken über das ganze Gesicht. »Wir könnten ihr auch erzählen, dass er schwul ist, sich aber nicht traut, es seiner Mutter zu sagen, weil er weiß, dass sie das nicht verkraften würde.«

Lucy geht über seinen Vorschlag hinweg. »Vielleicht sollte ich ihr einfach erzählen, dass er immer noch so furchtbar ist wie früher.«

»Aber er ist gar nicht mehr furchtbar, Lucy, im Gegenteil: Er ist sogar ziemlich nett. Und deine Mutter weiß das mit Sicherheit, sonst würde sie wohl kaum seit deinem sechzehnten Lebensjahr versuchen, dich mit ihm zu verkuppeln.«

»Kannst du ihr nicht einfach erzählen, dass er zwar ganz nett ist, es aber leider nicht zwischen euch gefunkt hat? Dass ihr euch gut miteinander verstanden habt, es aber nicht für eine Beziehung reicht, sondern allenfalls für eine flüchtige Bekanntschaft?«

»Das scheint mir auch die beste Lösung«, bestärke ich sie. »Schließlich war das auch der ursprüngliche Plan.«

»Aber nur, bis du bei ihm im Bett gelandet bist. Ich habe mich nicht besonders gut mit ihm verstanden, Mum«, äfft sie sich selbst nach, »deshalb dachte ich, am besten schlafe ich mit ihm, damit ich auch ganz sicher bin ...«

»Du glaubst doch nicht im Ernst, dass er darüber mit seiner Mutter redet, oder?«, wendet Cal ein.

»Auf mich hat er jedenfalls nicht den Eindruck gemacht, als ob er seiner Mutter alles auf die Nase bindet«, wiederhole ich noch einmal.

Lucy sieht mich an, und zum ersten Mal seit meiner Rückkehr ist ihre Neugier größer als ihr Schock. »Wie *war* er denn, Jude?«

»Also, ich fand ihn sehr nett«, erwidere ich ausweichend.

»Das glauben wir dir gerne«, entgegnet Cal und zwinkert mir zu.

»Er war lust... lustig... Wir hatten einen netten Abend miteinander.« Ich durchbohre Cal mit Blicken und warne ihn unter Androhung der Todesstrafe, meinen letzten Satz für irgendeine Anspielung zu missbrauchen. Zu meiner Überraschung hält Cal ausnahmsweise den Mund, und es ist Lucy, die es sich nicht verkneifen kann, darauf anzuspringen.

»Einen *zu* netten Abend, wie es scheint.« Über ihr besorgtes Gesicht huscht ein Lächeln – ein Lächeln, in dem zu meiner Erleichterung den widrigen Umständen zum Trotz ein Hauch von Humor und Verständnis mitschwingt. »Das Problem ist nur«, fährt sie fort, wobei ihr Lächeln für meinen Geschmack ein bisschen zu schlagartig erlischt, »dass ich meine Mutter unter allen Umständen glauben machen muss, dass es ein völlig verkorkster Abend war.« Und dann lächelt sie doch wieder. »Vielleicht wäre es am allerbesten, wenn ich ihr erzähle, dass Haydn mir gebeichtet hat, unfruchtbar zu sein. Die Aussicht, keine Enkelkinder zu haben, die sie herumkommandieren und mit denen sie herumprahlen kann, würde sie umbringen.«

Am Ende einigen wir uns darauf, dass Lucy am besten erzählen soll, einen ganz *netten* Abend verbracht zu haben, dass jedoch alles Weitere offen sei und keiner wisse, was sich daraus entwickele.

Und als Marjory das nächste Mal anruft, holt Lucy tief Luft und nimmt ab. Cal und ich können Marjorys schrille Stimme sogar am anderen Ende des Zimmers klar und deutlich hören.

»Na, Liebes, wie war's? Hattet ihr einen schönen Abend?«

»Es war … Lucy sieht Cal und mich mit erschrockenen Augen flehend an.

»Nett …«, flüstert Cal ihr aufmunternd zu.

»Nett«, wiederholt Lucy gehorsam.

»Und? Gibt es ein Wiedersehen?«

»Äh … das wäre … nett«, stammelt Lucy verzweifelt.

Ich halte ihr einen hochgereckten Daumen hin.

»Wie schön.«

Zum Glück scheint Marjory damit zufrieden zu sein. Wahrscheinlich ist sie felsenfest davon ausgegangen, dass Lucy Haydn ohnehin verfallen würde, sobald sie ihn einmal träfe. Aber nachdem ich ihn nun selber kennen gelernt habe, glaube ich, dass sie da völlig falsch liegt. Dass ich seinem Charme so beschämend schnell erlegen bin, heißt nämlich noch lange nicht, dass es Lucy genauso gegangen wäre.

Was Männer angeht, haben wir einen völlig unterschiedlichen Geschmack.

Ich mag männliche Männer, wohingegen Lucy eine ausgesprochene Schwäche für hübsche Jüngelchen hat. Und Haydn Morland ist alles andere als ein hübsches Jüngelchen. Bestimmt hätte sie sich auch gut mit ihm verstanden. Aber sie hätte ihn überhaupt nicht attraktiv gefunden, da bin ich ganz sicher.

Das Problem ist nur, dass ich ihn so absolut unwiderstehlich fand. Warum bloß habe ich ihm gestern Nacht nicht reinen Wein eingeschenkt? Ich war ja kurz davor, doch dann hat er meine Entschlossenheit mit einem einzigen Kuss zunichte gemacht.

Ich schäme mich, und wie! Nicht, weil ich gleich bei unserem ersten Date mit ihm ins Bett gegangen bin. Ach was, ich schäme mich, dass ich überhaupt mit Haydn Morland geschlafen habe. Er hat mir wirklich gefallen, aber er hatte keine Chance, Gefallen an mir zu finden – an mir, Jude.

Ich habe mich als Lucy mit ihm getroffen. Ich habe ihn während des ganzen Abends angelogen. Und dann bin ich mit ihm ins Bett gegangen. Was für einen Menschen macht das aus mir? Und noch schlimmer, was würde Haydn von mir halten, falls er je die Wahrheit herausfinden sollte?

Ich sollte mir Haydn Morland am besten aus dem Kopf schlagen. Und ich hoffe, dass er umgekehrt genau das Gleiche tut.

Am Samstag drücken wir uns den ganzen Tag in der Wohnung herum, holen den versäumten Schlaf nach und ignorieren, für den Fall, dass es jemand ist, mit dem wir im Moment unter keinen Umständen reden wollen, hartnäckig das Telefon.

Am Sonntag fällt uns die Decke auf den Kopf, und gegen Mittag verlassen wir fluchtartig die Wohnung, steuern den nächstgelegenen Pub an und gönnen uns etwas zu Essen. Gestärkt von der fleischreichen Hausmannskost und diversen Drinks gehen wir in etwas besserer Verfassung wieder nach Hause. Wir ziehen gerade im Flur unsere Mäntel und Schuhe aus, als Lucy die Hand hebt und uns bedeutet, still zu sein.

»Pssst«, zischt sie. »Hört ihr das?« Aus dem Wohnzimmer ist ganz deutlich der eingeschaltete Fernseher zu hören.

»Haben wir den Fernseher angelassen?«, flüstere ich.

Lucy schüttelt den Kopf. »Wir haben ihn heute Morgen überhaupt nicht eingeschaltet.«

Wir lassen Cal den Vortritt und pirschen vorsichtig den schmalen Flur entlang zum Wohnzimmer. An der Türschwelle steigt uns der Gestank von Weihrauch und Räucherstäbchen in die Nase, und wir hören augenblicklich auf, wie Shaggy, Scooby und Velma auf Zehenspitzen zu schleichen, und sehen einander mit erleichterten und zugleich bestürzten Mienen an.

»Katrina!«, zischen wir im Chor.

Es handelt sich tatsächlich um Dauerfreundin Katrina, die unser Sofa in Beschlag genommen hat und unser ganzes Wohnzimmer riechen lässt wie eine Hippiekommune.

»Wie ist sie reingekommen?«, flüstert Lucy. Wir halten im Flur Kriegsrat.

»Wahrscheinlich hat sie sich selbst aus einem Hut gezaubert.«

»Oder sie ist durch den Briefkastenschlitz reingerutscht«, seufzt Cal und schüttelt bei ihrem Anblick ungläubig den Kopf. »Wie kann man nur so dünn sein?«

»Sie muss Edwins Schlüssel benutzt haben.«

»Das will ich nicht hoffen«, mokiert sich Lucy, während wir in die Küche schleichen und hoffen, dass sie uns nicht bemerkt hat.

»Edwin scheint also wieder mal unterwegs zu sein.«

Auf dem Küchentisch liegt eine Nachricht für Lucy, die ihre Vermutung bestätigt. Er sei für ein paar Tage weg, sie solle doch daran denken, die Fische zu füttern, und er erwarte eine wichtige Zustellung, die sie bitte entgegennehmen solle, und Victor wirke ziemlich angeschlagen, vielleicht wäre ein Besuch beim Tierarzt nötig.

»Ob wir den Tierarzt vielleicht bitten können, sich auch Katrina mal anzusehen?«, fragt Cal besorgt. »Sie sieht noch kränklicher aus als Victor.«

»Also«, überlegt Lucy laut, »ich glaube nicht, dass Edwin ihr erzählt hat, dass er wegmusste.«

»Meinst du?«, frage ich überrascht. »Das wäre aber wirklich schäbig.«

»Er behauptet steif und fest, dass sie nicht mehr zusammen sind.«

»Und glaubst du, dass er auch Katrina davon unterrichtet hat?«

»Wenn ja, ist es ihr wahrscheinlich zum einen Ohr rein- und zum anderen wieder rausgegangen«, stellt Lucy mit einem verständnisvollen Lächeln fest. »Wie lange sie wohl diesmal bleibt?« Sie wirft noch einmal einen Blick auf Edwins Notiz. »Er kommt erst nächste Woche Freitag zurück.«

»Das sind ja fast zwei Wochen!«

»Ach, du meine Güte!«, stöhnt Cal bestürzt.

»Also muss Victor auch irgendwo sein«, stelle ich fest.

»Wahrscheinlich versteckt er sich vor ihr, weil er Angst hat, dass sie ihn im Wahn für einen Hot Dog hält, ihn kurzerhand in ein ausgehöhltes Brötchen schiebt und ihn aufisst«, witzelt Cal.

Schließlich entdecken wir Victor. Er hat sich in meinem Zimmer unter meinem Bett versteckt und ist offenbar eingeschnappt. Eigentlich liebt er uns ja heiß und innig, aber er mag es überhaupt nicht, wenn Edwin weggeht und ihn allein zurücklässt. Außerdem ist er, was seine Vorlieben und Abneigungen angeht, extrem pedantisch, und auf seiner persönlichen Hassliste steht Katrina ganz oben.

Um ihn ein wenig aufzumuntern, wollen wir versuchen, ihn mit irgendeiner Leckerei aus dem Kühlschrank zu verwöhnen, doch dummerweise sind die Leckereien, die sich an diesem Morgen vor unserem Pubbesuch noch im Kühlschrank befunden haben, allesamt verschwunden.

»Die Termite in Menschenform hat wieder zugeschlagen«, seufzt Callum und knallt die Kühlschranktür zu.

»Warum plündern wir nicht einfach Edwins Kühlschrank? Immerhin ist es seine Freundin, die uns immer alles wegputzt. Wenn es mit rechten Dinge zuginge, müsste sie eigentlich eine Figur wie ein ausgewachsenes Gorillamännchen haben.«

»Können wir schon«, entgegnet Lucy. »Aber willst du derjenige sein, der Edwin bei seiner Rückkehr beichtet, dass wir uns über seinen Kühlschrank hergemacht haben?«

Cal schüttelt den Kopf. »Nein, danke.« In flehendem Ton fährt er fort: »Kannst du sie nicht einfach auffordern, nach Hause zu gehen, Luce?«

»Glaubst du denn, sie hat ein Zuhause, wohin sie gehen könnte?«, frage ich teilnahmsvoll.

»Hör auf, Jude!«, weist Cal mich zurecht.

»Womit denn?«

»Sie zu bemitleiden. Wir können uns doch nicht jedes herumstreunende Kätzchen auf den Hals laden, oder?«

»Aber auf die Straße können wir sie auch nicht einfach setzen.«

»Da hast du Recht, aber wenn Edwin da ist, wohnt sie ja auch nicht bei ihm, also muss sie irgendein Zuhause haben.«

Wir sehen beide Lucy an, die aber nur mit den Achseln zuckt. »Was weiß ich denn?«

»Ein paar Tage werden wir es doch mit ihr aushalten, oder?«, werfe ich ein. Die Vorstellung, dass Katrina auf dem harten Boden irgendeines Türeingangs ihr Lager aufschlagen muss, nagt an meinem Gewissen.

»Aber natürlich«, entgegnet Cal sarkastisch. »Wenn wir es aushalten können, nie mehr etwas zu Essen im Haus zu haben, ständig den abgestandenen Gestank von abgebrannten Räucherstäbchen in der Nase zu haben, ganz zu schweigen von diesen merkwürdig aussehenden Zigaretten, die sie sich unentwegt dreht und mit denen sie alles so verpestet, dass man schon high wird, wenn man nur die gleiche Luft einatmet wie sie, und wenn wir es aushalten können, drei Stunden anzustehen, bloß um mal eben in unserem eigenen Badezimmer pinkeln zu gehen, und nie mehr nach unserem Geschmack fernsehen zu können …«

»Wir haben verstanden, was du meinst, Cal«, fällt Lucy ihm ins Wort.

»Aber ich finde, Jude hat Recht. Du weißt selbst, wie Edwin ist. Sie braucht jemanden, der ihr hilft.«

»Ich weiß, ich weiß, aber warum müssen immer wir die Dummen sein? Ich dachte, das letzte Mal wäre uns eine Lehre gewesen, du weißt schon, ich meine, als du die Geburtstagstorte für Jude gebacken und sie ganz hinten in deinem Schrank in einer Hutschachtel versteckt hast und Katrina sie trotzdem gefunden und komplett aufgegessen hat ...«

»Ich weiß, dass sie eine entsetzliche Nervensäge ist, aber wir können sie trotzdem nicht einfach rausschmeißen ...«

Keine Ahnung, warum, aber irgendwie bringt Katrina bei mir sämtliche Mitleidssaiten zum schwingen. Es stimmt ja, sie ist eine schamlose Schnorrerin, aber sie hat etwas Rührendes an sich. Sie ist wie ein kleines Mädchen, das sich verlaufen hat, ein bisschen wie ein ausgesetztes Kind. Sie ist so zerbrechlich und schön, dass man sich geradezu gezwungen fühlt, sich um sie zu kümmern. Wahrscheinlich fällt es Edwin aus genau diesem Grund so schwer, ihr ein für alle Mal den Laufpass zu geben, und wenn sie es sogar einem herzlosen Widerling wie ihm angetan hat, ist es um mich weichherzige hoffnungslose Romantikerin erst recht geschehen.

Ich sehe Cal flehend an.

»Okay, okay, dann spielen wir eben wieder einmal die guten Samariter. Aber sagt später nicht, ich hätte euch nicht gewarnt.«

Cals Vorhersagen erweisen sich wie immer als zutreffend.

In den kommenden Tagen nimmt Katrina in wechselnder Reihenfolge unbeirrt das Sofa, die Fernbedienung des Fernsehers, den Kühlschrank und das Badezimmer in Beschlag, und ich brauche wohl nicht zu erwähnen, dass dies unser Zusammenleben eher schwierig gestaltet. Trotz unserer guten Absichten und unseres aufrichtigen Bemühens, gutherzig zu sein, ziehen wir über sie her, sobald wir einmal unter uns sind. Aber sie scheint nie irgendwohin zu gehen. Weiß der Teufel, womit sie ihren Lebensunterhalt verdient. Im Moment ist der einzige Ort, an dem sie als Model posiert, jedenfalls unser Sofa. Sie scheint dort regelrecht Wurzeln geschlagen zu haben. Wie eine Treibhauspflanze, die ihre wuchernden Ranken um die kuschelig weichen Sofakissen schlingt und sich dort für den Rest ihres Lebens festklammert, nur um manchmal zum Zwecke der Selbstbewässerung für eine Stunde oder auch länger im Bad zu verschwinden und danach wieder zurückzuschleichen. Von ihrer Dauerpräsenz auf dem Sofa zeichnet sich bereits ein katrinaförmiger Abdruck ab. Wenn wir ins Bett gehen, hockt sie immer noch da, und wenn wir uns morgens aus den Federn zur Arbeit quälen auch. Wenn sie überhaupt schläft, dann entweder aufrecht auf dem Sofa sitzend oder im Badezimmer, denn ich habe sie noch nie ins Bett gehen sehen. Nicht dass wir überhaupt ein Bett übrig hätten, aber Cal hat ihr im Scherz schon mehrfach angeboten, dass sie jederzeit bei ihm unter die Decke schlüpfen könnte, wenn ihr nach einem Nickerchen zu Mute wäre. Obwohl sie unaufhörlich isst, kommt sie nie auf die Idee, ihr schmutziges Geschirr abzuwaschen; die ganze Wohnung ist mit herumstehenden und -liegenden Kaffeetassen übersät, die zwischen Küche, Wohnzimmer und Badezimmer eine Spur bilden wie die Markierungen an einem Wanderweg. Das Badezimmer selbst ist unbeschreiblich, ein einziger Hort von Schaum und Schmutz, wobei die schaumige Schmutzschicht in der Badewanne inzwischen so dick ist wie die ausgefurchte Fahrspur nach einem Motocross-Rennen.

Aber trotz allem tut Katrina mir Leid. In gewisser Weise ist sie sogar treuherziger als Victor. Da Edwin ihr nie und nimmer einen Schlüssel zu seiner Wohnung überlassen würde, zieht sie, um ihm, wenn er weg ist, möglichst nahe zu sein, eben bei seiner Schwester ein, also bei uns. Cal wundert sich immer wieder, warum sie statt unseren Schlüsseln nicht einfach die von Edwin stibitzt, wahrscheinlich, weil sie sich da oben ganz allein einsam fühlen würde. Zwar spricht sie nicht viel mit uns, aber ich glaube, allein die Anwesenheit anderer Menschen spendet ihr Trost. Cal hingegen, dessen wohltätige Ader Katrina gegenüber deutlich weniger ausgeprägt ist als meine, behauptet steif und fest, dass sie nur deshalb zu uns kommt, weil unser Kühlschrank mehr hergibt als der von Edwin.

Allerdings hat es dieses Mal auch ein Gutes, dass sie uneingeladen bei uns wohnt. Immer wenn das Telefon klingelt, stürzt sie sich, in der Hoffnung, dass es Edwin ist, auf den Apparat. Nicht, dass Edwin je bei uns anrufen würde. Aber so stellt sie auf unglaublich effektive Weise sicher, dass Marjory nur höchst selten zu Lucy durchdringt, da sie die armen Anrufer jedes Mal extrem unfreundlich abfertigt und dann einfach auflegt. Für uns ist das eine echte Erleichterung.

Tja, und da wäre noch einer, der sich – zu Lucys großer Freude – dadurch auszeichnet, dass er nicht anruft. Ich hingegen weiß überhaupt nicht, was ich davon halten soll, dass er sich bisher noch nicht gemeldet hat. Es ist jetzt eine Woche vergangen, und es ist, als ob Haydn Morland nie existiert hätte.

»Hab ich dir nicht gesagt, wie furchtbar er ist?« Lucy reibt es mir immer wieder unter die Nase. »*Wham bam thank you Ma'am.* Er hat seinen Spaß gehabt, und damit ist die Sache für ihn gegessen.«

Meine Gefühle fahren Achterbahn mit mir. Einerseits bin ich wahnsinnig erleichtert, andererseits aber auch enttäuscht.

Ich bin eigentlich nicht der Typ für One-Night-Stands.

Erst recht nicht unter diesen Umständen. Natürlich hat der Alkohol seinen Teil dazu beigetragen, dass es so weit gekommen ist, aber er hat mir zweifellos auch gefallen, und ich habe mich zu ihm hingezogen gefühlt. Wenn doch bloß die Umstände andere wären! In einer idealen Welt könnte Haydn Morland mein Traummann sein. Und deshalb, ja, ich muss es mir eingestehen … Ich bin zutiefst enttäuscht, dass er sich nicht gemeldet hat.

Mein Traummann hätte mich gleich am nächsten Tag angerufen.

Wenigstens habe ich mein Buch endlich beendet. Das ist im Augenblick der einzige Lichtblick am Horizont.

Ein netter Abend mit einem attraktiven Mann – unter was für widrigen Umständen auch immer – scheint ausgereicht zu haben, meine Schreibblockade schlagartig zu lösen.

Na ja, wahrscheinlich war es eher der wilde Sex, der nach dem netten Abend folgte, wobei ich diesen Teil des Abends konsequent zu verdrängen versuche. Aber wie auch immer – jedenfalls funktionierte der kreative Schreibfluss seitdem wie der Nil, wenn er Hochwasser führt, und das letzte Kapitel meines Buches ist endlich fertig.

»O Emmeline!«

»O Brett!«

Er nahm sie in die Arme und küsste sie. Der Augenblick, auf den sie dieses ganze lange und turbulente Jahr so sehnsüchtig gewartet hatte, war endlich gekommen. Seine Lippen auf ihrem Mund. Er wollte sie, wollte ihre drängenden Wünsche endlich befriedigen, sie erobern und das Feuer der Leidenschaft in ihr entzünden. Und mit diesem brennenden, berauschenden, verzweifelten Kuss spürte sie, wie in ihrem Herzen eine Woge der Liebe und Hingabe aufstieg wie ein Springbrunnen der Gefühle, und sie wusste, ja, sie war sich endlich sicher, dass er die Liebe ihres Lebens war und immer bleiben würde.

Ich weiß, wie kitschig das klingt, aber in meiner Welt, der Welt der Red-Rose-Romanzen und der schlüpfrigen Schürzenjäger, ist Kitsch genau das Richtige.

Die beste Nachricht ist, dass mein Verleger von meinem neuen Werk absolut angetan ist. Heute treffe ich mich zum Mittagessen mit meinem Agenten Julian Duffy. Nach dem erfolgreichen Abschluss meines dritten Buches wollen wir über den Beginn meiner unmittelbar bevorstehenden Reise reden, die mich während der folgenden zehn Monate erneut in die Tiefen meiner überbordenden Fantasie führen und an deren Ende mein viertes Buch vorliegen soll.

Zum Glück sind die bei Red Rose ganz scharf darauf, einen weiteren Vertrag mit mir abzuschließen. Jetzt muss ich nur noch eine Bahn brechende Idee haben, mit der ich sie überzeugen kann. Bei einem Mittagessen mit Julian stehen die Chancen nicht schlecht, eine zündende Idee hervorzubringen. Wir werden, beflügelt von einem köstlichen Essen und exzellentem Wein, ein kreatives Brainstorming veranstalten. Dabei kommt fast immer etwas heraus, denn Julian ist ein sehr angenehmer und inspirierender Berater.

Ich mag Julian. Er ist das uneheliche Kind von Christopher Biggins und Rula Lenska, ein pummeliger, wahnsinnig lustiger Typ mit dicken tizianroten Kringellocken, die seinen Kopf umgeben wie ein Heiligenschein. Er hat ein Faible für guten Wein, gutes Essen, moderne Kunst, antike Möbel und Frauen, bei denen er nicht landen kann. Immer wenn wir uns treffen, reden wir erst mal zehn Minuten über meine Zukunft als Schriftstellerin und dann zwei Stunden über Julians Liebesleben, das eine einzige Aneinanderreihung trauriger Geschichten über unerwiderte Liebe und genug Schreibstoff für ein ganzes Bataillon von Kitschroman-Autoren darstellt.

Julian ist seit fünf Jahren mein Agent und inzwischen einer meiner besten Freunde. Er baut mich auf, wann immer mein Ego am Boden ist, und er hilft mir, Ideen zu finden. Außerdem bringt er mich zum Lachen, wenn mir zum Heulen zu Mute ist.

Ich treffe Julian im Chroma Roma an der Charlotte Street, seinem Lieblingsitaliener, einem trendigen Bistro mit ockergelben Wänden, die mit Postern von Filmstars aus den Fünfzigerjahren zugepflastert sind, und Holztischen, auf denen Glasvasen stehen, die mit Lilien bestückt sind. Und es gibt eine Menge hübscher junger Kellner und Kellnerinnen in schicken, eng anliegenden schwarzen Livreen. Als ich ankomme, steht Julian gerade vor der Tafel mit den Tagesgerichten – er verwischt mit der Nasenspitze beinahe die Kreide bei dem Versuch, das Angebot zu entziffern. Er sieht aus wie ein Kind, das gerade lesen lernt.

Julian ist extrem kurzsichtig, sozusagen blind. Mit seiner gedrungenen massigen Figur und seiner langen Nase, auf deren Ende eine Brille mit runden, milchflaschendicken Gläsern sitzt, erinnert er mich an den Maulwurf Mole aus *Wind in the Willows*.

Ich muss ganz dicht an ihn herangehen und mich über seine Schulter beugen, bis er mich endlich wahrnimmt und vor Schreck beinahe aus seinem Tom-Ford-Anzug springt.

»Jude, Darling!«, begrüßt er mich überschwänglich. »Wie schön, dich zu sehen!« Er wirbelt herum, legt mir eine seiner fleischigen warmen Hände auf die Schulter und drückt mir auf jede Wange einen Kuss. »Wie geht es dir? Blendend vermutlich, denn du sendest positive Wellen aus.«

»Findest du?«

»Ja, du siehst beinahe so verführerisch aus wie …« Sein gieriger Blick folgt einem dampfenden Teller Pflaumenauflauf mit einem großzügigen Schlag heißer Rahmsoße, die in zischenden kleinen Rinnsalen zu den Tellerrändern hin verläuft. »Diesen köstlichen Auflauf habe ich gar nicht auf der Karte gesehen«, stellt er verwirrt fest und dreht sich erneut zur Tafel um. »Kannst du ihn entdecken?«

Ich deute mit meinem ausgestreckten Zeigefinger auf das fragliche Gericht, das fünf Zentimeter vor seiner Nase deutlich sichtbar angeschlagen steht.

»Ah ja, da steht es ja, danke, Jude. Das muss ich zum Nachtisch haben, obwohl ich es mir eigentlich verkneifen sollte« – bei diesen Worten zieht er seinen Hosenbund ein wenig nach vorne –, »denn mein Umfang wächst leider schneller als der Virgin-Konzern. Andererseits machen sie hier den besten Schokoladenkuchen der Welt, ach, immer diese schwierigen Entscheidungen …«

Widerwillig reißt er sich schließlich von der Tafel los. »Unser Tisch ist da drüben, den Wein habe ich schon bestellt.«

Er führt mich durch das volle Restaurant an einen Holztisch für zwei Personen, hält mir den Stuhl hin, nimmt dann mir gegenüber Platz und mustert mich einen Moment lang aufmerksam durch seine dicke Brille. »Du siehst anders aus, Jude, irgendetwas an dir ist anders als sonst … nein, nein, ich will selbst darauf kommen.« Er bedeutet mir zu schweigen, als ich zu einer Erklärung ansetzen will, und dann erhellt sich seine Grübelmiene, und er strahlt. »Deine Haare! Du hast eine neue Frisur, habe ich Recht? Das ist es, deine Haare sind fünf Zentimeter kürzer und zwei Nuancen heller, wenn ich mich nicht täusche.«

»Und? Gefällt's dir?«

Er beugt sich mit tief gerunzelter Stirn zu mir herüber, wobei seine Seidenkrawatte in einem zwischen uns stehenden Schälchen mit Oliven landet, und schielt fast vor Anstrengung, um mich richtig sehen zu können.

»Schön. Sehr … glamourös.«

»Soll das ein Kompliment sein?«

»Aber ja, natürlich.« Er lächelt. »Es wurde höchste Zeit, dass du deine Erscheinung ein bisschen aufpeppst.«

In diesem Moment kommt die Kellnerin an unseren Tisch, um unsere Bestellungen aufzunehmen. Julian braucht geschlagene fünf Minuten, bis er sich entschieden hat.

»Als Vorspeise hätte ich gerne die Hummerravioli, nein, warten Sie einen Augenblick, das hier habe ich gar nicht gesehen. Streichen Sie die Hummerravioli, stattdessen nehme ich Languste in Knoblauch, du hast doch nichts dagegen, wenn ich nach Knoblauch stinke, oder, Jude? Und danach hätte ich gerne den Risotto mit Seefisch, das heißt, nein, wenn ich schon als Vorspeise Fisch esse, nehme ich lieber die vegetarischen Cannelloni. Andererseits ist der Risotto hier vorzüglich. Ich glaube, ich verzichte lieber auf die Languste und nehme doch den Risotto, was natürlich heißt, dass ich mir eine neue Vorspeise aussuchen muss …«

Ich selber bin nicht besonders hungrig und bestelle mir als Vorspeise einen Grapefruit-Avocado-Salat und als Hauptgang die vegetarischen Cannelloni, von denen ich weiß, dass Julian sie aufessen wird, falls ich sie nicht schaffen sollte. Julian entscheidet sich schließlich für Steak in Parmesansauce, genehmigt sich einen weiteren großzügigen Schluck Wein und sieht mich über seine Brillengläser hinweg aufmerksam an.

»Also, Jude, was für Ideen hast du mir mitgebracht? Wie sieht dein neuer Roman aus, die nächste Jude James? Komm schon, Jude, erzähl's mir, hau mich um!«

»Ähm ...« Warum habe ich jedes Mal, wenn er mir diese Frage stellt, einen totalen Blackout? Natürlich bin ich nicht mit ganz leeren Händen gekommen, aber all meine Ideen scheinen mich im Stich gelassen zu haben. In der Hoffnung auf irgendeine Inspiration lasse ich meinen Blick durch das Restaurant schweifen. »Also, ich dachte, in meinem nächsten Roman könnte es um eine ... um eine ... Kellnerin gehen, genau, um eine Kellnerin. Sie arbeitet natürlich in einem Restaurant ... aber eigentlich will sie lieber ... äh ... äh ...« Hinter Julians Kopf hängt ein Marilyn-Monroe-Poster. »... Schauspielerin sein, ja, sie will Schauspielerin sein.«

»Hm, ja.« Julian nickt. »Gefällt mir ganz gut. Erzähl weiter!«

Das würde ich ja, wenn ich könnte, aber ich sprühe heute nicht gerade vor Ideen. Also erfinde ich, während ich weiterrede, irgendeinen Mist und zermartere mir das Hirn, damit mir endlich die Geschichte wieder einfällt, die ich neulich morgens um drei plötzlich so glasklar vor Augen hatte.

Es wird höchste Zeit, dass ich mir einen Block neben mein Kopfkissen lege, damit ich die Ergebnisse meiner Drei-Uhr-morgens-solo-Brainstorming-Sessions sofort zu Papier bringen kann.

»Hm, hm«, kommentiert Julian mein Gefasel, und als ich schleppend zum Ende komme, rückt er seinen Schlips zurecht, der schon wieder in der Olivenschale gelandet war, pickt sich eine dicke schwarze Olive heraus und kaut nachdenklich darauf herum.

»Die Geschichte ist nicht schlecht, Jude, aber sie haut mich nicht um, verstehst du. Sie muss mich fesseln, sie muss mir vor

Rührung die Kehle zuschnüren.« Zur Verdeutlichung seiner Worte greift er sich an den Hals.

Da mir meine ursprüngliche Idee immer noch nicht wieder eingefallen ist, leite ich einen Themenwechsel ein, indem ich unser Gespräch auf Julian lenke. Diese Taktik funktioniert immer. »Wie ist es dir denn in letzter Zeit ergangen? Was macht dein Liebesleben?«

»Ach, frag lieber nicht«, jammert er, und ich wünschte, ich hätte ihn wirklich nicht darauf angesprochen, denn er legt sofort los und beglückt mich mit den neuesten Leidensgeschichten aus der schicksalhaften und schönen Welt des Julian Duffy.

»... Es stellte sich jedenfalls heraus, dass meine Mutter mir das falsche Restaurant genannt hatte. Irgendwann bin ich dann endlich im richtigen gelandet, nachdem ich fünfzig Pfund für die Taxifahrt berappen musste. Kannst du dir das vorstellen, Jude, fünfzig Pfund? Und was glaubst du, wen ich dort vorfinde? Ein Ungeheuer! Sie hat mich an eine Kuh erinnert, Jude, die hat ja bekanntlich drei Mägen. Sie hat während einer einzigen Mahlzeit mehr verschlungen als eine ganze American-Football-Mannschaft. Da ihr Mund andauernd voll war, hatte ich immer, wenn sie etwas gesagt hat, einen ausgezeichneten Ausblick auf das, was sie gerade kaute – wie wenn du in eine sich drehende Waschmaschinentrommel guckst. Diese Frau hat mich so angewidert, dass ich selbst keinen Bissen heruntergebracht habe, und das ist mir wirklich noch nie passiert ...« Er hält inne und nimmt mit unverhohlenem Wohlgefallen die Kellnerin zur Kenntnis, die unsere Vorspeisen serviert. »Das sieht aber gut aus. Darf ich mal probieren?« Er beugt sich zu mir herüber und pickt an meinem Salat. »Trink noch ein Gläschen Wein, Jude! Du weißt doch, das geht alles auf Spesen.« Er schenkt mir den Rest Wein ein. »Der geht so herrlich leicht runter wie Traubensaft. Könnten Sie uns bitte noch eine Flasche von dem Grenache bringen, Darling?«, ruft er einer vorbeihuschenden Kellnerin zu. »Jetzt aber zurück zu meinem traurigen Erlebnis. Es beweist wieder einmal, dass man nie auf seine Eltern hören sollte, wenn es darum geht, einen Partner fürs Leben zu finden.« Oder auf die Eltern von jemand anderem.

»Wem sagst du das!«, werfe ich mitfühlend und so tief seufzend ein, dass Julian innehält und mich neugierig ansieht.

»Das kam aber von Herzen«, stellt er fest. »Erzähl mir nicht, dass die liebenswürdige Alice versucht hat, dich zu verkuppeln! Das ist doch eigentlich ganz und gar nicht ihr Stil.«

»Nein, da hast du Recht. So etwas würde meine Mutter nie und nimmer tun.«

»Aber es gibt einen neuen Mann in deinem Leben, stimmt's?«

Ich versuche es abzustreiten, doch Julian schüttelt energisch seinen wilden Lockenkopf.

»Du kannst mir keinen Bären aufbinden, Jude James. Du hast jemanden kennen gelernt, das sehe ich dir an der Nasenspitze an! Du hast so ein Glühen im Gesicht, und dann die neue Frisur… Und deine Augen sehen auch irgendwie anders aus.«

»Wahrscheinlich vertrage ich diese verdammten Kontaktlinsen nicht«, nuschele ich in mich hinein und zu ihm gewandt: »Wow! Sieh dir das mal an!« Ich zeige auf einen gigantischen Eisbecher, der gerade an unserem Nachbartisch serviert wird. »Super, oder?«

Doch Julian lässt sich nicht ablenken. »Es gibt einen neuen Mann in deinem Leben, Jude, nun gib es schon zu! Und mir scheint, ihr habt auch schon der Fleischeslust gefrönt…«

Ich kann mir die Antwort sparen, mein knallrot angelaufenes Gesicht spricht Bände.

Julian klatscht entzückt in die Hände. »Wie schön! Das wurde ja auch mal Zeit! Ich habe mich sowieso schon gefragt, was da eigentlich falsch läuft, dass ausgerechnet du immer noch als Single herumläufst. Jonathan zählt ja nicht«, fügt er schnell hinzu, als ich protestieren will. »Den kann man wohl wirklich komplett unterschlagen. Komm schon, erzähl mir von ihm!«

»Ehrlich, Julian, es gibt nichts zu erzählen.«

»Jetzt zier dich nicht so!«

»Ich sage die Wahrheit, Julian. Es gibt keinen neuen Mann in meinem Leben.«

»Aber du hast jemanden kennen gelernt, der dir gefällt.«

»Schon eher.«

»Ich wusste es!«, ruft er. »Erzähl mir alles über ihn! Sieht er gut aus?«

»Ich glaube schon«, antworte ich ausweichend.

»Dynamisch?«

»Kann man wohl sagen.«

»Gut im Bett?«

»Julian!«

»Also ›Ja‹, nach deiner roten Birne zu schließen. Wann siehst du ihn wieder?«

»Gar nicht.«

»Warum nicht?«

Ich suche nach einer Erklärung, die simpler ist als diese ganze vertrackte Geschichte. »Äh... weil er mich nicht angerufen hat«, bringe ich schließlich hervor.

»Dann ruf du ihn doch an!«, drängt mich Julian.

»So einfach ist das nicht.«

»Aber warum denn nicht? Wir leben im einundzwanzigsten Jahrhundert, Jude, da erwartet doch wohl niemand mehr, dass immer nur der Mann den ersten Schritt tut!«

»Natürlich hast du Recht, aber...«

»Dann ruf ihn an! Du magst ihn doch, oder?«

»Das ist die Frage. Erst war ich mir absolut sicher, dass ich ihn auf keinen Fall mögen würde, dann hat er mir doch gefallen – viel besser sogar, als ich es je für möglich gehalten hätte – und jetzt bin ich wieder unsicher.«

»Weil er dich nicht angerufen hat?«

Ich nicke.

»Aber irgendwie scheint es dir auch ganz recht zu sein, dass er sich nicht gemeldet hat.« Julian runzelt die Stirn. »Frauen sind mir ja generell ein Buch mit sieben Siegeln, Jude, manchmal verstehe ich die Welt nicht mehr. Aber du und ich – wir verstehen uns doch normalerweise, oder?«

Ich nicke zustimmend.

»Also heute verstehe ich dich ausnahmsweise einmal überhaupt nicht … Kann es sein, dass der arme Kerl tun und lassen kann, was er will, es aber in jedem Fall das Falsche ist?«

»Ich glaube, ich muss dir die Vorgeschichte erzählen.«

»Das glaube ich auch«, entgegnet er. Er stützt die Ellbogen auf den Tisch, faltet die Hände unter seinem Kinn und sieht mich erwartungsvoll an. Den Rest seiner Vorspeise scheint er vergessen zu haben.

»… Da habe ich eine Riesenpanik gehabt, wie ich mich bloß verhalten soll, wenn er anruft, und nun hat er gar nicht angerufen, und das macht mich erst recht total fertig.«

Mit diesem Eingeständnis beende ich ein bisschen verlegen meinen stellenweise etwas holprigen, atemlosen Bericht, doch als ich Julian ansehe, staune ich. Anstatt die Stirn in tiefe Mitleidsfalten gelegt zu haben, strahlt er vor Begeisterung über das ganze Gesicht.

»Wie schön! Wie wunderbar!«, platzt er heraus und klatscht vergnügt in die Hände.

»Findest du wirklich?« Er nickt mit Nachdruck.

»Das ist doch ein perfekter Plot.«

»Findest du wirklich?«, wiederhole ich.

»Aber ja! Siehst du das denn nicht? Das ist deine Geschichte für den nächsten Roman.«

»Du machst Witze, oder?«

»Aber nein, überhaupt nicht! Warum solltest du diesen tollen Stoff nicht benutzen, Jude? Schriftsteller sollen über Dinge schreiben, von denen sie etwas verstehen, außer Science-Fiction-Autoren natürlich, es sei denn, sie sind tatsächlich von Außerirdischen entführt worden, die ihnen ihr Hirn entfernt und es nach einer entsprechenden Umprogrammierung durchs linke Nasenloch wieder eingepflanzt haben. Red Rose würde sich jedenfalls nach deiner Geschichte die Finger lecken.«

»Glaubst du das wirklich?«

»Absolut.«

»Aber ich kann doch unmöglich …«

»Du musst. Siehst du denn nicht, was für ein köstlicher Stoff das ist! Liebe, Lust, Täuschung, Seelenschmerz, Herzensleid – alle Ingredienzien, die man für eine schöne Schmonzette braucht. Und was für eine schöne Erfahrung für dich! Wir wissen doch alle, dass die meisten Schriftsteller die besten Bücher schreiben, wenn sie eigene Erfahrungen und Erlebnisse verarbeiten.«

»Mag ja sein, aber was den Part mit dem Seelenschmerz und dem Herzensleid angeht … auf diese Erfahrungen kann ich eigentlich gut verzichten.«

»Wem sagst du das! Davon musst du mir nichts erzählen. Wenn du etwas von Seelenschmerz wissen willst, brauchst du dir nur meine Wenigkeit anzusehen …«

Auf dem Nachhauseweg in der U-Bahn denke ich noch einmal über meine Unterhaltung mit Julian nach. Ich kann all das doch nicht wirklich in meinem nächsten Buch ausschlachten, oder? Aber es ist wirklich eine ziemlich gute Geschichte, da hat Julian schon Recht. Und ich sehe ein, dass es unglaublich hilfreich ist, wenn eine Liebesromanautorin hin und wieder auch mal eine eigene Liebesaffäre hat.

War mein Abend mit Haydn denn überhaupt eine Liebesaffäre?

Jetzt, da ich mir endlich gestatte, einmal in Ruhe darüber nachzudenken, bricht die Antwort mit aller Klarheit aus mir hervor.

Ja.

Ja, ja, JA.

Allen widrigen Umständen zum Trotz war es eine der romantischsten Nächte meines bisherigen Lebens. Wenn ich ehrlich bin, kann man »eine der« streichen und durch »die« ersetzen. Und »bisherig« wahrscheinlich auch. Es war die romantischste Nacht meines Lebens.

Es war wie *Pretty Woman*, *Love Story*, *Schlaflos in Seattle* – alles auf einmal! Und, was die groteske Seite des Ganzen angeht, nicht zu vergessen natürlich Monthy Pythons *Das Leben des Brian*.

Ich bin nicht der Messias.

Ich bin nicht Lucy.

Aber dank meines Rollentauschs hatte ich auch eine Art Wiedergeburt.

Zum ersten Mal seit einer Woche kann ich über die ganze Geschichte lächeln, und das Lächeln weicht mir während der ganzen Fahrt nach Hause nicht aus dem Gesicht.

In unserer Wohnung angekommen, gönne ich mir erst einmal ein ausgiebiges, duftendes Schaumbad und gestatte mir zum ersten Mal, mich voller Hingabe und Genuss an die herrlichen Stunden in Haydn Morlands Bett zu erinnern.

Ja, ich gebe es unumwunden zu, sie waren wirklich herrlich und darüber hinaus mit jedem weiteren Adjektiv der Köstlichkeit, Großartigkeit und Wonne zu beschreiben, das mir in den Sinn kommt. Es stimmt, ich war tatsächlich betrunken, ich habe es Lucy nicht nur erzählt, um mein Verhalten zu rechtfertigen, aber ich war nicht zu betrunken, um nicht mehr zu wissen, was ich erlebt habe, und im Grunde bringt Alkohol dich sowieso nicht dazu, Dinge zu tun, die du eigentlich nicht tun willst, sondern er bringt nur auf magische Weise diese inneren Stimmen zum Schweigen, die dich in nüchternem Zustand ermahnen, sofort aufzuhören und dich gefälligst zu benehmen. Ich bin überzeugt, es war nicht nur eine Kollision unserer Körper, sondern mindestens genauso sehr eine mentale Verschmelzung. Und Haydn hat auf mich eine Anziehungskraft ausgeübt, der ich beim besten Willen nicht widerstehen konnte.

Ich höre meine beiden Mitbewohner nach Hause kommen, die mich mit ihrem üblichen »Hey Jude« begrüßen, und zucke schuldbewusst zusammen. Schließlich ist eigentlich nicht vorgesehen, dass ich mich, statt zu arbeiten, derart gehen lasse. Ich schrubbe mich energisch mit dem Luffaschwamm ab, wie um das schlechte Gewissen abzuwaschen, das mich plötzlich befällt.

Callum fragt mich durchs Schlüsselloch, ob ich auch eine Tasse Tee möchte.

»Gerne, danke.«

»Ich bitte Lucy, sie dir reinzubringen.«

Ich hieve mich gerade aus der Badewanne, als es an der Tür klopft.

»Moment, bin sofort da!« Ich binde meinen Bademantelgürtel zu und schließe die Tür auf. Es ist Lucy, aber sie hat keine Tasse Tee in der Hand. Als ich ihre Grabesmiene sehe, vergeht mir mein Lächeln, mit dem ich sie begrüßen wollte. Sie wirkt irgendwie blass und aufgewühlt, hat das Telefon in der einen Hand und presst die andere mit aller Kraft auf die Sprechmuschel.

»Was ist los, Lucy?«

»Ein Anruf für dich.«

Wenn Lucy so aussieht, kann es nur ein Anrufer sein.

»Sag nicht, es ist Jonathan!«, zische ich und setze die gleiche Leichenbittermiene auf wie sie.

»Nein.« Sie schüttelt den Kopf und verzieht mitleidsvoll den Mund.

»Schlimmer.«

»Mhm?«

»Es ist Haydn.«

»Ha, ha, du hast die Grippe!«, ruft Lucy, als ich aufgelegt habe.

»Etwas Besseres ist mir auf die Schnelle nicht eingefallen, um ihn abzuwimmeln. War doch ganz gut, dafür dass ich es mir aus dem Stand überlegen musste.«

»Apropos Stand«, meldet sich Cal zu Wort auf und zieht eine

Augenbraue hoch. »Wärst du am vergangenen Wochenende mal lieber auch stehen geblieben, anstatt dich flachlegen zu lassen.«

Ich werfe ein Kissen nach ihm, und er zieht den Kopf zurück in die Küche, wo er gerade das Abendessen zubereitet.

»Es war die erstbeste Ausrede, die mir in den Sinn gekommen ist.«

»Im Gegensatz zu deinem Mund, in den am vergangenen Wochenende vermutlich ganz andere Dinge gekommen sind …« Cals vorwitziges Gesicht erscheint erneut in der Tür.

»Und was hat er gesagt?«, drängt Lucy, während ich ein weiteres Kissen auf Cal abfeuere.

»Ich habe ihn eigentlich gar nicht zu Wort kommen lassen. Wie du ja mit eigenen Ohren gehört hast, habe ich nur laut und röchelnd in den Hörer gehustet, ihm gesagt, dass ich mich hundeelend fühle, ihm vorgeschlagen, ein andermal weiterzureden, und ihm versprochen, ihn zurückzurufen, sobald ich mich ein bisschen besser fühle.«

»Also weißt du gar nicht, was er wollte?«

»Mit ziemlicher Sicherheit eine Wiederholung der Performance.« Cal riskiert einen weiteren Blick durch die Tür. »Ich meine ›Performance‹ im Sinne von schauspielern«, protestiert er, als ich drohe, ein weiteres Kissen nach ihm zu schleudern, »ich meine wirklich wie beim Schauspielern, schließlich hast du ihm etwas vorgespielt.«

»Schon gut, schon gut«, entgegne ich.

»Wirklich«, beteuert er und spielt den Unschuldigen. »Das liegt doch auf der Hand, oder? Er hat angerufen, weil er dich wieder sehen will. Und warum will er dich wieder sehen? Weil du ihm gefallen hast.«

»Was ganz und gar nicht im Sinne des Erfinders ist«, jammert Lucy melodramatisch. Sie schüttelt seufzend den Kopf, lässt sich resigniert aufs Sofa plumpsen und genehmigt sich einen großen Schluck aus meiner Teetasse. »Dabei hatte ich meine Mutter gerade überzeugt, dass er ein Miststück ist, weil er noch nicht angerufen hat, und nicht wert, dass wir unsere Zeit und Mühe für ihn vergeuden. Verdammt!« Sie sieht mich vorwurfsvoll an.

»Woher hat er überhaupt unsere Nummer? Du hast sie ihm doch nicht etwa gegeben, oder?«

»Natürlich nicht. Aber an unsere Nummer zu kommen, dürfte ihm wohl keine größeren Schwierigkeiten bereiten.«

Lucy seufzt erneut. »Nein, du hast Recht. Eine der beiden Mütter hat sie ihm mit Sicherheit mit Freude gegeben.«

»Im Gegensatz zu Jude ...«

»Callum!«, fahren Lucy und ich ihn wie aus einem Mund an.

»Du erweist dich nicht gerade als besonders hilfreich«, grummele ich.

»Tut mir Leid, Jude. War nicht so gemeint. Kann ich dich vielleicht damit aufheitern, dass das Abendessen fertig ist?«

»Nicht wirklich.« Ich lasse mich neben Lucy auf dem Sofa der Verzweifelten niedersinken. »Irgendwie ist mir der Appetit vergangen.«

Lucy gibt sich sichtlich einen Ruck, nimmt meine Hand und drückt sie liebevoll. »Entschuldige, Jude. Ich bin wirklich ein Miststück. Ich bereite dir nichts als Schwierigkeiten. Es ist alles meine Schuld, ich weiß.«

»Immerhin warst nicht du diejenige, die mit ihm geschlafen hat. Auch wenn er das glaubt.«

»Mach dir doch darum keinen Kopf, Jude. Es ist einfach passiert und basta. Gut, vielleicht war es nicht die beste Idee, mit ihm ins Bett zu steigen, aber ändern kannst du es jetzt sowieso nicht mehr. Wir sollten uns lieber überlegen, wie es weitergehen soll.«

»Du meinst, wie wir Schadensbegrenzung betreiben?«

»Genau.«

»Also gut, was tun wir? Rufen wir ihn zurück? Wenn wir seinen Anruf einfach auf sich beruhen lassen, würde das Ganze vielleicht ...«

»Was würde es vielleicht?«, fällt sie mir hoffnungsvoll ins Wort.

»Keine Ahnung – einfach so einschlafen. Er kam mir vor, als hätte er durchaus seinen Stolz. Ich kann mir kaum vorstellen, dass er einer Frau hinterherläuft, die keinerlei Interesse an ihm zeigt. Wenn ich ihn also einfach nicht zurückrufe …«

»… vergisst er die ganze Geschichte vielleicht«, führt Lucy den Satz für mich zu Ende.

»Schon möglich.«

»Und das wäre für alle Beteiligten das Beste …« Lucy runzelt die Stirn und sieht mich fragend an. »Oder?«

Wäre es wirklich das Beste, wenn ich mir Haydn Morland komplett aus dem Kopf schlage? Leicht wäre es bestimmt nicht. Aber das Richtige zu tun, ist nie leicht.

»Ja«, antworte ich schließlich nach einem Moment des Zögerns. »Ich glaube, es wäre wirklich für alle Beteiligten das Beste.«

Kapitel 5

Als die Überweisung für *Flammende Herzen* auf meinem Konto eingegangen ist, lasse ich am späten Vormittag den Griffel fallen und fahre nach Covent Garden, um mich einer kleinen Shopping-Therapie zu unterziehen. Ich habe keine Ahnung, warum ich mich so ausgelaugt fühle, aber etwas Besseres, als meine müden Lebensgeister mit einem Kleiderkauf in Schwung zu bringen, kann mir auch der Arzt nicht verschreiben.

Das Ziel meiner morgendlichen Spritztour ist eine kleine Boutique in der Southampton Street, wo seit einiger Zeit das schönste Kleid der Welt im Schaufenster hängt: ein Traum aus zuckerwatterosafarbener Seide und so raffiniert geschnitten, dass dir, wenn du dieses göttliche Stück trägst, Komplimente und Schmeicheleien von allen Seiten garantiert sind.

Ich hatte mir geschworen, dass es beim nächsten Honorareingang meines sein würde. Und wie der glückliche Zufall es will, ist die Überweisung genau heute eingegangen, als Lucy mich darüber informiert hat – sie arbeitet in der Shaftsbury Avenue und sollte das Kleid für mich im Auge behalten –, dass es zum Beginn des Schlussverkaufs kräftig herabgesetzt wurde.

Die magischen Worte »bis zu fünfzig Prozent Preisnachlass« und mein Honorareingang beflügeln mich, und ich bin wild entschlossen. Gerade habe ich den U-Bahnhof verlassen und bin ein paar Schritte gegangen, als mir mein vorfreudiges Lächeln schlagartig vergeht.

»Lucy… Lucy!«

Wenn man jemanden einen Namen rufen hört, der nicht der eigene Name ist, bleibt man in der Regel nicht stehen, um sich nach dem Rufenden umzusehen. Natürlich. Aber plötzlich packt mich jemand am Arm, und in diesem Moment wird mir schlagartig bewusst, dass es nur einen Menschen gibt, der mich für »Lucy« hält. Haydn Morland.

»Oh, Sch... ich meine, schön dich zu sehen.«

Zum Glück scheint er meinen Beinaheversprecher überhört zu haben und merkt auch nicht, dass mich die Begegnung mit ihm total durcheinander bringt. Am liebsten würde ich im Erdboden versinken. Verzweifelt zermartere ich mir das Hirn nach irgendeiner Ausrede, mit der ich ihn abschütteln und mich so schnell wie möglich aus dem Staub machen kann.

Er ist leicht außer Atem, wie nach einem kurzen Sprint, und trägt einen unglaublich schicken, wenn auch für meine Begriffe etwas zu dunklen Anzug und darüber einen eigenartigen Umhang, wie sie mitunter von College-Professoren getragen werden.

Anstatt meinem Fluchtinstinkt nachzugeben, hole ich tief Luft und zwinge mich zu einem breiten, strahlenden Lächeln.

Sein eigenes Lächeln wirkt gleichermaßen erfreut wie gezwungen. »Du bist es also doch«, bringt er keuchend hervor. »Es hätte mich auch schwer gewundert, aber du hast gar nicht reagiert... Ich bin die ganze Straße hinter dir hergelaufen und habe dich unzählige Male gerufen.« Es klingt beinahe wie eine Zurechtweisung.

»Tut mir Leid«, stammele ich verwirrt. »Ich war in Gedanken woanders.«

»Das habe ich gemerkt.« Seine Gesichtszüge entspannen sich. »Wie geht es dir? Besser?«

Ich sehe ihn verständnislos an.

»Wegen der Grippe, meine ich.«

»Grippe?«

Ach ja, natürlich, eine weitere Lüge, die ich ihm aufgetischt habe. Zum Glück war ich so scharf darauf gewesen, mich in den Ausverkauf zu stürzen, dass ich keinerlei Make-up aufgetragen habe und daher etwas blass wirke. Und – ein noch glücklicherer Zufall – ist heute einer jener Wintertage, an denen zwar ein entsetzlicher Wind bläst, die Sonne aber intensiver scheint als an den heißesten Sommertagen, so dass ich zufällig eine Sonnenbrille trage. Ich danke dem Himmel, dass Haydn meine Augen nicht sehen kann, die heute aussehen wie immer: schlammfarben braun, denn natürlich trage ich keine getönten Kontaktlinsen. Wie um alles in der Welt hätte ich ihm den plötzlichen Farbwechsel meiner Augen erklären sollen?

Ich blinzle verlegen hinter meiner schwarzen Brille. »Ach so, die Grippe ... Na vielleicht war das ein bisschen übertrieben. Du weißt ja, wie das ist, man niest ein paar Mal, kriegt leichte Halsschmerzen und ein wenig Fieber, und schon bildet man sich ein, die schlimmste Lungenzündung zu haben, die einen Menschen heimsuchen kann. Wahrscheinlich war es einfach nur eine gewöhnliche Erkältung. Gott sei Dank hat sie nicht lange gedauert, und ja, es geht mir schon wieder besser, obwohl ich weiß, dass ich immer noch furchtbar aussehe, andererseits bin ich ja auch sonst nicht gerade eine Schönheit ...«

Plötzlich wird mir bewusst, dass ich wie eine Vollidiotin daherfasele, und in mir macht sich eine leichte Panik breit. Ich weiß nicht, ob sein Blick eher nachsichtig ist, oder ob er es einfach nur bedauert, diese durchgeknallte Frau angesprochen zu haben. Ich nehme ein Tempotaschentuch aus meiner Tasche, tue so, als ob ich mir die Nase schnäuze, verberge mein Gesicht für einen Augenblick hinter dem Taschentuch, fasse mich, dränge die vorübergehend aufgestiegene Panikattacke zurück in meinen Magen und erinnere mich wieder daran zu atmen.

»Also mir geht es schon deutlich besser, danke der Nachfrage«, beantworte ich seine ursprüngliche Frage schließlich etwas klarer und verständlicher und lasse das unbenutzte Tempo in meiner Manteltasche verschwinden.

»Freut mich zu hören.« Er grinst immer noch.

Ich habe keine Ahnung, ob das ein gutes oder ein schlechtes Zeichen ist, aber er atmet wieder normal, sein Lächeln ist jetzt echt, die leichte Spur von Verärgerung aus seinem Gesicht verschwunden, und überhaupt scheint er sich gefasst zu haben. »Schön, dich wieder zu sehen.«

»Meinst du das ernst?«

Seine Augen verengen sich. »Aber ja, absolut. Hast du zehn Minuten Zeit auf einen Kaffee?«

»Na ja, eigentlich bin ich ein bisschen in Eile ...«

»Dann eben fünf Minuten. Ich habe auch nicht viel Zeit, ich verspreche dir, dich bestimmt nicht aufzuhalten ...«

Und bevor ich mir eine Ausrede einfallen lassen kann, hat er auch schon meinen Arm gegriffen und führt mich durch die bunte Menschenmenge. Zwei Straßen weiter finden wir ein Café, das jetzt zur Mittagszeit wegen der Kälte draußen ziemlich überfüllt ist. Es ist voll gestopft mit Tischen, an denen ein reges Kommen und Gehen herrscht. Die Luft ist erfüllt vom schweren, köstlichen Duft nach Bohnenkaffee. Gedämpftes Stimmengewirr. Haydn steuert auf einen kleinen Zweiertisch in einer Ecke zu, von dem sich gerade ein älteres Paar erhebt, bedeutet mir, mich zu setzen, und geht uns etwas zu trinken holen.

Ich bin völlig verspannt und warte nervös, bis er wiederkommt. Nach der Kälte draußen erschlägt einen die Hitze im Café. Ich ziehe meinen Mantel aus und nehme das Tuch ab, das ich mir schützend um den Hals gebunden habe. Die Sonnbrille muss ich unter allen Umständen aufbehalten, so idiotisch ich mich hier drinnen damit auch fühle. Ich weiß natürlich, dass ich damit aussehe wie eine arrogante Schnepfe, aber ich kann sie unmöglich abnehmen. Wenn er mich darauf anspricht, werde ich es einfach auf die Erkältung und meine tränenden Augen schieben.

Das mit den fünf Minuten wird wohl nichts, so lange braucht Haydn allein, um an dem überfüllten Tresen überhaupt bedient zu werden.

Schließlich kommt er mit zwei Tassen schwarzem Kaffee, einem großen Teller mit diversen Sandwiches und einem entschuldigenden Lächeln auf den Lippen zurück.

»Tut mir Leid, dass du so lange warten musstest, aber hier herrscht das reinste Chaos.«

»Kein Wunder, es ist Mittagszeit.«

»Ich weiß, ich bin auch in der Mittagspause, oder besser gesagt, die Verhandlung wurde kurz unterbrochen, deshalb dieser Aufzug und die Sandwiches.« Er schiebt mir den Teller hin. »Bedien dich!«

»Nein, danke, ich habe schon gegessen.« Schon wieder eine Lüge. Offenbar muss ich nur den Mund aufmachen und schon lüge ich ihn an. Aber mein Magen krampft sich dermaßen zusammen, dass es mich sogar Überwindung kostet, meinen Kaffee herunterzubringen.

Haydn nimmt sich ein Sandwich und beißt hinein. Er kaut einen Moment schweigend.

Auch ich sage nichts.

Er beendet in aller Ruhe sein halbes Schinkenroggen-Sandwich, nippt an seinem Kaffee und sieht mich über den Rand seiner Tasse hinweg nachdenklich an.

»Du hast mich angelogen«, stellt er plötzlich fest und stellt seine Tasse zurück auf die Untertasse.

Ich nehme einen größeren Schluck als beabsichtigt und verbrenne mir wie zur Strafe höllisch die Zunge. Vor Schmerz rollt sie sich bis zum Gaumen ein, und mir rutscht das Herz nicht nur in die Hose, sondern sogar noch tiefer bis in meine kniehohen Stiefel. O Gott! Er weiß Bescheid! O bitte, Erdboden, öffne dich und verschluck mich! Ich spüre, wie sich auf meiner Brust und meinen Wangen ein grell leuchtender Ausschlag ausbreitet, und könnte Haydn jetzt vermutlich sogar überzeugen, dass ich die Pest habe und nicht nur unter den Nachwehen einer eingebildeten Grippe leide. Ich fühle mich zutiefst unwohl in meiner Haut und wünsche mir, irgendwo anders zu sein, egal wo, bloß nicht hier.

Er sieht mich immer noch aufmerksam an und wartet offensichtlich auf eine Erklärung oder eine Entschuldigung, irgendein Wort des Bedauerns.

»Es tut mir wirklich Leid«, stammele ich schließlich, »versteh es bitte nicht falsch ... aber wie solltest du es sonst verstehen ...«

Er umfasst meine Hand, und die überraschende, herzliche Berührung beruhigt mich auf der Stelle.

»Ist doch nicht so schlimm. Du hast versprochen, mich zurückzurufen, und hast es nicht getan. Davon geht die Welt nicht unter.«

Ich stoße einen Seufzer der Erleichterung aus. Er meint nicht unser Täuschungsmanöver, er hält mich immer noch für Lucy. Es geht nur um den Rückruf.

»Das Ganze ist dir peinlich«, fährt er fort. »Habe ich Recht? Du weißt schon, ich meine, was an dem Abend neulich passiert ist.«

Ich sehe ihn an. »Du redest doch sonst nicht so um den heißen Brei herum, oder?«

Er lächelt mich entschuldigend an. »Nein, eigentlich nicht, und heute habe ich erst recht keine Zeit dafür, denn meine fünf Minuten sind längst um. Aber ich habe trotzdem Recht, oder?«

Endlich kann ich mal absolut ehrlich sein, ich bin richtig dankbar, dass ich nicht schon wieder lügen muss. Es ist ein merkwürdiges Gefühl. Einerseits sollte es mir ja völlig egal sein, was er von mir denkt, denn es geht ja um Lucy und nicht um mich, aber es ist eben definitiv nicht meine Art, gleich beim ersten Date mit jemandem ins Bett zu gehen, und ich will, dass er das weiß.

»Na ja, normalerweise tue ich so was nicht. Du weißt schon, mit jemandem ins Bett gehen, den ich so gut wie gar nicht kenne.« Den letzten Satz flüstere ich, als ob das ganze Café unsere Unterhaltung belauschen würde.

»Fühlst du dich besser, wenn ich dir sage, dass es sich bei mir genauso verhält?«

»Ein bisschen schon, aber es ist ...«, ich ringe nach dem passenden Wort, »trotzdem sehr unschön.«

»Also wünschst du dir, es wäre nicht passiert?« Ich sehe ihn einen Moment an.

»Nein«, erwidere ich schließlich. »Nein, ich wünschte nur, dass es nicht so passiert wäre.«

»So schnell, meinst du?«

»Das auch, ja. Aber nicht nur, denn ich habe… Also, weißt du… Nun, ich hatte, um ehrlich zu sein, noch nicht besonders viele Männer, und jedenfalls nie, bevor ich sie nicht besser kannte.«

Ich merke, wie ich in diesem Moment rot werde wie eine Tomate und vor lauter Verlegenheit vom Kopf bis zu den Zehenspitzen dunkelrosa anlaufe, aber Haydn lächelt mich nur an. »Dann lern mich doch einfach besser kennen. Zum Beispiel, indem wir noch mal zusammen ausgehen.«

Als ich aus nahe liegenden Gründen zögere, zieht er mich auf. »Zumindest deiner Mutter würdest du damit einen Riesengefallen tun. Wie sieht es denn am Wochenende aus, hast du dann Zeit?«

»Ich… ich weiß nicht…«, stammele ich.

»Kannst du es vielleicht herausfinden?«

»Ich rufe dich an.«

»Das hast du beim letzten Mal auch gesagt.«

»Ich weiß.«

Er nickt nachdenklich.

»Es tut mir Leid, dass ich nicht zurückgerufen habe.«

»Und diesmal wirst du es wirklich tun?«

»Ich verspreche es«, erwidere ich und kreuze unter dem Tisch die Finger.

»Auch das hast du beim letzten Mal gesagt«, stellt er mit einem gedehnten Grinsen fest.

Als Haydn außer Sicht ist, rufe ich sofort panisch bei Lucy an, doch man teilt mir mit, dass sie zurzeit nicht in ihrem Büro sei. Ihr Handy ist ebenfalls ausgeschaltet. Ich hinterlasse ihr eine kryptische Nachricht auf ihrer Mailbox und gehe Richtung Westminster, um nach Hause zu fahren. Das Kleid habe ich längst vergessen.

Zu meiner Überraschung ist Lucy schon zu Hause. Sie hängt mit Sorgenmiene am Telefon.

»Nein, Mum, ich habe dir doch schon gesagt, dass ich ihn seit unserem Treffen nicht wieder gesehen habe.«

Dann eine Pause, in der ich Marjorys scharfe Kommandotonstimme abgehackt durch die Leitung auf meine arme bedrängte Freundin einreden höre. »Nein, er hat mich auch nicht angerufen.«

Eine erneute Pause, das unüberhörbare Geblaffe von Marjory.

»Es ist mir egal, was Olivia sagt. Und wenn sie behauptet, dass er eine Million Mal versucht hat, mich zu erreichen – er hat nicht angerufen und basta.«

Ich sehe, wie sie die Finger kreuzt.

»Wie ich dir bereits sagte, wir hatten einen netten Abend, und das war's. Nichts Besonderes. Wahrscheinlich sieht er die Sache genauso wie ich – dass wir Freunde sein können, aber eben auf keinen Fall mehr.«

Wieder eine Pause.

»Ja, ich weiß, dass du enttäuscht bist, aber so liegen die Dinge nun einmal. Und nein, ich werde ihn bestimmt nicht anrufen, wenn er irgendetwas von mir will, soll er sich gefälligst bei mir melden.«

Als ich das Zimmer betrete, lächelt sie mich verkniffen an und verdreht die Augen, um mir zu zeigen, wie sehr ihr dieses Telefonat auf die Nerven geht. Ihre Mutter sagt irgendetwas, das ich nicht verstehe, woraufhin Lucy sich jedoch zu einem Lächeln durchringt und ihren ungehaltenen Tonfall etwas mildert.

»Aber Mum, du hast mir doch selber beigebracht, dass es sich für eine Frau nicht schickt, den Männern hinterherzulaufen. Wenn er mich wieder sehen will, wird er schon anrufen … Und jetzt klingelt es gerade an der Tür, ich muss auflegen. Wir reden dann demnächst weiter. Tschüss.«

Bevor Marjory protestieren kann, legt Lucy auf.

Sie schüttelt verzweifelt den Kopf. »In der Agentur herrscht das reinste Chaos«, platzt sie verärgert heraus. »Alle laufen herum wie aufgescheuchte Hühner, um den Spicer-Booth-Deal unter Dach und Fach zu bringen. Ich bin extra früher nach Hause gefahren, um endlich mal in Ruhe unsere Präsentation auszuarbeiten, doch stattdessen bin ich seit geschlagenen drei Stunden dem Telefonterror meiner Mutter ausgesetzt. Sie hat schon achtmal angerufen – ja, du hast richtig gehört, acht Mal! Ich habe wohl mächtig danebengelegen mit meinem Glauben, dass sie endlich Ruhe gibt, wenn ich mich dieses eine Mal mit ihm treffe. Jetzt dreht sie nämlich völlig durch! Aber jetzt habe ich sie wohl endlich überzeugt, dass Haydn und ich uns zwar gut verstanden haben, aber nicht gut genug, um uns noch einmal zu treffen … es hat mich einige Anstrengung gekostet, das kann ich dir sagen, und ich bin immer noch nicht ganz sicher, ob sie es wirklich geschluckt hat und endlich Frieden gibt.«

Das Telefon klingelt erneut.

Lucy seufzt und reißt verzweifelt die Arme hoch.

»Siehst du! Das ist mit Sicherheit schon wieder meine Mutter. Jetzt muss der Anrufbeantworter herhalten. Ich brauche erst mal einen Kaffee, willst du auch einen?« Ohne eine Antwort abzuwarten, geht sie aus dem Zimmer.

Der Anrufbeantworter springt an, und Lucy bleibt auf halbem Wege in die Küche stehen, denn statt dem bellenden Befehlston ihrer Mutter ertönt eine Männerstimme.

»Hi, dies ist eine Nachricht für Lucy. Ich bin's, Haydn. Ich dachte, es würde dir vielleicht leichter fallen, dein Versprechen diesmal zu halten, wenn du meine Telefonnummer hättest, sie lautet 020…«

Entsetzt sehe ich Lucy an, der die Kinnlade heruntergefallen ist. »Ich wollte es dir gerade erzählen«, sprudele ich verlegen los. »Ich bin ihm heute Mittag buchstäblich in die Arme gelaufen. Er ist hinter mir hergerannt und hat darauf bestanden, dass wir zusammen einen Kaffee trinken. Ich habe ihm erzählt, dass ich in Eile bin, aber das hat ihn nicht die Bohne interessiert. Danach habe ich sofort bei dir angerufen, aber dein Handy war ausgeschaltet. Wenn du mir nicht glaubst, kannst du deine Mailbox abhören, ich habe dir eine Nachricht hinterlassen. Bitte sei mir nicht böse, Lucy.«

Sie nickt langsam. »Ich habe es ausgeschaltet, weil Mum mich auch auf dem Handy mit Anrufen bombardiert hat. Natürlich glaube ich dir, Jude, und natürlich bin ich nicht böse. Jedenfalls nicht auf dich, höchstens auf mich selbst. Ich mache dir auch keine Vorwürfe, es macht nur alles noch schlimmer, als es ohnehin schon ist.«

»Tut mir Leid.«

Lucy stößt einen tiefen Seufzer aus, lässt sich resigniert aufs Sofa plumpsen und fährt sich mit den Fingern durchs Haar, das sowieso schon völlig zerzaust ist und nach allen Seiten absteht, als ob sie sich den ganzen Morgen vor lauter Frust im wahrsten Sinne des Wortes die Haare gerauft hätte. Den Kaffee hat sie fürs Erste vergessen.

»Es muss dir nicht Leid tun. Schließlich ist das alles nicht dein Fehler. Na ja, es wäre zwar einfacher, wenn alles nach Plan verlaufen wäre … Also, was wollte er?«

Ich sehe sie mit einem verlegenen Lächeln an. »Äh … er möchte noch einmal mit mir ausgehen.«

»Er will noch einmal mit dir ausgehen!« Lucy legt sich die Hand auf die Stirn und lässt sich verzweifelt zurückfallen. »O Jude! Er sollte dich nach eurem Date hassen wie die Pest! Stattdessen will er dich wieder sehen! Was hast du ihm gesagt?«

»Ich habe ihm keine klare Antwort gegeben und ihm versprochen, dass ich ihn anrufe. Allerdings habe ich das neulich auch schon getan, du weißt schon … nach diesem Abend, und natürlich habe ich nicht angerufen. Und als er sich neulich gemeldet hat, habe ich ihm wieder versprochen, ihn anzurufen, ohne es dann wirklich zu tun …«

»Das meinte er also eben.«

In diesem Moment fliegt die Wohnungstür auf, und Callum

kommt mit Fett verschmierten Papiertüten in der Hand hereingestürmt.

»Hallo, Mädels, holt Teller, ich habe uns etwas zu Essen mitgebracht. Es gibt was zu feiern. Ich hatte heute mein zweites Beurteilungsgespräch, und mein Chef hat mich geradezu in den Himmel gelobt. Er hat mir eine saftige Gehaltserhöhung zugesagt, und außerdem kriege ich als Ersatz für diesen ausrangierten alten Schrotthaufen auf meinem Schreibtisch, den die Firma allen Ernstes Computer nennt, einen nagelneuen Laptop, so dass ich in Zukunft jederzeit auch zu Hause arbeiten kann …« Er hält mitten im Satz inne und mustert unsere bedrückten Gesichter. »He, ihr scheint euch ja riesig für mich zu freuen.«

Lucy erhebt sich aus dem Sofa und umarmt ihn. »Entschuldige, Cal, das sind ja wirklich tolle Neuigkeiten.«

»Das stimmt, wir sind überglücklich für dich«, stimme ich mit einem matten Lächeln zu. »Wurde aber auch höchste Zeit, dass Rodney dich angemessen bezahlt.«

Cal sieht erst mich an und dann Lucy und dann wieder mich. »Okay«, sagt er schließlich und stellt seine scharf und würzig duftenden Tüten auf dem Beistelltischchen ab. »Was ist euch über die Leber gelaufen? Wer hat euch etwas getan? Ihr braucht es mir nur zu sagen, dann knöpfe ich mir den Übeltäter vor.« Er versucht uns zum Lachen zu bringen, indem er wie eine überdrehte Ballerina schattenboxend durch den Raum tänzelt. »Ich nehme es mit jedem Herausforderer auf. Außer mit deiner Mutter natürlich, Luce. Eher würde ich gegen Godzilla kämpfen.«

»Danke, Cal, aber dann musst du diesen Kampf wohl auslassen.«

»Du hast also tatsächlich schon wieder Ärger mit deiner Mutter.«

»Ja. Aber ich bin selbst schuld, ich sollte eben nicht ständig versuchen, es mir und allen anderen in meiner Familie recht zu machen. Da jeder etwas komplett anderes will, kann das ja gar nicht funktionieren …«

Beim Essen setzt Lucy Cal über die morgendlichen Ereignisse in Kenntnis.

»Und?« fragt Cal schließlich, während er den Rest Chop Suey aufteilt. »Was habt ihr jetzt vor?«

»Keine Ahnung«, erwidert Lucy.

»Eigentlich habe ich im Moment überhaupt keine Zeit, darüber nachzudenken. Ich wünschte, dieser ganze Schlamassel würde sich einfach in Luft auflösen. Wenigstens bis wir diesen verdammten Auftrag unter Dach und Fach haben, danach kann ich vielleicht wieder etwas klarer denken.« Sie legt ihre Gabel hin und reibt sich nervös die Schläfen, als ob sie ihre Sorgen auf diese Weise einfach mit den Fingerspitzen wegmassieren könnte. »Im Moment kann ich diesen Mist jedenfalls wirklich nicht gebrauchen.« Sie verstummt und kaut einen Moment schweigend auf ihrer Unterlippe herum. Cal und ich werfen uns besorgte Blicke zu. »Und deshalb gibt es nur eine Lösung.« Sie hört auf, sich die Schläfen zu reiben und springt auf. »Ich muss ihr die Wahrheit sagen. Es ist die einzige Möglichkeit, diesen ganzen Schlamassel ein für alle Mal zu beenden. Ich muss endlich aufhören, mich meiner Mutter gegenüber wie ein Waschlappen zu benehmen. Ich werde ihr klipp und klar sagen, was Sache ist.«

Ich habe Lucy noch nie so gestresst gesehen. Vor Schlafmangel hat sie dunkle Ringe unter den Augen, und sie ist kreidebleich, obwohl sie normalerweise immer eine gesunde Hautfarbe hat. Auf ihrem Kinn prangt ein entzündeter Pickel.

»Es gibt auch noch eine andere Lösung«, sage ich entschlossener als ich mich fühle.

Lucy hört auf, den Teppich anzustarren, und sieht mich mit ihren müden Augen fragend an.

»Ich könnte noch einmal mit ihm ausgehen.« Sie blinzelt mich ungläubig an. »Wieder als Lucy.«

»Das geht nicht, Jude. Das kann sie doch nicht tun, Cal, oder?« Sie wendet sich Cal zu.

Der schluckt ein Stück Hühnchen herunter und legt seine

Gabel hin. »Na ja, möglicherweise ist es gar keine schlechte Idee.«

»Ist das dein Ernst?«

»Also, Haydn scheint ja ganz scharf darauf, Jude, ähm Lucy, wieder zu sehen, und Jude ist ja auch nicht gerade abgeneigt, schließlich ist es ihr beim letzten Mal nicht so schlecht ergangen, und Marjory ist nicht nur scharf darauf, sie lechzt förmlich danach. Und dir würde es ein Riesentheater ersparen und ein wenig Luft verschaffen.«

Lucy wendet sich verblüfft an mich. »Und du? Siehst du das auch so?«

Ich überlege und überlege und fange beinahe an zu schielen vor Anstrengung. »Cal könnte Recht haben«, stelle ich schließlich fest. »Es würde dir tatsächlich fürs Erste die Konfrontation mit deiner Mutter ersparen, jetzt, wo du im Büro so viel zu tun hast.«

»Und du glaubst wirklich, es würde funktionieren?«

»Wenn du ihr erzählst, dass ich, ich meine, dass du dich noch einmal mit ihm triffst, wird sie dich bestimmt erst mal eine Weile in Ruhe lassen. Wann ist denn die Präsentation?«

»In zwei bis drei Wochen.«

»Am besten rufst du deine Mutter gleich an und erzählst ihr, dass Haydn sich gerade bei dir gemeldet hat und ihr euch demnächst noch einmal treffen wollt, irgendwann vor der Präsentation. Wenn du ihr versprichst, sie sofort nach eurem Date anzurufen und ihr alles brühwarm zu berichten, lässt sie dich bestimmt ein paar Tage in Ruhe, an denen du ungestört arbeiten kannst.«

»Wir müssen den Auftrag unbedingt an Land ziehen«, grübelt Lucy. »Wenn ich es vermassele, könnte sogar mein Job auf dem Spiel stehen.«

»Ich dachte, du hättest gegenüber euren Mitbewerbern einen entscheidenden Vorteil?«, fragt Cal nach.

»Du meinst Layton? Der rührt zwar für mich die Werbetrommel, aber ich will den Auftrag auch ohne Vitamin B gewinnen. Ich habe verdammt hart daran gearbeitet, und wir haben den Auftrag wirklich verdient.«

»Also?«, drängt Cal. »Soll Jude sich noch einmal als Lucy ausgeben?«

Sie kaut an einem ihrer wenigen noch vorhandenen Fingernagel. »Es wäre nicht fair«, murmelt sie mehr zu sich selbst als an uns gewandt. »Es wäre wirklich nicht fair.«

»Wem gegenüber?«, will Cal wissen.

»Beiden«, erwidert sie gequält.

»Aber es würde dir helfen?«

»Ja, ich denke schon.«

Sie sieht mich mit diesen großen treuherzigen blauen Augen an und fragt ehrlich besorgt: »Wäre es denn so furchtbar, dich noch einmal mit ihm zu treffen? Ich weiß, dass ich dir ganz schön etwas zumute, aber du hast Recht, es wäre mir wirklich eine Riesenhilfe.«

Ich zwinge mich, sie anzulächeln. Dabei weiß ich genau, dass meine zögerliche Haltung allein der Tatsache entspringt, dass mein Angebot nicht ganz selbstlos ist, und dass ich es, genau betrachtet, in der Tat furchtbar finde, Haydn noch einmal als Lucy zu treffen, aber eben nicht aus den Gründen, die sie vermutet.

Ich will Haydn wieder sehen. Aber ich will ihn als Jude wieder sehen.

Es ist Samstag.

Edwin kam gestern müde und missmutig aus Mailand zurückgejettet, so dass Katrina zu unserer großen Erleichterung nicht länger unsere Wohnung belagert. Mit ihr ist auch unser süßer kleiner Freund Victor verschwunden.

Gerade versuchen wird, die Spuren der Verwüstung wenigstens einigermaßen zu beseitigen. Ich wische die Küche und rücke Victors hartnäckigen Pfotenabdrücken zu Leibe. Lucy saugt schwungvoll im Takt zu einem Song von Kajagoogoo. »*You're too shy shiiiiiiiii!*«, jammert sie, während sie energisch mit dem Staubsauger über den Flickenteppich im Wohnzimmer fährt, den Victor als Liegematte benutzt hat.

Callum, der für das Bad zuständig ist, hantiert gerade in pinkfarbenen Gummihandschuhen mit einem Saugnapf und einer Flasche Toilettenreiniger herum.

Wir brauchen drei Stunden, bis wir die Wohnung wieder in ihren Normalzustand zurückversetzt haben – unordentlich, aber wenigstens sauber.

Ich tausche Mr. Muscle gegen meinen Computer und versuche vor meinem zweiten Abend-Date mit Haydn noch ein bisschen zu arbeiten, doch wie immer fängt das verdammte Telefon an zu bimmeln, als ich gerade loslegen will.

Cal und Jucy haben es sich nach unserer Putzorgie im Wohnzimmer vor dem Fernseher gemütlich gemacht. Sie haben die Vorhänge zugezogen, eine große Schale Popcorn zwischen sich gestellt und sehen sich einen alten Schwarzweißfilm mit Clark Gable und Claudette Colbert und dem passenden Titel *Es geschah in einer Nacht* an. So versunken, wie die beiden sich dem Film hingeben, bezweifle ich, dass einer von ihnen seinen Hintern erhebt, um ans Telefon zu gehen. Also stürme ich ins Wohnzimmer und nehme ab, während ich sie mit einem wütenden Blick bedenke, der ihnen klarmachen soll, dass ich wieder einmal aus meiner Arbeit gerissen worden bin.

»Hallo?«

»Hi, Jude.«

Ich lasse beinahe den Hörer fallen, so schockiert bin ich. »Jonathan?«

Als Cal und Luce den Namen hören, schießen ihre Köpfe herum.

»Der Unvergleichliche«, murmelt Cal bewusst affektiert.

Es ist drei Wochen her, seit ich aus dem Restaurant gestürmt bin und ihn dort habe sitzen lassen. Wenn ich ehrlich bin, war ich mir gar nicht so sicher, ob er mich je wieder anrufen würde.

Und wenn ich noch ehrlicher bin, wäre ich vermutlich ziemlich gekränkt, wenn er es nicht getan hätte.

»Ich habe heute Abend Zeit«, sagt er gütig. »Ich dachte, ich komme so gegen acht vorbei.«

Cal und Lucy sind auf einmal gar nicht mehr in ihren Film versunken. Lucy macht sogar den Ton leiser.

Ich grinse, als ich ihre gequälten Gesichter sehe.

Ich habe mir schon reichlich Gedanken gemacht, wie ich reagieren sollte, wenn Jonathan anruft. Jetzt ist es passiert, und ich bin mir auf einmal ganz genau über meine Gefühle im Klaren.

Jonathan und ich sind nicht füreinander bestimmt. Es ist so klar, dass ich mich frage, warum ich das erst jetzt erkenne.

»Ich kann heute Abend nicht.«

Meine Mitbewohner machen verblüffte Gesichter, und am anderen Ende der Leitung herrscht fassungsloses Schweigen.

Schließlich kommt eine dahingestammelte Antwort. »Oh, ach so, okay. Dann treffen wir uns eben ein anderes Mal.«

»Nein, Jonathan, ich glaube nicht.«

»Was soll das heißen?«

»Ganz einfach – es wird kein anderes Mal geben.« Ich hole tief Luft. »Was auch immer zwischen uns gewesen ist – eine Beziehung kann man es ja wohl kaum nennen – gibt es nicht mehr. Es ist aus und vorbei. Siehst du das etwa anders?«

»Aber …«

»Es war ja zeitweise ganz nett mit dir, na ja, sagen wir, es war akzeptabel, richtig nett war es nie. Du hast mich ganz schön ausgenutzt, Jonathan, aber ich war dumm genug, dass ich das Spielchen mitgespielt habe, ich kann dir nicht an allem die Schuld geben, gerechterweise muss ich mir einen Teil wohl selber zuschreiben, obwohl ich bezweifle, dass du die Bedeutung des Wörtchens ›gerecht‹ überhaupt kennst, aber wie auch immer – ich denke, wir sollten Schluss machen. Tschüss und gute Nacht.«

Ich lege auf und bekomme von Cal und Lucy Szenenapplaus. Ich grinse sie ein bisschen unsicher an.

»Bravo!«, ruft Lucy. »Das hast du super gemacht!« Sie stürzt sich auf mich und umarmt mich aufgeregt. »Spitzenklasse! Ich kann es gar nicht fassen, dass du ihn endlich auf den Mond geschossen hast!«

»Ich auch nicht«, entgegne ich und sinke aufs Sofa.

»Wie fühlst du dich?«, fragt Cal besorgt.

Gute Frage. Ich horche in mich hinein und versuche zu spüren, ob mir das Herz schmerzt. Nein, nicht die Spur von Reue.

»Ich fühle mich gut«, erwidere ich strahlend. »Richtig gut.«

»Das ist gut«, grinst Lucy. »Nicht wahr, Cal?«

»Richtig gut«, stimmt Cal ihr zu und nickt mit Nachdruck. Im Drunter und Drüber des allgemeinen Glücksgefühls bemerken wir beinahe gar nicht, dass das Telefon schon wieder klingelt.

»Es ist bestimmt nicht noch mal Jonathan«, sage ich, als ich die bestürzten Mienen der beiden sehe.

»Aber ich gehe sicherheitshalber lieber dran, ja?«, bietet Lucy an. »Okay, von mir aus.« Ich bedeute ihr, den Hörer abzunehmen. Lucys grinst spitzbübisch. Sie grapscht so übermütig nach dem Hörer wie ein Kind, das sich auf einem Kindergeburtstag das letzte Stück Schokoladenkuchen schnappt. Und dann, nach der üblichen Pause, legt Lucy los. »Sie will nicht mit dir reden, Jonathan.« Ihre Stimme klingt ernst, doch die Schadenfreude steht ihr ins Gesicht geschrieben. »Ich würde vorschlagen, du belästigst sie nicht mit weiteren Anrufen.« Sie legt auf und klatscht vor Vergnügen beinahe in die Hände.

»So. Das wollte ich dem Arschloch schon seit Jahren sagen. Ich denke, die Botschaft müsste bei ihm angekommen sein.«

Doch zwei Sekunden später klingelt das Telefon schon wieder.

»Jetzt bin ich dran!«, ruft Cal.

Jetzt fühle ich mich doch ein bisschen unwohl, gleichzeitig empfinde ich aber auch Genugtuung.

Cal schnappt sich den Hörer. »Verpiss dich, Arschwichser!«, brüllt er und legt auf.

»Cal!«, ruft Lucy freudig schockiert und schnappt nach Luft. »So etwas hätte ich dir gar nicht zugetraut.«

»Ich mir auch nicht. Deine Mutter war am Apparat.«

»Oh, Cal!«

»War nur ein Scherz.«

»Beim nächsten Mal sollten wir den Anrufbeantworter anspringen lassen«, schlage ich schuldbewusst vor. »Falls er sich noch einmal meldet.«

Meine Mitbewohner sehen mich an wie zwei Kinder, denen man gerade die Smarties weggenommen hat.

»Wahrscheinlich ruft er ja gar nicht noch mal an«, versuche ich zu beschwichtigen.

Jonathan ruft noch achtzehnmal an.

Ich weiß es so genau, weil wir ab dem fünften Klingeln mitzählen, nicht einmal Cal und Lucy wollen noch drangehen. Das ständige Gebimmel ist so nervtötend, dass wir schließlich das Telefonkabel ausstecken. Cal bereitet uns einen Nachmittagssnack zu, und wir sind einstimmig der Meinung, dass wir nach dem stressigen Tag eine Flasche Wein verdient haben.

»Prost!« Cal erhebt sein Glas, als wir alle am Tisch sitzen. »Verabschieden wir uns hiermit herzlich von Judes lebendigem Beweis für ihren schlechten Männergeschmack. Möge der einzige Arsch, dem sie von heute an noch begegnen wird, der sein, auf dem sie im Augenblick sitzt.«

»Darauf trinken wir!«, ruft Lucy und stößt mit Cal an.

»Prost!«, falle ich ebenfalls ein.

»Schade nur, dass ich nicht schon früher wusste, was eine Zurückweisung bei ihm so alles bewirken kann – ist ja ein regelrechtes Aphrodisiakum.«

Nach dem gemütlichen Herumgeknabber und einer zweiten Flasche Wein fühle ich mich angenehm satt und leicht beschwipst. In einer guten Stunde muss ich mich schon für den Abend fertig machen. Ich habe mich kaum niedergelassen, um noch ein paar Zeilen zu schreiben, als schon wieder das Telefon losbimmelt, Cal hat es gerade erst wieder eingestöpselt.

Ich warte, ob Cal oder Lucy drangehen. Offenbar hat Lucy abgenommen, denn sie ruft nach mir.

»Jude! Komm, Telefon für dich!«

»Du weißt doch, dass ich nicht mir ihm reden will!«, rufe ich zurück. »Ich bin gerade in eine Liebesszene vertieft.«

»Jude!«, schreit sie noch lauter und nachdrücklicher.

»Sag ihm, dass ich nicht da bin, okay?«

Lucy kommt in mein Zimmer gestürmt. »Es ist nicht Jonathan! Glaubst du vielleicht, dann würde ich dich rufen? Es ist deine Mutter!«

»Ach so. Entschuldige.« Ich grinse sie an und nehme das schnurlose Telefon entgegen. »Hallo? Mum?«

»Jude! Da bist du ja endlich! Das hat aber lange gedauert. Was ist los? Willst du nicht mit mir sprechen?«

»Doch, natürlich. Ich dachte nur, dass es Jonathan ist.«

»Jonathan? Ach komm schon, Jude, ich hoffe doch sehr, du triffst dich nicht mehr mit diesem furchtbaren Kerl. Auch wenn er der beste Freund deines Bruders ist – ich konnte ihn noch nie ausstehen. Wie er dich behandelt, ist unter aller Sau, ehrlich, Jude. Bernie hat mir erzählt, wie er dich im Audrey's über eine Stunde hat schmoren lassen. Allein dafür könnte ich ihm den Hals umdrehen. Was für ein selbstsüchtiger Egoist! Ich weiß ja, wie schwer es dir fällt und dass er dir offenbar immer noch etwas bedeutet, aber ich glaube wirklich, dass es an der Zeit ist, diesem furchtbaren Kerl den Laufpass zu geben, Jude.«

»Ist bereits geschehen. Deshalb wollte ich vorhin nicht ans Telefon gehen, weil ich dachte, es wäre Jonathan. Ich wollte auf keinen Fall mit ihm reden.«

»Gott sei Dank«, seufzt meine Mum erleichtert. »Was für eine wunderbare Nachricht! Eddie, Darling, sei doch so lieb, und mix uns zwei große Gin Tonic, wir haben etwas zu feiern. Ja, ich weiß, es ist erst fünf Uhr nachmittags, aber anderswo auf der Welt gibt es definitiv auch um diese Zeit schon geöffnete Bars, es geht ja nicht überall so zu wie auf unserer Insel.« Sie macht eine kurze Pause. »Männer! Allmählich komme ich zu der Ansicht, dass sie einem mehr Frust als Freude bereiten. Findest du nicht auch?«

»Ja, Mum, manchmal schon, aber wer ist eigentlich ...«

»Dein Vater war natürlich eine Ausnahme. Er war wirklich ein Heiliger, und er hatte eine Engelsgeduld, aber wie hätte er es auch sonst mit mir aushalten sollen, nicht wahr?«

»Ja, Mum, er war wunderbar, aber jetzt sag doch mal, wer ...«

»Warum ich eigentlich anrufe, Darling – es bleibt doch dabei, dass du mich besuchen kommst, oder?«

»Ja, natürlich.«

»Schön, ich freue mich.«

»Mum, darf ich jetzt auch mal eine einzige Frage stellen?« Endlich. »Natürlich, Darling, nur zu!«

»Wer ist Eddie?«

»Meine Mutter hat einen neuen Freund.«

»Die Glückliche. Und, ist er nett?«

»Keine Ahnung, ich will es hoffen. Vielleicht lerne ich ihn ja bald kennen. Ich habe ihr versprochen, sie irgendwann in den nächsten Wochen zu besuchen. Aber vielleicht ist Eddie dann auch schon gar nicht mehr angesagt.«

Nach dem Tod meines Vaters hatte meine Mutter nie wieder eine feste Beziehung zu einem Mann. Dabei kann sie sich vor Verehrern kaum retten, an Gelegenheiten mangelt es ihr gewiss nicht, aber auf etwas Festes, Langfristiges scheint sie es nicht angelegt zu haben. »Er konnte Dad nicht im Geringsten das Wasser reichen.« Das ist der typische Satz, den ich immer zu hören bekomme, wenn ich mich nach ihrem letzten Freund erkundige.

Ich glaube, niemand wird meinem Dad je das Wasser reichen

können. Er war so durch und durch ehrlich, einem solchen Menschen begegnet man nur einmal im Leben.

Ich bin nicht die Einzige in unserer WG, die heute Abend ausgeht. Lucy ist wieder mit Layton verabredet und ist schon den ganzen Tag im siebten Himmel. Sie lächelt versonnen in sich hinein, wodurch ihr sowieso schon strahlendes Gesicht noch hübscher wirkt.

Wenn ich sie so glücklich sehe, scheint sich doch das ganze Durcheinander zu lohnen, denn immerhin war es ihre Schwäche für ebendiesen Mann, den Marketing-Leiter von Spicer Booth Pharmaceuticals, die uns das ganze Chaos mit dem Rollentausch überhaupt eingebrockt hat.

Und Cal ist mit Sadies Bruder Bruce verabredet. Die beiden sind seit ihrem ersten Treffen dicke Freunde und wollen heute Abend die Pubs unsicher machen und danach bis zum Platzen scharfe Curries in sich hineinstopfen. Zum Glück übernachtet er heute Abend bei Bruce, Cal und ich teilen uns nämlich ein Bad…

Lucy kommt in mein Zimmer gerauscht, um sich zu verabschieden, bevor sie mit Layton rumzieht.

»Du siehst super aus«, stellt sie fest, als sie mich sieht. Dann runzelt sie die Stirn. »Viel zu gut. Hast du nicht noch irgendwas Unattraktives in der hintersten Schrankecke?«

Unten hupt das Taxi.

»Danke, dass du das für mich tust.« In ihrer Eile hat sie mein Outfit schon wieder vergessen und drückt mir einen Kuss auf die Wange. »Man kann nie wissen – vielleicht schaffst du es ja heute Abend, ihn zu vergraulen.« In der Tür dreht sie sich noch einmal zu mir um. »Ach, und Jude – bitte versuch doch, diesmal nicht wieder mit ihm zu schlafen.«

Haydn führt mich nach guter alter Tradition erst ins Kino, wobei ich mir den Film aussuchen darf, und danach zum Essen in eine alte, zu einem Restaurant umfunktionierte Kapelle in Bermondsey, von der aus man einen herrlichen Blick auf die Tower Bridge hat.

In Vorfreude auf diesen Abend habe ich gestern meinen geplanten Trip nach Covent Garden nachgeholt und bin schnurstracks zu der kleinen Boutique geeilt, um zu sehen, ob mein Traumkleid noch zu haben ist. Es war nur noch ein einziges Kleid da, aber zu meiner großen Freude zufällig genau in meiner Größe. Und um dem Ganzen das i-Tüpfelchen aufzusetzen – es war sogar ein weiteres Mal herabgesetzt worden. Abergläubisch, wie ich manchmal bin, deute ich diese beiden Umstände als gutes Omen für den bevorstehenden Abend. Hadyn hat zwar, ganz der galante Gentleman, darauf bestanden, mich zu Hause abzuholen, aber ich konnte ihn gerade noch davon abbringen und treffe ihn stattdessen direkt vor dem Kino.

Natürlich weiß ich, dass Lucy und Cal darauf brennen, ihn zu sehen, aber das Risiko ist entschieden zu groß. Außerdem wäre es reichlich unangemessen.

Genauso unangemessen wie meine Vorfreude auf diesen Abend, der gut und gerne unser letzter sein kann. Ich freue mich einfach, ihn zu sehen, obwohl ich mich gleichzeitig etwas beklommen fühle wegen unseres gigantischen Täuschungsmanövers. Aber ich habe all diese Schmetterlinge und jene hoffnungsvolle Aufgeregtheit im Bauch, mit der man normalerweise einem Date entgegensieht, von dem man sich mehr verspricht, vielleicht sogar eine Beziehung. Letztendlich hätte ich viel zu viel Angst, dass meine Mitbewohner mir sofort ansehen würden, wie sehr ich Haydn tatsächlich mag.

Ich bin wieder zu spät, doch diesmal unbeabsichtigt. Er wartet wie verabredet vor dem Kino, eingehüllt in einen dunkelblauen, bis zu den Knien reichenden Kashmirmantel, dessen Kragen er zum Schutz vor dem eisigen Wind hochgeschlagen hat. Mein Herz, das wegen meiner Eile sowieso schon ziemlich schnell schlägt, legt bei seinem Anblick noch einen Takt zu. Er sieht gerade auf seine Uhr, als ich mit einer Entschuldigung für meine Verspätung auf den Lippen auf ihn zustürme. Als er mich sieht, begrüßt er mich sichtlich erfreut und ohne jeden Anflug eines Vorwurfs.

»Hi, Lucy, wie schön, dass du da bist.«

»Tut mir Leid, dass ich so spät bin.«

»Kein Problem. Wir haben bestimmt nur die Werbung verpasst, wobei du sie vermutlich ganz gerne siehst – als Marktforschung sozusagen.«

»Nein, die Werbung interessiert mich überhaupt nicht«, entgegne ich wahrheitsgemäß. »Was ich ungern verpasse, ist die Musik, du weißt schon, das Pearl-and-Dean-Intro, das immer direkt vor dem Hauptfilm kommt. Wahrscheinlich rührt es noch aus meiner Kindheit, aber ich freue mich immer noch jedes Mal, es zu hören.«

»Ja stimmt, aber ich selbst fand immer die kurze Pause am tollsten, in der die Lichter noch mal angingen und die Frau mit dem Eis herumging.«

»Ja, schade, dass sie es abgeschafft haben.«

»Sie haben es abgeschafft?«, fragt er übertrieben verwundert. Sein Lächeln verrät mir, dass er mich auf den Arm nimmt. »So lange ist es nun auch nicht her, dass ich das letzte Mal im Kino war, auch wenn mein letzter Kinobesuch bestimmt schon fünf Jahre zurückliegt.«

»Fünf Jahre! Im Ernst? Wir gehen ganz oft ins Kino. Cal, mein anderer Mitbewohner, ist ein regelrechter Filmfreak.«

»Ich würde auch gerne öfter gehen, aber irgendwie finde ich nie die Zeit. Also warte ich immer, bis die Filme auf Video rauskommen.«

»Dann müssen wir uns heute natürlich einen Kinobesuch mit allem Drum und Dran gönnen.«

»Mit allem Drum und Dran?«

»Du weißt schon, mit einem Riesenbecher Popcorn, mindestens so groß wie ein Eimer, und mit Hot Dogs, so lang, dass man sie als Zugluftsperre vor seine Haustür legen könnte.«

»Du hast das Knabberzeug vergessen.«

»Genau, du weißt es also doch noch.«

»Natürlich, es ist wie Fahrradfahren – man verlernt es nie.«

Da Haydn darauf besteht, die Kinokarten zu kaufen, kümmere ich mich um den Rest und reihe mich in die Schlange vor dem Hot-Dogs- und Popcornstand ein. Dabei lächele ich in mich hinein. Ich hatte ganz vergessen, was für ein angenehmer Begleiter er ist. Nein, das ist gelogen, ich hatte es überhaupt nicht vergessen, ich habe höchstens versucht, es zu verdrängen.

Ich habe das, was passiert ist, einzig und allein auf den Alkohol geschoben. Ich habe mir eingeredet, dass ich deswegen mit ihm ins Bett gegangen bin.

Aber es wäre albern, mir länger etwas vorzumachen. Seine Anwesenheit bereitet mir ein aufgeregtes Kribbeln in der Magengegend und jagt mir die gleichen wohligen Schauer über den Rücken wie beim letzten Mal. Und ich bin stocknüchtern.

Als er im dunklen Kinosaal nach meiner Hand greift, werden die fliegenden Schmetterlinge in meinem Bauch leider durch eine gewaltige Welle in mir aufwallender Schuldgefühle zum Abstürzen gebracht.

Der Film, letztendlich habe ich ihn doch auswählen lassen, ist wirklich gut, ein rasanter Actionthriller, fesselnd von der ersten bis zur letzten Szene. Doch er handelt, wie könnte es anders sein, von einem Riesenbetrug, einem gewaltigen Täuschungsmanöver, was mich natürlich umgehend daran erinnert, dass ich mich, was das Auftischen von Lügenmärchen angeht, selber gerade in die Spitzenliga katapultiert habe. Ich fühle mich wirklich unbehaglich. Aber nicht nur, weil ich ihn belüge, sondern eher wegen mir. Es ist typisch für mich, Jude James: Wenn ich einen Mann treffe, der mir gefällt, der mir wirklich gefällt, möchte ich am liebsten davonrennen.

Was Männer angeht, war ich schon immer ein ziemlicher Waschlappen, wie könnte ich sonst so lange die Zumutungen meiner so genannten Beziehung mit Jonathan ertragen haben.

Außerdem bin ich ein wandelnder Widerspruch. Einerseits weiß ich genau, was ich will, andererseits rede ich mir ein, dass ich es mir nicht leisten kann, besonders wählerisch zu sein. Meine Figur ist alles andere als perfekt, mein Gesicht, na ja … Filmstars sehen anders aus. Dazu fehlt mir allein schon das wallende Haar, und mit meinen Beinen kann ich auch keinen großen Start machen.

Ich bin einfach nur ich.

Miss Durchschnitt.

Ein anständiger Job, ein akzeptables Gesicht, eine passable Figur, ein annehmbarer Mensch – so zumindest habe ich mich bisher immer gesehen. Und nun fühle ich mich schrecklich dafür, dass ich diesen Mann, der wie es scheint ein durch und durch großartiger Mensch ist, so schamlos hinters Licht führe.

All diese gegensätzlichen Gefühle kann ich nur schwer ertragen. Deshalb werde ich im Laufe des Abends immer stiller, was zwar im dunklen Kino kein Problem ist aber später im Restaurant an unserem mit Kerzen beschienenen Zweiertisch macht sich mein introvertiertes Schweigen peinlich bemerkbar. Es ist ein fantastisches Restaurant, eine umfunktionierte ehemalige Kapelle mit mehreren Ebenen und etlichen verborgenen Nischen und Winkeln. Überall stehen Kerzen, so dass die reich verzierten Buntglasfenster erleuchtet sind, und ihm Hintergrund plätschert gedämpfte Jazzmusik vor sich hin, die gerade laut genug ist, um das allgemeine Stimmengewirr zu übertönen. Ich glaube, es ist das netteste Restaurant, in dem ich je gewesen bin, abgesehen vom Audrey's natürlich. Und trotzdem sitze ich hier wie eine Vegetarierin, die bei McDonald's mit Hamburgern zwangsernährt wird. Wenn heute mein erstes Date mit Haydn wäre, hätte ich ihn mit Sicherheit schon vergrault. Aber ich bin so hin- und hergerissen.

Eigentlich habe ich die Nase voll von Lucys Plänen und aufdiktierten Verhaltensweisen. Ich mag diesen Mann.

»Hat dir der Film gefallen?« Seine Stimme reißt mich aus meinen Gedanken.

»Hm, ja, er war gut«, murmele ich zerstreut.

»Ist alles in Ordnung, Lucy?«

Nein, überhaupt nicht. Doch ich lächele ihn beruhigend an. »Ja, danke, alles okay. Tut mir Leid, wenn ich ein bisschen still wirke, aber ich bin einfach müde, um ehrlich zu sein. Ich hatte einen ziemlich harten Tag.«

»Wie, du musstest tatsächlich am Samstag arbeiten?«

Diesmal versuche ich nachzudenken, bevor ich den Mund aufmache. »Wir haben einen großen Auftrag in Aussicht. Im Moment arbeiten alle rund um die Uhr, sieben Tage die Woche.«

»Tatsächlich? Wen habt ihr denn an der Angel?« Ich zermartere mir das Hirn nach der richtigen Antwort. »Spicer Booth ...« bringe ich vorsichtig hervor. »Ein großer Pharmakonzern mit Sitz in ...«

»... Bishopsgate«, beendet er den Satz für mich.

»Du kennst die Firma?«

»Die Wirtschaftsabteilung meiner Anwaltskanzlei vertritt Spicer Booth.«

O Scheiße! »Oh, das ist ja großartig.«

»Also versuchst du, ihren Werbeetat an Land zu ziehen?«

Nicht ich, sondern Lucy, und trotz diverser endloser Diskussionen über einen gewissen Amerikaner mit zweifelhaftem Namen weiß ich absolut nichts über den Laden. Ich täusche ein Gähnen vor.

»O bitte, lass uns nicht über die Arbeit reden. Ich möchte lieber ein bisschen abschalten.«

Die Masche funktioniert zum Glück. Er lächelt mich mitfühlend an. »Entschuldige, du hast natürlich vollkommen Recht. Von jetzt an ist das Thema Arbeit tabu. Also, was hältst du von dem Film?«

Ich weiß nicht genau, wie es dazu kommt, dass wir wieder bei ihm landen. Ich weiß nur, dass wir auch diesmal wieder einen Abend haben, den keiner von uns beiden enden lassen will. Einen wunderschönen Abend voller Spaß und heiterem Gelächter, ernsthaften Diskussionen und erhitzten Debatten, köstlichem Essen und ausreichend Wein, um mich die ganze Situation etwas gelassener betrachten zu lassen. Wenn auch nicht mit so viel Wein, dass ich wieder die Kontrolle über mich verliere.

Es ist ein merkwürdiges Gefühl zu wissen, dass er ganz in unserer Nähe wohnt. Ich könnte schwören, dass ich unser Haus aus dem Fenster seines Penthouse-Apartments sehen kann. Ich winke einer unsichtbaren Lucy und einem unsichtbaren Cal zu. Was würden sie wohl davon halten, dass ich hier bin? Wahrscheinlich würden sie ausflippen. Und mich anflehen, mein Höschen anzubehalten und nicht mein Herz zu verlieren.

Ich wende mich gerade wieder vom Fenster des riesigen Wohnzimmers ab, als Haydn aus der Küche zurückkommt, mir ein Glas eiskalten Champagner reicht und mit mir anstößt.

»Auf einen weiteren wunderschönen Abend.«

»Also muss ich nicht damit rechnen, dass jeden Moment Edward Soundso anruft?«, ziehe ich ihn auf.

Er lacht kurz auf. »Das hängt ganz davon ab, wie du dich im weiteren Verlauf des Abends benimmst.«

»Keine Sorge, ich verspreche, mich nur von meiner besten Seite zu zeigen«, entgegne ich und denke an Lucy.

»Oh, bitte nicht«, fordert er mich auf und füllt mein Glas nach. »Dann müsste ich mich ja richtig anstrengen, dabei würde ich gern loslassen und mich einfach ein bisschen entspannen. Es ist herrlich, wenn man sich zusammen mit jemandem entspannen kann. Man muss so oft anderen Leuten gegenüber eine Fassade aufbauen, kennst du das? Wenn du nicht mehr du selbst sein kannst, weil du immer irgendwelche Erwartungen erfüllen musst. Bei dir ist es anders, Lucy. Bei dir habe ich das Gefühl, ich selbst sein zu können. So wie ich wirklich bin.«

»Das liegt wahrscheinlich daran, dass du mir so, wie du wirklich bist, ganz gut gefällst.«

Ob ich Haydn so, wie ich wirklich bin, wohl auch gefallen

würde? Wahrscheinlich werde ich es nie erfahren. Dieser Abend wird ja wohl unser letzter sein. Überrascht stelle ich fest, wie traurig mich das macht.

Haydn mustert mich. »Ist wirklich alles in Ordnung?«, fragt er noch einmal.

Ich sehe ihn nachdenklich an. Vielleicht sollte ich ihm einfach alles beichten und hoffen, dass er die ganze Geschichte von der lustigen Seite nimmt. Schließlich ist er verständnisvoll. Und er hat einen ausgeprägten Sinn für Humor. Vielleicht findet er das alles zum Brüllen komisch.

Quatsch! Was mache ich mir da vor? Ich habe diesen Mann angelogen, dass es nur so kracht. Er hält mich für eine andere Frau. Er würde mich hassen. Unfähig zu antworten, nicke ich nur. Dann hebe ich mein Glas. »Auf dich und dass du du selbst sein kannst!«

»Ich weiß noch etwas Besseres.« Er macht einen Schritt auf mich zu und nimmt mir das Glas aus der Hand.

»Auf uns«, sagt er, beugt sich vor und küsst mich.

Als unsere Münder sich berühren, legen sich meine Finger um seinen Nacken, als würden sie von irgendeiner geheimnisvollen unwiderstehlichen Kraft angezogen und ziehen ihn näher an mich heran. Die Lust, die meinen Bauch durchzuckt und sich blitzartig weiter nach unten fortpflanzt und jene Regionen meines Körpers erfasst, die in jüngster Zeit im tiefen Dornröschenschlaf vor sich hin geschlummert haben, bringt beinahe das Gummibändchen meines Schlüpfers zum Zerreißen.

Plötzlich ist mir, als ob Lucy wie ein kleiner Comic-Engel auf meiner Schulter sitzt und auf mich einschreit, es nicht zu tun, während eine mit kleinen Hörnern versehene Miniausgabe von mir selbst auf meiner anderen Schulter hockt, die dabei ist, eine abgesägte Schrotflinte aufzuladen, um den unerwünschten Appell an mein Gewissen umgehend zum Schweigen zu bringen.

Das Mini-Ich mit Hörnern verliert die Schlacht.

Schließlich kann ich Lucy nicht derart im Stich lassen.

Mit Mühe reiße ich mich von Haydn los.

»Wir wollten es doch etwas langsamer angehen lassen«, keuche ich und kann die Kraft, die es mich kostet, meine Erregung und meine Enttäuschung zu unterdrücken, kaum verbergen. »Wir wollten uns doch erst ein bisschen besser kennen lernen.«

Eigentlich stimmt das ja auch nicht. Ich sollte ihn ja vergraulen, statt ihn für mich einzunehmen, das war ja der Sinn dieses zweiten Treffens. Wir verstehen uns einfach viel zu gut. Ich kann seinem Charme nicht widerstehen. Er küsst mich noch einmal, diesmal aber nur ganz zaghaft, tritt dann zurück und lächelt mich sanft und liebevoll an.

»Tut mir Leid«, entschuldigt er sich mit einem Blick, der verrät, dass es ihm alles andere als Leid tut, »aber ich konnte nicht anders.«

»Wenn sich hier jemand entschuldigen muss, dann ich«, entgegne ich und meine es im Gegensatz zu ihm wirklich ernst.

»Das musst du nicht«, versichert er mir. »Wir haben alle Zeit der Welt. Außerdem sollst du deiner Mutter erzählen können, dass ich mich wie ein perfekter Gentleman verhalten habe.«

»Den gibt es doch überhaupt nicht.«

»Oh, das hat mich jetzt aber unter der Gürtellinie getroffen.«

»Wo bei den meisten nicht perfekten Gentlemen in der Regel das Problem sitzt.« Ich beuge mich zu ihm vor und küsse ihn noch einmal, weil ich ebenfalls nicht anders kann, lasse mich dann aber vorsichtshalber auf dem Sofa nieder.

Er sieht mir mit einem milden Lächeln zu und lässt sich schließlich auf der gegenüberliegenden Seite nieder.

»Und jetzt?«, fragt er nach einem Moment des Schweigens. »Was sagen die Regeln? Was schreibt die Etikette vor?«

»Keine Ahnung«, erwidere ich, streife mir meine Schuhe von den Füßen, strecke meine Zehen und lächele ihn an. »Hast du vielleicht Lust auf eine Runde Scrabble?«

Kapitel 6

Ich bin noch in meinem kurzen Nachtshirt und stelle die Milchflaschen vor die Tür, als mich eine raue Stimme zusammenfahren lässt. Ich sehe nach oben.

»Jude, ich muss dich kurz sprechen.«

Für einen Augenblick glaube ich, dass Gott mich ruft, um mich wegen meines jüngsten Sittenverfalls zu rügen.

Aber es ist nur die nächste Instanz darunter: Edwin, der auf den Stufen vor seiner Wohnungstür steht und sich über das Treppengeländer beugt.

Ich starre ihn verblüfft an.

Edwin redet nie mit mir. Na ja, sagen wir fast nie. Manchmal nickt er zum Zeichen des Danks oder hinterlässt mir Zettel, auf denen er mich um irgendwelche Gefallen bittet, aber das Wort richtet er nie an mich. Wenn ich ihn nicht schon öfter direkt über uns am Telefon irgendwelche Leute hätte zusammenstauchen hören, wäre ich sicher, dass er stumm ist.

Obwohl ich noch im Nachthemd bin, bleibt er stur in seiner Tür stehen und wartet darauf, dass ich zu ihm hochkomme.

»Ich bin noch nicht angezogen, Edwin«, zische ich verlegen und mit gedämpfter Stimme zu ihm hinauf.

Er sieht noch einmal zu mir hinunter, nimmt stirnrunzelnd mein Outfit zur Kenntnis und bequemt sich schließlich mit einem tiefen Seufzer die Treppe herunter. Aber er kommt nicht etwa bis an unsere Tür; er bleibt am Treppenabsatz stehen und wartet in Gutsherrenmanier darauf, dass *ich* zu *ihm* komme.

Ich schleiche unwillig die drei Stufen vor unserer Tür hinauf und versuche vergeblich, den Saum meines kurzen Nachtshirts weiter herunterzuziehen.

»Ich habe dich gestern Abend gesehen«, stellt er knapp und in vorwurfsvollem Ton fest.

»Wie bitte?«

»Ich war gestern Abend mit einem Kunden in der alten Kapelle zum Essen und habe dich dort mit Haydn gesehen. Aber nicht nur das – ich habe gesehen, wie du ihn draußen vor dem Restaurant geküsst hast, während ihr auf euer Taxi gewartet habt.« Er starrt mich an, und sein Blick verrät mir, dass er nicht auf eine Erklärung, sondern auf eine dahingestammelte Entschuldigung wartet.

Edwin hat uns also gesehen.

Das Einzige, was mir in den Sinn kommt, ist ein Schwall von Flüchen. O Scheiße, ist der Einzige, den ich hier wiederholen kann, ohne übermäßig vulgär zu werden. Was er sich wohl für einen Schwachsinn zusammengereimt hat? »Pass auf, Edwin«, beginne ich beinahe ein wenig zu schüchtern. Meine Knie zittern wie die von Scooby Doo und Shaggy, wenn sie einem Feind gegenüberstehen. »Du verstehst das alles nicht.«

»Nein, da hast du Recht. Ich verstehe es absolut nicht, wie du so hinterhältig und doppelzüngig sein kannst. Ich fasse es nicht, wie du Lucy das antun kannst, ihr seid doch so dicke Freundinnen. Wie du dich herausputzt, um auszusehen wie meine Schwester« – er starrt an seiner langen geraden Nase vorbei auf mein Haar –, »du bist wirklich eine armselige, bemitleidenswerte Kreatur. Hast du keine eigene Identität und kupferst deshalb gnadenlos den Geschmack deiner besten Freundin ab?«

Aua. Das hat gesessen. Tut ganz schön weh.

»Wenigstens weiß ich jetzt, welch miese Absicht hinter deinem Imitationsgehabe steckt.«

»Ach ja?«

»Du willst Lucy ihren neuen Freund ausspannen.«

Das ist es also, was er sich zusammengereimt hat.

»Es ist anders, als du denkst…«, versuche ich zu widersprechen, doch er will, dass ich *ihm* zuhöre und nicht umgekehrt.

»Ich erwarte von dir, dass du Lucy deinen Fehltritt beichtest.«

»Aber … Aber …«

»Entweder du redest mit ihr, oder ich kläre sie darüber auf, was du für eine falsche Schlange bist«, brüllt er mich an und macht auf dem Absatz kehrt.

»Keine Sorge, ich rede schon mit ihr«, nuschele ich in mich hinein, während er die Treppe hinaufstürmt.

An seiner Tür dreht er sich noch einmal zu mir um. »Und vielleicht solltest du darüber nachdenken, dir demnächst eine neue Bleibe zu suchen.«

Nach dieser Breitseite zum Abschied ist er verschwunden.

Lucy hat wegen des Spicer-Booth-Auftrags so viel zu tun, dass sie sogar am Sonntag ins Büro gegangen ist. Dummerweise ist die Telefonzentrale an Sonntagen nicht besetzt, so dass ich sie unter ihrer Dienstnummer nicht erreichen kann. Ihr Handy hat sie offenbar ausgeschaltet, um nicht ständig von Marjory belästigt zu werden, die mit Sicherheit nach Informationen lechzt, wie das zweite Treffen ihrer Tochter mit Haydn verlaufen ist.

Nicht einmal Cal ist zu Hause. Er ist mit Bruce bei einem Fußballspiel. Also renne ich fast den ganzen Tag nervös in unserer Wohnung auf und ab und warte, dass Lucy endlich aufkreuzt.

Sie kommt erst eine Stunde später als an normalen Wochentagen nach Hause. Zu dem Zeitpunkt bin ich so durch den Wind, dass ich das Gefühl habe, jeden Moment abzuheben und in die Luft zu gehen.

Die vertraute Begrüßung »Hey, Jude« treibt mich zur Wohnungstür.

»Luce, wir haben ein Problem! Und was für ein Problem!«

»He, he, beruhige dich!« Lucy sieht völlig erschöpft aus; ihr blondes Haar, das sie offenbar zu einem Knoten hochgesteckt hatte, hat sich gelöst. Sie stellt ihre Aktentasche ab und hebt abwehrend die Hände, damit ich sie in meiner Hektik nicht umstoße.

»Was ist denn los, Jude? Was ist passiert?«

»Edwin...«

»Edwin?«, schnaubt sie, während sie ihren Mantel abwesend auf einen Haken hängt. »Womit ist er dir denn nun schon wieder gekommen? Mein Bruder ist manchmal ein Mistkerl. Du solltest ihn einfach ignorieren, Jude, das habe ich dir schon hundertmal gesagt. Ich bin sicher, dass bei ihm irgendetwas falsch gelaufen ist; bestimmt hätte er eigentlich ein Mädchen werden sollen – wieso leidet er sonst permanent unter PMS?«

»Er hat mich beim Herumknutschen mit Haydn erwischt«, bringe ich halbherzig hervor. Lucy starrt mich verwirrt an.

»Wie bitte?«

»Edwin hat mich gesehen. Er hat mich mit Haydn erwischt.«

»O nein!« Lucys Kinnlade klappt herunter. Gleichzeitig geht ihre Handtasche auf, und der Inhalt ergießt sich über den Boden.

»Doch«, ereifere ich mich und bücke mich, um die Mascara aufzuheben, die auf meine Füße zurollt.

»Was hat er gesagt? Meinst du, er hat schon mit Haydn gesprochen?«

Ich schüttele den Kopf. »Nein, er hat lieber mich zur Schnecke gemacht. Er ist nämlich davon überzeugt, dass *ich dich* betrüge. Er glaubt, dass ich dir hinter deinem Rücken den Freund ausspanne, und hat mir deshalb gedroht, mich vor die Tür zu setzen. Außerdem hat er mich eine armselige, bemitleidenswerte Kreatur geschimpft, die dich schamlos imitiert, und gesagt, dass du es nicht verdienst, so mies behandelt zu werden...« Ich halte abrupt inne, als ich sehe, dass Lucy grinst, anstatt wie ich vor Sorge verrückt zu werden. »Warum bist du so fröhlich?«, fahre ich sie an. »Findest du das etwa lustig?«

»Ich finde es so süß«, meint sie.

»Was?«

»Na ja, von Edwin. Manchmal habe ich das Gefühl, dass wir auf völlig unterschiedlichen Wellenlängen liegen. Und es ist irgendwie schön zu wissen, wie sehr er sich um mich sorgt.«

Ich seufze tief. »Na toll! Was für ein überaus geeigneter Zeitpunkt für die Offenbarung einer Geschwisterliebe. Lucy – er hat mich quasi rausgeschmissen! Ich soll mir eine neue Bleibe suchen!«

Ihr sentimentaler Anfall verebbt, und sie runzelt die Stirn. »O Scheiße!«

»Eben. Du musst ihm sagen, was für ein Spiel wir getrieben haben.«

»Unmöglich.«

»Aber er will mich an die Luft setzen, Lucy!«

»Das werde ich auf keinen Fall zulassen, darauf gebe ich dir Brief und Siegel. Aber ich kann ihm unmöglich die Wahrheit sagen. Er bringt mich um.«

»Und sonst bringt er mich um! Ehrlich, Lucy, er war fuchsteufelswild.«

»Ich habe eine Idee«, grübelt sie laut. »Wir stellen einfach Haydn als den Bösen hin. Ich erzähle Edwin, dass ich ihn nicht mehr sehen will, weil er sich hinter meinem Rücken an dich herangemacht hat und dass er Mutter gegenüber nichts erwähnen soll, um sie nicht unnötig aufzuregen und ihre Freundschaft mit Olivia nicht aufs Spiel zu setzen.«

»Und was ist mit uns? Was würde es wohl für unsere Freundschaft bedeuten, wenn ich mich hinter deinem Rücken von deinem Typen anbaggern ließe? Jeder würde doch erwarten, dass du nicht nur Haydn, sondern auch mich auf den Mond schießt.«

»Hm, stimmt. Und wenn ich Edwin einfach erzähle, dass du gehört hast, dass Haydn ein kleiner Don Juan ist und du ihn für mich auf die Probe stellen wolltest und mir längst von deinem Date mit ihm erzählt hast – oder noch besser – dass wir es gemeinsam arrangiert haben, um ihn zu testen, und er mit Pauken und Trompeten durchgefallen ist? Dann denkt Edwin, was für eine tolle Freundin du bist, dass du so etwas für mich tust, und er ist zufrieden, und alles ist wieder in Ordnung ...«

Als Lucy mein Gesicht sieht, hört sie auf. »Ich spinne, oder?«

»Könnte man so sagen.«

»Ich verstricke mich allmählich in meinem eigenen Lügennetz. Tut mir Leid, Jude, ich glaube, das liegt am Stress. Natürlich hast du Recht – ich muss ihm die Wahrheit sagen…« Sie schreitet entschlossen durch den Flur und steuert das Telefon im Wohnzimmer an. »Was du heute kannst besorgen, das verschiebe nicht auf morgen! Packen wir den Stier bei den Hörnern! Ich ruf ihn kurz an und vergewissere mich, dass er halbwegs bei Laune ist, und dann gehe ich hoch und bringe es hinter mich…« Ich trotte hinter ihr her. »Ehrlichkeit währt ja bekanntlich am längsten, wie es so schön heißt. Wir hätten von Anfang an bei der Wahrheit bleiben sollen, dann hätten wir uns eine Menge Ärger erspart…«

Sie nimmt all ihren Mut zusammen, doch ich sehe, wie ihre Hand zittert, als sie den Hörer abnimmt. Im Grunde meines Herzens will ich ja genauso wenig, dass sie Edwin anruft. Allerdings aus ganz anderen Gründen. Sobald nämlich Marjory von unserem Betrug erfährt, erfährt auch Haydn unweigerlich die Wahrheit.

»Lucy«, bremse ich sie, »wo wir gerade von Ehrlichkeit reden… ich glaube, es ist an der Zeit… Ich meine…«

»Was, Jude?«

»Setz dich einen Augenblick hin!«, bitte ich sie und lasse mich auf dem Sofa nieder.

»Oje«, stöhnt Lucy und lässt sich schwerfällig neben mich plumpsen.

»Keine Ahnung, ob ich jetzt auch noch Nachrichten gewachsen bin, für die ich mich hinsetzen muss.« Sie grinst mich müde an.

Ich hole tief Luft. »Ich muss ehrlich zu dir sein, Lucy.«

»Das haben wir doch gerade schon festgestellt. Von jetzt an gilt: Ehrlich währt am längsten«, trällert sie mit vorgetäuschter Heiterkeit.

»Ich mag ihn wirklich, Luce…«, bringe ich stammelnd hervor. »Ich meine Haydn. Ich weiß, dass das nicht der Plan war, aber wenn die Umstände andere gewesen wären, ich meine, wenn wir uns unter normalen Umständen kennen gelernt hätten, dann hätte es *vielleicht* zwischen uns gefunkt…« Ich stocke und halte inne.

Lucy sieht mich nachdenklich an. Ich warte auf den Sturm der Entrüstung, doch sie schüttelt nur den Kopf und lächelt mich an.

»Was für eine seltsame Weise, den Mann seiner Träume kennen zu lernen, nicht wahr!«

»Dann bist du mir gar nicht böse?«

»O Jude, warum sollte ich dir denn böse sein? Du bist meine beste Freundin. Es ist mir wichtig, dass du glücklich bist. Natürlich stecken wir ganz schön in der Bredouille, aber wir haben auch schon schlimmere Probleme gemeistert!«

»Na ja, dass wir schon mal in einem schlimmeren Schlamassel gesteckt haben, wage ich zu bezweifeln, aber wir haben in der Tat schon so manches Mal den Kopf aus der Schlinge gezogen. Also – was sollen wir jetzt tun?«

»Es ist Zeit, reinen Tisch zu machen«, erwidert sie und zuckt ratlos mit den Achseln. »Und zwar mit allen Beteiligten.«

Ich nicke langsam. »Okay, das schließt dann also auch Haydn ein.«

»Findest du?« Sie kneift die Augen zusammen.

»Ja, absolut. Das heißt, eigentlich nein, aber irgendwie doch, ja, es muss sein. Es ist ein Dilemma, aber wenn ich ihn wirklich wieder sehen will, kann ich nicht weiter so tun, als wäre ich du. Er wird es sowieso ziemlich bald herausfinden, aber kannst du mir einen Gefallen tun, Lucy? Kannst du, bevor du es deiner Mutter oder Edwin erzählst, so lange warten, bis ich es ihm gesagt habe? Ich möchte wirklich, dass er es von mir erfährt und nicht hinten herum.«

»Glaubst du, das könnte noch irgendetwas retten?«

»Keine Ahnung, aber es ist zumindest einen Versuch wert.«

»Wann seht ihr euch wieder?«

»Wir haben noch nichts fest ausgemacht – wie sollte ich das bei diesen chaotischen Verhältnissen? Aber er würde mich gerne am Freitag irgendwohin ausführen.«

»Dann ruf ihn an und mach es fest.«

»Und was ist mit Edwin?«

»Ich erzähle ihm, dass ich von deinem Treffen mit Haydn wusste und es ihm jetzt zwar noch nicht erklären kann, er mir aber glauben muss, dass du mich nicht hintergangen hast.«

»Und du glaubst, damit gibt er sich zufrieden?«

»Ihm wird fürs Erste nichts anderes übrig bleiben. Aber egal – vergiss Edwin einfach, um den kümmere ich mich«, stellt sie entschieden klar, nimmt meine Hand und drückt sie liebevoll.

»Wenn du Haydn wirklich so gerne magst, wie du sagst, hast du von uns allen den schwierigsten Part: ihm alles zu erklären.«

Ich rufe Haydn an, um unsere Verabredung klarzumachen. Er sagt, ich solle Jeans anziehen und vorsichtshalber auch einen warmen Pullover mitbringen. Ich glaube, dass er mich zum Schlittschuhlaufen einladen will. Er hat nämlich auch etwas von dicken Socken erwähnt. Ich laufe zwar gerne Schlittschuh, aber vielleicht würde ich doch lieber woandershin gehen, denn wenn ich daran denke, dass ich es ihm auf der Eisbahn erzähle, garrottiert er mich womöglich mit einer Ersatzkufe. Andererseits hätte er in einem Restaurant jede Menge Messer zur Hand, mit denen er mich erstechen könnte. Und in einem dunklen Kino wäre ich auch nicht viel sicherer. Schließlich würde kaum jemand merken, wenn auf einem der hinteren Ränge in der Dunkelheit jemand erdrosselt wird, oder? Zugegeben, meine Fantasie geht vielleicht ein bisschen mit mir durch, aber ich habe wirklich keine Ahnung, wie er auf meine Enthüllung reagieren wird. Wie soll ich es ihm bloß erzählen? Es wird eines der schwierigsten Unterfangen, die ich je zu bewältigen hatte.

Das Einzige, was es mir die ganze Qual und Mühe wert erscheinen lässt, ist zu sehen, wie glücklich Lucy ist. Trotz all dieses Schlamassels um sie herum. Sie geht heute Abend wieder mit Layton aus, und die Aussicht auf dieses Date hat sie in einen wahren Freudentaumel versetzt. Ich höre sie aus vollem Halse unter der Dusche singen. Selbst wenn es mir misslingen sollte, die Sache mit Haydn irgendwie gerade zu biegen, hat das ganze Theater wenigstens ein Gutes gehabt. Eine halbe Stunde später tänzelt sie perfekt zurechtgemacht und halb angezogen in mein Zimmer, um sich meinen braunen Lederrock auszuleihen.

»Und wann willst du ihn mir endlich einmal vorstellen?«, frage ich sie, während sie meinen Kleiderschrank durchwühlt.

»Gedulde dich noch ein Weilchen. Im Moment hängen wir das Ganze noch nicht an die große Glocke, denn er meint, wenn es sich herumsprechen würde, dass wir zusammen ausgehen, könnte das meine Chancen schmälern, den Spicer-Booth-Auftrag an Land zu ziehen. Du weißt ja, wie die Leute sind. Und ich habe wirklich keine Lust auf irgendwelches Gerede, dass ich beim Kampf um den Auftrag statt meines Verstands meine Libido eingesetzt habe.«

»Und? Wie ist es wirklich?«

»Wie meinst du das?«, fragt sie mit gespielter Unschuld zurück.

»Du weißt genau, was ich meine.«

»Du meinst die Libido?«

»Genau.«

»Bisher habe ich ihn noch nicht berührt. Du kennst mich doch, in Herzensdingen bin ich ein altmodisches Mädchen. Obwohl wir uns heute Abend schon zum, äh, lass mich mal nachrechnen«, sie nimmt ihre Finger zu Hilfe und zählt, »zum fünften, nein sogar zum sechsten Mal treffen, wenn ich die reinen Arbeitsessen nicht mitzähle. Und du? Wie war es beim letzten Mal mit Haydn?«

»Ich habe die Finger von ihm gelassen«, entgegne ich ein bisschen wehmütig. »Genau wie ich es dir versprochen habe.« Sie zieht ungläubig die Augenbrauen hoch. »Na gut, vielleicht haben wir uns ein- oder zweimal geküsst, aber ich habe mir geschworen, es nicht noch einmal zum Äußersten kommen zu lassen, solange er nicht Bescheid weiß. Es wäre ihm gegenüber unfair.«

»Wann holt er dich ab?«

»Um halb acht.« Lucy wirft einen Blick auf ihre Uhr. »Dann beeilst du dich besser mal ein bisschen, Jude. Es ist schon viertel nach sieben.«

Diesmal hatte ich Haydn nicht ausreden können, mich zu Hause abzuholen. Ich schicke ein Dankgebet zum Himmel, dass Edwin wegen eines Modeshootings für die *Vogue* über das Wochenende nach Berlin gejettet ist, als ich genau in dem Moment, als Haydn mit seinem dunkelblauen BMW bei uns vorfährt, aus der Tür schieße – wohl wissend, dass Lucy und Cal mit einem Fernglas bewaffnet am Wohnzimmerfenster hängen und sich vor Neugier die Augen aus dem Kopf gucken.

»Hi«, keuche ich außer Atem, stürze mich ins Auto und bin froh, dass er nicht versucht, mich zu küssen, sondern keine Zeit verschwendet und sofort losfährt.

»Hi.« Er sieht mich von der Seite an und lächelt herzlich. »Wie ich sehe, hältst du dich manchmal doch an das, was man dir sagt.«

Ich sehe ihn mit hochgezogenen Augenbrauen an.

»Ich meine dein Outfit.«

»Ach so. Also, wo fahren wir hin?«

»Schlittschuhlaufen.«

»Ich wusste es!«

»Wirklich?«

»Es ist die einzige Aktivität für die man sich in dieser Stadt so kleidet.«

»O nein, da fällt mir eine Menge ein. Ein Spaziergang im Park, Bowling, ein Kinobesuch, wenn man nicht vorhat, anschließend noch nett essen zu gehen, Reiten im Hyde Park, Segeln auf dem

Serpentine-See ... Ich glaube eher, wir können gegenseitig unsere Gedanken lesen«, witzelt er.

»Das will ich nicht hoffen!«, rufe ich, ohne nachzudenken.

»Hast du so viele Geheimnisse?«

»Ein paar schon.«

»Ist eins dabei, das ich kennen sollte?«

»Vielleicht weihe ich dich heute Abend in eins ein«, erwidere ich kryptisch.

An der nächsten roten Ampel sieht er mich von der Seite an. Sein Blick wirkt neugierig, aber auch ein bisschen besorgt. »Da bin ich aber gespannt ...«

Das ist mein Startschuss. Im Moment sind wir noch so nah an meiner Wohnung, dass ich notfalls zu Fuß nach Hause gehen kann, falls er mich achtkantig aus dem Auto schmeißt.

»Also ...«, beginne ich und nehme all meinen Mut zusammen, aber genau in diesem Moment werde ich, wie immer, wenn es in meinem Leben um etwas wirklich Wichtiges geht, von meiner persönlichen Rachegöttin unterbrochen. Das Telefon klingelt. Genauer gesagt, sein Autotelefon.

»Tut mir Leid«, entschuldigt er sich.

»Normalerweise werde ich auf dieser Nummer nur aus meiner Kanzlei angerufen. »Schlimm, wenn ich drangehe?«

Ich schüttele den Kopf.

»Haydn Morland ... Hi ... Ja, gute ... besten Dank für die Information. Ich weiß. Das ist ja mal eine gute Nachricht.« Er lächelt zu mir herüber. »Vielen Dank, Juliette. Und gehen Sie endlich nach Hause. Es ist Freitagabend, acht Uhr.« Er legt auf und wendet sich wieder mir zu. Er sieht sehr zufrieden aus. »Eine gute Nachricht. Mein für morgen früh angesetztes Meeting ist abgesagt. Weißt du, dass ich damit seit acht Monaten zum ersten Mal ein freies Wochenende habe? Ich hatte in letzter Zeit so viel zu tun, dass ich heute Nachmittag sogar einen Termin absagen musste, um vor sieben wegzukommen ...« Er scheint kurz nachzudenken, bringt den Wagen dann plötzlich zum Stehen und macht mitten in dem dichten Freitagabendverkehr einen eigentlich unmöglichen U-Turn.

»Was machst du da?«

»Die Fahrspur wechseln.«

»Das sehe ich, aber ich dachte, wir wollten Schlittschuhlaufen.«

»Ich habe den Plan geändert.«

»Aha. Und jetzt?«

»Ich entführe dich.«

»Du machst was?«

»Ich entführe dich übers Wochenende.«

»Aber du kannst doch nicht…«, bringe ich panisch hervor, »das ist unmöglich, ich meine, ich habe weder etwas anzuziehen dabei noch eine Zahnbürste oder überhaupt irgendetwas.«

»Ich kann sicher eine Ersatzzahnbürste für dich auftreiben. Und falls dir sonst noch etwas fehlt – keine Sorge, Brighton ist ein wahres Einkaufsparadies.«

»Wir fahren nach Brighton?« Er nickt.

»Jawohl. Und was immer du brauchst, kaufe ich dir morgen.«

»Auf gar keinen Fall.«

»Warum nicht? Schließlich ist es meine Schuld, dass du keine Sachen dabeihast, also ist es meine Aufgabe, dir welche zu besorgen. Es sei denn natürlich, du verbringst das ganze Wochenende nackt.« Er bemerkt meinen bestürzten Gesichtsausdruck. »Keine Sorge, war nur einen Witz. Die Vorstellung hat zwar durchaus ihren Reiz… aber es wird alles sittlich zugehen, ich habe sogar ein Gästezimmer.«

Ich weiß. Nach dem, was Lucy mir erzählt hat, hat er sogar sechs zusätzliche Schlafzimmer.

»Ich dachte, es wäre ganz nett, wenn wir ein bisschen Zeit miteinander verbringen«, redet er auf mich ein, »nur wir beide, weit weg von allem anderen, um endlich mal Gelegenheit zu haben, uns etwas besser kennen zu lernen. Was hältst du davon?«

Was ich davon halte? Normalerweise würde ich Feuer und Flamme sein, aber die Situation ist ja alles andere als normal.

»Ich weiß nicht.«

»Hast du irgendetwas Wichtiges vor, das du auf keinen Fall verschieben kannst?«

»Eigentlich nicht …«

»Komm, lass uns spontan sein. Lucy, gibt dir einen Ruck, wage das Abenteuer! Wir haben bestimmt eine Menge Spaß. Wenn du willst, kann ich auch einen kleinen Umweg machen und noch mal bei dir zu Hause vorbeifahren, damit du ein paar Sachen einpacken kannst …«

Völlig ausgeschlossen. Schließlich sind Lucy und Cal zu Hause. Mir stehen die Nackenhaare zu Berge, wenn ich mir vorstelle, wie die drei nebeneinander auf dem Sofa hocken und höfliche Konversation betreiben, während ich meine Tasche packe.

»Das ist nicht nötig, aber ich muss zumindest …«, mir liegt auf der Zunge, »Lucy« zu sagen, aber ich kann es mir gerade noch verkneifen, »meine Mitbewohner informieren, weil sie sich sonst Sorgen machen, wenn ich einfach wegbleibe.«

»Kein Problem«, entgegnet er und zeigt auf das Telefon zwischen uns. »Du kannst es jederzeit benutzen.«

Ich bin erleichtert, als der Anrufbeantworter anspringt, und hinterlasse die obskure Nachricht, dass ich übers Wochenende wegfahre, sie sich keine Sorgen machen müssen und dass ich erst am Montagmorgen zurück sein werde.

Panik steigt in mir auf, die durch Haydns zufriedenes, vorfreudiges Lächeln noch verschlimmert wird, aber dann beschließe ich, mich einfach zurückzulehnen und zu entspannen. Ich werde versuchen, mich so gut wie möglich zu amüsieren, basta. Der richtige Zeitpunkt für meine Enthüllungen ist jedenfalls fürs Erste verstrichen. Wieder einmal hat sich das Schicksal eingeschaltet, und jetzt fahren Haydn und ich für ein Wochenende weg. Zusammen. Nur er und ich. Ein ganzes Wochenende. Man kann nie wissen, rede ich mir ein, als wir London verlassen, vielleicht hat dieser Trip auch sein Gutes und bietet mir, wenn er völlig entspannt und von allem losgelöst ist, die ideale Gelegenheit, meine Beichte loszuwerden.

Ich schrecke aus dem Schlaf hoch, als der Wagen abrupt abbremst und nach rechts in eine gewundene Auffahrt biegt. Es ist einer dieser Momente, in denen man keine Ahnung hat, wo man sich eigentlich befindet, geschweige denn, wie man dorthin gekommen ist, und dann wallt plötzlich eine Woge der Verlegenheit in mir auf, als mir bewusst wird, dass ich den letzten Teil der Reise komplett verschlafen habe. Meine übliche Panik, dass ich geschnarcht oder gesabbert oder etwas noch Schlimmeres getan habe, verfliegt zum Glück, als Haydn mich ohne jedes süffisante Grinsen anlächelt und ich mich vergewissert habe, dass der Lederbezug meines Sitzes unversehrt ist.

»Du scheinst wirklich ziemlich erledigt zu sein«, stellt er fest und schaltet einen Gang herunter, um das letzte Stück des Hügels zu erklimmen.

»Ja, ich habe in letzter Zeit oft bis in die frühen Morgenstunden über meiner Arbeit gebrütet«, gebe ich zu, richte mich auf und denke an meine Nachtsitzungen, während derer ich unermüdlich meinen neuen Roman in die Tasten gehackt habe.

»So, wir sind da.«

Das Hightech-Haus auf dem Hügel mit den sieben Schlafzimmern und den fünf Bädern entpuppt sich als ein ehemaliger Leuchtturm, der auf einer tief gelegenen Klippe thront und an einer Seite von einer umwerfenden Architektur aus Stützpfeilern und gläsernen Wänden erweitert wurde, die das Herzstück des Gebäudes ausmacht. Es steht allein, ganz am äußersten östlichen Rand von Brighton, zwischen Brighton und Rottingdean, und erhebt sich vor uns wie ein wohltuender Schatten vor der drohenden Kulisse des endlosen schwarzen Ozeans und des ebenso endlosen dunkelgrauen Himmels.

»Wow«, staune ich. »Was für tolles Fleckchen Erde.«

Er lächelt mich sichtlich geschmeichelt an.

»Ich liebe diesen Ort und bin wirklich froh, dass du mitgekommen bist. Ich bin sowieso viel zu selten hier.«

Er steigt aus dem Wagen, kommt an meine Seite und öffnet mir die Tür. Der letzte Mann, der mir die Tür aufgehalten hat, war mein Vater. Jonathan hat mir nie die Autotür aufgehalten – vor allem natürlich, weil er mich nie irgendwohin gefahren hat.

Haydn hält mir die Hand hin, hilft mir aus dem Wagen, kramt, immer noch meine Hand haltend, einen Schlüsselbund aus der Jackentasche hervor, öffnet die Haustür und führt mich in einen breiten, mit Holzboden ausgelegten Flur. Von beiden Seiten des Flurs gehen Türen ab, und direkt vor uns führt eine breite, ausladende Treppe hinauf in die nächste Etage. Ich folge ihm die Treppe hinauf, wobei Haydn gelegentlich stehen bleibt und die Lichter und die Heizungen anmacht.

»Möchtest du eine Tasse Tee, oder wollen wir erst einen Rundgang durchs Haus machen?«, ruft er mir über die Schulter zu.

»Erst einen Rundgang«, erwidere ich und sehe mich mit vor Bewunderung weit aufgerissenen Augen in dem riesigen Wohnzimmer mit dem honigfarbenen Holzfußboden und den farblich dazu passenden Wänden um. An den Wänden hängen wunderschöne Gemälde von Meereslandschaften, das ganze Zimmer ist mit etlichen interessant geformten Treibholzstücken dekoriert, von denen ich vermute, dass er sie am Strand aufgelesen hat, der direkt hinter dem Haus liegt. Auf niedrigen Holztischen stehen avantgardistische, pilzförmige Leuchten aus Chrom und Buchenholz, die ein abgedämmtes, warmes Licht verbreiten. Eine Wand des Zimmers ist vollständig für Bücher und Familienfotos reserviert. Die Mitte des Raums wird von zwei großen, cremefarbenen Sofas dominiert, zwischen denen ein in Blau- und Cremetönen gehaltener Perserteppich liegt.

Es ist ein wunderschönes Zimmer, und auch der Rest des Hauses ist ein Traum. Haydn führt mich mit sichtlichem Stolz herum, und zwar nicht prahlerisch, sondern mit jener ruhigen Selbstzufriedenheit, die einen befällt, wenn man etwas gut gemacht hat.

Marjorys überschwängliche Schwärmereien erweisen sich in mehrfacher Hinsicht als übertrieben. So entpuppen sich die angeblich sieben Schlafzimmer als lediglich vier, die allesamt in dem runden Teil des Leuchtturms liegen, und zu jedem gehört ein Bad, so dass man auf vier Bäder kommt und nicht auf fünf.

Von dem riesigen Wohnzimmer in der Dimension eines Großraumbüros kann man auf einen Balkon hinaustreten, der sich über die gesamte Rückseite des Hauses erstreckt. Vom Wohnzimmer führt eine breite Holztreppe hinab zu einer lang gestreckten, an einen Wintergarten erinnernden Küchengalerie, von der aus man einen herrlichen Blick über den Strand hat. Angrenzend an die Küche vervollständigen ein Arbeitszimmer, eine Sauna, ein Duschraum sowie eine Garage das Erdgeschoss.

Unser nächster Anlaufpunkt ist die Spitze des Leuchtturms, ein runder, rundum verglaster Raum, der auf dem Turm sitzt wie eine überdimensionale Laterne und den wir über eine steile Wendeltreppe erreichen, die sich an den Schlafzimmern vorbeischlängelt. Von der verglasten Leuchtturmspitze hat man einen spektakulären Blick aufs Meer, das zurzeit noch aufgewühlter ist als mein vor lauter Schwindel durcheinander gewirbelter Magen. Zu unserer Linken und hinter uns ist das Land, rechts von uns sieht man die Lichter von Brighton, die in der Ferne schimmern wie über die dunkle Landschaft verstreute goldene und silberne Sterne.

»Der Blick ist wirklich fantastisch«, stelle ich fest und beruhige meinen flauen Magen ein wenig, indem ich mich am Geländer festklammere.

»Freut mich, dass es dir gefällt.«

»Was für ein Luxus, statt eines Rasens den Strand vor der Tür zu haben. Gras sieht im Vergleich dazu geradezu trostlos aus.«

Ich sehe hinab auf den neun Meter unter uns liegenden, gelbbraunen Sandstrand und die verwitterten, hölzernen Wellenbrecher, die zwischen der Klippe und dem Meer in regelmäßigen Abständen emporragen wie verwahrloste Riesenzähne. »Wie hast du diesen Ort entdeckt?«

»Als ich das Grundstück gekauft habe, gab es nur den Leuchtturm. Den Rest habe ich im Laufe der Jahre hinzugefügt, wann immer ich es mir leisten konnte.«

»Gehört es dir schon lange?«

»Na ja, als ich es gekauft habe, habe ich noch studiert.«

»Wie, um alles in der Welt, hast du das denn fertig gebracht?«

»Damals ist mein Großvater gestorben und hat mir ein bisschen Geld vermacht. Nicht viel, aber genug, um von der Bank ein Darlehen loszueisen. Außerdem hatte ich neben meinem Studium einen Fulltimejob.«

»Während deines Jurastudiums?«

Er nickt.

»Wie alt warst du da?«

»Achtzehn.«

»Und obwohl du ein mittelloser Student warst, hast du es geschafft, der Bank eine Hypothek aus den Rippen zu leiern?«

»Na ja, ich hab bei dem Darlehensgesuch ein bisschen geschummelt. Ziemlich bedenklich, denn ich bin ja Anwalt geworden, um den Leuten bei ihrem Kampf um die Wahrheit zu helfen.«

Ich drehe mich um, lehne mich mit dem Rücken ans Geländer und sehe ihn an. »Dir liegt also viel an der Wahrheit?«, frage ich so beiläufig wie möglich.

»Ja, sehr«, erwidert er und kommt einen Schritt auf mich zu. »Warum fragst du? Verbirgst du etwa irgendetwas vor mir, Lucy O'Neill?«

Ich lächele ihn viel sagend an und unterdrücke ein nervöses Husten. »Es gibt eine Menge Dinge über mich, von denen du nichts weißt«, bringe ich schließlich hervor.

Er kommt näher an mich heran, umfasst mit den Händen das

Geländer links und rechts neben mir, so dass ich zwischen seinen Armen eingekeilt bin, und sagt mit sanfter Stimme: »Ich freue mich darauf, einige dieser Dinge zu erfahren. Am liebsten möchte ich alles über dich wissen.«

Dieser Moment schreit geradezu danach, dass ich es ihm sage. Ich wünschte, er würde mich küssen, doch gleichzeitig habe ich das Gefühl, es nicht zu verdienen. Nicht, solange er nicht die Wahrheit über mich weiß. Aber ich will jetzt nicht mit der Wahrheit rausrücken, noch nicht. Ich werde ihm alles erzählen, aber zum richtigen Zeitpunkt. Wir sind ja gerade erst angekommen. Schließlich stehe ich in der Spitze eines Leuchtturms, und bis nach unten ist es verdammt weit.

Ein verdammter Feigling bin ich.

So viele Ausreden.

Ich wende mein Gesicht ab, und seine Lippen berühren meine Wange. Wir stehen einen Moment so da, und obwohl ich seine Haut an meiner Wange nur ganz leicht spüre, verzehre ich mich vor Leidenschaft. Doch dann entwinde ich mich ihm.

Er lässt das Geländer los, und ich gehe ein paar Schritte zur Seite.

»Funktioniert das Leuchtfeuer noch?«, frage ich in einem verzweifelten Versuch, die Situation ein wenig zu entkrampfen.

Er nickt mit Nachdruck. »Willst du es mal sehen?«

»Darfst du das denn? Ich meine, wirst du nicht von der Wasserpolizei verhaftet … wegen unzulässiger Behinderung des Schiffsverkehrs oder so?«

Er lacht. »Ich hoffe nicht. Wenn wir hier Partys feiern, machen wir das immer.«

»Das kann ich mir vorstellen. Es ist ein großartiger Ort, um zu feiern.«

»Ehrlich gesagt, bringe ich nur äußerst selten mal jemanden mit hierher.«

»Ich bin also privilegiert?«

»Nein, du bist einfach anders.«

»Anders? Inwiefern denn?«

»Anders als die meisten Leute, die kenne.« Er sieht mich nachdenklich an. »Und anders, als ich dich in Erinnerung habe.«

»Da hast du Recht. Ich bin völlig anders als das kleine Mädchen, das du als Kind kanntest.«

Er mustert mich einen Moment und lächelt dann zu meiner großen Erleichterung wieder. »Komm, ich führe dich aus in ein nettes Restaurant.« Mit diesen Worten steigt er die erste Stufe der steilen Treppe hinab und hält mir die Hand hin.

»Können wir nicht einfach hier bleiben?«

»Wäre dir das lieber?«

»Lieber als alles andere. Und dir?«

Er strahlt über das ganze Gesicht. »Mir eigentlich auch, schließlich verbringe ich sowieso viel zu wenig Zeit hier. Aber in der Stadt gibt es ein paar wirklich gute Restaurants, die dir sicher gefallen würden.«

»Bestimmt kann keines von ihnen mit diesem fantastischen Blick mithalten.«

»Das stimmt, aber dafür ist da das Essen besser. Erst recht, weil ich im Moment wahrscheinlich absolut nichts im Haus habe. Zum Glück wolltest du keinen Tee vorhin, ich habe ja nicht mal Milch da. Okay, hier ist mein Vorschlag: Heute führe ich dich in ein Restaurant aus, und morgen gehen wir in einen Supermarkt, decken uns mit allem Nötigen ein, und dann koch ich dir was Feines.«

»Du kannst kochen?«

»Überrascht dich das?«

»Nicht wirklich. Mein Mitbewohner Cal ist auch ein hervorragender Koch. Hat eher was mit der Erziehung zu tun als mit Junge oder Mädchen.«

»Du meinst, ob man je gezwungen war, für sich selber zu sorgen.«

»Genau. Wahrscheinlich ist das Studium entscheidend. Man kann sich nicht ewig von Bohnen auf Toast ernähren, früher oder später drängt es einen, ein Kochbuch zur Hand zu nehmen.«

Während wir reden, führt er mich die Treppe hinab.

Eine Etage tiefer bleibt er vor einer Tür stehen und öffnet sie.

»Das ist das Gästezimmer.« Er lässt mir den Vortritt und bedeutet mir hineinzugehen.

Das Zimmer ist ganz anders als das übrige Haus. Es wirkt sehr feminin, vor den runden Bullaugenfenstern, die diesen Teil des Turms zieren, hängen geblümte Vorhänge. Auf dem Boden liegt ein dicker, weicher, minzgrüner Teppich, die Tagesdecke ist ein altmodischer Überwurf, der mit rosa und pflaumenfarbenen Blümchen gemustert ist. Es gibt eine Frisierkommode, die mit allen möglichen Cremes und Lotionen voll gestellt ist, und das ganze Zimmer riecht leicht nach der blumigen Duftnote von Anaïs Anaïs.

»Hier wohnt meine Mutter, wenn sie in England ist«, erklärt er, als ich mich nach allen Seiten umsehe. »Wie man unschwer erkennen kann, habe ich die Einrichtung dieses Zimmers ihr überlassen.«

»Es ist wirklich sehr schön«, murmele ich.

»Sie würde sich sicher freuen, das zu hören.« Er zeigt auf eine Tür an der anderen Seite des Zimmers.

»Da ist das Badezimmer. Nimm dir, was immer du brauchst. Reichen dir zehn Minuten, dich ein bisschen frisch zu machen? Dann bestelle ich ein Taxi, und wir lassen uns in die Stadt bringen.«

»Also gehen wir definitiv aus.«

»Du kannst es dir aussuchen – entweder ein Essen in einem Restaurant oder Bohnen auf Toast, wobei du den Toast eigentlich vergessen kannst, es ist keiner im Haus. Zur Wahl stehen also Bohnen auf Bohnen.«

»Wir könnten uns ja auch etwas von einem Take-away kommen lassen.«

»Ich möchte dich aber gerne ausführen.«

»Aber ich habe überhaupt nichts anzuziehen«, wende ich vorwurfsvoll ein.

»Du gefällst mir so, wie du bist. Ich mag dich in Jeans. Obwohl ich mich irgendwie schwach daran erinnere«, er beugt sich vor und küsst mich sanft auf die Stirn, »dass du mir ohne auch sehr gut gefallen hast.«

Wir gehen in ein kleines italienisches Bistro in der Altstadt, in dem es kleidungsmäßig zu meiner großen Erleichterung ziemlich locker zugeht. Es ist ein eher schlicht ausgestattetes Restaurant mit Fliesenboden und schlichten ockerfarben gestrichenen Wänden. Aus der Küche strömt ein köstlicher Duft, der für sich spricht, und die schweren Holztische sind voll besetzt – eine bunt gemischte, plaudernde und laut lachende Gästeschar.

Das gesamte Restaurantpersonal scheint Haydn zu kennen, und alle wirken hocherfreut, ihn zu sehen. Er wird wie ein alter Freund begrüßt, sofort an einen Tisch direkt am knisternden Kamin geführt, und ohne dass wir auch nur einen Blick in die Speisekarte geworfen haben, wird uns Wein und ein großer Teller Antipasti serviert.

»Kommst du oft hierher?«, frage ich.

»Hierher?«, fragt er zurück und tut verwundert. »Ich bin zum ersten Mal in meinem Leben hier.«

In diesem Moment kommt ein dunkelhaariger Mann Anfang vierzig aus der Küche, der über und über mit Mehl bestäubt ist. Bei Haydns Anblick klatscht er vor Freude in die Hände.

»Hallo! Claudio mir haben gesagt, dass du bist hier, aber ich konnte nicht glauben. Was machst du hier? Ich dich habe seit Monate nicht gesehen. Warum du bist so lange nicht gekommen? Du mal wieder hast zu viel gearbeitet, habe ich Recht? Immer nur Arbeit, Arbeit, Arbeit.«

Er geht um den Tisch herum, Haydn steht auf, und die beiden umarmen sich wie alte Freunde.

»Amico, come stai?«

»*Sto molto bene, e tu?*«

»*Bene, bene.* Es trifft sich gut, dass du gerade kommst heute. Ich bin ein bisschen knapp mit Personal und brauche dringend guten Kellner. Komm in Küche, dann gebe ich dir Schürze, ja?«

»Ich habe dir doch von meinem Studentenjob erzählt«, wendet Haydn sich an mich. »Ich habe in diesem Restaurant gearbeitet. Und es war Giovanni, der den Leuten bei der Bank erzählt hat, dass ich genug verdiene, um eine Hypothek abzahlen zu können.«

»Wir haben nicht gelogen.« Giovanni klopft Haydn auf die Schulter, wobei von seinem Ärmel eine weiße Mehlwolke aufsteigt und dann zu Boden schwebt. »Haydn arbeiten härter, als jeder Mann, den ich kenne. Der einzige Kellner, der kann tragen auf einmal zwölf Teller und großes Lehrbuch.« Giovanni tut so, als würde er Speisen auftragen und dabei lesen. Dann prustet er laut los, wobei sein gewaltiger Bauch kräftig schwabbelt. »Und wer sind Sie? *Come si chiama?* Los, Haydn, mach mich bekannt mit deiner Lady.«

»Giovanni, das ist Lucy.«

»Hallo, Lucy.« Er greift meine Hand und gibt mir zur Begrüßung einen feuchten Handkuss. »Sie mögen italienisches Essen, Lucy?«

Ich nicke mit Nachdruck.

»Dann Sie sind hier richtig. Wir machen bestes italienisches Essen. Sie können erzählen allen Ihren Freunden, Giovanni's ist bestes italienisches Restaurant in Brighton. Nein, bestes italienisches Essen in ganz Großbritannien.« Er zwinkert mir zu und wendet sich wieder Haydn zu. »*Sei molto fortunato, lei è una ragazza bellissima.*«

»Was hat er gesagt?«, frage ich Haydn, als Giovanni wieder in seiner Küche verschwindet.

Haydns Augen leuchten im Kerzenschein. »Dass er schon an deinem Hintern abgelesen hat, dass du auf italienisches Essen stehst.«

»Dieser Schuft!«

»Nein, das war nur ein Witz. Er hat mir gesagt, wie glücklich ich mich schätzen kann, so eine hübsche Freundin zu haben.«

»Aha.« Ich gucke verlegen auf die Scheibe Prosciutto, mit der ich herumspiele, und werde so rot wie die sonnengereifte Tomate, die neben dem Schinken liegt.

»He, fühl dich einfach wohl.« Er gießt mir ein Glas Wein ein. »Ich habe nicht vergessen, dass wir es langsam angehen lassen wollen. Das heißt, falls du das nach wie vor willst.«

»Was willst *du* denn?«, frage ich und nippe an meinem Glas.

»Na ja, das habe ich dir doch ziemlich klar zu erkennen gegeben, oder?« Er nimmt die Gabel und spielt abwesend damit herum. »Ich mag dich wirklich Lucy. Ich wusste sofort, dass wir zusammenpassen. Abgesehen von der ersten halben Stunde vielleicht. Und den ersten sieben Jahren.« Er lächelt. »Aber ich denke, wir sind uns einig, diese Jahre getrost zu vergessen. Was ich sagen will – ich glaube nicht, dass wir irgendwelche Spielchen spielen müssen. Es liegt doch klar auf der Hand, was ich für dich empfinde, und ich denke, dass es dir genauso geht, außer natürlich, du hast mir irgendetwas verschwiegen.«

Ich habe ihm jede Menge verschwiegen. Aber sosehr ich ihm endlich reinen Wein einschenken müsste, so unpassend erscheint mir der Ort. Umso mehr, weil genau in diesem Moment Giovanni erneut aus seiner Küche kommt und einen riesigen Tonteller voller kleiner Garnelen zwischen uns auf den Tisch stellt.

»Sie mögen?«, fragt er und sieht mich erwartungsvoll an.

»Sehr«, erwidere ich. Dabei sehe ich Haydn in die Augen, und wir wissen beide, dass ich nicht das Essen meine.

Und so essen wir Gamberi und Lasagne, trinken viel zu viel extrem trockenen Frascati und reden bis in die frühen Morgenstunden über jedes nur erdenkliche Thema unter der Sonne, außer über die eine Sache, die ich so dringend mit ihm besprechen muss. Doch je mehr Wein unsere Kehlen hinabfließt und je angeregter wir uns unterhalten, desto leichter fällt es mir, besagtes Thema in die hinteren Regionen meines Hirns zu verbannen, als ob es nicht weiter wichtig wäre.

Und als das Restaurant schließlich geschlossen wird, bringt das Personal Käse, Früchte und noch mehr Wein an unseren Tisch, alle setzen sich zu uns, und ich rede mit den Leuten, die Haydn schon so lange kennen und ihm mit so offensichtlicher Verbundenheit und solchem Respekt begegnen, und je mehr ich über ihn erfahre, desto mehr mag ich ihn und desto mehr verachte ich mich dafür, dass ich ihn so schamlos betrüge, und desto schwieriger erscheint es mir, auch nur in Betracht zu ziehen, mit der Wahrheit herauszurücken und ihm zu sagen, wer ich wirklich bin. Oder besser gesagt: wer ich nicht bin.

Haydn unterhält sich lange mit Giovanni, der in irgendeiner rechtlichen Angelegenheit seinen Rat sucht. Währenddessen sieht Haydn mich immer wieder an, und dann lächelt er. Er will sich vergewissern, dass es mir gut geht, und jedes Mal, wenn er es tut, macht mein Magen einen Salto vorwärts.

Als wir das Restaurant in den frühen Samstagmorgenstunden verlassen, sind wir beide ziemlich betrunken. Es ist bitterkalt, und es geht ein Nieselregen nieder, der zwar harmlos aussieht, der aber ziemlich heimtückisch ist. Ohne den Schutz der engen Straßen werden wir in Windeseile durchnässt sein, aber trotzdem – ich habe noch nie meinem Leben weniger Lust verspürt, mich in ein Taxi zu setzen und den Abend zu beenden. Wir schlendern Hand in Hand an den schicken, aber zum Glück geschlossenen Läden entlang und bleiben nur einmal stehen, damit ich mir am Karen-Millen-Schaufenster sehnsüchtig die Nase platt drücken kann, bis es von meinem Atem ganz beschlagen ist.

»Wir kommen morgen wieder. Dann kannst du Shoppen bis zum Umfallen.«

»Wenn du das erste Mal seit einer Ewigkeit frei hast?«

»Wenn wir zwischendurch in meinem Lieblingspub einkehren, kann ich es, glaube ich, ertragen.«

»Ist das deine Art zu entspannen? Trinken?«

»Nein, aber wenn mich etwas zum Trinken treibt, dann eine Einkaufstour. Oder Giovanni. Junge, Junge, der Mann verträgt einiges …«

»Es hat den Wein getrunken wie Wasser.«

»Für ihn ist Wein auch wie Wasser. Ich habe ihn noch nie etwas anderes trinken sehen, außer vielleicht mal eine Tasse Kaffee, und in der Küche ist es im Sommer so heiß wie in einem Hochofen.«

Wir gehen hinab zur Haupt-Uferpromenade. Wie befürchtet, gibt es hier keinerlei Schutz mehr vor dem eisigen Seewind, der uns so peitschend die Gischt ins Gesicht bläst, dass die Haut spannt und die Lippen brennen. Haydn zieht seine Jacke aus und hält sie schützend über uns.

Dann legt er den Arm um meine Schulter und zieht mich ganz nahe an sich heran. Ohne nachzudenken stelle ich mich auf meine Zehenspitzen und drücke meine Lippen auf seinen Mund. Und entgegen meinem festen Vorsatz, zuerst mit ihm zu reden, kann ich nicht anders und gebe mich einem langen, leidenschaftlichen Kuss hin.

Und wieder hocken auf meinen Schultern Engelchen und Teufelchen, nur dass es diesmal keine Lucy gibt, sondern zwei Mini-Judes. Heute Nacht hat eindeutig der Teufel die Oberhand.

Amüsier dich, redet er auf mich ein, genieß es. Das Einzige, was er nicht kennt, ist schließlich dein Name … und meine Familie, meinen ganzen Hintergrund, meinen Job, meine wahre Augenfarbe, im Grunde also meine ganze verdammte Identität, füge ich hinzu, aber das ist ja eigentlich nur ein unbedeutendes Detail.

Wenn man das Wort »wahr« nicht so eng fasst, habe ich ihm schließlich mein wahres Ich gezeigt. Denn was mein Herz fühlt, ist so wahr und real wie nur irgendwas. Und ich begehre ihn so wie er mich.

»Lass uns nach Hause fahren«, haucht er, die Lippen immer noch auf meinen Mund gepresst.

Jetzt, da wir gerne ein Taxi hätten, gibt es natürlich keins, und so landen wir schließlich auf dem oberen Deck eines Nachtbusses, der uns wenigstens bis zur östlichen Stadtgrenze bringt. Während der ganzen Fahrt bis zur Endstation knutschen wir herum wie frisch verknallte Teenager. Den letzten Weg bis zum Leuchtturm müssen wir zu Fuß gehen, immer am Strand entlang. Schließlich erreichen wir das Strandstück, das sozusagen seinen Garten bildet.

»Da sind wir wieder. *Home sweet home.*«

»Oh, dieser Strand … Wirklich schade, dass es nicht wärmer ist, aber wir könnten ja so tun, als ob wir an einem tropischen Strand wären, irgendwo auf den Bahamas …«

»Das könnten wir, aber ich bin eigentlich rundum glücklich – hier und jetzt.«

»Ich auch, aber was du mir vom Schwimmen im Meer erzählt hast …«

»Also, bei so einer Kälte war ich noch nie im Wasser.«

»Wir können es ja mal kurz testen.« Ich bücke mich und krempele die Hosenbeine hoch.

»Was machst du denn da?« Er schüttelt den Kopf. »So nicht. Wenn schon, dann richtig …«

Er zieht seinen Pullover aus, dann sein T-Shirt, das er darunter trägt, und knöpft sich seine Jeans auf.

Ich zögere kurz, aber dann spüre ich, wie mir der Frascati das Blut wärmt. Mutig, nein übermütig folge ich seinem Beispiel und ziehe mich aus, lasse meine Sachen achtlos in den Sand fallen, obwohl ich nichts zum Wechseln dabei und morgen früh nichts anzuziehen habe. Dann rennen wir Hand in Hand splitternackt und von Kopf bis Fuß nass und glitschig wie zwei auf einem Eisberg herumtollende Robben Richtung Wasser. Es regnet immer noch und ist so kalt, dass uns der Hintern abfriert, aber trotzdem plantsche ich nackt im Ärmelkanal herum. Eigentlich sollte ich mich kopfüber in die Fluten stürzen, schließlich bin ich ja nackt, aber das Wasser ist so kalt, dass ich befürchte, meine Nippel könnten beim geringsten Kontakt zusammenschrumpeln und abfallen.

Wir bleiben etwa zwanzig Sekunden im Wasser.

»Brrrrh, lass uns reingehen und uns aufwärmen.« Haydn umfasst meine vor Kälte blauen Hände und zuckt regelrecht zusammen, so eisig sind sie.

»Na ja, allmählich wird die Sache hier draußen doch ziemlich heiß, meinst du nicht auch?«, entgegne ich und sehe an ihm herunter.

»Ich bin die Wasserpolizei und muss Sie leider wegen unzulässiger Behinderung des Schiffsverkehrs festnehmen.«

Unsere Versuche, in seiner metallglänzenden High-Tech-Küche mit seiner metallglänzenden High-Tech-Cappuccino-Maschine Kaffee zu kochen, werden von einigen Low-Tech-Urinstinkten, die in einem archaischen, aber atemberaubenden Vorspiel münden, jäh unterbrochen. Irgendwie lande ich nackt auf dem kalten marmornen Küchenboden, ein Grinsen auf dem Gesicht und einen Becher Sahne in der Hand, und als wir schließlich die steile Wendeltreppe hinauftorkeln, um endlich zu schlafen, verschwende ich nicht einmal einen Gedanken an das Gästezimmer.

Obwohl es sehr, sehr spät geworden ist, wachen wir erstaunlich früh auf. Nach einem Frühstück in geliehenen Boxershorts und einem seiner T-Shirts starten wir zu der versprochenen Shoppingtour. In seiner marineblauen Jogginghose, die ich an den Knöcheln umschlagen muss, seinem cremefarbenen Pullover mit einem herrlich dicken, weichen, nach seinem Aftershave duftenden Rollkragen und meiner Jeansjacke sehe ich erstaunlich passabel aus. Eine coole Mischung eben.

Wir fahren nach Brighton, wo ich in den schicken Boutiquen,

die die kleinen Einkaufsstraßen säumen, viel zu viel Geld ausgebe. Obwohl er hartnäckig darauf besteht, weigere ich mich, ihn bezahlen zu lassen, und überziehe in der vagen Hoffnung auf das nächste Honorar mein Kreditkartenkonto.

Am Nachmittag schlendern wir durch einen Supermarkt wie ein altes Ehepaar, und in meiner Fantasie male ich mir aus, wie es wohl wäre, wenn wir tatsächlich schon seit Jahren verheiratet wären. Allerdings passen die Einkäufe, die Haydn in den Wagen stopft, nicht ganz zu dieser Vorstellung, alles Sachen, die man kauft, wenn man für jemanden kochen will, den man noch nicht lange kennt. Spargel, Erdbeeren, Austern, ein Riesenstück geräucherten Lachs, Champagner und fürs Frühstück frische Croissants und richtigen Bohnenkaffee. Mal etwas anderes als die übliche Schale Frosties.

Zurück in Haydns Haus macht er sich wie versprochen daran, für mich zu kochen. Inspiriert durch unser Essen am Abend zuvor, bereitet er als Hauptgericht eine Lasagne mit Hähnchenfilet und Spinat zu. Ich bin für den Nachtisch zuständig und mache wie immer Zitronenkuchen, die einzige etwas ausgefallenere Süßspeise, für die ich kein Rezept brauche.

»Ich wusste gar nicht, dass du kochen kannst«, tut er genauso überrascht wie ich am Tag zuvor.

Ich lege den kastenförmigen Kuchen zum Abkühlen auf einen Teller. »Ich kann es auch gar nicht richtig«, gestehe ich ein wenig verschämt.

Was das Kochen angeht, habe ich die linken Hände meiner Mutter geerbt; sie kriegt es nicht einmal hin, Bohnen auf Toast zuzubereiten, ohne dass die Bohnen anbrennen und das Brot verkohlt, aber das kann ich Haydn natürlich schlecht erzählen. Wir haben den ganzen Tag geredet, gelacht, Witze gerissen, über Politik diskutiert, und wir quasseln immer noch ohne Unterlass, als ob unsere Zungen geölt wären.

Und trotzdem habe ich es ihm immer noch nicht gesagt. Dabei ging es mir wie ein Mantra den ganzen Tag gebetsmühlenartig durch den Kopf… Sag es ihm endlich… Sag es ihm endlich… Ich bin ein solcher Feigling.

Ich drehe mich um und sehe ihn an. Er reibt Käse und bestreut die Lasagne. Er tut es mit voller Konzentration.

»Haydn?« Er blickt zu mir auf und lächelt.

»Ja?«

Dies ist der Augenblick.

»Das sieht aber gut aus«, ist alles, was ich hervorbringe. Und dabei bleibt es. Es bleibt die Enttäuschung über mich selbst.

In der Dämmerung setzen wir uns, in warme Decken gehüllt, auf die obere Terrasse. Wir sehen zu, wie die Sonne im Meer versinkt, trinken Champagner und essen dazu Erdbeeren. An diesem Abend gehen wir früh ins Bett, und Haydns sanftes gleichmäßiges Atmen vermischt sich mit dem leisen Rauschen der Meeresbrandung und lullt mich in einen unruhigen Schlaf.

Den Sonntagmorgen verbringen wir vor dem Kamin, die Sonntagszeitungen in einem großen Kreis um uns ausgebreitet. Er liest den Wirtschaftsteil, ich studiere voller Begeisterung den Autoteil, genauer gesagt die Verkaufsanzeigen für Sportwagen. Nach einer Weile legt er die Zeitung weg, räkelt sich wohlig, rückt näher an mich heran und drückt mir sein Kinn in den Nacken, um mir bei meiner Lektüre über die Schulter zu schauen.

»Ist eins dabei, das dir gefällt?«

»Jede Menge. Ich würde mir gern ein Auto kaufen, dabei brauche ich eigentlich gar keins. Ich wohne ja mitten in London, arbeite von zu Hause aus, und abgesehen vom Urlaub und davon, dass ich manchmal runterfahre, um meine Mutter zu besuchen, verlasse ich die Stadt so gut wie nie.«

»Runter? Ich dachte Hampstead sei oben, jedenfalls von uns aus gesehen.«

Ich hole tief Luft. »Meine Mutter lebt nicht in Hampstead«, platze ich heraus, bevor ich meine Meinung wieder ändere.

»Ach, ist sie umgezogen? Wohin denn, weit weg? Ich bin ehrlich gesagt ganz glücklich, dass meine Mutter nicht um die Ecke wohnt. Gemein, was? Ich finde es ja ganz nett, wenn sie mich gelegentlich besuchen kommt, aber wenn ich könnte, würde ich sie am liebsten immer nach einer Woche höchstpersönlich nach Spanien zurückfliegen. Wie das Sprichwort schon sagt: Seine Freunde kann man sich aussuchen, seine Eltern nicht. Auch wenn Blut bekanntlich dicker ist als Wasser, aber manchmal …«, er schüttelt den Kopf, »na ja, du kennst ja meine Mutter …«

Okay, ich habe es ernsthaft versucht, aber jetzt habe ich schon wieder kalte Füße. Deshalb lächle ich nur halbherzig, um ihm mein Mitleid zu bekunden, und zeige in dem Versuch, das Thema zu wechseln, auf einen Aston Martin.

»Hättest du nicht auch gerne so ein Schmuckstück?«

»Ja, der macht was her«, murmelt er.

»Aber der Preis! Der ist ja sündhaft teuer. So ein Auto könnte ich mir nur leisten, wenn ich im Lotto gewinnen würde, was vermutlich niemals passieren wird. Höchstens in meinen Träumen.«

»Erzähl mir von deinen Träumen, Lucy!«

»Von meinen Träumen oder meinen Zielen?«

»Gibt es da einen Unterschied?«

»Ich denke ja. Ich träume von Dingen, die sich in einer idealen Welt realisieren ließen; da würde ich mir zum Beispiel einen Aston Martin Vanquish kaufen. Und meine Ziele stecke ich mir so, dass ich sie hoffentlich tatsächlich irgendwann erreiche.«

»Aber wäre es nicht besser, sich hohe Ziele zu stecken und seine Träume zu seinen Zielen zu erklären?«

»Ich glaube nicht. Übertriebener Ehrgeiz führt dazu, dass man durchs Leben rast und das Wichtigste verpasst.«

»Da ist was Wahres dran. Ich habe oft keine Zeit, Dinge zu tun, die mir eigentlich Spaß machen. Andererseits liebe ich meine Arbeit, und ich habe so hart geschuftet, um dahin zu kommen, wo ich jetzt bin, dass ich mich über den Zeitmangel nicht beklagen will.«

»Und? Leidest du darunter, wenn du ehrlich bist?«

»Worunter?«

»Unter deinem Zeitmangel.«

»Ja, schon. Aber ich wusste ja spätestens seit Beginn meines Jurastudiums, wie der Hase läuft, also kann ich mich nicht beklagen, auch wenn alles andere in meinem Leben viel zu kurz kommt. Dieses Haus zum Beispiel«, er zeigt mit einem ausgestreckten Arm um uns herum, »gehört mir seit fast sechzehn Jahren, und ich habe es erst im vergangenen Jahr fertig gestellt. Oder Freundschaften und Beziehungen. Nimm nur uns beide: Wir sind seit knapp einem Monat zusammen und finden jetzt erst die Zeit für ein gemeinsames Wochenende.«

»Wir sind also zusammen«, greife ich seine Worte auf. »Siehst du das so?«

»Ja, so würde ich es gern sehen.« Er nimmt mein Kinn, dreht vorsichtig meinen Kopf zu sich und küsst mich. »Und wie siehst du es?«, fragt er mich und lässt mich los.

»Ich möchte, dass du mich kennen lernst, wie ich wirklich bin«, nuschele ich mit schlechtem Gewissen.

»Dann zeig es mir! Erzähl mir von dir! Ich habe zwar schon tausende Geschichten über dich gehört, aber bestimmt gibt es noch viel mehr Dinge, die ich nicht über dich weiß.«

Ich schweige unbeholfen.

»Okay, dann frage ich einfach drauflos. Was ist mit deinen früheren Beziehungen? Man hat mir zwar nie erzählt, dass du einen Freund hast, und es hieß immer, du seiest noch zu haben«, er lacht kurz auf, »aber das muss ja wohl eine Fehlinformation gewesen sein.«

Ich schüttele den Kopf. »Nein, der Richtige ist mir noch nicht über den Weg gelaufen.«

»Was mich angeht, ich habe eine Zeit lang mit einer Frau zusammengelebt. Aber ich dachte, das wüsstest du alles.«

»Vermutlich war das elterliche Radar zu der Zeit gerade in der Inspektion. Und? Was ist aus dir und deiner damaligen Freundin geworden?«

»Wir waren noch ziemlich jung, weit unter dreißig. Ich glaube, man sollte es grundsätzlich verbieten, unter dreißig zu heiraten. Zwischen zwanzig und dreißig wird man ein völlig anderer Mensch! Man wird erwachsen, ändert seine Lebenseinstellung. Wenn dein Partner oder deine Partnerin sich *mit* dir ändern und du auch nach dieser Verwandlung noch auf einer Wellenlänge liegst, ist es okay, aber ich glaube, dieses Glück haben die wenigsten.«

»Mhm, das ist wahrscheinlich so. Ich habe auch das Gefühl, noch vor, sagen wir, sechs Jahren ein komplett anderer Mensch gewesen zu sein.«

»Das sage ich doch schon die ganze Zeit, Lucy. Du hast dich total verändert, du bist ein völlig anderer Mensch als das kleine Biest, das ich in Erinnerung habe.«

Auch ohne die ganze Lucy-Geschichte meine ich das, was ich gesagt habe, total ernst; ich fühle mich tatsächlich ganz anders als mit Anfang zwanzig. Aber so hat er natürlich doppelt Recht. Ich muss es ihm sagen, ich kann unmöglich noch länger warten. Aber er fragt schon wieder.

»Erzähl mir von deiner Arbeit! Machst du deinen Job gern? Du redest ziemlich wenig darüber.«

»Stimmt, ich meide das Thema, so gut es geht«, erwidere ich wahrheitsgemäß.

»Bist du denn nicht glücklich mit deinem Job?«

»Doch, aber ich habe mein Ziel noch nicht erreicht.«

»Und das wäre?«

»Ich möchte einen Bestseller schreiben«, antworte ich, ohne nachzudenken.

»Oh, dann hast du also auch literarische Ambitionen!«

»Hat das nicht jeder?«, frage ich zurück und werde rot. »Wer hat noch einmal gesagt, in jedem von uns stecke ein Buch?«, stammele ich wie eine Idiotin.

»Weiß Judith schon von ihrer Konkurrenz?«

»Jude.«

»Natürlich, Jude.«

»Jude bestärkt mich sehr.« Wohl wahr, wohl wahr.

»Sie ist ja nicht übermäßig konkurrenzbewusst.«

»Stimmt«, entgegne ich. »Das ist überhaupt nicht ihre Art. Ich glaube, ihr Hauptziel im Leben ist es, glücklich zu sein.«

»Ein gutes Ziel.« Er nickt. »Wie lange kennt ihr euch schon?«

»Es kommt mir vor wie eine Ewigkeit«, erwidere ich und denke an Lucy. »Aber es sind jetzt ziemlich genau zehn Jahre. Wir sind uns auf dem College über den Weg gelaufen. Kennst du das, dass dir jemand begegnet und du weißt auf Anhieb, dass du dich mit diesem Menschen verstehst?«

»O ja, das kenne ich.« Er lächelt mich an, und ich weiß, dass er an unseren ersten gemeinsamen Abend denkt.

»Wir sind nicht nur Freundinnen, es ist mehr. Wahrscheinlich ist sie für mich wie die Schwester, die ich nie hatte. Sie bedeutet mir sehr viel, und ich würde alles für sie tun. Auch Dinge, die andere Leute vielleicht nicht nachvollziehen könnten …«

»Du hast dir also immer eine Schwester gewünscht.«

Ich nicke.

»Immerhin hast du Edwin.«

»Mmm«, grummele ich unverbindlich.

»Es ist bestimmt schön, Geschwister zu haben.«

Von Lucy weiß ich, dass Haydn keine Geschwister hat. Er scheint darüber ein bisschen traurig zu sein, und so vergesse ich – weil es ja so schön einfach und praktisch ist – wieder einmal, wohin ich unser Gespräch eigentlich lenken wollte.

»So toll ist es auch wieder nicht, das kannst du mir glauben«, versichere ich ihm. »Vor allem, wenn man einen großen Bruder hat.« Ich überlege, wann George mich das letzte Mal angerufen hat, doch es will mir beim besten Willen nicht einfallen. War es in diesem oder im letzten Jahr? »Hast du das Gefühl, dass dir etwas entgangen ist?«

»In gewisser Weise ja, aber meine Eltern wollten partout keine weiteren Kinder.«

»Vielleicht warst du der Schreck ihres Lebens«, ziehe ich ihn auf. Er legt seine Hände um meinen Kopf, zieht mich zu sich heran und drückt mir einen flüchtigen Kuss auf die Stirn.

»Ich glaube, dieser Schreck warst eher du«, stellt er klar. »Sie haben nämlich darüber geredet, wie es wäre, noch ein Kind zu haben, ein kleines Mädchen vielleicht, und dann haben sie dich kennen gelernt ... und nie wieder ein Wort über die Sache verloren.«

»Ha ha! Was meinst du, warum die Leute überhaupt Kinder in die Welt setzen? Nur um jemanden zu haben, der sich im Alter um sie kümmert?«

»Ein anderer Grund fällt mir jedenfalls nicht ein. Warum sollte man sonst die besten Jahre seines Lebens damit vergeuden, sich von einem kleinen egozentrischen Monster quälen zu lassen?«

»Ich hoffe, damit hast du nicht wieder einmal auf mich angespielt, sonst kriegst du nämlich Ärger!«

»Ach, tatsächlich?«, witzelt er, doch dann wird sein Gesicht wieder ernst.

»Möchtest du Kinder haben?«

»Keine Ahnung«, antworte ich ehrlich. »Manchmal stelle ich es mir schön vor, doch wenn ich dann sehe, wie sich die Kinder anderer Leute danebenbenehmen oder total aus der Rolle fallen, ändere ich meine Meinung um hundertachtzig Grad – diese hysterisch schreienden Kleinkinder in Supermärkten oder die Bälger, die in den Restaurants Amok laufen ...«

»Dann musst du dich ja selbst besonders abschreckend gefunden haben.«

»Wie bitte?«

»Na ja, genau so ein unausstehliches Balg warst du doch früher.«

»Ich war ein liebes kleines Mädchen.«

»Das ich nicht lache!«

»Also in Wahrheit war ich ...«

»Vergiss nicht, ich weiß, wie du als kleines Mädchen warst.«

Ich falte eine der Zeitschriften zusammen, um ihm damit eins überzubraten. »Eben nicht, das ist ja gerade der Punkt. Du hast keine Ahnung, wie ich …«

»Ach so, verstehe, jetzt kommst du mir wieder damit, dass ich dich nie kennen gelernt habe, wie du wirklich bist. Dass ich nur nicht erkannt habe, wie süß und liebenswürdig du in Wahrheit warst.«

»Nein, so auch nicht.«

Jetzt muss ich es ihm sagen. Ich habe mir und den anderen geschworen, an diesem Wochenende reinen Tisch zu machen, und das Wochenende ist fast rum. Ich habe immer noch auf den richtigen Zeitpunkt gewartet, aber jetzt weiß ich, dass es den nie geben wird. Ich sollte es endlich hinter mich bringen.

»Ich kannte dich einfach zu gut, Lucy«, fährt er fort. »Wahrscheinlich haben wir uns deshalb nicht verstanden. Ich habe all deine Spielchen und Lügen durchschaut. Aber du musst dich deshalb wirklich nicht ärgern«, fügt er schnell hinzu, als er sieht, dass sich meine Miene verdüstert. »Ich weiß ja, dass du es damals nicht gerade leicht hattest. Schließlich war dein Vater einen Sommer zuvor gestorben. Meine Eltern hatten sich zwar voneinander getrennt, weil sie sich nicht mehr mochten, aber ich konnte meinen Vater wenigstens sehen, wann immer ich wollte. Es muss wirklich hart gewesen sein.«

»Es war furchtbar«, entgegne ich wahrheitsgemäß und denke an meinen eigenen Vater. »Ich vermisse ihn immer noch.«

Haydn nimmt meine Hand. »Er wäre bestimmt stolz auf dich.«

»Meinst du wirklich?«

»Aber ja, du hast doch glanzvolle Leistungen hingelegt, elf O-Levels, vier A-Levels, Collegeabschluss, abgeschlossenes Wirtschaftsstudium, und dann hast du dich bei Christian Bond von ganz unten zur Senior Account Executive hochgearbeitet …«

»Du weißt ja bestens über mich Bescheid.«

»Natürlich, seit du sechzehn bist, hat meine Mutter in ihren Briefen fast ausschließlich über dich und deine Karriere geschrieben, immer nur Lucy dies, Lucy das. Ich glaube, in den vergangenen zwölf Jahren bin ich zu sämtlichen bedeutenden Anlässen deines Lebens eingeladen worden, und ich habe immer gehofft, eine Einladung zu deiner Hochzeit zu erhalten, damit unsere Mütter endlich Frieden geben.«

»Oje, das tut mir so Leid.«

»Muss es nicht. Ich wünschte, ich hätte früher auf sie gehört.«

»Nein, so meinte ich es gar nicht... Ich meine... Ach, ich weiß auch nicht... Ich meine, was wäre gewesen, wenn ich meine A-Levels allesamt in den Sand gesetzt und das College geschmissen hätte, um wie Jude Schriftstellerin zu werden? Wäre mein Vater dann auch stolz auf mich gewesen?«

»Natürlich wäre er das, weil du ein großartiger Mensch bist, Luce.«

Ich komme mir so schäbig vor, dass mir ein paar bittere Tränen brennend in die Augen steigen. Er bemerkt sie sofort.

»Was ist los?«

»Ich bin ein furchtbarer Mensch.«

»Aber nein, überhaupt nicht.«

»Aber ich bin... Weißt du noch, was du mir bei unserem ersten Treffen gesagt hast?«

»Du meinst bei unserem ersten Dinner?«

»Ja und nein, also, du hast gesagt, dass wir uns nie verstanden haben, dass wir uns, als ich sieben war und du zwölf, gehasst haben wie die Pest...«

»Aber du hast ganz richtig darauf hingewiesen, dass Menschen sich ändern.«

»Das stimmt ja auch, aber sie mutieren nicht zu einem völlig anderen Wesen.«

»Wovon redest du Lucy?«

»Ich bin nicht diejenige, für die du mich hältst.«

»Ich weiß, dass ich dir immer erzählt habe, was für eine unausstehliche, verzogene Göre du bist, aber mindestens die Hälfte davon habe ich nur gesagt, um dich auf die Palme zu bringen. Wir haben uns gegenseitig aufgezogen. Schließlich waren wir Kinder, und so sind Kinder nun mal. Und soll ich dir noch etwas sagen?«, fährt er fort, um mich ein bisschen aufzuheitern. »In Wahrheit warst du sogar schon als Kind ausgesprochen hübsch. Irgendwo muss ich ein paar Fotos haben. Meine Mutter hat sie mir vor ein paar Jahren zu Weihnachten geschickt, als Köder sozusagen. Ein komplettes Album voller angeblicher Familienfotos, die sich, wenn ich mich recht erinnere, vor allem dadurch ausgezeichnet haben, dass du immer im Mittelpunkt standest und besonders gut getroffen warst. Wo, zum Teufel, habe ich sie nur hingelegt? Ich muss leider gestehen, dass sie mich nicht im Geringsten interessiert haben, deshalb habe ich sie mir nicht einmal richtig angesehen, sondern sie gleich irgendwo verschwinden lassen und völlig vergessen.«

»Ich möchte sie nicht sehen, Haydn.«

»Es ist bestimmt lustig. Du warst ein wunderhübsches Mädchen, und das weißt du ganz genau. Wahrscheinlich hast du es damals auch schon gewusst.«

»Sieh mal, Haydn«, rede ich auf ihn ein, »die Lucy … also die heutige Lucy ist absolut anders, und genau darüber muss ich mit dir reden …«

Doch er hört mir nicht zu. »Ich habe sie mir bisher noch nie richtig angesehen. Ich habe nur flüchtig die ersten Seiten des Albums durchgeblättert und es dann weggepackt, und zwar in … äh … ja, genau, hier in dieser Schublade müssten sie irgendwo sein.«

»Haydn, ich muss wirklich über etwas Wichtiges mit dir reden …«

Aber er hockt schon auf Knien und durchwühlt eine Schublade voller Papierkram.

»Haydn, bitte!«, flehe ich ihn an und reibe mir nervös die Augen. Gleich breche ich in Tränen aus.

»Hier ist es!« Er richtet sich wieder auf und wedelt triumphierend mit einem dicken Fotoalbum in einem cremefarbenen Einband. »Ich wusste doch, dass es hier irgendwo sein musste.«

Er blättert es durch und sieht lächelnd zu mir auf. Dann erstirbt sein Lächeln. Das Album ist aufgeschlagen, doch er sieht sich gar nicht die Fotos an. Er starrt mich an, und zwar mit einem Ausdruck des Entsetzens, als ob mir gerade ein zweiter Kopf gewachsen wäre.

»Was … Was ist denn? Was ist los Haydn?«

Er legt das Album wie in Zeitlupe auf die Armlehne des Sofas, legt mir die Hände auf die Schultern und dreht mich zum Spiegel.

»O mein Gott!« Aus dem Spiegel starren mich zwei Augen an. Ein blaues. Und ein braunes.

Wie ein schlechtes Omen rutscht das Fotoalbum von der Armlehne des Sofas auf den Boden. Ein einzelnes Foto ist zwischen den schweren Seiten herausgefallen und liegt jetzt neben dem Album auf dem Teppich.

Haydn lässt mich sprachlos vor dem Spiegel stehen, hebt das herausgefallene Foto auf, sieht es an, sieht mich an, mustert es erneut, dreht es um und liest, was Marjory in ihrer unverwechselbaren Handschrift auf die Rückseite geschrieben hat. ›Lucy in unserem Haus in Hampstead, Weihnachten 2001‹. Er sieht mich mit leerem Blick an.

»Wer, zum Teufel, bist du?«

Unfähig zu antworten, bleibe ich einfach so stehen, aber er ist ja nicht begriffstutzig. Er braucht nur ein paar Sekunden, um unsere Gespräche noch einmal zu rekapitulieren und sich meine Versprecher in Erinnerung zu rufen, über die er bisher immer hinweggegangen ist.

»Du bist Jude, habe ich Recht?«, bringt er schließlich kühl hervor. Er ist fassungslos.

Ich nicke und blicke zu Boden, unfähig, ihn anzusehen. Ich kann die tiefe Enttäuschung, die in seiner Stimme mitschwingt, kaum ertragen. »Also hat Lucy dich an ihrer Stelle geschickt.«

»Ja.«

»Typisch Lucy. Auf so etwas kann auch nur sie kommen.« Er lacht, aber es ist ein gekünsteltes, trockenes, schrilles Lachen.

»Es tut mir so Leid …« Schließlich wage ich, ihm ins Gesicht zu sehen, doch er wendet sich von mir ab. »Ich wollte es dir sagen, glaub mir. Ich wollte es dir wirklich sagen.«

»Wann? Heute? Morgen? Nächstes Jahr? Nie?« Vor lauter Erregung oder vielleicht auch vor Wut sind seine Rückenmuskeln sichtlich verspannt.

»Meine Gefühle sind echt, ich habe dich nicht angelogen.«

»Ach, wirklich? Ich dachte immer, eine gute Beziehung fußt auf Vertrauen. Wie soll ich dir vertrauen, wenn unsere ganze Beziehung auf einer Lüge aufgebaut ist – aufgebaut war.«

»Gut, ich habe mich dir als Lucy vorgestellt, aber die Frau, mit der du in den vergangenen Wochen zusammen warst, war nicht Lucy, das war ich, Jude.«

»Tut mir Leid, aber wenn mir in einer Beziehung irgendetwas wichtig ist, dann ist es gegenseitiges Vertrauen. Mir geht es um die Wahrheit. Was meinst du, warum ich Anwalt geworden bin, warum ich fünf Jahre lang Jura studiert habe …«

»Aber meine Gefühle für dich sind echt, das musst du mir glauben. Bitte.«

Schließlich dreht er sich wieder zu mir um. Seine Augen sind voller Kummer und Enttäuschung. »Ich bin mir über meine Gefühle auf einmal nicht mehr im Klaren.« Und nach einer Pause fügt er hinzu: »Du solltest jetzt besser gehen, Lu …«

Als er sich mit dem Namen verhaspelt, wird mir schlagartig klar, dass er Recht hat. Egal, wie sehr ich mich zu ihm hingezogen fühle, ich sollte nicht hier sein. Weil der Mensch, in den er sich verliebt hat, nicht existiert.

Kapitel 7

Um drei Uhr morgens habe ich es geschafft; ich bin bei mir zu Hause gelandet. Da ich mich dem unvermeidlichen Verhör durch meine Mitbewohner im Moment auf keinen Fall gewachsen fühle, husche ich so leise wie möglich durch die Tür, um sie bloß nicht zu wecken, schlüpfe aus meinen Schuhen und schleiche auf Zehenspitzen über den Flur zu meinem Zimmer. Das Einzige, wonach mir der Sinn steht, ist, mich ins Bett zu legen und in einen tiefen Schlaf zu flüchten, der mich alles vergessen lässt und endlich diese nagende Stimme in meinem Kopf zum Schweigen bringt, die seit meiner Abfahrt aus Brighton unermüdlich auf mich einredet.

Warum, warum, warum, warum, warum?

Warum habe ich es ihm nicht sofort bei der Ankunft in seinem Haus erzählt? Warum habe ich es ihm nicht schon bei unserem ersten Treffen erzählt, damals in dem Club, als ich schon drauf und dran war und er mich mit seinem ersten Kuss zum Schweigen gebracht hat? Warum habe ich es ihm nicht erzählt, bevor er es selber herausgefunden hat? Schließlich hatte ich es ganz fest vor und hätte es auch getan, aber jetzt nimmt er mir das nicht mehr ab und hasst mich dafür.

Er hasst mich.

Ich unterdrücke einen Schluchzer.

Jetzt bloß nicht weinen. Wenn ich erst einmal anfange, kann ich nicht wieder aufhören. Ich habe immer noch sein Gesicht vor Augen, als er mich gebeten hat, nach Hause zu fahren.

Als ich die Tür zu meinem Zimmer öffne, lässt mich ein merkwürdiges Geräusch vor Schreck erstarren. Es ist leise und schwer identifizierbar, als ob ein Hund irgendwo wimmert. Ich verharre still und lausche angestrengt. Es scheint aus dem Wohnzimmer zu kommen. Im ersten Moment denke ich, dass es Victor sein muss, doch als ich meine Tür etwa fünf Zentimeter geöffnet habe, schiebt er seine feuchte Nase durch den Spalt, um mich zu begrüßen. Ich bücke mich, streichele ihn und lausche noch angestrengter.

Da ist es wieder. Irgendjemand weint. Und es kommt eindeutig aus dem Wohnzimmer. Victor auf den Fersen, taste ich mich ängstlich die Flurwand entlang zur Wohnzimmertür, wage mich dann hinein und knipse das Licht an.

»Wer ist da?«, flüstere ich mit erstickter, rauer Stimme und zucke erschreckt zusammen, als ich sehe, dass es Lucy ist. Sie hockt eingerollt in der Sofaecke und blinzelt mich verstört an. Ihre Augen müssen sich erst an das Licht gewöhnen. In der Hand hält sie ein riesiges Taschentuch, ihre Augen sind ganz rot, als ob sie schon länger geweint hätte.

»Lucy?« Ich stürze zu ihr. »Alles in Ordnung?« Was für eine dämliche Frage, sage ich zu mir selbst, als ich ihr verheultes, total niedergeschlagenes Gesicht sehe. »Nein, natürlich nicht…« Ich setze mich neben sie und nehme ihre Hand. Sie ist eiskalt. »Was, um Himmels willen, ist passiert?

Sie sieht mich mit tränennassen Augen an, doch in ihnen spiegelt sich zu meiner Überraschung kein Kummer wider, sondern blanke Wut.

»Dieser verfluchte Layton!«, faucht sie außer sich und reißt wütend ein frisches Taschentuch aus der Schachtel.

»Was hat er dir angetan?«, frage ich, angesichts ihres Zustands ziemlich aufgebracht.

Lucy wendet sich von mir ab, und zu meinem Erstaunen umspielt für einen flüchtigen Moment der Hauch eines Lächelns ihren Mund, das jedoch im nächsten Augenblick einer solchen Verzweiflung weicht, dass ich sie unvermittelt in die Arme nehme und fest an mich drücke. Sie nimmt die Umarmung dankbar an und schmiegt sich an mich.

»Ich sollte mir wohl eher Gedanken darüber machen, was *ich ihm* angetan habe«, nuschelt sie schließlich in meine Schulter.

»Wovon redest du, Lucy?«

»Ich habe ihn geschlagen.« Sie sagt es so ruhig, dass ich glaube, mich verhört zu haben.

»Wie bitte?«

»Du hast richtig gehört. Ich habe ihm eine reingehauen. Und zwar mit voller Wucht, Jude. Es würde mich nicht wundern, wenn er ein blaues Auge hat.«

Ich rücke von ihr ab und starre sie fassungslos an. Das verschlägt mir die Sprache.

»Er hat es verdient, Jude, das kannst du mir glauben…« Sie kocht innerlich, ihre Augen glühen geradezu vor Wut, doch dann fängt sie wieder an, bitterlich zu schluchzen. »O mein Gott, was habe ich bloß getan!«

»Es ist ganz egal, was du getan hast, Luce. Wenn du ihm eine Ohrfeige verpasst hast, hat er es bestimmt verdient, daran habe ich nicht den geringsten Zweifel. Aber was hat dich dazu gebracht? Ich hasse es, dich so zu sehen, das weißt du, also sag mir, was er dir getan hat. Und eins verspreche ich dir: Wenn er dir wehgetan hat, werde ich ihn mir höchstpersönlich vorknöpfen, darauf kannst du Gift nehmen.«

Lucy wischt sich schnell die Tränen ab und lächelt mich kurz und zaghaft an. »Tut mir Leid, dass ich so rumheule. Du musst dir keine Sorgen machen. Er hat mir nicht wehgetan, jedenfalls nicht körperlich. Ich bin vor allem wütend, aber du kennst mich ja: Wenn ich mich über irgendetwas ärgere, heule ich immer gleich los.«

»Jetzt sag endlich – was ist denn passiert?«, bedränge ich sie ungeduldig.

»Also, angefangen hat unser Abend wirklich nett, so nett, dass ich sogar noch auf einen Kaffee mit zu ihm gegangen bin…« Sie verstummt.

»Und dann?«

»Nach dem Kaffee haben wir Brandy getrunken …«

»Und!«

»Als wir den Brandy halb ausgetrunken hatten, hat er mich geküsst.«

»Na prima, und wie war es?«

»Schön, es war ein netter Anfang, aber nach einer Minute habe ich die Bremse gezogen, weil ich dachte, es wäre sicher besser, gleich klare Worte zu sprechen, ich meine, bevor es immer weitergeht. Also habe ich ihm gesagt, dass ich ihn wirklich mag, dass ich aber das Geschäftliche mit dem Privaten nicht vermischen möchte. Und dass wir vielleicht lieber warten sollten, bis der Spicer-Booth-Auftrag vergeben wäre, bevor wir uns näher kämen, du weißt schon, eben dass es einfach besser wäre, die beiden Dinge sauber voneinander zu trennen … das Berufliche und das …«

»Und? Was hat er dazu gesagt?«, unterbreche ich sie ungeduldig.

»Na ja, er hat von mir abgelassen und mit einem süffisanten Grinsen irgendwie angedeutet, dass …« Ihr versagt erneut die Stimme.

»Was hat er angedeutet? Was hat er gesagt, Luce?«

Lucy sieht mich an, verzieht erneut das Gesicht und bricht wieder in Tränen aus. »Also, ›angedeutet‹ ist vielleicht nicht das richtige Wort, er war schon ziemlich direkt. Er hat gesagt, er halte es *gerade* für eine gute Idee, das Geschäftliche mit dem Privaten zu vermischen, und dass er mir geben könne, was ich wolle, wenn ich ihm gebe, was er wolle«, bringt sie schluchzend hervor. »Du weißt schon, dass er den Spicer-Booth-Deal für mich unter Dach und Fach bringen könne, wenn ich nett zu ihm wäre. Ich wolle den Auftrag, und er wolle … Na ja, du kannst es dir ja vorstellen … er tat, als ob das Ganze eine Art Kuhhandel wäre!«

Mir fällt vor Abscheu die Kinnlade herunter. »Kurz gesagt, er wollte dich erpressen«, stelle ich aufgebracht fest. »Der Zuschlag für den Auftrag, wenn du als Gegenleistung mit ihm schläfst.«

»So ist es«, gibt sie schniefend zu und putzt sich mit einem frischen Riesentaschentuch die Nase. »Und das Traurige ist, dass ich bis zu diesem Zeitpunkt sogar mit schlafen *wollte*. Ich wollte nur noch ein bisschen warten, weil er auf keinen Fall denken sollte, dass ich es mit ihm treibe, bloß um den Auftrag zu kriegen.« Sie wischt sich mit dem Ärmel über ihre verweinten Augen.

»Dieser Schweinehund!«, zische ich.

»Bitte erzähl es nicht Cal, er wäre außer sich.«

»Nicht mehr als ich. Wenn dieses Arschloch von Layton jetzt hier wäre, würde ich ihm höchstpersönlich die Visage polieren, und zwar so, dass er nicht mit einem harmlosen blauen Auge davonkäme!«

»Ich habe so hart für diesen Auftrag gearbeitet, Jude, wirklich. Wochenlang habe ich für die Präsentation geschuftet, und was dabei rausgekommen ist, beruht einzig und allein auf harter Arbeit und guten Ideen und sonst gar nichts. Wir sollten den Spicer-Booth-Auftrag kriegen, weil wir ihn wirklich verdient haben, und jetzt hab ich alles vermasselt …«

»Wieso solltest du alles *vermasselt* haben?«

»Überleg mal, ich habe ihn geschlagen, das ist ein ziemlicher Hammer, oder? Natürlich wird er jetzt alles tun, damit wir den Auftrag auf *keinen Fall* kriegen, das ist sonnenklar. Warum war ich nur so blöd? Es ist, als ob ich all meine Kollegen verraten und im Stich gelassen hätte.«

»Er ist das Arschloch, nicht du Luce …«

»Eben nicht, Jude, verstehst du denn nicht? Es ist *mein* Fehler. Ich hätte nie und nimmer Geschäftliches und Privates vermischen dürfen. Der Auftrag ist ungeheuer wichtig für unsere Agentur. Ich hätte mich von Anfang an gar nicht mit Layton einlassen dürfen.«

»Du konntest ja nicht wissen, dass er sich als so eine miese Ratte entpuppt. Am besten redest du mit ihnen, Luce, erzähl ihnen, was passiert ist … bestimmt haben sie Verständnis.«

»Verständnis? Ich weiß nicht einmal, ob sie mir überhaupt glauben würden.«

»Warum, um alles in der Welt, sollten sie dir nicht glauben?«

»Layton kommt so charmant daher, so glaubwürdig und überzeugend. Er ist ein wichtiger Partner in ihren Kreisen. Ich mag ja in meinem Job ganz gut sein, vielleicht sogar sehr gut, wenn ich mal ganz unbescheiden sein soll, aber was nützt ihnen letzten Endes eine Kundenbetreuerin, die nicht die richtigen Aufträge an Land zieht, und glaub mir: Für sie *ist* der Spicer-Booth-Auftrag der Richtige.«

»Aber du machst seit acht Jahren für die Agentur den Rücken krumm.«

»Du bist immer nur so gut wie dein letzter Treffer, den du gelandet hast. Das ist doch mit deinen Büchern genauso.«

»Umso mehr musst du alle wissen lassen, was für ein Arschloch Layton ist.«

»Wenn ich mit der Geschichte komme, wäre meine Reputation genauso hinüber wie seine. Dann würde niemand mehr etwas mit mir zu tun haben wollen. Das wäre ja geradezu riskant, so nach dem Motto: ›Um Himmels willen, Lucy O'Neill, das ist doch die, die sich privat mit ihren Kunden einlässt, um nachher gnadenlos deren Namen durch den Schmutz zu ziehen, wenn sie nicht kriegt, was sie will.‹ Nein ehrlich, Jude: Ich habe die Sache vermasselt, und zwar absolut und total.«

»Du willst es also einfach auf sich beruhen lassen?«

»Was könnte ich denn schon tun?« Sie schüttelt den Kopf und sieht mich plötzlich unvermittelt an. »Entschuldige bitte, Jude, ich spreche wieder mal nur von mir, wie immer.«

»Quatsch, Lucy, red kein dummes Zeug, schließlich geht es um etwas wirklich Wichtiges.«

»Aber was ist mit dir? Warum kommst du zu dieser Nachtstunde nach Hause? Eigentlich wolltest du doch noch gar nicht wieder da sein, oder? Wie war dein Wochenende?«

»Mach dir darüber keine Gedanken, Lucy …« Ich frage mich

im Stillen, wer von uns beiden wohl die Egoistin ist. Mit Lucy zu reden, war für mich eine willkommene Ablenkung. Es hat meine Gedanken auf etwas anderes gebracht und mich davon abgehalten, ständig nur über die furchtbare Geschichte mit Haydn nachzudenken. Wenn es bloß nicht so schrecklich ernst wäre. »Ich kann gar nicht glauben, was dir passiert ist«, murmele ich und schüttele den Kopf.

»Ja, es ist furchtbar, aber jetzt will ich auf der Stelle wissen, was dir passiert ist. Warum bist du hier?«

»Nicht der Rede wert, Lucy, ehrlich.«

»Nun spann mich nicht so lange auf die Folter! Wie ist es gelaufen? Warum bist du schon zurück? Du hast es ihm gesagt, oder? Wie hat er es aufgenommen?«

Wie er es aufgenommen hat? Ich rufe mir Haydns Gesicht im Augenblick der Wahrheit in Erinnerung. Was ich gesehen habe, war totale Enttäuschung. Enttäuschung über mich. Und ich habe gesehen, wie bei ihm schlagartig die Jalousien heruntergegangen sind und er dichtgemacht hat. Ich habe seinen Respekt und seine Zuneigung verloren.

»Was ist los Jude?«

Ich sehe sie an und schüttele betrübt den Kopf. »Ich habe es nicht fertig gebracht, Lucy. Es war so schön mit ihm. Ich habe mir ständig gesagt, dass ich es ihm sagen muss, jede Minute, ich habe an nichts anderes gedacht, aber ich habe es einfach nicht über die Lippen gebracht.«

»Also weiß er es immer noch nicht?«, fragt sie überrascht.

Ich schüttele den Kopf. »Er weiß es.«

»O nein, hat Edwin etwa...«

»Es war nicht Edwin«, stelle ich ruhig klar, lange in meine Hosentasche, hole das Papiertaschentuch heraus, in dem ich die Kontaktlinsen eingewickelt habe, falte es auseinander und halte es Lucy hin. »Sie sind rausgefallen«, erkläre ich mit einem Achselzucken. »Besser gesagt, eine ist rausgefallen, so dass ich aussah wie David Bowie, ohne es zu wissen. Damit war das Spiel natürlich aus. Er musste nur noch einen Blick auf ein aktuelles Foto von dir werfen, und das war's … Es ist ihm ziemlich mies reingefahren. Tja, und dann hat er mich nach Haus geschickt, und hier bin ich.«

»O Jude!« Lucy starrt die Kontaktlinsen an und dann wieder mich. Wir sehen einander eine Weile mitleidsvoll an, fangen dann aber zu unserer beiderseitigen Überraschung unvermittelt an zu lachen und steigern uns schnell in einen von Tränen, Schluchzern und Schluckauf begleiteten hysterischen Lachanfall, der uns so durchschüttelt, dass wir uns Hilfe suchend aneinander festklammern.

»Was sind wir für doch für bemitleidenswerte Prachtexemplare?«, stellt Lucy halb lachend, halb schluchzend fest.

»Ein Bild des Jammers«, bestätige ich.

»Wenigstens hast du Haydn nicht geschlagen.«

»Dafür hat ihn mein blaues Auge getroffen wie ein Blitz aus heiterem Himmel.«

»Beziehungsweise dein braunes«, korrigiert Lucy mich und streicht mir behutsam eine verirrte Wimper unter dem Auge weg.

»Er hätte es aus meinem Mund erfahren müssen«, flüstere ich und zerdrücke unbewusst die verdammten blauen Kontaktlinsen in meiner Hand.

»Es tut mir so Leid, Lucy, ich habe es vollkommen vermasselt. Jetzt kannst du der Konfrontation mit deiner Mutter nicht länger aus dem Weg gehen. Da wollte ich dir wenigstens vorübergehend Kummer ersparen, und jetzt habe ich dir noch zusätzliche Probleme aufgeladen. Ich bin untröstlich.«

»Nein, Jude.« Lucy nimmt meine Hand und schüttelt entschieden den Kopf.

»Das ist völlig falsch. Wenn jemandem etwas Leid tun muss, dann mir. Ich habe mich nicht nur selber in einen furchtbaren Schlamassel geritten, sondern dich noch dazu. Und alles nur, weil ich so selbstsüchtig bin.«

»Das bist du überhaupt nicht, Luce«, versichere ich ihr und

drücke sie wieder fest an mich. »Du bist der liebenswerteste netteste Mensch, den ich kenne.«

»Spricht nicht gerade für deinen Bekanntenkreis. Ich habe mich so dämlich verhalten. Ich habe dir alles kaputtgemacht.«

»Das macht nichts«, lüge ich.

Lucy löst sich aus meiner Umarmung und sieht mich nachdenklich an. »Du magst ihn wirklich, habe ich Recht?«

»Das weißt du doch.«

»*Wirklich*, meine ich, von ganzem Herzen.«

Ich zögere einen Moment und nicke dann langsam.

»Oje, es tut mir so Leid«, wiederholt Lucy, und diesmal ist sie es, die mich tröstend in die Arme nimmt.

Dann wischt sie sich entschlossen die letzten Tränen aus den Augen. »Okay, mein eigenes Leben kann ich ja vermasseln, aber ich will verdammt sein, wenn ich auch deins verpfusche. Ich werde alles wieder in Ordnung bringen, Jude, das verspreche ich dir. Ich habe es verbockt, also werde ich es auch wieder gerade biegen. Gleich morgen früh rufe ich Haydn an und erkläre ihm alles. Ich sage ihm, dass es meine Idee war, dass ich dich dazu angestiftet habe und dir keine andere Möglichkeit gelassen habe...«

»Ich weiß nicht, ob das wirklich eine gute Idee ist, Luce...«

»Schlimmer machen würde es die Sache jedenfalls auch nicht, oder?«

Ich denke einen Moment nach. Würde sie mit einem Anruf noch mehr Unheil anrichten? Ich habe mich schon lange nicht mehr so entsetzlich gefühlt, und dass der intrigante Layton Lucy auf so eine miese Tour erpresst hat, gibt mir den Rest. »Vermutlich nicht«, erwidere ich schließlich.

»Abgemacht, dann rufe ich Haydn morgen an. Aber vorher«, sie hält inne, und ich kann sehen, wie sie sich innerlich einen Ruck gibt, »rufe ich besser meine Mutter an.«

Am Montagmorgen meldet sich Lucy erst einmal krank. Danach hängt sie eine geschlagene Stunde an der Strippe und redet mit ihrer Mutter in Hampstead. Wie erwartet ist Marjory außer sich. Sie staucht Lucy so laut zusammen, dass wir vermutlich auf das Telefon verzichten könnten, um ihr Gezeter zu hören. Gerade schwört sie, nie wieder ein Wort mit Lucy zu wecheln, eine Aussicht, über die Lucy sich im Moment eigentlich nur freuen dürfte.

Edwin ist wieder einmal unterwegs, diesmal in Italien, doch Lucy spürt ihn auf und lässt in stoischer Gelassenheit auch das zwanzigminütige Geschrei ihres Bruders über sich ergehen.

Und dann versucht sie Hadyn anzurufen, um sich für das Täuschungsmanöver zu entschuldigen, doch sie bekommt ihn nicht an den Apparat.

»Ich glaube, er will nicht mit mir reden«, stellt sie nach ihrem siebten Versuch mit einem resignierten Seufzer fest.

»Immer wenn ich mich mit meinem Namen melde, entsteht eine betretene Pause, und dann teilt mir seine Sekretärin mit, dass er im Moment leider verhindert sei.«

»Er will nicht mit *mir* reden, das ist es. Er befürchtet, dass ich es bin«, stelle ich betrübt klar.

Am Dienstag reißt Lucy sich zusammen und geht wieder arbeiten. Sie ist bereit, für alles geradezustehen. Ich selber stürze mich ebenfalls in die Arbeit und schreibe an meinem Roman weiter. Vielleicht kann ich meiner leidvollen Erfahrung ja wenigstens etwas Gutes abgewinnen. Zu meiner Überraschung komme ich ausgesprochen gut voran; triefende Herz- und Schmerzszenen ergießen sich geradezu nonstop auf meine Seiten. Julian hatte mehr als Recht: Mein selbst erfahrenes, inniges Liebeserlebnis hat zumindest meinem Schreiben gut getan.

Meine Begegnung mit Haydn ist nämlich genau das, ein inniges Liebeserlebnis. Ich spüre, dass ich in ihn verliebt bin, auch wenn ich mir das gar nicht eingestehen will. Was hätte ich auch davon, nachdem ich es komplett vermasselt habe? Es macht schließlich nicht den geringsten Sinn, einen Mann zu lieben, der dich selbst für den schlechtesten Menschen hält, der ihm je im Leben über den Weg gelaufen ist. So viel dazu. Dass es mit meinem Buch so gut vorangeht, ist aber nur ein schwacher Trost. Inspiration, die der Verzweiflung entwächst …

Cal arbeitet heute auch zu Hause. Wir hocken beide in unseren Zimmern, hacken mit Höchstgeschwindigkeit unsere Texte in den Computer, und das wetteifernde Geklapper der Tastaturen übertönt beinahe, aber nicht ganz den laufenden Fernseher.

Da Edwin unterwegs ist, hat sich Katrina wieder bei uns eingenistet, frisst uns die Haare vom Kopf und hängt ununterbrochen vor der Glotze.

Victor, den Katrina von seinem Stammplatz auf dem Sofa vertrieben hat, sucht unter meinem Schreibtisch Zuflucht und blickt mit seinem durchhängenden, schlaffen Hundegesicht noch verdrießlicher drein als sonst. Vor lauter Mitleid habe ich den Platz unter meinem Schreibtisch vorübergehend mit ein paar Kissen zu einem Hundekorb umgestaltet, zu seiner großen Freude sogar mit einem alten Pullover von Cal als Unterlage.

Gegen zwei Uhr verlasse ich mein Zimmer, um mir in der Küche ein spätes Mittagessen zuzubereiten. In der Hoffnung auf einen kleinen Snack folgt Victor mir auf den Fersen. Er hat sich daran gewöhnt, mit bunt gemischten Essensresten gefüttert zu werden, und dabei eine merkwürdige Vorliebe für dunkles Mischbrot mit Schinken und Marmelade, dünn mit Honig bestrichene Waffeln und vor allem für Erdbeeren entwickelt. Bedauerlicherweise teile ich seine Vorliebe. Wahrscheinlich steht er deshalb so auf mich. Ich habe eben ein weiches Herz.

Als weiterer sichtbarer Beweis meiner Großherzigkeit lümmelt sich Katrina wieder einmal auf unserem Sofa herum, sieht fern und widmet sich einer ausgiebigen Pediküre. Wie immer verzehrt sie sich vor Sehnsucht nach Edwin, trägt die Hemden, die er zum Schluss getragen hat, obwohl sie nach Entwickler und dem Parfum einer anderen Frau riechen, das sie offensichtlich für sein Aftershave hält, und isst uns unseren Kühlschrank leer. Zwei Tage vor seiner Rückkehr macht sie dann irgendeine merkwürdige Entschlackungsdiät, mit deren Hilfe man angeblich garantiert in achtundvierzig Stunden achtzig Prozent seines unerwünschten Körperfetts verliert. Während ihrer Blitzdiät und auch die ganze Woche danach muss man es allerdings tunlichst vermeiden, in der Nähe des Klos ein Streichholz anzuzünden oder überhaupt mit einer offenen Flamme zu hantieren. Erstaunlicherweise verwandelt sie sich aber tatsächlich pünktlich zu Edwins Rückkehr wieder in die bezaubernde, ganz normale, hinreißend lächelnde, schlanke Schönheit mit den glänzenden Haaren und den makellos weißen Zähnen. Wenn wir eine von Edwins High-Tech-Kameras aufstellen würden, könnten wir wie in einem Naturbeobachtungsfilm Bild für Bild zusehen, wie diese Frau innerhalb weniger Tage aufgeht wie ein Hefeteig und wieder in sich zusammenfällt.

Das einzig Erfreuliche an Katrina ist, dass sie mehr Kleider besitzt als Posh Spice, die sie jedes Mal in der ganzen Wohnung verstreut und im gleichen Moment vergisst. Lucy und ich raffen sie zusammen wie zwei Nüsse sammelnde Eichhörnchen, und inzwischen haben wir schon einen ganzen Kleiderschrank voller Secondhand-Designerstücke in Größe vierunddreißig. Leider passt uns nichts von alldem, außer vielleicht einigen wenigen, extrem dehnbaren Einzelstücken, aber so verrückt es klingen mag – schon der *bloße Besitz* einer herrlich weichen Vierhundert-Pfund-Nicole-Fahri-Lederhose kann eine Frau extrem glücklich machen. Lucy und ich haben diese Fundstücke schon unzählige Male sehnsüchtig bestaunt und uns wehmütig ausgemalt, wie toll wir uns kleiden könnten, wenn wir an den Hüften und am Hintern sechs bis zwölf Kilo weniger auf die Waage bringen würden.

Mein eigener Liebeskummer hat mich Gefühle kennen lernen lassen, deren Existenz mir bisher gar nicht bewusst war, jedenfalls nicht in dieser Tiefe und Tragweite. Es muss unerträglich für Katrina sein, so in Edwin verliebt zu sein, obwohl er ganz offensichtlich nichts von ihr wissen will. Nicht dass ich ihm seine mangelnde Liebe zu Katrina zum Vorwurf machen wollte, dafür ist sie viel zu psychotisch, aber ich denke, sie ist in einen Teufelskreis geraten: Je mehr er sie abblitzen lässt, desto vernarrter ist sie in ihn.

Als sie Edwin kennen gelernt hat, war sie vermutlich eine ganz normale, nette Frau. So normal und nett Models eben sein können.

Ich setze mich neben sie aufs Sofa und lächele sie freundlich an. Statt mein Lächeln zu erwidern, sieht sie nur kurz auf und widmet ihre Aufmerksamkeit umgehend wieder ihrer Pediküre. Ich nehme mein Truthahnbrötchen und picke angewidert den abgeschnittenen Nagel von Katrinas großem Zeh vom Belag; mit den lila Nagellackspuren ist er nicht zu übersehen. Ich schlucke schwer, um ihr nicht auf ihre frisch lackierten knallroten Nägel zu kotzen, und beschließe in Edwins Wohnung zu flüchten.

In dem sinnlosen Versuch, wieder in Edwins Gunst zu stehen, was sowieso hoffnungslos ist, da niemand wirklich in seiner Gunst steht, habe ich mich freiwillig bereit erklärt, seine Fische zu füttern, während er sich wieder mal auf einem Foto-Shooting in Mailand vergnügt.

In dem Zusammenhang fällt mir ein, dass Katrina noch einen Vorzug hat. Sie ist die Einzige von uns, die es wagt, Edwins gefräßige Bande Fleisch fressender Fische ohne Zuhilfenahme einer langgriffigen Salatzange zu füttern. Wahrscheinlich starren die Fische sie nicht so gierig an wie uns, weil sie so spindeldürr ist. Sie erinnern mich immer an einen kollektiven Hannibal Lecter, der ja bekanntlich die Innereien seiner Wärter am liebsten mit Chianti und Favabohnen verspeisen würde. Jedenfalls wäre Katrina für die Fische ein Twiglet und ich ein Big Mac.

Die Fische leben in einer fünf Zentimeter dicken Plexiglasröhre mit einem Durchmesser von einem Meter zwanzig, die sich wie ein spiralförmiger DNS-Faden durch die ganze Wohnung zieht – von der Küche ins Wohnzimmer, von dort durch die Decke in Edwins riesige offene obere Etage und und dann in sein Schlafzimmer. Vorher schlängelt sie sich noch durch seine Dunkelkammer, wo die Fische gerne verweilen, wenn sie wegen irgendetwas verstimmt sind, zum Beispiel weil sie ihre Ration geschnetzelte Leber noch nicht bekommen haben.

Im Moment tummelt sich die hungrige Meute gerade in dem Teil der Röhre, der durchs Wohnzimmer führt. Mit gierigen Augen starren die Fische mich an und warten ohne Zweifel nur darauf, dass ich ausrutsche. Mein Arm wäre ihnen natürlich lieber als die Maden, die ich ihnen vorsichtig in einem Glas hinhalte und die mich mit dem gleichen Ekel erfüllen wie Katrinas Zehnagel auf meinem Sandwich. Ich werfe es mit in die Futterluke des Aquariums, wo die Fische sofort über den Truthahnbelag herfallen und ihn innerhalb von fünf Sekunden restlos vertilgen, wohingegen sie das Brötchen verschmähen, das aufquillt, in der Röhre aufsteigt und in Edwins Schlafzimmer herumtreibt wie eine sich langsam auflösende Qualle.

Ich versuche, so selten wie möglich hier hoch zu kommen, und wenn, dann meistens in Lucys Begleitung, doch da Edwin bis mindestens nächste Woche in Mailand ist, kann ich dem Drang nicht widerstehen, ein bisschen herumzuschnüffeln.

Die ganze Wohnung wirkt wie eine Galerie für moderne Kunst. Während seiner College-Zeit hatte Edwin eine Phase, in der er ausschließlich abstrakte Fotos von Gebäuden gemacht hat, mit denen er jetzt fast alle Wände seiner Wohnung schmückt: riesige, kunstvolle, ein bisschen melancholische Schwarzweißfotos.

Es ist beeindruckend, wie er es hinbekommen hat, beliebige unscheinbare und trostlose Backsteinbauten geradezu aufregend und sexy aussehen zu lassen. Vom schiefen Turm von Pisa oder vom Eifelturm ein nettes Foto zu machen, ist ja kein Problem, aber was Edwin aus diesen völlig unästhetischen Scheußlichkeiten gemacht hat, die in den Siebzigerjahren in der Innenstadt hochgezogen wurden und jeder architektonischen Schönheit Hohn sprechen, ist atemberaubend. So wenig ich ihn auch mag, ich kann nicht umhin, sein außerordentliches fotografisches Talent anzuerkennen.

Victor schnüffelt sich niedergeschlagen durch die drei Etagen der Wohnung und sucht sein Herrchen. Er riecht Edwin, aber er ist klug genug zu wissen, dass er definitiv nicht da ist, doch solange er auch nur ein Fünkchen Hoffnung sieht, ihn doch noch aufzuspüren, lässt er es sich nicht nehmen, in jeder einzelnen Nische und in allen Ecken und Winkeln des Gebäudes nachzusehen. Es wundert mich immer wieder, dass ein mürrischer Mistkerl wie Edwin in einem so süßen Hund eine derartige Anhänglichkeit auszulösen vermag.

Victor verehrt Edwin, und in Sachen Menschenkenntnis hat Victor eigentlich einen äußerst treffsicheren Instinkt. Zum Beispiel hasst er Jonathan, was ein untrüglicher Beweis für seine Fähigkeit ist, den wahren Charakter von Menschen zu durchschauen. Katrina verehrt Edwin auch, allerdings ist sie auch ein bisschen irre.

Und was Lucy angeht, so ist sie zwar nicht gerade als die hingebungsvolle Schwester, aber ich weiß, dass sie ihn in Wahrheit ebenfalls liebt und verehrt. Da Lucy meine beste Freundin ist und ich *sie* wirklich für liebenswürdig halte, versuche ich mir einzureden, dass Edwin irgendwo auch seine guten Seiten haben muss. Nur dass ich sie leider noch nie entdeckt habe. Wenn ich einen Beweis fände, dass Edwin wirklich ein menschliches Wesen ist, hätte ich vielleicht nicht mehr so eine panische Angst vor ihm, und das wäre wirklich nett.

Seine Wohnung ist eine einzige Homage an die feinen Dinge des Lebens. Weine solch erlesener Jahrgänge, dass sie eingerahmt und wie alte Kunstwerke an den Wänden ausgehängt werden sollten. Designermöbel, die der Ingegriff von Stil und Eleganz sind. Prachtvolle Bang & Olufsen-Lautsprecher. Im Kühlschrank nichts außer drei Flaschen Champagner, natürlich Krug. Auf seinem riesigen Bett Laken und Bezüge aus ägyptischer Baumwolle. Selbst Victor schläft auf einer Kaschmirdecke, was natürlich erklärt, warum er immer so ungehalten ist, wenn er zu uns muss.

Am meisten jedoch beeindruckt mich die Kunst, mit der Edwins ganze Wohnung voll gestellt ist. Bunt durcheinander gewürfelte Exponate von seinen zahlreichen Reisen, handgeschnitzte Holzköpfe aus Afrika mit verlängerten Nacken und Rehaugen, wunderschöne türkische Murmeln, die so glatt und herrlich rund sind, dass sie ein wahres Fest für die Fingerspitzen sind, sowie hunderte einfach gerahmter Fotos, die genauso atemberaubend schön sind wie die zahlreichen Bleistiftzeichnungen und Aquarelle. Ich bin fast sicher, dass es sich bei der brillanten Aktzeichnung der auf dem Bett ruhenden Nackten um ein seltenes Original von Augustus John handelt.

Edwin umgibt sich mit wirklich außergewöhnlich schönen Dingen, und die Produkte seiner Arbeit sind von ebenso atemberaubender Schönheit. Eigentlich müsste das doch ein Zeichen dafür sein, dass sich hinter seiner abweisenden kalten Fassade ein Funken Güte und Freundlichkeit verbirgt.

Ich weiß nicht, ob er viele Freunde hat. Er ist immer weg oder reist irgendwo in der Weltgeschichte herum, und ich bin einfach davon ausgegangen, dass er immer nur dienstlich unterwegs ist, aber da liege ich vermutlich ziemlich falsch.

Wenn ich ehrlich bin, weiß ich kaum etwas über ihn. Zum ersten Mal bin ich ihm auf Lucys Geburtstagsparty begegnet, als sie siebzehn wurde. Er ist fünf Jahre älter als Lucy und ich, und ich erinnere mich noch, dass ich ihn damals attraktiv, aber zugleich auch abweisend fand. Ziemlich bald habe ich gemerkt, dass er nicht nur abweisend ist, sondern regelrecht herablassend, und seitdem wir hier wohnen, ist er noch eine Stufe weiter nach unten gerutscht; er ist uns gegenüber einfach unflätig.

Ich steuere Edwins Arbeitszimmer an.

Das Arbeitszimmer ist ein kuppelartiger Raum mit einer hohen, gewölbten Decke, in dem nichts weiter steht als ein riesiger Schreibtisch und ein zum Fenster ausgerichteter Lederstuhl, von dem man einen Blick auf die trübe dahinfließende Themse hat. An der Wand zu meiner Linken hängt ein zwei mal zwei Meter großes Gemälde, auf dem zwar außer ein paar Farbstreifen nichts zu erkennen ist, das aber vermutlich als moderne Kunst durchgeht.

Auf dem Schreibtisch steht das futuristischste Telefon, das ich je gesehen habe. Es hat mehr Funktionen als ein hochmoderner Computer und, wie ich vermute, ein gigantisches Nummern- und Adressverzeichnis.

Aus purer Neugierde blättere ich das Verzeichnis durch und bin vollkommen baff, wie viele Namen, Adressen und Telefonnummern er gespeichert hat; die meisten sind von Frauen. Genau genommen hat Edwins Adressverzeichnis mindestens den Umfang des New Yorker Telefonsbuchs. Kein Wunder, dass Katrina manisch-depressiv ist.

Obwohl ich weiß, dass Edwin in Italien ist, fahre ich beim leisesten Geräusch zusammen, als ob er jeden Augenblick nach Hause kommen und mich auf frischer Tat ertappen könnte. Ich habe ein schlechtes Gewissen, in seinen privaten Sachen herumzuschnüffeln, aber gleichzeitig reizt es mich ungemein. Ich will ihm heimzahlen, dass er mich so oft wie ein ungezogenes Schulmädchen behandelt hat.

Im Augenblick benehme ich mich tatsächlich wie ein ungezogenes Schulmädchen.

Für ein High-Tech-Gerät ersten Ranges ist Edwins Telefonanlage überraschend einfach zu bedienen. Während ich noch die Einträge in seinem Nummernverzeichnis durchzappe, drücke ich die Abspieltaste seines Anrufbeantworters und höre mir die Nachrichten an. Als Erstes ertönt eine endlose Folge von Klickgeräuschen von Anrufern, die wieder aufgelegt haben. Die meisten dieser Anrufe gehen wohl auf Katrinas Konto; ich habe sie mehrmals beim Telefonieren erwischt. Danach folgt ein endloser Sermon von seinem Agenten, der mich so langweilt, dass ich anfange, die Schreibtischschubladen unter die Lupe zu nehmen. Ich blättere gerade eine Mappe mit der Aufschrift »Korrespondenz« durch, in der sich ein Wust von Einladungen zu irgendwelchen Promipartys befindet, als mir Marjorys scharfe Stimme entgegendröhnt und mich vor Schreck zusammenfahren lässt.

Die Akustik in diesem gewölbeartigen Raum ist so unglaublich, dass ich das Gefühl habe, sie stünde direkt hinter mir und kreischte mir ins Ohr wie ein wütender Papagei.

»Edwin, du hast mich sehr enttäuscht. Du hast mir versprochen, ein Auge auf deine kleine Schwester zu haben. Sie lebt nur eine Etage unter dir, und nun sieh dir an, was für einen Mist sie baut, ohne dass du auch nur irgendetwas davon mitkriegst!«

Blabla blabla blabla. Sie findet kein Ende. Sie liest Edwin die Leviten, als wäre es seine Schuld, dass Lucy und ich Haydn Morland an der Nase herumgeführt haben. Plötzlich tut er mir zum ersten Mal im Leben Leid.

Ich blättere immer noch sein Nummernverzeichnis durch, doch als mir ein nur allzu vertrauter Name unter die Augen kommt, halte ich inne, und zwar unter M. Die Adressen und Telefonnummern kenne ich alle, es sind seine Büro- und seine Handy-Nummer, unter denen ich ihn angerufen habe. Aber da ist noch eine andere Nummer. Sein Haus in Brighton. Lucy hat ihn in seiner Wohnung, im Büro und auf seinem Handy vergeblich zu erreichen versucht. Die Nummer von seinem Haus in Brighton hat er mir nicht gegeben.

Vielleicht sollte ich mir die Nummer aufschreiben und ihm eine Nachricht hinterlassen, die er sich dann ungestört an einem Ort anhören kann, an dem wir etliche gemeinsame Stunden verbracht haben, die er, abgesehen von dem bitteren Ende am Sonntag natürlich, hoffentlich in guter Erinnerung hat.

Ich kritzele mit die Nummer auf die Hand und kriege plötzlich heftige Gewissensbisse, dass ich so unverfroren in Edwins Sachen herumschnüffele. Höchste Zeit, in meine eigenen vier Wände zurückzukehren und Edwins Privatleben in Frieden zu lassen.

Unten glotzt Katrina inzwischen eine dieser nervtötenden Gameshows, die tagsüber auf allen Satellitenkanälen hoch- und runterlaufen. Ihr Blick haftet am Bildschirm, und sie stopft mit ausdrucksloser Miene eine Großpackung Tortilla-Chips in sich hinein.

Mit ihren Fußnägeln ist sie fertig, aber die Pediküreutensilien liegen noch auf dem Beistelltisch verstreut. Zusammengeknüllte, nach Nagellackentferner stinkende und mit lila Klecksen verschmierte Papiertaschentücher türmen sich zwischen Nagelfeilen, Nagelscheren, Creme- und Pflegedöschen, Nagelhautentferner, abgeschnittenen Fußnägeln und einem harten grauen Bimsstein. Rund ums Sofa ist der Teppich mit schuppigen Hornhautfetzen und abgeschnittenen Nägeln gesprenkelt, als hätte jemand einen Konfettiregen niedergehen lassen, was mich, trotz meiner Putzallergie, sofort zum Staubsauger greifen lässt.

Es klingelt an der Tür. Cal kommt aus seinem Zimmer gestürmt. Er trägt immer noch seine gestreifte Schlafanzughose, und die Haare stehen ihm zu Berge, als ob er sich einfach nur aus dem Bett gerollt, die Augen aufgeschlagen und sich sofort an seine Arbeit gesetzt hätte.

»Ich gehe schon!«, ruft er und stürmt zur Tür, bevor ihm jemand zuvorkommen kann.

Er erwartet wohl irgendetwas oder irgendjemanden. Aufs Telefon hat er sich heute auch bei jedem Klingeln gestürzt. Ich höre Stimmen und dann Cal, der über den Flur zurückkommt. Ich stelle den Staubsauger zurück in den Besenschrank und gehe in die Küche, um mir etwas zu essen zu machen, das nicht mit Katrinas Fußnägeln durchsetzt ist.

»Blumen«, verkündet er und folgt mir in die Küche.

»Wie bitte?«

»Es ist ein Blumenstrauß für dich abgegeben worden, Jude.«

»Für mich? Du meinst wohl für Lucy.«

»Nein«, stellt er klar und schüttelt den Kopf. »Der Strauß ist definitiv an dich adressiert.«

Er reicht ihn mir. Zwei Dutzend rote und weiße Rosen, durchsetzt mit weißem Schleierkraut.

Ich gebe mich einen Augenblick der vagen Hoffnung hin, dass Haydn mir verziehen hat, doch dann lese ich die Karte, die den Strauß begleitet.

»Sie sind wunderschön«, stellt Cal mit einem Seufzer fest und vergräbt seine Nase in dem Strauß.

»Sie sind von Jonathan«, sage ich betrübt.

Cals Nase schießt aus dem Herz einer roten Rose empor. »Du machst Witze, oder?«

»Schön wär's.« Ich reiche Callum die Karte, damit er sich selbst überzeugen kann.

»Wollen wir es nicht noch einmal miteinander versuchen?«, liest er laut vor. »Was noch einmal versuchen?«, fragt er ungläubig mit gerunzelter Stirn. »Position dreiundzwanzig aus dem Kamasutra?«

»Ja, so ähnlich.« Ich seufze und werfe den Blumenstrauß achtlos auf den Tisch.

»Bis ich Dich verloren habe, war mir gar nicht bewusst, was ich an Dir hatte«, liest Callum weiter und rümpft vor Abscheu die Nase. »›Dein Dich immer liebender Jonathan‹... Es war ihm nicht bewusst, was er an dir hatte! Wie kann er es wagen, dir so etwas zu schreiben! Wieso überhaupt verlieren? Du hast ihm doch nie richtig gehört. Und von wegen ›Dein Dich immer liebender Jonathan!‹ Er hat dich doch nie ernsthaft geliebt!« Als er mein Gesicht sieht, hält er plötzlich inne. »Oje, es tut mir Leid, Jude. So habe ich es nicht gemeint. Natürlich *hätte* er dich lieben sollen, und wahrscheinlich hat der Vollidiot jetzt endlich kapiert, dass er einen Riesenfehler gemacht hat, aber das ist ja wohl ein eindeutiger Fall von ›*ein bisschen zu spät*‹.«

»Schon gut, Cal, ich weiß, was du meinst. Aber ich muss schon sagen, es verschafft mir doch eine gewisse Befriedigung, dass er sich wegen mir auf einmal so ins Zeug legt. Da sieht die Welt doch gleich anders aus.«

»Sag mir bitte nicht, dass du ihm verzeihen willst.«

»Das weiß ich noch nicht«, ziehe ich ihn auf und stelle, als er vor Entrüstung rot anläuft, schnell klar: »Natürlich nicht! Ich bin doch nicht idiotisch, für wen hältst du mich!«

»Wenn ich da so an die vergangenen Jahre denke…«, fängt er wieder an.

»Ich weiß, ich habe immer nach seiner Pfeife getanzt wie ein dressiertes Schoßhündchen. Aber die Zeiten sind vorbei. Es ist aus, Cal. Eigentlich hat es ja nie richtig angefangen. Wir haben uns nur gelegentlich getroffen, wobei die Betonung auf *gelegentlich* liegt.«

»Das brauchst du mir nicht zu sagen! Trotzdem seltsam, dass er plötzlich voll auf dich abfährt und sich ein Bein ausreißt, um dich nicht zu verlieren.«

»Das ist typisch Mann«, erwidere ich und grinse verschmitzt. »Wenn ihr eine Frau haben könnt, dann verschmäht ihr sie, und wenn sie sich verweigert, dann wollt ihr sie plötzlich.«

»Da fühle ich mich definitiv nicht angesprochen«, stellt Cal klar. »Wenn mich eine Frau haben wollte, würde ich sie sofort nehmen, und zwar mit Kusshand!«

»Armer Cal«, bemitleide ich ihn. »Pass auf, wir treffen eine Abmachung. Wenn wir mit fünfunddreißig beide noch Singles sind, tun wir uns zusammen.«

»Du und ich?«

»Es heißt doch immer, dass Freundschaft eine gute Basis für eine Beziehung ist.«

»Wohl wahr. Nicht schlecht, dein Vorschlag. Meinst du, Luce würde auch mit einsteigen?«

»So, so«, sage ich lachend, »du willst also zwei für den Preis von einer?«

»Klar, warum nicht? Du kennst mich doch. Ich bin immer auf Sonderangebote aus.«

»Oder besser gesagt auf einen flotten Dreier.«

Cal grinst mich breit an. »Da hast du es, es würde nicht funktionieren mit uns. Du kennst mich einfach zu gut.« Er stibitzt sich eine Scheibe Brot, die ich mir gerade getoastet habe, und bestreicht sie sich dick mit Butter. »Im Ernst, Jude, ich würde so gerne endlich die Richtige finden. Ich weiß ja, dass es heutzutage nicht mehr angesagt ist, sich mit der großen Liebe seines Lebens häuslich niederzulassen, ein paar Kinder in die Welt zu setzen und bis an sein Lebensende zusammenzubleiben, aber in Wahrheit ist es genau das, wonach ich mich sehne.«

»Du bist erst sechsundzwanzig, Cal, du hast doch noch jede Menge Zeit.«

»Ach ja? Wenn ich nach dir und Lucy gehe, habe ich noch genau achtzehn Monate bis zum Ausbruch der Torschlusspanik. Ihr jammert doch ständig herum, dass ihr euer Verfallsdatum schon überschritten habt.«

»Sind wir wirklich so schlimm?«

»O ja.« Er nickt mit Nachdruck. »Ihr redet, als ob euch mit dreißig die Brüste abfallen. Oder als ob ihr zur Zwangsentsorgung vorgemerkt wärt wie in *Flucht ins 23. Jahrhundert* oder den Rest eures Lebens in einem Kloster euer Dasein fristen müsstet …«

»Schon gut, Cal, es reicht, ich hab's kapiert … Aber keine Sorge. Du hast ein paar Jahre mehr Zeit als wir. In den meisten Beziehungen ist der Mann doch älter als die Frau.«

Cal nickt, scheint aber nur halbherzig überzeugt. »Nicht immer, aber meistens schon.«

»Siehst du! Dann hast du also noch Zeit, bis du dreißig, einunddreißig, zweiunddreißig bist, ja, sogar mit fünfunddreißig kannst du noch all die Frauen haben, die wie ich auf die dreißig zugehen und allmählich verzweifeln. Sie werden nach dir Schlange stehen.«

Cals Zweifel sind auf einmal wie weggeblasen, und er nickt begeistert. »Genau so mache ich es. Danke, Jude, du hast mir gerade sehr geholfen, mein Leben etwas klarer zu sehen.«

»Ehrlich?«

»Ja. Ich hätte nämlich nichts dagegen, wenn die Frau meines Lebens älter wäre als ich. Ich fände es sogar großartig: All die Reife und Lebenserfahrung, ganz zu schweigen von der Übung, die sie beim Blasen hätte«, zieht er mich auf.

Ich ignoriere seinen Chauvispruch. Cal macht sich gelegentlich einen Spaß daraus, mich mit sexistischen Sprüchen auf die Palme zu bringen, aber ich kenne ihn inzwischen gut genug, um mich davon nicht mehr provozieren zu lassen.

»Ehrlich, Jude«, fährt er fort. »Ich glaube, dass ich mich mit einer älteren Frau besser verstehen würde. Wir könnten mit Sicherheit besser miteinander reden – und du brauchst gar nicht die Augenbrauen hochzuziehen, Jude ...«

»Ich glaube dir ja.« Ich lächele traurig und denke an Haydn.

»Anstatt also zu warten, bis *ich* älter bin, kann ich mir doch gleich hier und heute eine von diesen Frauen angeln, die verzweifelt auf die dreißig zugehen. Vielleicht finde ich eine, die froh und glücklich ist, sich einen einsamen Sechundzwanzigjährigen greifen zu können. Du bist ein Schatz, Jude!« Er drückt mir einen Kuss auf die Stirn. »Du hast mein Geschlechtsleben gerade vor einer weiteren Dürreperiode gerettet.«

»Freut mich, dass ich wenigstens dich glücklich gemacht habe«, entgegne ich mürrisch und starre Jonathans Blumen an.

»Und was wird aus denen?«

Ich erwäge kurz, den Strauß durch die Balkontür in die Themse zu werfen, aber dafür sind die schönen Blumen eigentlich viel zu schade. Da kommt mir eine Idee.

»Ich glaube, ich kenne jemanden, der sich über die Blumen freuen würde.«

Cal folgt mir ins Wohnzimmer, wo Katrina immer noch in finsterer Laune auf dem Sofa hockt.

»Katrina.«

Sie blickt auf und grunzt etwas Unverständliches.

»Dieser Strauß ist für dich gekommen.«

»Für mich?«, nuschelt sie mit vollem Mund.

»Ja.«

»Oh, er kann nur von Edwin sein …«

Ich schüttele den Kopf, und der Hauch eines Lächelns, das sich gerade auf ihrem verhärmten Gesicht abzeichnen wollte, erstirbt abrupt wieder. »Nein, er ist nicht von Edwin. Sonst wäre eine Karte dabei gewesen. Du musst einen heimlichen Verehrer haben.«

Für einen Moment befürchte ich, alles noch schlimmer gemacht zu haben, indem ich ihr erst Hoffnungen gemacht und sie dann wieder zerstört habe, doch schließlich erhellt sich ihre Leidensmiene ein wenig, und ein Lächeln breitet sich auf ihrem Gesicht aus.

»Einen heimlichen Verehrer?«, wiederholt sie genüsslich, als würde sie sich eine besonders leckere Süßigkeit auf der Zunge zergehen lassen. Sie schluckt die Chips herunter, die sie im Mund hat, und greift mit ihrer abgemagerten Hand nach dem Blumenstrauß. Sie sieht wirklich nett aus, wenn sie ausnahmsweise einmal lächelt.

»Wie schön sie sind«, murmelt sie.

Das Telefon klingelt. Cal und ich stürzen uns auf den Apparat, doch Cal ist deutlich schneller.

»Ja, o super!«, sagt er. Dann sieht er mich an, zwinkert geheimnisvoll mit den Augenbrauen und verschwindet in sein Zimmer.

Er telefoniert mindestens eine halbe Stunde. Ich gehe ebenfalls in mein Zimmer und versuche zu arbeiten, doch ich bin so neugierig, dass ich die ganze Zeit angestrengt die Ohren spitze, um etwas aufzuschnappen. Doch vergebens. Ich höre nichts außer dem nervtötenden Gebimmel des Countdown-Jingles, das aus dem Wohnzimmer herüberhallt. Am liebsten würde ich Katrina bitten, den Fernseher leiser zu stellen, aber ich kann mich ja schlecht beklagen, dass sie mich durch ihr Dauerglotzen daran hindert, Cals Telefonat zu belauschen.

Eigentlich bin ich gar nicht so neugierig, aber Cal tut normalerweise nicht so geheimnisvoll.

Ich hätte mir die Mühe schenken können. Ein paar Sekunden nach dem Piepston, der das Ende eines Gesprächs signalisiert, steht Cal bei mir in der Tür.

»Äh, Jude, ich weiß, du arbeitest gerade, aber darf ich dich trotzdem kurz stören? Es ist wichtig.«

»Natürlich, immer...« Ich schwinge in meinem Stuhl herum und bedeute ihm, auf dem Bett Platz zu nehmen.

Cal kommt und lässt sich niederplumpsen.

»Was gibt's denn?«

Er sieht mich einen Augenblick nachdenklich an und kaut mit seinen makellosen Zähnen auf seiner vollen Unterlippe herum.

»Also«, legt er schließlich los, »ich hab Bruce erzählt, was Lucy passiert ist. Bitte nicht schimpfen, Jude, ich weiß ja, dass sie dich gebeten hat, es mir nicht zu sagen und du mir eingebläut hast, es bloß für mich zu behalten, aber ich hatte so eine Stinkwut, dass ich mich einfach bei irgendjemandem auskotzen musste. Und ich glaube, ich habe mir dafür genau den Richtigen ausgesucht. Bruce will uns helfen, die Sache in Ordnung zu bringen.«

»Bruce? Wie denn?«

»Die Details will er sich noch überlegen, aber ich bin sicher, dass wir mit seiner Hilfe Lucy aus dem Schlamassel ziehen können oder zumindest diesem Bastard Layton gehörig eins auswischen. Schließlich ist er an allem schuld.«

»Großartig. Aber wie? Was hat er vor?«

»Vertrau mir einfach, Jude. Morgen wirst du in unseren Plan eingeweiht. Wir treffen uns morgen Abend um acht mit Bruce im Audrey's. Also müssen wir uns eine Entschuldigung einfallen lassen, warum Lucy nicht mit kann.«

»Das dürfte kein Problem sein. Sie muss morgen bei Edwin vorsprechen – auf einen Drink, wie er es genannt hat, aber ich bin sicher, dass es sich eher um eine Art Gehirnwäsche handeln dürfte.«

»Du meinst, er will ihr die Leviten lesen. Wer sich die beiden ansieht, würde ihn eher für ihren Vater als für ihren Bruder halten.«

»Ich glaube, er will sich einfach nur um sie kümmern. Seit ihr Vater tot ist, hat er ein bisschen diese Rolle übernommen.«

»Was ist denn mit dir los? Seit wann verteidigst du Edwin?«

»Stimmt, ich kann es selbst kaum glauben«, entgegne ich, über mich selbst überrascht. »Arme Luce. Aber für unser Vorhaben trifft es sich gut, dass Edwin sie einbestellt hat.«

»Was hat Bruce denn nur vor?«

»Ist ein bisschen kompliziert. Am besten erklären wir es dir morgen.«

Edwin kehrt erst am Mittwochabend aus Italien zurück.

Lucy ist gerade vom Büro nach Hause gekommen. Um sieben geht sie hoch zu ihrem Bruder. Dass wir ohne sie in eines ihrer Lieblingsrestaurants gehen, hat ihre sowieso schon miese Laune noch einmal um einige Grade verfinstert. Wir haben ihr unter schwersten Gewissenbissen vorgelogen, dass Bernie einen Personalnotstand hat und wir für ein paar Stunden an der Bar aushelfen müssen, weshalb es leider dieser Abend sein muss.

Cal und ich sind nahezu identisch gekleidet, als wir in warmen Hosen, Stiefeln und dicken Mänteln durch die eisige Winternacht zur nächstgelegenen U-Bahn-Station trotten. Der Himmel hat diese eigenartige samtige, gräulich-violette Farbe, die ein kurz bevorstehendes Schneegestöber ankündigt.

»Alles wird gut«, versucht Cal mich aufzuheitern, als er meine verkniffene Leidensmiene sieht.

»Was genau meinst du?«

»Alles«, stellt er entschlossen klar und hakt sich bei mir unter.

Als wir Battersea erreichen und das gemütlich erleuchtete Audrey's betreten, erwartet uns Bernie bereits und begrüßt uns überschwänglich.

»Hallo, Jude, wie schön dich zu sehen! Was für eine Freude!« Er stürmt auf mich zu und drückt mir mit seinem kitzelnden Schnurrbart zwei dicke Schmatzer auf die Wangen. »Ich habe euch den besten Tisch reserviert, Sweetheart, gleich da drüben am Fenster.«

Er schüttelt Cal herzlich die Hand, nimmt meinen Arm und führt mich an unseren Tisch. Dabei beugt er sich zu mir herüber und flüstert mir verschwörerisch ins Ohr. »Deine Mutter hat mir erzählt, dass du diesen furchtbaren Jonathan endlich auf den Mond geschossen hast. Herzlich Glückwunsch! Darauf sollten wir anstoßen. Der Drink geht natürlich aufs Haus. Francesco!« Er winkt einen hinreißenden jungen Italiener an unseren Tisch und legt ihm einen Arm um die Schulter. »Ich möchte dir meinen Neffen Francesco vorstellen, Jude. Er ist der Sohn meiner jüngeren Schwester. Er ist gerade erst nach London gekommen, um bei mir zu arbeiten. Hat den ganzen weiten Weg von Manhattan auf sich genommen, bloß um seinem Onkel Bernie zur Hand zu gehen, nicht wahr, mein Junge?«

Francesco hat schwarzes Haar, große braune Augen, ein schmales kantiges Gesicht, volle rote Lippen und eine raue, leicht weiblich klingende Stimme. Er sieht genauso aus, wie ich mir Bernie auf dem Foto von ihm und meiner Mutter ohne Bart vorstellen würde.

»Francesco, das ist Jude. Sie gehört quasi zur Familie, deshalb musst du sie unbedingt kennen lernen.«

Francesco strahlt und schüttelt mir enthusiastisch die Hand. »Endlich bekomme ich dich leibhaftig zu sehen, wie schön. Onkel Bernie hat mir schon so viel von dir und deiner Mutter erzählt.« Mit diesen Worten eilt er schnell davon, um uns eine Flasche Wein zu holen.

Bernie lässt sich auf dem noch unbesetzten Stuhl an unserem

Tisch nieder. »Francesco ist ein guter Junge«, sagt er liebevoll. »Du weißt ja, Jude, ich habe keine eigenen Kinder. Und ich brauche eines Tages einen Erben. Ich lasse ihn ganz unten anfangen, und wer weiß, wenn er hart arbeitet, gehört der Laden vielleicht eines Tages ihm.«

»Warum hast du eigentlich keine Kinder?«

»Ich habe nie die richtige Frau kennen gelernt«, erwidert er mit einem Achselzucken und einem etwas traurigen Lächeln. »Das heißt, einmal schon, aber sie hat mich verlassen …« Er legt mir den Arm um die Schulter und drückt mich erneut an sich. »Wenn ich mit deiner Mutter zusammengeblieben wäre, könntest du jetzt meine Tochter sein.«

»Warum seid ihr denn nicht zusammengeblieben?«

»Weil sie deinen Vater kennen gelernt hat. Sie hat sich Hals über Kopf in ihn verliebt. Sicher, mich hat sie auch geliebt, aber auf deinen Vater ist sie voll abgefahren, er war der große Traum, der absolute Schwarm, Liebe auf den ersten Blick und alles was dazugehört, da war ich natürlich abgeschrieben.«

»Und? Hast du sie geliebt?«

»Und wie! Deshalb habe ich mich ja kampflos zurückgezogen und deinem Vater das Feld überlassen – damit sie glücklich wird.«

Cal sieht aus, als würde er jeden Moment in Tränen ausbrechen.

»Im Moment ist sie Single …«, schwindele ich Bernie vor und unterschlage den mysteriösen Eddie.

»Ach ja? Dann ist sie also seit vierzig Jahren zum ersten Mal alleine.«

»Ihr könnt doch mal einen Abend zum Essen bei mir vorbeikommen«, schlage ich vor. Die Vorstellung, die beiden zu verkuppeln, entzückt mich. Bernie würde einen großartigen Stiefvater abgeben. Vielleicht würde es ihm sogar gelingen, Mum wieder nach London zu locken. Ich weiß ja, dass es ihr in Somerset gefällt, weil sie da die Muße für ihre künstlerische Arbeit findet. Ich verstehe sie ja, wenn ich dran denke – die sanften

Hügel, die goldgelben Wälder im Herbst, die absolute Ruhe, die kaum jemals gestört wird, und der verwilderte Garten, in den sich gelegentlich eine Schar Fuchshunde verirrt, wenn die Jagdgesellschaft mal wieder vom Weg abgekommen ist–, aber es wäre trotzdem schön, sie wieder in der Nähe zu wissen. Wenn sie mit Bernie zusammen wäre, würde ich mich sogar dazu hinreißen lassen, gelegentlich zum Sonntagslunch bei ihr vorbeizuschauen und ihr ein bisschen unter die Arme zu greifen. Denn die kreative Magie, die aus ihren Bildern spricht, hat ihre Kochkunst leider nie beflügelt.

In diesem Moment beginnt Cal, hektisch zu winken. »Da ist Bruce ja endlich. He, Bruce, komm hier rüber!«

In der Eingangstür steht ein Mann und sieht sich etwas ratlos um. Cal springt auf und winkt ihn überschwänglich an unseren Tisch, woraufhin Bruce' suchender Blick einem breiten Grinsen Platz macht. Er sieht gut aus und ist in gewisser Hinsicht eine markante Erscheinung. Er muss Anfang dreißig sein, hat funkelnde blaue Augen, die jeweils von einem breiten Fächer Lachfältchen umgeben sind, und sein Haar wäre vermutlich hellbraun, wenn er sich den Kopf nicht kahl rasiert hätte. Sein gebräuntes Gesicht hebt sich markant von seinem cremefarbenen dicken Pullover ab, die Knie unter dem Saum seines blaugrün gemusterten Schottenrocks sind ebenfalls tiefbraun.

Als er unseren Tisch erreicht, steht Cal erneut auf, schüttelt Bruce überschwänglich die Hand und wendet sich dann mir zu. »Jude, das ist Bruce, Bruce, das ist meine liebe Mitbewohnerin Jude.«

»Wie schön, dich endlich kennen zu lernen, Jude«, begrüßt er mich in breitestem Glasgower Dialekt. »Cal hat mir schon jede Menge von dir und Lucy erzählt.«

»Nur Gutes, will ich hoffen.«

»Überwiegend ja.« Er lacht und tauscht mit Cal einen Blick, der unmissverständlich erkennen lässt, dass wohl auch die ein oder andere unangenehme Geschichte dabei war.

»Hauptsache, du hast nicht über unseren Tagesausflug nach Frankreich geplaudert«, zische ich Cal zu.

»Du meinst, als dir dein Minirock und dein Schlüpfer in das Loch in der Bodentoilette gefallen sind…«, mischt sich Bruce ein.

»Mistkerl!«, zische ich Callum zu.

»…und du in Cals Union-Jack-Boxershorts nach Hause fahren musstest…«, fährt Bruce gnadenlos fort.

»Und das auf einem Schiff voller schottischer Rugbyfans!«, prustet Cal.

Ich schüttele ungläubig den Kopf. »Dann werde ich heute Abend wohl zur Abwechslung mal ein paar schmutzige Geschichten aus Cals Leben zum Besten geben.«

»Nicht heute Abend, Jude. Heute haben wir wichtigere Dinge zu besprechen.«

Wir nicken alle ernst.

Als Nächstes mache ich Bernie mit Bruce bekannt, doch zu meiner Überraschung kennen sich die beiden bereits. Bruce entpuppt sich als ein ebenso begnadeter Anekdotenerzähler wie Bernie, und er ist ebenfalls in der Gastronomie tätig, wenn auch in deutlich größerem Rahmen. Sie tauschen sich ein paar Minuten über gemeinsame Bekannte aus, dann zieht Bernie sich diskret in die Küche zurück, da er mitbekommen hat, dass wir etwas Wichtiges zu besprechen haben.

Cal, der die ganze Zeit unruhig auf seinem Stuhl herumgerutscht ist, als Bruce und Bernie über Weine, Lieferanten und Konkurrenten gefachsimpelt haben, kann es kaum noch abwarten. Er lässt Bruce bestellen, nippt einmal an seinem Gin-Tonic und kommt dann zur Sache. »Wir wissen alle, dass das, was Lucy erlebt hat, völlig unakzeptabel war.«

Ich nicke grimmig.

»Nun gut, Benjamin, der Ex von Bruce – also, die beiden sind zwar nicht mehr zusammen, aber sie verstehen sich immer noch gut…«

»Wir sind schon zusammen in die Schule gegangen«, mischt sich Bruce ein. »Und bevor es zwischen uns gefunkt hat, waren wir schon ewig gute Freunde.«

»Gut, und Bens neue Freundin …«, fährt Cal fort.

»Er ist bisexuell«, fällt Bruce erklärend ein, als er meinen verwirrten Blick sieht. »Deshalb verstehen wir uns auch nach wie vor. Wenn er mich wegen eines anderen Typen verlassen hätte, wäre das was anderes …«

»Jedenfalls arbeitet Bens neue Freundin für Drugstore, du weißt schon, diese riesige amerikanische Drogeriekette, die gerade auf dem britischen Markt Fuß zu fassen versucht. Sie ist dort Corporate Events Managerin, und als sie einen geeigneten Veranstaltungsort für eine riesige Promotionparty gesucht haben, die nächsten Samstag stattfinden soll …«

»… hat Ben ihr natürlich sofort meinen Club ans Herz gelegt«, beendet Bruce mit einem Lachen den Satz. »Es sei *der* Ort in London, wo man hingeht, um zu sehen und gesehen zu werden. Wir versuchen uns immer gegenseitig Kunden zuzuschanzen. Die alte Seilschaft aus Schulzeiten funktioniert bestens.«

»Aber was hat das alles mit Lucy zu tun?«

»Ganz einfach, als ich Bruce erzählt habe, was ihr passiert ist, und er es Ben erzählt hat, der es wiederum seiner Freundin …

»Sie heißt Saffron«, fällt Bruce ihm ins Wort.

»Es hat sich herausgestellt, dass Saffron viel mit Spicer Booth zu tun hat und nicht nur mit Spicer Booth, sondern mit Layton Berrick höchstpersönlich. Und jetzt halt dich fest, Jude«, Cal macht eine theatralische Pause, »er ist *verheiratet.*«

»Er ist *verheiratet!*«, wiederhole ich entsetzt.

Cal nickt ernst.

»O nein.«

»O doch.«

»Glaubst du, Lucy weiß das?«, fragt Bruce.

»Niemals«, stellt Cal entschieden klar und schüttelt den Kopf. »Lucy hat keinen blassen Schimmer.«

»Dann hätte sie mit Sicherheit nicht mit ihm angebändelt«, bestätige ich. »Sie hat mir erzählt, dass er geschieden sei. Und dass sie ihr Verhältnis *ihretwegen* nicht an die große Glocke hängen wollten, um kein Gerede zu provozieren, falls Christian Bond den Zuschlag für den Spicer-Booth-Auftrag bekommen sollte.«

»Es *ihretwegen* nicht an die große Glocke hängen!«, schnaubt Bruce.

»*Ihretwegen*, das ich nicht lache! Nicht etwa, weil er nach wie vor in festen Händen ist, sondern vor allem deshalb, weil seine Frau zufällig die einzige Tochter des Geschäftsführers der amerikanischen Muttergesellschaft von Spicer Booth ist.«

»Jetzt willst du mich auf den Arm nehmen.«

»Aber nein.«

»Wir sollten seine Oberchefs wissen lassen, was er für ein Arschloch ist.«

»Das haben wir doch schon überlegt, aber Lucy hat wahrscheinlich Recht: Warum sollten sie es glauben? Wir müssten Layton schon dazu bringen, sich selbst zu entlarven ...«

»Das würde er nie im Leben tun.«

»Eben. Deshalb brauchen wir einen Beweis, der eindeutig zeigt, was er für eine miese Ratte ist. Etwas, womit wir ihn unter Druck setzen und zwingen können, Lucy in Ruhe zu lassen.«

»Und wie stellt ihr euch das vor?«

»Nun, an dieser Stelle kommst du ins Spiel.«

»Ich?«

Cal nickt ernsthaft. »Bruce wird uns Zutritt zu dieser Promotionparty verschaffen.«

»Als VIPs sozusagen«, erklärt Bruce mit einem Lächeln.

»Und wir müssen Lucy dazu bringen, uns zu begleiten.«

»Warum?«

»Als Köder.«

»Geht es ein bisschen genauer, bitte?«

»Ganz einfach: Wir wollen, dass er Lucy auf der Party sieht. Aber nach allem, was passiert ist, wollen wir natürlich nicht, dass sie mit ihm reden muss, deshalb ist es an dir …« Cal hält inne und sieht Bruce an, um sich rückzuversichern, dass er fortfahren soll. Bruce nickt ihm aufmunternd zu.

»Was ist an mir?«, dränge ich.

»Na ja …« Bruce und Cal tauschen wieder einen Blick aus. Da Cal zögert, übernimmt Bruce das Wort.

»Also Folgendes …«

»Verstehe ich euch richtig?«, frage ich fassungslos, nachdem ich Bruce fünf Minuten mit offenem Mund zugehört habe.

»Ich soll Layton Bussard unter dem Vorwand, mit mir und Lucy einen flotten Dreier zu schieben, in dein Büro locken, wo aber nicht Lucy auf uns wartet, sondern *Cal*. …«

»Mit einer Perücke und in in einem abgedunkelten Raum«, wirft Cal schnell ein, »so dass er auf keinen Fall sehen kann, dass es nicht Lucy ist.«

»Und dann soll ich ihn, bevor er Lunte riecht und kapiert, dass die vermeintliche Lucy in Wahrheit ein Typ in Frauenkleidern ist, in eine kompromittierende Position bringen, damit Bruce mit einem Fotoapparat hinter seinem Faxgerät hervorspringen und ein paar Fotos schießen kann, die beweisen, was für ein Arschloch er ist.«

»Genau, im Großen und Ganzen soll es so laufen.«

Cal und Bruce grinsen mich hoffnungsvoll an.

»Ihr seid völlig durchgeknallt«, stelle ich schließlich fest.

»Ich weiß«, entgegnet Cal, »aber was hältst du von unserem Plan?«

»Das wird nie und nimmer funktionieren.«

»Und warum nicht?«

»Erstens, weil du keine besonders überzeugende Lucy abgibst …«

»Mag sein, dafür spielst du sie umso besser – …«

»Ja, aber genau das hat mich schon genug in Schwierigkeiten gebracht.«

»Du sollst ja auch gar nicht so tun, als wärst du Lucy. Er kennt sie ja viel zu gut, um darauf hereinzufallen, es sei denn, er wäre wirklich sternhagelvoll.«

»Und was genau soll ich tun?«

»Na, ein bisschen mit ihm herumflirten. Lucy zufolge ist sein Ego größer als unsere Staatsverschuldung. Wenn du es richtig einfädelst, ist er Wachs in deinen Händen.«

»Wieso bist du dir da so sicher? Meine Erfolgsbilanz ist nicht gerade großartig.«

»Komm schon, Jude, so wie er auf Lucy abgefahren ist, springt er ganz bestimmt auch auf dich an. Du musst nur dein Haar richtig zurechtmachen und deine magischen Kontaktlinsen einlegen – aber diesmal beide.«

»Angenommen, er findet mich tatsächlich attraktiv genug für einen Flirt – was, um Himmels willen, soll ihm erzählen?«

»Denk dir irgendwas aus. Schlepp ihn einfach in Bruces Büro, den Rest erledigen wir.«

»Auch das mit der kompromittierenden Position?«

»Wenn es sein muss, knutsche ich auch mit ihm rum, ja«, stellt Cal klar.

»Wir tun es schließlich für Luce. Sie steckt wirklich im Schlamassel.«

»Ja«, seufze ich.

»Wenn ihr wollt, kann ich ihn auch abknutschen«, bietet Bruce grinsend an.

»Das wäre eine wirklich kompromittierende Position.«

»Aber ich würde es genau wie ihr nur für Lucy tun. Auf Zungenküsse mit aalglatten amerikanischen Ekeltypen stehe ich nun wirklich nicht.«

»Also, was hältst du von unserem Plan?«, fragt Cal.

»Was ich davon halte?« Ich bin unschlüssig und taxiere erst Cal, der vor Einsatzfreude strotzt, und dann Bruce, der gerade zu träumen scheint. Offenbar stellt er sich soeben bildlich vor, die Situation zu retten, indem er einen appetitlich aussehenden

Fiesling abknutscht. »Ich glaube, ihr seid verrückt«, stelle ich fest.

Cal macht ein langes Gesicht.

»Aber meinetwegen, ich tue es.«

»Oh, Jude!« Cal springt auf, stürzt sich auf mich zu und umarmt mich. »Danke.«

»Hurra! Darauf sollten wir anstoßen.« Bruce ist aus seinen Knutschfantasien erwacht und füllt unsere Gläser mit kaltem Weißwein. Er hebt sein Glas und prostet Cal und mir zu. »Auf dass wir Layton Berrick Manieren beibringen!«

Die beiden trinken zufrieden, und auch ich nippe an meinem Glas. Ihr Enthusiasmus ist ansteckend, also rede ich mir ein, dass ihr verrückter Plan funktionieren könnte.

Das heißt aber noch lange nicht, dass ich mich auf die Aktion freue.

Im Gegenteil.

Ich muss nur an all den Ärger denken, den ich mir im Laufe der Jahre eingehandelt habe, indem ich mich immer wieder von Lucy habe überreden lassen, bei ihren verrückten Plänen mitzumachen. Unsere jüngste Eskapade war nur der Gipfel ihrer Schnapsideen. Ich trinke meinen Wein und versuche mir ein Beispiel an Cals und Bruces Optimismus zu nehmen.

»Auf dass wir Luce damit aus der Klemme helfen!«, proste ich ihnen zu.

»Und nicht in den Knast wandern!«, fügt Cal hinzu und stößt mit mir an.

»Willst du unbedingt, dass ich es mir noch einmal anders überlege?«

»Nein, mach dir keine Sorgen, Jude, es wird funktionieren, ich verspreche es.«

»Du willst die Nummer ja nur durchziehen, um dich endlich mal so richtig schön als Frau herausputzen zu können«, zieht Bruce ihn auf.

»Das kann ich auch so«, entgegnet Cal und zieht lasziv die

Augenbrauen hoch. »Wenn ich Lust habe, in einen Seidenslip zu schlüpfen, tue ich es einfach.« Bei diesen Worten wackelt er mit dem Hintern auf seinem Stuhl herum und tut so, als trüge er auch jetzt etwas in der Art.

Bruce beugt sich zu ihm herüber und flüstert ihm etwas ins Ohr. Ich gehe davon aus, dass es irgendetwas Anzügliches ist, bis Cal schließlich sein Glas abstellt und mich verschmitzt angrinst. Gleichzeitig wird Bruce rot wie eine Tomate.

»Sag mal, Jude, könntest du uns vielleicht noch einen kleinen Gefallen tun?«

»Was wollt ihr denn jetzt schon wieder?«, frage ich misstrauisch.

»Bruce findet unseren Kellner absolut schnuckelig. Kannst du wohl Bernie mal fragen, ob er noch Single ist?«

Als wir aus dem Taxi steigen, kommt Lucy gerade aus Edwins Wohnung. Ihr Gesicht ähnelt dem von Victor, wenn man ihn ausgeschimpft hat, weil er sich Essen stibitzt hat. Zu meiner Überraschung und meinem großen Unbehagen zitiert Edwin mich auf seine herrische Art ebenfalls zu sich. Ich steige die Treppen zu seiner Wohnungstür hinauf wie ein französischer Edelmann auf dem Weg zum Galgen.

»Ich habe es Lucy schon gesagt, aber du sollst es auch ruhig wissen! Was ihr gemacht habt, war absolut bescheuert! Haydn Morland ist ein total netter Kerl, und ihr zwei seid totale Vollidiotinnen.« Mit diesen Worten knallt er mir die Tür vor der Nase zu.

»Nett, mit dir gesprochen zu haben, Edwin«, murmele ich dem Holz entgegen, das mir beinahe das Gesicht zerschlagen hätte.

»Das war eine nette, kurze und prägnante Zusammenfassung dessen, was er mir dreieinhalb Stunden lang an den Kopf geworfen hat«, stellt Lucy trocken fest. »Zum Glück fährt er morgen wieder weg, dann hat er Zeit zum Abkühlen. Hoffentlich hattet ihr einen schöneren Abend als ich«, fügt sie hinzu, während wir in unsere Wohnung flüchten.

»Das kann man wohl sagen«, entgegnet Cal.

»Ich kann es immer noch nicht fassen, dass ihr einfach ohne mich ins Audrey's gegangen seid.«

»Dafür haben wir dir eine Portion von Bernies genialem Pudding mitgebracht«, versuche ich sie zu trösten und wedele mit einer Riesenschachtel vor ihrer Nase herum.

»Und am Samstag nehmen wir dich mit auf eine Party.« Cal legt einen Arm um ihre Schultern.

»Wirklich? Auf eine gute?«

»Auf eine supergute.« Cal zwinkert mir zu. »Auf eine echte Superparty.«

»War Edwin sehr wütend?«

»Er hat regelrecht gekocht.« Lucy sieht mich betrübt an.

»Offenbar hat er mit Haydn gesprochen«, rückt sie vorsichtig heraus.

»Ach, ja?«, entgegne ich und spüre, wie sich mein Magen zusammenzieht. »Und wie geht es ihm?«

»Na ja, besonders glücklich ist er wohl nicht gerade«, gesteht sie mir taktvoll.

»Kein Wunder. Er war einfach nur liebenswert, charmant und sympathisch, und ich war das größte Miststück, das die Welt je gesehen hat. Was soll ich bloß tun, Luce? Ich muss ihm unbedingt sagen, wie Leid mir alles tut, aber er weigert sich, mit mir zu reden.«

»Du musst mit ihm reden.«

»Aber wie denn?«

»Keine Ahnung. Ruf ihn einfach immer wieder an, schreib ihm einen Brief. Hauptsache, du gibst nicht auf, Jude!«

Kapitel 8

Ob Lucy Recht hat?

Oder soll ich nicht lieber doch aufgeben? Soll ich mich etwa noch einmal erniedrigen und ihn wieder anrufen, obwohl er sowieso nicht drangeht und auch nicht zurückruft? Soll ich Haydn anflehen, uns noch eine Chance zu geben und noch einmal von vorn anzufangen? Ich weiß nicht, ob ich mich dazu überwinden kann. Schließlich bin ich schon Jonathan ewig hinterhergerannt, und wohin das geführt hat, sieht man ja.

Doch am nächsten Morgen, als ich ausnahmsweise einmal ganz allein in der Wohnung bin, kein Cal, keine Lucy, keine Katrina und kein Victor, hole ich die Nummer aus Edwins Adressverzeichnis hervor, die ich sorgfältig auf die Rückseite meines Notizbüchleins geschrieben habe.

Bevor ich es mir anders überlege, fasse ich mir ein Herz, steuere das Telefon an und wähle. Obwohl ich Haydn so dringend sprechen will, um mich bei ihm zu entschuldigen, würde ich bestimmt kein Wort über die Lippen bringen, wenn ich ihn tatsächlich dran hätte. Deshalb hoffe ich trotz allem, wieder nur den Anrufbeantworter anspringen zu hören.

Als ich seine Stimme höre, zucke ich zusammen.

»Hi, Sie haben die Nummer von Haydn gewählt. Ich bin im Augenblick nicht da, aber Sie können mir gern eine Nachricht hinterlassen, ich rufe dann zurück.«

Ich muss mich mit aller Gewalt zwingen, etwas zu sagen und nicht sofort wieder aufzulegen.

»Hi, hier ist, äh...« Was soll ich sagen? Hi, hier ist Lucy, ich meine Jude, die du für Lucy gehalten hast? Schließlich bringe ich heraus: »Hi, ich bin's. Ich wollte dir noch einmal sagen, wie Leid es mir tut, dass ich dich belogen habe. Ich war drauf und dran, dir die Wahrheit zu sagen, aber du bist mir zuvorgekommen. Ich hoffe so sehr, dein Herz ist groß genug, dass du mir meinen Fehler verzeihen kannst. Ich, äh … ich möchte nur, dass du weißt, wie mies ich mich fühle. Ich finde es furchtbar, dass alles in einem solchen Fiasko geendet ist.«

Eigentlich will ich ihm auch noch sagen, wie sehr ich ihn vermisse, aber ich traue mich nicht. Ich will mich nicht so weit aus dem Fenster hängen. Ihm meine Gefühle so ehrlich zu offenbaren, würde mich viel zu verletzlich machen. Also nuschele ich ein Tschüss in den Hörer und lege auf.

Fünf Minuten nachdem ich aufgelegt habe, klingelt es. Mir rutscht das Herz erst in die Hose, dann spingt es wieder hoch, und so geht es weiter wie auf einem Trampolin. Ich kann kaum sprechen, als ich den Anruf schließlich entgegennehme.

»Hallo«, krächze ich.

»Hallo, Jude, ich bin's George.«

Ich weiß auch nicht, warum ich gedacht habe, dass Haydn mich womöglich zurückruft. Schließlich ist ein ganz normaler Arbeitstag, weshalb er heute wohl kaum in Brighton sein dürfte. Einzig aus diesem Grund habe ich es ja gewagt, weil ich zu neunundneunzig Prozent sicher sein konnte, dass er nicht abnehmen würde. Leider kann ich fast ebenso sicher sein, dass er mich nicht zurückrufen wird. Ich schlucke den schweren Kloß der Enttäuschung herunter, der mir die Kehle zuschnürt, und verarbeite den Schock.

Ein Anruf des Papstes hätte mich weniger überrascht, als am anderen Ende der Leitung die Stimme meines Bruders zu hören. George ruft mich normalerweise nie an.

Er schickt mir höchstens hin und wieder eine E-Mail. Oder eine SMS. Eine Pflichtmitteilung, um zu zeigen, dass er an mich denkt, wie es Geschwister eben normalerweise tun, ohne dass er gleich mit mir sprechen muss. Telefongespräche erfordern ja richtigen persönlichen Kontakt. Man muss denken, sprechen und zuhören, und auf all das steht George überhaupt nicht. Er wohnt zwar gerade mal einen Katzensprung von mir entfernt in St. John's Wood, aber er könnte genauso gut auf dem Mond leben.

George ist so anders als der Rest meiner Familie, dass ich meine Mutter schon öfters verdächtigt habe, dass sie aus Versehen das falsche Baby aus dem Krankenhaus mitgebracht hat. Aber Mum besteht darauf, dass George tatsächlich von ihr ist. Außerdem sagt sie, dass sie, wenn sie sich tatsächlich ein Baby hätte aussuchen können, auf jeden Fall eins genommen hätte, das Sinn für Humor hat. George ist Buchhalter. Vermutlich hat er seinen Sinn dafür von unserem Vater geerbt. Leider hat er von dessen herzlichem, mitfühlendem Wesen überhaupt nichts abbekommen. George ist wie Mr. Spock. In seinem Hirn der Logik und der Zahlen ist kein Platz für so etwas Irrationales wie Emotionen.

Deshalb überrascht es mich umso mehr, dass er ganz aufgebracht klingt. »Jude, was zum Teufel, hast du bloß angerichtet?«

»Wovon redest du?«

»Jonathan war bei mir. Er war in Tränen aufgelöst.«

»Jonathan und Tränen?«

»Ja, Jude, er ist völlig am Boden. Wie konntest du ihm einen solchen Tritt verpassen, noch dazu auf so kaltherzige Weise!«

»Was redest du denn da? Was hat er dir für einen Unsinn erzählt?«

»Dass du ihn ohne jeden Grund verlassen hast, und noch dazu auf eine ziemlich miese Tour.«

»Wie bitte?«

»Du hast schon richtig gehört. Ich hätte nie gedacht, dass du so *herzlos* sein könntest.«

Einen Moment lang komme ich mir richtig mies vor. Der bloße Gedanke, jemandem einen solchen Herzschmerz zuzufügen, wie ich ihn selbst gerade erleide, vermittelt einem schon das Gefühl, ein herzloses Miststück zu sein, auch wenn dieser Jemand ein rücksichtsloses egoistisches Arschloch ist. Zum Glück dauert dieses Gefühl nicht lange an.

Ich erkunde die verborgenen Winkel meines Herzens und komme zu dem Schluss, dass ich, was Jonathan angeht, keine zweite, dritte oder gar vierte Chance zu vergeben habe. Und dass ich auf Brüder, die sich ungebeten einmischen, erst recht keinen Wert lege.

»Jetzt hör mir mal zu, George! Du hast mich das letzte Mal an Weihnachten angerufen, du ignorierst meine Briefe, du rufst mich nie zurück, du hast in diesem Jahr sogar meinen Geburtstag vergessen. Jetzt rufst du mich zum ersten Mal in diesem Jahr an und machst mir Vorwürfe, dass ich endlich kapiert habe, was für ein erbärmliches Arschloch dein bester Freund ist und dass jede Sekunde meines Lebens, die ich ihm gewidmet habe, pure Zeitverschwendung war. LASS MICH GEFÄLLIGST IN RUHE!« Mit diesen Worten lege ich auf. Eigentlich sollte ich mich jetzt besser fühlen, aber das ist leider nicht der Fall. Na ja, vielleicht ein ganz kleines bisschen. Ein kurzes, aufwallendes Hochgefühl, das aber sofort wieder verblasst.

Was für ein Scheißtag. Was für ein Scheißmonat! Ich gebe jeden Versuch auf, heute auch nur eine Zeile zu Papier zu bringen, mache mir eine Flasche Rotwein auf und lasse mich aufs Sofa fallen. Nach zehn Minuten klingelt das Telefon erneut. Diesmal nehme ich nicht ab. Bestimmt ist es wieder George, der außer sich ist, dass ich es gewagt habe, einfach aufzulegen, aber ich habe nicht die geringste Lust, mich mit ihm auseinander zu setzen. Doch es ist gar nicht George.

»Hallo, Jude, ich bin's, Mum. Ich hatte gerade deinen Bruder an der Strippe, und er hat geschlagene fünf Minuten auf mich eingeschrien, es war ein ziemlich zusammenhangsloses Zeug. Immerhin habe ich so viel verstanden, dass er irgendwie wütend auf dich ist. Was hast du bloß angestellt? Also, das Einzige, was ich dazu sagen kann, ist: Bravo, gut gemacht! Weiter so! Ich kann es kaum erwarten, dich nächste Woche zu sehen, dann können wir mal so richtig zusammen vom Leder ziehen. Ich hab dich lieb, Darling.«

Dem Himmel sei Dank, dass ich so eine Mutter habe. Ich fülle mein Glas nach und proste ihr schweigend zu.

Als Lucy zwei Stunden später nach Hause kommt, findet sie mich immer noch auf dem Sofa vor. Die Weinflasche ist leer, mein Kopf brummt immer noch vor lauter chaotischen Gedanken. Sie sieht schwer mitgenommen aus, doch ihr erster Gedanke gilt mir.

»Was ist denn mit dir los?«, fragt sie, nimmt die leere Weinflasche in die Hand und mustert sie besorgt.

»Nichts Besonderes. Mach dir keine Sorgen. Die Flasche ist zwar leer, aber ich bin stocknüchtern – leider.«

»Komm schon, Jude, was ist los? Abgesehen von …« Sie lächelt mich mitleidig an.

»Mein Bruder hat mich angerufen und mich niedergemacht, weil ich Jonathan abgeschossen habe, dein Bruder zeigt mir nach wie vor die kalte Schulter, Haydn will immer noch nichts von mir wissen, und Jonathan läuft hinter mir her wie ein liebeskranker Teenie. Es ist ein einziger Albtraum.«

»Und all das ist meine Schuld. Es tut mir so Leid, Jude. Wenn ich dich nicht gebeten hätte …«

»Ja«, falle ich ihr ins Wort, »und wenn *ich* das Spiel nicht zu weit getrieben hätte, viel weiter als es je beabsichtigt war … Das Copyright auf diese Geschichte haben wir beide, Lucy. Jude und Lucy, Laurel und Hardy. Nimm dir auch ein Glas Wein und erzähl mir, wie dein Tag gelaufen ist … Bitte, das bringt mich auf andere Gedanken.« Ich will ihr aus meiner leeren Flasche ein Glas einschenken.

»Und du sagst, du bist nicht betrunken«, weist Lucy mich zurecht und nimmt mir die leere Flasche aus der Hand.

»Vielleicht bin ich ein bisschen beschwipst, aber nein, ich bin definitiv nicht so betrunken, wie ich es anlässlich dieser ganzen Misere am liebsten wäre.«

»Du musst deine Probleme nicht im Suff ertränken, Jude, du weißt doch, dass du jederzeit mit mir reden kannst.«

»Ich weiß, Luce, du bist wirklich eine gute Freundin ... Also hol uns noch eine Flasche, und wenn ich dann genügend Vino rosso im Kopf habe, heule ich mich an deiner Schulter aus.«

»Darf ich mich erst noch umziehen? Dieses Kaschmirzeug ist für Tränen etwas ungeeignet.«

Fünf Minuten später kommt sie in einem bequemen Sweatshirt und mit einer Flasche Wein zurück.

»Und? Wie ist es bei der Arbeit gelaufen?«, frage ich zögernd, als sie mein Glas auffüllt.

Bevor sie antwortet, schenkt sie sich selber ein und genehmigt sich einen großen Schluck. »Wir sind endlich eingeladen worden«, sagt sie schließlich und zieht die Augenbrauen hoch.

»Von Spicer Booth?«

»Ja. Heute Morgen ist der lang erwartete Brief gekommen. Am nächsten Freitag ist die Präsentation, also morgen in einer Woche.« Sie seufzt nachdenklich.

»Das ist doch eine gute Nachricht. Also seid ihr immer noch im Rennen. Sonst hätten sie euch ja nicht eingeladen.«

Lucy zuckt mit den Achseln. »Das wäre schön, aber ich glaube, der Grund ist ein anderer. Bestimmt käme Layton in Erklärungsnöte, wenn er darauf bestehen würde, dass Spicer Booth uns einfach so ohne Angebot fallen ließe. Aber nach der Präsentation kann er uns immer noch genug Steine in den Weg legen. Er kann sagen, dass ihm unsere Idee nicht gefällt, dass er unser Team für inkompetent hält ... Er kann alle möglichen Einwände erfinden.«

»Hat er sich nicht mehr bei dir gemeldet?«

»Nein. Nicht dass ich scharf darauf wäre, mit ihm zu reden, aber diese totale Funkstille macht mich allmählich nervös. Ich habe keine Ahnung, was er im Schilde führt, aber er hat geschworen, dass ich den Auftrag nicht kriege, dafür würde er Himmel und Hölle in Bewegung setzen.«

»Es kann genauso gut alles nur Gerede sein. Er wird doch nicht der Einzige sein, der in dem Laden etwas zu sagen hat. Oder glaubst du, er trifft die Entscheidung allein?«

»Nein, das glaube ich nicht, aber er wird alles tun, mich nicht zum Zug kommen zu lassen, darauf kannst du Gift nehmen. Er war so außer sich, du hättest sein Gesicht sehen müssen, als ich ihn geschlagen habe.«

»Ich wünschte, ich hätte es gesehen. Jedenfalls hat er es nicht besser verdient.«

»Und wenn er mich geschlagen hätte?«

»Lucy!«, schrecke ich hoch. »Er hat dich doch nicht etwa geschlagen, oder?«

»Nein, aber was, wenn er es getan hätte?«

»Dann hätte ich ihn umgebracht.«

»Siehst du?«

»Worauf willst du hinaus, Lucy?«

»Ich hätte es nicht tun sollen. Ich hätte ihn nicht schlagen sollen.«

»Aber er hat dich aufs Äußerste provoziert.«

»Das ist trotzdem keine Entschuldigung. Sieh nur, wie du allein auf die Vorstellung reagiert hast, dass er mich geschlagen haben könnte. Ich bin die Erste, die für die Gleichbehandlung von Männern und Frauen ist. Wenn ein Mann eine Frau schlägt, ist das, unabhängig von den Umständen, völlig indiskutabel, und andersherum sollte das auch so sein…« Sie legt mir einen Finger auf die Lippen, um meine energischen Einwände, die ich vorbringen will, zu unterdrücken.

»Und unabhängig von den Umständen«, wiederholt sie, »habe ich den Zuschlag für diesen Auftrag vielleicht sowieso nicht verdient.«

»O Lucy«, flehe ich sie an, »jetzt prügel dich doch nicht auch noch selbst!« Mir wird bewusst, wie unpassend die Wortwahl war, und ich schlage mir die Hand vor den Mund, aber zu meiner großen Erleichterung fängt Lucy an zu lachen. »Es war pure Notwehr«, fahre ich fort und nutze den Moment der Entspannung, um ihr zu versichern, dass sie sich wegen des Zwischenfalls mit Layton keinen Kopf machen muss.

»Meinst du wirklich?«

»Natürlich. Was machst du, wenn dich eine Mücke sticht?«

»Normalerweise spüre ich sie auf und schlage sie mit einer Espadrille tot. Willst du damit sagen, ich hätte ihm die Absätze meiner Stilettos ins Gesicht rammen sollen?«

»Zum Beispiel.«

»Ich sollte Layton also als lästige Mücke betrachten.«

»Ja, als einen lästigen Parasiten.«

»Na ja, kurz vor dem Zwischenfall hat er ungebeten unter meinen Rock gegrapscht.«

»Siehst du. Also hat er es verdient, wie eine Mücke verscheucht zu werden.«

Zu meiner Erleichterung zeichnet sich auf Lucys Gesicht ein schwaches Lächeln ab, obwohl sie ganze Sache immer noch ungeheuer mitnimmt. Sie ist völlig durcheinander und trinkt, obwohl sie sich gerade ein Glas Wein eingeschenkt hat, abwesend aus der Flasche. Ich nehme ihr die Flasche aus der Hand und reiche ihr das Glas.

Sie lächelt mich verlegen an. »Tut mir Leid, ich bin im Moment ein bisschen durch den Wind.«

»Das sehe ich.«

»Was soll ich bloß tun, Jude?«

Am liebsten würde ich ihr von unserem Vorhaben erzählen, aber das ist natürlich ausgeschlossen. Zum einen habe ich Cal versprochen, sie nicht einzuweihen, weil er glaubt, dass es besser ist, zum anderen vermute ich beinahe, dass sie versuchen würde, uns davon abzubringen, wenn sie Bescheid wüsste. Ihre moralischen Grundsätze sind nicht zu unterschätzen, auch wenn sie in der Werbebranche arbeitet. Also bleibt mir nichts anderes übrig, als ihr zu versichern, dass am Ende alles gut ausgehen wird, was mir natürlich nicht ganz leicht fällt, da ich in dieser Hinsicht selber von beträchtlichen Zweifeln gequält werde.

»Sieh mal, Lucy«, erwidere ich schließlich und nehme beruhigend ihre Hand. »Er mag zwar denken, dass er dir eins auswischen kann, aber wenn es drauf ankommt, wirst du ihn ausstechen.«

»Ist es nicht erstaunlich, wie sehr einen die Probleme seiner Mitmenschen von den eigenen ablenken?«, fragt Lucy mit einem verlegenen Lächeln.

»Ich weiß. Ich schlage dir einen Deal vor: Du bringst für mich die Sache mit Haydn in Ordnung, und ich schaffe dir Layton vom Hals.«

»Wenn es doch bloß so einfach wäre«, entgegnet Lucy mit einem Seufzer.

Es ist Freitagmorgen, und Lucy ist schon im Büro. Cal hat sich einen Tag freigenommen. Ich höre ihn in der Küche schief herumträllern.

»Der Cal nur in die Küche kam, Küche kam, Küche, kam – der Cal nur in die Küche kam ... Küche kam. Da war schon alles weggefressen, weggefressen, weggefressen, da war schon alles weggefressen ... weg-ge-fressen. Katrina wohl als Erste kam, Erste kam, Erste kam, la la la la la la la la ... la, la, la. Sie stopft sich ständig alles rein, alles rein und kauft doch niemals selber ein ... sel-ber ein.«

Er versucht, sich aus der allerletzten Scheibe Brot, die so dünn geschnitten ist, dass sie in der Mitte ein großes Loch hat und deshalb sogar von Katrina verschmäht wurde, ein Sandwich zu machen. Für den Belag nimmt er ein Stück Käse aus dem Kühlschrank, an dessen Rand sich ein unappetitliches Gebiss abzeichnet.

»Welcher Vielfraß hat wohl diesen Abdruck hinterlassen ...«, frage ich provozierend, nehme das Käsestück mit spitzen Fingern in die Hand und mustere es angewidert.

»Ich glaube, du irrst dich«, entgegnet Cal und dreht sich grinsend zu mir um. »Diesmal ist Katrina ausnahmsweise unschuldig, das sind meine Zähne. Ich habe sozusagen mein Territorium markiert, um Katrina von dem Stück fern zu halten, und sieh da: Es hat funktioniert.« Er nimmt mir den Käse aus der Hand, schneidet ihn mitsamt dem Gebissabdruck in Scheiben, belegt sein Brot und schaltet den elektrischen Grill an. »Willst du die Hälfte abhaben?«

Ich schüttele den Kopf. »Ich gehe einkaufen. Ich bin sowieso dran.«

»Vielleicht möchte *sie* sich ja auch mal an unserem neuerdings so exorbitant expandierenden Nahrungsmittelbudget beteiligen«, zischt Cal und deutet mit dem Kopf Richtung Wohnzimmer, in dem Katrina sich wie immer auf dem Sofa breit gemacht hat. »Schließlich ist sie dafür verantwortlich, dass es in so Schwindel erregende Höhen geschnellt ist. Kannst du nicht mal herausfinden, ob es irgendetwas gibt, das sie absolut nicht mag? Dann essen wir nur noch das, bis Edwin zurückkommt.«

»Ich fürchte, sie mag einfach alles. Selbst Victor hütet seine Hundekuchen noch argwöhnischer als sonst.«

Cal schiebt das Sandwich in den Grill. »Wenn du solange wartest, bis ich es aufgegessen habe, begleite ich dich und helfe dir beim Tütentragen.«

»Nur zu, es dürfte ja nicht besonders lange dauern«, entgegne ich lachend mit einem Blick auf seinen Mitleid erregenden Minisnack.

»Jetzt weißt ich, warum ich fast vom Fleisch falle«, stellt er grinsend fest und stopft sich sein Schrumpf-Sandwich mit einem Bissen in den Mund.

»Los, lass uns einkaufen gehen. Ich habe so einen Kohldampf, dass ich sogar einen räudigen Hund verspeisen könnte!« Bei diesen Worten blinzelt er Victor zu.

Cal schiebt im Supermarkt gerne den Einkaufswagen. Genau genommen fährt er gerne mit dem Einkaufswagen, indem er kräftig Anschwung nimmt, sich hintendrauf stellt und durch die Gänge düst, während ich voll gepackt hinter ihm hertrotte und die Sachen nicht loswerde, die ich zusammengesucht habe.

»Morgen ist also der große Tag«, stellt er grinsend fest, als ich ihn endlich eingeholt habe und eine Ladung Konservendosen abstelle.

»Ich weiß. Vielleicht sollten wir noch beim Alkohol vorbeigehen und uns etwas Passendes aussuchen, damit wir uns Mut antrinken können.«

»Am besten holst du Champagner, und ich besorge Erdbeeren, dann können wir hinterher richtig schön feiern.«

»Woher nimmst du nur die Gewissheit, dass es funktioniert?«

»Es muss funktionieren, und das wird es auch.«

»Ich wünschte, ich könnte auch alles so rosig sehen wie du.«

»Man nennt es die Dinge positiv sehen.«

»Kannst du mir nicht beibringen, wie das geht?«

»Gerne. Als Erstes könntest du zum Beispiel mal lächeln. Ich glaube, ich habe deine Zähne seit einer Woche nicht gesehen.«

»Das könnte damit zu tun haben, dass unsere Zahnpasta alle ist.«

»Vielleicht isst Katrina die auch?«

»Es wäre ihr jedenfalls zuzutrauen. Ich hole schnell neue, bevor ich es vergesse.«

»Bring doch auch gleich noch den Champagner mit. Wir treffen uns dann bei den Erdbeeren.«

Während ich das Regal mit den Weinen abgehe, fällt mir siedend heiß ein, dass ich das letzte Mal mit Haydn in einem Supermarkt war, und da haben wir ebenfalls Champagner und Erdbeeren gekauft. Und am Samstagabend haben wir dann gemeinsam in eine Decke gehüllt auf der Terrasse gesessen, die Erdbeeren gegessen und der untergehenden Sonne zugeprostet. Es war ein unvergleichlicher romantischer Augenblick. Tja, und am nächsten Abend stand ich dann genau zur gleichen Zeit schwer beladen mit Einkaufstüten und kummervollem Herz auf dem Bahnhof von Brighton und habe auf den Zug nach London gewartet.

Aber was habe ich erwartet?

Wir hätten ein wirklich tolles Liebespaar werden können, wenn ich es nicht total vermasselt hätte. Warum konnten wir uns nicht unter anderen Umständen begegnen? Mit mir als *Jude*?

Ich bleibe kurz stehen und reiße mich zusammen. Was bin ich bloß für ein Jammerlappen! Ich habe nicht die geringste Lust, wie ein wandelnder Trauerkloß durch die Welt zu schleichen, gebeugt von der Last des Bedauerns und des Selbstmitleids.

Wir sind uns nun einmal nicht unter normalen Umständen begegnet, und ich kann nichts daran ändern. Wenn mein Dad mir eines mit auf den Weg gegeben hat, dann dass es nicht lohnt, sein Leben mit irgendwelchen Was-wäre-wenn-Überlegungen zu vertun. Was passiert ist, ist passiert. Ich kann das Vergangene nicht mehr rückgängig machen. Das Einzige, worauf ich Einfluss nehmen kann, ist die Zukunft.

Also werde ich mich voll und ganz auf Cals Plan konzentrieren, um Lucy aus ihrer Misere zu helfen, und mir mein eigenes Leben erst danach vorknöpfen. Wie das genau aussehen wird, weiß ich im Moment auch noch nicht

Cal erwartet mich, mit zwei Honigmelonen jonglierend, in der Obst- und Gemüseabteilung.

»Was ist denn mit dir los?«, fragt er.

»Warum?«

»Na ja, ein Bild sagt ja bekanntlich mehr als tausend Worte, und dein Gesicht gleicht im Moment einem ziemlich trübsinnigen Kunstwerk.«

»Sag nicht, dass ich ein Picasso bin. Ich hätte heute Morgen ein bisschen Make-up auflegen sollen.«

Cal legt sich einen Finger auf die Lippen und tut so, als würde er mich aufmerksam studieren. »Eher ein Chagall, würde ich sagen, du wirkst irgendwie völlig aus dem Gleichgewicht und verstört.«

»Besten Dank. Aber mein Leben kommt mir im Moment tatsächlich ein bisschen surreal vor.«

»Jetzt aber mal im Ernst, wie geht es dir denn?«

»Willst du das wirklich wissen?«

»Ja.«

Bevor ich in Tränen ausbreche, rufe ich mir gerade noch rechtzeitig in Erinnerung, dass ich mich nicht in Selbstmitleid ergehen wollte. »So weit ganz gut«, erwidere ich schließlich, entschlossen, es auch tatsächlich so zu meinen.

»Es ist wirklich furchtbar, wenn es einem ›so weit ganz gut‹ geht, ich weiß. Großartig oder wunderbar oder in Ekstase wäre besser, nicht?« Er wirft die Melonen in den Einkaufswagen, wo sie direkt auf einer Tüte mit gemischtem Salat landen.

»Wie schön, dass du mich verstehst.«

»Er wird darüber hinwegkommen und dir verzeihen, Jude«, versichert er mir, legt mir den Arm über die Schultern und dirigiert mich an Konservendosen und Vollwertkost vorbei in den Gang mit dem Gebäck.

»Meinst du?«

»Wenn nicht, wäre er ein ziemlicher Idiot, denn dann wäre ihm sein Stolz wichtiger als sein Glück. Da habe ich es schon einfacher...« Er hält ein Päckchen Halbbitterschokokekse hoch. »Allein diese hier versetzen mich schon in einen ekstatischen Glückszustand.« Er reißt die Packung auf, schiebt sich einen Keks in den Mund und schließt verzückt die Augen. »Glaubst du denn, dass du Haydn glücklich machen würdest?« fragt er und bietet mir auch einen Keks an. »Nein, vergiss die Frage. Würde er dich glücklich machen? Du denkst immer zuerst an die anderen, Jude. Vielleicht solltest du zur Abwechslung mal als Erstes an dich denken. Also, würde Haydn Morland dich glücklich machen?«

»Im Moment macht er mich bestimmt nicht glücklich.«

»Na bitte, da haben wir's.«

»Aber nur, weil er sich mir entzieht. Du glaubst gar nicht, wie sehr ich ihn vermisse. Dabei kenne ich ihn gerade mal vier Wochen.«

»Oje. So schlimm? Vielleicht sollte ich froh sein, dass ich noch nie verliebt war.«

»Im Ernst? Du warst noch nie verliebt?«

»Nein. Abgesehen natürlich von den zwei Stunden, in denen ich *Teuflisch* gesehen und mich nach Liz Hurley verzehrt habe. Weißt du eigentlich, wie oft sie sich in dem Film umzieht? Ach, hätte ich doch bloß ihre Ankleidehilfe sein können! Komm, Liz, ich helfe dir in diesen engen Catsuit. Miau …«

»Wie kommst du eigentlich darauf, dass ich verliebt bin?«, frage ich gereizt.

»Willst du es etwa bestreiten?«

»Wieso nicht! Es gibt nichts, aber auch gar nichts, was darauf hindeutet.«

»Ist ja schon gut, Jude. Wenn sich die Sache mit Haydn nicht klärt, findest du einen anderen, da bin ich absolut sicher.«

»Warum bist du da so sicher?«

»Na, du bist eine großartige Frau, du bist witzig, du bist nett.«

»Das Gleiche kann ich auch über dich sagen.«

Cal hält einen Augenblick inne. »Und trotzdem bin ich immer noch ewiger Single«, sagt er mehr zu sich selbst als zu mir.

»Das ist doch deprimierend, oder?«

Cal verzieht nachdenklich das Gesicht. »Es kann deprimierend sein, ja, aber nur, wenn man es an sich heranlässt. Warum soll man sich den Kopf über Dinge zerbrechen, die man nicht vorhersagen kann?«

»Meinst du, wir bleiben den ganzen Rest unseres Lebens allein?«

»Wir werden nie allein sein, Jude. Wir haben doch uns. Solange man Freunde hat, kann man alles überstehen. Sogar eine sexlose Durststrecke von …«, er hält inne und rollt beim Zählen angestrengt mit den Augen, »… fünfzehn Monaten, zwei Wochen und drei Tagen.«

»Wahnsinn! Und ich habe schon nach fünf Tagen unter Entzugserscheinungen gelitten.«

»Siehst du, es gibt immer jemanden, dem es noch dreckiger geht als einem selbst.«

»Was glaubst du, Cal – warum hast du noch nie die richtige Frau getroffen?«

Er nagt eine Weile auf seinem Daumennagel herum. »Du weißt ja, ich klage immer, dass mich keine will, aber wenn ich ehrlich bin, will mich nur die nicht, die ich will.«

»Von wem redest du, Cal?« Doch er schüttelt den Kopf, als hätte er sowieso schon zu viel gesagt. »Das spielt doch keine Rolle. Komm her.« Er zieht mich zu sich, nimmt mich in die Arme und lässt sein Kinn für einen Moment auf meinem Kopf ruhen. »Alles wird gut, Jude, für uns alle, für dich, für mich und für Lucy. Hab nur ein bisschen Geduld, dann wirst du schon sehen. Und jetzt«, sagt er und tritt einen Schritt zurück, »lass uns wenigstens kurzfristig ein bisschen Freude in unser Leben bringen.«

Er nimmt mich bei der Hand und tippt einer vorbeikommenden Verkäuferin auf die Schulter. »Entschuldigen Sie bitte, wo geht es zu den Sahnetorten?«

Katrina fällt über die Einkaufstüten her wie ein Aasfresser über totgefahrene Tiere. Ich muss mich zwingen, nicht laut loszulachen, als ich sehe, wie Cal seine Schokokekse ganz hinten im Schrank in einem leeren Waschpulverkarton versteckt. Doch als ich sehe, dass sie sich meine Tüte Käse-Doritos schnappt, vergeht mir das Lachen, und ich stürme hinter ihr her ins Wohnzimmer, dicht gefolgt von Cal, der soeben gemerkt hat, dass sie zum Dippen auch seinen Becher Sour Cream hat mitgehen lassen.

»Ich lenke sie ab, und du holst uns die Sachen zurück«, zischt er mir ins Ohr.

»Wie willst du sie denn ablenken?«

Er knöpft sein Hemd auf.

»Natürlich mit meinem Prachtkörper«, witzelt er und lässt die Hüften kreisen.

»Ich weiß zwar, dass du es nicht ernst meinst, aber es scheint zu funktionieren«, flüstere ich ihm zu, und tatsächlich – Katrina sieht uns an, anstatt wie üblich in die Glotze zu starren.

»Gut so! Ich schleiche mich von hinten an!« Auf Zehenspitzen gehe ich hinten um das Sofa herum.

»Heute hat ein Mann nach dir gefragt.«

Der Klang von Katrinas Stimme lässt mich abrupt innehalten. Sie redet so selten, dass ihre Worte fast wie ein Schock wirken.

»Redest du mit mir?«

Sie nickt.

»Ein Mann?«

Sie nickt wieder. »Er hat das hier für dich dagelassen.« Sie steht auf und hält mir eine geöffnete Schachtel Pralinen hin, die neben ihr auf dem Sofa gelegen hat.

»Er hat mir eine halb leer gegessene Schachtel Pralinen dagelassen?«

Cal unterbricht seinen Strip und begutachtet die Schachtel.

»Ich habe ein paar probiert.« Sie zuckt nicht mal mit der Wimper, als wäre es das Normalste von der Welt, geschenkte Pralinen wegzufuttern, bevor der andere auch nur Gelegenheit hatte, an der Packung zu schnuppern.

Sie hält mir immer noch die Schachtel hin. Ich nehme sie widerwillig entgegen und mustere sie misstrauisch wie eine Flasche mit unbekanntem Inhalt, bei der man nicht weiß, mit welcher Absicht der Absender sie gefüllt hat.

»Hatte der Mann auch einen Namen?«

Sie sieht mich ausdruckslos an.

»Der Mann, der die Pralinen abgegeben hat. Hat er dir seinen Namen genannt?«

»Er hat gesagt, er sei dein Freund, aber das kann ja nicht sein. Du hast doch gar keinen, oder?« Sie sagt es, als würde mir das Herz fehlen oder etwas anderes Lebensnotwendiges, als würde es an ein Wunder grenzen, dass ich überhaupt noch atme.

»Äh … nein … aber egal, wie sah er denn aus?« Sie denkt so angestrengt nach, dass sie schielt. »Blondes Haar, blaue Augen, blauer Mantel, blauer Schal …«

»Blaue Wildlederschuhe?«, schaltet Cal sich ein. »Oh, mein Gott, Jude! Es war Elvis! Elvis wollte dich besuchen und dir eine halb aufgegessene Schachtel Pralinen schenken. Ruf schnell beim Fernsehen an, das muss unbedingt in die Nachrichten!«

»Er sah irgendwie vornehm aus«, fährt Katrina fort und ignoriert Cals Einwurf. »Du weißt schon, was ich meine, er hat hochgestochen dahergeredet, hatte eine perfekte Frisur und trug einen teuren Anzug – Armani oder so.« Sie lässt sich zurück ins Sofa plumpsen, lümmelt sich mit angezogenen Beinen in die Ecke und zündet sich eine dicke, selbst gedrehte Zigarette an.

»Und? Wirkte er irgendwie depressiv?«, fragt Cal.

»Wie bitte?«, fragt Katrina und seufzt. »Ja, ich würde sagen, er wirkte ein bisschen niedergeschlagen.«

»Dann war es Jonathan, keine Frage«, stellt Cal bestimmt fest und nickt mir zu.

Katrina dreht sich zu Cal um und glotzt ihn an. »Kann sein, ich glaube, sein Name fing mit ›Jon‹ an.«

»Na, großartig«, seufze ich.

»Wir haben uns lange unterhalten«, fährt Katrina fort und klimpert mich mit ihren dunklen Jade-Augen an.

Ich glaube meinen Ohren nicht zu trauen, denn nach meinem bisherigen Wissensstand sind sowohl Jonathan als auch Katrina absolut unfähig, ein längeres Gespräch zu führen. Katrina sagt grundsätzlich nichts, und Jonathan hält pausenlose Monologe. Die Vorstellung einer normalen Unterhaltung zwischen den beiden ist absurd.

»Ich glaube, er fühlt sich vernachlässigt«, erklärt sie mir und zieht an ihrer Zigarette.

Jonathan? Vernachlässigt? Ich soll Jonathan vernachlässigt haben? Die Vorstellung erscheint mir so fremd wie die komplizierten Feinregeln beim Golf. Wenn hier jemand vernachlässigt wurde, dann doch wohl *ich*, und zwar jahrelang! Und plötzlich soll alles anders sein? Meine Welt steht Kopf. Ich sehe Cal Hilfe suchend an, doch er ist genauso perplex wie ich. Auf einmal verspüre ich Heißhunger auf eine Trost spendende Praline und werfe voller Hoffnung einen Blick in die geöffnete Schachtel. Von den Pralinen mit Cremefüllung ist keine einzige mehr da. Es gibt nur noch welche mit Nüssen. So ähnlich verhält es sich derzeit mit meinem Leben.

»*Lucy!*« Ich rufe sie schon zum dritten Mal, bis sie endlich nur in Unterwäsche und mit einem geschminkten und einem ungeschminkten Auge aus ihrem Zimmer kommt. Der Lockenstab hängt ihr noch im Haar, Kabel und Stecker baumeln über ihren Schultern.

»Was ist?«, ruft sie zurück.

»Oh, tut mir Leid«, entschuldige ich mich, als ich sie sehe. »Ich wusste nicht, dass du gerade verkabelt bist.«

»Sehr witzig! Was ist los, Jude?«

»Ich kann mein Kleid nicht finden.«

»Welches?«

»Mein neues. Das rosa Seidenkleid.«

»Seltsam. Ich kann nämlich meine Schuhe nicht finden. Meine nagelneuen, die mit den hohen Absätzen und den schmalen Perlen-Riemchen.«

»Ich habe sie nicht. Hast du dir zufällig mein Kleid ausgeliehen?«

Sie schüttelt den Kopf. »Hast du es nicht in die Reinigung gebracht?«

»Ja, aber Cal hat es letzte Woche für mich abgeholt.«

»Bist du sicher? Er ist manchmal ein bisschen vergesslich.«

»Wer ist vergesslich?«, platzt Cal dazwischen.

»Äh … keine Ahnung.« Lucy grinst ihn an.

Cal ist ausgehfertig angezogen und sieht in seinem beigebraunen Armani-Anzug (von der Stange) und einem dazu passenden John-Smedley-Pulli mit V-Ausschnitt sehr elegant und gut aus.

»Du siehst klasse aus«, stellt Lucy fest.

»Nicht so klasse wie du.« Er schürzt bewundernd die Lippen. »Ich hoffe, du gehst so, wie du bist.«

In dem Moment fällt Lucy siedend heiß ein, dass sie nichts am Leib hat außer ihren gewagten Dessous und ein bisschen elektrischem Haarschmuck. Sie schnappt sich meinen auf dem Bett liegenden Bademantel und zieht ihn sich hastig über.

»Jude sucht ihr Kleid«, berichtet sie mit errötenden Wangen.

»Das scheint ja mein Glücksabend zu werden«, entgegnet Cal und nimmt mich grinsend ins Visier – beziehungsweise meinen Körper, der immer noch in ein Handtuch gehüllt ist.

»Im Ernst«, beharrt Lucy.

»In vollem Ernst sogar.«

Lucy zieht eine Grimasse und gibt Cal einen Klaps auf den Arm. »Benimm dich, Cal!«

»Ich werde geschlagen!« Er verdreht entzückt die Augen.

»Zwei leicht bekleidete Frauen treiben mit mir neckische Sadomaso-Spielchen. Ich muss im Himmel sein.«

Er dreht sich um, stützt sich mit den Händen auf dem Bett ab, bückt sich und hält Lucy seinen Hintern hin.

»Schlag mich noch einmal, grausame Herrin, bitte!«

»Cal, jetzt reiß dich mal zusammen!«

»Ja, meine Domina«, witzelt er. »Ganz wie du befiehlst.«

Lucy gibt ihm einen Schubs, woraufhin er auf meinem Bett landet.

»Aber wo ist Judes neues Kleid denn nur?«

»Nicht schuldig«, ruft Cal und wirft sich mit hochgereckten Armen auf den Rücken, als wollte er sich von Lucy Handschellen anlegen lassen.

»Ich leihe mir nur deine Kleider aus, die von Jude kneifen mir am Hintern.«

»Kein Wunder bei den Bergen von Schokolade, die du in dich hineinstopfst!« kontert Lucy.

»Apropos Schokolade. Im hintersten Winkel des Kühlschranks liegt noch ein Marsriegel, auf dem mein Name steht. Den brauche ich, damit mir heute Abend nicht die Energie ausgeht.« Er zwinkert mir zu.

»Ich dachte, Katrina hätte alle weggeputzt?«

»Einen hat sie übersehen«, entgegnet er sichtlich selbstzufrieden. »Ich habe ihn in einer leeren Fertiggerichtpackung versteckt, Leber mit Kartoffelbrei. Ich glaube, sie steht nicht auf Innereien. Und jetzt beeil dich ein bisschen, Jude, zieh dir irgendwas anderes an! Das Taxi steht jeden Augenblick vor der Tür!«

»Ich hab nichts anderes.«

»Wenn du mir mit den Haaren hilfst, leihe ich dir ein Kleid«, bietet Lucy an.

»Abgemacht.« Cal geht in die Küche, um sich seinen letzten Marsriegel einzuverleiben. Genau dreißig Sekunden später, als ich gerade gewaltsam den Lockenstab aus Lucys Haar entferne, erscheint sein Gesicht erneut in der Tür.

»He, ihr beiden, ich glaube, ihr solltet mal rüberkommen und einen Blick ins Wohnzimmer werfen.«

»Was ist denn los?«

»Kommt, und seht es euch an.«

Gemeinsam folgen wir ihm über den Flur und spähen durch den offenen Türspalt.

»Ich glaub, ich träume!«, zischt Lucy bei dem Anblick, der sich uns bietet.

Katrina hat tatsächlich unser Sofa verlassen und geduscht. Ihr Make-up ist perfekt und ihr langes dunkles Haar gekonnt gestylt. Sie sieht aus wie das Cover-Girl eines Hochglanzmagazins. Gerade verspeist sie Cals letzten Marsriegel und schlüpft in Lucys neue Christian-Laboutin-Sandaletten. Und sie trägt mein neues Kleid.

Ich bin fassungslos.

Dabei schockiert mich weniger, dass sie sich einfach mein Kleid genommen hat, ohne auch nur im Mindesten um Erlaubnis zu fragen – das ist typisch Katrina –, nein, mich haut um, dass sie darin absolut umwerfend aussieht. Sensationell, um genau zu sein. Viel besser als ich. Es ist furchtbar, wenn man überzeugt ist, in einem Kleid richtig gut auszusehen, und dann zieht es jemand anders an und sieht darin so toll aus, dass man sich selber vorkommt wie eine graue Maus.

Lucy starrt auf Katrinas Füße. »Meine neuen Schuhe!«, jammert sie, als ob gerade vor ihren Augen ein Kätzchen überfahren worden wäre.

Katrina hört uns, blickt zur Tür und verkündet: »Ich gehe mit einem Freund aus.«

Lucy und ich sehen uns mit hochgezogenen Augenbrauen an.

»Ich dachte, sie hätte niemanden außer uns?«, zische ich Lucy zu.

»Soll das etwa heißen, wir sind jetzt auch noch ihre Freunde?«, fragt Cal.

»Meine neuen Schuhe«, wiederholt Lucy und zeigt entsetzt auf Katrinas große Füße, die sich gerade in Schuhgröße achtunddreißig quetschen.

Bevor irgendjemand von uns die Sprache wieder findet, tänzelt sie, eine Coco-Chanel-Duftwolke hinter sich herziehend, aus der Haustür und steigt in ein wartendes Taxi. Zufällig ist Coco Chanel das Parfum, das ich benutze. Erst als sie weg ist, wird uns bewusst, dass sie nicht nur mein Kleid, Lucys Schuhe und Cals letzten Marsriegel eingesackt hat – sie hat uns auch noch unser bestelltes Taxi vor der Nase weggeschnappt.

»Jetzt reicht's!«, braust Lucy auf und sieht dem Taxi hinterher. »Da ist man nett, hilft ihr, weil man glaubt, dass sie es nötig hat, und wird zum Dank für blöd verkauft.«

»Aber es ist doch gut, dass sie einen Freund hat«, werfe ich in dem Versuch ein, dem Ganzen ausnahmsweise mal etwas Positives abzugewinnen.

»Allerdings. Dann kann sie die nächsten Wochen nämlich in seiner Bude kampieren statt bei uns. Und ihre Schuhe woanders klauen.«

Mit einer halben Stunde Verspätung erreichen wir schließlich den Club. Bruce erwartet uns bereits nervös im Foyer, das Gewicht von einem Fuß auf den anderen verlagernd, als ob ihm der Teppich die Füße versengen würde.

»Gott sei Dank!«, seufzt er, als er uns sieht.

»Ich dachte schon, ihr hättet gekniffen und würdet gar nicht mehr kommen.«

»Gekniffen?«, fragt Lucy verwirrt. »Wovor denn?«

»Äh … äh …« Cal macht eine bestürzte Miene, woraufhin Bruce ihm wild gestikulierend bedeutet, dass er kapiert hat und die Sache wieder gerade biegt.

»Cal hat eine Wette verloren und sollte eigentlich im Schottenrock kommen. Und jetzt seht ihn euch an. Er hat gekniffen …« Er schielt mich verwegen an. »Schäm dich, Callum. Schäm dich.«

»Na ja, meine Knie waren noch nie das Vorzeigestück meines Körpers, sie sind einfach zu knubbelig«, schwafelt Cal.

»Ähm … ich habe euch ja noch gar nicht miteinander bekannt gemacht. Luce, das ist Bruce, Bruce, das ist Luce. Und das ist Jude. Jude, Bruce.«

»Schön, dich kennen zu lernen«, sage ich und werde rot, als ich nach seiner ausgestreckten Hand greife. Es ist gar nicht so einfach, so zu tun, als hätte ich den vor Temperament übersprudelnden Bruce noch nie gesehen, erst recht, als er mich nach dem Händeschütteln auch noch freudestrahlend umarmt.

»Komm, wir gönnen uns erst mal einen schönen Drink, Darling«, flüstert er mir ins Ohr. »Ich weiß ja nicht, wie es dir geht, aber ich kann heute einen doppelten vertragen – wobei ich auch sonst kein Kostverächter bin …« Er lässt mich los und nimmt mich in Lucys Kleid in Augenschein. »Du siehst super aus.«

Bruce trägt einen umwerfenden gelb-rot gemusterten Vivienne-Westwood-Kilt, Bikerboots und ein ärmelloses T-Shirt.

»Du siehst auch nicht schlecht aus«, flüstere ich zurück. »Du hast dich ganz schön aufgebrezelt.«

»Natürlich«, erwidert er und wirbelt mich herum. »Schließlich bin ich ein scharfer Hecht.«

Ich kommentiere die Bemerkung mit einem Stöhnen.

»Komm, ich stelle euch ein paar meiner Freunde vor.«

Er hakt sich bei mir und Lucy ein und führt uns an eine der Theken. Dem Club ist ein Restaurant angegliedert. Jenseits des Foyers mit dem Einlass und der Garderobe gibt es einen riesigen Raum mit drei Theken, zwei Sitzbereichen – einen davon zum Essen und einen zum Herumhängen – und einer erhöhten Tanzfläche.

Wir wollen auf keinen Fall, dass Lucy von unserem Vorhaben Wind bekommt. Unser Plan sieht vor, sie irgendwie bei Bruce' Freund Ben und seiner Freundin Saffron abzuladen, die sie dann ablenken und dafür sorgen, dass sie sich amüsiert. Sobald sie uns nicht mehr in die Quere kommen kann, wollen wir zur Tat schreiten.

Die beiden sitzen an der Theke auf der linken Seite des Clubs. Ben ist ein nicht mehr ganz junger Typ, Ende dreißig vielleicht, mit grau meliertem Haar und einem freundlichen Gesicht. Er redet gerade auf eine hübsche rothaarige Frau ein, das heißt er beugt sich zu ihr hinüber und brüllt ihr ins Ohr, um die laut wummernde Dance-Musik zu übertönen.

Bruce macht uns miteinander bekannt. »Luce, Jude, Cal«, schreit er, »das ist Ben, und das ist Saff, die Frau, die mir den Mann meiner Träume geraubt hat.«

»Ach, hör doch auf!« Die Rothaarige verpasst ihm einen freundschaftlichen Klaps auf den Arm. Dann umarmt sie ihn herzlich und küsst ihn mit ihren großen roten Lippen auf den Mund.

»Wie schön, euch endlich kennen zu lernen«, sagt sie zu uns

gewandt. »Bruce hat schon von euch erzählt. Wir haben gerade Wein bestellt. Habt ihr auch Lust auf ein Gläschen?«

Der Barkeeper hat ihnen drei Flaschen Weißwein hingestellt. Wie vereinbart, schenken Ben und Saffron Lucy immer wieder nach und entführen sie dann auf die Tanzfläche.

»Komm, lass uns ein bisschen tanzen«, fordert Saffron sie auf, hält ihr die Hand hin und lächelt mich an. »Ich tanze für mein Leben gern, aber mit Ben, diesem alten Fossil, kann ich das vergessen. Für ihn ist der Ententanz das höchste der Gefühle.«

Lucy erzählt ihr beim Tanzen irgendetwas, aber ich kann kein Wort verstehen, sondern erkenne im Stroboskoplicht der aufblitzenden Laser nur ihre Lippenbewegungen.

Bruce bestellt mir einen großen Wodka nach dem anderen, damit ich mir ordentlich Mut antrinke. Normalerweise verzichte ich auf harte Getränke und genehmige mir allenfalls nach der Arbeit hin und wieder ein paar Gläser Wein. Zwar ist es herrlich, sich in fröhlicher Geselligkeit zu betrinken, aber es ist schwer, den Punkt abzupassen, ab dem die Geselligkeit plötzlich umschlägt in volltrunkene Unausstehlichkeit. Ganz zu schweigen von dem Kater am Morgen danach. Als ich noch auf dem College war und die Hälfte meines Lebens im Bett verbringen konnte, war das kein Problem, aber inzwischen kann ich es mir einfach nicht mehr leisten, meine Tage mit dem Auskurieren schwerer Alkoholexzesse zu vergeuden. Doch heute kann ich mir das Zeug anscheinend bis zum Abwinken runterkippen, ohne dass es eine Wirkung zeigt. Jedenfalls fühle ich mich immer noch stocknüchtern.

Cal hat sich zu Lucy und Saffron auf die Tanzfläche gesellt, und sein ungelenker Körper schwingt in seltsamem Einklang mit der Musik hin und her. Der Schweiß läuft ihm in Strömen herunter und verklebt seine goldbraunen Locken zu kleinen filzigen Zotteln. Lucy schmiegt sich von hinten an ihn, und die beiden schießen im Takt der Musik vor und zurück wie zwei sich rhythmisch hin und her biegende Löffel in den magischen Händen eines epileptischen Uri Geller. Obwohl man meinen könnte, dass Cal sich ganz der Musik hingibt, sehe ich ihn ständig nach allen Seiten argwöhnisch den Raum absuchen wie ein Erdmännchen in Alarmbereitschaft. Ich bedeute den beiden, dass ich kurz auf die Toilette verschwinde.

Die Damentoilette ist gerammelt voll, und zwar nicht nur mit Frauen. Es sind mindestens zwei Männer da, einer küsst in einer der Ecken leidenschaftlich ein blondes Mädchen, ein anderer steht vor dem Spiegel und zieht sich mit Eyeliner, den er sich von einer schrillen Punkerin mit Igelfrisur ausleiht, die Augen nach. Ich habe mir extra für diesen Abend noch einmal frische Strähnchen machen lassen und Lucy mit der Erklärung abgespeist, dass ich den dunklen Haaransatz einfach nicht ertragen könne. Ein bisschen erschöpft reihe ich mich in die Pinkelschlange ein und zwänge mich danach neben die Punkerin, die mit einem Lächeln zur Seite tritt und mir auch ein wenig Platz vor dem Spiegel macht.

Vor lauter Aufregung habe ich mir den ganzen Lippenstift von den Lippen geleckt, und obwohl ich mich mit Unmengen Make-up wieder lucymäßig gestylt habe, wirke ich ziemlich blass. Ich ziehe mir behutsam die Lippen nach, trage noch etwas Rouge und Wimperntusche auf und stelle zufrieden fest, dass ich jetzt eher wieder wie ein menschliches Wesen aussehe.

Leider fühle ich mich nicht so. Nach außen hin mag ich ja cool und gefasst wirken, aber mein Inneres gleicht einem siedenden Fonduetopf, in dem meine Nerven brodeln und von einem eingetunkten Spieß wild durcheinander gerührt werden. Ich muss mich regelrecht zwingen, die Toilette wieder zu verlassen, denn ich werde auf einmal von dem unwiderstehlichen Drang befallen, mich den Rest des Abends in einer der Klokabinen zu verstecken.

Ich reiße mich zusammen, dränge mich durch die Tür, kollidiere dabei mit einer hereinkommenden Frau, entschuldige mich mit einem Lächeln, gehe zurück in den Raum mit den Bars und der Tanzfläche und stehe plötzlich Haydn gegenüber.

Für einen Moment sehen wir uns betreten an. Wie wenn man in freudiger Erwartung guter Freunde die Haustür aufreißt und als böse Überraschung den Zeugen Jehovas gegenübersteht, die einen erwartungsvoll anstrahlen. Dann werde ich von diesem Kribbeln aufsteigender Freude erfasst und kann nicht anders, als ihn anzulächeln.

Er erwidert mein Lächeln nicht.

Woraufhin mein Lächeln erstirbt und einer peinigenden Verlegenheit weicht.

Und dann reagiert Haydn doch noch auf mein anfängliches Strahlen. Seine düstere Miene hellt sich zu meiner großen Überraschung auf, und irgendwie bin ich plötzlich auf irrationale Weise erleichtert, dass ich nicht wie geplant mein rosa Kleid anhabe, da Haydn mich schon darin gesehen hat.

»Was machst du denn hier?«, fragt er schließlich.

»Und du?«

»Geschäftlich.«

»Ich bin mit Freunden hier.« Wir antworten beide gleichzeitig.

Dann sehen wir uns einen Moment schweigend an.

»Schön, dich zu sehen«, sage ich schließlich.

»Wie geht es dir?«

Ob es mehr ist als eine pure Höflichkeitsfloskel? Hoffnungsvoll suche ich in seinem Gesicht nach einem Zeichen, dass er seine Frage ernst meint. Er muss doch auch irgendetwas von diesem flauen Gefühl spüren, das meinen Magen bei seinem Anblick erfasst hat. Es kann doch nicht nur mir so gehen, dass ich mich fühle, als wäre ich ohne Fallschirm aus einem Flugzeug gesprungen.

»Es ist mir schon besser gegangen«, erwidere ich schließlich und versuche bedauernswert zu lächeln, doch ich fürchte, der Versuch misslingt, und mein Gesicht verzieht sich stattdessen zu einer verkrampften Grimasse.

»Sieh mal …«, beginnt er, doch eine Hand auf seinem Arm und eine scharfe Stimme, die ihn mit Nachdruck bei seinem Namen nennt, unterbricht ihn mitten im Satz. »Haydn, Darling, da ist jemand ungeheuer Wichtiges, mit dem ich dich unbedingt bekannt machen möchte.«

Sie ist schon etwas älter, aber sehr attraktiv. Sie hat ein bisschen mehr Geld für ihre blonden Strähnchen ausgegeben als ich, hat braune Augen, ist stark geschminkt, wenn auch dezent, und sie trägt ein schickes schwarzes Kostüm von schlichter Eleganz.

Très chic.

Sie ist mir sofort unangenehm.

»Nur eine Minute, Natalie.«

»Ich fürchte, wir haben keine Minute. Er ist schon auf dem Sprung, will dich aber vorher unbedingt noch kurz sprechen. Du kannst die Unterhaltung mit deiner Bekannten doch sicher auf später verschieben …« Sie nickt mir unterkühlt und abschätzig zu und zieht Haydn von mir weg.

Es hat ganze sechs Sekunden gedauert, ihn mir direkt vor der Nase wegzuschnappen, und das mit beneidenswerter Dreistigkeit. Ich verrenke mir den Hals, um zu sehen, zu wem die mysteriöse Blonde ihn lotst. Gleichzeitig überfällt mich furchtbare Eifersucht, als hätte mir jemand einen Schlag aufs Zwerchfell verpasst, und dann legt sich eine Hand auf meinen Arm und lässt mich herumwirbeln.

Es ist Cal. Seine Augen funkeln vor Aufregung. »Da bist du ja, Jude. Das Spiel beginnt. Wir haben ihn gefunden.«

»Layton?«

Er nickt. Wenn ich Haydn doch bloß für einen Moment vergessen könnte! Warum bin ich nicht auf der Toilette geblieben? Tatsächlich müsste ich dort jetzt dringend hin. Vermutlich gibt es gegen Verstopfung kein wirksameres Mittel als einen kräftigen Adrenalinschub.

»Weiß Lucy, dass er hier ist?« Meine Stimme ist auf einmal ganz schrill und piepsig.

Cal schüttelt den Kopf. »Wir haben es geschafft, sie abzuschirmen. Ben und Saffron füllen sie an der hinteren Theke ab. Sie hat schon so viel Wein intus, dass sie nicht mehr weiter sehen kann als bis auf den Boden ihres Glases. Bruce ist schon in sein Büro hochgegangen. Er hat mich geschickt, dich zu suchen. Bist du bereit?«

Widerstrebend sehe ich Haydn hinterher. Die blonde Frau stellt ihn gerade einem Mann in einem teuren Anzug und mit einem gewaltigen Taillenumfang vor. Es erfüllt mich mit einer gewissen Genugtuung zu sehen, dass Haydn, als er mit einem höflichen Lächeln die Hand seines Gegenübers schüttelt, nicht den Mann ansieht, sondern mich. Vielleicht wäre dies die passende Gelegenheit, ihm alles zu erklären und zu versuchen, alles wieder gutzumachen.

»Jude?«, reißt Cal mich aus meinen Gedanken. »Bist du bereit?« Ich habe mir vorgenommen, zuerst Lucys Leben wieder in Ordnung zu bringen. Haydn muss warten.

»Nein«, erwidere ich mit zittriger Stimme. »Aber lass es uns hinter uns bringen.«

Cal nimmt mich in die Arme und drückt mich herzlich.

»He, Jude, Kopf hoch, du kannst es«, flüstert er mir ins Ohr. Dann lässt er mich los. »Also, packen wir's an.«

Ich nehme ihn am Arm und halte ihn zurück. »Cal, was tun wir bloß hier?«

»Wir helfen Lucy, klar?«

Ich hole tief Luft. »Also gut.«

Cal nimmt meine Hand und führt mich in die Nähe der großen Bar. Links daneben und jenseits der Tanzfläche stehen mehrere Tische, die allesamt mit Gästen besetzt sind, die sich rege unterhalten, trinken, essen, miteinander streiten oder sich gegenseitig anbaggern, was das Zeug hält.

Cal deutet auf einen Tisch ganz in der Nähe. »Saffron sagt, das ist er.« Er hat braunes Haar, das an einigen Stellen aufwändig mit goldblond getönten Strähnchen durchsetzt ist, ein hübsches

Gesicht mit Adlernase. Er ist stark gebräunt, trägt jede Menge geschmackvollen Goldschmuck, einen sehr eleganten grauen Anzug und darunter ein Hemd, das so weiß ist, dass es in den aufblitzenden Discostrahlern regelrecht leuchtet. Neben ihm sitzt eine Brünette, die sich gerade herüberbeugt und ihm etwas ins Ohr flüstert. Er bricht in schallendes Gelächter aus, nimmt dann ihre Hand. Erst als ein Mann hinzukommt, der sich auf der anderen Seite neben der Frau niederlässt, reißt er die Hand im letzten Moment weg. Jetzt erst fällt mir der Ehering ins Auge.

»Der Schuft spielt schon wieder seine Spielchen«, raunt Cal missbilligend.

»Na ja, ist ja nur noch eine Frage der Zeit, bis sein Schwanz ihm zum Verhängnis wird. Wir schlagen ihn sozusagen mit seiner eigenen Waffe.« Cal dreht sich entschlossen zu mir um. »Geh einfach an dem Tisch vorbei und achte darauf, dass er dich zur Kenntnis nimmt.«

»Und wie soll ich das, bitte schön, tun?«

Er streicht mir eine Haarsträhne aus dem Gesicht und legt sie hinter mein Ohr. »Hör zu, Jude, du siehst umwerfend aus. Außerdem siehst du aus wie Lucy. Glaub mir, er wird dich zur Kenntnis nehmen. Viel Glück.«

Mit Glück kenne ich mich nicht aus. Ich bräuchte etwas Greifbareres, Verlässlicheres. Ein Maschinengewehr, zum Beispiel. Es wäre viel einfacher, ihn im Vorbeischlendern einfach abzuknallen. Von mir aus kann mich auch jemand abknallen, ich weiß im Moment nicht einmal, welche Variante mir lieber wäre.

Ich bin so von der Fantasie meines Maschinengewehr-Massakers eingenommen, dass ich gar nicht realisiere, dass ich bereits an Layton Berrick vorbeigegangen bin.

War doch gar nicht so schwer, mache ich mir selber Mut.

Er braucht einen Moment, bis es bei ihm Klick macht, doch er reagiert wie erhofft, und zu meiner großen Überraschung muss ich ihn nur einmal kurz anlächeln, und schon steht er auf und folgt mir an die Bar. Ich wende ihm den Rücken zu und bestelle mir einen doppelten Wodka, um meine Nerven zu beruhigen. Doch ich kann nur einmal schnell nippen, da tippt er mir schon auf die Schulter.

»Ich habe vorhin schon einmal gedacht, dass du das bist!«, sagt er mit gedämpfter Stimme. Er klingt wütend. »Was, zum Teufel, hast du hier zu suchen?«

Deshalb ist er mir also so breitwillig gefolgt. Er hält mich offenbar für Lucy. Aber vielleicht redet er auch mit allen Frauen so. Ich drehe mich wortlos zu ihm um und sehe, wie sein wütender Ausdruck sich in pures Entsetzen verwandelt.

»O mein Gott, es tut mir wirklich Leid… ich meine, entschuldige bitte. Ich bitte wirklich um Entschuldigung. Es ist mir so peinlich, aber ich habe dich wirklich für jemand anders gehalten…«

»Dann kann ich mich ja glücklich schätzen, dass ich nicht dieser jemand anders bin, du scheinst wütend zu sein.«

»Ich weiß, es ist unverzeihlich, dich so anzufahren, es tut mir wirklich Leid«. Er hält inne und nimmt mich näher in Augenschein. »Hm, ich weiß, dass es entsetzlich klischeehaft klingt, aber sind wir uns schon mal irgendwo begegnet? Du kommst mir irgendwie bekannt vor.«

Ich unterdrücke den Drang, diesem Mistkerl sofort eins überzubraten und setze stattdessen ein falsches Lächeln auf. »Ich heiße Jude.«

Zugegeben, er hat ziemlich schnell die Fassung zurückgewonnen. Diesmal wirkt sein Lächeln sogar richtig charmant.

»Schön, dich kennen zu lernen, Jude.«

»Ach wirklich? Eben klang das aber noch ganz anders«, stichele ich mit leicht schriller Stimme.

»Kann schon sein, aber, wie gesagt – ich habe dich wirklich verwechselt.«

»Na gut, aber nachdem wir nun geklärt haben, wer ich nicht bin, hättest du vielleicht die Güte, mir zu verraten, wer du bist.«

»Layton Berrick«, stellt er sich mit einem schmeichlerischen Lächeln vor und hält mir eine Hand hin. »Bist du sicher, dass wir uns nicht schon mal begegnet sind?«

Das ist mein Stichwort. »Bisher noch nicht, aber ich kenne dich trotzdem…« Ich muss mich mit aller Kraft zusammenreißen, nicht giftig zu fauchen und statt dessen verführerisch zu klingen.

»Tatsächlich?« Sein Lächeln wird immer breiter.

»Ja, meine, äh…« – ich hoffe auf eine Eingebung –, »meine Schwester hat mir alles über dich erzählt.«

»Deine Schwester?«

»Lucy O'Neill.«

Sein strahlendes Lächeln gefriert, und sein Ausdruck wird schlagartig kalt und abweisend. »Ich habe zwar keine Ahnung, welches Spiel ihr spielt, aber du kannst mich getrost außen vor lassen. Ich spiele auf keinen Fall mit.«

»Sie ist meine Zwillingsschwester«, fahre ich unbeeindruckt fort. »Natürlich sind wir keine eineiigen Zwillinge. Sie hat mich gebeten, mit dir zu reden. Insofern trifft es sich richtig gut, dass du dich bereits selbst vorgestellt hast.«

»Dann war sie das vorhin auf der Tanzfläche also doch. Wie auch immer, richte ihr aus, dass ich ihr absolut nichts mehr zu sagen habe. Du verschwendest deine Zeit.«

»Ach ja? Und was ist mit dem kleinen ›Geschäftsdeal‹, den du ihr in Mayfair angeboten hast, pikanterweise auch noch in einer Firmenwohnung? Ich dachte, dass du darüber vielleicht gerne reden würdest…«

Er beugt sich ganz nah zu mir heran, so dass sein Gesicht nur wenige Zentimeter von meinem entfernt ist und mir von seiner Whiskey-Fahne ganz übel wird. »Richte ihr aus, dass ich alles abstreiten werde«, zischt er hasserfüllt. »Sie hat nichts in der Hand, gar nichts.« Mit diesen Worten dreht er sich um und will davonstürmen, doch ich fasse ihn am Arm und halte ihn zurück.

»So siehst du die Sache vielleicht. Aber vielleicht solltest du wissen, dass Lucy das Ganze ziemlich Leid tut. Sie bereut inzwischen, dich zurückgewiesen zu haben. Sie hat sich einfach Sorgen gemacht, das ist alles. Aber sie mag dich so sehr, dass sie auf keinen Fall deiner Karriere schaden wollte.«

»Hat sie mir deshalb ein blaues Auge verpasst?« Er betastet es vorsichtig. »Weil sie mich so sehr mag?«

»Na ja, sie ist eben manchmal etwas impulsiv, aber es tut ihr sehr, sehr Leid, wirklich, was ich verstehen kann, wenn ich mir dich so anschaue...« Vor lauter verlogener Speichelleckerei würde ich am liebsten kotzen, aber mein Herumgesäusel scheint Wirkung zu zeigen. »Sie hat mich geschickt, dich zu ihr zu bringen.«

»Tatsächlich?« Er klingt nicht mehr ganz so feindselig.

»Ja, sie erwartet dich oben im Büro des Geschäftsführers.«

Er sieht zweifelnd nach oben. Natürlich ist er immer noch auf der Hut, schließlich hat Lucy ihm ein blaues Auge gehauen, das immer noch deutlich sichtbar ist. Wie er es wohl seiner Frau und seinen Kollegen erklärt hat? Bestimmt hat er ihnen erzählt, dass er gegen eine Schranktür gelaufen ist.

Er braucht noch einen letzten Anstoß.

Ich unterdrücke meinen Ekel, fahre mit einem Finger seinen Kieferknochen entlang bis zu seiner Lippe und lasse ihn dort ruhen. »Sie dachte, nachdem sie dich so mies behandelt hat, hast du eine ganz spezielle Entschuldigung verdient«, hauche ich und gehe so nah an ihn heran, dass mein Atem sein Ohr und seinen Nacken kitzelt.

»Lucy hat mir nie erzählt, dass sie eine Schwester hat.« Er ist immer noch unsicher, aber anstatt sich loszureißen und sich von mir zu entfernen, kommt er mir wieder ein bisschen näher.

»Das kann schon sein, sie zieht es in der Regel vor, mich nicht zu erwähnen. Unter uns gesagt«, ich sehe ihn mit gesenktem Blick an, »liegt es vielleicht daran, dass sie sich ein bisschen für mich schämt. Lucy ist ziemlich anständig, und ich... na ja, sagen wir, ich kann mitunter eine ganz schön unanständige Ader haben.«

Und dann setze ich auf die hirnzerstörende Kraft des männlichen Testosterons und locke ihn mit der ultimativen Versuchung. »Da Lucy so gemein zu dir war, dachten wir, wir könnten es vielleicht gemeinsam wieder gutmachen.«

Nun hat er fast die Hose schon unten.

Um Cal in Alarmbereitschaft zu versetzen, klopfe ich wie vereinbart an die Tür. »Lucy, Darling, ich bin's Jude. Layton ist bei mir und bereit, alles zu vergeben und zu vergessen. Ich hoffe, du bist auch für uns bereit.«

Ich öffne die Tür und vergesse beim Anblick von Cal, der mit einer blonden Perücke auf dem Schreibtisch sitzt und uns den Rücken zukehrt, beinahe weiterzuatmen. Es ist zwar stockdunkel, aber ich kann deutlich sehen, wie Layton sich vorfreudig die Lippen leckt, als Lucy alias Cal sich vom Schreibtisch erhebt und mit übertriebenen Stöckelschritten auf uns zugetippelt kommt. Cal stakst ziemlich unbeholfen daher wie ein betrunkenes Kamel.

Er sieht aus wie ein Transvestit. Alles eine Spur überzogen. Er trägt eins von Lucys gewagtesten Kleidern, einen winzigen gerüschten roten Lycra-Fummel mit einem tiefen Vorderschlitz. Auf seine Lippen hat er eine fingerdicke Schicht fuchsiafarbenen Lippenstift aufgetragen, der überhaupt nicht zu dem roten Kleid passt. In dem Raum ist es zwar ziemlich dunkel, aber so wie Cal aussieht, längst nicht dunkel genug. Es kann nur eine Frage von Sekunden sein, bis das Ganze auffliegt.

Verzweifelt fange ich an zu improvisieren.

»Jetzt schließ bitte die Augen«, hauche ich so verführerisch wie möglich, streiche ganz sanft mit den Fingerspitzen über Laytons Gesicht und schließe ihm die Augenlider. »So ist es gut, noch nicht öffnen.«

Cal hält mir einen hochgereckten Daumen hin und stellt sich hinter Layton, der immer noch mit geschlossenen Augen dasteht und vor Vorfreude und Erregung bebt, als Cal ihn von hinten umfasst und anfängt, ihm das Hemd aufzuknöpfen. Während ich beobachte, wie er sich Knopf für Knopf vorarbeitet, muss ich mir mit aller Gewalt auf die Zunge beißen, um nicht laut loszulachen. Als Cal den vorletzten Knopf über Laytons Hosenbund erreicht, bedeutet er mir, die Plätze zu tauschen.

Er befeuchtet sich die Lippen, hält mir erneut den hochgereckten Daumen hin und haucht übertrieben affektiert: »Jetzt mach die Augen auf und küss mich, du Scheusal.« Beim Klang von Cals Stimme reißt Layton die Augen auf, allerdings nicht in vorfreudiger Erregung sondern in blankem Entsetzen, das sich noch steigert, als Cal mit seinen kräftigen Männerhänden seine Wangen packt, seine Lippen zu einem übertriebenen Schmollmund zusammendrückt und seine eigenen, schreiend pinken Mick-Jagger-Lippen langsam auf ihn zu bewegt. In dem Moment, in dem sich die beiden Münder beinahe berühren, kommt Bruce hinter einem Aktenschrank hervorgesprungen, und Laytons Lippen entweicht ein erstickter Schrei.

»Und jetzt bitte ›cheese‹ sagen«, fordert Cal den völlig verstörten Layton mit einem breiten Grinsen auf. Doch in dem Moment, in dem das Blitzlicht erlischt, wird die Bürotür aufgerissen, und eine mir bekannte Stimme peitscht wütend durch den spannungsgeladenen Raum wie schnelles Maschinengewehrfeuer.

»Was, zum Teufel, geht hier vor?«

Es ist, als ob das Blitzlicht uns alle für einen kurzen Moment zu einem Standbild hätte erstarren lassen. Und dann bricht das Chaos aus. Jeder schreit jeden an. Layton schreit auf Bruce ein, Cal schreit auf Layton ein, und die beiden ringen miteinander, da Cal versucht, Layton von Bruce wegzuzerren, auf den Layton sich gestürzt hat wie ein freigelassener Windhund. Er hält ihn im Schwitzkasten und versucht mit aller Kraft, ihm den Fotoapparat zu entwinden. Ich selber schreie Layton an, dass er Bruce und Cal sofort loslassen solle. Und Haydn steht einfach nur schweigend da und sieht dem Treiben fassungslos zu, sein Blick voller Abscheu und Geringschätzung verzogen.

»Dazu hat euch dieses Miststück angestiftet, habe ich Recht?«, schreit Layton, während er Cal in den Würgegriff nimmt.

»Sie ist kein Miststück, und sie hat von all dem keine Ahnung!«, schreit Cal zurück, stößt Layton zwei Finger in die Nasenlöcher und drängt ihn zurück.

»Lass ihn sofort los, du Scheißkerl!« Bruce wirft mir den Fotoapparat zu, stürzt sich auf Layton und packt ihn wie ein Rugby-Spieler an den Fußknöcheln. Als Layton mich die Kamera auffangen sieht, lässt er mit einer Hand Cals Hals los und langt nach dem Fotoapparat, um ihn mir abzunehmen, wodurch die drei ineinander verkeilten Streithähne auf mich zutaumeln.

In diesem Moment erkennt Haydn, dass offenbar der Fotoapparat der Zankapfel ist, schreitet zielstrebig auf uns zu und entreißt ihn geschickt unseren Händen.

Ohne die Kamera verliert die erbitterte Schlacht an Schwung.

»Hört auf der Stelle mit dem Unsinn auf, und zwar alle!«

Ich weiß nicht, ob es an Haydns beherrschter, aber sehr bestimmter Stimme liegt, oder einfach nur daran, dass die drei Jungs gegen Bruce' lederbespannten Schreibtisch krachen und zu Boden gehen – sie hören jedenfalls auf, miteinander zu kämpfen und sehen alle Haydn an.

»Okay, will mir jetzt vielleicht mal jemand erzählen, was zum Teufel hier vorgeht?«

Es folgt ein langes betretenes Schweigen, und dann legen wir alle auf einmal los. Oder besser gesagt, ich versuche zu reden, Bruce schwingt sich zu einem Nonstop-Sermon auf und spult Haydn die komplette Geschichte ab, ohne auch nur einmal Luft zu holen, Cal und Layton schreien nur erneut aufeinander ein.

»RUHE JETZT! Haltet auf der Stelle alle den Mund!«

Zu meiner Überraschung ist es sofort still.

Hadyn sieht Layton an. »Sie sind Layton Berrick, stimmt's?«

Layton befreit sich von Cals Bein, richtet sich mühsam auf, klopft sich die Hose ab und nickt zögernd. »Sie arbeiten für Spicer Booth.«

Layton kneift die Augen zusammen und nickt erneut.

»Ich bin Haydn Morland.«

Das hat gesessen. Laytons entsetzter Ausdruck lässt erkennen, dass er weiß, wen er da vor sich hat.

»Würden Sie mir bitte erzählen, was hier vorgeht?«

Bruce, der im Schneidersitz auf dem Boden hockt, hebt die Hand wie ein schüchterner Schuljunge, der sich unbedingt für sein ungezogenes Verhalten entschuldigen will. Aber Haydn bedeutet zu schweigen. »Sie kommen auch noch an die Reihe.« Dann wendet er sich wieder Layton zu. »Also?«

»Die sind alle komplett verrückt, das ist doch offensichtlich, oder?« Er schwingt den Arm herum, zeigt auf Cal und fegt ihm um ein Haar seine verrutschte Perücke vom Kopf, doch Cal duckt sich gerade noch rechtzeitig.

»Wag es bloß nicht, dich hier auch noch als Opfer hinzustellen!«, schreit Cal ihn an, reißt sich die Perücke selber vom Kopf und zerknüllt sie wütend.

»Ich bin reingelegt worden! Von einer miesen Bande hinterlistiger, betrügerischer ...«

»Ha! Das musst du gerade sagen, du miese Ratte! Hinterlistig und Betrügerisch sollten deine zweiten Vornamen sein, vielleicht sind sie das ja auch, ich meine, was ist Layton überhaupt für ein Name? Oder ist es das texanische Wort für Arschloch?«

Cal muss sich erneut ducken, denn Layton holt ein weiteres Mal aus. Zum Glück schlägt er daneben. Dann landet er auf Bruce' Schreibtischstuhl und versucht, die Fassung zurückzugewinnen.

Zum ersten Mal, seit er in Bruce' Büro gekommen ist und gesehen hat, wie ich mich an Laytons Hemd zu schaffen gemacht habe, sieht Haydn mich an.

»Jude?«

Oh. Er hat mich noch nie bei meinem eigenen Namen genannt. Warum konnte es nicht an einem anderen Ort und unter anderen Umständen dazu kommen?

»Kannst du mir vielleicht erklären, was hier vorgeht?«

Ich nicke langsam und schaffe es über ein Sperrfeuer von Beleidigungen und Unterbrechungen seitens Layton hinweg, ihm mehr oder weniger umfassend auseinander zu setzen, was all dem zu Grunde liegt. Wider alle Vernunft gebe ich mich der Hoffnung hin, dass die Wahrheit wahrscheinlich immer noch besser ist als alles, was er sich möglicherweise zusammenreimen könnte.

Er hört mir ruhig und aufmerksam und mit ernster Miene zu. Als ich mit meinem atemlosen, von einigen Tränen begleiteten holprigen Bericht zu Ende bin, wendet er sich Layton zu.

»Haben Sie wirklich getan, was hier behauptet wird?«

»Natürlich nicht!«, ereifert sich Layton. Vor lauter Aufregung beginnt in seinem Mundwinkel ein Muskel zu zucken.

Hadyn kneift die Augen zusammen. »Aber Sie haben Lucy O'Neill mehrfach zum Essen ausgeführt.«

»Aber ja, natürlich, ich gehe ständig mit allen möglichen Geschäftspartnern essen …«

»… und versuchst es wahrscheinlich bei allen Frauen auf diese miese Tour!«, fahre ich ihn an. Sein beharrliches Abstreiten macht mich rasend, denn ich weiß genau, dass er lügt. »Du drohst ihnen damit, ihre Karriere zu ruinieren und sie um ihren Job zu bringen, wenn sie nicht mit dir ins Bett gehen! So läuft es doch, gib es endlich zu!«

Ich wende mich mit flehendem Blick Haydn zu. »Was ich dir gesagt habe, entspricht der Wahrheit. Ich weiß, dass ich dir bisher nicht viel Anlass gegeben habe, mir zu vertrauen, aber du musst mir glauben, bitte.«

Er sieht mich eine Weile nachdenklich an. Dann wendet er sich wieder Layton zu. »Es ist ganz einfach herauszufinden, wer die Wahrheit sagt«, stellt er ruhig fest.

Wir sehen ihn alle gebannt an, Cal, Bruce und ich hoffnungsvoll, Layton eher beklommen.

»Wie Sie ja sicher wissen, Mr. Berrick, vertritt meine Kanzlei die Firma Spicer Booth.«

Layton nickt.

»Einer meiner Kollegen ist vor kurzem in einer Angelegenheit um Rat gebeten worden, die bei den Gesellschaftern Ihrer Firma Anlass zu einiger Besorgnis gegeben hat. Dabei ging es im Besonderen um den widerrechtlichen Umgang mit Firmeneigentum, genauer, um die Wohnung in Mayfair, die Spicer Booth angemietet hat. Die Firma, die mit der Betreuung des Objekts beauftragt ist, hat festgestellt, dass in letzter Zeit bestimmte Einrichtungsgegenstände abhanden gekommen sind, unter anderem bereitgestellte alkoholische Gertränke, Toilettenartikel und andere Verbrauchsgegenstände dieser Art. Woraufhin die Gesellschafter zu dem Verdacht gelangt sind, dass womöglich ein Unberechtigter die Wohnung nutzt. Auf unseren Rat hin wurden in der Wohnung im vergangenen Monat Überwachungskameras installiert. Die aufgezeichneten Bänder sind in unserer Kanzlei hinterlegt, sie müssen nur gesichtet werden …«

Ich sehe Layton an, dem der Mund offen stehen bleibt.

»Wollten Sie noch irgendetwas sagen, Mr. Berrick?«, fragt Haydn an Layton gewandt und nimmt ihn ins Visier.

»Äh … es könnte sein … ich wollte sagen, ich habe Miss O'Neill tatsächlich in die Firmenwohnung mitgenommen.«

»Ach ja?«

»Und vielleicht habe ich ihr … Na ja, wie soll ich sagen, vielleicht habe ich ihr den falschen Eindruck vermittelt … Sie kennen solche Situationen bestimmt, man sollte eben nie Geschäftliches mit Privatem vermischen. Und Sie wissen sicher auch, wie Frauen manchmal sind … Sie verstehen doch, was ich meine, oder?«

»O ja, ich verstehe nur zu gut.«

Sein scharfer missbilligender Ton und sein Blick lassen mich innerlich erbeben, dabei sind sie einzig und allein an Layton gerichtet, zumindest vorerst.

Schließlich senkt Layton den Blick.

»Sie sollten jetzt wohl besser gehen.«

»Aber was ist mit …« Layton zeigt auf den Fotoapparat.

»Darum kümmere ich mich. Aber ich glaube, wir beide sollten uns noch einmal unterhalten. Vielleicht wären Sie so nett, bei mir in der Kanzlei vorbeizukommen, sagen wir Montagmorgen gegen neun Uhr?«

»Selbstverständlich. Montagmorgen um neun bei Ihnen in der Kanzlei.«

Zum Abschied wirft er mir noch einen giftigen Blick zu, und dann huscht er wie eine flüchtende Ratte aus der Tür.

Das Schweigen, das seinem Abgang folgt, ist geradezu ohrenbetäubend.

Cal ist der Erste, der etwas sagt. »Wow. Das war ein starker Auftritt. Besten Dank.« Er geht zu Haydn und will ihm die Hand schütteln. »Sie waren unsere Rettung. Aber wer sind Sie eigentlich?«

»Cal«, kläre ich ihn ein wenig zitternd auf, »das ist Haydn.« Ich nicke bedeutungsvoll.

»Sie sind wirklich genau im richtigen Moment hier aufgekreuzt. Mensch, wenn wir von diesen Aufzeichnungen gewusst hätten, wäre das ganze Affentheater nicht nötig gewesen. Mann, Jude, kannst du dir das vorstellen? Alles ist auf Band …«

»Ist es gar nicht«, fällt Haydn ihm ins Wort.

»Was soll das heißen?«, frage ich ihn.

»Es ist nicht auf Band.«

»Willst du damit sagen …«

»Ja«, entgegnet er mit einem angedeuteten Lächeln. »Ich gebe es zu, ich habe gelogen, aber nur in der Hoffnung, dass meine Halbwahrheit die ganze Wahrheit aus ihm herausbringt.«

»Also sind Halbwahrheiten gelegentlich doch erlaubt«, stelle ich fest, »wenn sie dazu dienen, etwas Richtiges zu tun.«

Er sieht mich an, doch er antwortet nicht. Stattdessen wandert sein Blick weiter zu Bruce, der gerade seine geprellte Hand verarztet, und dann zu Cal. Schließlich entspannt sich seine strenge Miene und macht fast einem Lächeln Platz.

»Was, zum Teufel, habt ihr euch eigentlich dabei gedacht? Ich weiß ja, dass ihr nur Lucy helfen wolltet, aber was für eine vollkommen übergeschnappte Art, das Problem anzugehen.«

»Uns ist nichts Besseres eingefallen.«

»Aber was ihr vorhattet, ist nichts anderes als eine schäbige Erpressung!«

»Eine Gegenerpressung«, wendet Callum ein. »Er hat Lucy erpresst, indem er ihr ziemlich klar zu verstehen gegeben hat, dass sie den Spicer-Booth-Auftrag vergessen kann, wenn sie nicht mit ihm ins Bett geht. Wir wollten nichts Ungebührliches von ihm. Wir wollten nur, dass Lucys Arbeit unvoreingenommen und einzig und allein aufgrund ihrer Qualität beurteilt wird.«

»Das ist alles? Eine faire Chance für Lucy bei der Präsentation?«

»Ja.«

Er sieht mich ein Weile ruhig und mit ausdrucksloser Miene an. »Dann werde ich sicherstellen, dass das passiert«, stellt er schließlich bestimmt klar.

»Wirklich? Kannst du das denn?«

Er nickt bedächtig. »Überlasst das einfach mir.«

Am liebsten würde ich mich auf ihn stürzen und ihn küssen, aber ich halte mich natürlich zurück. Noch ist nicht klar, wie Haydn auf einen solchen Überfall reagieren würde.

Cal hat keine derartigen Vorbehalte. »Sie hat der Himmel geschickt!«, ruft er laut, zieht Haydn zu sich heran, drückt ihm einen lauten Schmatzer mitten auf die Stirn und hinterlässt damit einen riesigen kirschfarbenen Lippenabdruck, der uns anleuchtet wie ein unheimliches drittes Auge.

Wir starren ihn alle bestürzt an, woraufhin Cal zurücktritt und sich mit der Hand die letzten Spuren des Lippenstiftes wegwischt.

Hadyn zieht ein Taschentuch aus seiner Jacketttasche, putzt sich die Stirn und zieht die Augenbrauen hoch. Dann dreht er den Fotoapparat um, öffnet die Klappe und nimmt vorsichtig den Film heraus.

»Der ist bei mir wohl am besten aufgehoben.« Mit diesen Worten dreht er sich um, um zu gehen.

Ich stürme zu ihm und fasse ihn am Arm.

Er hält inne.

»Können wir einen Augenblick reden?«, flüstere ich.

Er sieht mich einen Moment schweigend an. Dann verlässt er wortlos das Zimmer.

Cal sieht ihm nach. »Ein starker Abgang, findet ihr nicht?« stellt er fest, als die Tür sich hinter Hadyn schließt, und wischt sich den verschmierten Lippenstift vom Mund.

Bruce nickt mit Nachdruck.

Cal stößt einen tiefen Seufzer aus. »Als Nächstes muss ich dringend eine Freundin finden.«

»Und ich einen Freund«, seufzt Bruce.

»Wer war das eigentlich?«

»Seine Kanzlei vertritt Spicer Booth«, belehrt Cal ihn.

»Also ist er Anwalt?«

»Sogar einer, der vor höheren Gerichten plädieren darf.«

»Oha! Ich kann ihn mir lebhaft in einer dieser ulkigen schwarzen Roben vorstellen, die sie vor Gericht tragen.«

»Bruce!«, weist Cal ihn zurecht.

»Bestimmt steht ihm eine Perücke noch besser als dir.«

»Bruce!«

»Aber wenn er gar nichts anhat, sieht er bestimmt am besten aus.«

Cal sieht mich ein bisschen betroffen an. »Das weiß Jude sicher am besten. Sie hatte bereits das Vergnügen.«

»Wirklich? Ach, jetzt kapiere ich! Bin ich blöd! Natürlich – das ist ja er. Besagter Haydn! Jetzt verstehe ich, warum er es dir so angetan hat. Er ist wirklich sexy. Und so souvrän, wie er mit uns fertig geworden ist...«

»Bruce!«

Wir verlassen das Büro und gehen wieder nach unten in den Club. Irgendwie scheinen wir alle in einer Art Adrenalinrausch zu sein, denn wir quasseln aufgeregt durcheinander, während wir die Treppen hinunterstürmen. Erst am Ausgang merken wir, dass wir Lucy ganz vergessen haben. Also kehren wir um und gehen noch einmal zurück an die Bar.

Ben und Saffron haben ganze Arbeit geleistet. Lucy ist sternhagelvoll, und das ist gut so, sie hat von unserer Einlage offenbar nichts mitbekommen.

»He, Leute, wo zum Teufel seid ihr gewesen?«, ruft sie, als sie sieht, wie wir uns über die volle Tanzfläche einen Weg zu ihr bahnen. Sie lässt sich gegen Cal plumpsen und schlingt ihre Arme um seinen Nacken, damit sie, auch ohne sich auf dem Barhocker abzustützen, aufrecht stehen kann.

»Komm, Cal, lass uns noch etwas trinken«, lallt sie, »oder nein – tanz noch mal mit mir!«

Cal hakt sich bei ihr ein und führt sie über die Tanzfläche. »Luce, es ist Zeit, nach Hause zu gehen.«

»O nein! Das geht nicht, der Abend ist so nett.«

»Ich weiß, aber es ist schon ziemlich spät. Lass uns ins Bett gehen.«

»Saffron sagt, dass ›Bett‹ für zwei Dinge steht.«

»Tatsächlich? Welche denn?«

»Begeisternder Endloser Traumerfüllter Tiefschlaf oder Begeisternde Extrem Tolle Triebbefriedigung. Bei mir bleibt's wohl bei der ersten Kategorie, oder?«

»Ich fürchte, ja. Aber bei mir sieht es auch nicht anders aus, falls dich das tröstet.«

»Vielleicht sollte ich mir eine Wärmflasche mit ins Bett nehmen. Oder einen Vibrator. Oder noch besser eine Mischung aus beidem, einen Wärmevibrator oder eine vibrierende Flasche, was meinst du, Cal, was wäre besser?«

Bruce hat sich in unserem Namen von Saffron und Ben verabschiedet. Er kommt Cal zu Hilfe, hakt sich auf der anderen

Seite bei Lucy ein, und so bugsieren die beiden sie über den überfüllten Dancefloor ins Foyer, wo Bruce an der wartenden Schlange vorbei in die Garderobe geht, um unsere Mäntel zu holen. Als er gerade zurückkommt, taucht eine nur allzu vertraute Gestalt vor uns auf, die zielstrebig auf die Tür zueilt. Offenbar hat Layton sich nach dem peinlichen Zwischenfall irgendeine Ausrede einfallen lassen und ergreift jetzt panikartig die Flucht.

Cal versucht, Lucy abzulenken, doch es ist bereits zu spät. Als Layton an uns vorbeistürmt, sieht sie ihn.

»Verdammte Scheiße!«, schreit sie so laut, dass die Türsteher sich besorgt umdrehen, weil sie befürchten, dass im nächsten Moment eine Schlägerei losbricht.

»Was, zum Teufel, macht der denn hier?«

»Ignorier ihn einfach und geh weiter.«

»Aber ich will ihm noch mal meine Meinung sagen! Dieser Scheißkerl hat mir meine Karriere vermasselt, schon vergessen?«

»Natürlich nicht. Aber keine Sorge, es ist alles geregelt.«

»Was meinst du damit?«

»Frag jetzt nicht. Wir erzählen es dir zu Hause.«

»Was geht hier vor, Cal?«

»Gedulde dich einfach, bis wir zu Hause sind«, redet er auf sie ein und schiebt sie Richtung Tür.

»Ich will es jetzt wissen, auf der Stelle!« Sie entwindet sich ihm und sieht ihn sorgenvoll und mit großen Augen an.

Cal berührt ihre Wangen und zieht ihr verstörtes Gesicht zu sich heran. »Sieh mir in die Augen, Luce, vertraust du mir?«

»Ja, weißt du doch.«

»Dann lass uns jetzt nach Hause fahren.«

Sie wirft Layton noch einen Blick zu und sieht dann wieder Cal an. Es ist unverkennbar, dass sie am liebsten hinter Layton herrennen und ihm ihre Stiletto-Absätze in den Körper rammen würde, doch Cal hält ihr die Hand hin. Ihr Blick wandert noch einmal zu Layton, dann wieder zu Cal.

Schließlich zuckt sie mit den Schultern, lächelt und nimmt seine Hand. »Also gut.«

Zurück in der Wohnung, macht sich Bruce in der Küche zu schaffen, zaubert für alle ein paar kräftige Käsetoasts und braut eine Kanne unglaublich starken Kaffee, während Cal Lucy ruhig und besonnen in die Ereignisse der vergangenen Woche und des zurückliegenden Abends einweiht. Am Ende des Berichts ist Lucy wieder nüchtern, allerdings nicht wegen des starken Kaffees.

»O mein Gott!«, ruft sie, als Cal endet. »Ich kann es einfach nicht glauben, was ihr gemacht habt, und weiß nicht recht, ob ich euch dafür lieben oder hassen soll.«

Cal bringt sie zum Lachen, indem er die Augen schließt und ihr erwartungsvoll die Lippen hinhält, woraufhin Lucy sich tatsächlich vorbeugt und ihn sanft auf den Mund küsst. Überrascht schlägt Cal die Augen wieder auf.

»Du bist wirklich komplett verrückt«, stellt sie klar, »aber trotzdem, danke.«

Dann wendet sie sich mir und Bruce zu. »Das gilt auch für euch. Vielen Dank. Ich wüsste nicht, was ich ohne euch getan hätte.«

»Es war Cals Idee«, stelle ich klar.

»Aber ohne Jude hätte ich die Sache nicht durchziehen können«, wirft er schnell ein. »Und ohne Bruce natürlich auch nicht. Hoffen wir, dass es geklappt hat.«

»Und jetzt?«

»Jetzt gehen wir ins Bett. Ich weiß ja nicht, wie es euch geht, aber ich kann mich kaum noch auf den Beinen halten.«

»Für eine kleine Nummer würden meine Kräfte noch ausreichen«, witzelt Cal und fügt bedrückt hinzu: »Aber wie es aussieht, scheint keiner Lust zu haben.«

»Ich wünschte, ich hätte dich mit der Perücke gesehen«, stellt Lucy grinsend fest.

»Das steht dir immer noch offen«, entgegnet Cal und wackelt mit den Hüften. »Ich benutze sie neuerdings als Eierwärmer… Guck mich nicht so an«, wendet er sich an mich. »Es ist ziemlich kalt, vor allem in diesem Fummel. Und irgendwie musste ich meine wertvollen Stücke ja vor der Kälte schützen, oder?«

Kapitel 9

Ich falle todmüde ins Bett und sinke sofort in einen traumlosen Schlaf, doch in den frühen Morgenstunden schreckt mich irgendetwas auf, und es ist keines der mir vertrauten Nebengeräusche unserer Wohnung wie das Summen des Kühlschranks, das Klopfen der Zentralheizung oder das allgemeine Quietschen und Knarren der Türen, Böden und Balken.

Ich reiße die Augen auf, werfe einen Blick auf meinen Wecker und stelle zu meinem Entsetzen fest, dass ich erst zwei Stunden geschlafen habe. Was ist bloß los? War der gestrige Tag nicht schon ereignisreich genug?

Ich stehe auf, schlüpfe in meinen Bademantel und gehe in die Küche, wo ich einen schlafwandelnden Cal erwarte, der sich gerade über den Inhalt des Kühlschranks hermacht, doch es ist niemand da.

Habe ich vielleicht doch geträumt? Ich spitze erneut die Ohren. Nichts. Es ist mucksmäuschenstill.

Ich schenke mir ein Glas Wasser ein und will in mein Zimmer zurückgehen, doch bevor ich die Küchentür erreiche, höre ich es wieder. Ein Geräusch, das mich vor Schreck erstarren lässt und mir so eine Angst einjagt, dass sich mir die Nacken- und Armhärchen sträuben. Ein wütendes Grollen, ein dumpfer Aufschlag und dann ein Schmerzensschrei, der sich beinahe anhört wie von einem Tier.

»Mist!«

Ich taste blind in der Dunkelheit umher, greife nach dem erstbesten Objekt, das sich notfalls als Selbstverteidigungswaffe einsetzen lässt, und zwinge mich mit aller Gewalt, das Wohnzimmer anzusteuern, aus dem die furchtbaren Geräusche gekommen sind, die mir das Blut in den Adern haben gefrieren lassen.

Ich suche an der Wand nach dem Lichtschalter, und erst als ich ihn gefunden habe, wage ich es, den Raum zu betreten. Panisch knipse ich das Licht an und glaube, meinen Augen nicht zu trauen.

Auf dem Boden liegt ein Mann, das Gesicht nach unten gedreht, der linke Fuß in Victor Meldrews Schnauze gefangen. Der Mann schreit jetzt wie am Spieß auf Victor ein, dass er ihn sofort loslassen solle, doch Victor denkt gar nicht daran.

Als Victors Opfer sich vor Schmerz hin und her windet, erkenne ich sein Gesicht.

»Jonathan!«, rufe ich und lasse die leere Milchflasche, die ich als potenzielle Waffe fest umklammert hatte, auf den Teppich fallen. »Was, um Himmels willen, hast du denn hier zu suchen?«

»Jude!«, jault er. »Schaff mir dieses Monster vom Hals!«

»Lass los, Victor, lass los!«, befehle ich unserem Beschützer. Victor sieht mich von der Seite an, als ob er mich erst um Erlaubnis fragen wollte.

»Lass los, habe ich gesagt.«

Schließlich lässt er widerwillig von Jonathans Fuß ab und kommt zu mir getrottet.

»Guter Junge.« Ich bücke mich und tätschele ihn.

Jonathan sieht mit schmerzverzerrter und fassungsloser Miene vom Fußboden zu mir auf. »Warum lobst du diese Bestie auch noch?« Er richtet sich auf und begutachtet seinen Knöchel. »Das Biest hat mich angefallen.«

»Genau dafür hat er das Lob verdient. Sag mal, spinnst du, Jonathan? Ich dachte, du wärst ein Einbrecher, der gerade einen meiner Mitbewohner umbringt. Was hast du hier mitten in der Nacht zu suchen?«

»Ich musste dich sehen.« Er rappelt sich mühsam auf, humpelt vorsichtig zum Sofa und lässt sich fallen.

»Um vier Uhr morgens.«

»Am Telefon sprichst du ja nicht mit mir.«

»Und du meinst, das gibt dir das Recht, mitten in der Nacht hier aufzukreuzen?«

»Was sollte ich denn tun? Ich war verzweifelt.«

»Das sieht man.«

»Ich musste dich unbedingt sehen«, wiederholt er. Er zieht sich seinen Schuh und seine Socke aus, die Victor beide einigermaßen zerfetzt hat, inspiziert seinen Knöchel auf klaffende Bisswunden und stellt ein bisschen enttäuscht fest, dass auf seiner leicht geröteten Haut nur ein paar harmlose Abdrücke von Victors Gebiss zu sehen sind.

»Aber warum? Als wir noch zusammen waren – falls man das überhaupt so nennen kann – wolltest du mich nie sehen. Wieso auf einmal jetzt? Das ist mir, ehrlich gesagt, ein Rätsel. Findest du mich plötzlich unwiderstehlich, oder wie soll ich das verstehen? Wohl kaum! Ich bin nämlich noch genau die Gleiche, die du so lange wie Dreck behandelt hast. Warum geht es dir nicht endlich in deinen Dickschädel, dass ich nichts mehr mit dir zu tun haben will?«

»Du kannst mich doch nicht einfach so abblitzen lassen, Jude.«

»Das tue ich gar nicht. Wir waren schließlich nie ein richtiges Paar, das weißt du so gut wie ich, Jonathan.«

»Vielleicht hatten wir eine etwas unkonventionelle Beziehung, das mag ja sein, aber es gab auch Zeiten, da kam uns das beiden ganz gelegen. Aber jetzt bin ich bereit, mehr zu geben.«

Mir schießt ein Liedtext von Alanis Morisette durch den Kopft. *Isn't it ironic?* Noch vor wenigen Wochen wäre ich überglücklich gewesen, wenn Jonathan mir das gesagt hätte. Doch jetzt macht es mich eher traurig und auch ein bisschen wütend.

Unsere so genannte Beziehung lief immer nach seinen Bedingungen: Er rief an, wenn er Lust hatte, er traf sich mit mir, wenn er Lust hatte, er schlief mit mir, wenn er Lust hatte, und jetzt will er etwas Engeres, Konventionelleres, weil er Lust darauf hat. Aber nicht mit mir. Denn jetzt habe *ich* keine Lust mehr.

»Vergiss es, Jonathan!«, stelle ich klar. »Deine so genannte unkonventionelle Beziehung kam *dir* vielleicht gelegen, *mir* nicht. Vielleicht hätte ich dein Angebot früher mit Kusshand angenommen, aber jetzt ist der Zug abgefahren. Ich lege keinen Wert mehr darauf.«

»Aber, Jude, das kann doch nicht dein Ernst sein!«

»Und wie das mein Ernst ist! Wir passen nicht zusammen, Jonathan. Wir mögen uns ja nicht einmal besonders.«

»Das stimmt nicht!« Er hört auf, sich den Knöchel zu reiben, und sieht mich mit großen treuen Kulleraugen an. »Ich liebe dich, Jude.«

Ich starre ihn schockiert an. »Nein, das tust du nicht.«

»Doch.«

»Nein, tust du nicht.«

»Doch!«, schreit er. »Das glaub ich einfach nicht! Ich gestehe dir meine Liebe, und du hast nichts Besseres zu tun, als mit mir zu streiten, ob es stimmt oder nicht!«

»Aber du liebst mich nicht, sonst hättest du mich ein bisschen anständiger behandelt, als wir noch … Ach, was weiß ich, wie man das nennen soll, was wir hatten. Und dann würdest du mich auch jetzt anständig behandeln und auf der Stelle verschwinden.«

»Das meinst du nicht ernst.«

Ich lasse mich verzweifelt in einen Sessel plumpsen und achte darauf, Victors Halsband gut festzuhalten.

»Pass auf, Jonathan, wenn ich ganz ehrlich bin, kam mir unsere lockere Beziehung eine kurze Zeit lang auch ganz gelegen, weil ich einfach noch nicht bereit war, mich fester an jemanden zu binden. Sonst hätte ich mich nie und nimmer auf eine derart einseitige Sache eingelassen. Wahrscheinlich hatten meine Bindungsängste mit dem Tod meines Vaters zu tun. Ich wollte nicht zulassen, mein Herz an jemanden zu verlieren und womöglich einen erneuten Verlust zu erleiden. Aber ich denke, darüber bin ich jetzt hinweg. Ich bin bereit für eine enge und feste Beziehung. Aber nicht mit dir – tut mir Leid, dir das so klar und deutlich sagen zu müssen. Wir passen nicht zusammen, und das weißt du genauso gut wie ich. Du bist es nur nicht gewohnt, zurückgewiesen zu werden, und deshalb hast du dich darauf versteift, dass du mich willst. Geh nach Hause, Jonathan, schlaf eine Nacht darüber, und wenn du morgen früh aufwachst, fragst du dich, was eigentlich gewesen ist. Ehrlich.«

Jonathan starrt mich mit aufgeblähten Nasenflügeln an. Plötzlich ist er wieder der alte überhebliche Jonathan, den ich nur allzu gut kenne.

»Du trägst die Nase ganz schön hoch, Jude! Ich wusste gar nicht, dass du so eine fiese herablassende Ziege sein kannst.«

»Ich bin keine fiese herablassende Ziege!«, fauche ich zurück.

»Ich habe mich nur bemüht, nett zu sein.«

»Was ist denn hier los?« Lucy platzt in den Raum. Sie wirkt noch ganz verschlafen, aber gleichzeitig ernsthaft besorgt.

»Hat ja ganz schön lange gedauert, bis sich mal jemand von euch blicken lässt.« Ich drehe mich erleichtert zu meinen beiden Mitbewohnern um, denn inzwischen steht auch Cal in der Tür.

»Tut mir Leid. Ich dachte, Katrina wäre zurück und hätte den Fernseher an.«

»Und ich habe geträumt, dass jemand bei uns eingebrochen ist«, sagt Cal und reibt sich die Augen.

»Genauso ist es!«, entgegne ich und deute auf Jonathan.

»Oh, nein, nicht schon wieder der!«, stöhnt Cal.

»Wie bist du überhaupt hier reingekommen?«, fährt Lucy ihn wütend an. »Am besten verschwindest du auf gleichem Wege wieder, und zwar sofort.«

Jonathan ignoriert die beiden und sieht mich an.

»Lucy hat Recht. Geh jetzt bitte, Jonathan!«, fordere ich ihn auf.

Er verschränkt entschlossen die Arme vor der Brust. »Nicht, bevor wir unsere Probleme gelöst haben.«

»Es gibt keine Probleme mehr zu lösen, Jonathan, es ist vorbei.«

»Nicht, bevor ich es sage!«, schreit er. »Nicht, bevor ich es sage.«

Ich fixiere fassungslos sein wutverzerrtes Gesicht. »Habe ich also Recht gehabt. Du kannst es nicht ertragen, zurückgewiesen zu werden.« Ich seufze tief. »Also gut, wenn es dir so schwer fällt, dann mach du doch mit mir Schluss! Fühlst du dich dann besser? Schön, du hast mir den Laufpass gegeben. Einverstanden – ich posaune es mit Freuden in der ganzen Welt herum. Jonathan hat Jude den Laufpass gegeben! Ist es das, was du willst? Und wenn ja, lässt du mich dann endlich in Ruhe? Jonathan hat Jude den Laufpass gegeben!«, kreische ich. »Jonathan hat Jude den Laufpass gegeben!«

Victor, der schon die ganze Zeit an seiner Leine zerrt, um sich wieder über Jonathans Bein herzumachen, rastet beinahe aus, als ich die Stimme erhebe. Plötzlich reißt er sich mit einem heftigen Ruck los und stürzt sich auf Jonathan.

Jonathan schreit und rennt zur Haustür. Wir rennen alle hinter ihm her. Er sprintet vor uns die Stufen hoch, wirft sich in sein Auto, knallt die Tür zu und lässt den Motor an. Doch er hat den Gang drin gelassen, und so macht der PS-starke Wagen im gleichen Moment einen großen Satz nach vorn. Es folgt ein entsetzliches Knirschen, als vorne irgendetwas gegen das Auto kracht, und dann ein durchdringender Schrei, als ich registriere, dass Victor reglos unter der vorderen Stoßstange von Jonathans Wagen liegt.

Cal rüttelt mich vorsichtig wach. Er sitzt zwischen Lucy und mir auf einem unbequemen Plastikstuhl wie ein starker Fels zwischen zwei welken Blumen. Ich habe geschnarcht und ihm auf die Schulter gesabbert. Lucy ist kreideweiß, aber hellwach und lehnt auf seiner anderen Schulter.

Der Tierarzt hat die Notoperation beendet und steht jetzt vor uns. Er trocknet sich die Hände mit einem blauen Papiertuch, nimmt seine Brille ab, reibt sich die Augen und strahlt uns an.

»Gucken Sie mich nicht so ängstlich an! Ich habe gute Nachrichten, die OP ist gut verlaufen.«

»Gott sei Dank.«

»Das Bein konnten wir wieder richten, aber das Ohr ließ sich leider nicht mehr retten. Der arme kleine Kerl wird also ab jetzt einseitig gestutzt herumlaufen müssen, aber er ist lebendig und einigermaßen fit, und das ist ja die Hauptsache.«

»Er wird also wieder ganz gesund?«

»In null Komma nichts ist er wieder putzmunter. Das Bein ist gebrochen, aber es ist ein glatter Bruch, und da er sich ansonsten bester Gesundheit erfreut, wird er sich schnell berappeln. Am besten lassen Sie ihn heute noch zur Beobachtung hier in der Klinik und holen ihn morgen früh ab. Rufen Sie aber vorher kurz an, um sich zu vergewissern, dass es keine Komplikationen gegeben hat.«

»Darf ich schon heute Nachmittag anrufen und mich erkundigen, wie es ihm geht?«

»Es ist Sonntag, Jude«, erinnert mich Cal.

»Kein Problem«, entgegnet der Tierarzt. »Wir sind rund um die Uhr besetzt. An Sonntagen müssen Sie es nur ein bisschen länger klingeln lassen, bis jemand abnimmt. Aber keine Sorge! Ich bin sicher, dass nichts dazwischenkommt und Sie ihn morgen früh abholen können.«

Im Taxi auf dem Weg nach Hause merke ich plötzlich, dass mir die Tränen herunterkullern.

»Jude! Was ist denn los?« Lucy nimmt mich in den Arm.

»Edwin bringt mich um«, schluchze ich.

»Es ist doch nicht deine Schuld.«

»Aber ich weiß, wie sehr Victor Jonathan hasst. Ich hätte ihn besser festhalten müssen, dann hätte er nicht wie ein Wahnsinniger hinter ihm herjagen können.«

»Aber es geht ihm bald wieder gut, du brauchst dir darüber keinen Kopf mehr zu machen.«

»Aber er hat nur noch ein Ohr, Luce!«

»Besser ein Hund mit einem Ohr als gar kein Hund«, philosophiert sie und versucht, mich zu beruhigen.

Sie hat ja Recht, aber die Tränen, die ich vergieße, sind nicht nur für Victor oder aus Angst vor Edwins Reaktion auf den Unfall mit seinem Hund. Es sind die Tränen, die ich seit dem vergangenen Wochenende zurückzuhalten versuche, seit dem Zwischenfall mit Haydn am vergangenen Sonntag in Brighton. Außerdem stehe ich seit vierundzwanzig Stunden unter Dauerstrom. Ich kann einfach nicht mehr, und meine Tränen fließen in Strömen.

Zurück in unserer Wohnung, checkt Cal erst einmal die Lage.

»Was macht er?«, frage ich Lucy, als er mit aller Kraft an der Küchenbalkontür ruckelt.

Lucy reicht mir eine Tasse Tee. »Er will herausfinden, wie Jonathan reingekommen ist.«

»Ach so.« Ich lange nach unserer Keksdose und staune, dass sie noch halb voll ist. »Katrina muss krank sein«, sage ich zu Lucy und biete ihr einen Keks an.

»Vielleicht ist in ihrem jojoartigen Fresszyklus gerade die Hungerphase dran«, entgegnet sie und verzieht das Gesicht.

»Aber Edwin kommt doch erst Ende der Woche zurück. Normalerweise setzt sie sich immer erst unmittelbar vor seiner Rückkehr auf Nulldiät.«

»Vielleicht hat sie ja einen Neuen. Wer weiß, womöglich ist sie bei dem mysteriösen Freund gelandet, mit dem sie gestern ausgegangen ist.«

»Glaubst du wirklich?«, frage ich und nehme mir noch einen Keks. »So vernarrt wie sie in Edwin ist, kann ich mir das kaum vorstellen.«

»Du meinst, so besessen, wie sie von ihm ist.«

»Ich kann keine Spuren gewaltsamen Eindringens entdecken.« Cal schnappt mir den Keks weg, den ich gerade an meine Lippen führen will, und schiebt ihn sich komplett rein. »Wie ist Jonathan bloß reingekommen?«, fragt er mit vollem Mund.

»Wenn er nicht eingebrochen ist, muss er wohl einen Schlüssel benutzt haben«, stellt Lucy fest und sieht mich vorwurfsvoll an.

»Ich habe ihm nie einen gegeben«, stelle ich klar.

»Bist du sicher?«

»Absolut. Vielleicht hat Katrina ihm den magischen Trick beigebracht, mit dem sie sich immer bei uns hereinstiehlt.«

Cal schenkt sich eine Tasse Tee ein, setzt sich an den Tisch, nimmt zwei Löffel Zucker und rührt nachdenklich in seiner Tasse herum. »Das ist vielleicht gar nicht so abwegig wie es klingt«, meint er.

»Wie meinst du das?«

»Es kann doch sein, dass Katrina ihn reingelassen hat. Es wäre schließlich nicht das erste Mal.«

»Aber sie war doch gestern Abend gar nicht hier.«

»Und wie es aussieht, ist sie immer noch nicht zurück«, fügt Lucy hinzu.

»Aber es ist die einzige Erklärung. Die Türen sind alle unbeschädigt, und die Fenster waren alle zu.«

»Vielleicht hat er sich Katrinas Schlüssel einfach genommen, als er hier war und die Pralinen gebracht hat.«

»Was auch erklären würde, warum Katrina noch nicht wieder da ist – weil sie nämlich schlicht und einfach nicht in die Wohnung kommt.«

»Dann bleibt uns wohl nichts anderes übrig, als die Schlösser auszuwechseln.«

»Ich glaube nicht, dass er sich noch einmal blicken lässt, Cal.«

»Nein?«

Ich schüttele den Kopf. »Nicht nach dem, was wir uns letzte Nacht an den Kopf geworfen haben.«

»Vorsicht ist besser als Nachsicht.« Er erhebt sich und leert im Stehen seine Tasse. »Ich besorge neue Schlösser. Oder willst du ab jetzt ständig befürchten müssen, dass er plötzlich vor dir steht, wenn du gerade duscht oder sonst etwas tust? Stell dir vor, auf einmal steht er da und bietet dir an, dir den Rücken zu schrubben.«

Ist es nicht kurios, dass ich mich noch vor kurzem bei dieser Vorstellung vor Begierde verzehrt hätte und mich jetzt vor Abscheu schütteln muss? Wir Menschen sind schon seltsame Wesen, dass wir in der einen Woche noch total auf jemanden stehen und in der nächsten auf einmal nichts mehr von ihm wissen wollen. Ob wir irgendwo einen verborgenen Schalter haben, den versehentlich jemand drücken kann?

Bei Jonathan war es zweifellos sein schäbiges Verhalten mir gegenüber, das das Fass letztendlich zum Überlaufen gebracht hat, aber selbst als ich schließlich all meinen Mut zusammengenommen und ihm den Laufpass gegeben habe, waren meine Gefühle für ihn immer noch ziemlich stark. Dass ich so schnell über die Trennung hinwegkommen würde, hätte ich nie gedacht.

Insofern hatte meine durch Täuschung erschlichene Affäre mit Haydn wenigstens ein Gutes. Was ich ihm gegenüber empfunden habe, hat meine Gefühle für Jonathan als so unreal erscheinen lassen wie das vorübergehende alberne Verknalltsein eines Teenagers in einen unnahbaren Popstar. Es waren keine wirklich tief gehenden Gefühle. Nicht im Geringsten. Ganz anders als bei Haydn. Mit ihm war es, als ob ich plötzlich zum Leben erwacht wäre. Alles erschien mir auf einmal viel intensiver, selbst meine Sinne waren geschärft.

Als Schriftstellerin spielt sich bei mir das meiste nur im Kopf ab, doch die Zeit mit Haydn war reales Leben, obwohl die Geschichte aus seiner Sicht vermutlich jenseits aller Realität war.

»Kann eigentlich noch irgendetwas schief gehen?«, seufzt Lucy, als ob sie meine Gedanken lesen könnte.

Ich sehe sie besorgt an. »Eigentlich will ich morgen zu meiner Mutter fahren.«

»Ich weiß.«

»Wenn du mich brauchst, bleibe ich hier.«

»Kommt gar nicht in Frage, du hast es Alice versprochen. Ich komme schon klar.«

»Warum kommst du nicht einfach mit? Ein kleiner Tapetenwechsel würde dir sicher auch gut tun.«

»Ich würde dich liebend gern begleiten, aber das ist völlig unmöglich. Ich kann mir in dieser Woche auf keinen Fall freinehmen, am Freitag ist doch die Präsentation.«

»Ach, stimmt ja. Bei all dem Chaos hatte ich das ganz vergessen.«

»Ich wünschte, ich könnte es auch einfach vergessen«, seufzt Lucy und verzieht das Gesicht.

»Es wird schon klappen, Lucy, glaub mir. Haydn hat es versprochen.«

»Und? Vertraust du ihm?«

Darüber muss ich keine Sekunde nachdenken. »Ja«, erwidere ich wie aus der Pistole geschossen. »Ich vertraue ihm absolut.«

Ich verschiebe meinen geplanten Trip nach Somerset auf Dienstag und hole Victor am Montagmittag aus der Tierklinik ab. Die linke Seite seines massigen Kopfes ist mit einem blutverschmierten Verband bandagiert, sein Hinterbein ist eingegipst, und er wirkt ein bisschen angeschlagen. Aber er er freut sich riesig, mich zu sehen. Als ich ihn hochhebe und nach draußen ins wartende Taxi trage, wackelt sein Stummelschwanz schneller hin und her als ein auf höchste Taktfrequenz eingestelltes Metronom.

Zu Hause erwartet mich auf dem Anrufbeantworter eine Nachricht von Julian. Er bittet um schnellstmöglichen Rückruf. Da ich in der vergangenen Nacht nicht schlafen konnte, habe ich quasi durchgearbeitet und ihm noch vor Tagesanbruch hundert weitere Seiten meines neuen Buches gemailt.

Ich lasse mich neben Victor auf meinem Bett nieder und rufe ihn an.

»Jude! Schön, dass du dich meldest! Ich habe die Kapitel gelesen, die du mir geschickt hast.«

»Das ging aber schnell! Und? Was meinst du?«

»Ich bin begeistert! Am besten hat mir der Part gefallen, als er ihr auf der Party aus der Patsche hilft. Super, wie er genau im richtigen Moment reingeschneit kommt und sie aus den Fängen dieses furchtbaren Mannes befreit.«

»Finde ich auch«, erwidere ich und denke daran zurück, wie großartig sich Haydn auf der Party verhalten hat.

»Jude, bist du noch dran?«

Julians Stimme holt mich zurück in die Realität.

»Erlaube mir eine Frage, Jude! Wie viel davon ist wahr?«

»Beruht nicht alle Literatur auf wahren Begebenheiten, die nur ein bisschen zurechtgebogen und verzerrt werden?«, erwidere ich ausweichend, da ich im Moment weder Lust noch Zeit habe, wieder einmal unser beider Liebesleben beziehungsweise die Nichtexistenz unserer Liebesleben zu diskutieren.

»Ausgenommen Sciencefiction. Aber denk an das Urheberrecht, Darling, und pass auf, dass deine Geschichte nicht in falsche Hände gerät. Wann kriege ich die nächsten Kapitel?«

»Sobald ich weiter bin, maile ich dir die Seiten. Viel mehr als du bereits hast, habe ich auch nicht.«

»Und wie, um alles in der Welt, endet die Geschichte? Ich brenne darauf, es zu wissen. Bitte, Jude, verrat es mir!«

»Ich weiß es ehrlich gesagt selbst noch nicht genau. Ich fahre für den Rest der Woche aufs Land, dann denke ich darüber nach.«

»Ich hoffe auf ein Happy End, Jude, sehr sogar.«

»Ich auch«, murmele ich traurig. »Ich auch.«

Dienstagmorgen. Meine Taschen sind gepackt. Ich will den Zug um ein Uhr mittags ab Bahnhof Euston nehmen. Zu Victors Ehren frühstücken wir heute im Wohnzimmer. Er liegt ausgestreckt auf Lucys Schoß und lässt sich mit gekochten Eiern und Toaststreifen füttern.

»Hört mal, ihr beiden!«, wende ich mich an meine Mitbewohner. »Ich habe eine Idee. Ich könnte Victor doch einfach mitnehmen zu meiner Mutter. Ihr habt sowieso keine Zeit, euch richtig um ihn zu kümmern, und vielleicht tut ihm ein kleiner Tapetenwechsel mal ganz gut.«

»Die Idee ist super!«, ruft Lucy begeistert und strahlt mich an. »Soweit ich weiß, war Victor noch nie auf dem Land. Edwin ist ja immer nur in der Stadt, wenn er nicht gerade im Ausland ist. Und er kommt frühestens am Wochenende zurück, also wäre Victor tagsüber immer allein in der Wohnung, abgesehen von Katrina natürlich.«

»Dann ist er bei mir auf jeden Fall besser aufgehoben. Apropos Katrina, wo ist sie überhaupt?«

»Keine Ahnung. Seitdem sie Samstagabend in unserem Taxi verschwunden ist, habe ich sie nicht mehr gesehen.«

»Glaubt ihr, dass sie seitdem gar nicht wieder hier war?«

»Da noch Essen im Kühlschrank ist, das ich am Samstagmorgen reingestellt habe, vermutlich nicht. Nein, sie war bestimmt nicht hier.«

»Wie merkwürdig.«

»Ich finde es herrlich. Hoffentlich bleibt sie ein für alle Mal verschwunden und frisst sich ab jetzt bei ihrem geheimnisvollen Freund durch.«

»Und stibitzt sich dort neue Kleider.«

»Oje, ich verstehe, worauf du hinaus willst.«

»Keine Katrina, kein rosa Seidenkleid.«

»Und keine Christian-Laboutin-Sandaletten.« Lucys Unterlippe bebt vor Empörung. »Aber egal. Ein bisschen Frieden ist mir ein Paar Schuhe wert.«

»Eben. Und nicht zu vergessen die tollen Sachen, die sie im Laufe der Jahre hier liegen gelassen hat.«

»Stimmt ja! Unseren geheimen Kleiderfundus hatte ich schon ganz vergessen. Glaubst du, nach dem ganzen Stress haben wir so viel abgenommen, dass uns inzwischen irgendetwas davon passt?«

»Durchaus möglich«, entgegne ich und gebe Victor den Rest meines Croissants, damit es sich nicht in Form von neuen Fettpölsterchen an meinen Hüften bemerkbar macht.

Dann stehe ich auf.

Lucy drückt Victor einen dicken Kuss auf seine feuchte Nase. »Wir probieren noch ein paar hübsche Sachen an, dann gehst du auf Reisen, VicVic. Du fährst mit Tante Jude aufs Land, wo du wie alle stinkenden Landhunde Schafe beschnuppern und Kuhfladen fressen kannst.«

Das letzte Mal habe ich London verlassen, als ich mit Haydn nach Brighton gefahren bin. Einerseits kommt es mir vor, als wäre es schon eine Ewigkeit her, anderseits habe ich das Gefühl, als wäre es erst gestern gewesen. Ich unterdrücke den sinnlosen Wunsch, dass er jetzt bei mir sein möge, und umarme stattdessen behutsam den guten alten Victor.

Trotz seiner gerade erst erlittenen Qualen ist er bester Laune. Dank seines verletzten Beines hat man ihm vorübergehend den Status eines Blindenhunds zugestanden, obwohl in seinem Fall nicht seine Begleitperson, sondern er selber der Behinderte ist, und so darf er neben mir auf einem der nylonüberzogenen, kratzigen British-Rail-Sitze hocken, wo er aufgeregt aus dem Fenster starrt und die vorbeisausende Landschaft bewundert. Immer wenn jemand durch unser Zugabteil geht, dreht er neugierig den Kopf.

Sein schlabberiges, samtenes Gesicht ist von seinem übrig gebliebenen Ohr bis zu seinem Verband zu einem breiten Hundegrinsen verzogen, seine nasse, dunkelrosa Zunge hängt die ganze Zeit draußen, so dass das Fenster in Windeseile voller Sabber ist. Einmal gibt es eine brenzlige Situation, als er zum ersten Mal im Leben eine echte Kuh sieht und so aus dem Häuschen gerät, dass wir Gefahr laufen, in den Gepäckwagen verbannt zu werden, doch mithilfe der Schokolade, die ich mir im Speisewagen gekauft habe, beruhigt er sich schließlich wieder, und der Rest der Reise verläuft ohne weitere Zwischenfälle.

Wenn man zwischen Sherborne und Dorchester auf den kleinen Dorfbahnhof hinaustritt, kommt man sich vor wie in einer vergangenen Zeit. Ich fühle mich, als sollte ich eigentlich in einem eng taillierten Vierzigerjahre-Kostüm und Pumps vorsichtig aus der von einer Dampflok getriebenen Eisenbahn auf den Bahnsteig hinabtreten und einem wartenden Gepäckträger meine farblich aufeinander abgestimmten Koffer übergeben, anstatt in Jeans und abgetragenen CAT-Stiefeln aus einem schmutzigen Intercity zu steigen und mich mit meiner ollen Reisetasche und Victor abzuschleppen.

Ich verfrachte Victor und mein Gepäck in ein Taxi, und wir fahren hinaus aufs Land. Meine Mutter wohnt in einem abgeschiedenen Bauernhaus, das am Ufer des Piddles liegt, was so viel heißt wie Pipi – Cal lacht sich immer tot darüber. Aus ihrem hinteren Garten hat Mum einen spektakulären Blick auf die Umrisse des hoch aufragenden Cerne Giant, jener in den weißen Kalkstein geritzten Riesenfigur, die von den Heiden einst als Wahrzeichen der Fruchtbarkeit verehrt wurde.

Als ich ankomme, dämmert es bereits. Die Fenster des Erdgeschosses sind hell und einladend erleuchtet. Das Haus wirkt wie das Motiv einer altmodischen Weihnachtskarte. Der Boden und die Pflanzen sind von einer hauchdünnen silbernen Reifschicht überzogen, vorne führt ein schmaler Pfad durch den vorderen Garten und trennt den quadratisch angelegten, in der Dämmerung golden schimmernden Rasen wie eine schwarze Linie in zwei Teile. Das Haus selbst ist ein lang gezogenes, niedriges Gebäude mit schräg abfallenden Giebeln, von denen die Fenster der oberen Etage wie Katzenaugen leuchten und in den dunklen Abend hinausstrahlen. Die roten Backsteinwände werden offenbar von uralten Eisenklammern und den zahlreichen Kletterpflanzen zusammengehalten, die an ihnen emporranken.

Als ich die Tür des Taxis zuschlage, wird die Haustür aufgerissen, und meine Mutter kommt herausgeschossen. Sie fegt wie ein Wirbelwind auf uns zu, und im nächsten Moment umarmt sie mich herzlich, und ich werde von kastanienbraunem Kaschmir umhüllt.

»Jude, Darling! Ich dachte schon, du kommst doch nicht! Warum hast du nicht vom Bahnhof angerufen? Dann hätte ich dich doch abgeholt!«

»Das Taxi stand direkt davor, also habe ich nicht lange überlegt... Ich wollte nicht, dass du an so einem Abend ins Auto steigen musst«

Ich vermeide es um jeden Preis, mit meiner Mutter Auto zu fahren, denn ihre Fahrweise ist genauso wie ihr Lebensstil: unbesonnen und leichtsinnig.

»Aber es ist doch ein herrlicher Abend, Jude.«

»Das schon, aber es ist so kalt. Brrr!« Ich tue so, als würde ich schlottern. »Und die Straßen sind ein bisschen vereist.«

Mum schüttelt den Kopf, und ihre roten Locken, die ich als Kind so hässlich fand, dass ich Gott gedankt habe, sie nicht geerbt zu haben, und um die ich sie heute so beneide, wippen wie wild. »Unsinn, Jude, es ist mild wie an einem lauen Frühlingsabend.« Sie holt tief und genussvoll Luft und ignoriert die Tatsache, dass sie beim Ausatmen angesichts der Kälte kleine Dampfwölkchen in die Luft bläst.

»Ich hoffe, du hast nichts dagegen, dass ich noch jemanden mitgebracht habe.«

»Nein überhaupt nicht, im Gegenteil... Du kennst doch mein Motto, je mehr umso besser...« Mit leuchtenden Augen versucht sie an mir vorbei einen Blick in das dunkle Innere des Taxis zu werfen und hält nach dem gut aussehenden Mann Ausschau, den ich ihrer Meinung nach im Schlepptau habe. »Sag ihm, er soll sich nicht so zieren und endlich aussteigen, um deine gute alte Mum zu begrüßen.«

»Er braucht ein bisschen Hilfe«, erkläre ich ihr und bemerke, wie sie bei dem Wörtchen »er« verzückt lächelt. »Er hatte am Sonntag einen kleinen Unfall und hat sich ein Bein gebrochen.«

»Oje, wir furchtbar, der Ärmste. Glaubst du, er schafft es die Treppen hoch? Ich meine, falls ihr in einem Zimmer schlafen wollt…«

»Normalerweise schläft er schon am liebsten bei mir, aber ich glaube, hier sollten wir ihm sein Bett besser in einem Korb im Wintergarten herrichten. Dann hat er es nicht so weit in den Garten, falls er mitten in der Nacht mal pinkeln muss.«

»Er pinkelt in den Garten?«

»Wir wollen doch nicht, dass er sein Geschäft im Haus erledigt, oder?«, entgegne ich. »Am besten helfe ich ihm mal schnell aus dem Taxi.«

Mit weit aufgerissenen Augen sieht sie zu, wie ich heimlich kichernd um das wartende Taxi herumgehe und die hintere Tür aufmache. Darauf bedacht, ihm nicht wehzutun und meinen Rücken nicht überzustrapazieren, hieve ich den ziemlich kräftig gebauten Victor vorsichtig vom Rücksitz.

»Mum, das ist Victor«, schnaufe ich und trage ihn zu ihr.

Als sie erkennt, dass es sich bei meinem Begleiter um einen Hund handelt, entspannen sich ihre Gesichtszüge, doch im nächsten Moment sieht sich mich missbilligend an, weil ich sie an der Nase herumgeführt habe. Dabei war es ihre eigene Fantasie, die sie in die Irre geführt und mir einen feschen neuen Freund angedichtet hat.

Als Victor sie jedoch so überschwänglich begrüßt wie sonst nur seine besten Freunde und sie mit seiner schleimtriefenden Nase abschnuppert wie ein Igel, dem gerade ein verlockender Duft in die Nase steigt, weicht ihr missbilligender Blick einem Lächeln.

»Ich glaube, er mag dich«, stelle ich fest, als Victor den Kragen ihres schicken kastanienfarbenen Umhangs mit einer breiten Rotzspur verziert.

»Was für ein süßer Hund«, murmelt sie und krault ihm seine weiche Stirn. »Gehört er etwa dir?«

Ich schüttele den Kopf. »Er gehört einem …« Ich wollte gerade sagen »einem Freund«, aber ich kann Edwin unmöglich als Freund bezeichnen. »Er gehört Lucys Bruder Edwin. Du erinnerst dich doch noch an Edwin, oder?«

»Natürlich. Ein nett aussehender Junge, der leider einen verdorbenen Charakter hat, aber man kann eben nicht alles haben: umwerfend gut aussehen, ordentlich verdienen und gleichzeitig auch noch die Gabe mitbringen, nett und zuvorkommend zu sein.«

»Ich weiß nicht …«, murmele ich geistesabwesend.

Ihre Augen scannen blitzschnell mein Gesicht und durchleuchten mich wie ein Röntgengerät. Sie kennt mich einfach zu gut; sie nimmt jede noch so kleine Veränderung meines Tonfalls wahr und vermag sie zielsicher zu deuten.

Ich will ihr nicht sagen, dass ich gerade an Haydn gedacht habe und dass ich glaube, endlich jemanden gefunden zu haben, der all das zu bieten hat, was ich von einem Mann erwarte.

Doch wie immer erkennt sie meine Gefühle und trifft sofort ins Schwarze. »Bring deine Sachen rein, Darling, und dann erzählst du deiner alten Mummy alles.«

»Was denn?«, frage ich und spiele die Ahnungslose, doch ihr Blick verrät mir, dass sie sich diesmal nicht für dumm verkaufen lässt.

Eigentlich wollte ich es Mum nicht erzählen, auf gar keinen Fall sogar, aber das Verlangen, mein Herz auszuschütten, und dann auch noch einer so teilnahmsvollen Zuhörerin, ist einfach zu groß. Als wir es uns in ihrer kuscheligen terrakottafarbenen Küche an ihrem robusten alten Holztisch bei Kaffee und selbst gemachten Rosinenküchlein, die so hart sind wie Granit, gemütlich gemacht haben, bricht die ganze traurige Geschichte aus mir heraus. Ich erzähle ihr von Lucy und Marjory, von Layton, Cal und Bruce und vor allem natürlich von Haydn, erzähle ihr die Geschichte in allen pikanten Details, na ja, jedenfalls beinahe in allen pikanten Details, bis zum bitteren Ende.

»Das bestätigt wieder einmal meine Theorie«, stellt Mum mit einem Seufzer fest, als ich fertig bin. »Man kann nicht alles haben: gutes Aussehen, einen scharfen Verstand und einen netten Charakter.«

»Aber er hat alles, Mum«, seufze ich.

»Zu dir war er aber nicht übermäßig nett, oder?«

»Aber ich habe es doch nicht besser verdient. Du kannst ihm doch nicht zum Vorwurf machen, dass er sauer auf mich ist.«

»Und warum nicht?«, nimmt sie mich knurrend in Schutz.

»Er ist ein toller Mann, Mum, er ist wahnsinnig nett und sympathisch. Allein wie er sich für Lucy ins Zeug gelegt hat, ist dafür doch Beweis genug, meinst du nicht auch? Und dass er nichts mehr von mir wissen will, kannst du ihm wirklich nicht vorwerfen, nicht nachdem wir ihn derart hinters Licht geführt haben.«

»Und wenn schon, du hast dich doch entschuldigt.«

»Na und? Meinst du, das macht alles wieder gut?«

»Hat deine Entschuldigung ihm nicht gereicht?«

»Offenbar nicht.«

»Meine arme kleine Jude.« Sie drückt mich an sich. Es ist die hundertdreiundreißigste Umarmung in der vergangenen halben Stunde.

»Ich wünschte, Lucys Mutter wäre auch so verständnisvoll wie du«, murmele ich, den Mund voll mit Mums Haaren. »Sie macht Lucy das Leben wegen dieser Geschichte zur Hölle. Erst hat sie geschworen, nie wieder ein Wort mit ihr zu reden, doch stattdessen ruft sie jeden Tag an und putzt sie immer wieder aufs Neue runter.«

»Ich wäre auch nicht besonders scharf darauf, Marjory O'Neill zu begegnen«, grübelt meine Mutter laut. »Die gute Frau hat ein bisschen zu viel Testosteron im Blut. Auf jeden Fall mehr, als ihr Mann hatte. Kein Wunder, dass sie nicht wieder geheiratet hat.« Sie beugt sich verschwörerisch zu mir herüber, als wären wir nicht in einem Umkreis von fünf Kilometern die einzigen Menschen weit und breit. »Ich habe mich schon immer gefragt, ob sie nicht vielleicht ein Zwitter ist. Was meinst du?«

Apropos Wiederheirat. Ich sehe mich in der Küche um und suche vergeblich nach irgendeinem Hinweis auf die Anwesenheit eines Mannes. In ihrer Küche herrscht das übliche chaotische, aber gemütliche Durcheinander. Überall verstreut stehen Teile ihres bunt zusammengewürfelten mehrfarbigen Keramikgeschirrs, das Weinregal ist wie immer gut gefüllt, auf allen verfügbaren Flächen liegen Zeitschriften und Kochbücher, ihr Mantel hängt an der Tür an einem Haken, und ihre Schuhe stapeln sich in einer Ecke.

»Was ist eigentlich aus Eddie geworden?«

Mum zieht die Augenbrauen hoch und lächelt mich trocken an. »Der hat sich auch entschuldigt.«

»Und die Entschuldigung hat dir nicht gereicht«, beende ich ihren Satz.

»Genau.«

Wir prusten beide los.

»Ach, ja, Männer«, seufzt Mum. »Ich kann einfach nicht mit ihnen zusammenleben.«

»Aber ohne sie kannst du keine Videokassette in den Recorder einlegen …«

Sie nimmt meine leere Teetasse, stellt sie in die riesige altmodische Porzellanspüle, geht zu der antiken walisischen Anrichte und holt uns zwei Gläser.

»Was hältst du davon, wenn wir auf den Kaffee verzichten und uns stattdessen etwas Besseres gönnen? Ich habe noch eine hervorragende Flasche Brandy, die Daddy nur zu besonderen

Anlässen hervorgeholt hat. Der gute Tropfen muss inzwischen achtzig Jahre alt sein.«

»Meinst du, dieser Anlass ist besonders genug?«

»Natürlich. Wenn du mich besuchst, ist es immer ein besonderer Anlass. Und nach all dem, was du in den vergangenen Wochen durchgemacht hast, können wir den Brandy, glaube ich, besser gebrauchen denn je.«

»Das kannst du wohl sagen.«

Ich höre, wie sie den großen Schrank unter der morschen Treppe durchstöbert, in dem sie alles aufbewahrt – von ihrer Medizin bis zu Maltwhisky, von Schrotflinten bis zu Sambuca.

Schließlich kommt sie mit einer verstaubten Flasche Brandy zurück an den Tisch und schenkt uns zwei ordentliche Portionen ein.

»Worauf sollen wir trinken?«, fragt sie und reicht mir eins der Gläser.

»Auf ein unkompliziertes Leben«, schlage ich vor. »Darauf, dass man nicht so viele Probleme am Hals hat, die einem das Dasein erschweren.«

»Du bist viel zu jung, um dich schon nach einem ruhigen Leben zu sehnen.«

»Ruhig muss ja nicht unbedingt langweilig heißen, aber ein bisschen weniger Stress wäre schon nett.«

»Nimm das Ganze einfach nicht so schwer, Jude. Du glaubst gar nicht, wie schnell so mancher Kummer verfliegt und Schnee von gestern ist.«

»Meinst du wirklich?«

»Glaub mir, es wird sich alles zum Guten wenden, ehe du dich versiehst, kehrt wieder Normalität in dein Leben ein.«

Mum mutiert für die Dauer meines Aufenthalts zu einer regelrechten Vollblutmutter. Andauernd umarmt sie mich, inzwischen ducke ich mich schon jedes Mal, wenn wir uns begegnen. In ihren Malpausen steht sie unentwegt am Ofen und bäckt, um mir in Form von süßem Gebäck weiteren Trost zu spenden. Und so entsteht in der Küche ein unerschöpflicher Nachschub an ziemlich harten Keksen, Kuchen und anderen Teigwaren, die ich, um nicht aufzugehen wie ein Luftballon und mir nicht die Zähne zu ruinieren, verstohlen an einen hocherfreuten Victor verfüttere.

Abends sitzen wir gemeinsam am Kaminfeuer und sehen uns irgendwelche Soaps an. Dabei strickt Mum wie eine Besessene, so dass die Nadeln aneinander klackern wie die Zähne eines aufgezogenen Scherzartikelgebisses. Während ihres Strickmarathons bin ich vorübergehend Luft für sie. Erst als sie mir nach zwei Tagen das Ergebnis ihrer Arbeit zur Begutachtung hinhält, sehe ich, was es ist: ein Pullover für Victor, oder besser gesagt eine Art Strickjacke, die jedoch der Einfachheit halber hinten, also auf Victors Rücken, zugeknöpft wird.

Als sie ihm das schmucke Stück anlegt, erwarte ich, dass er sich sträubt und sie beißt, doch statt dessen scheint es ihm zu gefallen, und er stolziert durch das Haus wie ein o-beiniges, ziemlich unförmiges Model über den Laufsteg.

»Na bitte!«, verkündet sie stolz, während sie ihm dabei zusieht. »Jetzt hat er es schön mollig und warm.«

Ich schüttele ungläubig den Kopf.

»Gefällt dir das Jäckchen etwa nicht?«, fragt meine Mutter, als sie meinen Blick sieht.

»Na ja, wenn der Tierschutzverein mitkriegen würde, dass du ihn in so ein Teil steckst, würden sie dich wegen Grausamkeit anzeigen.«

»Grausamkeit?«

»Aber ja, es entspricht nun mal nicht seinem Kleidungskodex.«

»Vielleicht ist die Jacke keine Augenweide, aber sie ist sehr praktisch, findest du nicht?«

»Praktisch?«

»Nach seinem Unfall muss er immer schön warm sein, erst recht, wenn wir nach draußen gehen.«

»Willst du mit ihm rausgehen?«

»Nein Jude, wir gehen mit ihm raus. Victor und ich machen einen kleinen Spaziergang, und du begleitest uns.«

»Hm, ich weiß ja nicht«, entgegne ich und schiebe meinen Hintern noch tiefer ins Sofa.

»Du hast seit zwei Tagen das Haus nicht verlassen, du brauchst doch mal ein bisschen frische Luft.«

»Ich hatte genug frische Luft.«

»Und Victor braucht auch ein bisschen mehr Bewegung, als nur mal schnell eine Runde durch den Garten zu drehen, während du auf einem umgedrehten Blumentopf hockst, dich mit Schokolade voll stopfst und Trübsal bläst.«

»Ich blase nicht Trübsal«, lüge ich.

»Na wunderbar, dann kannst du uns doch auf einen kleinen Spaziergang begleiten.«

»Im Prinzip ja, aber ich muss auf Victor Rücksicht nehmen.«

»Inwiefern?«

»In seinem Zustand kann er noch keine größeren Entfernungen zurücklegen.«

»Wenn das das einzige Problem ist, dann kann ich Abhilfe schaffen.« Sie verschwindet erneut im chaotischen Gewühl ihres Schranks und kramt irgendetwas hervor. Zuerst sehe ich nur ihren Hintern. Sie zieht etwas auf Rädern hinter sich her, und als sie schließlich ganz aus dem Schrank heraus ist, sehe ich, dass es ein alter Puppenwagen ist.

Bei seinem Anblick pruste ich laut los. »Da kriegst du ihn nie rein!«

Mum wirft mir einen verschmitzten Blick zu und schiebt den Wagen an mir vorbei in die Küche, wo Victor es sich vor dem Ofen auf dem Sitzkissen bequem gemacht hat, das sie ihm für die Dauer unseres Aufenthalts als Bett überlassen hat.

»Komm her, mein Schätzchen«, ruft sie und klopft auf den Nylonsitz des Puppenwagens. Victor öffnet ein Auge und mustert das Vehikel mit einem misstrauischen Blick.

»Siehst du, ich habe dir ja gleich gesagt, dass er von dem Ding nichts wissen will.«

»Das glaube ich nicht. Er hat nur keine Ahnung, wozu der Wagen gut ist.« Sie schiebt ihn direkt vor Victors Nase und klopft erneut auf den Sitz. »Hier rein, Schätzchen, dieses gemütliche Plätzchen ist nur für dich.«

Victor beschnuppert den Wagen neugierig und macht es sich dann zu meiner Riesenüberraschung mit einem Seufzer darin gemütlich. Bereitwillig lässt er sich durch die Küche schieben.

»Siehst du, er findet den Wagen großartig. Und jetzt genug der Ausreden, auf geht's!« Sie zwingt mich in ein Paar alte Gummistiefel von ihr und in eine wetterfeste Jacke, die nach feuchtem Gras mufft, und schiebt mich und Victor aus der Tür. »Du musst tief durchatmen«, weist sie mich an und holt selber tief Luft.

Ich versuche, ihrem Beispiel zu folgen und bekomme prompt einen solchen Hustenanfall, als würde ich täglich zwei Päckchen rauchen. Meine Mutter marschiert unbeirrt weiter und schiebt Victor im Wagen vor sich her. Sie schlägt den Pfad ein, der über eine kleine Brücke auf die andere Seite des Flusses und zum Cerne Giant hinaufführt. Ich folge ihr in einigem Abstand und schmolle, weil ich eigentlich zu Hause bleiben und *Mord ist ihr Hobby* sehen wollte.

»Du siehst aus wie eine von diesen alten Jungfern, die vor irgendwelchen Supermärkten einen Einkaufswagen voller Viecher auf und ab schieben und Geld für die Verteidigung der Tierrechte oder für das örtliche Katzenasyl sammeln!«, rufe ich spöttisch hinter ihr her.

Ohne sich umzudrehen, hält sie mir im Scherz den Stinkefinger hin und legt noch einen Schritt zu.

Schließlich hole ich sie ein. Ich keuche und schnaufe wie eine altersschwache Oma nach einem Dauerlauf. Sie steht am Fuß des Cerne Giants, jenem riesigen Bildnis eines Frühmenschen in seiner ganzen nackten Pracht, eingeritzt in weißen Kalkstein.

»Das ist alles, was die Männer ausmacht«, stellt sie fest und zeigt auf den überdimensionalen Phallus der Riesenfigur.

»Du meinst, dass sie alle am liebsten einen Schwanz hätten, der größer ist als ihr Kopf?«

»Das auch. Aber eigentlich meinte ich etwas anderes. Guck dir mal die Konturen des alten Knaben an. Er sieht doch aus, als ob sein Ding der eigentliche Körper wäre und der Rest des Mannes das Anhängsel. Sie sind nichts weiter als hormongesteuerte Triebtiere. Alle. Letztendlich sind sie nur auf Sex aus und auf sonst gar nichts.«

»Glaubst du wirklich?«

Sie nickt mit Nachdruck. »Genau an dieser Stelle sieht man übrigens häufig Paare, die es miteinander treiben«, fährt sie fort und zeigt erneut auf den Riesenphallus. »Die Legende sagt, dass es gegen Unfruchtbarkeit hilft.«

»Ach, deshalb liegt im Wintergarten ein Fernglas«, ziehe ich sie auf.

»Du weißt genau, dass ich damit Vögel beobachte.«

»Lieber als Paare *beim* Vögeln? Kaum zu glauben.«

»Ein bisschen mehr Respekt bitte, Jude. Ich bin zwar ein alter Hippie, aber ich bin immer noch deine Mutter.«

Ich versuche, rücksichtsvoll das Thema zu wechseln, indem ich auf einen mir unbekannten Vogel zeige, doch dann fängt sie selbst wieder mit dem Thema an.

»Hattet ihr guten Sex?«, fragt sie völlig unverblümt.

»Wie bitte?«, hüstele ich verlegen.

»Du und Haydn. Nun komm schon, erzähl mir, wie es war!«

»Mum, also ehrlich.« Ich merke, wie ich rot werde. »Hast du nicht eben etwas von Respekt gesagt?«

»Was nun? War euer Sex gut?«, insistiert sie.

»Mum! Es gibt ein paar Dinge, die eine Tochter grundsätzlich nie mit ihrer Mutter besprechen sollte, zum Beispiel wie oft sie als Kind die Schule geschwänzt hat oder ob sie raucht oder mit wie viel Jahren sie ihre erste Zigarette in den Fingern hatte – und nein, bevor du jetzt fragst, ich rauche nicht«, füge ich schnell hinzu, als sie den Mund aufmacht. »Es gibt so was wie die zehn Gebote für eine gute Mutter-Tochter-Beziehung. Und weißt du, an welcher Stelle auf dieser Liste das Thema Sex steht? Ich sage es dir: Es ist das erste Gebot. Du sollst deine sexuellen Erlebnisse niemals mit deiner Mutter besprechen.«

Sie sieht mich verschmitzt an, auf ihrem Gesicht zeichnet sich ein belustigtes Lächeln ab. »Und? War euer Sex nun gut?«

»Unglaublich gut«, murmele ich und ziehe den Kopf ein wie eine Schildkröte, um meine rote Birne zu verbergen.

»Gut. Dann wird er mehr davon wollen und zu dir zurückkommen.«

»Kannst du mir das garantieren?«

»Natürlich. Männer haben in etwa das gleiche Verhältnis zu Sex wie Frauen zu Schokolade.«

»Meinst du wirklich?«

»Absolut. Es ist ein unwiderstehliches Verlangen, gegen das sie wehrlos sind. Nimm nur mich und meine Sucht nach Marsriegeln. Wenn ich einmal abbeiße, bin ich schon verloren. Ich kann mir noch so sehr einreden, wie schlecht das süße Zeug für mich ist, aber es schmeckt so verdammt köstlich, dass ich nicht widerstehen kann.«

»Mag ja sein, aber dieser Mann hat etwas, das den meisten Männern fehlt.«

»Und was soll das, bitte schön, sein?«

»Einen Sinn für Moral. Und genau diesen Sinn habe ich leider schwer verletzt. Er wird mir nie vergeben, Mum. Würdest du jemandem vergeben, der dich angelogen hat, um dich ins Bett zu kriegen?«

»Aber das hast du doch gar nicht getan, Jude.«

»Na gut, nicht ganz. Ich habe ihn angelogen, und ich war mit ihm im Bett, ich habe ihn nicht angelogen, um ihn ins Bett zu kriegen. Aber ich bin sicher, das er das Ganze mehr oder weniger so sieht.«

»Aber das tun wir doch alle.«

»Was?«

»Lügen, um zu kriegen, was wir wollen. Uns irgendwie geben, wie wir eigentlich gar nicht sind, um jemanden zu beeindrucken, damit er uns attraktiv findet. Anderen Leuten nach dem Mund reden, damit sie uns mögen und unsere Freunde sein wollen, vielleicht sogar eine Beziehung mit uns anfangen oder mit uns schlafen. Nimm nur Jonathan …«

»Muss das sein?«

»Nur als Beispiel. Was hat dich beim ersten Mal dazu gebracht, mit ihm ins Bett zu gehen?«

»Oje.« Ich wühle in meiner Erinnerung. »Es ist schon so lange her.«

»Denk nach, Jude.«

»Muss das wirklich sein?« Ich verziehe das Gesicht. »Okay, okay. Also, es war auf jeden Fall eine Menge Alkohol im Spiel.«

»Also warst du besonders verletzlich.«

»Es war Georges Hochzeit, und ich war in einer sehr emotionalen Stimmung.«

»Also warst du noch verletzlicher«, wiederholt sie.

»Alle außer mir waren liiert, und ich habe mich gefühlt wie das armseligste Mauerblümchen der ganzen Stadt.«

»Da haben wir's wieder.«

»Ich glaube, er hat mir ins Ohr gesäuselt, dass er mich liebt.«

»Aha. Und?«

»Das war auf jeden Fall gelogen, das weiß ich genau.«

»Aha«, wiederholt sie. »Und die Beziehung ist zerbrochen, weil er von dir nur eins wollte: Sex. Aber soweit ich das beurteilen kann, verhält es sich mit diesem Haydn ein bisschen anders. Ihr habt euch wirklich zueinander hingezogen gefühlt, und der Sex war eher ein Nebenprodukt, nur ein kleiner Teil der ganzen Geschichte. Und auch wenn die Umstände ein bisschen ungewöhnlich und verworren gewesen sein mögen – eure Gefühle waren so ehrlich und aufrichtig, dass du trotz allem viel bessere Chancen auf einen guten Ausgang der ganzen Sache hast als die meisten anderen Paare.«

»Glaubst du das wirklich?«

»Ich kenne ihn ja nicht, aber nach allem, was du mir von ihm erzählt hast, glaube ich ja. Wenn er so anständig und aufrichtig ist, wie du sagst, wird er dich anhören und dir eine faire Chance geben, dich zu entschuldigen.«

»Aber wie soll ich diese faire Chance kriegen, wenn er nicht einmal mit mir redet?«

»Dass er im Moment nicht mit dir redet, muss noch lange nicht heißen, dass er dich nicht anhört. Du hast ihn reingelegt, Jude, und jetzt ist er in seinem Stolz verletzt. Es gibt keinen schwierigeren Gesprächspartner als einen Mann, dessen Stolz verletzt wurde und der das Gefühl hat, dass gegen seine Prinzipien verstoßen wurde. Wenn du ihn wirklich so liebst, wie du sagst, musst du die Hürde überspringen. Du darfst nicht aufgeben, sondern musst beharrlich am Ball bleiben.«

»Aber ich habe schon so oft versucht, mit ihm zu reden. Allmählich komm ich mir ein bisschen blöd vor, ständig hinter ihm herzulaufen.«

»Was spricht dagegen, ein bisschen von deinem Stolz zu opfern, wenn du dadurch seinen wiederherstellen kannst? Wenn er wirklich so wunderbar ist, dürfte er das wohl wert sein.«

Wie immer hat sie Recht. Ich nicke langsam. »Woher hast du nur deine Weisheit?«

»Ich bin nicht weise, höchstens welterfahren.«

»Man könnte meinen, du wärst schon mal in einer ähnlichen Situation gewesen. Hast du auch schon mal etwas von deinem Stolz geopfert?«

»Aber ja, ständig und immer wieder. Manchmal fällt es einem schwer dazuzulernen.«

»Was ist mit diesem Eddie, Mum?«

Sie zuckt mit den Achseln. »Er konnte deinem Vater nicht das Wasser reichen.«

»Das wird nie jemand können.«

»Und das ist genau das Problem.« Sie bückt sich und entfernt einen Brombeerast, der sich in Victors Wagen verheddert hat. »Vielleicht sollte ich mir einen Hund zulegen. Wenn man auf dem Land lebt, ist das ja beinahe ein Muss, aber bisher bin ich immer davor zurückgeschreckt. Ständig matschige Pfotenabdrücke, dann der Hundegeruch und überall Haare … aber Victor ist ja wirklich pflegeleicht.«

»Er ist es gewohnt, mit Menschen zu leben. Er hat gelernt, sich als Gast zu benehmen.«

Wir gehen einen Moment schweigend weiter.

»Ich habe letzte Woche Bernie gesehen«, erwähne ich nach ein paar Minuten so beiläufig wie möglich.

»Bernie ist wirklich ein Prachtstück von einem Mann«, seufzt meine Mutter.

»Stimmt«, entgegne ich und nicke. »Ein Wunder, dass er nie geheiratet hat. Aber er hat mir erzählt, dass vor langer Zeit jemand sein Herz gebrochen hat, und darüber ist er, glaube ich, nie richtig hinweggekommen.«

Mum sieht mich an, doch ich beschleunige meinen Schritt ein wenig und gehe den Rest des Weges vor ihr zurück zum Haus.

Am nächsten Tag mache ich einen kleinen Spaziergang ins Dorf. Victor hoppelt auf drei Beinen neben mir her.

Dort angekommen schreibe ich eine Karte an Lucy, mit der ich ihr viel Glück wünsche, und suche – die Worte meiner Mutter klingen mir noch im Ohr – nach einer etwas weniger kitschigen Karte für Haydn, die ich ihm an seine Londoner Adresse schicke. Danach verprasse ich den größten Teil meiner mitgenommenen zwanzig Pfund für eine Großpackung belgischer Pralinen, damit Mum und ich uns einen gemütlichen Fernsehnachmittag machen können und ordentlich was zum Naschen haben.

Wer hätte je gedacht, dass die Inflation uns eines Tages auch noch unsere Naschgelüste vergällen würde? Als ich klein war, konnte man sich das süße Glück noch für die zehn Pence Taschengeld kaufen, die es jeden Sonntag gab, und sie haben immer für eine Riesentüte Süßigkeiten gereicht, die ich dann vor einem alten Schwarzweißfilm in mich hineinfuttern konnte. Im Grunde haben sich meine Gelüste in dieser Hinsicht nicht großartig geändert, nur dass ich für für einen rührseligen Fernsehnachmittag inzwischen deutlich mehr auf den Tisch legen muss.

Das ist der Beweis: Ich werde alt. Ich habe eine »Als-ich-jung-war-Geschichte« erzählt.

Zurück in Mums Haus lege ich eine CD von Pete Tong auf und tanze durch den Raum – ein verzweifelter Versuch, mich wieder jung zu fühlen. Ich rede mir ein, dass ich immer noch angesagt bin, erreiche aber leider das Gegenteil, denn ich stolpere über eine auf dem Boden herumliegende Handtasche und verstauche mir ziemlich übel den Knöchel, so dass ich mich deprimiert zum Sofa schleppe, mich niederplumpsen lasse und mich jetzt definitiv alt und klapprig fühle.

In dieser Pose findet Mum mich vor, als sie ihr Tagewerk beendet hat und sich zu mir gesellt, um sich mit mir einen Humphrey-Bogart-Film anzusehen.

»Musste es damals wirklich so zugehen?«, frage ich sie, als Bogey der Hauptdarstellerin zeigt, wer das Sagen hat.

»Was meinst du?«

»Es ist alles so schwarz-weiß.«

»Na ja, damals war der Farbfilm noch nicht erfunden«, erwidert sie im Scherz.

»Du weißt genau, was ich meine.«

»Du meinst, dass Männer sich wie Männer verhielten und Frauen wie Frauen? Ich denke ja, auch wenn es vielleicht ein bisschen verallgemeinernd ist. Aber das war vor meiner Zeit. Wie du ja weißt, haben mich eher die Sechziger geprägt.«

»Und du bist in Flatterkleidern umhergeschwebt, hast freie Liebe gepredigt und Marihuana geraucht.«

»Das ist auch etwas verallgemeinernd.«

»Mag sein. Schließlich hattest du auch damals schon eine ziemlich lange feste Beziehung… vor Dad, meine ich.« Ich sehe sie an, doch sie richtet ihren Blick stur auf den Bildschirm.

»Psst, Jude, ich will den Film sehen.«

Doch es dauert keine fünf Minuten, bis ihre Neugier siegt.

»Geht es Bernie gut?«

Ich grinse still in mich hinein. Wusste ich doch, dass ich nur die Saat auszulegen brauchte…

»Ja, ich denke schon. Ihr redet doch gelegentlich miteinander, oder?«

»Ja, ab und zu, aber ich melde mich nicht so oft bei ihm, wie ich sollte.«

»Warum nicht? Hast du vielleicht ein schlechtes Gewissen?«

Ihre hellbraunen Augen, die den meinen so ähneln, sehen mich besorgt an. »Meinst du, ich muss wegen irgendetwas ein schlechtes Gewissen haben?«

»Na ja, nach dem, was er mir erzählt hat, war es damals ein schwerer Schlag für ihn, als du ihn wegen Dad verlassen hast.«

»Wirklich?«, fragt sie ehrlich überrascht zurück. »Dabei wirkte er immer so gleichgültig. Vielleicht habe ich ihn völlig falsch eingeschätzt. Ich hatte immer den Eindruck, dass ihn unsere Trennung nicht weiter berührt hat.«

»Ich glaube, für ihn sah das Ganze so aus, als hättet ihr ihn vor vollendete Tatsachen gestellt. Er hat gesehen, dass du dich Hals über Kopf in Dad verliebt hast, und erkannt, dass es absolute Zeitverschwendung und vergebene Liebesmüh gewesen wäre, um dich zu kämpfen. Er hat dich so sehr geliebt, Mum, dass er nur wollte, dass du glücklich wirst. Deshalb hat er dich still und leise ziehen lassen.«

»Das klingt ja so herzerweichend wie ein alter Song von Sting«, macht sie sich lustig, doch ihre mitfühlenden Augen strafen ihre abschätzigen Worte Lügen.

Nach einigen weiteren Minuten fragt sie: »Glaubst du wirklich, dass er damals so empfunden hat?«

Ich nicke. »Er hat es mir selber erzählt.«

»Wenn ich ehrlich bin, fühle ich mich heute noch schlecht dafür, dass ich ihn für deinen Vater einfach so habe sitzen lassen. Ich habe ihn sehr gemocht.«

»Es ist nie zu spät, Dinge wieder gutzumachen.«

Mum dreht sich mit einem triumphierenden Strahlen zu mir um. »Ich bin ja so froh, dass du das so siehst. Genau das versuche ich dir schon die ganze Woche beizubringen.«

Kapitel 10

Den ganzen Freitag laufe ich im Haus hin und her wie ein nervöses Huhn.

Ich weiß, dass die Präsentation um Punkt zehn stattfindet. Nach dem, was Lucy mir erzählt hat, schätze ich, dass sie etwa eine Stunde dauert. Ihre Agentur ist die letzte, die in dieser Woche zur Präsentation eingeladen ist, genauer gesagt, ist sie überhaupt die letzte. Spicer Booth will die Entscheidung noch am gleichen Tag bekannt geben.

Ab elf starre ich nervös das Telefon an und erwarte, dass es jeden Augenblick klingelt und Lucy dran ist, um mir zu erzählen, wie es ausgegangen ist. Vier endlose Stunden schmore ich vor Mums museumsreifem schwarzem Apparat.

Um drei Uhr nachmittags klingelt es endlich. Ich hocke im Arbeitszimmer neben dem Telefon und tue seit einiger Zeit so, als ob ich in einem von Mums Kaminschmökern lesen würde, obwohl ich in Wahrheit unfähig bin, mich auf irgendetwas zu konzentrieren.

Bevor Lucy sich meldet, höre ich im Hintergrund Stimmengewirr, Gläsergeklirr und Gelächter.

»Jude?«

»Lucy, bist du's?«

»Ja, hi, Jude, alles okay bei dir?«

»Ja, sicher«, erwidere ich ungeduldig. »Wie ist es ausgegangen? Wo bist du?«

»Wir sind alle im Court Jester. Du weißt schon, die Kneipe gegenüber der Agentur.«

»Und?«, dränge ich und versuche, an ihrer Stimmlage zu erkennen, ob sie in Jubellaune ist oder total geknickt.

»Du meinst, ob wir dabei sind, unseren Frust zu ertränken oder etwas zu feiern haben?«

»Lucy! Jetzt spann mich nicht länger auf die Folter!«

»Also, wir lagen mit unserem Kostenplan ein bisschen weit oben …«

»Ach, Lucy, es tut mir so Leid …«, falle ich ihr ins Wort und mache ein langes Gesicht.

»… aber unsere Marketing-Ideen waren um Längen besser als alles, was unsere Konkurrenten zu bieten hatten«, fügt sie atemlos hinzu.

»Ihr habt den Zuschlag bekommen?«

Sie lässt mich noch einen Augenblick zappeln und platzt dann überglücklich heraus: »Ja, Jude, stell dir vor – wir haben den Auftrag! Wir haben ihn im Sack! Wir haben ihn im Sack!«

»Gott sei Dank!«, seufze ich und werfe vor Freude mein Buch auf den Boden.

»O Jude, es war furchtbar«, jammert Lucy. »Sie haben uns viereinhalb Stunden schmoren lassen, kannst du dir das vorstellen? Seit elf Uhr haben wir hier gehockt, nervös an unserem Mineralwasser genippt und Fingernägel gekaut. Und dann ist mir ein Riesenstein vom Herzen gefallen …«

»Das kann ich mir vorstellen. Ich war auch ein einziges Nervenbündel und habe den ganzen Tag vor dem Telefon auf heißen Kohlen gesessen.«

»Tut mir Leid, dass ich mich nicht früher gemeldet habe. Aber ich war nach der Bekanntgabe so aus dem Häuschen, dass ich kein Wort herausgebracht hätte.«

»Macht ja nichts. He, gut gemacht. Ich freue mich riesig für dich.«

Eine Frage liegt mir noch auf der Zunge. »War er auch da?«

»Layton Bastard? Keine Spur von ihm, und das war wirklich ein Segen. Ich glaube, wenn er da gewesen wäre, hätte ich die Präsentation niemals glatt über die Runden gebracht. Es geht das Gerücht, dass er nach Amerika zurückversetzt wurde. Wie es aussieht, war dein Liebster meine Rettung, Jude.«

»Mein Liebster?«, frage ich, wohl wissend, wen sie meint.

»Ja, Haydn. Er muss es geschafft haben, Layton kaltzustellen.«

»Vielleicht hat Haydn ein bisschen Schützenhilfe geleistet, aber letztendlich hast du dir den Erfolg selbst erarbeitet. Dass du den Zuschlag bekommen hast, ist ganz allein dein Verdienst.«

»Ja, ich glaube wirklich, dass meine Präsentation die beste war«, entgegnet sie. Doch es klingt nicht nach Eigenlob, ihre Stimmlage verrät eher, dass sie sich krampfhaft einzureden versucht, den Spicer-Booth-Auftrag tatsächlich durch eigene Verdienste an Land gezogen zu haben und nicht durch Vitamin B. »Aber ich glaube, ich habe es Haydn zu verdanken, dass ich objektiv beurteilt und nicht schon im Vorfeld abgeschossen wurde. O Jude, ich fühle mich so schuldig für das, was wir ihm angetan haben. Kaum zu glauben, dass er trotz der ganzen Misere so nett zu mir war.« Ihre Stimme wird weicher, und sie fügt leise hinzu: »Aber wem sage ich das. Und wie geht es dir so?«

Ich überlege einen Augenblick und will gerade »ganz okay« sagen, als mir meine Unterhaltung mit Callum über positives Denken einfällt. »Gut«, erwidere ich und meine es auch so.

»Das freut mich für dich, Jude. Und wie geht es deiner Mutter?«

»Sie ist der Grund, weshalb es mir so gut geht.«

»Sie ist wirklich ein Schatz! Ich wusste ja gleich, dass sie dich wieder aufheitern würde. Bestell ihr einen schönen Gruß von mir, und frag sie, ob sie nicht George enterben und mich stattdessen adoptieren will.«

»Da würde sie bestimmt keine Sekunde zögern.«

»Ach, und Jude, bevor ich es vergesse, ich muss dich vorwarnen … Warte mal einen Augenblick, bleib dran … Ja, Andy, ich komme sofort … Was? Mr. Bond persönlich? Ja, ich bin schon da. Jude, ich muss auflegen. Andy sagt, dass unser Managing Director mit mir reden will. Offenbar will er mir kräftig auf die Schulter klopfen. Hoffentlich lässt er seinen Worten auch Taten folgen und belohnt mich mit einer saftigen Gehaltserhöhung. Pass auf dich auf! Bis morgen, Jude. Ich freue mich. Tschüss.«

»Lucy? Lucy?«

Sie legt auf, ohne ihre geheimnisvolle Andeutung beendet zu haben. Vor was wollte sie mich bloß warnen? Besorgt rufe ich Cal an, doch er hat auch keine Ahnung.

»Hier ist alles bestens, Jude. Mach dir keine Sorgen. Luce hat uns die positive Nachricht auch schon überbracht, und jetzt feiern wir. Bruce ist da. Sag ›Hi‹, Bruce!«

Ich höre Bruce im Hintergrund »Hi, Bruce!« trällern und auf seine eigentümliche Art loskichern.

»Wir treffen uns gleich mit Lucy im Court Jester und haben schon mal eine Flasche Sekt geköpft, um nicht stocknüchtern auf der Siegesfeier zu erscheinen. Eigentlich müssten wir ja noch arbeiten, aber wir schwänzen heute.«

»Schwänzen ist mein Lieblingsspiel«, brüllt Bruce dazwischen, »abgesehen von Doktorspielen natürlich.«

Cal reißt den Hörer wieder an sich.

»Richte Bruce von mir aus, dass es ihm hier gefallen würde«, witzele ich. »Von meinem Schlafzimmerfenster aus sehe ich direkt auf einen Riesenpenis.«

Ich höre, wie Cal meine Nachricht weiterleitet, lautes Gelächter folgt. Kurz darauf ist Cal wieder dran.

»Bruce sagt, er springt in den nächsten Zug und kommt vorbei. Apropos – wie geht es meinem vierbeinigen Freund?«

»Dem geht's prima. Mum und er haben sich bis über beide Ohren ineinander verliebt und sind praktisch unzertrennlich. Ich glaube, er würde am liebsten hier bleiben.«

»Aber ihr müsst bald zurückkommen!«, kreischt Cal. »Wir vermissen euch!«

»Wir vermissen euch, schluchz!«, grölt Bruce im Hintergrund, woraufhin sie beide anfangen, mir durch die Leitung Kusshände zuzuwerfen.

»Verarschen kann ich mich selbst!«

»Nein, im Ernst, Jude, es ist hier so still ohne dich. Sogar Katrina bläst Trübsal und schleicht umher wie ein matschiges Eier-Sandwich. Dabei kommt Edwin heute Abend zurück, an ihm kann es also diesmal nicht liegen.«

»Sie ist also wieder aufgetaucht?«

»Ja, gestern. Unerhört, sich so lange herumzutreiben.«

»Ich komme morgen Nachmittag zurück.«

»Super. Ich kann es gar nicht erwarten. Dann koche ich morgen Abend zur Feier des Tages etwas Leckeres. Bis morgen, ciao, Jude.«

So gerne ich auch bei meiner Mutter bin – am liebsten würde ich mich jetzt auf der Stelle nach London beamen und mit den anderen Lucys Erfolg feiern.

»Ich glaube, es ist an der Zeit, dass wir auch ein bisschen feiern«, sage ich zu Victor, der mir den ganzen Tag beim Bewachen des Telefons Gesellschaft geleistet hat.

Irgendwo im hintersten Regal von Mums Vorratskammer muss noch eine verstaubte Flasche Sekt stehen. Ich weiß genau, dass sie da ist, denn es ist die letzte Flasche aus der Kiste, die Bernie mir mitgegeben hat, als ich Mum das letzte Mal besucht habe. Dass sie so lange unentdeckt geblieben ist, liegt an ihrem verborgenen Platz hinter einem fünf Jahre alten Literglas mit selbst eingelegtem Kohl. Ich staube die Flasche ab, nehme zwei Gläser von der Anrichte und steuere den Wintergarten an, um meine Mutter bei ihrem künstlerischen Schaffen zu unterbrechen.

»Hast du Lust, mit mir anzustoßen?«, frage ich und wedele mit der Flasche. »Es ist zwar kein Champagner, aber ich glaube, Sekt tut es auch.«

»Heißt das, Lucy hat den Zuschlag bekommen?«

Ich nicke begeistert. »Ja. Wir haben etwas zu feiern.«

»Oh, wie schön!« Sie wischt ihren Zobelpinsel an einem öligen Lappen ab und legt ihn auf den Rand ihrer Staffelei. Ich lasse den Korken knallen und schenke in meiner Begeisterung sogar ein wenig von dem golden sprudelnden Tropfen in Victors

Wasserschale. Wir stoßen auf Lucys Erfolg an, und dann zieht Mum mich zu sich heran und zeigt mir ihr Werk.

»Was hältst du davon?«, will sie von mir wissen. Sie hat Victor gemalt. Er sitzt in voller Montur auf dem Queen-Anne-Sessel. Mit seinen fröhlich funkelnden schwarzen Augen, seiner roten Strickjacke und seinem vor gespannter Erwartung beinahe menschlichen Gesicht erinnert er an einen der menschenähnlichen Spielerhunde von Arthur Sarnoff, nur ohne den Poolbillard-Tisch oder die Spielkarten.

»Es ist absolut genial.«

»Jetzt übertreib mal nicht!«, entgegnet sie, aber ich sehe an ihrem Lächeln, dass sie sich sehr über mein Kompliment freut.

»Dann haben wir ja doppelten Grund anzustoßen. Auf Lucy, weil sie den Spicer-Booth-Auftrag bekommen hat, und auf dich, weil du ein weiteres tolles Bild gemalt hast.«

Vor lauter Nervosität habe ich den ganzen Tag noch keinen Happen zu mir genommen. Als der kribbelnde Sekt in meinen leeren Magen strömt, fängt dieser bedrohlich an zu knurren, und zwar so laut, dass Victors Kopf hin und her schießt und er panisch nach dem feindlichen Hund sucht, der seiner Meinung nach gerade in den Wintergarten eingedrungen ist.

»Wir sollten was essen, bevor wir weitertrinken«, schlägt meine Mutter vor und nimmt mir das Glas weg. »Das heben wir für später auf. Ich mache uns einen Tee und hole den Rosinenkuchen aus dem Kühlschrank.«

Während sie in der Küche herumrumort, höre ich ein Auto vorfahren. Ich stürme zum Wohnzimmerfenster. Die Bottom Brook Farm befindet sich am Ende einer Sackgasse, weshalb jeder, den es hierhin verschlagen hat, entweder zu Mum will oder sich verfahren hat. Auf dem Grünstreifen vor dem Haus steht ein seehundgrauer, schnittiger Ferrari, dessen Karosserie über und über mit Schlamm bespritzt ist.

»Wer ist das, Darling?«, fragt meine Mutter und kommt ebenfalls ans Fenster.

»Keine Ahnung.«

Sie lugt über meine Schulter. »Also, ich kenne bestimmt niemanden, der so eine Luxuskarosse fährt. Du?«

Ich will gerade »Nein« sagen, doch in dem Moment entsteigt dem Ferrari ein großer, blonder, langbeiniger Mann, und Victor erhebt sich von seinem Kaminvorleger und hüpft aufgeregt auf seinen drei gesunden Beinen herum.

O nein! Plötzlich erkenne ich das Auto und den unerwarteten Besucher.

Es ist Edwin.

»Was, um Himmels willen, hast du meinem Hund angetan?«

Mum holt den Tee aus der Küche, und Edwin starrt Victor an, als ob ihm gerade Hörner und Flügel gewachsen wären.

»Ich dachte, Lucy hätte dir von dem Unfall erzählt.«

»Sie hat mir erzählt, dass er sich ein Bein gebrochen und ein Ohr verloren hat, aber sie hat nichts davon gesagt, dass er einen Heliumballon verschluckt und sich in das Michelinmännchen verwandelt hat.«

Dank Mums Backorgie sieht Victor in der Tat aus wie ein kleiner Buddha in einer roten Strickjacke. Edwin nimmt ihn etwas näher in Augenschein, und im nächsten Moment schießen seine Augenbrauen vor Bestürzung empor.

»Streng genommen kann er gar nicht als Michelinmännchen durchgehen«, plappere ich drauflos. Edwins wutverzerrtes Gesicht macht mich ziemlich nervös. »Höchstens als Michelinhund, aber den gibt es, glaube ich, gar nicht ...«

Ich verstumme, da Edwin sein geliebtes Haustier noch genauer ins Visier nimmt und angewidert die Nase rümpft.

»Und was, zum Teufel, hat er da an? Oder besser gefragt, warum hat er überhaupt irgendwas an? Er ist doch ein Hund, und Hunde tragen, verdammt noch mal, keine Pullover!«

»Es ist eine Strickjacke ...«, murmele ich kleinlaut. »Mum hat sie für ihn gestrickt. Er zieht sie gerne an ...«

Den Puppenwagen erwähne ich erst gar nicht.

Zum Glück kommt Mum genau in diesem Moment mit dem Teetablett zurück ins Zimmer. Sie schnappt die letzten Worte unserer Unterhaltung noch auf, und ihr Lächeln verwandelt sich in ein Stirnrunzeln. »Ich hoffe, Sie haben sich bei meiner Tochter dafür bedankt, dass sie sich so liebevoll um Ihren Hund gekümmert hat, junger Mann.«

Edwin wendet ihr sein mürrisches Gesicht zu, und dann schmilzt sein Missmut zu meiner großen Überraschung dahin wie morgendlicher Raureif in der Sonne und macht dem breitesten Lächeln Platz, das ich auf seinem ansonsten immer so griesgrämigen Gesicht je gesehen habe.

»Sie haben vollkommen Recht. Tut mir Leid, wenn ich mich gerade im Ton vergriffen habe, Jude.« Mit diesen Worten wendet er auch mir sein Hundert-Watt-Strahler-Lächeln zu.

»Victor kann sich im Moment nicht so viel bewegen«, bringe ich völlig durcheinander hervor. »Wenn er erst mal wieder richtig auf den Beinen ist, nimmt er die zusätzlichen Pfunde bestimmt schnell wieder ab. Außerdem wirkt er in der Jacke dicker, als er wirklich ist …«

»Stimmt. Das kann sein.« Er wendet sich wieder meiner Mutter zu. »Warten Sie, ich helfe Ihnen.« Er nimmt ihr das Tablett ab und stellt es auf den Tisch. Die folgende Stunde kommt mir vor, als wären wir bei einem Teekränzchen mit der Königin. Als wäre das alte Scheusal Edwin weggebeamt und durch ein zuvorkommendes, äußerst unterhaltsames außerirdisches Wesen ersetzt worden.

Natürlich fällt meine Mutter dieser unerwarteten Charmeoffensive zum Opfer. Es dauert nur ein paar Minuten, und schon ist aus einer erbitterten Edwin-Hasserin eine Süßholz raspelnde Schmeichlerin geworden. In gewisser Weise kann ich das nur zu gut verstehen.

Irgendwie hat mich Edwin ja auch schon immer mit Ehrfurcht erfüllt. Lucys großer, unverfrorener, attraktiver älterer Bruder, in dessen Haus ich wohne. Sein unglaubliches, mit breitem Grinsen zur Schau getragenes Selbstbewusstsein und die Tatsache, dass er gleichzeitig mein Vermieter ist, vermittelt mir immer das Gefühl, dass ich speichelleckerisch vor ihm kriechen sollte. Dass er zu all dem auch noch ein ziemlich angesagter und erfolgreicher Fotograf ist, macht die Sache nicht gerade einfacher. Ich bilde mir ein, dass er mich im Vergleich zu den Schönheiten, die er auf so ansprechende Weise fotografiert und mit denen er die meiste Zeit seines aufregenden Lebens verbringt, einfach nur klein, dick und hässlich finden muss.

Obwohl er mich immer wie Dreck behandelt hat, bin ich stets nett und freundlich zu Edwin gewesen.

Dass er sich auf einmal so überaus charmant gibt, wirkt auf mich völlig entwaffnend. Natürlich begegne ich der plötzlichen Hundertachtzig-Grad-Wendung in seinem Verhalten mit äußerstem Argwohn. Es ist wie in der Schule, wenn der allgemeine Klassenliebling, der bisher keinen Hehl daraus gemacht hat, dass er dich als niederes Wesen betrachtet, dich plötzlich zu seinem besten Freund erklärt.

Edwin lobt sogar die verheerenden Kochkünste meiner Mutter und nimmt die Einladung an, zum Abendessen zu bleiben. Er lässt sich sogar ein zweites Mal nachschöpfen, obwohl das Rindfleisch völlig missraten ist und die Klöße im Grunde haargenau so schmecken wie die Rosinenküchlein, nur dass sie keine Sultaninen enthalten.

Er ist die Höflichkeit in Person. Der perfekte Gast. Nach dem Essen hilft er, das Geschirr abzuräumen, kocht uns allen Kaffee, schenkt uns jedem ein Gläschen Portwein ein und parliert die ganze Zeit ohne Unterlass.

Ich fliehe kurz nach draußen, um ein bisschen frische Luft zu schnappen und angesichts der surrealen Situation wieder einen klaren Kopf zu bekommen. Unglücklicherweise beschließt Edwin, ganz der Gentleman, mich zu begleiten. Er lehnt sich neben mir an die Außenwand der Küche, lässt seinen Blick über die dunklen Umrisse der vor uns liegenden Landschaft schweifen und zündet sich eine Zigarette an.

»Deine Mutter war so nett, mir anzubieten, die Nacht hier zu verbringen«, sagt er schließlich. Der aufsteigende Zigarettenqualm kräuselt sich so unheimlich vor seinem Gesicht, dass er fast ein bisschen dämonisch aussieht.

»Tatsächlich?« Dafür werde ich sie umbringen.

»Ja. Sie hat mir erzählt, dass du morgen abreisen willst, also dachte ich, dass ich, anstatt heute Abend noch nach London zurückzufahren, genauso gut bis Morgen bleiben und dich mit zurücknehmen kann.«

Der Gedanke an eine beinahe dreistündige Autofahrt mit Edwin ist alles andere als angenehm. Um genau zu sein, ist es eine Horrorvorstellung.

»Wirklich, äh... nett von dir, aber mach dir doch keine Umstände.«

»Red keinen Unsinn, Jude. Was für Umstände? Schließlich wohnen wir nicht gerade weit voneinander entfernt. Wir leben doch quasi zusammen.«

Ich frage mich, ob ich auch so verlegen aussehe wie er.

»Na, dann vielen Dank, das ist wirklich sehr nett von dir.«

»Keine Ursache.«

Diese plötzliche Höflichkeit ist mir entsetzlich unangenehm. Nicht nur, dass mir der nette Edwin noch unheimlicher ist als der furchtbare Edwin, an den furchtbaren Edwin bin ich gewöhnt und weiß mit ihm umzugehen. Dieser Edwin macht mir regelrecht Angst. Ich fühle mich wie in einem Horrorfilm. So harmlos die Ausgangsszenerie auch sein mag, es ist von vorneherein klar, dass sich etwas Unheilvolles zusammenbraut, aber man hat keine Ahnung, in welcher Szene es passiert.

Am nächsten Morgen erwache ich spät aus einem unruhigen Schlaf. In der Hoffnung, meinen trägen Körper mit ein bisschen Sonnenlicht zu überzeugen, dass es tatsächlich an der Zeit ist aufzustehen, ziehe ich die Vorhänge zur Seite. Es ist ein herrlicher Morgen. Einer dieser Wintertage, an denen die Sonne so schön golden scheint, dass man beinahe meinen könnte, es wäre Sommer. Einer dieser Tage, an denen die Schneeglöckchen vorzeitig aufblühen und die Vögel dazu verleiten, fröhlicher zu tirilieren als sonst.

Zwei Stockwerke unter mir sehe ich meine Mutter bereits in ihrem Wintergartenatelier an der Arbeit. Victor posiert, auf einem alten Schinkenknochen herumkauend, ein weiteres Mal in dem Queen-Anne-Sessel, und Mum ist gerade dabei, dem Portrait mit ein paar Tupfern den letzten Schliff zu geben.

Ich dusche, ziehe mich warm an und gehe nach unten, um mir einen Tee und ein Toastbrot zuzubereiten. Edwin ist in der Küche. Ich will mich gerade wieder unbemerkt zurückziehen, da ich sicher bin, dass seine gestrige Charmeoffensive einzig und allein meiner Mutter gegolten hat und er mich heute Morgen, wenn wir unter uns sind, wieder auf seine übliche Tour in die Mangel nehmen wird, doch er hat mich schon gesehen und lächelt mich derart überschwänglich an, dass ich gar nicht weiß, was ich tun soll, und nur ein nervöses »Guten Morgen« stammele.

Er winkt mir mit einem Becher Tee zu und bedeutet mir, mich zu ihm an den Tisch zu setzen.

»Ich habe dich aufstehen hören. Hier, ein Tee für dich.«

Er hält mir den Becher gerade so weit hin, dass ich nicht drankomme und weiter in die Küche hineingehen muss. Dann stellt er ihn auf den Tisch. Widerwillig setze ich mich ihm gegenüber. Er schiebt mir einen Teller mit mehreren Scheiben Toast hin.

»Bedien dich.«

Ich wünschte, ich hätte einen Vorkoster – für den Fall, dass das Essen vergiftet ist.

»Äh … danke, aber eigentlich habe ich gar keinen Hunger.«

»Unsinn. Jetzt iss was.«

Gehorsam nehme ich eine Scheibe und beiße unwillig hinein.

»Deine Mutter hat mir ihre Arbeiten gezeigt. Ich muss sagen, sie ist wirklich eine tolle Künstlerin. Ich hatte keinen Schimmer, dass sie so talentiert ist.«

»Ja, sie ist wirklich gut.«

Die Situation ist absolut untypisch für Edwin und mich. Höfliche Konversation am Frühstückstisch. Ein bisschen wie ein Frühstück nach einem One-Night-Stand, wenn man nicht genau weiß, ob man es mit seinem Gegenüber wirklich getrieben hat oder nicht. Nicht dass ich je einen One-Night-Stand gehabt hätte, na ja, jedenfalls nicht vor Haydn... Wieso lande ich immer wieder bei ihm? Ich versuche, mich wieder auf Edwin zu konzentrieren, aber ihn da sitzen zu sehen, wie er mich anlächelt und mir beim Essen zusieht, ist noch verstörender, als an Haydn zu denken.

Edwin lächelt eigentlich nie, jedenfalls lächelt er nie mich an. Ich muss ihn endlich fragen. Ihm die Frage stellen, die mir seit seiner Ankunft im Kopf herumgeistert, die mir aber aus Feigheit bisher nicht über die Lippen gekommen ist.

»Edwin, warum bist du hier? Du bist doch mit Sicherheit nicht bloß gekommen, um Victor abzuholen.«

Er rutscht unbehaglich auf seinem Stuhl herum, fasst sich geistesabwesend an die Nase, nimmt sich noch eine Scheibe Toast, von der er jedoch nichts abbeißt, und antwortet schließlich: »Also gut, Jude, es gibt etwas, worüber ich mit dir reden muss. Gestern Abend habe ich es nicht über mich gebracht, es dir zu erzählen. Und es ist tatsächlich der Hauptgrund, weshalb ich hier bin.«

»Es ist doch nichts mit Lucy, oder?«, frage ich, plötzlich besorgt wegen der Ernsthaftigkeit, die er auf einmal an den Tag legt. »Am Telefon hat sie mir gesagt, dass alles in bester Ordnung sei. Sie hat mich doch nicht etwa angeschwindelt, oder?«

»Nein, nein, es geht nicht um Lucy, obwohl manches auch meine Schwester betrifft.« Seine Augen blitzen mich an, und für einen Moment übernimmt seine gewohnte Schärfe wieder das Kommando. Merkwürdigerweise kommt Edwin mir dadurch auf so eigenartige Weise vertraut vor, dass ich mich entspanne.

»Ich muss mit dir über Katrina reden.«

»Über Katrina?«, entgegne ich entgeistert. Er nickt langsam. »Wie du ja sicher weißt, haben Katrina und ich eine ziemlich problematische Beziehung.«

Eigentlich wäre es jetzt an mir zu nicken, aber ich bin völlig verwirrt. Warum kommt er damit zu mir? Wenn er eine Schulter zum Ausheulen bräuchte, was ich sowieso stark bezweifle, würde er doch mit Sicherheit nicht ausgerechnet mich behelligen.

»Also gut, nachdem ich monatelang vergeblich versucht habe, Katrina loszuwerden, hat sie nun schließlich und endlich mich verlassen.«

Er will mit mir über sein Liebesleben sprechen? Das kann nicht sein, es verschlägt mir geradezu den Atem.

»Tut mir Leid für dich«, murmele ich schließlich. »Obwohl es mich nicht übermäßig überrascht.«

»Sie hat mich wegen eines anderen Mannes verlassen, Jude.«

»Das ist oft so. Aber du nimmst es dir hoffentlich nicht zu sehr zu Herzen, oder? Wie Lucy mir erzählt hat, versuchst du doch schon seit einer Ewigkeit, mit ihr Schluss zu machen.«

»Nein, mir geht es gut, danke der Nachfrage, aber... Was ich dir leider sagen muss: Katrina hat mich wegen Jonathan verlassen.«

»Das gibt es doch nicht!« Ich stelle meine Tasse so hart auf den Tisch, dass der Tee überschwappt.

»Es tut mir so Leid, Jude.« Bei diesen Worten rückt er mit seinem Stuhl an mich heran, nimmt meine Hand und drückt sie, vermutlich, um mich zu trösten.

Ich sehe ungläubig auf unsere Hände hinab. Ich weiß gar nicht, was mich mehr schockiert – dass Katrina mit Jonathan zusammen ist oder dass Edwin aus genau diesem Grund so nett zu mir ist.

»Katrina hat mir eine Art Abschiedsbrief hinterlassen«, fährt er fort und sucht in meinem Gesicht nach irgendwelchen Anzeichen von Erschütterung. »Offenbar ist Jonathan ein paar Mal bei euch vorbeigekommen, um dich zu besuchen. Doch du warst nicht da, und auf diese Weise hat er Katrina kennen gelernt. Sie haben sich letzten Samstag auf einen Drink getroffen, und der Rest, sagen sie, ist Geschichte... Nach dem, was Katrina sagt, sind sie total ineinander verliebt.«

Plötzlich merke ich, dass ich lache, und zwar aus vollem Halse. Ich lache so laut, dass Mum, gefolgt von dem humpelnden Victor, aus dem Wintergarten herbeigeeilt kommt, um den Anlass der Heiterkeit zu erfahren.

»Was ist denn hier los?«

»Sie hat einen hysterischen Anfall«, erklärt Edwin besorgt.

»Nein, überhaupt nicht«, versichere ich ihnen und versuche, mich zu fassen. »Mir geht es bestens, wirklich, aber es ist einfach zum Totlachen.«

»Was ist zum Totlachen?« Mum sieht fragend zwischen mir und Edwin hin und her und kneift die Augen zusammen, als sie sieht, dass Edwin meine Hand tätschelt. »Jetzt sagt schon!«

»Jonathan...«

»Was hat der Taugenichts denn jetzt schon wieder angestellt?«, fällt mir Mum ins Wort.

»Er ist mit Edwins Freundin durchgebrannt.«

»Die Ärmste«, schnaubt Mum.

»Wie es aussieht, hat sie sich in ihn verliebt, Mum.«

»Dann muss sie unter Wahnvorstellungen leiden«, faucht sie. »Ach je, und was ist mit Ihnen, Edwin? Armer Junge.« Sie eilt zu ihm und schließt ihn fest in ihre mütterlichen Arme. »Das tut mir wirklich Leid. Seine Liebste an so einen erbärmlichen Wurm zu verlieren! Was muss das für ein Gefühl sein! Ich habe ja schon immer gesagt, dass dieser Kerl nichts als Unheil bringt.«

»Ist schon gut, Mum. Edwin versucht Katrina schon seit einer Ewigkeit loszuwerden.« Mit diesen Worten wende ich mich wieder Edwin zu. »Mach dir um mich keine Sorgen. Soll sie doch mit ihm glücklich werden.«

»Heißt das, es ist dir ganz egal?«, fragt er scharf.

»Warum sollte es mir nicht egal sein? Ich wünsche ihnen von Herzen, dass sie miteinander glücklich werden.«

»Aber ich dachte, du wärst mit Jonathan zusammen?«

Jetzt ist mir auf einmal alles klar. Deshalb war er so nett zu mir.

»Ich? Nein! Ganz und gar nicht … Jedenfalls nicht mehr, ich meine, wir waren sowieso nie richtig …«

»Nein?«

»Nein, absolut nicht«, versichere ich ihm schnell. »Wir hatten eine höchst seltsame Beziehung, eher ein undefinierbares Etwas als eine richtige Beziehung, aber was auch immer es war, es ist seit Wochen aus und vorbei.«

»Dann hast du ja mehr Verstand als ich gedacht habe.«

»Wie schön, dass du das endlich merkst«, entgegne ich. Seine neue, mir bisher unbekannte, umgängliche Art hat mich mutig gemacht. Außerdem hält er, wie ich gerade bemerke, immer noch meine Hand. Es fällt ihm im gleichen Moment auf wie mir, und zu meiner Erleichterung zieht er sie schnell weg.

»Gott sei Dank sind wir den los«, murmelt meine Mutter und geht wieder zurück an ihre Arbeit

Edwin wartet, bis sie außer Hörweite ist. »Da ist noch etwas, worüber ich mit dir reden wollte.«

»Sag nicht, dass ich auf ihrer Hochzeit die Brautjungfer spielen soll«, entgegne ich glucksend und unterdrücke einen weiteren Kicheranfall.

Edwin sieht mich mit einem Blick an, der mich zum Schweigen bringt. »Ich wollte dir sagen, dass ich mich lange mit Lucy unterhalten habe. Und ich meine, wirklich unterhalten.«

»Du meinst, du hast auch mal zugehört?«

»Genau. Mag ja sein, dass ich nicht immer der geduldigste Gesprächspartner bin. Aber wie dem auch sei – ich wollte dir sagen, dass ich bis heute nicht begreife, warum ihr das getan habt. Du weißt schon, dass du dich als sie ausgegeben hast. Natürlich wolltest du ihr nur aus einer schwierigen Situation heraushelfen, aber Haydn Morland ist ein wirklich netter Typ, und es war absolut unfair von euch, ihn derart zu täuschen und hinters Licht zu führen.«

»Ich weiß.« Ich lasse den Kopf hängen, wie ein ungezogenes Schulmädchen, das gerade vom Schulleiter zurechtgewiesen wurde.

»Und dass du so weit gegangen bist, macht das Ganze noch schlimmer.« Es steht ungesagt im Raum, aber wir wissen beide, worauf er anspielt.

»Edwin, ich will ehrlich sein ...«

»Gute Idee. Ein bisschen Ehrlichkeit hat noch nie geschadet.«

»Ich bin wirklich zu weit gegangen, da hast du völlig Recht, aber das war definitiv nicht Teil meines Täuschungsmanövers. Ich habe es nur so weit kommen lassen, weil ich ihn wirklich mag. Ich wollte ihn wieder sehen, wollte mit ihm zusammensein, und ich wusste, dass ich ihm nicht weiterhin vorspielen konnte, vorspielen durfte, ich wäre Lucy. Ich war gerade dabei zu überlegen, wie ich ihm reinen Wein einschenken könnte, ohne dass er mich für meine Lügen hasst, doch genau in dem Moment hat er es selber herausgefunden und hasst mich jetzt natürlich erst recht.«

Edwin kaut auf seiner abgenagten Nagelhaut herum und sieht mich nachdenklich an. »Du magst ihn wirklich, nicht?«

Ich sehe ihn an und hoffe wider alle Vernunft, dass er in meinen Augen lesen kann, wie ehrlich ich es meine. »Sehr sogar.«

Er schüttelt den Kopf, steht auf und wendet sich ab. Ich starre seinen Hinterkopf an, seine breiten Schultern, sein gesamtes Selbstbewusstsein verströmendes Erscheinungsbild und fühle mich ein bisschen an Haydn erinnert.

»Ich glaube, ich habe mich in ihn verliebt, Edwin.«

Er dreht sich wieder zu mir um, und in seinem Gesicht zeichnen sich zu meinem Erstaunen ehrliche Überraschung und Reue ab.

»Wirklich?«

»Wirklich. Bis über beide Ohren. Ich liebe ihn von tiefstem Herzen.« Ich zucke kläglich mit den Achseln.

»Dann muss ich mich wohl bei dir entschuldigen.«

»Bei mir? Warum?«

»Weil ich dir, fürchte ich, einen Bärendienst erwiesen habe.«

»Und warum meinte er, dass er sich bei dir entschuldigen muss?«

Mum und ich sitzen im Wintergarten und kauen die gesamte Unterhaltung mit Edwin noch einmal durch. Ich habe ihr gerade eine Tasse Tee gebracht, und während wir reden, mampfen wir mit einer erstaunlichen Geschwindigkeit eine Packung Schokoladen-Hob-Nobs in uns hinein. Victor hockt zwischen uns und sieht hoffnungsvoll zwischen Mum und mir hin und her. Offenbar ist er nicht ganz sicher, wer von uns beiden das weichere Herz hat, was das Abtreten von Leckereien angeht.

»Nach unserem zufälligen Aufeinandertreffen im Club hat Haydn Edwin angerufen und ihn gefragt, was er von mir halte. Er wollte wissen, ob ich es Edwins Meinung nach ernst meine, und Edwin hat ihm gesagt, dass er das nicht glaube.«

»Er hat Edwin angerufen?«

»Sie sind alte Freunde. Ich vermute, er wollte einfach eine weitere Meinung.«

»Und Edwin hat ihm erzählt, dass du keine ernsten Ambitionen hättest?«

»Nicht ganz, aber so ähnlich. Edwin hat ihm die ganze Geschichte noch einmal aus seiner Sicht erzählt. Wie ich eingewilligt habe, mich an Lucys Stelle mit Haydn zu treffen und wie ich das Theater noch ein bisschen weitergespielt habe, um Lucy Marjory vom Leib zu halten, solange sie wegen der Präsentation bis zum Hals in Arbeit steckte. Außerdem hat er ihm erzählt, dass ich immer noch mit Jonathan zusammen bin! Er hat überhaupt nicht mitbekommen, dass zwischen uns Schluss ist. Kein Wunder, dass Haydn glaubt, nach Strich und Faden von mir betrogen und für dumm verkauft worden zu sein. Natürlich will er jetzt nichts mehr von mir wissen.«

»Aber er kann doch nicht ernsthaft glauben, dass du nur wegen deines Täuschungsmanövers mit ihm ins Bett gegangen bist.«

»Warum nicht? Schließlich hat er auch geglaubt, mich zu kennen, und dann wurde ihm ziemlich brutal beigebracht, dass er mich ganz und gar nicht kennt. Woher soll er wissen, dass ich mir meinen sexuellen Kick nicht immer durch solche abgekarteten Täuschungsmanöver verschaffe?«

»Oje!«

»Tja, so sieht es aus. Aber ich kann Edwin keine Vorwürfe machen. Wenigstens ist er ehrlich gewesen, und ich wünschte, das könnte man von mir auch sagen, und zwar von Anfang an.«

»Im Moment ist er übrigens im Arbeitszimmer.« Sie beugt sich verschwörerisch zu mir vor. »Er hat gefragt, ob er mal telefonieren darf. Sein Handy scheint hier keinen Empfang zu haben. Er ist schon seit einer Ewigkeit da drin.«

»Hast du eine Ahnung, mit wem er telefoniert?«

»Nein.« Sie zuckt mit den Achseln. »Allerdings hat er irgendwas von Wiedergutmachung gefaselt. Ich war ja ernsthaft versucht zu lauschen, habe aber der Versuchung widerstanden.«

»Kaum zu glauben.«

»Na ja, stimmt auch nicht ganz. Ich habe die letzten zwanzig Minuten mit meinem Ohr am Schlüsselloch geklebt, aber er redet so leise, dass ich kein Wort verstanden habe.«

»Das klingt schon eher nach dir.«

Auch ich kann der Versuchung zu lauschen nur mit Mühe widerstehen, aber wenn das, was Edwin zu besprechen hat, irgendetwas mit mir zu tun hat, werde ich es sowieso früher oder später erfahren.

»Ich wollte mit Victor noch einen letzten Spaziergang machen, bevor wir fahren. Kommst du mit?«

»Nein, Darling, ich würde euch liebend gerne begleiten, aber ich muss noch ein Bild beenden.« Mit diesen Worten nimmt sie ein Seidentuch von ihrer Staffelei und bindet sich ihre unbändigen Locken zusammen, damit sie freie Sicht hat. »Der Vorsitzende des örtlichen Fuchsjagdvereins hat ein Porträt seiner Frau in Auftrag gegeben, und sie kommt gegen Mittag vorbei, um mir ein letztes Mal Modell zu sitzen.« Sie stöbert in einer Kiste mit Farben herum. »Warum fragst du nicht Edwin, ob er mitkommt?«

»Weil ich ein Feigling bin und er mich immer so einschüchtert«, erwidere ich mit einem trockenen Lächeln.

»Also, ich muss schon sagen, ich habe meine Meinung über ihn radikal geändert.«

»Nach einem einzigen Abend?«

»Er war so charmant«, entgegnet sie verzückt. »Ich glaube, unter seiner harten Schale verbirgt sich ein weicher Kern.«

»Edwin und ein weicher Kern?«, pruste ich.

»Ja, davon bin ich überzeugt.«

»Klaro, und Victor ist eine Katze.«

»Eine große Schmusekatze«, murmelt Mum liebevoll, streichelt Victor den Kopf und bietet ihm einen halben Keks an.

»Victor mag ja ein gutmütiger Softie sein, aber sein Herrchen – niemals.«

»Seit seiner Ankunft ist er jedenfalls sehr nett zu dir gewesen. Und er ist extra geblieben, um dich mitnehmen zu können.«

»Du hast ja Recht. Er war netter, als ich es je für möglich gehalten hätte. Aber woher hätte ich wissen sollen, dass er auch eine freundliche Seite hat? Bis gestern Abend hat er mir gegenüber immer nur das Scheusal herausgekehrt.«

»Es wundert mich überhaupt nicht, dass man aus ihm nicht so leicht klug wird. Denk doch mal an seine Mutter, dafür ist aus ihm sogar ein überraschend anständiger Kerl geworden. Sie ist ja die eigentliche Schuldige. Also wirklich«, mokiert sie sich, »das kommt eben dabei heraus, wenn man seine Kinder auf Biegen und Brechen zu etwas drängt, das sie gar nicht tun wollen. Jetzt frag Edwin doch, ein bisschen frische Luft würde ihm sicher auch gut tun.«

Zum Glück hat Edwin sich immer noch im Arbeitszimmer abgeschottet, so dass es mir erspart bleibt, ihn zu fragen. Und warten kann ich nicht, weil Victor dringend sein Geschäft erledigen muss.

Wir gehen den Hügel hinauf, um uns vom Giant zu verabschieden. Es ist ein herrlicher Tag mit reichlich strahlendem Sonnenschein, einer dieser Tage, an denen trotz der frischen Luft und der kalten Brise Frühlingsgefühle aufkommen.

Es ist zum Schreien komisch, einem männlichen Hund beim Pinkeln zuzusehen, dessen eines Hinterbein in einem Gipsverband steckt. Da er völlig unfähig ist, ein Bein zu heben, hat Victor die ziemlich ausgeklügelte Technik entwickelt, seinen Hintern in eine Hecke zu schieben und sein Geschäft sozusagen zwischen den Blättern abzulassen. Aber von diesem Handicap abgesehen, hüpft er heute ziemlich flink neben mir her. Sicher können wir seinen schweren Gipsverband bald gegen eine leichtere Bandage austauschen.

Wir brauchen nicht lange für den von Bäumen gesäumten Pfad, der sich vom Haus meiner Mutter den Hang zum Hügelriesen hinaufschlängelt. Ich stehe an seinem Fuß, blicke zu ihm hinauf und frage mich, ob seine Fruchtbarkeitskräfte nur dazu bestimmt sind, die Zeugung von Babys zu begünstigen, oder ob er auch bewirken kann, dass ein ganz bestimmter Mann mich liebt.

Wenn ich Edwin von meinen ehrlichen Absichten überzeugen kann, könnte es mir doch vielleicht auch gelingen, Haydn zu überzeugen. Ich rufe mir mein Gespräch mit Mum in Erinnerung und denke an ihre Worte. Es ist nie zu spät, hat sie gesagt. Ob das stimmt? Ich hoffe es inständig.

Edwin glaubt mir. Da bin ich sicher. Er weiß, dass meine Gefühle für Haydn echt sind. Was also spricht dagegen, auch Haydn zu überzeugen? Na ja, er hat wesentlich mehr zu verlieren als Edwin. Wenn ich nur daran denke, einen weiteren Korb einstecken zu müssen, wird mir ganz mulmig zumute, aber der Gedanke, es nicht einmal zu versuchen, ist noch viel schlimmer.

»Einen Versuch wage ich noch«, vertraue ich dem Giant an.

Er antwortet mit weisem Schweigen.

Ich widerstehe dem Drang, ihm für den Fall, dass es tatsächlich Glück bringt, über die Eier zu streichen, und verabschiede mich stattdessen mit einem ›Dann bis zum nächsten Mal‹.

Als wir uns auf den Rückweg machen und uns eine Rolle Rolo teilen, die ich in der Tasche von Mums Jacke gefunden habe, beginnt es bereits zu dämmern. Auf der Veranda ziehe ich mir meine geliehenen Gummistiefel aus und wundere mich, wie früh es im Winter dunkel wird.

Edwin sitzt in der Küche und isst ein Sandwich.

»Wo ist Mum?«, frage ich ihn und gehe um ihn herum.

»Im Wintergarten«, erwidert er und gibt Victor ein Stück Schinken.

»Okay, danke.«

»Ich würde mich da lieber nicht blicken lassen«, ruft er hinter mir her, als ich schon auf dem Flur bin. »Sie malt gerade eine fette nackte Alte. Kein schöner Anblick.« Er schüttelt sich und legt sein Sandwich zurück auf den Teller, als ob ihm der Gedanke an das Nacktmodell den Appetit verdorben hätte.

»Der Vorsitzende des Fuchsjagdvereins hat das Porträt bei meiner Mutter in Auftrag gegeben«, erkläre ich ihm.

»Die Frau sieht aus wie einer der Vereinsköter«, kommentiert Edwin abfällig und grinst mich halbherzig an.

»Sie nennen sie Jagdhunde«, korrigiere ich ihn. »Sei nicht so gemein.«

»Würdest du dich in dem Alter vielleicht noch im Evaskostüm malen lassen?«

»Ich würde mich auch jetzt nicht nackt malen lassen. Und wenn du es genau wissen willst: Ich finde die Frau sehr mutig.«

»Na, wenn du meinst… Ich möchte so gegen vier los. Ist das okay?«

»Ja, ich richte mich nach dir. Hauptsache, du nimmst mich mit.«

»Natürlich, Jude. Was für eine Frage!«

Ich zucke mit den Achseln.

»Bin ich denn so Furcht erregend?«, fragt er grinsend.

Ich lächele unentschlossen zurück. »Ja.«

Er sieht mich wortlos an.

»Dann packe ich jetzt«, verkünde ich entnervt.

»Nein, warte! Lass uns reden.«

Ich setze mich widerwillig auf den Stuhl ihm gegenüber, aber obwohl der Vorschlag, sich zu unterhalten, von ihm gekommen ist, sagt er keinen Mucks. Stattdessen spielt er mit einem runden Untersetzer herum, klopft ihn immer wieder auf den Tisch und sieht mich nicht einmal an. Schließlich legt er den Untersetzer zurück und sieht mir in die Augen.

»Mir ist klar geworden, dass ich dich ungerecht behandelt habe, Jude. Es tut mir Leid, aber ich habe es mit der Fürsorge für Lucy ein bisschen übertrieben. Seit dem Tod meines Vaters fühle ich mich für sie verantwortlich, vielleicht hat es damit zu tun, dass sie so viel jünger ist als ich. Ich dachte immer, du hättest einen schlechten Einfluss auf sie. Aber in letzter Zeit ist mir aufgegangen, dass es sich vielleicht eher andersherum verhält.«

»Nein, nein, schieb bloß nicht alles auf Lucy! Wir bringen uns immer gegenseitig in die Bredouille«, verteidige ich sie.

»Und dann helft ihr euch gegenseitig wieder heraus. Sie hat mir den Zwischenfall mit Layton Berrick gebeichtet. Warum seid ihr damit nicht zu mir gekommen? Dann hätte ich mich um die Angelegenheit gekümmert.«

Jetzt fange ich an, mit dem Gedeck herumzuspielen.

»Äh… ich weiß nicht recht, wie ich es sagen soll, ohne dir zu nahe zu treten, aber du bist nicht gerade der zugänglichste Mensch, Edwin.«

»Ach, nein?«, fragt er und scheint ehrlich überrascht.

Ich sehe ihm in die Augen und stelle erleichtert fest, dass er eher verletzt als wütend wirkt.

»Na ja, du hast doch gesagt, dass du das Gefühl hast, in gewisser Weise die Vaterrolle für Lucy übernehmen zu müssen.«

Er nickt unsicher.

»Also, sagen wir so – so wie du sie an die Kandare nimmst, kommst du rüber wie die Personifikation der strengen viktorianischen Vaterfigur. Nach dem Motto ›Besser gleich beim kleinsten Widerstand die Peitsche geben‹.«

»Hm, ich verstehe.« Er grübelt einen Moment und sagt dann: »Danke für die offenen Worte.« Er nippt an seinem Tee und fährt fort: »Wie ich gehört habe, hat Haydn euch aus einer ziemlich prekären Situation befreit.«

Ich nicke. »Er war großartig. Ich weiß wirklich nicht, was wir ohne ihn getan hätten.«

»Und wie geht es dir, Jude?«

»Wie meinst du das?«

»Was machst du ohne ihn?«

Ich denke einen Augenblick nach und häufe ein paar auf dem Tisch verstreute Salzkörner zu einem kleinen Berg auf. »Ich versuche, mein Leben weiterzuleben. Meinst du, er wird mir je verzeihen?«

»Er ist ziemlich stolz.«

»Das hat meine Mutter auch vermutet.«

»Deine Mutter ist eine kluge Frau«, stellt er fest, und in seiner Stimme schwingt eine Nuance zu viel Bewunderung mit.

»Es wäre schön, wenn Haydn und ich wenigstens wieder Freunde sein könnten.«

»Würdest du dich damit zufrieden geben?«

»Wahrscheinlich nicht«, erwidere ich und lache halbherzig.

»Und wir zwei?«

»Was soll das denn heißen?« Ich sehe ihn scharf an.

»Könnten wir zur Abwechslung auch Freunde sein?«

»Wir?«

»Wir könnten es doch zumindest versuchen.«

»Lucy zuliebe?«

»Auch.«

»Um deines lieben Friedens willen?«

»Das auch. Aber vor allem, weil ich wirklich glaube, dass wir uns verstehen könnten. Also abgemacht?«

Er hält mir die Hand hin, und ich ergreife und schüttele sie.

Als ich zum Packen nach oben gehe, bietet sich mir ein bizarrer Anblick: Meine Mutter trinkt mit einer Frau Mitte fünfzig Sherry, die nichts am Leib hat außer einer Reitkappe und Jagdstiefeln. Also gut, Edwin und ich sind Freunde, und meine Mutter betrinkt sich mit einer Nackten. Wie es aussieht, scheint mein Leben im Moment noch verrückter zu werden, als dass endlich Ruhe einkehrte.

Als ich mit meiner gepackten Reisetasche nach unten komme und sie neben der Haustür abstelle, säubert meine Mutter gerade ihre Pinsel. Die eben noch nackte Frau ist inzwischen wieder anständig gekleidet. Edwin hockt immer noch in der Küche.

»Du kannst rauskommen. Die nackte Venus hat sich angezogen«, teile ich ihm mit.

»Gut, dann packe ich jetzt auch meine Sachen zusammen.«

Ich warte, bis meine Mutter sich von ihrem Aktmodell verabschiedet hat, und gehe dann in den Wintergarten. Ihr noch feuchtes, halb fertiges Gemälde von der Gattin des Vorsitzenden des örtlichen Fuchsjagdvereins steht in all seiner rubensschen Pracht auf der Staffelei. Mum hüllt gerade das Bild von Victor in seiner roten Strickjacke in ein Öltuch.

»Es gefällt Edwin so gut, dass er es mir abkaufen wollte«, erzählt sie mir.

»Und du wolltest kein Geld von ihm, stimmt's?«

»Es ist schließlich sein Hund!«

»Na und? Du hast ein viel zu weiches Herz.«

»Er kann es als Ausstellungsstück verwenden. Wer weiß, vielleicht bringt er mir dadurch sogar ein paar neue Kunden.«

»Wir fahren jetzt, Mum. Vielen Dank noch mal für alles.«

Sie nimmt mich in die Arme. »Ich werde dich vermissen, Liebes. Komm bald wieder.«

»Ganz bestimmt. Aber noch besser fände ich es, wenn du mich und Luce und Cal mal in London besuchen würdest. Es wäre doch nett, ein bisschen auf alten Pfaden zu wandeln und in Erinnerungen zu schwelgen. Wir könnten shoppen und anschließend im Audrey's essen gehen. Bernie würde sich riesig freuen, dich wieder zu sehen.«

»Meinst du wirklich?«

»Aber ja«, erwidere ich enthusiastisch.

»Ich habe eine Superidee. Das letzte Mal, als ich Bernie gesehen habe, wirkte er ziemlich ausgelaugt und abgearbeitet. Ich glaube, ein Wochenende auf dem Land täte ihm richtig gut. Warum lädst du ihn nicht einfach mal ein?«

»Du wirst staunen, Jude, genau das werde ich tun.«

»Bist du so weit?« Edwin steht in der Tür.

Mum dreht sich um, seufzt einmal tief und stürzt sich auf Victor, um ihm zum Abschied ein paar dicke Schmatzer auf sein Hundegesicht zu drücken.

»Dich werde ich auch vermissen, du lieber süßer Kuschelmops.« Und an Edwin gewandt, fügt sie hinzu: »Sie wissen ja, wo Sie mich finden, wenn Sie mal einen Hundesitter brauchen.«

»Darauf komme ich bestimmt zurück. Tschüss, Alice. Danke für alles.« Edwin beugt sich zu ihr runter und gibt ihr auf jede Wange ein herzliches Küsschen. »Also bis zum fünfzehnten dann.«

»Ich freue mich schon«, entgegnet meine Mutter.

»Bis zum fünfzehnten?«, hake ich neugierig nach, als wir Edwins Wagen ansteuern.

»Edwin hat mich zum Dinner eingeladen.«

»Er hat was?«

»Er hat mich zum Dinner eingeladen. Du weißt schon, zum Abendessen.«

»Ich weiß, was ein Dinner ist, aber warum Edwin?« Ich deute mit dem Daumen über meine Schulter auf Edwin, der es Victor gerade auf einer Decke in einem der Schalensitze auf der Rückbank gemütlich macht.

»Was ist daran so ungewöhnlich? Er steht auf ältere Frauen, und weißt du, was er mir noch gesagt hat? Er ist ja so süß! Er hat mir gestanden, dass er in jungen Jahren in mich verknallt war und mich wahnsinnig toll fand. Seit unserer ersten Begegnung auf deiner Geburtstagsparty an deinem Achtzehnten wisse er, wie seine zukünftige Traumfrau aussähe.«

»Du machst Witze, oder?«

Sie mustert mich einen Augenblick und bricht in lautes Gelächter aus, als sie meinen fassungslosen Gesichtsausdruck sieht. »Ja doch, Jude, es war nur ein Scherz.«

»O Mum!«

»Da habe ich dir aber einen gehörigen Schrecken eingejagt, was? Dummes Mädchen! Er führt mich zum Dinner aus, weil er mir jemanden vorstellen will, der vielleicht daran interessiert sein könnte, ein paar meiner Bilder zu kaufen.« Sie drückt mir auf jede Wange ein liebevolles Küsschen und wiederholt die Prozedur noch zweimal. »Beeil dich, Edwin wartet schon.« Sie dreht sich um und geht Richtung Haus. »Aber dass ich so bin, wie er sich seine Traumfrau vorstellt, stimmt«, ruft sie mir kokett über die Schulter zu, bevor sie sich an der Türschwelle umdreht und uns zuwinkt.

Kapitel 11

Während ich mich in den tiefen Beifahrersitz sinken lasse, schaltet Edwin die Stereoanlage ein. Aus den Boxen dröhnt laute Rockmusik, die sofort Gelüste in dir weckt, dich in eine enge Lederkluft zu zwängen, ein schweres, supergeiles Motorrad zu besteigen und loszudüsen nach Deutschland, um dort die Autobahnen unsicher zu machen.

Auch wenn ich staune, wie verhältnismäßig wohl ich mich neben ihm fühle – jedenfalls wohler als sonst immer –, bin ich erleichtert, dass wir dank der lauten Musik keine Konversation betreiben müssen. In meinen Ohren klingen immer noch die Worte meiner Mutter nach. Aus irgendeinem seltsamen Grund fühlst du dich steinalt, wenn du erfährst, dass jemand in deinem Alter auf deine Mutter steht. Es ist, als hättest du von einer Sekunde auf die andere die Rollen getauscht. Ich gehe plötzlich auf die sechzig zu, und Mum ist noch keine dreißig. Ich presse die Lippen zusammen, um bloß nichts zu sagen, weil ich mich sonst fühlen würde wie eine komplette Idiotin, aber andererseits brennt mir die Sache so auf den Nägeln, dass ich mich kaum zurückhalten kann.

Bis ich meinen Mut zusammennehme und den Mund aufmache, vergehen beinahe zwei Stunden.

»Stehst du auf meine Mutter?«, platze ich schließlich heraus. Bisher haben wir gelegentlich ein bisschen über die Musik hinweg geplaudert. Meine unverblümte Frage muss ihm den Atem verschlagen. Mensch, Jude, weise ich mich selbst zurecht, musst du denn immer so direkt sein? Hast du denn aus den vergangenen Wochen nicht die Lehre gezogen, dass man mit Takt und Diplomatie oft viel mehr erreichen kann?

»Wie bitte?« Er drückt einen Knopf im Armaturenbrett, und die Musik wird deutlich leiser.

»Ich habe gefragt, ob *du* auf *meine Mutter* stehst?«, grummele ich und frage mich im gleichen Moment, ob es besonders klug war, die Frage zu wiederholen.

Er sieht mich an, als ob ich ihn gerade gefragt hätte, ob er Schafe bumst und speziell für diesen Zweck grüne Gummistiefel trägt.

»Natürlich nicht!«

»Aha.« Ich werde wieder mal rot wie eine Tomate. »Mehr wollte ich nicht wissen.«

»Obwohl sie zweifelsohne eine unglaublich attraktive Frau ist. Sie hat sich wirklich gut gehalten.«

»Du redest über sie wie über Marmelade aus Biofrüchten.«

»Und du, als ob ich mich an ihr vergreifen wollte.«

»Edwin!«

»Du hast angefangen!« Er sieht mich kurz von der Seite an und widmet seine Aufmerksamkeit wieder der Straße. »Sie ist eine sehr liebenswürdige, großartige Frau, und wir kommen bestens miteinander klar. Aber keine Sorge, Jude, ich stehe auf ihre Kunst, nicht auf sie. Ihre Bilder sind einfach fantastisch.«

»Ja, sie malt richtig gut.«

»Du bist stolz auf sie, nicht wahr? Mit Recht. Du musst deine kreative Ader von ihr haben.«

»Du meinst meine Bücher?«

»Na ja, bestimmt nicht die Geschichten, die du mit Luce ausheckst. Natürlich deine Bücher. Ich muss demnächst mal eins lesen.«

»Das hast du noch nicht?«, frage ich und tue pikiert. »Ich bezweifel, ehrlich gesagt, dass sie deinen Geschmack treffen. Es geht darin hauptsächlich um Weiberkram, du weißt schon, Liebe und Herzschmerz und so weiter.«

»Schreibst du gerne über Liebe und Herzschmerz und so weiter?«

»Im Moment bereiten mir meine erfundenen Romanzen jedenfalls mehr Freude als mein richtiges Liebesleben.«

»Ja«, seufzt er, »das kann ich verstehen. Dass Jonathan ausgerechnet mit Katrina durchgebrannt ist, tut mir irgendwie Leid.«

»Das braucht dir wirklich nicht Leid zu tun. Du kannst doch nichts dafür. Und überhaupt – vielleicht werden die beiden ja miteinander glücklich.«

Edwin nickt. »Man hat ja schon Pferde kotzen sehen.«

»Schließlich hätte auch niemand erwartet, dass wir uns zur Abwechslung mal verstehen. Ich hätte jedenfalls nicht gedacht, dass ich diesen Tag noch erlebe.« Ich mustere ihn vorsichtig von der Seite und staune, dass er meinen Spruch nicht böse aufnimmt, sondern lacht.

»Wir verstehen uns tatsächlich, nicht wahr?«, wiederholt er so ungläubig wie ich.

»Und? Findest du es komisch?«

»Nein, ist doch super. Jedenfalls solange du nicht glaubst, dass ich deswegen mit der Miete runtergehe.«

»Auf die Idee würde ich nie kommen.« Ich schüttele den Kopf und bemühe mich um einen entschlossenen Gesichtsausdruck. »Nicht im Traum.«

»Dann ist ja alles klar. Von jetzt an sind wir Kumpel.«

»Gebongt. Alles klar, Kumpel.«

»Dann fällt es mir jetzt auch viel leichter, mit dir zu reden.«

»Oje – was kommt denn jetzt?«, frage ich besorgt.

»Keine Sorge.«

»Sag nicht, dass du eigentlich schwul bist und willst, dass ich dich mit Cal verkuppele.«

Zu meiner Erleichterung kann er über meinen Witz lachen. Dann wird er wieder ernst. »Nein, ich bin nicht schwul, aber wenn ich es wäre, wäre Cal bestimmt meine erste Wahl. Er ist ein absolut netter Kerl.«

Wow, Edwin hat tatsächlich Sinn für Humor. »Was ist es dann?«, frage ich und grinse ihn an.

»Wir fahren nicht nach London.«

Mein Grinsen vergeht mir. Jetzt ist es passiert. Das ist der Moment in dem Horrorfilm, in dem der nette Edwin sich in das Monster verwandelt. Und wie immer passiert es genau in dem Moment, in dem du am wenigsten darauf gefasst bist. »Was soll das heißen?«

»Aufmerksam bist du nicht gerade, Jude James. Hast du nicht aufgepasst, wo wir entlangfahren?«

»Na ja, wir sind auf der Autobahn.«

»Stimmt, aber auf welcher?«

»Keine Ahnung, normalerweise komme ich immer mit dem Zug.«

»Wir sind auf der M27.«

»Aha.« Ich nicke, als ob mir das irgendetwas sagen würde. »Und warum?«

»Die M27 mündet direkt in die A27.« Edwin wirft mir einen kurzen Blick von der Seite zu, und ich sehe, dass ihm der Schalk im Nacken sitzt. »Und die führt nach Brighton.«

»Oje!«

»Das ist alles, was du dazu zu sagen hast?«, entgegnet er höhnisch und äfft mich nach. »Oje? Sehr eloquent, Jude.«

»Warum fahren wir nach Brighton, Edwin?« Ich muss es fragen, obwohl ich die Antwort kenne.

»Weil ich glaube, dass du in deinem Leben ein bisschen Glück verdient hast.«

»Und du glaubst, in Brighton finde ich es?«

»Ja, das glaube ich.«

»Warum bist du auf einmal so nett zu mir?«

»Weil ich bisher so furchtbar zu dir war.«

»Das stimmt allerdings.« Ich nicke ernst.

Er grinst mich an.

»Und weil du so gut zu meiner Schwester bist. Das ganze Fiasko rührt schließlich allein daher, dass du Lucy so gerne magst.«

»Tun wir das nicht alle?«

»Und sie mag dich genauso gerne, Jude. Ich habe nur ein bisschen gebraucht, um zu kapieren, warum.«

»Lange genug«, platze ich heraus.

Für einen Moment schweigen wir beide.

»Bisher habe ich dich immer für furchtbar gehalten.« Ich finde als Erste die Sprache wieder. »Und für gemein. Aber ich habe mich offenbar geirrt«, füge ich schnell hinzu. »Eigentlich bist du richtig nett.«

»Äh ... danke.«

Und dann sagt er schnell: »Aber du musst mir versprechen, es niemandem zu sagen. Ich habe schließlich einen Ruf zu verlieren.«

Eine Stunde später nähern wir uns Haydns Haus in Brighton. Ich bin wahnsinnig aufgeregt, und mein Herz schlägt beim Anblick der vertrauten steilen Kurven und des vor uns aufragenden Leuchtturms immer schneller.

Ich weiß ja, dass ich mir noch an diesem Nachmittag selber versprochen habe, einen letzten Entschuldigungsversuch bei Haydn zu starten, aber ich habe bestimmt nicht erwartet, dass es so schnell dazu kommen würde. Eigentlich bin ich innerlich noch gar nicht darauf vorbereitet, und ich frage mich, ob ich die Kraft habe, es wirklich zu tun.

Edwin stellt den Wagens ab und wendet sich mir zu. »Dir ist doch klar, warum ich dich hierher gebracht habe?«

Ich nicke und beiße mir so fest auf die Unterlippe, dass sie weiß wird.

»Will er mich überhaupt sehen?«

»Er sagt nein, aber ich weiß, dass das nicht stimmt.«

Mein Herz, das gerade ein bisschen höher schlagen wollte, rutscht mir schlagartig in die Hose.

»Erwartet er uns?«

»Er erwartet mich. Du bist die Überraschung.«

»O nein ... Edwin.«

»Er wird sich darüber freuen, Jude. Komm schon, du machst das!«

»Wieso bist du dir da so sicher?«

»Ich kenne ihn. Los! Du weißt ja – frisch gewagt ist halb gewonnen, und nur wer wagt, gewinnt.«

Er steigt aus, geht um den Wagen herum und öffnet mir die Tür.

»Ich kann es nicht, Edwin.« Ich bleibe reglos sitzen.

»Natürlich kannst du«, entgegnet er, hält mir eine Hand hin und zieht mich aus dem Auto.

»Komm schon, es wird nicht gekniffen. Wenn du es Lucy zuliebe sogar mit einem fiesen Mistkerl aufnimmst, kannst du dir zur Abwechslung auch mal selber aus der Patsche helfen.«

Als ich mich immer noch nicht vom Fleck rühre, versucht er es auf eine andere Tour. »Du würdest es doch bereuen, wenn du es nicht wenigstens versucht hättest, oder?«

»Ja, wahrscheinlich hast du Recht.«

»Ich habe immer Recht«, entgegnet er grinsend. »Das solltest du allmählich wissen. Nun komm schon!«

Er zerrt mich Richtung Haustür, ohne meine Hand loszulassen. Auf halbem Wege geht sie plötzlich auf. Haydn muss das Auto gehört haben.

»Edwin, wie schön…« Er verstummt, als er merkt, dass Edwin nicht allein ist. Genau genommen verschluckt er das »schön« und bringt nur ein perplexes Zischen hervor. Verlegen verstecke ich mich hinter Edwin.

Haydn sieht mich für den Bruchteil einer Sekunde an, was in mir sofort einen Hoffnungsschimmer aufkeimen lässt, doch dann wendet er seinen Blick wieder Edwin zu und funkelt ihn wütend an. »Was soll das hier werden, Edwin?«

Bevor Edwin antwortet, wendet dieser sich an mich und lächelt mir beruhigend zu.

»Pass auf Haydn, bevor *du* irgendetwas sagst, will *ich* eins loswerden: Wenn du zu sturköpfig bist, eine von Herzen kommende Entschuldigung anzunehmen und dir etwas entgehen lässt, das dein Leben verdammt viel schöner machen würde, bist du ein Vollidiot. Und bisher habe ich dich noch nie, ich wiederhole, *noch nie* für einen Idioten gehalten.«

Schließlich sieht mich Haydn doch noch einmal an. »Auch wenn Edwin mich nicht für einen Vollidioten hält – du hast geschafft, dass ich mir wie einer vorkomme.«

»Es tut mir Leid«, murmele ich. »Ich habe es nicht darauf angelegt.«

»Aber du hast es darauf angelegt, mich reinzulegen.«

»Anfangs ja, aber ich wollte dich nicht zum Idioten machen. Wenn ich irgendjemanden zum Vollidioten gemacht habe, dann doch mich.«

»Darüber sind wir uns ja zum Glück alle einig«, wirft Edwin ein, reibt sich die Hände und strahlt uns beide an.

»Warum bist du gekommen, Jude?«

»Um mich zu entschuldigen.«

Haydn schweigt, woraufhin Edwins Lächeln auf einmal ein bisschen angestrengt wirkt.

»Ich auch«, sagt Edwin schließlich. »Ich bin auch gekommen, um mich zu entschuldigen. Du hast mich in dieser verzwickten Angelegenheit um meine Meinung gebeten, und ich habe dich schlecht beraten. Deshalb bin ich hier, um dir – und auch Jude – zu sagen, dass es mir ebenfalls Leid tut.«

Haydn sagt immer noch nichts.

»Da haben wir's. Das Ganze ist pure Zeitverschwendung«, brause ich auf, weil mir sein beharrliches Schweigen allmählich auf die Nerven geht.

»Wenn du das so siehst, solltest du vielleicht besser wieder gehen«, entgegnet er ruhig, wendet sich ab, nimmt den Weg, der an seinem Haus vorbeiführt, und verschwindet. Es ist der Weg zur Terrasse, das weiß ich noch von meinem letzten Besuch.

»Na ja, das ist immerhin ein Anfang«, stellt Edwin fest und reibt sich erneut die Hände. »Nicht unbedingt ein guter, aber besser als gar nichts. Es wird schon klappen.« Mit diesen Worten dreht er sich um und geht die Zufahrt hinab zu seinem Wagen.

»Was hast du vor?«, frage ich panisch und renne hinter ihm her.

»Ich muss jetzt nach Hause.«

»Aber ...«

»Du weißt doch, ich habe einen kranken Hund im Auto.«

»Aber du kannst mich doch nicht einfach hier zurücklassen!«

»Ich bin sicher, dass du in guten Händen bist.«

»Und wie soll ich nach Hause kommen?«

»Darüber würde ich mir an deiner Stelle erst Gedanken machen, wenn ihr euch ausgesprochen habt.«

»Und wenn es gar nicht dazu kommt?«

»Das halte ich für ausgeschlossen.«

»Aber er hat gerade gemeint, dass ich besser gehen sollte.«

»Das stimmt nicht ganz. Er hat gesagt, wenn du es für eine Zeitverschwendung hältst, wäre es besser, wenn du gehst.« Er nimmt meine Hand, um mich zu beruhigen. »Pass auf, Jude, ich kenne Haydn verdammt gut, und du kannst mir glauben, dass er ein hochanständiger Kerl ist. Er wird deine Entschuldigung annehmen, du darfst nur nicht so schnell aufgeben. Das heißt, natürlich nur, wenn du hundertprozentig überzeugt bist, dass es die Mühe wert ist. Bist du das?«

»Natürlich.«

»Na also. Dann geh zu ihm und rede mit ihm. Du kannst mich jederzeit anrufen. Ich verspreche dir, sofort zurückzukommen und dich abzuholen, aber vertrau mir, Jude, mein Gefühl sagt mir, dass du mich nicht anrufen wirst.« Er beugt sich vor und drückt mir zu meiner Überraschung einen flüchtigen Kuss auf die Stirn. »Jetzt geh, und rede mit ihm!«

»Aber ich habe keine Ahnung, was ich ihm noch sagen soll, Edwin. Ich habe mich doch schon tausendmal entschuldigt.«

»Dass es dir Leid tut, weiß er. Du musst ihm sagen, was du für ihn empfindest.«

Ich sehe Edwin nach, als er davonfährt, und wünschte, er hätte die Schmetterlinge mitgenommen, die in meinem Bauch Purzelbäume schlagen. In Wahrheit sind es gar keine Schmetterlinge, Schmetterlinge sind viel zu zart. Was da in meinem Bauch rumort, sind riesige, fette, herumhopsende Kröten, die mir mit jedem Sprung gegen das Zwerchfell treten. Ich nehme all meinen Mut zusammen und gehe seitlich um das Haus herum. Haydn sitzt mit gesenktem Kopf auf der Terrasse und starrt hinaus auf die endlose See. Als er meine Schritte hört, blickt er auf.

»Ich dachte, du wärst weg.«

»Edwin ist allein gefahren. Willst du, dass ich verschwinde? Wenn ich gehen soll, kann ich ihn jederzeit anrufen. Edwin hat gesagt, dass er sofort zurückkommt und mich abholt.«

Haydn schüttelt den Kopf. Doch er rührt sich nicht und sagt kein Wort. Ich gehe zu ihm und setze mich neben ihn, und zwar bewusst so nah, dass mein Bein seines berührt. Er rückt nicht von mir ab, sondern lässt den Köperkontakt zu.

Dann wendet er sich mir zu und sieht mir in die Augen.

»Schön, dich wieder zu sehen«, sage ich ruhig.

»Ganz meinerseits«, entgegnet er mit einem angedeuteten Lächeln, und für einen Moment erkenne ich in ihm den Mann wieder, der es mir so angetan hat.

Dann schweigen wir beide, sehen hinaus in die Ferne und betrachten die weißen Schaumkronen der sich brechenden Wellen, die sich gegen den dunklen Hintergrund des Ozeans abheben.

»Ich glaube, im tiefsten Inneren meines Herzens wusste ich von Anfang an, dass du nicht Lucy warst«, bricht er auf einmal unvermittelt das Schweigen.

»Was?«

»Irgendwie war ich nicht so überrascht, wie es eigentlich hätte sein müssen.«

»Du warst vor allem enttäuscht, nicht wahr?«

»Ja. Weil du mich angelogen hast. Ich finde es gar nicht mal schlimm, dass du nicht Lucy bist; was mir wirklich zu schaffen macht, ist, dass ich mit jemandem zusammen war, den es in Wahrheit gar nicht gibt.«

»Aber es gibt mich doch. Was wir miteinander erlebt haben, war völlig real. Du hast mich vielleicht mit einem falschen Namen angesprochen, aber der Mensch, mit dem du zusammen warst, war ich, ganz allein ich, ich schwöre es.«

Er sagt nichts.

»Ich wollte schon im Club mit dir reden.«

»Ich auch. Ich wollte gerade zu dir kommen, aber dann bist du auf einmal Händchen haltend mit diesem Idioten Berrick verschwunden. Das hat mich ziemlich vor den Kopf gestoßen.«

»Und warum bist du uns trotzdem gefolgt?«

»Was glaubst du wohl, warum? Weil dieser Kerl in den Kreisen, in denen ich verkehre, bekannt ist wie ein bunter Hund, und er verdankt seinen Ruf bestimmt nicht seinem beruflichen Können. Kannst du dir vorstellen, was ich gedacht habe, als ich reinkam und du und dein Transvestitenfreund wie die Kletten an ihm hingt? Ich weiß wirklich nicht, was es da zu lachen gibt.«

»Cal ist kein Transvestit.«

»Und warum hat er dann in Frauenkleidern gesteckt und wollte mit dir und Layton Berrick einen Dreier schieben?«

»Das gehörte eben zu unserem Vergeltungsplan, die Geschichte kennst du ja.«

Haydn starrt mich an. »Macht Lucy eigentlich auch irgendetwas selbst, oder unterhält sie eine ganze Armee Doppelgängerinnen, die ihr die unangenehmen Dinge ihres Lebens abnehmen?«

Zu meiner Erleichterung lacht er jetzt.

»Das geht nicht auf ihre Kappe, sie hatte keinen blassen Schimmer von dem Ganzen. Oje! Du musst mich wirklich für absolut furchtbar halten. Erst ertappst du mich dabei, dass ich dich angelogen habe, und dann auch noch bei unserer peinlichen Darbietung…« Ich schäme mich.

Er sieht mich eine Weile nachdenklich an und kaut auf seiner

Unterlippe herum. »Trotzdem war ich irgendwie erleichtert, als du mich da oben in dem Büro in euer merkwürdiges Treiben eingeweiht hast.« Er zögert kurz und fährt dann schnell fort: »Das hieß immerhin, dass du ihn nicht ernsthaft geküsst hast.«

Ich sehe ihn hoffnungsvoll an. »Du warst also eifersüchtig?«

»Kann schon sein …«, erwidert er vorsichtig.

»*Ich* war jedenfalls eifersüchtig, als ich dich mit dieser Frau gesehen habe.«

»Mit welcher Frau?«

»Mit dieser blonden Schnepfe, die dich von mir weggezerrt hat.«

»Blonde Schnepfe?« Er denkt einen Moment nach. »Ach die. Das war Natalie Bremner, die Frau eines meiner Partner in der Kanzlei. Sie wollte für uns Kontakte knüpfen und mich mit einem dicken Fisch bei Spicer Booth bekannt machen. Manchmal ist es ja hilfreich, in den oberen Etagen die entsprechenden Leute zu kennen – falls man einmal in die Verlegenheit kommt, um einen Gefallen bitten zu müssen …«

Ich weiß natürlich, worauf er anspielt. »Ich habe dir noch gar nicht dafür gedankt. Ich hatte es zwar unbedingt vor, aber dann war ich unsicher, ob du auf meinen Dank überhaupt Wert legst. Lucy hat den Zuschlag für den Auftrag bekommen.«

»Ich weiß.«

»Vielen Dank, das war sehr nett von dir«, bekunde ich lahm.

»Keine Ursache. Ich habe ja nur dafür gesorgt, dass Layton von dem Auswahlverfahren fern gehalten wurde, damit er ihr keine Steine in den Weg legen konnte.«

»Hast du dafür gesorgt, dass er in die USA zurückversetzt wurde?«

»Ich habe ihm lediglich nahe gelegt, dass es vielleicht angebracht wäre, wenn er seinem so genannten Geschäft eine Zeit lang irgendwo anders nachgeht.«

»Und ›irgendwo anders‹ war dann gleich ein anderer Kontinent?«

Er nickt langsam.

»Empfindest du denn gar nichts mehr für mich?«, bringe ich zögernd hervor.

Zu meiner Überraschung seufzt er und sieht fast ein bisschen beleidigt aus. »Erzähl mir nicht, dass du nicht ganz genau weißt, was ich für dich empfinde. Von meiner Seite war es nie ein Spiel. Ich habe dir nichts vorgemacht, im Gegenteil: Ich habe meine Gefühle von Anfang an offen vor dir ausgebreitet, weil ich dachte, dass wir am Beginn von etwas ganz Besonderem, wirklich Schönem stehen. Ich habe mich dir mehr geöffnet als jemals irgendjemandem zuvor, und ich habe nie einen Hehl daraus gemacht, dass ich mein Herz an dich verloren habe. Und was habe ich davon gehabt?«

»Jetzt weißt du alles, ich schwöre es. Es gibt keine weiteren Geheimnisse.«

»Ich weiß nicht, ob ich so viel Schauspielerei und Täuschung auf Dauer ertragen kann.«

»Bitte, Haydn, ich bin nicht immer so, glaub mir. Eigentlich gibt es diese Art von Action nur in meinen Büchern. Im Vergleich dazu ist mein eigenes Leben stinklangweilig... Jedenfalls normalerweise.«

Er lacht gekünstelt auf. »Das habe ich noch nie erlebt – dass mich jemand davon zu überzeugen versucht, eigentlich stinklangweilig zu sein.«

»Keine Sorge, ich würde dich schon nicht langweilen, zumindest hoffe ich das, aber ich verspreche dir, dich nie wieder anzulügen...«

»Vorsichtig, Jude! Das ist ein ziemlich kühnes Versprechen.«

»Du willst, dass ich vor dir zu Kreuze krieche, habe ich Recht?«

»Wenn du es genau wissen willst, ja! Ich bin immer noch ziemlich wütend auf dich. Du hast mich angelogen, Jude. Und es war nicht irgendeine alberne kleine Notlüge, sondern eine ungeheuerliche, empörende Hinterhältigkeit!«

»Und ich habe schon tausendmal gesagt, wie Leid es mir tut«, entgegne ich flehentlich. »Lucy hat gesagt, du würdest...«

»Lucy!«, fällt er mir aufgebracht ins Wort. »Was hat die reizende Lucy dir diesmal wieder über mich erzählt? Als ob ausgerechnet *sie* irgendetwas über mich wüsste! Sie hat mich seit ihrem siebten Lebensjahr weder gesehen noch gesprochen! Und nach den jüngsten Ereignissen zu urteilen, ist sie immer noch genauso verzogen und egoistisch wie früher.«

»Du irrst dich. Sie ist einer der wunderbarsten Menschen, die ich kenne.«

»Dann kennst du offenbar nicht viele *wunderbare* Menschen«, schnaubt er beinahe gehässig.

Ich sehe ihn überrascht an. »Vielleicht hatte Lucy doch Recht. Sie hat gesagt, du seist stolz und arrogant.«

»Hat sie das? Das sieht ihr ähnlich!«

»Und unverschämt ...«

»Ich? Unverschämt?«

»Und scheinheilig ... und selbstgerecht ...«

»Selbstgerecht, ha! Und was ist mit dir? Du bist unaufrichtig, unzuverlässig, hinterlistig ...«

»Und du bist ganz schön überheblich und viel zu schnell mit deinem Urteil!«, schreie ich zurück.

»Und du hinterhältig, heimtückisch, doppelzüngig ...«

»Und du nachtragend ... selbstgerecht ...«

»Selbstgerecht hattest du schon«, höhnt er.

»Man kann es gar nicht oft genug wiederholen!«, schreie ich.

Er starrt mich mit seinen wütenden blaugrünen Augen durchdringend an, und dann entspannen sich seine Gesichtszüge und machen einem Lächeln Platz. »Ich habe schon immer mehr auf braune Augen gestanden als auf blaue.«

Das bringt mich mehr aus der Fassung als jede noch so gemeine Beleidigung, und als er auch noch die Hand ausstreckt und mit den Fingerspitzen sanft über meine Wangen bis zu meinem Mund fährt und sie dort lässt, bin ich vollends dahin.

»Sollen wir noch einmal von vorne anfangen?«, fragt er mich ruhig.

»Du meinst von Anfang an?«, flüstere ich heiser.

»Na ja, wie wär's, wenn wir es noch einmal mit ›Nett, dich wieder zu sehen‹ versuchen und es diesmal ernst meinen?«

Wir sitzen nackt, in eine Decke gehüllt auf dem Balkon vor seinem Schlafzimmer und trinken Champagner. Diesmal gibt es zwar keine Erdbeeren dazu, doch das Leben könnte nicht süßer sein. Ich hätte nie gedacht, dass wir noch einmal so beieinander sitzen würden.

Haydn schmiegt sich mit seinem Kopf an mich und sieht mich an.

»Keine weiteren Lügen?«, fragt er schließlich.

»Ich verspreche es.«

»Gut.« Er drückt mir ein Küsschen auf die Stirn und schenkt mir nach. »Wenn wir noch einmal von vorne anfangen, musst du mir erst mal von dir erzählen, damit ich erfahre, wer du wirklich bist.«

»Verstehst du denn nicht, Haydn?«, entgegne ich ernst. »Das ist gar nicht nötig. Du hast mich lediglich unter einem anderen Namen kennen gelernt, aber die Frau, mit der du zusammen warst, war ich und bin ich, Jude. Du hast mir bei einem unserer Treffen erzählt, dass du noch nie mit einer Frau zusammen warst, bei der du das Gefühl hattest, einfach du selbst sein zu können. Auch wenn es verrückt klingt – tief in deinem Herzen musst du die ganze Zeit gewusst haben, dass es mir mit dir genauso geht …«

Er lächelt. »Ja, jetzt, wo du es sagst.«

»Okay. Dann ist es, glaube ich, an der Zeit, dass du die echte Lucy kennen lernst.«

Seine Augen weiten sich vor Panik. »Meinst du, das ist eine gute Idee?«

»O komm, sag nicht, dass du immer noch sauer auf sie bist. Wenn du mir verzeihst, musst du ihr auch vergeben.«

»Aber als wir uns das letzte Mal begegnet sind, haben wir uns nicht besonders gut verstanden.«

»Sie ist wirklich total nett und sympathisch. Auch wenn alles, was du in letzter Zeit erlebt hast, dagegen spricht – ich bin ganz sicher, dass ihr euch versteht.« Ich grinse ihn verschmitzt an. »Allerdings hoffe ich, dass ihr euch nicht ineinander verliebt, wie es eigentlich vorgesehen war.«

»Wie sollte ich?«, fragt er und küsst mich. »Mein Herz ist doch bereits vergeben.« Und schließlich stellt er fest: »Ich glaube, du hast Recht. Ich sollte sie tatsächlich mal treffen.«

»Wirklich?«

»Ja. Ich muss mich noch bei ihr bedanken. Ohne ihr Zutun hätte ich dich schließlich nie kennen gelernt.«

»Und? Bist du froh darüber?«

Er umfasst zärtlich meine Handgelenke und zieht mich erneut zu sich heran. »Was für eine Frage!«

»Jude! Na endlich! Wo, um Himmels willen, steckst du denn? Ich habe mir schon wahnsinnige Sorgen um dich gemacht. Ich dachte, du kommst mit Edwin nach Hause, und dann kommt er einfach ohne dich vorgefahren… Du glaubst ja gar nicht, was mir alles durch den Kopf gegangen ist. Und als ich ihn zur Rede gestellt habe, hat er nur geheimnisvoll geantwortet, du hättest noch etwas zu erledigen…«

»Mach dir keine Sorgen, es geht mir gut. Und Edwin hat mich auch nicht auf dem Standstreifen der Autobahn aus dem Wagen geschmissen. Im Gegenteil – ich habe deinem Bruder eine Menge zu verdanken, Luce.«

»Wie bitte?«, hakt sie ungläubig nach.

»Du hast richtig gehört. In Edwin steckt mehr, als es auf den ersten Blick den Anschein hat.«

»Ich weiß, aber ich hätte nie gedacht, dass ihn dir das sympathischer machen würde. Wo bist du eigentlich?«

»Das erzähle ich dir ein anderes Mal. Mir ist kurzfristig etwas dazwischen gekommen. Morgen bin ich wieder bei euch.«

»Aber wir gehen heute Abend ins Audrey's. Bernie ist für ein paar Tage weg, auf einem Last-Minute-Trip oder etwas in der Art. Zum Glück hat Francesco einen Tisch für uns klargemacht.«

»Ich dachte, Cal wollte zur Feier des Tages ein Festmahl zubereiten.«

»Wollte er auch, aber er ist so sternhagelvoll, dass er nicht einmal mehr weiß, wie man den Herd anmacht. Aber keine Sorge, sobald wir ihm etwas feste Nahrung zuführen können, wird er in null Komma nichts wieder auf dem Damm sein.«

»Ich feiere morgen mit euch. Wir können ja zusammen zu Mittag essen, ja? Da kann Cal dann gleich seine übliche Anti-Kater-Therapie machen.«

»Super Idee. Trotzdem schade, dass du heute Abend nicht dabei bist.«

»Ich weiß. Es tut mir auch Leid, dass ich die Party verpasse, aber ich habe hier noch etwas Wichtiges zu erledigen.«

»Ach, Jude, ich hasse es, wenn ich nicht weiß, wo du bist, das weißt du genau. Ich mache mir Sorgen.«

»Das musst du nicht, wirklich nicht. Mach dir einen netten Abend, und morgen erzähle ich dir alles.«

»Dann sag mir wenigstens, ob du okay bist.«

Ich überlege einen Moment. »Nein, Luce«, antworte ich schließlich. »Ich bin nicht okay. Okay ist die passende Bezeichnung für billige Schuhe oder eine mäßige Fernseh-Show, und okay ist man vielleicht, wenn man sich einredet, dass man immer noch besser dran ist als ein Specht inmitten einer Betonwüste. Ich bin nicht okay, ich schwebe im SIEBTEN HIMMEL!«

Am Sonntag treffen Haydn und ich mit zweistündiger Verspätung bei mir zu Hause ein, aber wir strotzen nur so vor Befriedigung darüber.

Wie es aussieht, habe ich eine Megaparty verpasst. Die Wohnzimmervorhänge sind noch zugezogen, der Boden ist mit leeren Flaschen, zerdrückten Bierdosen, überquellenden Aschenbechern, halb vollen Pizzaschachteln und leeren Chipstüten übersät.

Dazwischen liegen achtlos hingeworfene Spielkarten, zerknülltes Schokoriegelpapier, und auf dem Fernseher thront zu meinem Entsetzen ein Leitkegel. Es muss wirklich eine Megaparty gewesen sein, denn Cal und Lucy haben seit mindestens fünf Jahren keinen Leitkegel mehr von einer Baustelle mitgehen lassen.

»Normalerweise sieht es hier etwas anders aus«, entschuldige ich mich bei Haydn für das Chaos, während wir uns einen Weg durch das Wohnzimmer bahnen. »Sie müssen gefeiert haben bis zum Umfallen.«

Auf dem Sofa liegt ein schlafender Mann, den ich bei näherem Hinsehen als Francesco identifiziere. Er liegt da in voller Montur. Seine rechte Hand hängt vom Sofa herab und hält eine leere Weinflasche umklammert; sein Mund steht offen, und er schnarcht wie eine Säge. Die Tür zu Cals Zimmer ist weit geöffnet, quer über dem Bett liegt ein schlafender Scheintoter, das Gesicht in der Matratze vergraben. Offenbar haben sie das ganze Wochenende durchgefeiert.

»Sollen wir vielleicht lieber später noch einmal wiederkommen?«, fragt Haydn zögernd.

Ich werfe einen Blick auf die Uhr. Es ist schon nach Mittag.

»Ich fürchte, sie würden es mir nicht danken, wenn ich sie weiterschlafen lasse. Dann können sie in unserem Stammpub kein Essen mehr bestellen. Cal hat bestimmt einen schlimmen Kater, und wenn er dann nicht gleich nach dem Aufwachen Unmengen an Essen in sich reinstopfen kann … Ich sehe mal nach Lucy, sie erscheint normalerweise immer als Erste wieder auf der Bildfläche.«

Wir gehen über den Flur zu Lucys Schlafzimmer. Ihre Tür steht ebenfalls weit offen, aber aus ihrem Zimmer ist nichts zu hören. Sie liegt noch im Bett. Ich will sie gerade wecken, als ich bemerke, dass sie nicht alleine im Bett liegt. Leider sehe ich nur zwei Paar Beine, sonst nichts. Genauer gesagt zwei Beinpaare, die in postkoitaler Stellung ineinander verschlungen sind. Wahnsinn! Lucy hat jemanden abgeschleppt!

»Vielleicht hast du doch Recht«, flüstere ich und schleiche rückwärts wieder raus. »Vielleicht sollten wir euer Wiedersehen doch auf ein anderes Mal verschieben.«

Ich bin schon fast draußen, als mich etwas innehalten lässt. Beziehungsweise gehe ich geradewegs noch einmal ins Zimmer zurück, um genauer hinzusehen. Irgendwie kommen mir diese langen Beine, die sich so schützend um Lucy gelegt haben, bekannt vor.

»Ich glaube, ich spinne!«, rufe ich ungläubig und so laut, dass mein schockierter Aufschrei Tote zum Leben erwecken könnte. Auf jeden Fall reißt er sämtliche Bewohner unseres Hauses aus dem Schlaf.

Die Beine regen sich, Zehen und Waden werden gestreckt und einen Moment behaglich aneinander gekuschelt, und dann kommen zwei verlegene, aber freudig funkelnde Augenpaare zum Vorschein. Sie grinsen wie zwei Schwachsinnige – so glückselig und verzückt, dass ich plötzlich nicht anders kann, als genauso schwachsinnig zu grinsen.

Haydn wartet immer noch im Flur. »Und? Sollen wir später wiederkommen?«

Ich schüttele den Kopf. »Wir bleiben. Es ist alles okay«, erwidere ich. »Oder besser gesagt, es ist alles super!«

Ich fasse einen verlegenen Haydn am Handgelenk und ziehe ihn ins Zimmer.

»Darf ich vorstellen: Lucy, das ist Haydn, Haydn, das sind Lucy … und Cal.«

Epilog

Die Sonne glitzert hell auf dem Wasser, goldene Strahlen spielen auf den Wellenkämmen der sanft gegen die Küste rollenden Wogen. Möwen segeln durch die seichte Brise und gleiten mit ausgebreiteten Flügeln durch die Luft wie kleine Segelflugzeuge. Außer ihren klagenden Schreien und dem leisen Rauschen des Meeres ist ist nichts zu hören – ein perfekter Sommertag.

Die Ruhe wird nur von Musik, Gelächter und fröhlichem Geplapper unterbrochen.

Auf der Terrasse sitzt ein heiteres Grüppchen um einen langen Holztisch. Bruce trägt einen seiner farbenprächtigen Schottenröcke und schält für einen über das ganze Gesicht strahlenden Francesco Langusten. Edwin ist mit seiner neusten Eroberung Nancy da, die Gott sei Dank überhaupt keine Macken zu haben scheint und darüber hinaus sogar richtig nett ist. Lucy sitzt auf Cals Schoß und hat einen Arm um seine Schulter gelegt, während er mit beiden Armen ihre Taille umschlingt, damit sie nicht herunterrutscht. Meine Mutter unterhält sich angeregt mit dem Mann zu ihrer Rechten, dessen Haar in der Sonne golden schimmert und der mit seinen wunderschönen blaugrünen Augen voller Zuneigung zu dem Fenster aufblickt, an dem ich stehe, und mir einen Kuss zuhaucht. Er bedeutet mir, endlich wieder nach unten zu kommen und mich zu ihm und den anderen Partygästen zu gesellen.

Bernie hat die Küche gerade schwer beladen mit Schälchen, Löffeln und einer großen Schüssel Sahne verlassen und ist auf dem Weg nach unten. Mir hat er eine Riesenschüssel mit seinem Spezialpudding zum Runtertragen dagelassen, und der köstliche

Duft von Zartbitterschokolade, Kirschen und Brandy steigt mir in die Nase. Was für eine Verlockung. Ich bin versucht, mir einen Löffel zu schnappen und die ganze Schüssel allein aufzuessen, aber ich fürchte, dann würde mich die Meute unten lynchen.

Ich bin gerade auf halbem Weg zur Tür, als das Telefon klingelt. Mit der Puddingschüssel in der Hand mache ich einen Umweg durch das Arbeitszimmer.

»Hallo?«

»Jude, Darling!« Eine vertraute und stets willkommene Stimme, die ich schon viel zu lange nicht gehört habe.

Ich habe mein neues Buch vor zwei Wochen beendet, zehn Monate nachdem ich angefangen habe und zwei Monate später als vereinbart. Julian hatte mir versprochen, es sofort zu lesen und sich innerhalb weniger Tage bei mir zu melden, doch stattdessen ist er erst mal in den Urlaub gefahren und hat nichts von sich hören lassen, so dass ich vor lauter Nervosität meine Fingernägel abgekaut habe und allen um mich herum mit meiner Unruhe auf die Nerven gegangen bin.

»Julian, Gott sei Dank! Endlich! Die Warterei hat mich schier um den Verstand gebracht. Und? Was hältst du davon?«

Er lässt mich noch ein bisschen zappeln, um die Spannung zu erhöhen.

»Es ist großartig, Jude!«

»Puuh, da fällt mir ein Stein vom Herzen.«

»Es ist wirklich große Klasse. Ich habe es verschlungen, und die Verleger sind auch begeistert.«

»Ich bin ja so froh, Julian. Ich hatte schon befürchtet, es würde dir nicht gefallen.«

»O doch, das hat es. Und wie! Und die Verleger sind, wie gesagt, der gleichen Meinung. Sie halten es für so *authentisch*… als ob das alles wirklich passiert wäre«, zieht er mich auf. »Sie bitten nur um eine kleine Änderung. Eine klitzekleine Sache.«

»Das tun sie ja immer«, entgegne ich und strahle hocherfreut, dass mein vierter Roman, der mir natürlich von all meinen Büchern am meisten am Herzen liegt, so gut angekommen ist.

»Sie möchten das Ende noch ein bisschen romantischer haben.«

»Aber es gibt doch ein Happy End, Julian. Sie kriegt den Mann ihrer Träume.«

»Das stimmt, und es ist auch wunderbar so, aber sie hätten es gerne *noch* romantischer.«

»Noch romantischer?«, frage ich und betrachte mit einem Lächeln die idyllische Szenerie unten vor dem Fenster.

»Na ja«, entgegnet Julian, hält kurz inne und hüstelt gekünstelt. »Sie finden, er sollte ihr einen Heiratsantrag machen.«

»Einen Heiratsantrag!«

»Genau. Nach all dem, was passiert ist, wäre es doch wirklich das schönste Ende, wenn er sie auf Knien bitten würde, seine Frau zu werden – um ihr und der Welt zu beweisen, wie sehr er sie liebt.«

»Ist das nicht ein bisschen zu kitschig?«

»Natürlich ist es das, Darling, aber jeder liebt doch ein wirkliches Happy End, oder?«

»Ja, vielleicht.«

»Na großartig. Du machst das schon. Schick mir den neuen Schluss so schnell wie möglich, Darling, sagen wir, spätestens bis zum Ende des Monats. *Ciao, bella.*«

»Jude! Wo bist du denn?«

»Tschüss, Julian.« Ich lege auf. »Im Arbeitszimmer!«

Haydn kommt ins Zimmer. Von den langen Sommerwochenenden, die er statt in seinem Büro am Strand verbracht hat, ist er leicht gebräunt, und sein Gesicht wirkt entspannt und strahlt jene innere Ausgeglichenheit und Zufriedenheit aus, die man nur ausstrahlt, wenn man glücklich ist. Sehr glücklich. Ich meine jene Art von Glück, von dem die Leute glauben, dass es nur in Liebesromanen existiert. Und von dem auch ich selber bisher geglaubt habe, es existiere nur in meinen Büchern.

Er lächelt mich freudestrahlend an. »Hier steckst du also. Alle schreien nach dem Pudding und dachten schon, du hättest dich mit der Schüssel in eine stille Ecke verzogen, um ihn allein zu verputzen …«

»Ich war tatsächlich in Versuchung, aber wie du siehst, habe ich ihn nicht angetastet.« Ich zeige auf die Schüssel, die ich auf dem Schreibtischrand abgestellt habe.

»Wer war denn am Telefon?«

»Julian.«

»Und? Sag schon! Du hast doch schon ewig auf diesen Anruf gewartet.«

»Sie finden es großartig.«

»Das ist ja super!« Er kommt zu mir und umarmt mich freudig. »Also war deine Sorge völlig unbegründet. Ich habe dir ja gleich gesagt, dass sie begeistert sein werden.«

»Sie bitten mich nur, das Ende ein bisschen abzuändern.«

»O nein, gerade das Ende hat mir so gut gefallen …«

»Wirklich?«

»Ich fand es einfach perfekt. Wie sie Hand in Hand über den Strand der untergehenden Sonne entgegenspazieren. Danach kann doch nur noch der obligatorische Satz kommen ›Und sie lebten glücklich und zufrieden bis an ihr Lebensende …‹ Wie hätten sie das Ende denn gerne?«

»Sie wollen einen Heiratsantrag, und zwar mit allem Drum und Dran, du weißt schon, er auf Knien und mit Hochzeitsringen und so weiter. Julian meint, romantischer gehe es nicht.«

»Und? Was sagst du dazu?«

»Na ja, ich bin es gewohnt, dass sie kleine Änderungen verlangen, aber wenn ich das Ende schon dramatisiere, dann richtig. Vielleicht indem er sie entführt oder sich eine rasante Autoverfolgungsjagd mit ihr liefert, begleitet von ein oder zwei Explosionen, etwas in der Art«, witzele ich.

»Oder indem das Ganze in einer gewaltigen Szene endet, in deren Verlauf mehrere Teller zu Bruch gehen, die Schwiegermutter aufs Gröbste beleidigt wird und am Schluss wieder beide Singles sind, was die realistischere Variante wäre.«

»So einen Zynismus hätte ich dir gar nicht zugetraut! Glaubst du etwa, dass es mit uns so enden wird?«

»Nein, auf keinen Fall«, erwidert er zuversichtlich.

»Und warum bist du dir da so sicher?«

»Weil deine Mutter viel zu nett ist, um von mir beleidigt zu werden. Außerdem haben wir es doch schwarz auf weiß.« Er klopft auf mein mit handschriftlichen Anmerkungen voll gekritzeltes Manuskript, das neben mir auf dem Schreibtisch liegt. »Die Geschichte *muss* ein Happy End haben.«

»Nach dem neuesten Stand der Dinge muss sie sogar mit einem Heiratsantrag enden«, korrigiere ich ihn.

»Also gut, wir wollen sie doch nicht enttäuschen, oder?« Er sinkt vor mir auf die Knie.

»Was, zum Teufel, machst du da unten?«, frage ich und lache, als er sich untertänig verbeugt. »Willst du mir unter den Rock gucken?«

»Kein schlechter Grund, hier unten herumzurutschen. Nein, ich will mir nur den Schuh zubinden«, erwidert er und zeigt auf seinen rechten Nike, dessen Schnürsenkel sich gelöst hat.

»Das lasse ich schon eher gelten, obwohl ich gerne wüsste, was das da für eine verdächtige Ausbuchtung in deiner Hosentasche ist«, ziehe ich ihn auf.

»Also, Jude, du lebst jetzt seit fast sechs Monaten mit mir zusammen, und du weißt bis heute nicht, was es mit dieser Ausbuchtung auf sich hat?«

»Na ja, ich dachte, du wolltest mir gerade mit etwas ganz Romantischem kommen…«

»Wie Julian schon sagte, es gibt nichts Romantischeres als einen Antrag… Und weißt du, was ich jetzt für einen Antrag stelle?«

»Keine Ahnung. Sag schon!«

Er bindet sich den Schuh zu und grinst mich an. »Dass

wir uns hier einschließen und den Pudding ganz allein aufessen.«

»Das ist der beste Vorschlag, den mir je einer gemacht hat.«

»Ich sprühe eben über vor guten Ideen.«

Ich beuge mich zu ihm hinab und küsse ihn auf die Stirn. »Ich weiß. Das ist ja einer der Gründe, weshalb ich dich so liebe.«

»Ach, Jude, noch etwas«, fährt er fort und nimmt meine Hand, als ich nach der Schüssel lange.

»Ja?«

»Wenn wir uns den Bauch voll geschlagen haben…«

»Ja?«, wiederhole ich abwesend, picke eine Kirsche aus der Schüssel und schiebe sie mir in den Mund.

»…gehen wir besser runter und eröffnen allen…«

»Mmmmm.«

»…dass ich dich gerade gefragt habe, ob du meine Frau werden willst… Jude?… Jude! Du hast dich doch jetzt nicht an der Kirsche verschluckt, Jude? Oh, verdammt! Schnell! Hilfe, Hilfe! Jude droht zu ersticken…«